沙汀

沙汀全家福，摄于1963年。前排：妻子黄玉颀，孙子杨希、杨帆，沙汀；后排：女儿杨刚颀，儿媳曹秀清，儿子杨礼、杨刚宜，女儿杨刚虹。

1929年，沙汀在成都四川省立第一师范学校与学友冯棣君合影。

1936年，沙汀在上海与"左联"文学界朋友合影。前排左起：白薇、杜谈、王梦野；后排左起：艾芜、沙汀、杨骚。

长篇小说《淘金记》（1943）、《困兽记》（1945）初版本书影。

第一卷

淘金记　困兽记

沙汀文集

四川文艺出版社

图书在版编目（CIP）数据

沙汀文集／沙汀著. —2版. —成都：四川文艺出版
社，2018.3
　ISBN 978-7-5411-4906-1

Ⅰ. ①沙… Ⅱ. ①沙… Ⅲ. ①中国文学—当代文
学—作品综合集 Ⅳ. ①I217.2

中国版本图书馆CIP数据核字（2017）第326836号

沙汀文集　第一卷

TAOJINJI · KUNSHOUJI

淘金记·困兽记

沙　汀　著

编辑统筹　卢亚兵　金炀淏
责任编辑　彭　炜　周　轶等
封面设计　叶　茂
内文设计　史小燕
责任校对　蓝　海
责任印制　唐　茵等

出版发行　四川文艺出版社（成都市槐树街2号）
网　　址　www.scwys.com
电　　话　028-86259287（发行部）　　028-86259303（编辑部）
传　　真　028-86259306

邮购地址　成都市槐树街2号四川文艺出版社邮购部　610031
排　　版　四川胜翔数码印务设计有限公司
印　　刷　成都东江印务有限公司
成品尺寸　149mm×210mm　1/32
印　　张　168.75　　　　　　　　字　　数　4030千
版　　次　2018年3月第二版　　　印　　次　2018年3月第一次印刷
书　　号　ISBN 978-7-5411-4906-1
定　　价　2400.00元（共10卷11册）

出版说明

一、本次《沙汀文集》的搜集、整理、出版得到了沙汀著作权继承人的授权。

二、《沙汀文集》收录了沙汀自一九三一年从事文学创作以来所能够搜集到的全部作品，含作者生前未编集和未发表的作品、书信、日记等。《文集》共十卷十一册，各卷按中长篇小说（第一、第二、第三卷）、短篇小说（第四、第五卷）、报告文学·散文（第六卷）、文论（第七卷）、书信（第八卷）、日记（第九卷，上下册）、回忆录（第十卷）编序。

三、作者著作中，有的作品曾先后收入若干不同的选集中，故本次《沙汀文集》不以各种已有的编集选本收录，而依照体例、写作或发表时间，将各篇目入卷编次；又有长篇小说曾以短篇形式独立发表的情况，如《烧箕背》《北斗镇》《全套》即长篇小说《困兽记》之片段，《窄路》《两家庭》《奈何天》《愁雾》即长篇小说《困兽记》之片段，此类短篇，均不收录。

四、作者在新中国成立后曾多次校改早期作品，故收入《沙汀文集》的著作，一般采用作者亲自校阅订正的最后版本为底本（如四川人民出版社《沙汀选集》、上海文艺出版社《沙汀文集》、人民文学出版社《沙汀》等）进行校勘工作。

五、校勘工作中，除保留作者自注和现有文集的编者注之外，又增加了一些必要的注释；为保留作品浓郁的地域文化特色，对其用法特别的方言俚语，在不影响理解的前提下，一如其旧；对个别有异于今日规范的异体字、标点符号用法做了必要的修订。

六、《沙汀文集》中部分卷次（如日记卷、书信卷）据手稿整理，为忠实于作者原意，体现其原貌，对其中辨识不清者，不妄加臆断，以缺省号"□"示之。

七、《沙汀文集》在搜集、编辑、校勘和注释工作中，得到了沙汀的女儿杨刚虹，儿子杨礼，儿媳曹秀清，助手秦友甦、钟庆成，以及中国现代文学馆的鼎力支持，在此特致以诚挚的谢意！如此大规模的整理出版，这是第一次，难免有阙漏不妥之处，祈盼读者谅解、指正。

《沙汀文集》编辑组

二〇一七年八月

我的传略

沙汀

　　我生于一九〇四年农历冬月十三，原名杨朝熙。四川省立第一师范毕业后，改名杨子青。"沙汀"是我一九三二年出版短篇集《法律外的航线》（后改名《航线》）用的笔名。我还用"尹光"这个笔名在申报《自由谈》发表过一个短篇，并出版过一本名叫《孕》的短篇集。

　　我父亲是前清的廪生。祖父经历不详，只听说书法方面小有名气。我五六岁时，父亲就去世了，留下约五十亩田产，一座院子。我小时候印象最深的，是我的叔伯们为家产问题把母亲纠缠得很苦。对于县城和县属一些场镇的社会生活，印象也深。因为少小时候，我曾经常跟随我舅父坐茶馆和四处做客，接触过各色各样人物。我只有一个长兄，曾经在地方部队上干过事，早死了。

　　省师毕业后，我曾经到过北京，准备投考北大。因为听说鲁迅先生已去南方，考期又错过了，遂于当年初冬返回四川。其时北伐军已占领武汉，时间是一九二六年。次年春夏之交，我参加了党所领导的一些革命活动。一九二八年初夏，领导我工作的成都地方共青团的负责人周尚明和其他几位同志在敌人屠刀下牺牲了，白色恐怖日益猖獗，我于一九二九年春，前去上海。因为碰见一些流亡上海的四川同志杨伯恺、任白戈等，后来共同集资组织过一个出版社，叫"辛垦书店"。一九三〇年，偶与阔别多年的同班同学汤道耕即艾芜相遇，于是拉他住在一起，共同研究小说创作。因为企图较好地反映当时的现实生活，以期有助于党所领导的革命斗争，又感到自己所熟悉的生活未见能达到这个目的，于是就写信向鲁迅先生请教。鲁迅先生的回信，就是那封题名《关于小说题材的通信》，这封信给了我们很大鼓舞。《航线》出版后并曾受到茅盾同志的评介，对我的帮助也令人难忘。

我是一九三二年离开辛垦书店后参加"左联"的，并于一九三六年入党。一九三三年曾一度做过"左联"常委会的秘书。当时的常委有鲁迅、茅盾和周扬诸位。这年秋天，因为反动派大肆逮捕革命同志，我奉命由越界筑路地段转移到旧法租界，因而改任小说散文组组长。前后分别参加过这个组的同志有好几位。最早的是杨刚、叶紫、杨潮（又名羊枣）和杨骚参加的时间较后，都先后逝世了。杨潮是抗战时期在福建永安被蒋匪帮杀害的。欧阳山和草明同我一道工作的时间最久。尽管在两个口号论争中，我是赞成"国防文学"，他们赞同的是"民族革命战争的大众文学"，但是我们照旧时有往来，关系一直都好。

"八一三"爆发后，我回到成都，一面在协进中学教书，一面在当地党组织领导下做些文学界的统战工作。当地的李劼人和由北方转移到四川的陈翔鹤、何其芳、卞之琳同志等，都是我在那时候结识的。同时也为车耀先所编《大声》写过稿，并一道做过一两次街头宣传，以及其他社会活动。及至一九三八年将近暑假，看了立波的《晋察冀边区印象记》后，我感觉在成都待不下去了，在得到组织批准后，决定同我爱人一道到延安去，到八路军开辟的敌后抗日根据地去。

在得知我将去延安、去前线的消息后，何其芳、卞之琳跑来找我，表示他们也不想在所谓大后方待下去了，强烈要求和我采取一致行动。在我向当地党组织请示后，我们很快就一同去了延安，把我留下的工作，包括我在协进中学教的课程全都留给了陈翔鹤。一到延安，我们都要求看望一次毛泽东同志。在周扬同志的安排下，我们的伟大领袖很快就接见了我们，并对我们到前线去的要求给以莫大鼓励。此后的经过，我在去年《人民文学》发表的一篇悼念毛泽东同志的文章中谈得较详，这里不多写了。

解放以后，一直到"文化大革命"：一九五〇年上半年我在成都川西区文联做负责工作，下半年西南局又调我到重庆筹备成立西南文联的工作，后来任西南文联副主任。一九五二年冬奉命同马烽去东德访问。回国后，又奉调来北京任"作协"总会新成立的"创委会"副主任，负责主持日常工作。一九五五年，组织批准了我的请求，回四川搞创作。但是，由于四川省文联成立时，我已被选为主任，回到四川后仍然没有摆脱行政组织工作。从一九五〇年到一九六六年，我只写了二十多个短篇小说和散文。这主要是自己没有认真按照毛泽东同志的指示办事，尽管行政组织工作对搞创作也有一定妨碍。

我在"文化大革命"中受到很大锻炼，当然也受到一些"四人帮"的折磨。特别经过三次抄家，我历年收集的创作素材，包括一九三八年夏在晋西北冀中前线所作笔记、日记，几乎失散殆尽。而且，将近十年的时间，一晃就过去了！一九七六年冬获得解放后，我在《四川文艺》编辑部过组织生活，但未担负任何工作。一九七七年秋写了一个中篇，叫《青枫坡》。一九七八年二月，省委宣传部任命我做一个筹备恢复"四川文联"和各协会的领导小组成员，随又奉调到北京中国社会科学院文研所工作。

从一九三二年开始发表东西，直到"八一三"后离开上海，我出版了《航线》《土饼》《苦难》和《祖父的故事》四个短篇集。前三个集子作为巴金同志主编的《文学丛刊》，均先后由文化生活出版社出版，后一本在商务印书馆出版；但因纸型毁于日本帝国主义"八一三"事变时的狂轰滥炸，实际并未出书。此书是郑振铎同志所编一套创作丛刊之一。

从"八一三"到一九四九年冬四川解放，我先后写了和出版了以下一些散文和长篇、短篇小说。

《记贺龙》，初版本叫《随军散记》。《敌后琐记》，共包含散文十二篇，从各个方面报道了八路军的优良作风和敌后抗日根据地社会变革的新面貌，发表时曾遭到反动派的删削，而由于"四人帮"肆虐，连存稿也散失了！幸而经过一位热心肠的同志费时数月，已经帮我查出八篇，并已编入《涓埃集》中。为了反映有关敌后的生活斗争，我还写过一个中篇小说《闯关》。这本东西的出版周折较多，甚至连原稿也被检察机关扣留了，后来由出版单位通过请客送礼，才将原稿取回，并改名《奇异的旅程》，在一家小书店出版。

一九三九年冬从延安返回四川以后，我曾在重庆工作过一年多，于皖南事变后疏散还乡，在县属雎水关生活了七八年，避居在山沟里从事创作。在这段漫长的时间里，我大部分创作都是暴露讽刺当时国民党统治下的官僚、地主如何假抗战之名压榨老百姓、迫害知识分子的。我的三个长篇《淘金记》《困兽记》和《还乡记》，是企图从三个方面来揭露反动派的罪行。《淘金记》是揭露地主阶级为发"国难财"彼此间的内讧；《困兽记》是揭露反动派对进步知识分子的迫害和小学教师的艰苦生活；《还乡记》是一九四四年我奉调去重庆学习了毛泽东同志的《在延安文艺座谈会上的讲话》，然后返回故乡隐蔽在秀水镇一家锅厂里写成的，主要取材于我在刘家沟写《困兽记》时那段生活经历。我相信，如不学习《讲话》，《还乡记》的思想内容可能更差。

在我蛰居故乡那些年中，我还写过一些短篇，出过两本短篇集：《堪察加小景》和《播种者》。此外还有好几篇当时没有编辑成册，如《医生》《酒后》《炮手》等篇，甚至未曾发表，因为它们是反映蒋政权崩溃前夕四川农村社会的现实生活斗争的。解放后人民文学出版社出版的《沙汀短篇小说选》和上海文艺出版社出版的《祖父的故事》，大体已经将我解放前所写，而自觉尚可保留的短篇，都选入了，共四十篇以上，约占我所作短篇十分之六左右。

一九七八年四月二十八日

一九七九年九月修改

目 录

淘金记

一

一九三九年冬天。

早晨一到，整个市镇的生活又开始了。

人们已经从被窝里钻了出来。他们咳嗽着，吐着口痰。他们大多数人，都睡得很好，既没有做过好梦，也没有做过噩梦。因为在他们看起来，一切都是很自然、很简单的。纵然某些新的事物，比如物价、兵役和战争，有些时候也叫人感觉生疏，感觉苦恼，但是时间一久，也就变得很平常了，成了闲暇时候发泄牢骚的资料。

浮上他们略嫌混沌的脑筋里来的第一个念头，是工作。但这也自然而简单：昨天如此，今天如此，已经做过好多年了。女人们上灶门口劈引火柴，胁下夹了升子上街籴米，或者带了桶去井边提水。男子汉对自己的工作也很熟练，都在进行着必要的准备了。

有着上等职业和没有所谓职业的杂色人等，他们也有自己的工作日程，而那第一个精彩节目，是上茶馆。他们要在那里讲生意，交换意见，探听各种各样的新闻。他们有时候的谈话，是并无目的的，淡而无味的和烦琐的。但这是旁观者的看法。当事人的观感并不如此，他们正要凭借它来经营自己的精神生活，并找出现实的利益来。

北斗镇是并不大的。它只有一条正街，两条实际上是所谓尿巷子，布满了尿坑、尿桶和尿缸的横街；但它却拥有八九个茶铺。赶场天是十几个。按照社会地位、人事关系，以及各种莫名其妙的趣味，它们都各有自己一定的主顾。所以时间一到，就像一座座对号入座的剧院一样，各人都到自己熟识的地方喝茶去了。

人们已经在大喝特喝起来。用当地的土语说，这叫作开咽喉。因为如果不浓浓地灌它两碗，是会整天不痛快的。有的则在苏苏气气地洗脸，用手指头刷牙齿，或者蹲在座位上慢慢扣着纽扣。手面挥霍的人，也有叫了油茶或醪糟来吃喝的。那个来得最早，去得最迟，算是涌泉居的主人的林幺长子，已经把半斤豆芽菜的菜根子摘光了。

这是一个健旺的老人，很长很瘦，蓄着两撇浓黑的胡须。他早年的绰号是林幺长子，现在叫林狗嘴。因为自从一九二六年失势以后，他忽然变得喜欢吵闹，更加纵容自己的嘴巴了。他曾经是有名的哥老会的首领，但他手下的光棍，多半是乡下那批勉强可以过活的老好人，被他用呵、哄、吓、诈拉入流的。因此，在他家里的流水账簿上，有人曾经发现这样一类有趣的项目：李老大来玉米两斗，去光棍一个。如此等等。

现在，用那细长的、蓄着指甲的手指，他正在把那些散乱在自己面前的豆芽，十分当心地聚在一起，不让有一根漏网。一面，却又不时回过头去，向他身后一席的茶客张罗，对他们的谈话表示一点零零碎碎、但却引人入胜的意见。大多数的茶客，我们不妨说正是为了他若干大胆锋利的谈吐来的。他们要借他来发泄自己的怨气。因为他们在这镇上的地位，是屈辱的，无望的，但是，野心却又没有完全死尽。在这一点上，幺长子林狗嘴，无疑占着一个在野派领袖的地位。

在他身后一席上，一共有五个茶客，全是江湖上的朋友，曾经凭着手枪，或者骰子使人侧目，但是现在已经规矩起来，主要靠各种生意挤油水了。他们谈话的内容，是冬季行政会议的议题。会期是十一月十号，只差两三天就要在城里开幕了。

他们的材料，大半都是靠传闻和臆揣得来的，所以有时互相矛盾，而且极为可笑。但有一点却很一致，他们全都感觉得是在被暗算着，被威胁着了。他们担心着什么新的提案，同时也忧虑若干早经通过的提案将会认真实行起来。此外，还有一点也彼此一致，他们都乐于谈那些和他们自己的利益有着直接关联的问题；隔得远的，他们总一笑置之，以为毫无讨论价值，犯不着多费唇舌。

由于这一类人所共有的狭隘心情，在禁政问题上，坐在下首的芥茉公爷蒋青山，甚至同气包大爷万成福，赌起气性来了。气包大爷是所谓正派袍哥，没有直接搂人抢人，也没有秘密嗜好，他再三力说，种种传闻都是故意放出的空气，值不得顾虑。而芥茉公爷则是著名的瘾哥，那毒物不仅养活了他，并且使他发胖起来，长了所谓烟膘。他曾经戒过三四次烟，吃过不少苦头，但是都失败了。

芥茉公爷是一个带点辣味的人。至少嘴头上如此，因为实际倒是很温和的，他总不断担心着拘留所，担心着强戒期内那些夹着鼻涕眼泪的呵欠，以及瘫软。

"你给我保险！"他鄙视地接着说，"我还不知道我有这样一个好靠山呢。"

"不要这么讲吧！"气包连连解释，因为他是深知道对方的脾胃的，一点芝麻大的小事，也有本事唠叨几天，"这样说你哥子就多心了。我不过说，中华民国的事，你我见少了吗？仔细打听下看，好多大脑壳就在吃这股账啊！"

"现在不同了，"另一个人沉吟着说，"去年的皇历翻不得了。"

"我就没有看出有多少变化！"林幺长子说，忽然回过头来，"那些喝人脑髓的，不一样在吃人吗？老弟！都是骗乡巴佬的，你倒听进去了！"

"对对！看我明天还会拿茶壶做烟斗么！"

公爷苦笑着，大声地说着反话。这惹得全茶堂的人笑了。

当笑声停歇，那种在同样情况下容易发生的不大自然的沉默跟过来时，一个坐在挨近茶炉的方桌面前，壮实无须的矮老头子，嗽嗽喉哝，讲起一段用茶壶做烟斗的故事。这是那种道地的光棍，没有恒产，也无职业，但却永远保持着自由独立的身份。

这人叫戴矮子。他所说的故事，发生在光绪年间一位富翁家里。那富翁已经快落气了，但他还担心着他那庞大的产业，怕给他的独生子完全抽进那个其大无外的烟斗里去。他要逼着儿子给他一个戒绝的誓言才肯瞑目。这个机会叫他选择上了，所以他的亲骨肉果然发了个誓，说他决心戒除这种害人的嗜好，至多每天只抽一口！……

"以后他硬只抽一口呢！"矮子紧接着说，"不过，这家伙也会想，他就拿他妈一个茶壶来做斗子，一口泡子要管一天，——这么大！……"

"看你杂种把我说得热么！……快爬你的啊！"芥茉公爷笑着骂了。

"他不是打趣你，"林幺长子解释道，"这是真的呢！我都听讲过的。他们说，他的烟枪就像吹火筒样，要用绳子吊在帐顶上烧！……"

话还没有说完，林幺长子自己便已捧腹大笑起来。

别的人也都跟着他笑，但却十分谨慎，深恐芥茉公爷会不痛快。一两个讲究息事宁人的老好人，则正在设法把话题牵开，希望谈点别的问题，转换一下空气。

这时候街面上已经逐渐热闹起来。捏在那些烧饼匠手里的小木棒儿，开始在光亮的木桌上跳动着，吵嚷着，发出清脆的声音。卖豆腐的担子沿街吆喝过去。街上偶然也出现三五个外表与本地人稍异的高长大汉，穿着褴褛，却极健壮。他们是西北面老山里的山民，背上高耸着一两百斤重的茶叶包子，他们稳重沉着的步态使人感到尊严。

此外，是零零落落的碱巴担子和乌药担子。除开棉花、玉米和沙金，碱巴和乌药也是北斗镇一带山域地区的特产。但是，从前并没有引起一般人的重视，谁也想不到它们会在抗战中大出风头，因此繁荣了市面。而且，胀饱了一批批腰包，许多人都靠囤集它们发了财了。

林幺长子，是在两年前便看准了这一着的。那个在城里做着小公务员的侄儿，曾经告诉过他，乌药可以代替某种原料，将来一定涨价。但他的金钱有限，胆量有限，他把注意搁在别类生意上面去了。所以一有机会，他总要向那些乌药贩子探听一下行情；虽然每一次的探听，都只能加深他的悔恨，使他摇头叹气地惋惜一通。

因此，当他向一个头缠黑布、满身尘土的乌药客询问市价，而对方胡乱应了一声，一面伸出三根粗壮指头比比之后，他又禁不住呻唤了。

"妈的，这是见风长啦！"他恨恨地说。

"这把有些人倒搞肥了啊！"气包叹息着插嘴说。而他之所谓有些人，是指他们共同的敌人当权派说的。"今天也在收，明天也在收，就像抢水饭①样！"

"他收个屁！"幺长子嚷叫道，"要是老子胆大一点，他收？他南瓜还没有起蒂蒂呢！只怪手头太短促了！真说不得，前年才几个钱一担呀！"

"其实，现在还干得的！"公爷说，认真提出建议，"我们集股来怎样？"

"不行不行，"气包摇摇头说，"听说公家要捆商②了。"

"你又在乱放空气？"幺长子切然反问，瞪着一双深陷的眼睛。

"实在的。听说所有的东西都要捆呢：乌药，碱巴！——我看以后大家就只有喝风了！横竖米这样贵，城里老斗二十元了。"

这样一来，谈话于是转入一般生活的诉苦上去。

在这种问题上，谈话最多、最精彩的，是戴矮子一类两三个六十岁以上的老人。他们仿佛一架活的物价指数表样，从清朝到现在，其间米价肉价的涨落，都大体记得清楚。虽然他们只笼统知道目前的情

---

① 水饭：指过去一些迷信鬼神的人，逢到家里有人卧病不起，往往于深夜用香烛酒饭祭鬼神，照例饭碗内盛水。
② 捆商：抗战时期，一般人民把国民政府的收购政策叫作捆商。

形是怎样来的，但却认真感觉到了不满。

"这样搞下去怎么得了呀？"那个半瞎的老医生陈竹庵追问着，"哼，鸡蛋会卖一角钱一个！恐怕从前就是做梦都没有梦见过吧？"

"这就稀奇了么？"戴矮子接着说，"你去郭金娃馆子里吃二分白肉看吧，——四角！才几片呀，薄得来一口气吹得上天！从前怎样？医生是知道的，进去一坐：来四分白肉，红重！还要去皮带瘦呢，——八个小钱。不信去问，郭金娃还没死呀！"

"这还要问！"啐了一口，幺长子也插进来了，"我小时候也吃过的呀。八个小钱一碗的白蹄面，那几多？吃一碗，就塞得你半饱了。不过，戴矮子！你有什么抱怨的呢？烫①两个金夫子，就够你杂种吃一天了。"

"像你这样说，那些金夫子，都像是绅粮呢。"

"倒不是绅粮，可是，你个家伙好烫猪呀！"

"你老先人积积德吧！"板起宽阔打皱的老脸，戴矮子类乎呼吁地说，"要是我戴矮子心肠有这样硬，连金夫子都要骗，我早当汉奸去了。你自己也看见的，大家屁股都在外面，饱一顿、饿一顿的，夜里就盖几根稻草。……"

"那你一天在梁子上喝风呀？"林幺长子顶上去问。

戴矮子意味深长地笑起来，并不答话，也不再说下去。

他是一个光棍，一个靠着骰子、纸牌生活的人，并且，他已经在北斗镇混了几十年了。他知道这里的风俗，有许多人，你是沾也不能沾的。所以他不能说那些被他哄骗的对象，就是镇上各位大爷兼金厂主人手下的管事、摇手、沙班②等工头、工匠。

"我知道你的鬼多得很！"幺长子紧接着笑骂了，"谨防剁指头啊！"

---

① 烫：欺骗的意思。
② 沙班：掏金工人中较有技术的工种。

"没说的！大小一个光棍，要哪样有哪样。"

"那就行！不过说一句老实话，就要上吊，也找大树子吧！……"

幺长子自己开着金厂，他深知那些金夫子的实际情况，所以他的半玩笑的劝告，完全出自当时当地的诚实，没有丝毫虚假。他那顽硬的心肠，甚至隐约地冒出一股苦趣。

幺长子并不是善良人，还很贪鄙、毒狠，但纵是一个恶棍，他也会在某些时机享受一点那种不花本钱的同情之乐，特别今天，心里充满愉快，他就自然而然对人好起来了。这愉快有两个来源：首先，他的新槽子出金了；其次，他正期待着一个更大的喜讯。

夜里，那个金厂管事附带告诉他说，根据一种传闻，一个新金矿被发现了。就在筲箕背，那金厂梁子最高的地方。而且还不是沙金，是成颗成粒的，成色同章腊金①不差上下。这是刘糟牙槽子上一个老工匠丁酒罐罐漏出来的。丁酒罐罐的父亲就是一个开金厂的，当父亲死后，在赌场里荡尽了剩余的家产，开始在金洞里爬上爬下背沙的时候，他曾经在那里工作过一段时间，而且他还亲自发现过一根金门闩子！

其实，这种传说，老早就很普遍地流行着了，不过一般人都不知道究竟，总是恍惚迷离的。在许多年老人当中，有的说，好多年前，筲箕背的确开过槽子，但是没有结果，所以很快就封闭了；有的又以为，金子是出产的，半途而废的原因在于士绅们和业主的反对。因为那里是风水地方。现在，既然钻出个人来拍着胸口证明，情形就大变了。

所以听完报告之后，林幺长子便立刻从椅子上跳了起来，催促他的管事去找那老金夫子，约着早晨在涌泉居会面。他要亲自同丁酒罐罐谈话，然后秘密进行开采手续。他叮咛他的管事不要张扬出去。因为像他说的，这镇上长手杆、粗喉咙的饿蟒，实在是太多了，一漏出

---

① 章腊金：四川松潘章腊地方，以产金出名，金子的成色最好。

去就会你争我夺，而他自信不容易占上风。

这时，因为新来了一个茶客，那个代表国家银行收买金子的委员，茶堂里的空气更热闹了。虽然这个人两年前还是一个城里的杂货店老板，不足道的；但目前既然兼差着大银行的职务，做的又是金子生意，人们的看法自然不同起来。大家提高嗓子招呼茶钱不说，还争着开，争着让出好位置来。这是因为彼此都想从他占点便宜的缘故。

幺长子的首席，是从来不让人的，便是城里的士绅来了，他也仅仅干叫两声茶钱，至多抬抬屁股来表示客气。但是现在，他竟然从座位上挺直地站起来了，右手一摊，做出一个谦恭的邀请姿势。

"坐起来吧！"他欢迎地说，"不要客气！……"

他又拖了对方一把，那委员这才坐下去了。大家于是七嘴八舌地探问着金价。

"我今天就要进城看电报去了，"小胖子委员高深莫测，说，"噫，这个战事像这样打下去，恐怕还要涨呀。幺大爷，你倒整对了哇，每天几钱！……"

"你听什么人说的？"幺长子佯装着吃惊了，"真的每天几钱，耳朵早挤落了！你替我们想一想吧，工价好贵？还不容易找到人呀！"

"无论怎么样说，本总不会亏的。"

"这说不定，"急眨着深陷而带灰色的眼睛，幺长子含含糊糊回答，"这要看运气……再说呢……"

"当然啊！"委员俨然地说，扬了扬眉毛，"要是靠得准拿钱，我也来了。这里的出产，也确乎不行，没有响水沟旺，就是磨家沟都比不上！你问问看，单是萧三大爷那个明窝子，一天挖多少呀！可是，这里一天两钱三钱，就算红槽子了。"

"那你又讲得太过火了！"芥茉公爷客客气气地辩护说，仿佛那小胖子损伤了自己的尊严，"箐箕背要是开出来的话，抵你十个响水沟呵！他萧老三算得什么？"

"你瞎说!"幺长子说,装模作样地连连摇头,"你又在放空气了!"

"说起来你哥子不相信,金厂梁子上,什么人不晓得呀!你去问问刘糟牙槽子上那个沙班头子吧,他就在那里背过沙呢。并且……"

"是不是还挖过一根金门闩子哇?"幺长子非笑地插进来问。

"你也听说过吗?"

"比你早!还是娃儿头的时候,就听过几千遍了。不过,看样子,你倒真像耳朵里夹毛钱,听进去了呢,——一根金门闩子!哈哈……"

幺长子嚷叫着,一连打了一串响亮清脆的哈哈。他想岔开关于笪箕背的传说,减少一些不利于他的注意,他立刻就做到了。芥茉公爷脸红筋涨的,感觉得上了谣言的当。所以大家胡乱笑了一通之后,谈话就转到风水、迷信和一般谣言上面去了。

但是,谈话虽然精彩,茶客已经陆续离开茶馆,回家吃早饭去了。那些"节省大家",在走的时候先把自己的茶碗移向桌心,这是表明,早饭过后他们还要来的,不想另外泡茶。芥茉公爷向他的同伴眨了眨眼睛,彼此若无其事地向郭金娃馆子走去。因为生活过高,好多人花钱更手紧了。只有少数人没有走。林幺长子便是其中的一个,他在期待着,不时又望街道两头审视一番。因为丁酒罐罐将会给他带来一大注钱财。

他的独苗苗孙儿土狗,那半点钟前跑来拿走豆芽,并且顺便抢走一张毛票的七岁的孩子,拖着鼻涕,跳蹦着跑来请他吃饭;但他费了很多唇舌,又把那孩子赶起走了。

他还要等一会。但他显然已经不耐烦了,老是咂嘴摇头,又轻轻透着气。

二

北斗镇的开采沙金,已经是相当久远的事了。然而,为一般人所熟知,像目前一样的那种比较大规模的发掘,却在辛亥革命前后五六年间。那时候，最时髦的有两件事：其一，是恭而敬之地送上半锭纹银，几个响头，取得一个光棍；又其一，便是淘金。

但是时间过得太快，虽然光棍的组织已经成为川西北一带农村社会的特殊势力，便连这个偏远市镇也不例外，它是更为一般野心家所看重了；而淘金的潮流，却并没有继续多久。然而，在一九三四年左右，当那批逃亡地主，从他们感觉生疏、感觉屈辱的都市里，返回他们照旧可以趾高气扬的故乡以后，黄金的气运又抬头了。

和前一个时间相像，那些实际上沾了黄金的光的人们，他们经常的借口是赈济灾民。仿佛要不是他们让那些在饥饿中彷徨的贫苦农民，满身泥污，背了尖底背篼，在那暗黑而危险的矿洞里爬上爬下，所有的农人便会断种，而这世界，也就要垮台了。他们总向山沟里找人手，因为那里困苦最深，也就是说工资可以更低更廉。

最近一个时期的大规模开采，是"七七"前后才开始的。起初的措辞也是一样：赈济灾民！因为附近一带地区刚才遭了荒年。但随着抗战的开展，矿洞的增多，最显著的是黄金价格的不断高涨，旧的借口，讲起来要红脸了。同时，人们也似乎朴质多了，他们坦然地流露出对于黄金本身的迷恋。但是不久，却又立刻来了新的口实：他们是在开发资源，是在抗战建国了。他们于是大挖特挖起来。……

所谓金厂梁子的正式称呼，叫东山。但是，自从这个倒霉家伙，被一般贪婪者挖上一些大坑小洞之后，它的本名便失传了。它并不很高，没有树木，远远看起来只是一埂漫远的黄土丘陵；现在，则自然是一座充满喧嚣的、庞大的野市了。到处都散布着肥肠汤锅、红宝摊子和粗野的人影。有的地段，甚至粗具了市街的模样。而就在这种地段当中，一家小酒馆在昨天开张了。但这所谓酒馆，是和肥肠汤锅比较说的，它只贩卖烧酒、猪头、猪尾等等不成材料的货色的卤味。因此，倘若同镇子上的酒馆一比，那便卑卑不足道了。它的主顾，除开管事，沙班、水班的工头、工匠，老板们间或也来凑凑兴致，胡吃一通。因为沙班、水班的工头、工匠，好多都是光棍，老板们更不例外。

新开张的生意总是很兴旺的。现在，又正当中午时候，那个小小的篾折篷子，已经给客人塞满了。但也一共只有两张桌面。在那关圣帝君的神位下面一张方桌子上，因为上席靠壁，不能安客，连挂角一共有七个人。右手的圈椅上，坐着一个面貌有点浮肿，黄面孔的五十上下的人。细眉细眼，微瘪的阔嘴上蓄着两撇稀疏柔软的胡子。而由于这外表，以及他那比较斯文迟缓的举动，他的神气是和蔼可亲的，而且经常带点笑意。但他就是镇上有名的白三老爷，诨名叫白酱丹。一架大爷，一个没落的绅士。在金厂梁子上，他是没有地位的，但却普遍对他感到畏惧。淘金刚一开始，他就奔走着，张罗着，希望自己是个厂主，或者同别人合伙。因为他一向清楚这里油水很重。

直到现在，白酱丹白三老爷，虽然依旧存着这点野心，但人们总一样对他敬而远之，再三回避着他。因为他们不仅畏忌着他本人的双重身份——又是绅粮，又是大爷，以及他那无穷无尽的诡计；他们更担心着那一两个挡在他的面前，实际上掌握着北斗镇的命运的人物。他的家产早玩光了，但他自视甚高，并不感觉处境的尴尬。他头戴猫皮土耳其帽，花缎背心的纽扣上吊着银质牙签，手上是响水烟袋，看来很是神气。

白酱丹白三老爷的烟袋，是红铜衬底，白铜镂花的，而正唯其有如此漂亮，所以吃饭、走路和上厕所，他都从不离手。因为一个水班头子称赞着烟袋的做工精致，他自己也就津津有味地举起来瞧了瞧，吹了一口沾在上面的细碎烟丝。

"还是城里焦大老爷送的，"他俨然地说，"吃了十几年了。"

"现在，单是铜，恐怕也要值好几个钱吧！"那水班头子更加起敬地说。

"毛铁都卖好多钱一斤了呵！"白酱丹说，又微微一笑。

"请酒！请酒！……"

有谁拿起杯子一举，招呼着，大家于是就又继续喝将起来。

但酒是无力控制谈话的，反而刺激了它，所以酒杯一搁，筷子一搁，口舌又在别种欲望下工作了。不过，旧的话题已经让位，已经不再是那宝贝烟袋了，他们开始交换着金厂上的消息。什么人挖"夜"了，蚀了老本；什么人长了钱，捞到了油水；哪个洞子因为撤了网，塌了，死了好几个金夫子，等等。

"刘大鼻子又挖夜了，"一个秃头的中年人说，"蚀了好几百元！其实该长钱的，就是人没有请对头，叫管事骗了。又抓过一次壮丁。……"

"好久的事？"白酱丹问。

"还不是前一场的事！十几个水班，全抓光了。沙子堆起出不了货，又叫贼偷了。总有一二十担吧，——真是卖灰面碰见吹大风！"

"其实这些人也该整，哪个叫他平常嘴巴臭呀！……"

白酱丹白三老爷不怀好意地笑了。

"现在还出沙吗？"他接着又问。

"已经停了工了！说是要顶，我看没有人肯接手。"

"为什么呢？"

"挖夜了的槽子，都不愿意要呀！不吉利。就像结婚一样……"

"我才不管他这一套！"白酱丹放肆地说，"二婚亲就不生娃娃了么？"

他想提醒大家，他不仅是个老爷，还是个道地的袍哥大爷，任何提劲撒野的话，他也是在行的，并不比别的人本分。他引得全席人都发笑了。

他们大都知道，他是老早就想拥有一个金洞子的。便是不知道的人，现在也从他的口气里得到暗示，只要大鼻子停了工的洞子还肯出货，他是很可能收买的。但他们却不知道，他现在是怀着另外一种目的来的，而他的谈话只是一时的凑趣。

谈话停顿了一会。随后，一个塌鼻头老人，是一家小厂里的管事，头发已斑白了，红丝眼睛，为了讨好一个表面人物，忽然想起似的插进嘴来。

"你想顶么?"他问，"算了吧！倒是挖筲箕背比你什么地方都好！……"

"那里挖得出什么来啊！"白酱丹反驳地插断说。

塌鼻触到了他的心病，他正是为了这件事情来的，但他装作毫不相信的神气。

"是好，山都老早给挖空了！"白酱丹接着说，"清朝年间就有人挖过，出点麦麸子金。所以才几天就搁下来了，眼睁睁朵了他妈一大堆钱进去！"

"你亲眼看见过么?"一个人伸着头问。

"他们老一辈人说的，我那时候还在吃奶子啊。"

"那就不确实了，我讲的是真的呢！"塌鼻说，更加认真起来。

虽然从塌鼻谈话开始，那秃头和其他两个人就都有点吃惊，因为他们同样知道这个消息，却不愿意传播开去。他们想阻止他；但是塌鼻一个劲说下去了。

塌鼻是那种藏不住半句话的人，而且酒已经喝得够了，因此没有看出同座其他两三个人的焦急和不满意。他只对了那个渴望探听出一切底细的、白酱丹的黄黄的圆脸，想把他听来的，趁新鲜原封不动讲了出来。他骄傲他有了发泄的机会。

"他亲自在那里做过工呢！"他继续说，转叙着那个人证的自白，"他讲，才挖了七八天，就发现牛子①，出了沙了。简直是成颗成粒的，——好成色呀！"

"以后为什么又搁下了呢?"白酱丹逗引着他。

———————————

① 牛子：淘金工人的行话，即大的鹅卵石。

"有人不答应呀！说是风水地方，怕龙脉挖断了！"

"那地方风水是有！"抖抖纸捻子灰，白酱丹说，"何寡母他们，就是靠那里的几座祖坟才发了的。可是，现在不兴这一套了，——迷信！"

他随又用他那永远带点笑意的细长眼睛盯住秃头。

"你听说过没有？真的吗？"他连连发问。

"什么真的！只要你肯听，几杯马尿水一灌，热闹的还多啊。"

"你不能这样说，"塌鼻不平着，开始忸怩地辩护，"一个人喝了酒，就不讲真话了么？还有人偷来试过呀！怎样能算是乱说呢？"

"什么人？"好几个人注意地问。

塌鼻子并不回答。他傻笑着，难乎为情地搔着为酒涨红的脸颊。

"讲呀！没有哪个出卖你的！"人们催促着。

"说出来不大好。"塌鼻还在忸怩。

"呵唷！你说就说呀！"

"那我不提名字，"塌鼻终于决了心了，但却依旧忸怩地说，"总这么一个人嘛，也是大鼻子槽子上的。这家伙听热了，去偷了两回，——淘了好几钱呵！"

大家忽然都沉默了。虽然沉默的时间异常短促，但其间，各个人的内心活动却是很复杂的。他们屏住呼吸，似乎都看见了那在黑夜里偷盗矿砂的光景，看见了那诱惑人的、仿佛云霞一般的黄金。一刹那间，白三老爷，甚至觉得自己也加进去偷盗了。

最后，白酱丹松了口气，又忘情地笑一笑。

"他没有告诉你，原先开采的是那一段地带吗？"他接着充满关心地问，似乎这是一个问题的关键，"要是实在，他就一定知道！"

"我没有问他。我搞忘记问了！"

"依我看是空事！"那秃头叹着气说，"就算是真的吧，何寡母肯答应呀！"

白酱丹意味深长地向秃头瞄了一眼，唯唯否否地哼了一声。他很明白，那秃头有一半意思是在提醒他的，但他在心里暗笑了。因为他深信不疑，只要不是传闻，只要是他肯干，任何泼妇他都能够应付。

"大鼻子的槽子在那里哇？"他若无其事地问。

"喏！……那不是呀！从那间茅草棚过去，倒右手就到了。……"

然而，沙班的热心的指点，并没有使得白酱丹发生怎样的显著反应，好像他的问询，只是一种随便举动。本是一个城府很深的人，见过的局面也不少了，他是能够沉住气的。他照常不动声色地继续喝酒；关于那老金夫子的事，从此一个字也不提了。仿佛刚才不过讲了一些毫无实际作用的空话，甚至已经忘记了它。直到餐事结束，那个秃头抢着把酒饭钱给了，他才支使开他们，独自望那老沙工指示的路线走去。

他从一个凉粉担子后面隐身过去，然后转上一条小径。那小径沿着山腹蜿蜒下去，相当僻静；但一望下面的洼地，其热闹正和山脊，以及前山的阳面一样。所不同的，是山腹以下，只有一些大坑小洞的明槽子，没有隧道，看起来恰像干涸了的泥沼。

那些泥沼的面积大小不等，但面积小的，多半是正在一直向下挖掘，是已经发现牛子，找到矿脉的了。面积大的，则多数还在焦急地向四面扩张着，试探着，希望不要长期受骗，空自消耗人力财力。泥沼的边沿上，一例安置着龙骨车，有的一两架，有的三五架，正在喝干那一坛坛混浊的泥水，以便攫取沙石，淘洗金子。

迈开一个路毙，白酱丹笔直向了四五个席地而坐的金夫子走去。那路毙大张着嘴，赤身裸体，下身围着一块席子，肤色已经黑了。那几个同样有着路毙前途的金夫子们，则正在吃饭。他们围着一鬶清淡的臭咸菜汤，用树枝做筷子，硬塞着麦麸和玉米混合做成的面团。他们比暗槽子的工人还要污浊，周身全是泥浆。

白酱丹做事，照例是从容不迫的，而且非常细致，知道怎样事先掩护好自己。他不声不响走近金夫子们去，看他们吃。最后，他摇摇头，又轻轻笑了一声，意在提起大家的注意。仿佛他们的吃食和吃法十分打动了他，他有点舍不得走开了。

"你们这样吃，"他微笑着说，"应该落得到几个钱回家过年呀?"

"落个屁!"一个头蒙白布的中年人带点不平地回答，"自己糊得圆就好了。"

"怎么样，不是都增加了工钱了么?"

"那有多大用处!"这次回答的是个老人，"说起来两块三块的，看买得到一碗米么! 不是庄稼做垮杆了，哪个来吃这碗造罪饭啊。"

白酱丹表示同情地笑了。

跟着，他就问他们认不认识丁酒罐罐，他住在什么地方。因为这里正是大鼻子的槽子的所在。他立刻满意了。那个老年人还自愿亲身领他到厂棚里去。

丁酒罐罐住的篾折人字形的棚子，位置在一处土坎上面。地方虽然比较的高，但却同样潮湿。棚子里散乱着一些谷草，谷草上面有两三床破棉絮。黑而发臭，正如泥污一样。但这还是工匠们的特权，一般只能出卖气力的金夫子们，是无福享受的。

棚子里面坐着四五个人，潮湿的泥地上狼藉着吃空了的甑子、饭碗。大家正在吃饭后烟。土制烟卷、叶子烟，以及烟袋、烟棒，都出场了。只有丁酒罐罐还在吃饭，这是因为烧酒耽误了他。这是一个矮老头子，嘴唇已经瘪了，没有胡须。他是褴褛不堪的，但却有着一种孩子般的快活神气。他对来客立刻表示了欢迎。

他的同伴也都站起来让座，唠唠叨叨抱歉着地方太窄。白酱丹终于在一通闲话之后提到篼箕背来，但是他的态度，仍然是若无其事的，仿佛不过偶尔趁兴头探问一下。

然而酒罐罐并不这么样想。趁了酒兴，他渲染着，鼓动着，说他讲的全是真话。

"现在金价好贵了呀？"他尖着嗓子嚷道，把上身倾侧出去，为酒涨红的眼睛里泛着热情，"让它荒起真可惜了！只要三老爷肯干，一切都包给我！"

"事情没有那么容易！"白酱丹摇摇头切断说，因为看出老头子是在说酒话了，"那个寡母子她肯答应你挖呀？人家几代人的发坟都在那里，又不缺少钱用，——是你，你肯干么？我也不过随便问问罢了，怎么能说得这么深沉啊！"

"这个话不错！"有人承认说，"是别人的风水地方呀。"

"现在什么人还在讲究这一套啊！"酒罐罐说，显然不大满意，"银子是白的，眼睛是黑的，多拿几个租金，她会连裤带也解了呢！哈哈……"

"你在说酒话了呀？"白酱丹笑着问。

"哪个狗杂种说酒话！都是一真二实的啊。难道三老爷要做，什么人还敢阻拦？顶凶，多拿几个钱给她就是了！这还算看得起她。嗨！对，打旗旗算我的！……"

"你真说得便当！"

白酱丹嘟哝着，轻描淡写地把谈话撇开了。

"不过，不要生气哇，"他随又微笑着问，"你认真见到过金门闩子呀？"

"完了！"酒罐罐叹气说，有一点见怪了，"我十四五岁，就跟我们爹在社会上操啊！人是越操越霉，对拜兄伙，还从来没有乱报过盘。的确，不多不少，官秤一两三钱几分。那个时候，单是说，好多人都把眼睛看红了啊！……"

"其实，只要是肯出货，也就算不错了！"白酱丹忘其所以地说。

"货，那倒是出的！"别的几个人嚷着证明。

"你听听吧！"酒罐罐快活地叫了，"他们总没有吃醉呀！"

"丁酒罐罐在么？"棚子的入口处忽然有人发问。

随着叫声，一个矮子和一个长人走了进来。

这进来的是林幺长子的管事毛笨和幺长子本人。因为早上的约会并未成功，而幺长子又非看看丁酒罐罐不可，现在他可亲自来了。然而，他可没有料到他会碰见他的表弟，同时也是他的敌对的白酱丹白三老爷，这就不免叫他有点吃惊不小！

他们都是在社会上滚过半辈子的人，只需一眼，便互相猜出各人到这里拜访的用意来了。但是他们还是彼此隐瞒起来，希望能够蒙混过去，应付过去。

"我怕哪个！"白酱丹首先显得惊异地笑着说了，"幺哥呢！"

"怎么样，来不得吗？"幺长子说，多少有点着恼。

"怎么来不得？这里又没有喂得有老虎呀！"

掩盖过这些充满了心机、计谋以及策略的谈话，不识不知的毛笨也在一个劲地嚷叫，半开玩笑地抱怨着丁酒罐罐。他是个新近才由幺长子提拔过的光棍，所以他总时刻注意到他所应有的袍哥派头。

"可是袍哥，踩水来不得哟！"他叫嚣着，"咱们弟兄，一是一，二是二……"

"你做什么哇？"幺长子的不快，忽然间爆发了，"总是肝经火旺的！"

"他说他也在等我呀。"毛笨嗫嚅着解释。

"的的确确！"酒罐罐证实地接着说，"当真等了好半天呢。不过，幺舵把子的意思，我已经知道了。那确是实在的，一天出不了两把金子，我丁酒罐罐不姓丁了！只要你干，我钻山塞海总来一个，——不来不算光棍！"

没有人接上话，大家都忽然莫名其妙地沉默下来。

这沉默的主要酿造者，是幺长子和白酱丹。前者满脸的大不痛快，有点哭笑不是，进退两难；后一个则一直浮着冷然的讽刺的微笑，眼睛更细，脸蛋也更圆了。

最后，白酱丹终于站了起来，含意深沉地微微一笑。

"好！我先走了哇，你们细细谈吧！"他说。

"都听得呀，又不是哪个想谋王杀驾！……"

么长子锋利地回答，没有站立起来，更没有挽留白三老爷。

三

白酱丹白三老爷，在镇上的处境是相当奇特的。

说他是绅士吧，他的田产，二十年前已经光了。他现在的生活状况，是零落的和可笑的，就经常仗着两三个赏识他的大人物的提携，以及种种无穷无尽的五福会、田园会度日子。但他确又是个绅粮，只是他看不起别的绅粮，而别的绅粮也看不起他。他看不起他的同类，是他以为他们不过多着几个脏钱。但在袍界当中，他也并无显赫的地位。而他之所以没有在北斗镇掌握实际权力，这大半因为他是一个靠了挥霍出头的、所谓一步登天的大爷的缘故。既然没有耍过枪炮，自己身上也没有留下一点光荣的创伤。然而，毫无疑义，他的手腕是比么长子强的，所以对于他们的意外会晤他很镇静。

现在，他已经把那个和他向着同一目标竞走的对手，全忘怀了。他正在考虑开发箐箕背的各种步骤。由他一个人创办，自然是顶理想，但他没有本钱，而一涉及借贷，他的信用又早就破产了。请会虽是一法，但数目是有限的，他将不能应付那种庞大的开支。而且，当他黄昏时分回到家里的时候，他的老婆，又极不识相地向他发出警报，说是晌午连米柜子都扫了，催他赶紧买点口粮，否则明天没米下锅。

仿佛命定的一样，于是他很快地直觉到，他只有同旁人合伙了。他第一个想到的是本场的联保主任，那个把他当成智囊的龙哥。这是很自然的，而且他也不能不依仗龙哥的权力；但他又觉得龙哥喉咙太粗。其次想到的是彭尊三彭胖。这个人虽也胃口不小，但他可以控制，而且他们又是亲戚。然而，这也有不妥当的地方，龙哥知道了会说他们出卖他的。这是一种袍界的最大忌讳，而且每每因此弄坏人事关系。

总之，这需要认真考虑；但他已经烦躁起来，失掉了他那种惯常的沉着。他想暂时把它丢开。他拿起烟袋，抽起烟来。但他老吹不燃捻子，也摆不开脑子里那些互相排挤着的想头。昨天他还不知道这件事会使他这样激动，他索性不抽烟了。

"唉！一辈子就是吃了金钱的亏！……"

灭熄纸捻，他磕的一声搁下烟袋，又长长叹口气。

"其实，就是彭胖子也是不好惹的，"他想，"喉咙也粗得很！这就叫越有钱越想钱，——你把他有什么办法啊！"

他忽然注意到了坐在堂屋门边暗影里的他的女人。

"你们真是会吃！一斗米，才两三场就没有了。"他怨恨地说。

"我总是盘回娘屋了嘛！"女人回着嘴，咽了一口酸苦的气。

这是一个黄皮寡瘦、半瞎的四十多岁的女人，除了一个十岁的女儿真真，她便没有任何的亲人了。丈夫早年的爱情，是在家庭以外浪费掉的，对她一直看不上眼。所不同的，他先前不喜欢她，是因为她丑陋；现在则是多病，而且老向他要钱开销。

白酱丹忽然感觉到有点歉然，他难过起来了。

"你说这些气话做什么啊？"他蹙着脸温和地说，"我只是说，吃得真太快了。好像做作的样，米越贵，越吃得。不要再说了吧，明天去借几担谷子。"

"等你借到，人都饿死了。"

"你就只晓得泼冷水！"因为忽然那么尖锐地意识到自己的穷困，他生起气来。

"那我不开口好了啊。"女人说，深沉地叹气。

"我不是不要你开口，你说得太没有志气了！好像马上就要饿饭的样子。什么时候，我总要买几十担米在那里搁起，让你慢慢胀嘛！……"

他联想起了筲箕背和他正在谋划的事业，他的精神，又逐渐振作了。于是，在那种由于赌气而激动起来的、发热的想象当中，他看见他的景况是变好了，他的女人也不再藐视他，只是感到惭愧；但却十分满足，深幸自己嫁了这样好一个丈夫！……

她没有妨害他的幻想，但是最后，她终于又开口了。

"说呢，又要发脾气了。又是找主任吧？那个女人的话，就不好说！"

"向她开口？我才犯不上去找她那个泼妇！"

"那我看你又找哪个！"

"找哪个？我就找龙哥本人！是他亲口答应过我的。"

"那么好，等他从城里回来再吃饭吧！"

"嗨！你倒一句话把我提醒了呢！……"

对于老婆大胆的回嘴，不但没有见怪，他倒充满愉快地笑了。因为由于这个提示，他立刻想起一个好办法了：赶快乘龙哥不在家就把金厂组织起来！……

"我这个人的记性真太好了！"他接着解嘲地说，手掌击了一下额头，"不过，不要愁吧！"他又说，忽然变得温柔起来，用了少有的柔和眼光望着他的老婆，没有一点看她不起的神气，"总不会饿死你的！我要到彭胖家里去了。"

这时候，那个营养不良的女儿忽然走了进来。她帽子上插着一个毽儿，穿着一件旧棉背心。她显然害怕父亲，飞快行了个礼，就怯生生地靠近母亲去了。

"野人吗？怎么这时候才回来哇？"白酱丹问。

"在门口打毽儿来的……"

"就贪玩吧！"他说，一面朝外面走，"看将来怎么样升学啊。"

那个终日淌着眼泪的女人深深叹了口气。

这叹气的意义很是清楚：他们的女儿现在读着小学，就连教科书也买不齐全，常常缺乏文具，升学，当然更艰难了。是无望的和不可能的。但是这种想法，却把那个正在洋溢着乐观情绪的父亲弄恼怒了，又觉得被她泼了一瓢冷水！

"你就料定我翻不了身吗？"略一回头，白酱丹想这样叫出来。

但是，浮上一个冷然的微笑，他又转身走了。他觉得和女人争执是无味的，而他现在也还没有到夸口的时候。同时他又想到了她的昏愚、可怜，值不得批驳她。

他之宽大为怀，在家庭间算是一桩难得的事。正如难得使他感情激动一样。而这两种意外情形，又同是来自那种过分刺激了他的关于黄金的梦想。他平日只顾自己穿着整齐，以及用他那半食客的身份，在镇上东吃西喝，妻女的生活，他是少关心的。而且，每当她们提出什么生活上必需的要求的时候，他总以为她们是在和他作对。

这通常有着两种解释，她们又在利用生活负担胁迫他了，这是其一；其二，她们企图败坏他的兴致，而且，使他的体面受到损害。他是很考究体面的，年轻的时候用遗产，现在用手段，以及装腔作势。单看他的派头，谁也不相信他是穷光蛋。烟袋、牙签不说，他还穿着花缎背心；虽然是几年以前，流行背心时用一件坏了袖子的马褂改的。

他那细小的眼睛，多少有点毛病。所以每当看书写信，或看告示的时候，他的老光眼镜，又在鼻梁上架起来了。这更使他显得神气十足，不像一个什么普通角色。他喜欢批驳别人的文字，便是县府下来的公文，也都逃不过他。而这一切，又是从他的自负不凡来的，以为只有自己的文章通气。在整个北斗镇，不被他公开藐视和说坏话的，只有两个人，一个是联保主任龙哥，一个是他正要前去拜会的彭尊三彭胖。

彭尊三彭胖，是本镇捐班出身的大爷，而他的真正的势力的基础，却在他的大批田产，苏保沟的山场和现金上面。反正前后，镇上大半的粮户，都遭过绑票的，他却一直没有住过苕窖，没有尝过粗糠拌饭的异味。因为世风一转，他便立刻加进了袍界了。而且，设法和大人物交结，故意闭着眼睛吃些损害不大的小亏。因而，民国以来，镇上的统治者虽然一共变更了五次，他可始终没有倒台。他人很滑头，从不攫取什么过分打眼的利益，虽然他也并不拒绝那些送上门来，或者膊子一伸便拿到的物事。

彭尊三彭胖，已经三代人没有分过家了。同着他的父母，三个兄弟，他们安安静静地住在一所前后三进的旧式宅院里面。它位置在市镇东头，门口有着两间铺面，一间是酱园，一间做着油酒买卖。它们已经存在了好几十年，因为他的祖宗是以此为业的。虽然它们的作用早已只在保存家风，一方面借此开支日常用度；但是现在的意义却又变了。它们也兼做油酒，以及油酒以外的囤压生意。

当白酱丹抱着水烟袋走进彭家大厅的时候，彭尊三本人正站在一些菜油篓子当中，手上拿了算盘，在和五六个力夫算账。那些菜油，显然是才从县城的东南区，土桥、崇镇一带旱坝里运到的，因为那一带出产丰富，价钱比山沟里便宜。力夫们是正在分辩着，吵嚷着，理直气壮地抗议他们丝毫没有作弊，因此不该克扣力钱。

彭尊三是个又白又胖的五十多岁的胖子。加之，头戴雪帽，衣服又很宽展，他的堆头，看来更庞大了。因为营养得好，又因为喜欢以刮脸为消遣，他的外貌看来还很年轻。他是那么的多肉，以致乍看起来，你会以为他生着好几个下巴；有时，又一个下巴也没有了，几乎同颈子平铺直叙地连成了一片。

彭尊三彭胖说话时语音很低，但是很宽；有时激动起来，可又像一副窄嗓子。他正在一面拨着算珠，哼着数字，一面又在尖声尖气嚷叫。

"你们把咒再赌伤心些吧！"他含怒地说，"看还把我说得软么！……"

"这几天囤油倒想对了！"白酱丹摇摆着走过去，一面赞叹地说。

彭胖从昏黄的灯光下立刻注意到了白三老爷。

"囤倒囤得，只是价钱也够受啊！……你坐呀！……"

"上这个数么？"白酱丹笑着比了比指头。

"不止不止！——就叫城里面抢贵了。……"

彭胖应酬着，望望客人，就又赶紧盯住手里的算盘，深恐打错桥。而那些力夫的大声的发誓，则已变成了愤恨不平的唠叨。因为他们本来已经承认了胖子的算法，后来才又弄清楚吃了大亏，抱怨起来；但是已经迟了，睁起眼睛叫胖子暗算了。

又过了几分钟，所有的力钱，便被那个理财专家算清楚了；接着就由在场的一个店员，领了力夫们出去付款。力夫们虽然还在唠叨，但看神气，不如说是咒骂来得恰当一些。而彭胖却已不再张理他们，只是觉得一切都很满意。因为听白酱丹说，是来找他说事情的，于是立刻领了对方走进客室里去。

客室并不很大，安着两张床铺，对面坐着便可以亲亲热热交谈，关于任何秘密，完全用不着咬耳朵。正面靠墙安置着一个木柜，上面是一盏锡制的菜油灯。从那只有一根灯草的、昏暗的光亮中，可以恍惚看出一幅单条，写着一个斗大的魁字。是乩笔写的，正像魁星一样。彭胖是特别喜欢这一套的，仿佛知道自己平素亏心事做得太多。

木制的望顶很低，已经被各种烟霭熏得污黑；但却没有阳尘吊子，相当整洁。进来之后，彭胖首先走近木柜，将灯草拨成两根，一面照例装穷地诉起苦来。

"现在，简直连灯油也照不起了！"他笑着说，又叹了口气。

"岂止灯油！"白酱丹赞成着，举起手上的纸捻，"你单拿纸捻说吧，一天要花多少钱呀？我又是把习惯养坏了的，总离不得！"

"唉！像你这样一天燃起，一年算起来要笔钱啊。"

"那不是！不过也没办法，总要抱在手里，心上才好过呀！"

“其实，你能够把嗜好早戒掉，总算是看准了。现在不要讲大瘾哥，就是两三口烟的小瘾，算起来，也比吃人参燕窝贵得多呀。”

“所以说哟！当初大家还劝我不要戒呢。”

彭胖没有接话，但却忍不住打了一个呵欠。

彭家的家风，是谨守早睡早起的习惯的。至于原因，省油不必说了，在这冬季，主要是每天见亮，当家人便要到肉市上去收猪牙巴骨，拿回来敲损，加上萝卜炖汤。这是一种功效极大的补品，大家说彭家惯出胖子的秘密，根本原因就在这里。

“今天太起早了，”呵欠之后，他解释地说，“到了杀房，猪还在圈里呢。”

“你这个习惯好呀，像我们就不成！”

虽然凭着他那不慌不忙的性格，白酱丹说话极喜欢绕圈子，但是因为事情的紧要，胖子的呵欠，再远天远地兜向目标，是不行了。他得赶快爽利地进行他的正事。

所以沉默了一会，白酱丹就扼要地讲明了开采笤箕背的计划。

“我就是特别为这件事跑来的，”他继续说，“大家不是外人，你出钱，我出力好了。你是知道我的境况的，将来见金子了，分多分少没有关系。……”

“要得嘛！……”

彭胖的神气异常淡漠，虽然他的瞌睡已经跑了。他又站了起来，拨了拨灯草，而在退转来后，才又浮上一种近乎玩笑的微笑，加上说：

“不过，我的事你清楚，人多嘴杂，开不得玩笑啊！”

“这个你尽管放心！你我两老表，对不住人的事不会有的！”

“不是这个意思，你多心了！”彭胖微笑着说。

“我说的是本心话啊。银钱账目，我是不懂的，你来！”

“这倒没有多大关系。可是，丁酒罐罐的话，认真靠得住么？”

“靠不住，我又不来找你了哟！”对于彭胖的过分持重，过分机心，白酱丹多少是见怪了，他认真地紧接着说；又不以为然地转动了一下身子，"不相信，你明天亲自跑一趟吧，总不会有半个钱假的。老实说，好多人已经张开嘴了！"

"已经有人知道了吗？"

"多啊！所以我说，要搞，就赶快搞吧。林幺长子，今天就在那里东旋西旋的，死钉住酒罐罐不放。你想，他是什么好东西么？"

"他不要紧，嘴巴乱吹一顿罢了！"

然而，虽然交涉如此顺利，若果说彭胖已经相信了白酱丹，那是不正确的。但要说不相信，也一样不正确。因为每每一件事情，没有到了实行的时候，你是捉摸不住他的。所以，接着白三老爷便又向他谈起各项具体计划，希望他会赶快打定主意。

白酱丹说得从容而且详细，而且具有一种很深的自信。他把怎样雇用工人，需要多少木料做厢和打撑子，多少刨锄子和鹤嘴锄，全说到了。他总把数目字说得比实际需要更小一些，但彭胖仍旧不时含含糊糊地摆摆脑袋。直到叙述完毕，而且估量了一笔三千元的开办费用之后，彭胖这才抽了口气，又摇摇头，极为机警地笑了起来。

"这个数目太大点吧？"彭胖说，当心地望着对方。

"你不算算，什么东西都涨价了！"白酱丹叫屈似的回答，"单拿毛铁说吧，卖多少钱一斤了啊？一把刨锄子就要十多元钱。你总不能用手淘呀！"

"不过，数目大了，也有一点冒险。"

"挖金子是冒险呀！"白酱丹脱口而出地说，感觉得有点气恼。

"所以啊，"彭胖紧接着说，显得满足地笑了，"你看，大家挖得多起劲呀，我总无非搭点股就是了。蚀了，也不多。这又比不得做囤压，看得见东西……"

"但是，这挖的是什么地方呀？我更加是吃得补药，吃不得泻药的人啊。"

于是，白酱丹激动着，分辩着，简直快要发脾气了。彭胖是个出名的皮糖性格，比他还绵，是很难说动的，而且有时还要反悔。这是白酱丹早知道的，同时，这也正是他这个凡事都能沉得住气的人，在同彭胖任何一次交道当中，每每感到头痛的地方。因此，种种诱惑之外，白酱丹就又讲了一遍足以证明箐箕背产量最好的新鲜佐证。

"还有啊！"他接着说，"刘大鼻子偷了两三背沙，就洗了好几钱！"

"好吧！"为了不再听重复话，彭胖摇摇手抢着说，"暂时就依你吧。事情到了那里再说。不过，我看问题倒在那个寡母子身上啊！"

"你先从儿子下手呀！"白酱丹情急地说，"两盒漂烟就解决了。"

"还有龙哥呢？"

白酱丹忽然做作地叹了口气。

"是他在，又容易了啊！"他发愁地说，"他又不在。在城里开了会，听说还要下州。我们只有做起来再说了！一两个干股子，总跑不脱他的。"

分手的时候，他才又提出借口粮的事来，撒谎说市上卖的米谷稗太多。

四

何寡母是北斗镇有名的富孀。她的有名，不仅因为有钱，而且门第较高，自己又很能干，收租放债总是亲自出马。而且三代人都守寡，都只有一个独苗苗儿子。

她的独养子的曾祖父，是个经营烧房的商人，三十上下便去世了，祖父后来就继承了这行业。不久，他的长兄忽然成了北斗镇有史以来的第一个举人，凭着这份声势，那烧房于是扩大起来，还兼做其他的杂粮米谷买卖。他可以公开地拒绝上烧锅税或酒税，并随意规定市上的粮食价格。所以不上十年，很快便吃肥了。后来，虽然才三十六七就咯血而死，但那妻子的本领并不在他之下。那妻子诨名叫阎王婆，一九一四年葬送在一批土匪手里。土匪原是要钱不要命的，但阎王婆却阻止她的儿子赎取，不愿出钱，甚至连强盗们软禁期间的开销都不承认。然而，那儿子——何寡母的丈夫，在赎回她那已经缺了两样肢体，并且腐败了的尸体的时候，依旧出了一百两银子。

因为这个打击，而举人们的声势，又被袍哥们压倒了；加之，何寡母的丈夫，不但赶不上母亲的能干，连父亲也及不到一半，柔弱，懒惰，只能躺在床上抽烟；寡妇本人，又是所谓书香人户出身，不愿料理商务，生意便停门了。然而，终不愧于娘家婆家都是地主，很懂得怎样对付佃客和张罗镇上的大人物，她不但保持住了原来的门面，从来没有遭受过大的亏损，每年的存款甚至更形增多起来。

何寡母支持家务的最艰苦时期，算是丈夫逝世后那三五年间。他在一九一八年，便结束掉他那二十八岁的生命了。跟着寡居，首先来到的是产业的纠纷。举人老爷在世时候，并没有和烧房主人正式分家，因此双方的继承者曾经发生过三次争执；而以寡妇遭遇的一次为最厉害。这时举人的遗产已经被荡尽了。双方继续打了三年官司，花了不少银钱，但却毫无结果。最后，凭着几个大人物的评断，这才勉强算收了场。

这一次纠纷磨炼了寡妇的才干，同时也改变了她的观念。她再不以正派人自居，一味信赖官府的庇护了。和一般粮户一样，此后她总经常和镇上的名人，主要的是哥老的家庭维持着联络，甚至攀扯一点瓜葛关系。然而，对于他们，她的信任是有限的，她随常担心她的独养子加入袍界。因为她亲眼看见，自从辛亥革命以来，许多地主子弟，都因为当了光棍而破产了。同时她也防范他读书升学。而且，为了对付他那任性而又胆大的要求，当他十六七岁的时候，这做母亲的，便只好求救于烟枪和女人了。她赶快替他做了喜酒，又备办了一副十分考究的烟具。

儿子现在二十九岁，名叫宝元，诨名叫何人种。他在城里读过高级小学，但当母亲听说他约好几个亲友，要到成都去考中学的时候，她把他逼迫回来，从此就辍学了。代替课室的是闺房之乐和那烟毒的嗜好。他一向很少出门，有时感觉闷气，也只是嘴里嗑着瓜子，站在大门口看阵街。但在七八年前逃难回来以后，却又完全变了，变来喜欢应酬，而且觉得躺在烟馆里抽上几盒更要够味一些，不愿再在家里过瘾。

起初，这变动引来母亲的不少反对和眼泪，但日子一久，也只好由他了。她并不是一个顽固分子，倒是相当识时务的。虽然一个举人的后代进出烟馆，未免有损体面，但现在的体面已经属于另一类人，而且有了新的解释。就拿她自己说，十多年前，她常常提到的，是那有着功名的叔父；现在，似乎那酒商才算得祖宗了。至于儿子本人的喜欢进出烟馆，原因相当简单，那里热闹而且有趣。既可以散心，又可以结识些他的同类，所以虽然有着臭虫、虱子，以及各种各样人体的气味，也总是离不开。

人种常去的一家烟馆，就在关帝庙隔壁，老板是个半老妇人。一共有三盏灯，来客不是袍哥便是粮户，现在已经满了座了。这时是上午十一点钟，客人是来过早瘾的。他们大都沉默着，只一味抽吸，或者打盹，或者专心炮制烟膏，或者一面炮制一面打盹。有一个中年人，是由烟馆里的堂倌服侍着的，自己单是张开嘴巴享受。他在一味地打盹。大张着嘴，额头一直朝前蹿着，看看离烟灯很近了，就又往后一牵，把动作缓下来。……

就在这种奇妙的背景当中，白酱丹，或者如一般人见面时所称呼的白三老爷，一下子静悄悄出现了。他在三张铺上各自张望了一回，然后便又向了堂倌打听。

"何大少爷还没有来吗？"他问。

"没有。他有时候在家里过早瘾啊。"

白酱丹退出去了。但他离开不久，人种何大少爷，便已在铺位上蜷缩起来。那堂倌特别新开了一盏灯，又格外泡了壶好茶，让他同另外一个客人对烧。

人种是一个中等身材的人，肤色原很白净，由于他那恶劣的嗜好，以及懒惰腐化的少爷生活，现在是成了苍白色了。他的肩头上耸，背有点驼，嘴唇皮尖尖的，四肢都显得过于细小。神情懒散的眼睛上面，躺着一双过分弯曲的近乎女性的眉毛。那横瘫在他对面的，是一个有着稀疏的黄色胡须，穿着整齐，头上缠着毛织围巾的汉子。这人是码头上的管事，诨名叫季熨斗。

季熨斗来得较早，嗜好已满足了，正在伸着懒腰坐了起来。

"真是怪事年年有，"他夹着呵欠嚷叫出来，"昨晚上又碰见开洋荤！"

"那就给你道喜！"对面有人鼓励地说，"又是老腊肉吧？"

"你才猜不到呢。张鼓眼的幺儿媳妇！这个老杂种也是活报应啊！那样大的岁数，还东搞西搞的。现在轮到媳妇来还账了！……"

于是，季熨斗接着吹了一通他的奇遇的经过，以及张鼓眼的孽债。那个原来一边裹烟，一边打盹的半老的老人，也精神勃勃地一骨碌坐起来了。别的人也都陆续坐了起来，互相补充着各个人的谈话。而且，触类旁通地把范围扩展开去。

镇上好几家人的大门、闺房，都被他们大敞开了。有的甚至就是他们的亲戚。

客人中只有人种没有参加。因为来得最迟，他的嗜好还没有满足。加之，对于镇上的生活知识，他是极有限的。但他突如其来地撑起身子，制止地插起嘴来。

"不要造口孽吧！"他正正经经地说，"人人都有姐妹！"

"你又在假装正经了。"季熨斗截断说，"你们老头子就是一个骚货，又不择嘴，连扯猪草的都来。所以怎么不吐血死呀！"

季熨斗无所顾忌地纵声大笑起来。

"哦！"因为感觉自己的玩笑过于放肆，季熨斗忽又大惊小怪地叫了，"我倒忘记问你一件事呢，早上林幺长子说的，你要同他打伙开金矿呀？"

"瞎说！……"

"你怎么同那个老东西合伙呀！"对面铺上有人紧接着叹息说，"以为他是你表叔吧，他是连自己的娘老子也要吃的，还手都不抖一下！"

"我倒没有答应他啊！"人种说，"他自己乱吹！"

于是辩解似的，他向他们说了一番他和林幺长子谈话的经过。

那是昨天黄昏时候的事。他正打从涌泉居经过，幺长子忽然那么亲热地把他招呼住了，请他吃了碗茶，而且十分直率地提出了他的请求：共同合伙来开发筲箕背。

虽然面情极软，又毫无定见，因为直接受过幺长子的亏损，而且知道他是很贪鄙的，人种把事情推在母亲身上。但那一个缠着他不放松，而且立刻露出不快的脸色；于是为了脱身，为了那倒霉的面情太软，人种红着脸说了："的确，我没问题！"

人种很失悔这后一句话，但他没有把它叙述出来。

"你们单看这些人挨不挨得！"他鄙弃地接着说，"简直像大麻风！"

"不过，我又要劝你了。"季熨斗插入说，劝告地点点下巴，"若果真的出产不坏，你就自己干吧！我来给你帮忙。……"

"我倒不缺钱用。"

"你自然不缺钱！可是，自己弄几个钱在手边，恐怕方便些吧！你又不是三岁两岁的小孩子了，总不好零用钱都要伸起手要！"

"瞎说！"人种涨红脸叫嚷了，"我用钱倒比哪个都自由啊！"

"当然！现在你好大了，还不该多少自由一点？不过，一个人自己总该做一番事业呀！他们说的话样，现在都不想找钱的，只有懒虫！你看陈大恍吧，杂种吃了又睡，睡了又吃，就像他妈条猪样，现在也都做起生意来了!"

说着,季熨斗就又忍不住纵声大笑起来。

季熨斗是以能言会语见称的。因为对于任何人的任何别扭和不痛快,就像熨斗之于衣服上的一切不必要的皱纹一样,他都可以用他那巧妙动人的语言使你平服,不再感觉有什么不对劲的地方。他的话语显然已经有了效果,但是,两个哈哈一打,他就赶向那个他所赖以营生的赌场去了。真像他的大吹大擂只是为了取乐。

季熨斗走后不久,又新来了一两个客人,关于金厂的事,便打断了。终于把这谈话接起来的,是最后来的白酱丹白三老爷。但已经不是在那公共地方,而在女老板的私室里面。白酱丹同她是很熟的,不仅戒烟以前常来照顾,当她年轻的时候,他们还共同制造过一些动人的艳闻。所以他得到了这个方便,可以不加戒备地进行谈话。

当人种嗫嚅着表示,昨天夜里,幺长子已经向他提出过同样的要求,借此来缓和三老爷的提议的时候,话还没完,白酱丹便吃惊了。他扬起眉毛紧盯着人种。

"你答应他了?!"他隔一会问。

"我没有!"人种平静地回答,"我说我做不得主。"

白酱丹轻轻嘘了口气。

"他向你提过条件没有呢?"想想,他接着又问。

"还没有说到这一层啊!"

"我想他也不会说的,"白酱丹阴险地笑了,摇摇头说,"等把你套上了呀,他这才来慢慢收拾你。他这一手,我又顶清楚啊!……"

白酱丹小心地窥探了一下对方的反应。

"要是我们来么,"他大胆地继续说,"你放心,丢人的事不会有的。大家都是本地方面子上的人,不是吹牛,——骨头也比他的重呀!"

"当然啊,这是用不着说的。"

"那么怎么样呢?"

"可惜我做不得主呀!"人种说,浮上一个抱歉的微笑。

这是搪塞,人种立刻感觉白酱丹已经看出来了。至于他没有像对么长子那么爽快的原因,并不是他把白三老爷的地位看得低些,恰恰相反,是高得多的;然而,自从昨夜以来,就有人三两次向他谈这同一件事,虽然毫无经验,他也不能不慎重了。

白酱丹忽然认定,再直截谈下去是无益的,他设想应该怎样来转换一下空气。这是他经常对付谈话对手的方法,一到成了僵局,或者谈话无法进展的时候,他总自动抛开本题,另外找些无关大体的事情来谈,以和缓空气,或者给对方一个考虑的机会。现在,当他那种惯常的策略正在寻觅口实的时候,老板娘摇摇摆摆走进来了。

老板娘是个四十多点的女人,瘦长白净,衣服整洁。她没有丈夫,没有家族,她的生存,是靠她的历史和社交维持的。她有着一个十五六岁的养女,微黑带胖,诨名烟膏西施。她早年的风韵,现在还遗留在她那双用锅烟添改过的眉毛和鬓角上面。

老板娘站在床前,将头歪在一边,摇两摇,闭闭眼睛叹了口气。

"大少爷!你做点好事吧,又在给我添麻烦了!"叹气之后,老板娘说。

"怎么样!"白酱丹抢着回答,"这样的客人,难道来错了吗?"

"他倒不错,我可就错多了!"

老板娘又做作地叹口气,一屁股坐在床沿上面。

"你还不知道啊!"颦蹙着脸,她对了白酱丹撒娇地继续说,"他们老太太,已经跑来闹过两三次了。开口说我勾引良民子弟,闭口说我勾引良民子弟。三老爷呀,你没有见到那股劲啊!——有一次全家人都扑来了!……"

"你个家伙瞎扯!"人种叽咕着,一面更加专心裹他的烟。

"哦!说起来,又像扫了你的面子了!"

"这倒不是面子不面子的问题!"白酱丹笑着说,"这一类事,哪一家人都是免不了的。像我年轻时候，我们老太太还不是一个样，哼！"

"那也没有她这样厉害！"老板娘瘪一瘪嘴说，"简直像管犯人一样！"

"说起来也是要好些。"满足地一笑，白酱丹立刻加以承认，"不过，说一句老实话，那个时候，我自己有办法，并不完全靠家里啊！"

于是他盘着腿坐起来。点燃一根捻子，一面抽着他的签花烟袋，嘴只张开那么细小的一个洞儿，徐徐缓缓吐出烟气，一面就在这烟雾缭绕中讲述他年轻时候的故事。他如何在一种顽强的意志下建筑自己的道路，交朋友同开辟财源。他讲得很精彩，而且，以为目前他之能够在北斗镇维持一个地位，就是靠这些来的，并不是靠家庭。

这多少有一些事实，并且他一直都如此作想来理解他自己，安慰他自己的。但他现在讲它，却还有着另外一种意义，那便是在向当场的某一个人暗示，要以他作例，不要迁就家庭，倚赖家庭，应该自己经营自己的场面。他所说的，原来已经很充分了，而老板娘更一面正正经经替他帮腔，从反面举出例子来证实他的夸口的合格。

在老板娘举出的几个例子当中，最能发生效果的是何丘娃，那位何大少爷的堂兄，举人老爷的直系后代，一个堕落无能的纨绔少年。

"你二爸给他盘的钱还盘少了？"老板娘愤愤地继续说，"又管得个紧，平常街都不出，深怕被人勾引坏了。呵嗬！只等自己眼睛一闭，这个来提一下毛根，那个来提一下，几提，就提光了！唧、唧，这就是自己不争气呀！无怪现在霉得来打呵欠……"

"所以古人说得好……"

"还有呢！"并不让白酱丹抢嘴，女老板又大为得意地紧接着说，"……"

然而，这时候外面忽然有人大叫起来，是催收货钱，或者上油取货的。于是她就只好匆匆忙忙，瘪着嘴结束一句："呵嗬，这种事我倒见得多啊！"走出去了。

"这个老妖精!"老板娘才一转身,人种便忍不住笑骂了一句。

"现在算好多了啊!"白酱丹愉快地叹赏着,"年轻时候,那才更妖精得要命。不过,她说的话,也满有道理呢,——究竟经验阅历多了!"

白酱丹沉默下来,小心谨慎地审视着对方。

"怎么样呢?"轻声一笑,他又试探地继续说,"你硬一点主不能做吗?"

"我真强着要做什么,还不是要做!"

在急想顾全面子和发挥少爷脾气这两点原因上,带点矜持,大少爷突然这样说了。但是叹了口气,他又显得忸怩地转了个弯,加上说:

"不过,我不愿意闹罢了,——闹起来难听!……"

"这你又不对了!"白酱丹赶紧大笑着说,十分热忱地指指对方,随又伏下身去,显得那么愉快地逼视着对方的眼睛,"为什么要闹呢?又不是没有道理的事!老实讲,假如真是什么做不得的事情,我也要劝你的,不怕你闹!"

于是他乘机主张和平谈判,拿理由征服孀妇。仿佛挖金的问题早决定了。

"比如,你还可以这么样说,"他模拟地接着说,"我这样大的人了,难道就一辈子坐着吃,睡着吃么?就是外间人不笑话,自己也难为情呀!……"

"这一套倒不要你教啊!"自负地一笑,人种插进来说。

"当然!难道你还是什么傻瓜?"白酱丹激赏地大笑了,"你不过装傻就是了。怕我不知道吧,你们何家哪一个不是精灵透了的啊。……"

人种没有回答,但却显然感到了满足。

"那么,怎么样呢,"停停,白酱丹又试探地问,"好像还不相信?"

"这你又见外了!"人种说,仿佛对待一个真心朋友一样,"你想,我怎么能一下就答应你呢?要是万一又办不到,这不丢人?"

"你看你傻不傻！"白酱丹紧接着说，同时敞声发笑，"你看你傻不傻！……"

"所以，"忍住害羞和矜持激起的愉快，人种紧接着又说，"你要我马上承认你，怎么行呢？一个人信用要紧，我们又是才到社会上来处事的。"

"不要解释了吧！"白酱丹阻止地摇着手说，"再解释就见外了！……"

五

人种的嗜好已经满足，两个人一同走到街上来了。因为白酱丹再三申言，要请他吃台闲酒。但当到得门外，地点却还没有决定：郭金娃馆子里虽然方便，菜又太贵，谈话也不方便；彭胖家里自然合宜，但在平常，他家里又只有猪牙巴骨炖萝卜。……

白酱丹踌躇着，好一会拿不定主意。但是正在这个时候，一个挂着长叶子烟杆的长人，浓黑的胡须边露出微笑，心满意足，甩脚甩手地走过来了。

这是林幺长子。在刘糟牙棚子里同白酱丹的偶然相遇，虽然叫他感觉到厌烦和不痛快，深恐他的图谋让对方看破了，或者占了上风。但是到了夜里，他不再担心了。因为他自以为他的表侄将会承认他的提议，答应将来向自己的母亲要求，同他一起把箐箕背开发出来。但他是个急性子人，而且，深知寡妇难于说话，他必须在她回来之前把他的计划推进一步。他到处找何人种，就是为了这件事的。他要请他到郭金娃馆子里大吃一台，那么，那个毫无社会经验的青年人，一定会是他的囊中物了。

然而，他却没有料到人种竟会同着白酱丹在一道；他显得吃惊地停了下来。

"你把我好找呀!"幺长子强笑说,故意不看白三老爷,"到处都不见你!"

"我好半天都在里面!"人种回答,稍稍感觉有点不安。

"就在里面?杂种杜矮子怎么说不在呢?"

白酱丹意味深长地眯细眼睛笑了。

"他总是在外边瞅一眼就走了嘛。"他淡淡地说。

"啊!那你们才钻得深呢。"

幺长子刻毒地一笑,随又望向人种。

"还没有吃饭吧?"他接着说,"走呀!我已经向郭金娃招呼过了。……"

人种一时不知道如何回答的好。这不是因为三两天来,镇上两位颇有地位的人对他突然表示出来的亲近,有点使他受宠若惊,而是他们那种显然的敌意为难了他。

"怎么做呢,"人种终于望着白酱丹说,"还是我来请你们吧!"

"哦!你今天也一下想开豁了?"

眨眨眼睛,幺长子更加感到惊怪。

"这点事也值得大惊小怪吗?"抱了烟袋,两手勒住肚子,白酱丹毫不在乎地说,"若果是不嫌弃,就一道喝两杯呀!"

"要得嘛!不过,你清楚的,我是百吃不还一席的啊!哈哈……"

于是,就由幺长子的响亮的笑声开道,他们到饭馆里去了。然而,对于一个历世不深的人,这短促的一幕,却给了何大少爷一个深刻印象,使他难于忘怀。因为所谓还席,那显然是幺长子对白酱丹的毒辣的讽刺;纵然他本人仅仅一笑了之。

白酱丹同幺长子的互相敌视,本是由来已久的了。但在十多年前,他们却是很相得的。由于三老爷的策划,幺长子还做过本镇的团总。然而,不到一年,就由那个亲自捧他上台的人,把他摔下来了。白酱丹这诨号,就是此后他的敌手赠送他的。幺长子把他比作一味只会坏事的烂药，而且，不管好肉腐肉，都很见效。这也许太恶毒，但看光景，他也只好顶着这个称号进坟墓了，很难想出办法洗掉。

至于这件近于卖友的不名誉的行为，在白酱丹本人，却是振振有词的；而一般人，在私心上也以为幺长子的摔倒，实在是一桩痛快事情。因为上台不久，他的喉咙就变得更粗了。他什么钱都吃，而且利用他的权势勒逼乡下人加入袍界，以便索取礼金，以及种种孝敬。甚至白酱丹也给他归入了被吃的范围，且慢说分润一些油水。

自从这件纠纷发生之后，这两个人便永远隔阂了。虽然因为本镇的士绅曾经加以调解，幺长子的破口大骂，是少有了；白酱丹呢，也很少再用他那平稳而含意很深的语调来数说对方作恶的细节，但是他们互相间的关系，依旧是微妙的和奇特的。表面上不能说好，也不能说坏，却总无意间凭着各人的性格露出若干敌意。现在，既然双方直觉到了一种新的利害冲突，情形就自然更坏了。

然而，他们毕竟还是不能不一道去吃东西。在这一点上，两个人的打算是相同的，他们要看一个究竟，至少，要使对方感到一些小不痛快。而且，还有一点也很相同：他们都相信自己已经有了确实可靠的把握，而对方是落了空了，毫无希望的了。他们就这样各怀鬼胎地到了郭金娃的馆子里面，貌合神离地一同大吃特吃起来。

他们的谈笑是僵冷的，好像本来没有话说，但又不能不找些话来应付场面。但事实上比这个还要坏，因为通常的应酬，很少有恶意的，只是虚伪无聊而已。而在他们之间，除了那个世故不深的人种，两方面却都针锋相对，把他们互相间的仇恨悄悄地暗藏在那些原来无关大体的话语中间，就如猎夫们的设置刀弩一样。

幺长子也是喜欢几杯酒的，而凭了曲药的力量，他的谈吐往往也就更加放纵起来，大胆起来。有时是无意的，真的醉了；有时却不过是所谓借酒发疯。所以当第一壶烧酒已经喝光，堂倌去酒店里取第二壶酒的时候，他的敌意也就更显露了。

幺长子忽然带着一种流氓腔的傻笑紧盯着白酱丹。

"怎么样，"白酱丹红着脸含蓄地说，"有二分醉了吧？"

"还早！就是怕把你吃痛了！"

幺长子大笑着回答了。

"不过，不要担心！"他又做作地安慰白酱丹说，好像对方真的有点护痛，"还是我来请客好了！老实说，你的东西，他们说是吃不得的，吃了……"

"难道有毒？"白酱丹不大愉快地截断他问。

"毒倒没有，——有点儿药，——他们说是烂药！"

幺长子慢慢说，说完，便又意味深长地笑起来。

这可有点使白酱丹吃不住了。因为他是最忌讳旁人提起他这个不大荣誉的诨号的；拿来打趣，自然就更加激恼他，使他觉得自己的尊严受了损伤。

白酱丹沉默了一会来稳定自己的感情，然后不怀好意地说：

"要得嘛！可是，谨防我给你弹一点在身上啊。"

"请酒，请酒！"这时堂倌刚好把酒拿来，人种于是好容易找到一个机会，赶紧把话头岔开了，"我来一个人敬你们一杯！"

人种拿过酒壶，站起身来，要三老爷先喝光自己酒杯里的残酒。

"我是够了。"白酱丹推谢着，"你看，我已经在说酒话了呢！"

"不行！至少要浅斟一点。"

他们就互相推让着，客气着；但却无意间给了幺长子一点刺激。

幺长子猜不定，人种是否只因为白酱丹的花缎背心、闪闪有光的签花烟袋，才对他这样尊敬；但却毫无疑义，既然他先向他进酒，又那么客气，在那个年轻人眼睛里，他的敌手的地位，是比自己高的；因此，他的胜利的信心，第一次动摇了。

幺长子一时感觉得很不舒服。他怀疑白酱丹已经真的向他弹了烂药，败坏了他的表侄对他的信任，不愿意再同他合作了。至少，他们的合作，不会如他所想象的顺利了。他设想他应该把事情的真相揭开，但又拿不稳这样做对他是否有利。

当幺长子决了心要把问题公开出来的时候，大少爷正提了壶向他劝酒；而芥茉子和气包大爷，以及别的两三个江湖上的哥弟，也恰恰走进来了。他们歪戴帽子，领口敞开，显出一副玩世不恭的神气。他们是从涌泉居来的，才在那里用嫉妒和羡慕谈着关于笤箕背的传闻。因此，那显在眼前的情形，使他们吃惊了，也更激起了他们的敌意。

芥茉公爷，照例是喜欢多嘴的，而且喜欢恶作剧，喜欢从旁人的张皇狼狈，来觅取那么一点邪恶的愉快。现在，在他的同伴当中，他自然比谁都勇敢了。他望白三老爷们的食桌上仔仔细细地扫了一眼，然后扭歪胖脸做了一个表示卑微的怪相。

"怎么样，"他恳求似的说，"我们来补一名金夫子，行吧？"

三个人谁也不知道如何回答的好。尤其是那年轻人，他微微涨红了脸，支支吾吾地打着招呼；但这却使得芥茉子们更得意了。得意他们的判断正确。

"酒，现在不吃！"芥茉公爷回答，"等你们挖到金门闩子又再说吧！"

"你从哪里听来的啊，——笑话！"人种连连否认。

"笑话倒不是，镇上可角角落落都嘲遍了。就是我们几个傻子还蒙在鼓里。林哥！"芥茉公爷忽然转向林幺长子，继续说，"你也出卖我们哇。好，给你哥子道喜！挖到王爷菩萨的时候，一饼鞭炮，兄弟们买得起的，只有三响：擗，把，蓬！……"

"老弟！你这张嘴要扣饭呢！"幺长子半气半笑地说。

"米这样贵，少吃两碗也不错呀。"

芥茉公爷搭讪着，退向他的同伴已经选定的桌子上去了。

他们的桌子，就同三老爷们的桌子并排；他坐了首位，一面吃喝起来，一面继续着他那种不明不白的趣话。从人种听来，他的话是难堪的。白酱丹甚至于生气了。

白酱丹虽然也是袍哥，但是绅粮班子，对赌棍或出身不明的人，总多少感到一点厌恶。他时常说，哥老会的被人小视，完全该这班人负责。因为他们流腔流调，只会败坏哥老的风气。而那个满身烟膘的汉子，因为出身上的差异，也同样看不起他，看不起一切绅粮袍哥。所以没有直接和他打趣；但这却一点没有减少白酱丹对他们的厌恶。相反的，这倒更加使白酱丹不快意了。

"真看不惯！"白酱丹低声嘱咐人种，"几下吃了，我们让一手吧。"

人种立刻赞成了他，因为他也同样感到厌烦。

"好的！"他说，一面叫着堂倌，"来算账吧！"

么长子什么话也没有说。他只觉得突异，觉得他的上风，已经给白酱丹占了。一想到这点他就得到了勇气，认为当着三个人在场把事情问明白，这在目前，确实是一种十分必要的举动。而且，这不仅在袍界是必要的，在其他任何社会中，都该如此。

"账我来会！"于是他阻止地说，"大家再坐一会好吧？"

"你还没有喝够吗？"白酱丹打趣地问。

"我酒倒可以了，"不大自然地笑笑，么长子紧接着说，"还有点话，想当着你们两位谈一谈呢！"说时，他不怀好意地轮流审视着白酱丹和人种。

"唉，要得，我就陪你再坐一下好了。"白酱丹不动声色地说。

"我先走一步好吧？"人种说，征求着同意。

"你走了又没有戏唱了啊！"么长子率直地说，但他随又改变了口气，脸色也显得好看点了；虽然依旧不很自然，"我主要的就是找你说呢。不管是巴骗亲①也好，我们总算不是外人；在你爷爷时候，逢年过节，还是在来往的。"

---

① 巴骗亲：指对有权势的人物拉扯亲戚关系，以骗取个人利益。

"你怎么这样说啊？幺表叔！"人种嗫嚅着，赔着小心。

"确实的！"幺长子微笑地接着说，"难道我硬好意思说，我们是滴溜溜的亲戚么？——笑话！不过，不管亲戚也好，不是亲戚也好，我这个人一根肠子通屁眼，作不来假；你也不是小孩子了，揭开讲吧：我们大家都不要玩手段啊！"

"你们究竟是怎么一回事啊？"白酱丹装作不懂地插进来问。

幺长子瞄了他一眼，好像是说：真会装疯！

"你像真不懂呀？"他紧接着反问，"好嘛，那我又来讲给你听好了。"

假笑一声，于是幺长子叙述了一遍篙箕背和人种的诺言。

"我才一提起，他立刻就答应了！"他继续说，"我还叮咛过：喂，这不是说到玩的啊！他说，没有问题！是不是？你说，我绝对没有问题！"

"你记错了，"人种分辩着，"我哪里是这样说的啊？"

"对的，你说还要问你们老太太。我也并不是现在就要强着你干，不过，当着三老爷也在这里，我不能不提一提：你是亲口答应过的，免得将来发生误会！"

"我真不懂！"白酱丹微笑着摇摇头说，"你们已经订过契约了么？"

这是一个阴险的暗示，幺长子立刻就警觉了。因此，幺长子也大大地愤激了，于是他脸一横，蓦地一跃而起；随又一屁股坐下去，胡子两摸，佯笑着嚷叫起来。

"你倒说条鸟啊！……难道亲口说的还靠不住吗？"

"你再说亲口嘛，手续是手续呀。"白酱丹说，态度异常客气。

"我也并没有亲口答应过啊！"人种赶紧解释一句。

"完了，"白酱丹眯细眼睛笑了，"我看你们只有找包文正了！"

除了半张开口，大睁着一双带点凶气的深陷的眼睛，幺长子没有回得上嘴。他惊怪而又恼怒，觉得他已经被敌人的阴险、自己的鲁莽所玩弄了。

最后，他狞笑一声，随又鄙弃似的啐了一口。

"啐，你没有答应过，——为什么又说等你们老太太回来商量好就动手呢？何——大——少！这该不是我扳开你的嘴说的吧？……"

"这个话我承认。"人种点点头说。

"那就对了呀！"扬声一笑，白酱丹插入说，"这还有什么扯的呢？一句话，事情总还在他们老太太手里，等她回来，大家再慢慢商量好了。"

因为事情已经接近解决，他又独断地紧接着做了个结论。

"我看就这样吧。"白酱丹又说，"堂倌，来拿钱去！……"

当芥茉公爷他们进来的时候，因为发见三个人在一道喝酒，还以为白酱丹和幺长子，已经丢开宿嫌，开始在筲箕背合作了。听了刚才的质问以及声明，他们才又恍然大悟：他们两个人是正在斗争着，抢夺着那个袍哥眼睛里面的所谓毛子。

在哥老会里存在着一种成规，凡是破坏自己人的生意，叫花包袱，是最大的忌讳。虽然袍界的章规，早已经不管事了，但它还经常成为攻击人的口实。所以，在那种旧有的不满上面，不满意白酱丹的绅士派头，以及别的种种，芥茉公爷们就对白酱丹更加感觉恼怒，而对幺长子开始产生了同情。

因此，当白酱丹付了吃账，大家正要退出去的时候，为了给幺长子撑腰，为了让别的两个失点面子，芥茉公爷嘻嘻哈哈站起来了，大声叫堂倌添杯筷。

"林哥！再坐下来喝两杯吧！——我们不怕你变叮狗虫的！"

他们固执地邀请着幺长子；别的两个瞪瞪眼睛，大为扫兴地走了。

芥茉公爷们继续廉价地向幺长子抛掷着同情，并且殷勤询问，他同大少爷的交割究竟是怎样的？为什么白酱丹又插进来了？他们断言，凡事有了他就不吉利！

幺长子站在自己利益上扼要把经过说了一遍。

"没有说的!"他气愤地继续说,"这个老杂种,一定下了我的烂药了!不过,我也不是好惹的人呢,——要烂大家烂嘛,啥哟!"

"你哥子也真是!"芥茉公爷惋惜地说,"你早给我们透股风呢!"

"过去的事不要讲了!"气包说,装出一副见义勇为的神气,"既然答应了你,你给他挖开来再说呀!我不相信他就长的四个卵子!……"

六

在郭金娃馆子里,当临走时候,白酱丹虽然因为受了一点芥茉公爷的奚落,有点怒恼,但比起他的愉快,却是不足道的。而且,从他来看,那徒然暴露了奚落者本人的无赖,对于自己毫没损害。所以他的怒恼,很快就过去了,一点不在话下。

自然,他的计划,不能说是已经成功,他还没有同人种谈到具体的开采问题。甚至,连正式承认的话都还没有说过。但是毫无疑义,他已经把他的竞争者攻击倒了。而这正是一个成功的可靠的预期。因为那个能够对么长子让步的人,是断不会拒绝他的,这只需他继续像钳子一样的执着,一点不要松劲,事情便无论如何不会失败。

从郭金娃那里出来,他们又去烟馆里躺了一阵,两方面的感情,就更加接近了。就用么长子那种近于吓诈的态度作为题目,他们谈到北斗镇一部分袍哥的种种恶行,以及何府上连年来所吃的一些零星苦头。而在这一点上,人种已不复是一个碌碌无能的少爷,而是社会风习的改革者了。虽然这大部分仍然是从少爷脾气来的,并不是有了什么了不得的起色。

不管出身如何,凡是在江湖上放荡的朋友,总一致承认这样一个信条:见猪不整三分罪。在他们眼睛里,人种何宝元自然带着猪相;便在白酱丹看来,也不例外,是一个挨整的角色。但他违背本心,支持着人种的论点。而且,针对着对方的自尊心理,向他大胆地期许着:

以为只要他肯跨进正当社会，他将不难取得一种适当地位。而他之所谓正当社会，是指以龙哥为中心构成的那种人事范围、社会关系说的。对于这个特殊地带，人种老早就希望接近的，只是一直没有这样一个机会。

最后，白酱丹打算提出金厂的事来，但被女老板打断了。但他并不介意，以为从容不迫地来推动他的计划，倒也并无害处。说起来反而好些，因为这可以不致引起对方的猜疑，以为他也是么长子一流货，馋得很。所以直到分手时候，他才邀约人种次一日到畅和轩打小牌，预计在一番周密布置下来迫近他的目标。

畅和轩是龙哥一般当权者的活动圈子，也是全市镇人，用尊敬和仇恨混杂着的感情集中注意的地方。有许多人，是宁肯在话语上吃亏，金钱上吃亏，到那里周旋的。因为倘使能够入流，他们便可能从别的方面捞回他们的利益。至少，另外一些无穷无尽、莫名其妙的亏损，他们是可以借此减少些了。在装潢布置上，这里也比市上一般的茶馆考究，有着专供客人打牌、靠灯的雅坐。全镇唯一的川戏清唱，也经常在这里举行，每天夜里，专用它的皮簧高腔吸引着大批听众。

这一天，因为白酱丹的事先邀约，而且经过打听，考虑，认为筲箕背是有望的，吃过早饭，彭尊三彭胖，就赶到畅和轩来了。客人很少，那个乐天知命的堂倌，正在喝着早酒。堂倌老廖每天饭都可以不吃，但酒，却是不能少的。至少每天三次。他的穿着褴褛，毛耸耸的脸上抹着炭烟；但却永远浮着一种极高贵极自由的神气。

堂倌老廖十分倨傲地坐在当街一张条桌的首席上，面前摆着一茶碗烧酒。他一面喝酒，一面在同附近的小贩们乱扯乱谈，说着种种趣话。彭胖听了一阵，觉得没有什么趣味，于是摸摸下巴，随即又感觉无聊似的叹了口气。

"老是这一套！"彭胖最后向堂倌老廖说，"几下吃了，去叫声骆待诏吧。"

"又要刮么？"老廖故意大惊小怪地叫了，带点讽刺地瞪着一双眼睛，"越刮，越长得快呀！你看，我就从不管它！"

"你杂种人没有变全呀！"

彭胖做出一个指摘的手势，忍不住嘻嘻哈哈笑了。

和多数胖子一样，彭尊三生着满嘴满脸的络腮胡子，而当闲着无事的时候，总是叫了剃头匠老骆来胡刮一通。老骆是镇上有名的老派理发师，性情顽固，对于挖耳捶背非常精到。他是干瘪的，永远赤脚趿鞋，遍身都是垢甲；但是一双手的手掌，却比什么少爷奶奶的还要白净。

替彭胖刮回胡子，老骆每每要浪费很多时间。因为间或刮到一半的时候，肥人便发出鼾声，睡着了。于是老骆停下剃刀，叹一口气，自己也在一旁打起盹来，等客人醒来后重新工作。这一天也不例外，刚才刮着下巴，老骆就不能不停下来了。

当白酱丹同着人种一道走来的时候，彭胖还在打着瞌睡，神情看来无挂无虑，非常幸福。白酱丹忍不住笑了，接着叫醒他来。

"你的瞌睡，像是放在荷包里的呀！"他感觉有趣地说。

彭胖打了个呵欠，又揩揩口涎。

"你们才来么？"他说，"我才闷了一会儿。"

"才一会儿！"老骆叹着气想道，"怕有半顿饭久了呢。"

"嗨！"彭胖忽然望着老骆嚷道，"你站着做什么哇？赶快两刀刮完滚吧！"

但在重新仰卧在躺凳上面以前，彭胖又同人种应酬了几句，把他们的茶钱会了，这才清清醒醒，让那个可怜的工匠收拾下去。他没有让老骆替他挖耳，连平常那样啧啧称赏的滚眼、捶背等巧妙节目，竟也加以拒绝。这使得老骆非常扫兴，因为这些手艺正是他足以自豪的特长。

彭胖给过工价，于是就拿全副精神，同人种张罗开了。但这所谓全副精神，是指他的内在活动说的，表面上，却显得很随便，甚至很冷淡的样子。他就是这么一种性格的人，外表上看来，他对什么事情也不热心，也不对什么人表示特别的亲近。有时候很像感应迟钝的人。但他事实上却非常敏感，没有事情瞒得过他；不过由于随时警惕着一不当心就会吃亏，因而出格地持重而已。

除了刮脸、猪牙巴骨炖萝卜，彭胖什么嗜好也没有的。不喝酒，不抽烟，甚至连纸烟也从不上口。虽然有时候也打打麻将，这却算是十分难得的例外。他把这例外给了人种，要他搓四圈消遣消遣。人种答应了下来，因为每回过年，他也常来参加这里的赌局。于是，各人端了自己的茶碗，推推挽挽，一齐走向茶堂后面的房间里去了。

因为手头紧窄，对于赌博，白酱丹原是很慎重的，他也破例凑了一角。其余一个，是彭胖的妻弟黄松庭，诨名叫作狗老爷的络腮胡子。同彭胖相反，狗老爷不相信剃刀的，平常总是用两个铜板当钳子，一面打牌，一面自己一根一根地钳掉。倘在夜间，随手钳掉，就随手栽在蜡烛上面，自以为是一桩出色举动。

这是个安分守己的粮户，一向对于畅和轩的权力，是极端迷信的。这也便是白酱丹和彭胖邀约他来参加牌局的另一理由。他们扳了庄。人种的上首是彭胖，下首是白酱丹，对面坐着又矮又黑、但很结实的黄狗老爷。他们闲谈着，一面和着麻将。

"看按麻和啊，"彭胖说，"我好久都没有摸牌了。"

"我才是生手呢。"人种说，有点受宠若惊。

"他讲的实在话，"白酱丹说，"这我又知道啊！人不对头，他连牌桌子也不会向一眼的。宁肯去打瞌睡，今天也是人不同了。……"

"一手成哇！"狗老爷突然地说，同时掷了骰子。

狗老爷是个寡言的喜欢沉默的人，但一上牌桌，他的话就多起来了。发一张牌，必说一句。他把五索叫女学生，三索叫男学生，诸如此类地乱叫，装作精通的样子；虽然他的另一诨名又叫解款委员，往往十赌九输。

狗老爷并不参加另外的谈话，就一个劲自言自语，除了堂牌①和自己手上的牌，什么也不关心。他呸了一口，很生气、很蔑视地甩出一张随手抓起的牌。

"我两个的缘法真好！"他叫嚷着，"你个麻精麻怪！……"

"后对！"人种说，放了两个九筒下来。

"你这一对碰得香呢！"白酱丹说；但又立刻接上刚才断了的话头，"所以我说，那些人你都挨得么？一沾惹上就没有好事情的。你只看昨天那一副神气呀！"

"是呀！"人种承认着，又微微一笑，"他当我是毛子。"

"你对他究竟是怎么说的啊？"皱起眉头，白酱丹严重地问。

"我怎么也不会答应他呀！"人种有一点激动了，"他是做什么的？难道我还不清楚么！人家说，粪桶也有两个耳朵，他倒以为我真是大少爷！"

"这个夹张不错！"白酱丹斯斯文文地搁下一个七索，一个五索。"我还以为你真的承认过他什么啊！"他接着说，"这个人越来越无聊了！"

"他管你这一套！"彭胖说，又尖滑地一笑，"看见大粪，他也要沾一指头的！"

除掉黄狗老爷，大家都十分开心地笑了起来。

"不过老实说，"板起面孔，彭胖又正色道，"你们那个地方，空起来真是太可惜了。十年难逢闰腊月，现在的金子啥价钱呀！……"

"我也是这样讲！"收回正将放出的牌，白酱丹抢着说，"我昨天就同他谈过了，假如是信得过，我们大家合股来干。就万一蚀了，也不会累在一个人身上。"

"对当然对，就看他放心不放心啊！——碰十和比！……"

①　堂牌：指出现在牌桌上，仅供发牌参考的牌。

"这个话你见外了!"人种说,恐怕引起误解。

"他倒放心,就只有一点:要等他们老太太回来!"

白酱丹的口气像是解释,但他同时却又讽刺地一笑。

这一笑,人们可以这样解释:何大少爷的话,在白酱丹看来不过是一种推口;但也可以解释成为那是取笑人种毫无主见,畏首畏尾。

人种的反响,正是属于后者,所以他立刻涨红了脸,显得有点激动。

"你不清楚我们家里的事情啊!"他说,忸怩而又苦恼。

"那就没指望了!"彭胖装模作样地说,好像没指望毫无关系。

"为什么呢?"人种紧接着问,很觉没有光彩。

"老太太怎么会答应开金厂呀!"彭胖回答,又表示菲薄地笑笑,"她们都是做稳当生意的:囤点麦子呀,乌药呀,倒差不多。怎么会冒这种险啊。"

"当然。不过,我总有我的办法嘛!"人种立眉睁眼地说,口气充满了自信。

"炮手来了呀!……"

狗老爷一面叫着,一面打出一张白板,人种把自己的牌全部推下来了。他本来还要结结实实讲几句的,让大家看看他是否毫无作为,现在他却一心一意数起和来。

虽则这种正很投机的谈话的中断,白酱丹起初感觉有点扫兴,随后,他的全部精神,却也集中到牌上去了,甚至停止了吹烟。因为人种和的牌并不小,而且,接着又一气联了三庄。所以此后的谈话,也就成了纯赌博的,不再充满那种钩心斗角的意味。

他们一连打了八圈,大家都很兴奋;人种甚至连嗜好都忘掉了。虽然数目不大,他赢的可最多。除开过年,他平常是只同几个小学教员搓的,现在这样的场合,他还是第一次参加,所以很是高兴。狗老爷照例钳了一顿胡子,解来一部款项。但他拿不出现钱来;说是记下来再说。这可使得白酱丹生气了。因此，当人种去找厕所的时候，看见没有外人，可以随便说了，他就用捻子指着那个黑而茁壮的矮子申斥起来。

"不要丢人哇！没有钱就不要打！"

"把他好几个钱啊！"狗老爷回答，神气满不在乎。

"钱自然不多，可是，他会以为我们干揩他呀！"

人种进来了。

人种并不在乎这几个钱，只要大家肯拿平等的身份待他，他就很满意了。他拒绝收讨狗老爷的欠账，并且提议请大家到馆子里去，就由他自己做东。

"不过，我先要到别处去去哇！"他加上说。

"瘾发了吧？"白酱丹笑了，"都不是外人，我们就到彭大老爷家里去烧好了。又近，又好讲话。行吧？"他转向彭胖加上一句，担心遭到拒绝。

"好呀！我还剩得有点花叶子货①。"彭胖大大方方地说。

彭胖是没有嗜好的，但为联络某些重要人物，他却有着一副漂亮行头。这还是他从前当团总的时期备办下的。那时候北斗镇以上的一些山区，正以产烟闻名，拿烟招待客人，就像请人吃碗便茶一样普通。

一到彭家那间挂着一个魁字的小房间里，一方红木盘子，便摆设好了。狗老爷是没有瘾的，但却喜欢靠灯，他就暂时代理了枪手，一锭一锭裹将起来。是真的货色，才一近火，那毒物便喷黄透亮膨胀大了，恰像小孩子吹着玩的肥皂泡子一样。

人种一连抽了三口，于是精神焕发，热闹的谈话就开始了。在这以前，他总认为眼前这些人是不好接近的，现在却已发生了不同的感觉：他们亲切，平凡，并不处处都占上风，使人感觉难于相处。他同

---

① 花叶子货：这里是指鸦片烟的一种较高品种。

他们论列着毒物的种类：西土、南土、阴山货、阳山货，以及清水货和掺了灰的之间的种种不同之点及其优劣。

但和大多数瘾哥一样，人种也觉得这不是好事情，把人的精神弄颓败了。

"能够戒掉，我真不想吃它了！"他说，略感不安地摇一摇头，"价钱贵都不说，还要背他妈个不好的名声，——瘾民！白天怕人，晚上怕鬼……"

"其实，烧两口也没有大关系！"白酱丹惋惜地插入说，"你这样成天清玩，我倒不赞成啊。钱也有，人缘也并不坏，什么事情不好干呀？"

"烟，你倒放心烧好了！"彭胖说，浮上一个叫人感到慰藉的微笑，"洪宪元年，那么紧还禁不掉呢！不过，白三老爷说的倒也是实在话，——人不合宜不会说的！你这样成天清玩太可惜了。我们编个事情来干好吧？"

"我也是这样想呀！他像还在犹豫。"

白酱丹说，照例浮上那种暗示力强大的微笑。

"可是，我真有一点想不通！"他继续说，不大赞成地摇一摇头，"你这个人看起来倒很有决断的样子；你们看，他像优柔寡断的人吗？"

"这也难怪，"彭胖沉吟地说，"本来我们还没有共过事。"

人种难乎为情似的笑了。他觉得，在这些有面子的人面前承认了这个判断，是有失体统的；加之，今天他又特别高兴，他感到不能再沉默了。

仿佛受了损害似的，人种充满感情地抢着说：

"你们这样说就糟了！要是有半点不相信，我今天还会来？我这个人就这样，事情还没有做出来，我不说的。难道我愿意糊里糊涂混过去么？"

"我们这点倒相信啊！"彭胖、白酱丹同时说。

"不过，看你的意思，"白酱丹接下去说，"是打算自己一个人做吧？这样也好，本来我们也无非随便提提，大家凑凑热闹……"

"像你这么样讲，那就等于说我卖朋友了！要干，当然大家干呀！"

"你像多了心了！"白酱丹说，打着抱歉的哈哈。

"哪个龟儿子说一句假话！"人种说，更加热情起来，"办法你们定吧！"

"哪个来，这一口真裹得好！"狗老爷举一举烟枪说。

但是谁也没有靠下去享受络腮胡子的得意的产品，他们还在热情地分辩着，解释着，深恐对方多心。他们的友情的分辩，一直拖到吃饭时候这才告一段落。

七

经过彭尊三家里的聚会，何人种同畅和轩的来往开始密切起来。而箐箕背的开采，也就跟着成为一般街谈巷议的主要材料。在一个小市镇上，你是什么事情也隐瞒不住人的，因为那些闲着无事，专门打听新闻和专门义务散布新闻的人，可以说随处皆是。

但箐箕背之成为公开的谈资，还有别种原因：其一，是人种经常出入那些做着违法买卖的场所，而烟馆这种地方的作用，在一个市镇上，是和广播电台不相上下的；又其一，那便要算么长子了。自从在郭金娃馆子里引起一次不大愉快的波澜之后，他的信心便已动摇起来。也就是说，他开始向白酱丹和人种攻击了，四处咒骂着他们。

么长子声言，人种是答应过他合作的，他决不放弃自己的权利。对于白酱丹呢，他认为他是主要的破坏者，目的则在梦想独占。当他听到彭府上的欢聚的时候，彭胖便也成了他攻击的带捎。但不管他的谈锋如何尖刻，而且，它们总立刻吹向畅和轩去了，那里的主人公们却并不重视，以为么长子是个出名的汪汪狗，光叫不咬人的。

还有，就是白酱丹和彭胖，现在只一心一意同人种联络着，把他们的计划朝着实际方面推动，没工夫闹闲气。而且，还不妨说已经成了功了。因为他们已经具体拟定，人种出地盘，彭胖出钱，白酱丹出面总理一切，彼此合伙经营筲箕背的金厂。但却还有一点不大不小的遗憾，事情依旧必须寡妇回来，才能做出最后决定。虽然人种申明，这仅仅是个步骤，他的伙伴们却始终不放心。因此，在某种打算下，白酱丹借口雇请工匠困难，物价随时在涨，于是就又由他自己做主，派人到城里和沸水沟去备办用具。

就在这天晌午，大家又第一次在何府上聚会了，因为人种请他们吃闲酒。来客依旧是三五天来常相聚会的几个人：彭胖、白酱丹和黄狗老爷。他们已经喝了不少的酒，现在应该让谈话占上风了。但题目并不是筲箕背的开采计划，他们只一般地胡谈着，从战争到物价，随后又由本地的人物评介转到林幺长子身上。

"他那张狗嘴，这几天又在胡乱吹了！"白酱丹冷笑着说，"早上从涌泉居过，正在讲我们的怪话！可是，一看见我，又把嘴巴闭得梆紧。"

"他是出名的汪汪狗呀！"彭胖鄙夷地说。

"我猜，他对我一定恨得很厉害吧？"人种说，浮上一个恶意的微笑，"不过，我才不管他那一套！我这个人么，对头了，就要我把裤子脱下来你穿都行，——骂，把我骂得倒吗？有时犟起来了，连我妈我也管不了么多。——你？什么东西啊！……"

于是乘着酒兴，人种说了一两件关于他的任性的故事。

但是，这些故事，显然不近情理，因为实际上他并不强项，虽然由于性情的不安定，有时容易兴奋。但和这个一样真实，他也容易挫折，只是特别喜欢赌气而已。

他的故事之一，是这样的：他并不喜欢烟膏西施她妈的货色的，那里的嗜好品掺灰太重，床铺是褴褛的和不洁的，但是自从他的母亲跑去闹过一场之后，他倒反而非去不可了。然而，他的解释虽然欠妥，白酱丹和彭胖听了却是很高兴的，因为他们都深深地感觉到，这点同他们目前的阴谋有着某种直接关联。

"当然！当然！"白酱丹激赏道，"一个人没有一点脾味，那算什么？我们试看古今中外的大人物，哪一个是流汤滴水的？都要熬那股劲呀！"

白酱丹一本正经讲起历史来了。

这个对彭胖是毫无兴趣的，他读书不多，他的能够勉强写信，还是当过团总以后的事。于是瞪着眼睛听了一会，又莫名其妙地用手背揩揩嘴，他就把注意转移到狗老爷身上去了。因为狗老爷正用两个铜板钳着胡子。

最后彭胖笑了笑，取过那铜板来，用手量量；最后，故意打趣地说：

"我看你以后怎么办，成都已经不准用铜板了。"

"成都是成都，它还管不到北斗镇来！"

仿佛说了一句十分聪明的话语似的，狗老爷自己笑了。

白酱丹和人种的对谈还在进行。白酱丹虽然酒量不小，但一过量，他就照例啰唆起来。而且，他还有个习惯，喜欢把吃残了的菜并合在一起，叫厨房重新煎热，就这样三番四复地拖沓下去。他是受不住凉东西的，即使他的肚皮已经塞饱满了。

人种也已到了语无伦次的程度，开始说酒话了。不知道怎么一来，他忽然把话扯到早年升学的问题上去。他抱憾他少读了书，认为这是一个不可弥补的遗恨。

"要不然，我大学都毕业了！"他说，"这不讲别的，说话响亮些么？"

他发愁地问，似乎渴望得到白酱丹的赞同；但他随又愤恨不平起来。

"你不知道，我们在这镇上受了多少气啊！"他加上说。

"这你简直是开玩笑！"白酱丹狠命地摇着头说。

"确实的！难道我还对你撒谎？不管对什么人，我们总是吃茶、开茶钱，吃酒、开酒钱，嗨！人家才以为你该上寿！不然，我怎么会一天都靠灯啊！"

人种乒地拍了一拳桌子，震得碗也跳起来了。

"我现在就要认真操一下子！又看哪个把我撞得弯么？"

"你太说深沉了！……太说深沉了！……决不会的！"

白酱丹一面切断他和安慰他，一面向那两个清醒白醒的汉子努嘴，又使眼色，暗示彭胖和狗老爷设法赶快结束这场餐事。虽然他觉得大少爷这种感情是于他有利的，但他怕他的酒疯继续发展下去。

彭胖立刻同意了这个见地，虽然对于任何激动的场面，他都能够镇静自持。所以在白酱丹的暗示下面，他开始行动了：首先藏开酒壶，然后声言他非常同情人种；但是大家应该赶紧吃饭，随后好到烟膏西施那里去无所顾忌地谈个痛快。

然而事实上，还来不及下席，人种便已呕起来了。他们好容易才把他弄到客房里去，张罗着种种解酒的物事，醋汤、葛花、白糖开水等等。他们彼此都觉得不很光彩。尤其因为何少奶奶在后厅里大声地咕咕着，抱怨着，拖着那个半聋的女佣人泄气，这就越发使他们感到不自在了。他们觉得进退两难，真不知道怎样收场才好。

这不是没来由的，因为他们知道何家素来注重规矩，不肯容许任何狂躁行为，如像酗酒狂赌之类。而那个唯一的男工，又跟同寡妇一道出门去了。所以把一个醉酒汉丢下既不合适，留下来看护呢，又觉得有失体统。因为这会妨碍那个年轻妻子出来照应。但当他们正在踌躇的时候，那个真正的主人，从外面进来了。

何寡母是个身材瘦小、肤色白净的中年女人。因为很会保养，样子看来只有三十五六；虽然实际已经四十几了。她喜欢整洁，随时都摆出一副深识大体的太太模样。她的生父是城里的拔贡,所以多少读过点书。但因此也就更加自负,自觉非常尊贵。她穿着一件狐腿旗袍,浓黑放亮的头发上,翘着一枝黄金挖耳。当第一眼发现她的客人的时候,她多少有点吃惊。因为她同白酱丹们平日并无交往,虽然她也知道他们都是镇上的名人,而且是认识的。她觉得他们有点不安的神气,而且桌子上摆着吃剩下来的菜食饭碗,于是她很快懂得了这是怎么回事。

白酱丹对于应酬非常精到,又同何家有着亲戚关系,他的妹子曾经许字过人种的叔父;虽然还未过门便夭折了。所以互相打量了一下之后,他便抱歉起来。

"大表嫂才回来?你看,我们乘你不在来打扰你了!"他斯斯文文地说。

"怎么说是打扰?请都请不来的呀!……"

寡妇回答着,又笑起来,一面用眼睛搜索儿子人种。

"大少爷怎么不出来陪客呢?"她问着那半聋的女工。

"什么?"那女工大声反问,同时张大眼睛。

"问你大少爷怎么不出来陪客?"

那个正在卸下夹背的男工,嚷叫着补了一句。这是一个二十多岁的强壮的青年,名叫刘二;他立刻使得那个聋子听清楚了。

"在书房里又呕又吐!"那女工同样大声地说,仿佛别人也是聋子。

"已经没有吐了!"客人们插入说,重又不安起来,"其实喝得也不很多。"

"总是好强嘛!"寡妇强笑着接口说,"把客人丢下来,自己倒去乱呕乱吐去了。你们看,这多不懂事呀,——幸得都不是外客呢!"

于是寡妇从容不迫地叽叽喳喳起来;虽然对于人种的醉倒,她是多么地不痛快。因为听见大家并未吃饭;才端上碗,人种就呕吐了,她又立刻叫用人重新准备。而且措辞异常得体,不让白酱丹他们感觉得难为情。

"你看!"她道歉说,"这屋里我一走,就什么都乱糟糟的!"

"哪里的话,已经很周到了!"白酱丹说。

"我们走吧!"彭胖说,浮出傻笑,抬抬下巴,"好让大太太休息一下。"

"这怎么成!是嫌弃么?几下就弄好了。"

"不!菜已经胀饱了。"

"都是本街坊的人,不要客气吧。我自己也还没有吃呢。"

寡妇终于把大家留了下来了。

等到把客人重新安置下来之后,她就借故到后厅里走了一转,又去看了看她的人种儿子,低声地抱怨了几句;但回答的只是一阵鼾声。

寡妇对付客人的如此礼貌,这不是没原因的。她是一个自负的女人,她总想处处得到人们的好评。而且,对于目前的客人,能够好好接待一下,在某些方面,对于自己更不是全无益的。恰恰相反,十年以来,她已经认识了这种张罗的价值。由于一时的错觉,现在,她甚至认为儿子能够同白酱丹们来往,倒是一件值得高兴的事。仿佛觉得这个她平常以为糊涂无能的人种,就快要在社会上出头了。

当寡妇从书房里退出来的时候,饭食已经摆设好了。她重新安置好白酱丹他们,一面吃着,一面进行着那种充满交际意味的谈话。她一向总想给儿子的出处做一番布置的,她认为目前正是一个机会。

"宝元就是太年轻了!"她叹息说,"你什么都教不会他。我就常说,我并不是怕你在社会上露面,也要选择一下人呀!我们何家又是门大户不小的……"

"其实,大太太的福气,也就算顶好了!"客人们称赞着。

"哪里的话!"寡妇蹙着脸说,但是没有掩盖得了内心的满足,"就是没有个替手。有福气,又不这样一天忙到晚了。各位还不知道,我们家里的事,就连买个钱豆芽,也要我操心啊。操心也不说了,他们年轻人还以为你啰唆。"

"当家人总是这样的。"彭胖阿谀地说。

"也不尽然。翟大老爷娘子,就比我好多了。儿子管事,媳妇管事,大老爷娘子只提个头:这才说得上福气嘛!我平常也只有那么说了,我说,这个家我总当不了一辈子!自己学到来,千万不要靠我,——说了又有什么用啊!"

"年轻人都这样,"白酱丹说,"要慢慢来。比如,先分一些事情让他去做。"

"我也是这样想,"叹息一声,寡妇赞成地插入说,"你要他自己肯呀。根本就不长脑筋!首先,嗜好就染错了。你在屋里烧吧,也对,偏偏要去乱钻!什么地方一躺就下去了。这一点,我倒希望你们老前辈帮我劝一劝呢!"

"这是自不待言的!"彭胖同白酱丹同时说。

"这是自不待言的!"白酱丹重复说,"才上桌子的时候,我们就劝过他,那些烂地方,是万万去不得的!年纪轻轻的,又是世家,最好把它戒了。"

"是呀,又没病没痛的!"寡妇说,颦蹙了脸。

"我们说,你又不缺人,又不缺钱,自己又满聪明,要搞什么搞不起来?"白酱丹抢着说,精神忽然焕发起来,"只要手里有点舞的,自然也就变振作了。"

一边说,他那细长的眼睛同时又瞟了一下彭胖:"那件事就向她提提好吧?"

彭胖眼睛里的回答是个否定。

"总之,许多事都是无聊弄出来的!"白酱丹抑制地叹息了,"你想吧,好大个地方哟!吃没吃的,玩没玩的;转过去,茶馆烟馆,转过来,茶馆烟馆……"

"唉,大家怎么不请点菜呀?"寡妇说,忽然注意到了几碗菜原封未动。

"你看老在吃呀！一点都不客气。"彭胖笑一笑说。

"就要不客气才好呢！"寡妇回答，一面接上白酱丹中断了的话头，"是呀！就是地方太小了，风气也坏。他要能够经常向各位领领教，我也丢心多了……怎么就放碗了？再多少请点菜吧！"

"你看我胀得话都说不出来了呢！"狗老爷恭而敬之地回答。

同时，白酱丹和彭胖也都在退席了。退席之后，主妇又陪大家喝了杯便茶，然后，这才仿佛办完一件大事似的，毫无遗憾地送走他们。

一般地说，何寡母这天相当满意；他们虽然并非善类，但在镇上是有实力的绅士，而且相当顾全大体，所以她所散布的应酬的种子，将来总会多少有一点收成的。这个并不困难，只要他们在派款的时候客气一点，也就够叫她高兴了。

把客人送走，寡妇又去书房里看了看，于是退回自己房间里去。她在厢房阶沿上碰见媳妇。一个苍白温和的年轻女人，怀里抱着一个半岁左右的孩子。

"你们也该劝他少喝一点呢，喝多了又来吐！"寡妇沉下脸说。

"你想想他的脾气吧，"媳妇强笑着说，"我劝得到么？……"

"像你这么样说，这屋里，我就离不开一步了。"

寡妇叹了口气，随即审视了一番那个瘦弱多病的婴儿。

"晚上还是闹么？"她担心地问。

"总是吃不够呀！"媳妇愁苦地说，"奶子又越加少了。"

提到婴儿缺奶这一件事，寡妇照例是要唠叨好一阵的。因为她已经找了很久奶妈，但是老找不到。而根据一种相当流行的意见，奶妈之所以工价高涨，而且不容易雇，这和日常生活中其他许多反常的现象一样，都是由那些富有的外省人制造出的。因为他们有的是钱，否则也就不会远天远地地跑到四川逃难。

"连米汤也不吃么？"她带点愤怒地说，"我又叫人在四处打听了，一百元钱一月都请！前个月说好一个，又教城里背时金库主任抢过去了。"

于是她照例数说了一遍几个月来雇请奶妈的周折。

"这一次随便多少钱都请！"她结束着，"你先吃点发奶的药吧。"

她一边说，一边连连呵欠。因为当从佃客家里动身时候，她没有过好瘾，已经很疲惫了。她立刻走进卧室里去，叫那个半聋的女人烧起火盆，把盘子摊出来。

八

何寡母的嗜好，已经有十六七年的历史了。她原是痛恨那毒物的。为了这点既不名誉又不吉利的嗜好，她还曾经同自己的烟鬼丈夫发生过无数次争执。然而，自从自己新寡，同时经历过种种家庭纠纷的打击之后，她也慢慢习染上了。

起初，她是为了医治自己气痛病才吸烟的。所以当时一面吸食，一面仍然流露出她的痛恨，申言身体复元后她就立刻戒除。然而她却永远没有得到这个机会。但和别的黑籍中的男男女女地主不同，烟毒没有使她颓败，甚至反而给她以充分的精力来治理家务。而且非常喜爱整洁，家具常是亮堂堂的，脸也亮堂堂的；她就常常借这些来安慰自己，认为她的烧烟与众不同，仿佛算不得一件坏事。

虽然这样，但她仍然很忌讳的，一有人提起，她便即刻感到不安。上瘾以后，她的特别喜欢打扮，便可以说全是为了堵截外人的猜疑，免得大家胡说八道，以为她真的变成女瘾哥了。所以，此外她还特别考究一切有益滋养的食物，而这样也就更加使她显得年轻起来，白皙红润，鲜嫩得像个三十多岁的中年妇人一样。

不能说寡妇不爱自己的儿子，甚至到了溺爱的地步。十二三岁她才和他分铺，到了分房的时候，人种已经快结婚了。但不管怎样，她总认为他容易受骗，是无法自立的。所以当她发觉白酱丹他们的时候，虽然一时感到满意，以为这是一件值得庆幸的事，现在，一下靠在那盏引人入胜的烟灯旁边，怀疑就开始爬上来了。

她一面裹着烟，一面思索，想要猜透儿子和白酱丹们来往的究竟。使她最吃惊的，是她竟想不出一点理由来说明这种交往的合理。因为无论从地位着想，从年龄以及平常镇上一般人对于人种的观感着想，她都觉得这不可能，而且很奇怪的。那最后，并且自然而然想到的一点，便只有何家的家声和财富了。但说到家声，理由也不充足，实际上倒是她求靠他们，仰仗他们的时候多些。当她想到某次为了家庭产业纠纷，前去邀请他们主张公道时所曾遭到的烦难，以及摊派救国公债时所曾遭到的侮辱的时候，她简直灰心了。于是她的想头便又立刻落到财宝上面；但这使她立刻大吃一惊。因为跟着这个想念来的，便是欺诈、蒙混以及她一向熟习的这一类事件的生动事例。

然而，这种因为平常过分警惕而自然产生的恐惧，并未任性发展下去，因为她的自负，使她觉得这是不可能的。至少是不容易。因为儿子的用度按月发给，家政又完全操在自己手里，任何欺骗，都是极有限的。但问题既然进入这个危险地带，那种希望探明一个究竟的心情，变来更急迫了。她急想知道一切，甚至于比过瘾还重要。

她从床上坐了起来。她的卧室是相当大的，里面塞满了木器：柜子、箱子以及立柜等等。床边的高脚火盆燃得正旺，上面炖着一壶开水，一小罐红枣桂圆汤。这是她冬季喜欢的饮料。那个半聋女工进来上炭，打皱的、鸡爪一样的手上提着一只竹篮。

她叫张大娘，来寡妇家里十五年了。起初并不残废，她才聋了两年。

"大少爷还在睡吗？"寡妇问，当那女工开始添炭的时候。

"还在书房里空床上躺起啊！太喝多了……"

"大少爷娘子呢？"

"在哄奶小姐睡。奶子不够，吵得很。"

"怎么不搭点米汤呢？讨也讨一点呀。"

"不肯吃！又比不得我们庄稼人的，胃口细呀。我们乡里的，只有半岁，就开始吃稀饭了。我两三个还是嚼饭喂大的呢！少奶奶又不肯。……"

寡妇忍耐地叹了口气，随即就叫那女工去请孙表婶来。

孙表婶是个四十多岁的孤人，何家的一房远亲。但是她之能够在何家寄食，倒是因为她那精巧的手工，以及常常出入善堂，亲戚关系的作用是不大的。她是一个聪明的寄食者，处身行事都很慎重。而且和一般孤人一样，她是沉默的和迟缓的。虽然瘦弱，但她有着一副很高很直的身材。当她进来的时候，寡妇已经又从床上坐起来了。

寡妇迅速地望她一眼，立刻现出不快的脸色。

"你们也替我管点事哩！"她沉重地说，又叹口气，"才走了几天，这屋里就乱得不成话了！随便酗酒，喝醉了又来吐！……"

孙表婶抱歉地笑了一下，好像是说，这我怎么能管呢？

"还在外面书房里么？"寡妇又问。

"大约是吧。"孙表婶回答，在高脚火盆边坐了下来，"我一直在房间里。"

"你的枕头帕，还没有做好么？"

"要不是胡二老爷娘子家里念皇经，早就好了。一牵扯就闹了两天，搁下来了，摸都没工夫摸。请得那么切，我自己又带便有点事。……"

这胡二太太，是她们共同的善友，但她没有说明，她去那里的附带目的，乃是为了她那小规模的囤积。因为自从去年冬天以来，她便从自己平常活动的圈子里受到了传染，把她一点可怜的积蓄，搁在种种杂粮的翻囤上了。

对于从胡家听来的关于箪箕背的传闻，表婶婶也一个字没有提。她是深怕沾惹上是非的，因为她一向清楚，她的居停主人，并不是一个怎样容易说话的人，喜欢东猜西疑，心眼很窄。但她却带便谈到了经堂的布置，以及最后一次扶乩的情形。她是深信此道的，所以她的态度也就随着严肃起来。

"看来一时不会太平的了！"她叹息说，"上次彭祖临坛，也是这样说的：'金不换，银不取。'这就是说，将来的日子还要苦啊！……"

"这菩萨早讲过了，是劫运呀！"寡妇说。

她皱皱眉毛，又叹一口气，好像忽然间变悲观了。但实际上，却是从她那种漠然的不安来的。所以，停了一会，她又漫不经心似的追究起来。

"我走过后，宝元究竟做了些什么，你知道么？"她问。

"不是今天请白三老爷他们吃饭来么？"孙表婶说，又带点胆怯地笑了笑。

"这个还要你说！我早知道了。"

"我别外就不清楚什么了。"

寡妇是善于侦查和怀疑的；并不答话，她望着孙表婶，牵起嘴角，奇怪地笑了起来。她就常用这种冷漠而带野性的笑容使人感到不安心的，她立刻做到了。

"前一两天，他们像也请过他吧。"孙表婶加上说。

但是这点补充，并没有叫寡妇感到满足，反而把她那种善于探究的欲望，更增大了。这时媳妇正走进房间里来，她对自己的婆婆，是隐隐有一点畏惧的。畏惧她的巧妙的压制以及种种防范。当她新婚期间，寡妇曾经亲身隔着板壁偷听她同丈夫谈话，直到认识了她的本分、柔顺，这才慢慢地放了心。

只要寡妇在家，媳妇是每天要进来坐几次的，算是问安，也算一种恭顺的表示。否则寡妇便会生气，以为被媳妇所遗忘，以为媳妇破坏了家规。现在，她才进了房间，寡妇就打量地看定她了。

"昨天有人请宝元吃饭吗？"寡妇集中注意地问。

"前天，"媳妇改正着，"是彭大老爷他们。"

"你知道他们为什么请客么？"

"像是吃着玩吧。"

"他多少总向你说过点什么呀。"寡妇激动起来，疑心媳妇隐藏了什么。

这所谓他，是指的人种说的。而当他从彭府上醉醺醺地回来之后，确也向媳妇说过不少的话，夸口过他同白酱丹们的计划和自己的将来。他表现得很骄傲，以为自己已经同镇上的名人们有交情了。而且不久就会出头露面。

然而，媳妇是不能照实说的。这不是她顾虑夫妇间的感情因此发生波折，她很清楚，他对她早已若有若无，不放在心上了。她所顾虑的，是寡妇会给她加上一个不加劝告的罪名，同时又让丈夫生气。而且，她早已感觉出来，因为她生育的不是一个传宗接代的男孩，寡妇对她已经冷淡多了。她是乡里一个土财主的女儿。

既然不能直说，所以掠掠头发，媳妇胆怯地笑起来。

"你想，他有话还肯跟我说么？"她支支吾吾地说，"又喝醉了。……"

"好！看你们大家瞒得到一辈子么！"

十分简捷，寡妇冷笑着这样说了。

"我跟你讲，"她随又加上道，"要是醒了，你叫他不忙出街去哇。"

于是她带点恼怒重新躺下，继续裹起烟来。

寡妇满足嗜好，是有一种自己的派头的。一例采用清水漂烟不说，吸的时候，还把泡子裹得又紧又小，就像羊子粪样。因为这样既不败气，又不容易让烟瘾自由发展下去，扩大下去。而且，每吃两口，就要调换一次已经挖空烟灰的新的斗子。

寡妇平时是很能克制自己的感情，很能守礼貌的，靠灯和靠灯以后，就要随便一些。每到这些时候，她总容易激动，变来更爱说话，更爱挑剔和更自负了。正如醉酒以后的大部分人一样。而且，在喜欢提说过去，发泄宿怨这一点上，也相像的。似乎自从娘肚里下地以来，便有人和她为难，而她终于能够应付过去。

她这个脾味，是全家人所熟知，而且最感觉头痛的。但她们却不能远离开她，甚至还要像聆训一样来领教的。否则她会怪人有意要冷落她。所以当她重新一面裹烟，一面唉声叹气的时候，孙表婶和媳妇，知道她的牢骚快开始了。她们屏着气互相望了一眼，又无可如何地在想念中摇了摇头。似乎决了心准备受罪一样。

她们预想她一定要提起人种来的，但是她们错了。因为，虽然急想知道儿子和白酱丹们来往的底细，而且怀着恐怖，但她并不如她们一样，知道筲箕背的事的。现在，寡妇已经把儿子的事情丢搭开了，那使她兴奋的是她巡视田产的经过。

老实说，她这一次的巡视的经过，是非常顺利的，并没有遭遇到往年曾经发生过的麻烦。所有的租谷，都早已封好在仓里了，毫无拖欠。便连那个她自认为难于应付，异常调皮的佃客张二，也都破例服服帖帖履行了他的全部义务。既没有赌神发誓抵赖，也没有请求减免。然而，正是这些反常的情形，给了她一个深刻的印象。此外，她又发觉，所有佃客的生活，都比以往好了，有的人甚至养着肥猪。虽然他们也抱怨人手不够，工价过高，随时担心抓丁派款，这些却都无法掩盖他们对于景况好转的喜悦。

把这些生疏的印象，和她所熟知的粮食，尤其是杂粮的上升不已的价格连接起来，她大大地兴奋了。因为根据她的估计，单是地主没份的小春的售价，就可以超过佃户以往一年间的全部收入。这也就是说，种田的人占了她的便宜。其实，自从去年以来，她就有这种看法的。只是相当模糊，而且以为对于自己并无什么损害。现在却完全不同了。她裹着烟，一面向媳妇和孙表婶敷叙着她的观感，以及她已经考虑过的对策。

而且，充满一种敌对情绪，她再三赞叹佃户们的生活过得太好。

"连那个穿刷把裤子的李瘟牛，都阔起来了！"她不平地接着说，"穿得棉滚滚的，每顿干饭。难怪好多人抢着租庄稼啊，不像往年主人家找佃户了！"

"那不是，"孙表婶附和说，"焦三老爷去年就加了佃了。"

"岂止加佃？你把耳朵伸长点吧，连租也加了啊。还是我们这些人恬淡，不然，我早就说话了。佃倒不在乎，现在的钱，算得钱么？反而闹来背个恶名。"

"加租也是对的，姚开全他们就这样，一亩地十斤棉花。"

"对了啊！你算算吧，十斤棉花现在该值多少钱呀？"寡妇兴奋地说。

同时，她巧妙地拿着烟签，撑身起来；人种轻脚轻爪走进来了。

人种已经没有了醉态，有的只是大醉以后的疲惫，以及那种近乎麻木的沉静。他眼睛周围绕着黑圈，头发蓬松，好像病人一样。寡妇望见他走进来，就停止了说话，微微皱了皱眉头。

"吃不得，我就推个杯呢！"寡妇终于突头突脑地说。

人种没有张声，他一双手掩着脸，呵欠着，随又大大伸了个懒腰。

"就拼命地喝！"寡妇继续说，"也不想想自己有多大的量。"

"才喝好几杯啊！"人种叽咕着说。

他随即走向一张五抽橱去。这五抽橱是靠床安置的，上面有把茶壶；他用手背随便地挨一挨那茶壶，看烫不烫，接着凑在嘴上喝了一通。

"好几杯？……那总还喝少了嘛！我看，就是活到胡子白了，还会不懂事的。"

"呵唷！"人种厌烦地插断说，"这才不得了嘛！"

"有什么不得了？醉坏了的是你，又不是我！可是，有本事就自己找了钱喝，不要坐着吃，坐着穿。吃饱了，穿暖和了，还要磨皮擦痒！像我该背黄包袱样。"

“那你又不要背嘛！”人种脱口而出地说。

人种的头脑还很昏胀，他没有考虑过他的话语的重量，也来不及注意态度。但当说出来的时候，他立刻觉得自己是做错了。他随即在火盆面前坐了下去。

寡妇望着他好一会没有张声。

“这才会说呢！”最后，浮上一个勉强的微笑，她激动地说了，“是什么人教你的？你怎么早不说呢？早这样说，也免得我守你们了！……”

她的声调带点悲哽，她的眼睛已润湿了。她没有再说下去。原本是一个矜持的人，儿子偶尔对她说了忤逆的话，往往使她不平，觉得受了不义的待遇。而每当这种时候，她便为悲愤压倒了。特别是今天，她才收完租谷回来，成绩又很不坏，她的心里正在感到骄傲，因此这种不平的感觉也就比以往更为厉害。

孙表婶和媳妇是最理解她的，她们相信跟来的一定是眼泪和埋怨。

“你理他做什么啊，吃醉了的人！”她们怯怯地开始劝解。

人种不大输气地横了她们一眼。

“吃醉了？”寡妇忽又冷笑着说了，尽力使自己不要显得软弱，“你们就只晓得替他圆梦啊！你怕我不清楚么，这屋里就多了我，别人早就看不惯了。”

“哎呀！你总是讨闲气怄！”孙表婶瘪瘪嘴说。

“我倒不讨气怄，可是，我现在什么都看穿了！从今天起，我什么也不管了，你把这个家务鸡毛毽样，一足踢了也好。天哪！原来变了牛还要遭雷打啊！……”

人种清楚，这一来母亲又会细数一场她的苦况的，但这个他已经听过千百次了；而每一次却又只会增加一层他对母亲的不满。虽然在他幼小时候，曾经由此得到过不少感动；常常向自己发誓，他要用功读书，将来做番事业，这才对得住母亲。

然而，现在他却显得厌烦地站起来，想退出去；一面切断她的诉苦。

"我今天碰到鬼了！"人种抑制地喃喃说。

"转来！"母亲大声制止住他，接着声色俱厉地问道："你说，什么人是鬼？"

人种没有出去，但也没有答话；他扭歪脸又坐下去。

"真搞得好！"强笑一声，寡妇紧接着说，"我才走了几天，就变得这样子了！一天就酗酒呀，打牌呀，是人不是人都伙着来往，"她想到了儿子同白酱丹们的往还，"难怪得啊！找到军师了哩！这个鹅毛扇子真扇得不错。"

"哪个在给我扇鹅毛扇子哇？"人种突然扬起脸问，恶狠狠地瞥了寡妇一眼。

"这个还要问么？"寡妇迅速地反问，倾出上半身逼视着儿子，"好像别人都是蠢猪！好吧，我管你们也管够了，既然处处都不对劲，我们把这个家分了好了。"

她停住嘴，留神地期待着人种的反应。

寡妇原是最讨厌分家这一着的，每当和人种赌气的时候，她都自然而然想起这件极不愉快的事情。现在，因为儿子的意外行动，她的疑虑、愤恨，也就更增大了。她急想弄清楚他的本意究竟是怎么回事。

"像我变牛还没有变够哩！"接着她又试探地补了一句。

"好歹都是你一个人在说哇！"挺起脖子，人种忍不住回嘴了，"真是别人讲的，恐怕天都会闹破了，——分家！"他又冷笑了两声，好像他什么都懂。

"分家怎么样哇？"寡妇失声地叫出来，同时放下盘在床上的双脚；随又抬抬屁股，似乎就要扑过去同儿子拼命一样，"难道我想把这个家务背到阴司里去用么？"她气势汹汹地继续着责问，"我想拿去顾娘屋么？好得很，我天都闹破了！"她一下坐在床沿，发出一串神经质的干笑，"今天我才晓得我是个泼妇哩！好得很，我倒要请几个人来问一问！……"

她没有料到结果会是这样，她随即哭了。

"又没死人！"人种叽咕着；他也十分恼怒这个不曾料到的结果。

"就要死我这个千人恨、万人厌的了！"寡妇带了哭切住他，"看你们还过得到几天好日子么？你明天就来当这个家好了！我马上把红契交出来！"

"家我倒不当啊，我要做生意！"人种毫不自觉地说，随即想起当天的计议。

"你就拖懒杆子我都不管！"

"像这样吃下去，我倒要拖几天懒杆子！不晓得抓那么紧做什么啊！一提说做点事吧，总是说你不行，说你一定上当，好像你连鼻涕也不会揩！"

"你的本事大啊！"忍着哭啼，寡妇忽然藐视地说，"要做，做你的呀！"

"做我的！上前年想同蒋有才做碱生意，也是这么样说：做你的呀！等你人约好了，就又不来气了。去年说到上面割漆，也是这样！……"

"你不要讲那么多！"寡妇负气地切断他，而且，因为弄清楚了儿子的本意不在分家，是想做点生意，心里忽然觉得好过点了，"要做什么，你要说出来呀！我是你肚子里的蛔食虫吗？可是，话说在先，做烂了不要又来污我。"

"你是只会封赠我这些好话的！"

"那怎么会？"寡妇作弄地说，料定人种做生意是个外行，"做发了，我这个老婆子还会沾你几天光么？我倒要先看看，是个什么生意；总还有个好打算吧？"

人种没有即刻回答；但却望望母亲，忸怩地笑起来。

这并不是因为他怕她悔口，他是知道怎样来征服她的，而他已经出乎意料地软化了她。根据经验，只需道出他的愿望，就好办了。但他一时竟不知道如何措辞。

"我要开槽子淘金。"他终于吃吃地说了。

他很快地瞥了母亲一眼，于是埋下视线，一直望着炭火。

"地方都看好了，"他继续说，"有白三老爷，就在筲箕背挖。"

"哪一个筲箕背？"寡妇问，集中了她的全部注意。

"就是我们老坟那里。"他回答，微微扬起了头，随又很快勾下去了，"他们说，就在侧面挖，又不会伤到坟。……现在也没有人讲究这一套了。又伤不到坟……"

他停住嘴，朝母亲看望了，于是没有再说下去。

当他才说出那个风水地方来的时候，寡妇希望那是另外一个所在，而当他肯定了她的猜疑之后，她简直震惊了。她想到了那是何家的发祥的坟地，想到由它引起的一次严重纠纷。因为十多年前，为了幺房砍伐坟上的树子，他们几乎掀起一场官司。

因此，寡妇认定儿子做的是一件糊涂事情，而且看清楚了他自己的心虚气馁。

"真是个好主意！"于是她说，忍不住冷笑起来，"看你将来，还会把死人的骨头挖出来车纽子卖么！——亏了你吃饭都不长了，不晓得发的什么疯啊！"

"我倒没有发疯啊。"

"那总是我疯了呀！"寡妇奚落地说，随又改变了口气，"做什么事，也该想一想吧？你又不是三岁两岁的小孩子了，就不怕犯到自己，也该怕闹成笑话呀！"

看出儿子已经失了主宰，寡妇更加坚决起来。

"我同你讲！"她决然地继续说，不再有一丝一毫的顾忌了，也不再有一丝一毫委屈情绪，"当到你表婶婶也在这里，只要我在一天，哪个要动一下我的祖坟，我就和他拼命！——我怕没有脸见死人！……"

沉默一会，她随又鄙视地笑了。

"难怪得啊！这些条，也真要白酱丹才想得出来！"

接着她就躺了下去，没有再说什么。其他的人，也都陷在沉默当中。而末了，人种忽然掀倒椅子站了起来，叫道："总之，你把我腌在家里好了！"冲冲跌跌走了出去。

九

在寡妇家里，近两年来，口角已经成为一种寻常事了。这大半是从人种方面来的。他总感到自己太受限制，太受委屈，而这又是从母亲一直把他当作孩童看待来的。因此他就常常同母亲抵触，说些忤逆的话。而种种不快的事件也就随之而生。

但在起初，因为一直以来的驯服，而且又没有明确的目的，口角的情况，并不怎样严重。只要母亲在争吵中急得哭泣起来，他的不平也就消了。争吵得最激烈的是割漆同囤积碱巴那两回事，但是，因为寡妇对于儿子的无能认识得最清楚，以及一种不自觉的自负，当时虽然是答应了，事后却又撕毁了自己的诺言。这回关于淘金的争执，在人种退出房间以后，寡妇以为他还会不服气的，但是一两天过去了，人种并没有再提过。这不仅因为人种感觉压力太大，他自己也开始反省到了事情的不妥当。然而，还是为了那个倒霉的面情太软，他却连大门也羞于出了，仿佛真想就这样把自己腌在家里。

在出事这天夜里，寡妇的阻止便在镇上传播开了。这是应该感谢小市镇上的居民们的多闲的。但是一般的反响却很平常，不过觉得有趣罢了。少数的野心家，则采取一种幸灾乐祸的态度，甚至还尽力设法挑拨。因此，当他们偶然碰见白酱丹的时候，他们总要问到箐箕背何时开采，自己是否可以得到一个金夫子的差事，作为戏谑。他们对于林幺长子竟也如法炮制，但在末尾，却又用了同情的口调劝他一顿，认为他用不着再失望，再生气了，因为那些阴谋者已经得到了他们应得的报偿。……

在何家发生口角的次日早上，涌泉居的茶客们照例又上班了。在谈过一些无味的琐事之后，芥茉公爷就又提出挖金的事来，嘲弄地给幺长子进着忠告。

"怄什么啊，"他用唱歌般的调子说，"你就弄到手了，还不是一个样？"

隔了一会，幺长子这才冷笑一声，现出一副不瞅不睬的骄傲态度。

"我怄？"他冷然地说，"那样爱怄，早就怄成气包卵了！"

于是板着张脸，他把左脚上的鞋子趿去，腿杆一缩，蹬在凳子上面；接着右手拐朝膝头上一靠，拈着又粗又硬的胡子，专心一意想他的心事去了。

邻座的芥茉子们暗笑起来；但是为了尊重对待拜兄伙的礼貌起见，他们立刻扯上别的事情来谈。主要的是生意经和牌经。随后，虽然话题忽又还原到挖金上来，但已不再是筲箕背，而是一般金厂的情形。他们热切地关心着某人是挖发了，某人又挖夜了。什么人的槽子发现了倒霉的所谓"坂"，或者正在打横洞，"宰耳口"，企图挽回歹运。大家只顾自己谈得热闹，没有再理睬幺长子。他们知道他的习惯，每当他带了那副流氓架势，板起张脸，拈着胡子，那便谁也不好沾惹他了。

然而，正当他们谈到杨善人的明窝子①的幸运，大家都在羡慕不止的时候，幺长子站起来了。他穿上鞋子，大大喝了一口浓茶，于是大彻大悟地自言自语起来。

"啥啊！盐也只有那么咸，醋也只有那么酸！……"

他一径走向茶馆里面自己家里去了。

---

① 明窝子：指露天开金矿场。

这在他是少有的例外行动，因为照老规矩，他是非到饭菜端上桌子不回家的，从来没有蹲在家里等饭吃的习惯。但是这天早晨，才一进门，他就钻到灶房门口去了。

他的老太婆同寡媳正在烟雾腾腾的灶门前工作。老婆身体壮健，已经四十多了。幺长子很怕她，这是因为她的谈吐比较自己更为粗鄙的缘故。她一发觉丈夫正在门口探望，还没有张口，便嚷叫起来，怒气冲冲地抓来一只竹篮，朝他怀里一塞。

"就在外面翻花就是了吗！去择了来！……"

"怎么，菜都还没有择好么？"幺长子吃惊地问，但是已经接过竹篮。

"一个人只有一双手呀！"

老太婆大声回答，一面响着铲子，幺长子无可奈何地笑了。因为媳妇子在面前，他就只好在喉咙里叽咕了一句怪话，忍气吞声地退了出来。

当走回堂屋门口的时候，他看见孙儿土狗娃跪在泥地上弹弹子。

"快来帮爷爷择菜，"他叫道，"吃了饭给你一个铜板！"

"你那张狗嘴里的话都靠得住呀?!"

"嗨，这个龟儿子娃！"幺长子激赏地大笑了，"你像吃孽了啊！"

"你不是呀，"因为得到鼓励，那个顽皮孩子更胆大了，"你向婆婆说了不再赌钱，前天又输光了！狗嘴！狗嘴！婆婆一直这样骂你！"

"杂种，婆婆是婆婆呀！……谨防火闪娘娘淋你的尿！"

"屁！你才骗不倒我，先生说那是电气！"

"还疝气呢，电气！……赶快来吧，我要叫你妈了！"

在这屋里，土狗娃只怕他娘，他四下望望，收起弹子，满身尘灰地站起来了。但正在这时候，老太婆又从厨房里叫起来，说是饭已蒸好，菜可以不择了。

在吃饭当中，虽然那个精神勃勃的老太婆，还在抱怨前天钱输多了，但是幺长子并不回答。他只顾吃自己的，因为他还要赶着到何寡母家里去。他觉得，既然白酱丹的阴谋受了挫折，凭着亲戚关系，也许他还可以挽回自己的运气。这自然很可笑，但是每个痰迷心窍的人，他们总有一套自己的特殊逻辑，而且往往总深信不疑。

这种想法是从何家的口角引出来的。这在昨天夜里就打动了他，到了早上，便已如钉钉木，拔也拔不脱了。生活正在不断上涨，金价已经爬到百换①以上，他是无论如何也不会对箸箕背断念的。何况自以为有过成约，要想断念，也就更困难了。他本来就很贪婪，正如有人形容他的，看见庄稼人担了大粪走过，也要沾一指头；他更不是一个软弱可欺的人，他可以采取任何手段来攫取某种已经打动了他的利益。所以吃完早饭，他便挟起烟杆，到寡妇家里去了。

到了寡妇门口，他两头瞟了一眼，就笔直走进去了。他在耳门口停止下来，向大厅里窥探着；寡妇正在那里同佃客争论，但他立刻就被她发觉了出来。

"是幺老表呢！"寡妇招呼着，"请进来坐呀！"

寡妇多少有点吃惊，但是她的态度仅仅欠点自然。

"我看你不得空吧，"幺长子说，一面却已经提起烟杆走了进去，"倒没有什么事，不过顺便来看看你。……是在讲租谷么？"

"是呀。收这几颗谷子，也就够烦人了。……怎么不坐呀？"

"不要客气，你们继续谈吧！都是自家人呀。"

"请幺舵把子说说吧，"一个蓄着一把抓头式的庄稼人，忽然向着幺长子申诉了，"一亩田加十斤棉花的租，这怎么做得出来呢？也该给我们留条路嘛！"

"一个人不要光吃甜的！"寡妇恼怒地说，"看把嘴吃溜了！"

"不晓得我们哪年吃过甜的，去年贴他妈好几百！"

---

① 百换：指金价折合币制，高达百倍。

"快答应下来算了，"幺长子劝诱地说，并未给那庄稼人撑腰，"你是常乐坝的？"

"后桩沟。我叫王老九；怎么，还是去年幺大爷栽培的哩！"

"快少说些空话吧！"幺长子庄严地驳斥了，因为他自己就有田有地，而且感觉那个庄稼人的表白有点丢他的脸，"光棍就该吃裹缠①么？做得着，做；做不着就退，主人家好另外招佃，——不像往几年了，现在再坏的地都有人做！"

寡妇兴高采烈地笑了。

"这就说对了啊！"寡妇沾沾自喜地说，深幸那个老流氓的知趣，"不过，幺老表还不知道，这两三家都没有话说了，就只他一个人扯皮得很！"

"我们没有哪个答应过哇！"一个老头子理直气壮地叫嚷出来。

"你们最好去打听一下，"寡妇紧接着说，显然并不看重那个老年人的抗议，"把耳朵扯长点，看我究竟挖苦你们没有？对，你们下一场来换佃；不对，你们退佃好了！租不出去我会让它荒起，一点也不勉强你们。"

"唉，"王老九不平地嗫嚅着，"唉，这不是活埋人么？……"

然而，寡妇并不理他，一心和客人张罗去了。她把幺长子邀向堂屋里去。因为虽是亲戚，平常却少往来，而且一向存着戒心，所以她的接待也就特别谦谨。

因为猜不透对方拜访的理由，她便只好把换佃的事作为应付他的话题。

"幺老表知道的，"说过交涉的经过之后，她接着又说，"现在的生活好高呀！又是这样款、那样捐的，不然的话，哪个愿意提啊。可是你亲眼看见的，这个还没有说好，那个又翻盘了，就这样耍奸狡。"

---

① 裹缠：指捡便宜，索取不应得的补赏。

"不要紧！"幺长子慷慨地说，"我再同王老九招呼一声好了。"

"那就太费心了。本来都没事的，就是他一个人傲起。"

"这些弯毛根就是不识好歹啊！"幺长子说，好像自己很识好歹，"才当了个光棍，就自以为了不起了，可以随便抓、拿、骗、吃；袍哥的好处一点没有学到！"

"是呀，前几年都是听说听讲的人……"

寡妇伴笑着住了嘴，而且，禁不住红脸了，因为她忽然发觉，这样说显然是会得罪人的。但是幺长子一点也没有多心。他原是很性急的，而现在只有一个强烈的欲望占据着他：直截了当把问题提出来。

"不要紧，"幺长子糊糊涂涂地说，"我去说他一顿好了！"

"这就太费心了。……请点热茶呀！"

"不要客气，——哦，我今天来，是找你谈个事情！"他假咳着，迅速地瞟了寡妇一眼，"其实我个人无所谓，不过，我们这场上的事情，你晓得的，有些人一点不择生冷！一天就想方设法，拖人下水。……"

"好在我们从来也没有得罪过哪个。"寡妇假笑着插了一句。

"他倒不管你这一套啊！听说又把宝元骗上手了，要在筲箕背挖金子！"

"真不知道这是从哪里说起的！"寡妇非笑地说，仿佛听了什么无稽之谈，一面却又提心吊胆窥探着对方，"什么人不晓得筲箕背有我们的祖坟？这不是笑话么！"

"你倒是这样说，别人可有别人的想法。……"

幺长子高深莫测的口气，使得寡妇吃惊地扬起了眉毛。

"这一下我看你又画什么圈圈！"并不留意寡妇的表情，幺长子愈说愈胆大了，"你总不能抬我的门，踏我的槽子，——老子依法纳税！依我看只有这样：自己挖！你忙不过来，我帮你跳。都不是外人呀！难道我还会烧你么？哈哈！……"

"这个意思自然很好，"寡妇透着气说，"但是……"

"我总不会害忌你的，"幺长子口快地抢着说，"一百多换一两，啥劲仗呀！头钱又不要多，卖五石米就尽够了。家具都不必买，我有！要多少有多少。"

他大摇大摆地站了起来，吹燃捻子，搁在茶几边上，抽起叶子烟来。

"幺老表的关心我很感激，"假装出感谢神气，寡妇开始陈述。

"一天不出两把金子，你踢我的脚头！叭，叭，叭……"

"幺老表的意思自然很好，"寡妇紧接着说，已经感觉得不快了，"但是，就是挖金娃娃吧，这件事情我也不愿干的。明白人背后骂都是小事，将来怎么有脸去见死人？我又只有一个儿子，犯着了，我更担当不起！"

"你放心，叭，叭，不会撞到坟的。挖槽子是有窝路的呀！……"

"我们妇人家见识短，"她认真生了气了，口气坚决起来，"总之，我绝不能做！"

幺长子从嘴里取出烟杆，叹息了。随即浮上一个狰狞的冷笑。

"别人怎样我管不了，可是我有我的想法！"寡妇又加上说，忽然感到一点畏怯。

她尽力装出一种满不在乎的神气，但她终归还是心虚。

"幺老表在外面听到有什么话吗？"她接着又问，设想试探一下。

"当然！不然我也不必来了。"幺长子坦然地说，"你想吧，已经到了口边的菜，还有放了的么？恐怕没有那样便宜！——哼，哼，有那样便宜又好了啊！……"

出乎本愿，幺长子多少流露出了一点幸灾乐祸的神气。

"像幺老表这样说，"寡妇带点恼怒地反问道，"他们像硬要强迫我答应啰？"

"要不是这样，我也不必来了。所以……"

"这样也好，看我们还会打一场要要官司么！"

"这你又想左了！"非难地摇摇头，幺长子紧接着说，"现在的官司，都是人打的么？同衙门里没关系，红的还要给你断成黑的，——何必讨些空气怄啊！"

寡妇一时没有回答得上；幺长子误认为他的说辞已经见了效了。

"依我看么，"他又说，自信地点着下巴，"只有自己来挖！"

"这个话请幺老表不必说了！"

"可是，假若别人硬要挖呢？"他问，不怀好意地直盯着女主人。

"那就只有请他们先挖个坑坑，把我两娘母活埋了再说！"

幺长子轻声笑了。他吧着烟袋，好一会没有开口。

"既然这样，"最后，他磕去烟蒂，带点不满站了起来，"我也不敢劝了！"

"再喝杯热茶走嘛！"寡妇支吾地说。

"不喝了。今天逢场，我又是个爱管闲事的人。"

寡妇一直勉强地送他出去；而一走进大厅，幺长子忽又迟疑地停下来。

"表嫂呀，"幺长子拖长声调懒懒地说，"现在的事情，想开点啊！"

同时他望定对方，带点威吓地微微晃着脑袋。

"我们坤道人家，就是想不开呀。"她恼怒地说，避开他的视线。

她还有好多话想说的，但她忽然间住了嘴。因为当她避开幺长子的视线的时候，她看见白酱丹正从外面走了进来。抱着烟袋，神气很是正派的样子。而一发觉出他，她就立刻更加感到不快意了。

白酱丹先向寡妇打过招呼，随又打量似的望望林幺长子。

"怎么，我才来你就走了？"他搭讪着问。

"你不知道，"幺长子讽刺地回答，"我自来就怕挨你！"

"这就怪了，"白酱丹平静地笑起来。"好，等一下喝茶吧。"

幺长子什么话也没有再说，但从鼻子里笑了一声，车转身就走了。

寡妇对于新来的客人，显然并不热心，她没有让他到堂屋里去。她猜准了他是为了什么来的，而且，幺长子给她带来的不快，还在继续发生作用。因此，这个平常自以为精干老练的女人，突然感觉到不能够自持了。她多少显得有点张皇失措，因为她对这个充满阴谋的拜访十分苦恼。

白酱丹也不如往常的镇静了。他深知道对方是难惹的，而又选错了拜访时间！他开始担心他的游说将会成为不快的会晤，但是凭了他的年龄、经历，他依旧装出镇静的样子，斯斯文文地抽着水烟，斯斯文文地同寡妇谈着毫不相干的琐事。

他看清了寡妇的情绪不佳，一不对劲就会弄成僵局，他得先使她平复下来。

"听说今天米又涨了，"他继续毫不厌倦地说，轻轻地弹着纸捻子灰，"依我看么，要是关不起冬，开了春，粮食还要往上爬啊！表嫂的谷子，该还囤起在吧？"

"呵哟，我们才几颗谷子哇！"寡妇瘪瘪嘴说，已经感到不耐烦了。

"也就算好了啊，人又少……"

"就因为人手少，所以处处受欺负啊！"

听见寡妇口气不对，白酱丹偷着向她瞟了一眼，而且立刻得到判断：谈话是失败了。他想另选一个时间再来；但他忽又充满耐心谈下去了，希望换换空气。

"呵，"他说，忽然装出关切的神情，"老实话，你们老太爷病好了吧？"

"早就好了，多谢你问。只是左半边瘫了，动不得。"

"真可惜！多好一个人呀！"白酱丹摇头叹气，好像难受得很，"不管做人，做学问，现在，到哪里去找啊。我记得和我们先严同庚，已经七十多了吧？"

"七十一了。"

"那还小先严一岁。先严要是还在……"

"哦，三老爷！我们都不是外人哇，"寡妇忽然昂起头来，直视着白酱丹，红着眼圈插进来了，"千不是，万不是，都是那个晒牙巴的死早了！留下我个女流之辈，少读书，少识礼；儿子又不成材，一点不给人争气……"

"哪里的话，表嫂也就算命好了。"

"哼，命好！"寡妇鄙夷地说，更加激动起来，"命好，又不出败家子啰！不过三老表，我们不是外人，说一句老实话，哪个要挖我的祖坟，就先把我活埋！"

白酱丹吃惊地鞻蹙了脸；但随又笑起来，好像听了一件莫须有的趣事。

"你从哪里听来的啊？"他说，"不要听幺长子胡吹吧，——他那副嘴！"

"我倒不会相信他的话啊。"寡妇严正地否认说，"不过，不管是什么人说的，我要让三老表知道，除非我断了这口气，哪个要撞撞筲箕背，我就和他拼了！……"

"不必着急，我看，你先把事情问清楚来吧。"

"这个还要问吗？想发财呀！……"想趁混水打虾笆呀！……"

寡妇意想不到的激动，使得白酱丹失色了。同时他也领悟出来，再要敷衍下去，是会把事情闹糟的。他赶快灭掉纸捻，随即装出一副若无其事的神情站了起来。

"还是那个话，"他说，"你问清楚来哟，看冤枉淘一场气。……"

他强笑着，轻轻弹着沾在花缎背心上的纸捻子灰。

"一个人想钱，不要想得太挖苦了！"噙着眼泪，寡妇只顾嚷自己的，"欺孤凌寡也不算得好汉！——究竟我的眼睛还没闭呀！就提弯毛根也还没到时候。……"

"好，我欠陪了。……你们劝一劝吧！……"

这后一句，是白酱丹对带点惊慌走出来的孙表婶说的，同时也为了走起来自然些。

十

人种同母亲之间发生的争执，就在当天晚上，便传到白酱丹耳朵里了。但他并不在意，以为这是免不掉的。所以当次日一早会见彭胖，那肥人不大了然地把争执的情形告诉他的时候，虽然早已经知道了，他依旧让彭胖一气说完，不加任何阻止。

最后，直到讲述完了，彭胖于是又担心地问道：

"这一下怎么办呢？——我看完了！……"

"你怎么这样经不得事啊！"白酱丹叹息了，又非笑地摇摇头，"是你，你也要跋一下命①呀！这是早就料到的了，她一定要来这一套的！"

于是，他才慢慢告诉彭胖，彭胖刚才说的，他在昨天夜里就听见了，而且认为这个并不足以证明事情的失败。据他推测，人种是爱面子的人，一定不会轻易收回自己的诺言。而事情的真相如何，也只有和人种本人谈过以后，才能彻底明了。

总之，白酱丹主张，等候人种出街，问个明白，然后再给他一些必要的激励。但彭胖不很赞成，力说应该把进城采办种种工具的姚老五叫回来。他是一个所谓摸着石头过河的人，他担心着任何可能碰到的亏损。结果，白酱丹无可奈何地答应了自己先到寡妇家里试探一下，然后再做决定。

他们商量这事的时间是在早晨，吃过早饭，白酱丹便抱起签花烟袋，访问何家去了。他曾经猜想，他是会大费唇舌的，虽然事情还没有到完全绝望的程度。至于不会完全绝望的理由，少爷们总是爱情面的，这个不必说了；此外，他还相信寡妇相当世故，懂得利害，绝不会为了一点细故来招引麻烦，或者自讨没趣。但是如他所经历的，他

---

① 跋一下命：指作垂死挣扎。

失败了。他曾经那么苦心准备好的理由，一点没有动用，他便不能不立刻退了出来。因为从他看来，再谈下去会把大门封闭了的，而最聪明的办法，是等寡妇想开豁了再讲。

但不管如何，这一次的谈判的失利，却是毫无疑义的了。一出大门，他就呻唤一声，甚至在想念中顿了顿脚。而且，深怪自己竟会选上这样一个不合时宜的拜访时间！……

市集已经很热闹了。又是闲月，街上人很拥挤。满街只见箩筐、背篼，以及黑白套头乱翻。挤了好一会，他才摸进畅和轩茶馆里去；但也全被乡下人占据了。有一批人在等候讲理信，公断处是就设在这茶馆里的。白酱丹算是公断主任，他一进去，那些男男女女的庄稼人就嚷叫起来，要他主张公道。有的甚至站了起来，让出座位。

白酱丹伸长脖子望了一会，接着就又朝外面走；一面胡乱点着头回答人们的招呼。

"我泡得有的！……我找个人！……换一下！……"

但才转身走了两步，一个满脸皱纹、又矮又黑的庄稼人拦住了他。

"请三老爷上面坐吧。你不晓得，我家里出了点事！"

"季大爷不是在那么么？"皱皱眉头，白酱丹支吾地说。

"不行！"那个名叫王玉成的庄稼人一径拦住他不放，苦苦地哀告着，"一定要请你老人家说一点公道话！你不知道，我这回吃亏吃厉害了！……"

白酱丹感觉为难起来。他四处望望，又败兴地叹口气，埋下了眼睛。

同时，那个坐在茶堂里最末一张桌子上的另一个公断员，那个头缠半毛料围巾的季熨斗，也在苦苦挽留着他。季熨斗声调非常响亮，口齿非常灵利。他是全镇最受欢迎的角色，因为他从来不做挖苦事情，总是随方就圆。

"的的确确，三老爷！"季熨斗站起来大叫，"今天你拆不得台！"

"我还有事!"白酱丹不大耐烦地仰起头说,"你断了就是了呀!"

"不行!不行!今天包袱大了,我一个人拿不下来!"

白酱丹颦蹙着脸,依然不能决定他是否该留下来。

"你是找彭胖哥?"眨眨眼睛,季熨斗忽然关切地问,"刚才还在这里,恐怕到粮食市上去了。逢场天,他要下午才有空啊。……请上来吧,一卷烟就讲完了。拿碗茶来!——不准乱收钱哇!……"

季熨斗叽叽喳喳地叫着,嚷着,做得非常殷勤。白酱丹留下来了。

"究竟是什么鬼事情啊?"坐定之后,白酱丹不快地问。

"你还不知道么?王玉成的老婆,叫人挖了热瓢子了!"

季熨斗津津有味地说,又忍不住发出一阵哄笑。

接着,为了不使当事人难堪起见,季熨斗放低声音,绘声绘影地报告了一番事情的经过。和往常一样,前天,石缸坝的保长,天不见亮,就把自卫队吵起来下操了。王玉成也如时跑向操场上去,他怕挨手心,或者别的什么惩罚。但他出去不久,他的老婆发觉他转来了,钻进被窝就睡……

"这究竟是什么人呢?"白酱丹迫不及待地问了。

"什么人?你等我说完来呀!……这一下他就睡了啊!女人问他,今天不下操了么?没有答应!随后也死不开腔。就像俗话说的,哑巴喊门……婆娘起了疑心,下细一摸,肉非常细,不像王玉成的!立刻就叫起来……"

"这个也怪女的太大意了!……奸夫呢?"

"女人一吵,奸夫,披起衣服就逃之夭夭了!"

"呵嗬!……"

"慢点呵嗬,有人亲眼看见,从里面跑出来的是乔面娃娃呀!"

这乔面娃娃,是石缸坝的保长,不用说,本保的学校、壮丁,以及一切男妇老幼的一举一动,都归他管。因为精强力壮,办事非常认真。他住过几天学校,精于赌博。而在受过国民党县委会一个月训练以后，他就专门为国家流汗水了。白酱丹一向就很讨厌他的，讨厌他的浮气和他的自以为了不起。看见他的影子，都觉得伤脑筋。

"我怕是什么人！"白酱丹接着鄙夷地说了，"这些丑事也要他们才搞得出来。你知道么，总以为自己是上过釉子的呀！我早就把他们肠肠肚腹都看穿了。……"

由于积压下的种种不快，尤其是刚才的失败的访问，他忍不住愤激起来。

"你看现在的事情，怎么搞得好呀！"停停，他又义愤填胸地紧接着说，"什么事也不管，就今天对一桶料子，明天对一桶料子，颜色越新越好！这个来，给你一抹，那个来，也给你一抹；以为只要刷过颜料，总该不错了吧！嗨，殊不知天地间的事情就没有那么简单，——夜壶还是夜壶！……"

他的口气粗鲁而又放肆，季熨斗吃了一惊了。

"你是怎么搞的？"季熨斗玩笑地问，"带了早酒了呀？"

"这有什么奇怪的呢！"白酱丹忸怩地回答，已经反省到自己太激昂了，说话过于粗鲁，"这些话，我老早就说过了。不过，讲句老实话吧，我们自己先该多找几个人去的。大家不听我的劝呀！现在如何，——哼？"

点点下巴，白酱丹恼怒地望定了季熨斗，似乎对方做了什么错事。

这不是没来由的。因为当政府征调种种受训人员的时候，他确乎主张过，以为这是一道门槛，若果进去的分子过分杂了，场上的公事将来会不好办。季熨斗是知道这经过的，但他没有回答，只是意义暧昧地叹了口气。随即便把谈话扯到别的事情上面去了：有关战局的传闻，正在城里举行的行政会议，物价等毫无系统的问题。但是白酱丹好像并不怎样热心，好几次提议让他走掉。

"就只等那个穿黄马褂的了。"季熨斗再三挽留着他。

随后季熨斗又叫王玉成去找那个石缸坝的保长。

"你到底看见他来没来啊？赶场天，大家都有事情！"

"怎么没有来哇！"一个人插嘴道，"我在下街子还碰见过他。"

但当那控诉人转来的时候，依旧没有结果。白酱丹已经等得不耐烦了。

"这个家伙一定不会来了。"白酱丹摇摇头说，同时站了起来，"实在说，也讲不出个所以然的！你给他们说吧，"他忽然弯下腰来，放低声音向了季熨斗说，"叫王玉成到城里去告他妈一状嘛！"

于是顺势提起烟袋，决心不再坐下去了。

"万一又来了呢？"季熨斗说，已经不再坚留。

"要来，他早就来了，——你没事，不妨多坐下吧。"

当白酱丹走到阶沿上时，那个刚才转来不久的王玉成又一下拦住他。

"我打一转就来的，"白酱丹赶忙说，不让对方开口，"你再去找一找呀！"

白酱丹已经急忙忙跨下阶沿，走向粮食市上去了。但他四处都找遍了，始终没有发现彭胖。最后，他毫不经意地走到一个卖米的面前去，问了问行情，于是抓起一撮，放在左手掌里，几颗几颗地丢进嘴里，慢慢细嚼起来。同时离开了粮市。而当他嚼完那米，拍着手上的糠灰的时候，他已经走到彭家大门口了。

彭家铺台面前有很多人在买油、酒，铺台的一端搁着很多瓦罐；是熟主顾寄放在那里的，要等卖了粮食才来打酒打油。掌柜的是一个深眼眶、掀下巴的老年人，白酱丹向他问明了彭胖正在家里清账。

白酱丹才一跨进大厅，彭胖便立刻向他打起招呼来了。他正在敲打算盘，不时又定着眼睛默想一下。而恰在这时候，他偶然发现了白酱丹，于是满怀期待站了起来。他急想知道交涉的结果，而且企图从那黄而浮肿的脸上看出一点消息。

直到白酱丹坐定了，彭胖依旧凝视着他，没有打消自己的企图。

然而，那在来客脸上浮动着的，却只有一种近乎冷淡的倦意。而且，白酱丹就老是那么平淡无味地抽着水烟，并不谈到正经问题上来。

"怎么，你还没有到何家去吗？"彭胖耐不住了，终于问。

"早就去过了啊。"

"怕不容易说进兵吧？"

白酱丹意义暧昧地闭闭眼睛，又一笑，但是没有即刻答复。

自从他打何家出来以后，他就一直地较量着，把全部真实情况说出来呢，或者隐瞒下去。他深知彭胖的话是难说的，更不容易蒙混；最后，他装模作样地叹息了。

"真是骑牛偏偏碰到亲家，"他惋惜地说，"我早一步就好了！"

"没有会着人么？"

"林狗嘴先跑去使了坏了！我去，他正从里面出来。你想，他那张嘴……"

"怎么样呢？"彭胖着急地插进来问。

"怎么样，"白酱丹还有点迟疑，虽然已经决了心要说实话，"怎么样，"他重复说，"不晓得这个家伙胡讲了些什么，我还没有开口，那个母老虎就吵起来了！"

"还是叫姚老五回来吧！"彭胖摇摇头说，灰心丧气地在一张椅子上坐下。

"你这个人！"白酱丹颦蹙着脸说，"你让我说完来呀！"

两个人彼此不大自然地沉默了一会。

"唉，三哥，开不得我的玩笑啊！……"

彭胖终于说了，充满怀疑地窥探着对方。

"依你看，究竟怎么样呢？"他又挂虑地加问一句。

"等两天再去呀，"白酱丹故示平静地说，仿佛事情并不怎么严重，"今天我根本就没有说什么，正在气头上。就像疮样，等她出过这一股气，就好办了。"

因为彭胖没有张声，是在思索着，一面胡乱地敲着算盘，所以白酱丹便又接着说了下去，讲了一番交涉的经过。他没有怎样隐藏事实，但却竭力使彭胖不致陷于完全的失望。他把那些过分激烈的言辞略去，或者改换过了，没有如实转述。而如他当初所理解的一样，他认为寡妇的哭诉，只是一般女人们免不了的发泼。但这个全镇闻名的寡妇，却是很通达人情的，在经过严密考虑以后，她会知难而退地摒弃掉她的固执。而且，据他看来，这已经是一件木已成舟的事了。

　　自来是个冷静而又迂缓的人，说话的时候又特别当心，这一来，他的谈锋也就更迂回了。但是毫不自觉，他所说的逐渐成了他的信念，于是口气也就慢慢坚定起来。

　　然而，彭胖忽然举起算盘一摇，让算珠各自归了原位，然后放在桌子上面。

　　"当然！你怎么说，怎么好，"他插断白酱丹，几乎一字一字地说，"我自己又没有去。并且，——不是说推口话哇！——这件事情，开始也是你提起的。"

　　"完了！"白酱丹不快地叹息了，"好像我在害你！"

　　"不是那个话，你误会了！"彭胖佯笑着解释，"我家里的事情你知道的……"

　　彭胖没有说完。但也不必说完，因为凡是同他有过交往的人，都很清楚，当他要向你进行搪塞、抵赖的时候，他是惯会拿他的家庭做盾牌的。虽然他们同样清楚，他的两个兄弟，在家里从来没有发言权的，凡事都是由他做主。

　　这一点白酱丹更了解。他相信，彭胖无论如何不会放心他的投资的了。

　　"这样好吧，"停停，白酱丹决然地说，"要是这笔钱白丢了，我负责任！"

　　"话倒不是你那样讲的啊！"彭胖迟疑地说，因为他是深知白酱丹的景况的，相信他的慷慨无非是一个不折扣的夸口，"我的意思，不过是说，把姚老五赶回来，不更简便些么？莫要偷鸡不到蚀把米，那就糟了！……"

那个掀下巴管账先生走了进来，平板无味地开始报告行情。

"行市很疲。简直没人敢摸。我看放得手了。……"

"不要趁火打劫好吧！"彭胖迁怒地说，"我等一下就出来！"

掀下巴莫名其妙地眨眨眼睛，退出去了。

"怎么样，"白酱丹忽然故为吃惊地问，"你还不相信搞得好呀？"

"依我看么，难！"彭胖摇摇头说。

"难自然难，天地间的事情，哪一件又容易啊！"

于是，白酱丹长长叹一口气，立刻把题目拖到难字上面去了。这是他的拿手好戏，他自己取的名字叫作施工。他照例不三不四引用了一些彭胖所不懂得的典故，然后连接到近事上去：龙哥的招安，彭胖自己的充当团总，等等。而他的结论是，凡事都难，只要肯干，便不难了。

他说得那么近情近理，就是对于抽象问题不感兴趣的彭胖，竟也感动起来。

"自然呵！事怕有心人嘛！"彭胖苦着脸吃吃地说。

"对了啊！"白酱丹扬着眉头叫了，"这一下你又说对了啊！所以，你千万不要以为我是在吹你哩！事情明明白白摆在那里，这还骗得了什么人么？"

彭胖忽然感觉上了傻当似的凝视着白酱丹，随又叹了口气。

"那么就这样吧，"白酱丹独断地接着说，好像彭胖已经完全同意了他，"搁一搁看，等两天我就再去。我相信她不会硬到底的，你看那天怎样对我们吧！"

彭胖苦笑起来，又摇摇头叹口气。

"你这个人！"白酱丹也叹气了，"我难道会害你？就说是红是黑，现在还不敢打保本，可是，那娃要不答应，我们会丢这笔钱吗？就算你那里是龙脉，将来要出皇帝，我们不挖它吧，我们总不能白丢钱呀！——这又该哪个来装舅子？"

"你又在下烂药了！"彭胖说，忽然丢心落意地笑了。

"这不是下烂药！……"

白酱丹否认着，他已经完全沉没在自己的感情当中去了，没有想到烂药这两个字，正和他的诨名具有同一意义，一向很是忌讳。他兴奋地站了起来，逼近彭胖走去。

"这不是下烂药！"他重复说，弯了身子，紧盯着彭胖那张肥脸，"要使心术，我早就动手挖了！我不相信她一个寡母子会把我怎么样！"

他伸直腰，拍拍桌子，就势挨近彭胖坐下。

"这个寡母子不同了啊！"瞄了一眼对方，彭胖半怀疑半打趣地说。

"我清楚，——顶凶，披起黄钱喊我的冤就是了嘛！"

看见白酱丹发出狞笑，带着一点难于克制的凶相，彭胖知道，平常虽然那么文绉绉的，当一生了坏心，可就不好惹了，直同流氓痞子没有两样。

而也正因为这点，彭胖这才信赖了他，并且一向怕得罪他。

"自然啊！"微微一笑，彭胖于是转圜地说，"要她赔，她还强得脱么？笑话！又不是三岁两岁的娃儿，那么大的人了；又没有人扳开嘴强迫他承认的！"

"这就说对了啊！"白酱丹激赏地大叫了，"老实讲，要是开烂条①么，哼！……"

他很可能畅谈下去，但他忽然用鼻孔冷冷一笑，于是乎住了嘴。

然而，停停，他又提起另外一件事来证明寡妇的并不可虑，对于镇上的某些人物，她是只有睁开眼睛受亏损的。这件事情，便是那个

_____

① 开烂条：出坏主意。

数目不小的救国公债。当发还的命令公布出来的时候，好多人都领回了一点现款，寡妇的一份，却全部落进龙哥的腰包里去了。人们都以为寡妇会发作的，但却至今无事。

"就拿你说，"白酱丹又微笑着接下去，含意深深地盯着彭胖，"你们手上，恐怕也有事吧？十八年的抬垫，十九年的两次月摊，还有下半年购买团枪……"

"你又在瞎说了！"彭胖正经地切断说，"我同她两个没有手续。"

"那个时候，我在当文牍呀！"

"你一定记错了！"彭胖拼命摇着肥头。

看见彭胖认真起来的严厉脸相，白酱丹眯细眼睛，笑得更开心了。

"好，不谈了吧！你看你红脸了。"

"倒不是红脸啊。"彭胖说，依旧非常认真，"这不是要事呀！"

"我知道……"

"哦！忘记问你了，据你看，狗嘴会说些什么话呢？"

"我才懒得想它！"白酱丹回答，一面高高兴兴地站立起来，"他的话有屁用处，不过添些麻烦罢了。事情总归还在我们！"

"你就要走了么？……吃了饭走吧？"

"不吃饭了！……哦，你知道么，前天石缸坝出了一件怪事！……"

于是白酱丹又停下来，十分幽默地广播了一番乔面娃娃的"德政"。

十一

林幺长子的来访，完全出于寡妇意料之外。因为对于白酱丹以及幺长子这一类人，她都一例存着戒心，不敢沾惹。但是，白酱丹很会装点自己，看起来好像多少顾点体面，幺长子却是什么也不管的，所以一向被认为是一个极端无赖的恶棍。

而且，就在最近三五年间，寡妇还曾经尝过幺长子的苦头。那是三年以前的事，在那照例算是一个光棍头子的收获期间的新年当中，由于青年人的轻浮，同时也由于北斗镇的特殊风气，人种被幺长子骗上手了。说好拿出一百元人流，开个五排。后来尽管给寡妇反对掉了，没有当成光棍，但是幺长子却照旧要去了那笔不小的货礼。

有着这样的认识以及经验，所以当幺长子跑来造访的时候，寡妇不能不吃惊了。但她并不是没有见过世面的乡下妇人，而在事实上她也对付得很好。甚至当那老流氓起身告辞的时候，她还觉得他给她的印象，并没有她所想象的那样恶劣。虽然她也同样的不痛快，以为幺长子显然企图趁她的不幸来加深她的创痛。

寡妇是聚精会神来张罗幺长子的。当她庆幸自己竟能那样圆满地渡过难关，而一面又暗中悲痛她那时常都在遭受欺凌的孤苦的处境的时候，她又出乎意外地碰上了白酱丹，她的正式的对手，这却使她不能够自持。而正像一般陷在悲痛郁闷里的人们那样，经过一度发泄，用哭诉和叫嚷把白酱丹送走了，这才稍稍爽快了些。但是她的怨气并没有完全吐露出来。尤其因为她还不能判断，她的抗争所能发生的影响，究竟有多么大。那个外表毫无变动的人，是被她吓退了，或者加深了敌意？……

在大厅上休息了一会，她就一径走往内院里去；而且忍不住尽情哭泣起来，一面抱怨着儿子、自己的亡夫，以及命运。她就坐在堂屋门边的矮圈椅上，媳妇同孙表婶带着惶惑不安的神气守护着她。人种是就在厢房的卧室里的，但他毫无反响。两次来客的经过，早已由妻子告诉他了，他深陷在追悔里面，觉得自己做了笨事。

人种早就隐约地觉察到，自己的行为是有些轻率的。他对母亲的责斥没有坚决反驳，原因也就正在这里。自从同寡妇发生口角过后，他就一直没有出街，这一方面是感觉得太难为情，一方面也幻想事情或许可以就此阴消下去。而他一两天来的赌气，则只是想维持自己的自尊心。然而，现在他却没勇气这样做了。因此，寡妇虽则连声责嚷，人种不仅没有还嘴，晚饭时候，他还厚着脸皮劝她，请她不必生气。仿佛那种种纠纷的制造者并不是他，倒是另外一个什么人一样。

"我还懒得怄气！"他俨然地说，"他再扯，陪他打官司就是了！"

寡妇没有理他，她深知同他拌嘴并无益处。

"好呀，"随后，她忍不住冷冷地说，"看又什么人去顶状嘛。"

寡妇的想法是这样的，根据经验，告状的结果只能使他们的地位更加恶劣，解决不了问题。因为这会加深仇恨，而白酱丹干坏事的本领又很有名的，什么恶毒办法他都想得出来，而由此他们的麻烦也就更加多了。

但她依旧不能放心，猜不透事情将会怎样发展。能够由她那场哭诉阴消下去，自然很好，但是经过考虑，她又觉得这是不可能的。而当她一想到白酱丹的沉着冷静，以及他在镇上无数具体的恶行的时候，她的心情又立刻被失望填塞满了。

晚上，寡妇又特别把人种叫了来，追问了一番事情的详细经过。他们是怎样提起挖金的事的，他的答复又是怎样。虽然这是她早已问过无数次的了，但她还想听取一些她所不曾知道的有利的关节。然而，由于某种原因，人种的诉说，照旧是粗枝大叶的，深怕有人怀疑他提供过什么过分糊涂的诺言。

当人种说完过后，寡妇深深叹了口气，用了猜测眼光一径凝视着他。

"事情不做呢，已经做了，你不要瞒我啊?"她又试探地说。

"我瞒你做什么呀！"人种不快地回嘴了，真像蒙了不白之冤，显出一副受屈神情，"要是认真说过什么，他们早就搞起来了，——还亲自跑来交涉！"

人种的态度、口气，无疑发生了相当大的效力，因为寡妇听了以后，显然安静多了。而且立刻觉得白酱丹的不很自然的神气，以及他的故意回避本题，甚至匆匆忙忙就走掉了，都看成没有严重约束的佐证。而这场淘气将会无形中阴消下。

但是，就在次一日下午，白酱丹又来访问来了。不只是他一个人，彭胖也在一道。彭胖是白酱丹邀来的，一方面他自己也愿意。因为能够当场看个究竟，在他绝不是一桩无益的举动，反而倒有十分的必要。彭胖曾经仔细地打听过，寡妇的态度和白酱丹说的相差颇远，是并不轻松的；于是他更怀疑他的谈话欠缺诚实，愿意亲自看看。

他们的匆促的造访，是临时决定的。若依白酱丹的意见，还该拖后两天，但是彭胖坚决反对。这因为，第一，姚老五回来了，已经完成了他的任务，雇了工匠，买了必需的用具；其次，街面上突然流行着一种传闻，为了要抵制白酱丹，寡妇正在同人商量，要自己开发筲箕背了。这两点都使彭胖异常感到不安。白酱丹虽然一再声称，彭胖听来的尽是谣言，它不是从么长子那里来的，便是出于误会。姚老五的回来，也不能成为把访问提前举行的理由。他已经给过保证，纵使事情失败，彭胖垫出的费用，他是准会拿回来的。然而，他的辩解丝毫没有用处！……

当彭胖答应白酱丹一道前去访问的时候，曾经笑着申明，去，他是去的，却不能够说话，做正式说客的一个帮手。而且他还暗示，他去，不过因为白酱丹情面太大，事实上他倒很不愿意。所以访问当中，他总一直带着一种难乎为情的傻笑。

他们在客厅里冷坐了好一会，寡妇才走出来。而在守候当中，他们彼此都沉默着，只于那个给他们拿烟倒茶，神气显得不很安静的仆人两次不在的时候，彭胖才叽咕了几句，重新笑着申明：他只能做个陪客。正在这时，寡妇庄重地走出来了。

同上一次的访问两样，寡妇显然是有了准备的。为了要给来客一种不可轻侮的印象，她还特别打扮了一番，阴丹布罩衫，里面是黑缎旗袍。头面也是重新梳洗过的，而从她的神气看来，仿佛这不过是个通常的会见，并不怎么严重。

说过几句照例的套语，她就首先若无其事地闲谈起来。

"听说又要收军粮了，"她挂虑地说，"这个日子怎么过呀？"

"是的，有这个事，"白酱丹承认着，文绉绉地点一点头，"不过还是要给价的，照市价给。还有一种是捐献，就是大家随意乐捐，愿意出多少都行。"

"这个办法倒好。那些田亩多的，倒该多捐献一点。"寡妇装穷卖富地说。

"不过，听说会议上还是决定摊派。"白酱丹微笑着说明。

"现在的话都是说得好听！"彭胖仿佛吵架似的插嘴说了，"简直像扯谎坝卖狗皮膏药的一样！"他觉得当粮户真是太难，随即摇头叹气起来。

"派也好呀！"寡妇毫不经意地说，"只要派得公平。"

谈话一时间中断了，彼此都落在沉默里面。寡妇的满不在意的态度，无疑是做作的，因为她正为着那些新的花头感到焦灼，预想到一种新的不平的迫近。默默地抽着水烟的白酱丹猜透了她的心意，于是他思索着，觉得这个机会可以利用。

但是寡妇忽然又开口了。她意义不明地叹了口气，接着淡淡地说："这个仗不晓得要什么时候才打得完啊。……"

"恐怕快了。"白酱丹说，从沉思里抬起头来，充满慰藉地微微一笑，"听说日本人已经要打不起了。他现在成了骑虎之势，想下台都下不了啊。"

彭胖不大耐烦地苦笑一下，意思是说：我们像又下得了台！

"说实话，我们也算顶好了啊！"神气活现地扬扬眉毛，白酱丹接着又说，"就只出几个钱嘛，难道他还打到四川来了？好多的天险！……"

"阿弥陀佛，这样已经够了！"寡妇摇头叹气。

她已经被这个秉性柔韧的来客黏得不自在了。

"再这样下去，恐怕连人也活不下去了！"她感慨万端地接着说，好容易找到了一个发泄的目标，"昨天菜油又涨价了。肉也涨了！连土火柴，也要两角钱一包了。钱也越来越不成话！你们看那种新一分的钱吧，先前的铜纽扣，也比它大。"

"城里听说毛钱也当一分用了。"白酱丹补充道。

"我倒宁肯用毛钱好些！……"

彭胖语气非常严重；但他没有说得完备：他宁肯用毛钱，因为毛钱有着小孔，可以用麻绳穿起，不容易失掉。但他没有再说下去，他的肥腮巴绯红了。

彭胖自己清楚，他红脸，这不仅因为他的话突然而来，突然而止，实际上，对于白酱丹老是避开本题，他已经感到很难受了。他认定双方都不愿意抢先开口，都在等候一个更好的发言机会，于是开始考虑是否应该修正一下自己的诺言。

彭胖决心不再当一个旁观者了。他向白酱丹已经使了两回脸色，叫他见机而作；但是毫无效果！现在，为了掩饰他的狼狈，他就更加不能自持起来。

"唉，"他装傻地笑着说，"你不是要向大太太说话吗？"

白酱丹对他扬扬眉毛，没有回答出来。

"什么话？"寡妇假意地问。

"你说不一样么？"白酱丹找出答语来了。

"哪里哟！"彭胖忸怩起来，"你开玩笑！……"

在初，白酱丹是颇不满意彭胖的急躁的，因为他认定现在还不是提谈严重问题的适当时机。然而，寡妇的反应未免出乎意外，她是很平静的，并不显得大惊小怪，因此立刻提出来谈，也许不能算冒险了。

白酱丹有一种成见，以为处身在任何困难的交涉当中，最怕的是对手失掉理性，或者一句话就把调停之门封了，使你天大的理由都得不到考虑的余地。虽然寡妇目前的情形不是这样，他也并不完全放心，所以他决定把他的交涉拿戏谑来开场。这做起来很自然，因为彭胖的狼狈，就正是他所以想到以戏谑开始的有力暗示。

"你问他吧!"他搭讪地说，用下巴指点一下彭胖，"怎么，还害羞吗?"

"我根本就没有什么说的!"彭胖生气着，以为受了调摆。

"你赌个咒? ……"

白酱丹做作得比彭胖更加认真，但他没有引起什么真心的欢笑。

"好吧，"接着，他又故为幽默地说了，黄而浮肿的脸上充满笑意，"让我来开头吧! 不过，出去的时候，你不要抱怨我哇，怪我把你的生意抢了。"

彭胖咕哝了一句什么，寡妇佯笑起来;但却掩盖不掉她的惶惑疑惧。

隔了一会，白酱丹这才停止了抽烟，带点微笑凝视着寡妇。这凝视包含着讨好的成分，但那最隐伏的意义，却是企图猜透对方心里深藏着的重要念头，以便决定自己应该采取什么方式。接着，他就显出一点假装的腼腆，把他要说的话说开头了。

白酱丹的声调，比平常更从容、更迂缓，好像那从他蓄着胡子的嘴唇当中吐出来的每一个字，他都称量过似的，以免使对方感受任何刺激。这在他看来，也是一件十分必要的事，而且经常使用;虽然对于那种直率人却也往往一筹莫展。

白酱丹开始诉说事件的经过。虽是站在自己的利益上说的，因为极力审慎，寡妇听起来却像在做善意的解释。然而，当一接触到人种的约束，情形就两样了。

"他晓得什么哇!"寡妇突然切断了他，"他只晓得烧烟，打牌!"

白酱丹同彭胖互相望了一眼。

"你不要多心，我也不过就事说事罢了!"白酱丹微笑着解释，"不管怎样，事情的真相总该闹明白的，免得大家发生误会。……"

"对，大家发生误会就不好了。"彭胖帮着腔说。

"我也不过顺便说说，"寡妇紧接着说，情真地赔着小心，"本来也是不懂事呀！当到这几个老前辈面前，又没外客，未必我还好意思说假话？……"

"好吧，那你就再说下去吧！"彭胖说，抬了抬他那变化多端的下巴。

"要得。……"

白酱丹承认着，但却舒舒服服抽了口烟，这才开口。

"哦，事情不是就这样说起来了啊，"他慢慢吐出烟雾，接起已经中断的话头，"可是我们想，好，那里有别人的祖坟！这怎么使得？虽然大家现在都不相信这一套了，总不大好，还是先看看再说吧。所以，有一天下午，顺便转要一样，我就约了彭大老表，我说，有工夫吧，我们去看看怎样？……"

彭大老表便是彭胖，他机敏地点点头，表示有那回事。

"那对坟地毫无关系！"彭胖同时插入一句。

"对啰！"白酱丹接着说，"一看，窝路离坟还远得很！这一来我们想，不错呀。隔一天大少爷请我们吃饭，又向我提起，我说，可自然可以啰，还是等你们老太太回来再说吧。他讲没有关系。我们想，既然伤不到坟，你又是二三十岁的人了……"

"歆！他就活到一百岁也不会懂事的！"看出问题的关键就在儿子的约束上面，寡妇赶紧阻止地插嘴了，"别的人不知道，三老表和彭大老爷，一定很清楚的。不管我一个人累死也好，你们看吧，我要他经手过一件事情没有？我倒宁肯拜托外人，——说起来倒二三十岁了，什么事情都不懂呀！"

白酱丹、彭胖感觉棘手地相视一笑。

"并且，"因为两个人都没有开口，寡妇就又接着说下去了，"并且，我自己的人，我也多少晓得一点。没有我，他也不敢做主；他还没有这么胆大！"

寡妇带点自负地笑起来，以为她的说辞已经有了效果。

"总之，这一点我是信得过的！"她又加重地说。

"那倒像我们发了疯了！"白酱丹说，不大服气地笑了，笑声带点邪恶味道，"他没有答应，我们就四面八方集股，请工匠，买家具，这里那里……"

"三老表倒不要误会，"因为对方口气太重，寡妇心里一急，赶紧忙着解释，"我不是怪你们，我自己的人，当然也有不是的地方。不过，这只怪他的老子太死早了，"她继续说，眼圈红润起来，"我又是个女流之辈，不会教育，这要请大家原谅。……"

因为要尽力止住哽咽，寡妇于是乎住了嘴。

"当然啊！"白酱丹接着说，忽然摆出一副宽大而又自信的神气，"可是，既然伤不到坟，大表嫂又何必一定这样固执？就不说挖几千几万吧，——起眼一看，大家也不一定要靠这碗饭吃！——现在政府正在提倡开发后方，抗战建国，我们当老百姓的，没有上前线拼命，难道连这点事情也好推脱不干？"

他带着一种教训人的神气凝视着寡妇，希望他的正大堂皇的言辞，能够使她回心转意，不要固执；但这却反而把寡妇激恼了，觉得白酱丹小看了她。

"总之，"寡妇突然地嚷叫道，"就是老子死早了，丢下这个祸害给我！……"

于是寡妇既不看望来客，更不留心他们的话语；仿佛这是用不着的，她就那么沉在一种自伤身世的感情当中。而她没有料到，她把局势扭转来了。

白酱丹感觉到狼狈了。因为他看出来，他的巧辞已经成了废话，再不能对寡妇发生任何有效的影响。因为情势非常清楚，寡妇现在连大门也关了！最后，他想先劝住她，然后重新敷叙种种足以使任何一个顽固者软化的巧妙理由，打破这场僵局。但是毫无效果，而这就使得那在他性格中潜伏着的暴戾发作起来。

沉默一会，他那微瘪的嘴唇边忽然掠过一丝毒狠的狞笑。

"哭，解决不了问题啊！"白酱丹终于警告似的说了，显然认为和善的说服已经绝望，只好另外再来一套，"我们是好好来商量的，有话拿出来说呀！"

"我没有什么说的！"寡妇边哭边说，"要挖，你们把我活埋了就是了！"

"现在是堂堂的党治国家，一切都有法律保障！……"

"有法律就好呀！"

"怎么不好？"白酱丹反问，更加激动起来，"法律不会允许人讲了话不算事！否则还成世界？在法律上，他是应该负责的人了，他不是小孩子！……"

"啊哟！"彭胖插进来了，装着好人，"不必说那么深沉啊！"

"是她要往严重方面说呀！"白酱丹翚蹙着呻吟了，"你是很清楚的，我的本意，是想闹得大家不痛快么？嗯？……嗯？……"

他摊开手臂，皱起眉头，求助似的盯着彭胖，仿佛连话也急得说不清了。但这虽是实情，一半也出于佯装，想叫寡妇感觉得他是在委曲求全。因此，他随即忍气吞声地叹一口气，就又轻言细语地叙述了一番他的访问的动机，仿佛彭胖倒是一个颇识好歹的第三者一样。他说得婉转而使人信服。

"你想吧，"他苦恼地继续说，"这都不算仁至义尽，做人也就难了！"

然而，不管怎样，寡妇的答复，依旧是些不着边际的自怨自艾的断句，一直回避着本题，而且不再进行任何辩解。事情显然是不能立刻得到结果的了。

十二

彼此都抱着一种不大痛快的感情，白酱丹和彭胖，十分尴尬地从何家退出来了。在起初一刹那，这种感情显然是从寡妇的顽梗，以及对于此后的交涉的茫无头绪这点预感来的。但是，正像变戏法一样，随即又转化成为他们互相间的不满意了。

在彭胖一方面，他认为事情是定规会失败的，而这却恰恰证明了白酱丹的自信，以及担保，对于自己说来，无非是一种诳骗。至少，他在开头，把事情看得太容易、太轻松了，因此无异对他吹了牛皮。至于白酱丹呢，他也有他自己的想法，以为交涉失败，应该完全由彭胖的急躁负担责任。因为彭胖没有认清楚谈话的机会，就糊糊涂涂拖了他去，而且糊糊涂涂说开了头！……

他们彼此都沉着脸。一出大门，彭胖就干笑着呻唤了。白酱丹是能够控制自己的感情的，虽然是不痛快，却能一点不露声色。直到走过一段路后，他才微微叹了口气，嘴角上浮出一点假装的微笑。似乎想说什么，但又有点懒于开口。

"怎么样呢，你就回去了吗？"最后，白酱丹看一眼彭胖问。

"去吃碗茶再讲呀！"彭胖回答。

彭胖神气懒散，随又强笑着叹了口气。

"这个寡母子真够搞。"他摇摇头加上说。

自酱丹冷冷一笑，咂了一下嘴唇。他显然并不赞成彭胖的意见。

"自然够搞，"他说，"不过我们也太性急了。"

"这个倒不见得。"彭胖懂得白酱丹的所谓我们，实际上是指他一个人说的，他回嘴地说，"你就再拖下去，还不是一个样？生就了的麻烦事情呀！"

"哦！像你这么样说，什么事情都没有个火色了啊。"

"快算了吧！要讲火色，起初，我们就把火色太看嫩了！"

"那么，据你想又该怎么办呢？"

"据我想么，"彭胖竭力装出玩笑的神情，回答说，"据我想，我们该立个约。现在你同他扯吧，口说不为凭，你没有证据！钱呢，已经汆进去一大堆了！……"

"你又是这一套！"白酱丹切断他，"我已经说过了，损失一角钱我都赔！"

"自然，"彭胖承认着，仿佛真有把握拿到赔偿，"不过说句笑话，要是把这笔钱随便买点什么东西，在那里搁起，都见了钱了。比如大麦，小麦，菜籽……"

白酱丹忽然赌气地拿脸回避开他。

"不过，我是讲笑话哇。"彭胖赶忙笑着申明。

从此他们没有再谈什么，就那么不声不响地一直走去。虽然是走在一道，前后参差不远，并且一致向街面上铺子上共同的熟人点着脑袋，回敬着种种招呼，但是他们却像彼此漠不相关的一样。当到了自家门口的时候，白酱丹于是停下来了。

"进去坐一坐么？"白酱丹接着客套地问。

"你就回去了吗？"彭胖显得有点惊异。

"我已经搞疲倦了。下午再谈好吧？"

"好，"彭胖简捷地说，笔直走了。

他闷着张脸，显然不大满意。

最主要的，是他隐隐约约地感觉到，他的垫款，是不容易拿回来了。虽然即使没有白酱丹的说服，他也不相信他的钱会白白丢掉的，没有捞回来的希望，但是他害怕招恶名。

因为自来就胆小谨慎，凡事火色看得很老，一种利益没有实现以前，彭胖总惴惴不安的。他有一句常用的口头语："要吃到嘴里才算得事！"所以他依旧有点担心，唯恐他所拿出的钱，成为一种不大名誉的浪费：为了贪婪，结果把老本钱也蚀了。

其次，使彭胖感觉得闷气的，是白酱丹的态度，仿佛他们碰见的并不是一件什么了不得的大事。而这又完全由于除开一张嘴巴，他没有拿出半文钱来，因此实际上受损失的将不是他，而是另外一个人的缘故。当一想到这里，彭胖禁不住红脸了。

"嗨，我才是氅豆渣！"他在心里嘲笑着自己。但是接着他又叹了口气，仿佛万事都已灰心，用不着计较了。而他随即想起白酱丹对他的种种好处。

于是他的气愤又立刻降低了。然而，一种漠然的不满，却照样笼罩着他。他懒懒地走上畅和轩的阶沿，懒懒地对付着茶客们的招呼。而且，坐定之后，仿佛故意要避开与人接谈，实则是想赶走那些残余的不大愉快的想头，他吩咐堂倌去找老骆来替他挖耳，借此排遣一下心里的闷气。

那个老派的理发师，兢兢业业走过来了。他还穿着单衫，他那筷子一样干枯的身体，显然在打寒颤。他张开洁白的手掌准备动手；彭胖皱皱眉毛，把头偏过去了。

"你也把衣服换一换哩！"彭胖唉声叹气地说。

老骆自觉羞惭地叹了口气，开始收拾起来。

同彭胖一桌的有三个茶客，其中一个是季熨斗。因为眼睛干燥，怕变成火巴眼，他靠了柱子坐着，仰起下巴，免得把糊在眼睛上的蘸湿的茶叶弄掉。别的两个，一个在裹叶子烟，一个在叠着铜板，回忆着牌经。没有一个人出声气。

其他桌子上的茶客，也少有高谈阔论的。而且，比起赶场天来，畅和轩好像突然聋了，哑了，变成了毫无感触的麻木不仁的样子。加之，又是冬季的半晌午间，因此情形更冷淡了。那些偶尔谈上一句两句的人，也把声音放得特别的低。

在这当中，彭胖也偶尔同茶客们交换句把句话，暧昧而简短，只有他们自己才明白的。因为这中间隐伏着特别的掌故、风习、癖好等等，就是哲学脑筋也不容易想通。

那个用茶叶糊着眼睛的季熨斗，忽然叹一口气，十分颓唐地说："我怕也要变唐摸王①了。……"

"昨晚上又熬个通天亮哇？"彭胖好奇地问。

"搞到大天亮啊！"

"又把什么人敲倒了呢？"那个叠着铜元的瘦长子仰起头问。

"还不是豆渣公爷！"季熨斗说。

他的声调异常得意，同时浮上一个暗笑。

"这龟儿也该背时！"停停，季熨斗又悠然自得地接着说，"半夜的时候，我都说：算了，算了！他硬要插深水。几乎连裤带也解下来输了！"

彭胖忽然轻轻叫了一声，把头一偏，怒视着拿了耘刀等等的老骆。

"这入的！你像瘾发了呀？"他嘟哝着，一面用嘴角吸着空气。

老骆屏着气，默默等候着重新工作。

"我给你说，忍手点哇！……"

彭胖大声警告，随即不很放心似的送上另外一只耳朵。仿佛准备去吃苦头的一样。但不一会，就眼睛懒洋洋的，微微牵动着嘴角，陷进一种意想不到的舒服里了。

当季熨斗停止了他那巧妙的治疗的时候，老骆收拾耳朵的工作，也已经停妥了。他一面收检家私，把那些夹子、挖子、扫子、耘刀种种工具，装进一只透红放亮、年深月久的细小的竹筒里去。于是，这才说了一句最初、也算是最后的唯一的话。

"刮不刮？"老骆哭声哭气地问。

彭胖拿手掌熨了熨下垂的两颊，以及下巴，于是嘟起嘴把头那么两摇。这动作的意义，老骆是十分熟悉的："滚吧！"他叹了口气，同样

---

① 唐摸王：眼睛有严重疾病的人的诨名。

兢兢业业地走了。

接着老骆来的是黄狗老爷。他的面孔光堂堂的，给不知道的人看了，不会相信他是络腮胡子。因为前一晚上在牌桌上熬了个通夜，他已经一根不剩地把它们钳光了。他的神气很是高兴，就像刚才和了一个三台一样。彭胖首先忍不住笑了起来。

"昨天晚上又解了好多款哇？"彭胖打趣地问。

"我早就辞了职了！"解款委员狗老爷正经地回答。

"那么啄了一嘴？"季熨斗紧接着问。

"我们啄出来也有限！"狗老爷摇摇头大声说，"幺长子才啄肥实了哩！"

说时，狗老爷特别意味深长地瞟了一眼彭胖，暗示他说的是隐语；而且同彭胖有着直接关系。但是，彭胖好像忽然变迟钝了，就那么呆头呆脑地瞪着眼睛。

"怎么样，"狗老爷继续说，"你还在做梦呀？"

"你少开点玩笑哇！"彭胖疑神疑鬼地说。

"你硬像还睡在鼓里在呀！……"

"他弄鬼的！"季熨斗笑着插嘴，"你倒听进去了！"

"弄鬼的！"做作地嘟嘟嘴，狗老爷生气了，"是你倒差不多！那样没有话说，我会买一包鸡骨糖，把嘴巴安顿好呀。当真的哩！"他又意味深长地一笑，把他那黑而阔大的面孔掉向彭胖，"昨天就挖开头了！——你怎么还睡在鼓里啊！……"

他原想把他的消息秘密一些时间，才经季熨斗一反激，可就忍不住了。

"那些人早就是把眼膛子擦黑了的，"接着，他又兴高采烈地进着忠告，误认白酱丹、彭胖、人种合伙挖金的事情已经没有问题，只等着开采了，"依我看，你要赶快交涉才好！真是糟糕，怎么碰到饿蟒了啊！……"

狗老爷忽然回忆起幺长子在团总时代带给他的种种亏损，更加兴奋起来。

"你们这些老先人也难讲，"他不平地加上说，"是我，我早动手了！"

"这倒搞他妈一条鸟啊！"彭胖紧接着突脑突头地叫出来。

当彭胖骂出这句话前一秒钟，他是抱怨林幺长子，或者寡妇，或者白酱丹，乃至于他本人，他是并不很清楚的。但一说出口来，他就只觉得幺长子太可恶了。

"真是岂有此理！"他继续嚷叫，"将来连自己的婆娘，还会变成刁拐案哩！……"

因为严守秘密，同桌的人，只有季熨斗知道一点事情的真相，相信白酱丹的计划已经受到阻碍。但这是不能够揭穿的，他只能说些不关痛痒的废话。

"彭哥！息息气好么？"季熨斗说，做出苦脸。

那个裹着叶子烟的茶客，也在自言自语似的发表着不着边际的意见。这是一个本分人，每每碰着人事纠纷，他总相信，越离得开越好，否则就会自讨没趣。但彭胖一样没留心他，直到自己发泄够了，他才四面望望，拿手掌揩揩嘴巴，撑着下巴沉思起来；而他随即佯笑一声，骂了一句粗话，挽挽黑羔皮袍的袖口，谁也不加理睬地车身走了。他得赶紧去找白酱丹商量对策，仿佛迟去一步，就会跑掉一大堆利益。

白酱丹正在家里纳闷。他诅咒自己的运气，同时考虑着种种解救办法。他并不担心抱怨，彭胖垫出的钱，到了最后，他是有把握捞回来的。这不是他发愁的地方。他所焦心的，是要怎样才能使那寡妇屈服，依照原定计划实现他的好梦。他是不能放弃箐箕背的，因为他不能够设想，另外还会有机遇等着他发笔横财。

白酱丹正闷坐在堂屋门口一张方桌面前的圈椅上面。正像一个流氓，他的头和肩膀紧靠着墙，两腿高翘在桌沿上，缩作一团，只用椅子的后腿取着重心。他的全部姿势，就像坐在滑竿上面一样。他缩着颈子，脸孔看来又扁又皱，双手搓着签花烟袋。

他那半瞎的女人在门边做鞋底。看见彭胖走来，她立刻站起来了，端起麻线笸子，赶紧退往堂屋里去，仿佛她是一个新娘子样。

"客来了！"她同时小声地通报丈夫。

因为白酱丹的那副坐相，彭胖感觉有趣似的笑了。

"你像瘾发了哇？"他调皮地说。

白酱丹好容易才把身子坐正起来。

"人不大舒服，"他苦着脸说，"你坐呀！"

"正有点事情要找你谈！狗入的老不要脸，已经动手挖起来了！……"

彭胖坐在下首的长凳上面，喋喋不休地诉说起来。而他之所谓老不要脸，白酱丹明白，这是指的林幺长子；而已经动手挖起来了这句话的意义，白酱丹也立刻理解了。于是正像受了惊吓似的，白酱丹一下撑身起来，十分简捷地抛出一个短句。

"什么人说的？"他切住问，聚精会神地眯细着眼睛。

"狗老爷说的！"彭胖回答，同时也显得紧张地离开了长凳，"昨天就动手了。……你晓得那家伙藏不住半句话，已经找过我们两三趟了。……怎么做呢？"

"依你说呢？"白酱丹反问。

"依我么，"叹了口气，带着一种近乎惶恐的微笑，彭胖几乎一字一顿地说，"依我吗，混之迷之，就大家混之迷之；又不是我们挖开的呀！……"

停停，彭胖又上身伏向桌面上去，微微侧了他的肥头。

"依我看只好这样了啊？"他望着白酱丹那对细长的眼睛追问一句。

"当然！"扬了一下脑袋，白酱丹忽然充满信心说了，随即坐了下去，"当然，又不是我们先动手挖的呀！并且，我们还有过成约的。这个就算不作数吧，你该正式向我们招呼一声呀！总之，不管她说上天，我们的手续是做够的。两次都不答复，就那么哭哭闹闹的，什么人晓得你心里玩的是啥把戏？……"

"对了啊！"彭胖大叫，同时也一下坐在长凳上面。

"吵，她自然是要吵的，"白酱丹继续说，他的主见显然越来越加坚定，"可是，雷总不会单在我们的头上打！等她把幺长子磨下来，我们已经挖得差不多了。"

"可是，"彭胖忽然狐疑地说，"打不打个招呼呢？"

"给什么人打招呼哇？等龙哥回来，给龙哥说一声就是了。当然不能对寡母子讲，一讲就糟糕了！幺长子那里呢，效果是没有的，不过我们要把地步占到。其他的人问起来么，不张好了。我不相信哪一个还敢去通风报信！"

"不过，不过，地方只有这么点大，万一她又知道了呢？"

彭胖的高兴忽然减低下来，忍不住深深叹了口气。

"你这个人！"嘟一嘟嘴，白酱丹不以为然地站起来了，拿指尖敲打着桌子说，"你是扯旗放炮搞么？只要手足灵动一点，给你说吧，等她闹起来天都亮了！……"

接着他又带点流氓腔地说了一串野话。

在这镇上，一般人是把白酱丹当作龙哥、彭胖的神经中枢看的。他就经常替他们出谋划策，为着种种吃人害人的事情准备堂皇的理由。这一次自然也不例外，彭胖终于很安心了。现在，他用一种表示心服的微笑和沉默接受了白酱丹的意见，接着就又开始讨论具体问题。由于一时的冲动，白酱丹主张大挖特挖；但是，很快他又自动放弃了这个大胆企图，同意了找小盆。这样产量虽然有限，但却迅速得多。而且，只要人多手快，找小盆也决不是一件微不足道的事，可以捞到不少油水。

他们之所以能够对于这件事迅速做出决定，理由是非常简单的：

早在幺长子偷着开采以前，他们心目中就已经有了和他相同的念头了。不过没有找到借口，而且不能不多少顾点面子，所以没有变成实际行动。现在，他们一道去找那个为他们开路的敌手去了。表面上是警告，实际倒想缔结一种各不相扰的默契。

他们带着一种正经神气走进了涌泉居。幺长子正在向茶客们敷叙着乔面娃娃的"德政"。说是过错在那女的身上，她不该睡得那样大意。这时候白酱丹和彭胖走进来了。

因为历来有着隔阂，他们是很少来涌泉居喝茶的，他们立刻被一种疑问和好奇的眼光所接待了。大家都向他们喊着茶钱。幺长子甚至客客气气，从自己的首席上抬了抬屁股。因为在这镇上，在像他们这样一类人物当中，任何仇对，对于彼此间的嫌隙，都不很认真的，决定的契机是在当时当地的利害关系。这正如他们的对付友情一样。

在资历上，幺长子要老器些，所以虽是那么客气，他却依然就了原位，在首席登起。他继续拿乔面娃娃的故事饷客，说得更加粗鲁；但却显然已经对白酱丹和彭胖有了戒备。他的更加粗鄙，不妨说正是这样来的。他们浮着假笑迎合着他，有时还凑趣一句两句，仿佛从来没有听过这样精彩的笑话。……

然而，等到一阵哄笑以及假笑息灭，幺长子又将重新登台的时候，白酱丹忽然从容不迫地阻拦住他；说是有点重要事情，请他另换一张茶桌密谈。

三个人相随换了一张桌子，谈谈起来，而且很快进入了问题的中心。

"听说你们还在扯皮呀？"幺长子躲躲闪闪地反问。

"没有那个话！"彭胖插嘴说，"就剩一点点手续了。"

"你想嘛，"白酱丹跟着把话接了过去，口气逐渐严重起来，"这还有什么扯的呢？单是家具，就去了好几百元！大家又不是小孩子，吃饭都不长的人了！"

"我倒唯愿你们搞成功啊!"幺长子冷笑了,用了一种挖苦人的口气紧接着说,"不过,我挖的是公地,并不是何家的,我也不会那样不揣冒昧!……"

说完他就站了起来,打算就此结束。

"那就是了,"白酱丹和彭胖同声说,"我们就怕闹成误会!"

他们知道幺长子是在强辞夺理,然而,这样正好。

十三

幺长子拜访寡妇的动机,是十分明白的,他希望获得一种便当满意的约束,同何家抢先开发筲箕背的金子,来抵制白酱丹。但是,交涉的失败,起初虽然叫他非常生气,到了最后,他倒觉得相当自然,并不怎么样难受了。

幺长子是很有自知之明的。他十分清楚,自己在寡妇心目中的印象绝不能够说好。他久已不复是镇上的红人,而许多混蛋,也把他渲染得太恶了。而且,他也实在做过一点对不住人的事情,那不会使何家轻易忘记掉。但是,他的拜访却也并不是完全无用,他对纠纷的真相,更了然了,这个使得他心里的嫉恨减低了不少。

在造访结束之后,他所得到的判断,是于他有利的。他认清了寡妇决不会对白酱丹让步。至于白酱丹一方面,那是可以想象到的,这个穷极无聊的烂绅,也决不会放弃一块已经到了口边的菜。因此,情形也就十分显然,开发筲箕背的纠纷,一时是得不到解决的了。这样的结论一经确定,于是他行动起来,正如一般趁火打劫者一样敏捷,唯恐自己下手迟了,被对方占了先。

幺长子决心动手开发筲箕背了。为了秘密,开始的一天,他只用了七八个人。等到白酱丹加入竞争,他又立刻增加了一倍。因为是找小盆,第一天便见金了。虽然没有挖到金门闩子,但当时官价黑市之

111

间的差额并不很大，粮价还未暴涨，一个老石的谷子才卖三四十元，人工又贱，比起筲箕背以下的地区，成绩已经很不错了。

如它的名字所表明的，就像一只倒转伏着的筲箕那样，筲箕背的形势，看起来并不怎样险峻。但它高踞在一片黄土丘陵之上，因而从大道上望过去，却像一座渺无人迹的黄土荒山。除开何家的陵园里耸立着一些常青的松柏，它是光秃的和干枯的，恰和山脚下大路边奔腾不息的昌河成个有力的对比。

筲箕背上面是没有大水源的，只有一个供给少数居民用水的小小泉塘；要大量用水就困难了。因此，沙班们掘出的沙土，是不能就近洗的，还得背到筲箕背与七郎庙之间的一道小溪边去。其他的金厂也都是从这里取水的。但从路程的远近来说，从筲箕背去的路却要长上两倍，而且多是难走的迂回的小径。因为要避开人们的注意，幺长子是从筲箕背左侧的山腹上着手的。而且，那里不远便是娘娘会的庙产，在可能的纠葛中，要找托辞，也就更容易了。他对白酱丹的含糊答复就是这样来的。白酱丹掘发的地段要更上些。那里原有一个槽门，但已为沙石封塞了。他们正想好好利用一下。

当若干年前，筲箕背第一次被人开发的时候，一共有三个洞窟。别的两个，早已经坍塌了。金门闩子的故事，正是从这几个矿洞里传出来的。虽然没有人敢于指明，那究竟是从哪一个洞子挖出来的。但是既然经过开采，产量一定不会太坏。而且可以减少人工，所以，白酱丹便决心先发掘那个闭塞着的老槽口了。他一共雇了二十多个工人。和幺长子一样，他也极力避免引起注意。而且，他很容易地便把何家守坟的佃客哄骗住了。那庄稼人相信他们的行动认真已经得到了何家的同意。这是一个爽直和善，约有五十多岁的大块头老人。红红的鼻头，黄而稀疏的胡子，话语行动都很迟缓。

现在，筲箕背的开发已经动工六七天了。在这几天当中，虽然由于一种默契，由于彼此都怕把事情闹到寡母子耳朵里去了，白酱丹、林幺长子都各就自己所处的地位互相容忍；但责难和冲突也不是没有的。至于那种指名与不指名的冷嘲热讽，更加寻常。他们第一次的冲突是地段问题。当幺长子开挖的时候，他是并不单单把隐蔽和托辞放在念头上的，而实际倒是因为他所选择的地点，几乎和那废洞平行，容易挖到金子。所以当白酱丹领了他的全班人马走来的时候，就不能不吃惊了。

和白酱丹一道来的，那时候只有八九个人，负责提调的头目是丁酒罐罐。他们带着各样的锄头，以及尖底背篼，那种紧张兴奋的神气，与其说是来挖金子，倒不如说是来捡金子恰当一些。丁酒罐罐特别活跃，他指挥着工匠们，一面指手画脚地向了白酱丹夸耀他所提供的妙计。因为他惯常是饶舌的，又因为喝了早酒，他那种孩子气的无邪的脸色，就更加焕发了。

酒罐罐现在活泼和嘈杂得恰如一只喜鹊一样。

"我愿意输我这一对眼睛！"因为白酱丹多少表示了一点疑惑，酒罐罐打赌了，用了全部热情着重地说，"只要一理到窝路，你就会相信我的话了！"

酒罐罐用他那已经变成赌注的眼睛四下一望，随即抓起一撮石沙，放在左手掌里。

"你看这啥颜色啊！"他把石沙送往白酱丹的瘪嘴边去，一面用食指翻拨着，指点着，深怕给对方看漏了，"石头总是哄不了人的，——就说我爱吹牛皮吧！"

好像他在张扬什么丑事，他的高谈阔论使得白酱丹不好受合起来。

"你闹那么起做什么啊！"白酱丹含糊地切断他说，"又不是吵架！……"

"好的，好的！"酒罐罐承认着，放低了声音，立刻显出一副诡秘神气，"这里的确不错！你看这个地势啊，喏，喏，"他指点着别的两个废洞，又顺手画了两根长长的虚线，"打横一挖，就挪通了！"

用手掩着嘴角，酒罐罐踮起脚挨近白酱丹耳朵边去。

"就是幺长子的窝路，我们也可以切断它！……"

酒罐罐的脚板才一落平，幺长子恰从后面走过来了。白酱丹首先瞟见了他，因此他支吾着，叫酒罐罐少讲空话，赶紧督率工人工作。而他自己，也顺势走开了。

幺长子并不是简简单单走来看热闹的。当看清楚了白酱丹是在利用那右手边的废洞的时候，他不免大大吃了一惊。这因为，第一，他的槽子虽然是新开辟的，目的却正在那个废洞，现在可没有指望了；其次，那个废洞既然经人占去，他的窝路就有被切断的危险，这就更加不是一件玩耍事情。

幺长子和他的工匠商量了一阵，他们都承认他的顾虑不是没理由的。而且，建议他该立刻设法取得一种保证：别人不能开掘横洞来侵害他的利益。因此，他就含着烟杆，赶快走过来了，准备同白酱丹交涉交涉。

因为担心翻脸，他很客气地招呼住白酱丹，仿佛他是走来请安问好的样。

"对！你这一来倒恰恰把我挖着了呢！"幺长子玩笑似的眨一眨眼睛说。

"怎么兴瞎说啊！"白酱丹一张嘴就否认，"你看，还隔起它好几丈远！"

白酱丹两边一看，又含怒地张开手臂比比远近。

"总要隔十多丈嘛！"他加上说。

"那我又看见的啊！"幺长子说，浮上一个调皮捣蛋的冷笑，"总之，你这一挖，我的窝路就不能不倒拐了。我就想这样直起挖呢！这不是，喏！你看……"

幺长子侧转身子，张开手臂，也在那废洞和他的地区之间划了一下。

"你恰恰把我的保肋肉夺去了！"他接着说，照旧响着流氓腔的玩笑的调子，"像是安心要叫我贴老本呀？你这个玩笑真开得大！"

"可是，那样一来，你不是挖过疆界了么？"白酱丹反问。

白酱丹是想拿点点脸色给幺长子看的。他的神情很是庄重，问罪似的眯细眼睛紧盯着幺长子。但是幺长子脖子一仰，又从鼻孔里哼了一声，随即打起哈哈笑了，仿佛听了什么非常失礼的蠢话。

"出卖风雪雷雨有啥用啊！"最后，幺长子挖苦地抵赖说。

"嗨！怎么兴这样说？这都是诸人共知的事啊！"白酱丹严肃地说，态度更认真了，"我们是订了约的，这瞒得住别人，难道还把你瞒住了？"

"像你这样说么，我订约倒比你订得早！"

"嘻！"白酱丹感觉有趣似的轻声笑了，"这才说得好听！……"

他相信，再扯下去毫无用处，因为幺长子的流氓气认真惹发作了，麻烦事情不会少的；而且他也犯不着和他吵嘴。他装出很忙的样子，翻转身去，指教工人去了。

"你们怎么尽抽烟呀！"他叫着，好像已经抛掉刚才的谈话。

加快脚步，他一直向着洞口走去，故意做作得十分忙乱。幺长子微微一笑，接着也跟过去了。因为他的交涉还没结果，他不能不去探明一个究竟。

那些填塞废洞的石沙，已经取出来很不少了。酒罐罐把工人分作两批，一部分在搭工匠住宿的棚子，一部分在搬运洞子里的石头。从洞底起，每隔三五尺远站一个人，就那么一站一站地互相递送，然后一齐堆在洞口不远的洼地上面。

酒罐罐是站在洞门口的。这样，他就可以关照洞内的人，洞外的人也一样逃不过他的眼睛。白酱丹走近洞口，就把后衣包一撩，蹲下身子，朝那阴暗的窟窿探望起来。

"今天搬得完么？"他大声地问。

"还要看啊。"酒罐罐回答，"这个杂种塞得紧呀！"

"你叫他们多拿两把尖嘴锄嘛！"

"已经有几把了。好在厢倒还是好的。"

听见厢是好的，跟着过来的幺长子不胜羡慕地叹了口气。

"你们这回真好，就等捡金子就是了！"他打趣说。

"你们已经见彩了哇？"白酱丹爱理不理，支支吾吾地问。

"少得很啊！"幺长子愁眉苦脸回答，"你想，新挖的路子，不赔老本就算好了。老实说，早晓得你把门关得这样紧，我该另外找方向了！免得八面都不讨好。"

闷着张脸，白酱丹好一会没有张声。

他在考虑幺长子隐伏的要求，自己的处境，以及切断对方的窝路是否过分。最后，他叹了口气，慢慢站起来了，双手勒着肚子，上上下下打量着幺长子。

"你担心我会切断你的窝路吧！"他含蓄地问。

幺长子意义暧昧地笑了起来；但是没有回答。

"这样想，你就太把人看恶了！"冷笑一声，白酱丹接着说，"认真告诉你吧，我这个人做事，不会做得太绝根的。只要大家拿人情说，没有啥事情说不通。"

"那我倒晓得哩。"幺长子承认着，浮上一丝讽刺的微笑。

"就比如说吧，"白酱丹毫无感触地继续说了下去，"你说你那里是公地，这骗得到我么？可是，我就相信了你！这也该算得人情美美了吧？……"

"真美得很！……"

"总之啊，"白酱丹厌烦地结束着，好像被缠得没法了，"我只希望我们大家都合量一点；我是不会做挖苦事情的，你也不要太过分了！"

"要得嘛！"幺长子油腔滑调地满口承认。

幺长子也觉得交涉只能如此结束，他挂着烟杆车身走了。而他这么样做，好像是在表明一种态度：我可以照着你的话干，但要是做不到，这可不能怪我！因为我根本没有答应过你什么约束。……

对于白酱丹那种俨然以主人自居的态度，幺长子显然并不满意。而且，由于那种本性上喜欢捣乱的脾气，对方的客气，倒反而把他的贪心激起来了。因此，两三天后，趁着白酱丹有事，没有来筲箕背监工，他把他的地段，以一种闪击战术的方式向着废洞那面扩张开去，并不理睬任何干涉。

他起初诳称，他这样做是白酱丹答应过的。随后却又大发流氓脾气，公开声称，这件事根本就不漂亮，在他，在白酱丹是一样的。因为他们全都见不得天日。

"你瞎说！"酒罐罐顾不得选择语言，他驳斥了，"我都不晓得么……"

"你晓得？你晓得的时候天都亮了！"幺长子骂着怪话。

酒罐罐没有回得上嘴。他并不是找不出回答的话，那同样的社会教育，在他身上的成绩也非常显著的。然而，对方究竟算是一架大爷，又是有名绅士，太放肆了是不成的，他一时竟不知道怎样开口好了。

看出抗议毫无效果，于是酒罐罐就又向幺长子哀告。

"这样好吧，"苦着张脸，摊开手臂，酒罐罐恳求地说，"我找人去请三老爷来怎样？你老人家总要给我们留条路走嘛！只要他没话说，我敢怎样。"

然而，这一样不被采纳，反而把幺长子弄恼怒了。

"你这才把我吓倒了嗬！"幺长子敞声大笑，"你去叫他来吧！"

幺长子随又激励他的工人不要有所顾忌。

"你们挖你们的！"他命令着，"出了事情有我！"

幺长子之敢于蛮干，因为最近的消息证明了他的估计毫无错误，白酱丹确是偷着搞的。而且，既然犯了口舌，要不坚持下去，未免不像一个光棍；他的大爷只好搁下来不必操。因此，到了下午的时候，他已经从那新开的地面上出了一二十担沙子；还在准备开拓过去；而恰当这个时候，白酱丹同着彭胖一道来了。

自从开工不久以后，因为一切都已有了头绪，街上的公私事项又多，白酱丹只是在每天黄昏清盆的时候，这就是说，把那一天所淘出的、还夹杂着不少细沙的金子汇合起来，重新洗过的时候才上厂的。一般时间很少到箐箕背来。但当听到幺长子的胡干的时候，他就抱起烟袋，约了彭胖立刻一道赶起来了。

白酱丹一看情形就立刻叫嚷起来，大大地发着脾气。

"好得很！"他连连地干笑道，"吃到眉毛尖上来了！"

幺长子的工人停止了挖掘了。他们彼此不知所措地相视一笑，随即分坐在沙土上，摸出烟棒，抽起烟来。神情好像在说，你再骂起点吧，这可不是我们的错！

酒罐罐在详细叙述着经过情形。

"我说，"他不平地追述着，幺长子对他的奚落显然正在发生作用，"幺舵把子！你实在不听交接，我只有去请三老爷了！嗨，他才回答得好：去请呀！看他还生得有暴牙齿么？平常一开口就挖苦人，说我们是铁心奴才！……"

"这个老狗人的！"三老爷破口骂了，"真是脱了裤子打老虎。"

因为预料到所有的纠纷、扫兴，一向又胆小而多顾虑，关于淘金的事，彭胖始终在外表上装出一种无可无不可的态度。好像他的参与，实在不过是碍于情面。

两三天前，一个熟人曾经含意很深地恭贺过他的运气。

"什么啊，"他微笑着回答，"我们是配相的！"

彭胖也知道幺长子目前在北斗镇的地位，是不足道的，但他却会捣乱，什么无聊的事都做得出来。加之自己又常以少得罪人，少结敌怨，凡事用软方法解决为宗旨的，现在他就宽宏大量地婉劝着白酱丹，深怕会把局面闹烂。

"三哥呢！"他说，"轻言细语点吧。怎么一下就毛了啊！"

接着他又打了几个哈哈来缓和他的同伴的感情。

"我一向以为你比我脾气好嘛！"彭胖又加上说。

"那也要看人，看时候。"白酱丹沉着脸说，但已逐渐地平静了。

"可是，闹烂了又有哪些好呢？"彭胖说，含意深深地提醒着对方。

白酱丹屈从地叹了口气，沉默了。因为他立刻懂了胖子的意思：闹翻不得！

等到白酱丹完全心平气静，幺长子笑嘻嘻踱过来了。虽然有着某种自信，他也清楚翻了脸是不成的。并且目的已经达到，目前的要务，是在怎样把它合法化了。

"唉，怎么样，"幺长子故示亲切地微笑着说，"听说你在发我的脾气呀？"

白酱丹瘪瘪嘴做出一个鄙夷的脸相。

"我看你们两个今天还会打一架么！"彭胖打趣地说。

"要得嘛！"幺长子凑起兴来，故意装出一副委琐神情，"不过，我只有一双手啊！不要打我的堆筋锤①哇。你们看吧，我这几天，连走路都要倒了。……"

"因为一天都在编怪事呀！"白酱丹厌恶地说。

"你下我这样重的诛语呀！"幺长子苦笑着呻唤了。

他随即走过去，弯了身子，窥看着白酱丹，似乎打算研究一番他那细长的眼睛；但白酱丹啐了一口，把脸迈开；这却反而使得幺长子更开心了，并不觉得受辱。

"哈哈！"幺长子大笑着说，"简直是在跟我做嘴脸嘛！……"

"你不要装疯！"白酱丹忽然回过脸来，十分严正地说，"老实说吧，

---

① 堆筋锤：意即众人围打一个人。

你做得太不光明磊落了；就要挖，也该说一声呀！一来就麻麻眨眨①乱整……"

"那你又误会了！……"

幺长子摇头摆脑，做出一副受了冤屈的神气。

"简直误会得厉害！"他又着力地加上一句。

白酱丹冷冷一笑，表示幺长子的作态只是可鄙而已。

"完了！"幺长子叹息了，仿佛认真受了委屈似的，"像你这么样说，我这个光棍，就愈操愈漂亮了！别的暂且不提，你问问酒罐罐好了，看我等你没有！……"

"那你就多等一天要死人么？"

"我也这样讲哟！"酒罐罐插着嘴。

"多等一天！……"

幺长子苦笑了，随即正起脸相。

"我问你哟，你也是请人的，空一天要花多少钱哇？我又没开银行！……"

于是开始铺叙他之没有等下去的理由。而最重要的是，白酱丹既然表示不会切断他的窝路，他所开拓的地面，也就没关系了。换句话说，不得许可就动手也不要紧。

"你看呀！"他又指手画脚地说，"这才好宽一点？"

"不管好宽，各人有各人的主权嘛！"

"好了，大家都不要再说了吧！"彭胖装作好人，客客气气地劝解道，"一句话，各人以后守住各人的疆界好了。这一回算我的吧！"

于是这场纠纷就算这样告了结束。

然而，虽有口角，彼此合作的事，也常有的。因为知道筒箕背的开采并不合法，口粮又高，有的金夫子常常深夜摸来偷一两背篼沙子，

---

① 麻麻眨眨：做事随便，表面上漫不经心，实则有意蒙混。

而由于利害相同，他们合力制止住了。那最为有效的方法之一，是把偷盗者身上剥个精光，再吊一回鸭儿浮水。

十四

从北斗镇自来的风习说，纵然自己的土地，甚至老婆被坏蛋们强占了，在目前的条件下，你就喊冤、告状，作用也不大的，"公理"必定在劫夺者一方面。然而，何寡妇是有名的地主，并不是一个普通的老百姓，她不会让她的同类随便摆布她的。因此，为了减少麻烦，白酱丹和幺长子都尽力不让筲箕背的消息传到寡妇的耳朵里去。

为要达到这个目的，幺长子不必说，便是素来对人温文尔雅的白酱丹，也变得粗暴而易怒了。若果有这么一个不识时务的人，以为可以讨一下好，向他提谈起筲箕背，说几句奉承话，是会立刻受到点教训的。"怎么样，"他会强笑着回敬道，"是在挖哩！你去请寡母子来给我拱了好啦！"而这样一来，对方立刻变灵醒了，相信事情有着蹊跷，从此不敢张扬。他不仅自己出面来封锁寡妇的消息，那些同他接近而又较有地位的人，也在帮同他四处告诫，叫大家少开尊嘴，免得自讨没趣。

然而，人们尽管那么当心自己的口舌，既不敢直接向寡妇通风报信，也不敢在茶馆里大声传播，害怕惹上是非；但私下里的谈论，却是很普遍的。首先，筲箕背是出产过金门闩子的地方，这太刺激人了；其次，现在既然有着纠葛，大家便都不知不觉希望它爆发，好使平淡无味的生活添点香料。总之，北斗镇的市民们的想象力，是活动起来了。一有机会，他们就那么鬼鬼祟祟地密谈着，推测着，互相纠正着和传递着他们自己得来的消息。若果没有消息，就情不自禁地创作一些，来满足自己和旁人的好奇心。他们都特别对筲箕背的金夫子表示亲近，希望可以探听一点新闻：究竟是找小盆还是大挖？已经挖到金门闩子没有？产量旺呀不旺？……

现在，筲箕背已经秘密开发十多天了。就产量说，自然不能算坏，但也还没有达到劫夺者的理想地步。然而，镇上一些闲着没事的聪明人，却用他们的猜想来满足了当事者的预期。也不知道怎么传出来的，但简直就像亲眼见过的样，他们都相信筲箕背出的是颗子金，有羊子粪一般大小。而当这样的消息传播开来的时候，大家由于羡慕、嫉妒，渐渐脱离了当地风习的常套，感觉得不平了。因而对于白酱丹、幺长子不满起来，认为他们竟和强盗不相上下。一两个好事之徒甚至打算向何家告密。但也终于想想而已，因为他们毕竟翻不过这一道铁门槛：少得罪点人好些！

然而，虽是如此，寡妇从左邻右舍女眷们的语言态度的异样上面，却也多少感到了不安。因为当她们看见她的时候，总是带着一种怜惜的微笑，就如对付一个不识世故、刚才死了父母的孤儿一样。至于她们对她始终隐瞒下去的理由，当然是怕惹是生非，同时也因为她们对她一向并无好感。她平素太爱摆架子了，处处显得自己富裕而又能干。只有善堂里的钟娘姨认真想给她一点暗示，而且终于得到了机会。

那是正街上一家杂货店的老板娘。四十多岁，肥胖白皙，同寡妇常常一道出入善堂。一天上午，寡妇去买丝线，手上拿了几帖坟飘①，因为过几天就是冬至节了。

由这坟飘，那个灵醒的女人于是找到一个暗示的借口。

"你们恐怕好久没有到筲箕背上坟了吧？"老板娘忽然含意深深地问。

"自从前几年闹匪，就很少去了。"寡妇说明着，显然怕人误会她遗忘了祖宗，"我身上又不好，爬不得坡；我们那位大少爷呢，又懒得烧蛇吃！……"

---

① 坟飘：烧纸的一种，上坟时插在坟头的。

122

"其实，倒该去看一看啊！"老板娘叹息说。

她本想再说明白点的，但是她的丈夫，那个名叫钟老善人的老头，摸着须子狠狠盯她一眼，警告她不要惹火烧身，于是她的谈锋，立刻转到别的问题上面去了。

但是尽管这样，这点小小的暗示，对于寡妇还是有用处的。因为虽然没有立刻领悟出箅箕背正在暗中被人盗劫、发掘，但她忽然想到一向对付祖老先人太冷淡了，这回应该到箅箕背上上坟。至于她之没有想到劫夺上去，因为自从白酱丹再次拜访以后，她便觉得事情已经算解决了。他并未固执己见，她所预期的他会找个第三者跑来游说的猜疑，竟也毫无影响。因此，她没有想到劫夺上去，这正如一个自以为已经恢复了健康的病人，不会无缘无故再想到死的问题上去一样自然。

支持她的推想的是这些理由：白酱丹究竟是知书识礼的人，又是内亲，他会反省出他的企图的荒谬；其次，现在已经不是军阀割据时代了，国民党的"中央"政府已经搬到重庆，人们是不敢胡作非为的。但她也有一点不安，担心从此结下宿怨，因此曾经准备赔偿一笔损失。然而，对方既然不声不响，她也就不再把事情放在心上。

当从杂货店回到家里的时候，人种正在堂屋阶沿上摸骨牌玩。自从那件倒霉的纠纷爆发以后，他便没有再出过街。他觉得难为情。同时，为了使他粘在家里，免得再受愚弄，寡妇对他的将就也特别出格，于是他也真的像在家里腌起来了。

把买回来的东西交给女工张妈以后，含着柔情，寡妇凝视了人种一眼，轻轻叹了口气，在一张矮椅上坐下。随即接过媳妇递给她的熏笼，搁在椅子前面，蹬上脚去，于是带点抱怨，漫谈着战前战后丝线的价钱。

人种抹着骨牌，忽然情不自禁地饶舌起来。

"又是在钟家买的吧？没有敲你的钉锤，我才不信！"

现在，全家人都集合在阶沿上来了。有的烤着熏笼，有的坐在太阳下工作，神气都很闲散。媳妇在绞丝线，因为已经雇到奶母，丈夫又少出街，她的丰韵相当妩媚。

"那么会说，你怎么不去买呢？"听见丈夫饶舌，媳妇故作生气地说。

"我倒不给哪个办内差啊！……"

"你少同他讲些！"寡妇带点气恼地说，"他那张嘴会有好话？口口声声钟善人黑心，不晓得别人黑过什么心来的！每年上九会送大蜡，都要垫钱。"

"垫钱？少吃几个就不错了！"人种更加嬉皮笑脸起来。

"少造点口孽吧！"表婶婶说，苦着脸叹气了。

"说话我倒本事大啊！"寡妇揶揄地接着说，口气声调都很轻快，"再不说帮我操一点心，分一点劳！别的不讲，就拿上坟这点小事来说，都离不得我！连祖先人都像不想要了，还叫个人？……"

"嗨，不是每年我都在去吗？"

"去，你倒去的，我问你啊，笆箕背你去过吗？不是想发洋财，想捡金子，乱听别人的吹工，恐怕就连地名，早也忘记干净了！还想得到祖先人？"

"哦，你就说得我那么样恍！"人种红着脸叫出来，拌了一下骨牌。

他担心寡妇再提出挖金的事来，但他错了。寡妇接着只是敷叙了一番慎终追远的大义。说，笆箕背的祖先，虽然很久远了，却是发坟，因此更不应该疏忽了按时祭扫。此外，为了使儿子长点见识，关于祭扫笆箕背的祖坟的实际意义，她也没有忽略。

"老实讲，"她愁蹙地接着说，"要是年头岁尾去一两次，又怎么会被人暗算啊！你后人都不看重，那些黑心肺，自然更加不在意了！他管你是不是发坟。"

"好了吧！这有什么？不过多作几个揖，多叩几个头！……"

人种伸着懒腰站了起来，接着又打了两个精神不济的呵欠。

"后天就是冬至了吧?"呵欠之后，他漠然地问。

"是呀!"刘二赶紧接嘴，"钱纸已经撕好一大半了。"

这是一个二十多岁的青年。短矮，结实，眼睛很鼓。同人种是亲戚，自小便在何家寄养大的。他嘟起厚厚的嘴唇，正在太阳下面削着挂坟飘的竹签。

因为寡妇叹息起来，说是长久未去，看坟人又很懒，陵园恐怕已经为荒草掩没了。刘二又自告奋勇，表示只要半天，他就可以收拾干净。这几天来，何府上从来少有的和乐空气，他也传染上了。他承认着，一面把削好的竹签送进堂屋里去。

便是聋子张妈，看起来也很高兴。她随时都在担心人种同主妇之间那么频繁的赌气，而当筲箕背的纠纷爆发之后，她那显得悲哀的脸色，更触目了。但像烟云一样，烦恼已经算过去了。表婶婶的庆幸更不用讲，从此可以不再八面受气。

那一天是冬月十一。次日吃过早饭，刘二便带上弯刀，到筲箕背去了。天气温和，又没有刮风，这种日子在山地里是难得的。等到早上的余寒退了，寡妇全家人便都从内室里走出来，散坐在太阳下面，杂谈着上坟以及过年的准备。大家都用全副精力梦想着未来的欢庆日子，只有媳妇带着一种不快的脸色。因为夜里人种向她开了一点玩笑，说是已经得到许可，明年春天要娶小了，而且还是摩登。

媳妇没有参加谈话，就一个人默坐着，做着针线。当寡妇叮咛她，应该给她的女儿招贵准备两双新鞋的时候，她的不快更显著了。而由于赌气，她十分意外地做出一副忤逆神气。而这种神气在她从来是少有的。

"将来会有人给她做的。"她说，影射着夜里的戏言。

寡妇没有领悟出她的语言态度的隐秘意义；她瞪着眼睛，好像摸不着头脑似的，多少有点见怪地凝视着她。而人种忽然忍不住扑哧一声笑了。

“是呀！”他嬉笑地说，“哪个把我挡得住，我才信哩！”

接着他向奶母走去，亲昵着奶母手上的婴儿。

“晓得么？”拧拧那张苍白瘦瘦的脸蛋，他嬉皮笑脸嚷道，“你明年就要有新妈了！给你做摩登衣服，摩登鞋子，一点不带苔相！”

这样一来，寡妇以及在场的人们，全都理解了媳妇赌气的原因了。

“你少乱说点哇！”寡妇生气起来，“看看自己像个当老子的么！”

“真像一天没话说了。”表婶婶也叹着气说。

做出一副哀怜神气，接着她又走去安慰那个正在淌着眼泪的少妇。

人种也忽然觉得自己的行为太过火了，再开玩笑下去，是会弄出不快来的。于是他大声申明，女人的生气，除了自讨苦吃，简直毫无意思！因为任何一个老实人都了解那是戏言。寡妇已经认真地发怒了，以为年头岁尾淌眼泪不吉利。

寡妇决心不让他自作聪明。因为对于媳妇，虽然说不上喜欢，但她是家长，她该主持公道。于是显出一副实则出于慈爱的严肃表情，她打断了人种的胡闹。

“你还不住嘴吗？”她切住他说，“惹出事来又假装正经！”

“嗨！劝也劝不得，那我只好装哑巴了！”

“没有人要你劝！少给我滋些事，就阿弥陀佛了！……”

寡妇叹息着，随即带点指摘态度望向媳妇。

“你也是！心眼怎么这样窄狭哟？凡事还有我做主呀！”

“我又没有说什么哩。”媳妇和婉地说。

同时，她羞涩地抬起头来，透过已经润湿的眼睛浮上一个幸福的微笑。于是一场小小的家庭喜剧，显然是结束了。不仅不觉扫兴，反而更为融和。这正如食品中的各种互相矛盾的香料的掺合一样，家庭间的感情的种类，也是极不同的，而它们的同时存在，只不过给原来空虚无聊的生活增添了兴会。

何府上重又为一种新的融和空气笼罩，已经没有眼泪，没有责嚷和不平了。大家都静悄悄地做着各人的事。但这又一点也不勉强，完全来自那种内在的和习惯的要求。人种也有自己的事，他又在和着骨牌，准备来一回大反五关。寡妇伸伸懒腰，全身躺向马扎上去了。她上身浴着阳光，脚下踏着熏笼，感觉幸福地微微闭着两眼。

卖豆腐的，已经沿街叫出第一声了。一只雄鸡高踞在院坝里的花台上唱和着。随着这些报知时刻的自然音响，刘二红涨着脸，忽然走进来了。他的身后跟着看坟的佃户张长庚。大块头，黄胡子，他面带微笑，神气显得满不在乎。光景对于地主们的把戏，已经有了不少痛苦经验，再也用不着怎样担心和害怕了。

才一进屋，刘二便望张长庚车转身去，手舞足蹈地嚷叫起来。

"唉！"他叫着，"这一下你来说呀！主人家都在这里。……"

"说嘛又说嘛，"张长庚懒声懒气地插嘴，"未必我还怕么？又没有犯什么罪，就是见县长、主任，也不过是那么一回事！总不会炮打脑壳。……"

"照你说事情倒还小了！"刘二更加愤激起来。

"这在闹什么啊？"寡妇生气地问。

她坐起来了，于是一眼发现了那个守墓的佃户。

"张长庚么？……坐呀！……坟该没有遭牛马践踏吧？"

"还没有践踏！"刘二惊怪而又着急地说，"叫他自己讲吧！"

"讲又讲嘛，"张长庚依旧异常平静，而且意义暧昧地笑起来，仿佛碰见了一场趣事，"这总不能怪我！我怎么晓得他是扯谎的呢？我又不是孔明！"

接着他又半赌气半得意地叹了一口气。

"我是能掐指会算又对了啊！"他慢腾腾加上说。

"闹了这半天，你们究竟是怎么回事呀！……"

因为一直摸不着头脑，寡妇认真生了气了。于是那个年轻佣人，这才恍然大悟，他是应该把事情的经过从头到尾说一遍的。于是刘二开始报告起来。

当一听到白酱丹们的行径，寡妇便再也忍不住了。

"嗨，真搞得好！"她直叫着，愤激地响着干笑。

"是上个月动手的，"刘二继续说，"已经十多天了！"

"这么久了，怎么你们都不来说一声啊！"双手拍了一下膝盖，寡妇一跳站起来了，"你们就这样子来给我照料坟么？"她连连指摘着守墓人张长庚。

"他们说是你答应过的呀！"长庚微笑着辩解。

"他说什么你就信什么？"寡妇反问，一气就又坐了下去。

"是呀！"刘二说，打着合声，"我也这样问他：他说屎是香的呢……"

"不要尽扯了吧！同他打官司就是了！"人种忽然大声地插入说。

因为经历着一种复杂的感情上的骚扰，他把骨牌一推，一蹦站起来了。这是他在这场面上的第一次的发言。但他才一住口，寡妇便又望他抱怨起来。

虽然自以为比多少当家做主的男子汉老练，对于这个意外打击，寡妇却也感觉棘手而昏乱。因为一时束手无策，她开始抱怨人种，认为这完全是他酿成的结果。人种也毫不示弱地顶了几句；但是因为心虚，终于赌气地回避开了。

"我看你闹一阵就闹好了！"在离开的时候，他又这样叫了一句。

孙表婶也认为这样闹下去不是办法，应该平静下来商量对策。但寡妇的愤怒却又立刻落在她的头上，数说对方在教管她，仿佛一切都是她一个人招来的过失。

"那我才不是这个意思！"表婶婶强笑着申明。

"那总是我自己闹糊涂了嘛！"寡妇自怨自艾，忽然也觉得错怪了人，"我不想个办法，难道就算了吗？我肯信他几个黑心肺敢把我活埋了！……"

她吩咐刘二去雇滑竿，她要立刻到筲箕背去。

"你总是这么急！"当寡妇叫人去拿梳子梳头的时候，孙表婶就又大着胆劝解了，"稍停一下再说好么？说，你又要怪我多嘴了。也该再问清楚来，究竟有多少人挖，离坟园有多远。你匆匆忙忙跑去，别人又走了呢？下面的人又管不了事。"

"这还有什么问的呢？我一去就立刻清楚了！"

"再怎样说，吃了饭去也不迟呀。"

"就是龙肝凤胆，我这阵也吞不下了！"

然而，虽是这么样讲，嗜好总不能不满足，何况又已到了靠灯的时刻了。所以寡妇终于屈从似的叹了口气，吩咐张长庚不必就走，于是退进卧室里去过瘾。

十五

刘二是并不清楚筲箕背何家的地界的，而挖金的地段，离坟茔又相当远，所以当他才去的时候，他还蹲在白酱丹槽门边看了一会闹热，然后才去约张长庚清除陵园。然而，当那老年人无意中透出消息来的时候，他就不免瞪着眼睛，狠狠地吃惊了。

张长庚同刘二一道割着野草，一面追忆着往年扫墓时的一些琐事。

"其实，也该来看看啊！"张长庚忽然冒失地说，"一天怕要挖好几钱吧？"

"什么好几钱哇？"刘二问，也停了刀。

"什么？难道还是干狗屎么？黄生生的金子呀！"

当刘二带着不平，把事情的真相问明以后，仿佛一头被激恼了的牛犊一样，他立刻奔向那槽门口去。但是，人们一顿臭骂，就又把他送转来了。于是他把过错推在张长庚身上，怪他没有尽到责任。现在，他又跟着寡妇跑到筲箕背查看来了。

刘二寸步不离地尾随着寡妇，不断向她提示那些被劫夺者肢解了的土地的情形。而且又蹦又跳地向着酒罐罐嚷叫，因为这老家伙先前骂得他最厉害。

"唉，你这一下怎么又不凶了呢？是好的又乱骂呀！"

"哪个骂你来的啊！"酒罐罐否认着，神气很是正派。

酒罐罐已经受过白酱丹的训诫，若果寡母子来了，最好不要发火。

"你还不认账吗？"刘二更生气了，"你说，去把你们母老虎搬来呀！……"

"你不要同他讲！"寡妇制止地说，"他还配搭不上！"

看了挖毁的情形，虽然愤懑和不平增加了不少，寡妇的心情，反而倒逐渐稳定了。这一半由于既成事实夺去了她的勇气，一半也因为怨气早已发泄够了。

而且，她深深感觉到，到了目前，事情已经不是哭和闹所能解决的了。摆在面前的将是一种艰险的抗争。但这没有挫折她的决心，反而增强了它。首先，道理是在她这一方面，因此她极自然地考虑到了这点：若是容忍，外来的打击将会更多起来。

虽然嘴唇有点抽搐，脸上的神色也不对劲，但她尽力克制着自己的感情，因为她知道目前的局面是需要冷静的。她追问着丁酒罐罐，什么时候白酱丹能来。

"这很难说，"酒罐罐摇摇头说，"有时候，一天两天连影子也见不到！"

寡妇鄙夷地冷笑了两声。

"一个不在，两个不在，我看还躲得过么！"

她本想警告他，叫他招呼工人停下工的，因为已经在幺长子厂上遭到拒绝；那些工匠表示，除开老板的吩咐，他们就是圣旨也不接受，她便只好决定回街上去。

休息一会，寡妇就坐了滑竿离开箐箕背了。走到场口的时候，她就下了滑竿，免得引人注意；但这没有多少用处。镇口上几家铺店里的掌柜，都把熏笼摆在柜台子上，烤着手，手背上搁着下巴，用一种研究的眼光一直望着她走过来。一个提着一只木桶，正要跨进门槛去的妇人，忽然停止住了；转过身来，用了同样的研究的眼光注视着她。连三五个正在玩得起劲的半大的孩子，也一下变沉静了；他们也盯住她研究起来。似乎一切男妇老幼都希图从她身上看出一点新的东西。

寡妇刚一走过，她就觉得她的背后立刻发出一阵私语，而那是议论她的。茶馆里的人们的心思动作，那就更加用不着猜疑，她也会知道他们是在谈论什么，和谈论谁了。因为她深知这镇上任什么事都逃不过批评的。但她自持着，全不介意那些近乎幸灾乐祸的微笑，以及挤眉弄眼。

当经过钟善人铺子面前的时候，老板娘早已望见她了，于是拐着一双负担着一具肥胖躯干的小脚，走下阶沿，兢兢业业地招呼住她，一点不管丈夫的脸色。

老板娘两头望望，然后蹙着圆脸，把嘴伸向寡妇带了金耳坠的耳朵边去。

"真的挖开了么？"

寡妇同意地点点头，右边嘴唇角微微抖了一下。

"年景这样坏，还来造这些孽做什么啊！"老板娘叹息了，摇一摇头，"你打算怎样呢？那些人又是吃铁吐火，天不怕地不怕的！"

"我倒不会让他们的！"寡妇决然地说。

老板娘又叹了一口气。

"你不进去息一下么？"老板娘终于推诿地说，怕再深谈下去。

寡妇拒绝了她，一直望家里走去了。

孙表婶同媳妇都在大门边上。她们都安不下心，都想早点知道一个究竟。有两三个邻居在同她们闲谈，但是谁也不肯承认她们早已知道了这个不祥的噩耗。

寡妇一到门口，邻妇们就各自默默地，像是望见了什么不吉利的东西似的，散开去了。孙表婶和媳妇忙着接过刘二挟在胁下的褥子、枕头，随即跟了进去。人种也是在焦急地等候着她，正在闷灯；当一听清母亲走回来了，他就立刻冲了出来。

人种突兀地出现在厢房门阶上面，双手插在衣岔子里；眼神慌耗，好像才从梦寐里惊醒转来的一样。但是谁也没有理他。当寡妇喝过茶，他又生涩地走向堂屋边来。

人种带点那种自知做错了事的孩子那样的表情，搭讪着问：

"究竟是怎么一回事嘛？……你怄一阵又有什么用啊！"

寡妇叹息着，怨恨似的向他投了一瞥。

"话我倒晓得说啊！"她冷冷地说，随即又沉默了。

寡妇是相当机警的人，当在路上的时候，她便曾经就她目前的处境，考虑过她应该采取的步骤。打官司，请凭士绅讲理，或者找一个第三者来私行和解；她宁肯赔出钱来，但是白酱丹、幺长子必须立刻认错而自动停止挖掘她家的坟地。她想得很周到，但正唯其如此，她却不能有所决断。因为由她想来，这最后一个办法，自然是顶适当，可以少结些怨，而应得阻止的事，却也阻止住了，并且连调解人也是想到了的。但她又怕被人看成示弱。而一想到这里，她的决心立刻又动摇了，陷在困恼里面。

孙表婶知道她自负而又独断，凡事不肯轻易同人商量。因此，除开一般没有实际意义的慰安，具体建议，纵然自以为是，便也只好藏在心里。媳妇更加不必说了，她不敢讲什么，实在她也自认没有能力参与这种大事；她只能含情地、默默地看望寡妇，表示自己是在为她担心、着急，没有忘记一个做媳妇的本分。

有好一会时候，谁也没有再说什么。大家都落在一种悲愁闷人的沉默里面。忽然，那个家里唯一具有坚强自信、心地单纯的年轻用人刘二，走进来了。他才把滑竿打发走，是来听寡妇吩咐的。因为当离开墓地时，寡妇曾经表示，要找她的两个对手白酱丹、幺长子当面问罪。而在刘二想来，这也确是一桩无可置疑的正当举动。恰如碰见一匹恶狗，他有权利甩它两土饼子那样。

和刚从笆箕背跑回来报信的时候一样，刘二照旧那么兴奋、激怒，深信白酱丹、幺长子毫没道理。他元气十足，脸孔涨得绯红，眼睛也更鼓了。

刘二撩足挽袖地走了进来，一面直直劈劈地嚷道：

"怎么样呢？我就去找白酱丹他们吗？"

"滑竿钱已经给清楚了？"寡妇支吾地说。

她随又叹了口气，因为她还不能有所决定。

"钱给好了！"刘二说，"我就去找吗？迟了，怕又藏起来了！"

"这就是我守节、守儿子的报应呀！"并不回答刘二的催促，寡妇忽然没头没脑地嚷叫了，"早知道这样，我不该一索子吊死了爽快得多！"

"你又怎么了啊！"表婶婶叹息着，"事情不做呢，已经做了。……"

"那我倒晓得啰！"寡妇迁怒地切住她，"你这些话说了等于不说！总之，背时倒灶，我算碰到大头鬼了！一个也不说了，还一串串的，接二连三地来！……"

她摇摇头停下来，泪光闪闪地凝视着托在手上的茶壶。

"你们鸡肚不知鸭肚事啊！"她又自言自语地说了，想起了她半生来的经历，"这十几年来过的日子，难道是件容易事吗？只说儿子大了，该会好一点吧……"

她哽咽起来，没有继续下去。

"是呀！"表婶婶迎合地接着说；一方面是辩解，一方面也想给寡妇的自负一些满足，"前回在善堂里，张善长还对我讲，这个家务，也要你才扳得正啊。"

寡妇瘪着嘴摇摇头，但这反而表示出她的确乎自负。

"我算什么?"她谦虚地接着说,一面掏出手帕揩着眼睛,"我只求自己人少给我些红炭团拿,听一点话,就万幸了!外人说好说坏,我倒一点也不在乎。……"

仿佛一个无聊透顶的人,不能不勉强找点事做,而同时又很生气自己做的事情同样无聊一样,人种一直在忍耐着,竭力不让自己多嘴。他手撑着头,一面很不遂意地胡乱摸着骨牌。他试了好几次要回答寡妇;现在,因为又提到他,他便再也忍不住了。

人种把骨牌一推,受尽冤屈似的蓦地一跃而起。

"你就只晓得骂我!……"他抑制地大叫。

他还想说什么的,但他意想不到地嗫嚅起来,于是一车身就走掉了。

寡妇也以为他会再说些使她伤心的话的,当一看见他逃避似的冲开,她倒反而更气大了;而这怒气又立刻转化为一种辛辣的嘲笑,嘲笑他的无用和怯弱可怜。

"唉,躲开做什么哇?"她作弄地大声说,"骂错了你就出来说呀!……"

从自己卧室里,人种恶狠狠地嚷叫了一句,但没有一个人听清楚。

"既是不怕,你就自己去呀!"寡妇也叫起来,自以为听清了人种的话,"你以为我想包揽这些烂事情吗?……我倒真像活得不耐烦了!……"

"不要跟他一般见识吧!"表婶婶劝慰说。

"你老人家晓得他是不懂事的。"媳妇也大胆插了一句。

"哼,他怎么不懂事哇?"寡妇紧接着说,更加恼怒起来,"他才懂事得很!我现在也不管了,哪个弄烂的,哪个去补!我倒用不着抹桌框子。"

然而,虽然是这么说,由于一阵吵闹刺激起来的兴奋,一贯的自负,以及孙表婶和媳妇的奉承,在这中间,寡妇不但没有真的同人种赌气到底，消极下去，反而倒在犹豫中决定了她的态度，甚至忽然感觉到了一种为儿为女劳碌的高傲情绪。

"不要再说了吧！"她说，切住她们的揄扬，"这都是前辈子欠的债啊！"

定一定神，于是她转脸向神气有点茫漠的刘二。

"你站着做什么？去请他们来呀。我看他们就把我两口吞了！……"

寡妇决定把这当作一次考验，想要试探一下白酱丹、幺长子的真实态度，然后决定最后办法。私和，讲理信，或者诉诸法律。但她却无疑向往于简单平易的私和。

然而，当那年轻仆人转来的时候，寡妇却又不能不暂时放弃这个省事的想头了。因为白酱丹、幺长子不仅没有应邀前来，反而说了许多难堪的话。仿佛她的客气的邀请，反而得罪了他们。这太出乎意外，她很怀疑刘二的话不尽可靠。再不然，便是语言上有过不妥的地方，或者态度太鲁莽了。所以，刘二的报告，虽然已经够清楚了，她却依旧带着一种难于信任的神气，而且有点失悔，事前没有叮咛他说话小心。

她要他再说一遍邀请的经过。这使得那老实人摸不着头脑，着了急了。

"难道我还会哄你么？"刘二红着脸嚷叫说，"真的就是这个样子！"

"你是怎么对他们说的呀？"

"我说，三老爷，我们老太太叫我来请你，千万要去一下。他说，你回去说，我不得空！就走去看打牌去了。还有龙主任他们。我又赶过去说……"

"龙主任回来了么？"寡妇注意地问。

"回来了。他们都听见的，不信你去问嘛！"

"幺舵把子怎么说起的呢？"

"那个老家伙都叫一个人吗！……"

刚才嚷了一句，刘二又猝然停住了。他嘟着嘴，眼睛避开寡妇，好像害怕她的样子。因为他觉得他不该转述那些不堪入耳的粗话来加重她的不幸。……

"唉，你怎么不说了呢?"寡妇生气地催促说。

"那个老家伙都叫一个人吗!……"

"究竟怎么样呀?"

"怎么样吗，他一劈头就吼我：快挟起滚! 林幺爸不找她就算顶客气了!……"

"这样就好得很!"寡妇说，显出极不自然的神气。

"他又说……"

"好了嘛!"孙表婶制止着刘二。

她努嘴而且摇头，示意刘二不能再讲下去；因为她知道那一定不是什么好听的话，而且看见寡妇的神色已经变了，跟着来的不是眼泪，便是嚎嚷。

"好了嘛，"孙表婶重复说，"这些人不晓得怎么把人皮披上了啊!"

寡妇忽然凝神地看望着表婶，坚决沉着地切断她说：

"你同我到叶家去一趟好吧?"

"好呀!"表婶婶立刻同意，似乎这正是她自己想说的话，"我也正想向你这样提了。二大爷究竟好说话些。真的，不是我说，要是早去找他，事情也许早补好了。"

寡妇没有回答，反而十分败兴地叹了口气。这很简单，因为她不能说，她在早没有这么样做，只因为她还嫉恨着那些关于她和叶二大爷的使人红脸的流言，以及她和叶家的女眷之间所有的隔阂。虽然好久以来，那便已成为陈迹的了。

"不要尽讲了吧，"最后，她支支吾吾地说，"耽搁一下我们就去好了。"

"我梳梳头就行了，"孙表婶说，情不自禁地摸摸头发，"简直像乱鸡窝样。你还要烧两口么？横竖去早了也碰不着人的。这个时候，总还在同善社①坐功嘛。"

寡妇想想，又看了看天色，觉得时间的确还早，离黄昏相当远。而且，她又深知当地的风习，当天又身受过的，她的出现，一定又会把人们的注意和口舌集中起来。她同意了孙表婶的建议。而在吩咐过应备的礼物以后，她就退进卧室里去了。她把烟具铺张开来，媳妇替她磨着沉香面子。因为这天连连生气，担心惹起她气痛症。

当黄昏来临，正在准备动身的时候，那胖老板娘，带着一种提心吊胆的机警神情，一直走进寡妇卧室里来了。她是背了丈夫，以及世人的耳目，摸来做某项重要建议的。这时孙表婶已经穿上浆得梆硬的蓝布旗袍，寡妇在拢头发。

老板娘原是很机灵的，一看情形，她理会出她们正要去走人户。她也是忙着要回去的，所以当寡妇向她张罗烟茶的时候，她就认真地加以婉谢。

"不用，不用！"老板娘连连说，"不用客气，我说两句话就要走了。"

"忙什么啊！"孙表婶说，"茶总要喝一杯呀！"

"不，我跟着要回去！"老板娘说，随又拿嘴挨近孙表婶的耳朵，"难道你还不清楚么？我们这街上耳报神多得很，留久了又有人造谣了！说一大堆。……"

但她已经接过烟袋，而且，似乎准备悠悠闲闲抽上一通。

直到寡妇那么苏气地收拾好了，老板娘这才小声而热情地完成了她的任务。但却不止两句，而是好几十句！最主要的，是她力劝寡妇去找本场的联保主任，因为那个认真具有无上威权的汉子，已经从城里回来了。

---

① 同善社：当时的一种极普遍的迷信团体。

十六

　　胖老板娘一走，寡妇便由表婶婶伴送，到叶家去求援。但二大爷不在家，到东岳庙扶乩去了。于是她们只好装作没有感觉到女主人们的冷淡，忍耐着等下去。

　　寡妇同二大爷家里，认真说，是并没有什么了不起的亲戚关系的。虽说是姻表亲，理起瓜葛来却也疏远得很。在寡妇家里的举人时代，甚至提也不屑提的。直到辛亥革命，因为哥老已经成了当日四川农村社会的主要势力，寡妇的母亲，那诨名阎王婆的，这才看出这门亲戚的重要性来；到了寡妇自己手里，彼此的往还也就更亲密了。

　　在哥老中间，不仅是北斗镇，叶二大爷在全县也是知名人物。单从表面来看，二大爷很正派，没有一般哥老所常有的、过分露骨的呵哄吓诈的恶习。而这正是使他得到一般人尊敬的原因。因为已经刮了不少的钱，买了不少田产，加之年龄也不小了，七八年前，他才退休下来，不再过问镇上的事情。因为当权的日子太久，那些后起者又多半是他的拜弟，在镇上他是能够维持一个元老的尊严的。虽然实际上已经不能主张什么，变成了有名的好好先生了。

　　二大爷娱老的方法，是扯纸牌和"坐功"。每天都要去同善社坐几个钟头，或者请几位善友，上东岳庙扶乩。他早已成为本镇善男信女的领袖，便是菩萨们似乎也承认的。有一次扶乩，当一位菩萨临坛，借着机手在沙盘上显灵时，在场的人都跪下了。他自然也不例外。但那机笔立刻写出一串字道："众弟子跪下，叶二爸请起！"在这北斗镇，除开少数同他地位相差不远的人，不管男女老少，从一二十岁的，到六七十岁的，大家都叫他二爸。而且几乎成了他的专称，只要说二爸就一定是指他。

　　对于寡妇，二大爷算是个长辈，她叫他二表爸。但在十多年前，在他们亲密的过从当中，人们忽然传出一股谣言，说寡妇同二爸的关系，实际上比口头更亲密。这可能是一种中伤，但二爸的两位大娘竟会怀疑到丈夫的人格，大吃其醋，使得双方不能不逐渐疏远起来，很少有来往了。事情虽然已经隔了许久，但是对于嫉妒，一般旧式妇女们的记忆力是特别强的。这只需看看二大爷两位大娘对待来客的冷淡，就明白了。而正因为这些人世间不必有的隔膜，加之寡妇又在困危当中，当一察觉女主人们都在不大自然地打着呵欠的时候，留下一个口信，寡妇便略显颓丧地告辞回家去了。

寡妇是约好了次日上午再到叶家去的。当吃过早饭，已经准备要动身了，想起前一天夜里在叶家等候二大爷受到的待遇，她又忽然烦躁起来。她叹了口气，心灰意懒地一下坐在卧室里的春凳上面。早就在一边守候她的孙表婶感觉到有点古怪；她问她是否有什么地方不大舒服，或者是嗜好没有满足。

寡妇摇了摇头。她是不能把她的委屈说出来的，这会损伤她的威严。

"我不晓得前辈子把什么过恶事做多了啊！"最后，她自怨自艾地说了。

"你怎么的？又发起烦来了啊！……"

"你不知道，"寡妇说，怨愤地垂了头，"真把人皮都快磨脱了。"

表婶婶长长叹一口气，沉默下来。

"好吧！"寡妇忽又发出苦笑，带着一种决心似的一下站起来了，"我总算前辈人把黄包袱背错了，该给他何家变一辈子的牛！……"

于是，她怨愤地走向梳妆台去，草率地抿抿头，便带了孙表婶动身了。

叶二大爷是个六十岁上下的矮老头子，身体结实，没有蓄须；但上唇上和下巴上的斑白的短髭，却也表明他已经不年轻了。他的眼睛，因为青年时代的酗酒而显得昏暗，扣着红丝，眼睑微微翻在外面。而他的全部神气，使人感觉到人世间一切罪恶的享受，以及痛苦，已经把他琢磨到了麻痹的地步，仿佛再没有什么可以打动他了。

寡妇在叶家堂屋里等了一会，二大爷便抱着水烟袋走出来了。他穿着整齐，头上是棉瓜皮帽，脚下还保持着好多年以前的旧式派头，穿着抱鸡窝鞋，裤脚扎得非常妥帖。他一进来，两位女眷便堆着笑站起来了。彼此客套了几句，就又各自坐下。

关于箐箕背的纠纷，二大爷早就知道了。而且明白寡妇正是为了这件事情来的。凭着他的坦率，当来客正在开始一番详尽的报告的时候，他便直劈地切住她。

"我早知道了！"他说，"我还以为你们真正答应过啊。"

"没有那个事！"寡妇微笑着申明，但却显得很为愤激，"二表叔！我从来没有答应过什么人。你想，我怎么能答应呢？就是捡金子，我也不会答应呀。……"

"自然，那是祖宗的坟地。"

"对了啊！"

"不过你们大少爷呢？"二大爷继续说，对于寡妇的愤激一点不感兴趣，"他们年轻人的话，就难说了。又不知道天有好高，地有好厚……"

"不！二表叔，我自己的人我知道的。"

"你自然知道，"二大爷说，"可是你详细问过他没有啊？"

"问过来的，问过来的！"寡妇急急地回答。

她倾侧出身体，感情相当激动。因为她深知这是全部问题的一个关键，于是她便接着叙述了一遍考询人种的经过。比儿子的招供来的更有理由，而且叫人相信。

"你老人家是明白人，"她继续说，忽然显出一种阿谀神气，这个同她一向的自高自大很不相称，"一向又知道我们家里的情形，他是半个钱的事也管不了的！自来胆子又小，连茶馆都少进，他怎么敢糊糊涂涂就答应啊？绝对不会！"

"现在的青年人也难说啊！"二大爷摇摇头说。

寡妇有一点气馁了。她想回答，但她一时找不出新的理由。而那些自以为可以服人的理由，又说完了。她红着眼圈，深深地叹了口委屈的气。

"连二表爸都这样讲，"她终于脱气地说，"我就没抓拿了。"

"那你倒用不着发急，我也不过顺口说说罢了。"

二大爷解释着，似乎担心纠缠下去。

"依你自己看来，这件事又怎么解决好呢？"他接着问。

"我么，"寡妇哽咽着表白了，"我么，我要他们把我两娘母活埋了就是了！"她极力镇静自己，担心着万一哭泣出来未免失态，于是没有再说下去。

二大爷悠然吐着烟圈，又不以为然地咂了一下嘴唇。

"依我看，倒还闹不到这个地步啊。"蹙着额头，他懒懒地沉吟说，"不过，要他们干搁下来，也怕不行；听说塞了好一大堆钱进去，总不能叫他们白丢了。"

"只要说得对头，该我赔，我赔就是了！"

二大爷没有张声。因为他料准了这是一种必然的结果，否则，粮户便不成其为粮户，光棍也不成其为光棍了。这恰如俗话所说，碰见鬼总得烧把钱纸。

然而，他的想法虽然如此合理，因为退休已久，二大爷早已只剩有一个空名了，是不能如实解决问题的。他随即叫人去邀请龙哥。这是他的得意拜弟，而若果说二大爷在北斗镇还有实力，他的实力，正是生根在这种可贵的关系上面。

龙哥是个无须的四十多岁的壮汉。可以说是胖子，但他那红褐色的身体，却比任何一个胖子结实。瞪瞪眼，当审视什么物事以及法币的时候，他的肥头便略向右偏，塞满刚毛的鼻孔更加浊重地呼吸起来。

和二大爷的整齐一比，龙哥有一点名士气，但却经常戴着一顶过小的黄呢礼帽。他的领扣常常是敞开的，只有进城去见县长的时候，这才勉强扣好；但是一出衙门，就又哎呀一声，喘息着把领扣敞开了。

当主客双方感觉到一切客套话已经早说光了，正在闷坐着等候龙哥的时候，龙哥便同那个和他同侪出世，运气却不及他的季熨斗，挺着胸脯，手里切切磕磕地响着一叠铜元，大手大足走进来了。一进堂屋，他就侧起肥头，向那两个面带笑容，站起来表示欢迎的女眷端详起来，鼻子吸着空气；最后又重重地响了一声。

于是，龙哥照例十分莽撞地塞进一把圈椅里去，顺手将铜元垛在茶几上面；接着又望脑后把黄呢礼帽一掀，身子靠向椅背，大声呻唤起来。

"哎呀！这碗粉把人汗水都胀出来了！……"

龙哥是十分喜欢吃的，而且，总是不择好恶地塞一个饱。二大爷派人前去找他的时候，他正在吃羊肉粉。现在，当他扯起衣袖，朝着额上、脸上胡揩了一通之后，就又眯起眼睛，侧了肥头，向寡妇端详起来了。

"嗨！"他突兀地说，"你们筲箕背那个事究竟怎么的啊？"

"我就为这件事来找你们这些大菩萨的哩。"寡妇说，谦卑地抬抬身子。

"我又昨天才从城里回来，"龙哥并不听寡妇的，也不看她，只一味按照自己的脾气说了下去，"一点火门都摸不清楚；整条街都闹麻了！……"

他意外地顿住了。掀起下巴想想，于是又扬声一笑。

"嗨！这回这个会议倒把我开倒了！"他转向二大爷笑嚷道，来了一个意料不到的转折，"里里外外用掉他妈千打千块！这样的会多开几回，怕要逼得人喊天了！"

"你在州里东西制得多呀！"季熨斗说，接着打了两个哈哈。

"多个屁！就只扯了几件蓝布衣服。"

"那边的米价该矮了些呀?"二大爷关切地问。

"矮也不多。听说翻过坎坎，恐怕还要涨啊！嗨，州里用铜元倒划得来！小二百都当五仙用了。这运他妈几挑去，怕不发洋财呀！……"

"真像你这样说，我都要干！"季熨斗凑兴地说，又挽挽袖头。

"好呀！只要你杂种肯干，我愿意出本钱！"

"恐怕路上要检查吧?"二大爷摇摇头说。

"就是这一点啰！"龙哥紧接着大声说，同时身子往上那么一耸，"不然，耳朵早挤落了。不过也有办法：抄小路呀！人家连大烟也要运过去哩！"

龙哥忽然间住了嘴，瞜瞜寡妇，意味深长地笑起来。

"大太太呀，满了期，硬是要枪毙啊！"

"我这个没关系！"寡妇知道他说的是禁烟，忍不住红了脸，"要要瘾，有，就吃，没有，不吃也行；不是一点病么，早就丢掉完了。"

"你们大少爷恐怕要深沉些?"

"也不见得。现在已经丢得差不多了。"

"也是公事上说得厉害！"二大爷非笑地插嘴说，仿佛有意要安慰一下寡妇，"究竟戒不掉么，还不是百无禁忌！中华民国的事情，哪一件过得硬啊！"

"现在不行了！"龙哥摇摇头说，"去年的皇历翻不得了。"

"我看就没有什么不同：账太背深了呀！你就天王老子来吧……"

二大爷从不喜欢和人争嘴，而且，和一般老年人一样，成见很深。总以为自己经历丰富，旁人都无知无识。因此，他没有把他的理由充分发表下去，便住口了。

沉默一会，二大爷这才又忽然想到似的，望了龙哥一眼提醒他说：

"唉，箐箕背的事，就看你怎么给他们说呀。"

"这件事情，千万要请主任帮忙！"寡妇恳求地附和着说。

"没有说的！"龙哥满有把握地挥挥手说，"又不是外人哩！我已经摸了一下，噫！大锣大鼓闹了这么一场，怕要多少出一点血，才搁得平呀！……"

"总之，主任怎么说怎么好，求个公平就是了。"寡妇说。

"当然，——我们总不会给你讲弯刀理信嘛！"

"不是那个话！"寡妇负罪地解释说，"你误会了。……"

龙哥一向讨厌听任何人的申诉，他胡乱挥挥手切住她。

"我知道了！大小是个联保主任，说起来也当了这么好几年了。全场大大小小的事我都在管哩！你这点事情，不是吹牛的话，闭起眼睛断都不会错！"

再解释是会更糊涂的，寡妇开始叩问他的办法。

"办法吗，"龙哥懒懒地，但却十分独断地说，"依我讲简单得很：你给白三老爷他们赔出一千五百元开办费就是了！这还不知道他们答不答应。"

没有人接话，跟着来的是极不自然的沉默。

在这沉默当中，寡妇目瞪口呆，孙表婶忍不住吐了吐舌头。而正像任何小声的咒骂都不会骗过聋子一样，龙哥虽然粗鲁大意，却也立刻就察觉了。

"毛铁现在都值好多钱一斤啊！"龙哥自言自语地解释了一句。

"这个话呢，倒也是话。"二大爷沉吟地说，叹了口气。

"那不是！"龙哥当仁不让地紧接着说，显然对于寡妇的沉默已经耐不住了，"虽然花千多块钱，家具值多少啊！单是刨锄子就要卖好几百块，别的不要说了。"

"那些东西，我们就要到也没有用处。"寡妇谨慎地说。

"再不然又少算几个钱，不要他的家具好了！"二大爷转圜说。

"也要得嘛。"龙哥说，显出一副懒心懒肠的神气，"不过，事情还得看白三老爷，我们讲的都是空话。再说上天，人大面不小的，你总不好强迫他答应!"

"还有林幺大爷呢?"寡妇胆怯地问。

"他这个容易!"仿佛准备打架似的挽挽袖头,龙哥粗声粗气地说,"不搁手么,联保办事处派几个队丁,把槽门给他挖了就是了!我看他会吹熄灯盏恨我两眼?嘻!他以为他老,夜壶那么老,还要提过来屙泡尿!……"

他的声调充满一种绝对的蔑视,似乎这不仅针对林幺长子说的,便是他的拜兄叶二大爷,也都同样包括在那些以老自居的袍哥当中。而龙哥也的确有过这样的念头,不过自己究竟是二大爷一手提起来的,从来没有当面表示出来。在二大爷一方面,也多少理解他的情趣,但他认为这多半由于龙哥的秉性直戆。而且认为中华民国成立以来,袍哥的信义已经很稀薄了;所以对他一向非常小心,避免预闻镇上的事。

但是二大爷也略略感到不快,觉得龙哥太敞口了。同时对于寡妇也很不满,她使他破了不问镇上任何事件的戒规。好在年纪大了,生活也解决了,早已经化了气。

"既然这样,"二大爷颓唐地接着说,"熨斗呢,你去请声三老爷呀!"

在等候白酱丹当中,大家一时陷进沉默里面,而且有点闷气。仿佛他们是一群各不相识的人,偶然聚集在车站上守候老不见来的火车,他们已经感到不耐烦了。

龙哥张大嘴大大打了一呵欠。

"呵……呵,这个狗入的,昨晚上太睡晏了!……"

"我也是,"二大爷说,轻轻张了张嘴,"回来都三更过了。"

"你们又在东岳庙搞来的哇?"

"是陈大壳子闹起的呀!横竖要拖我去。……"

话一开头,空气立刻变活泼了。大家都扫除了闷气以及呵欠,谈起扶乩的事来。尤其是那两位女眷,她们一向就很迷信,所以听得特别专心。起初，大家都很关心菩萨对于时局的预言，因为沙盘上是曾经显示过的，但是随又跳到别种问题去了。

首先把问题岔开的是叶二大爷，因为他对时势素来不感兴趣。

"都是空事！"他说，摆一摆光秃秃的下巴，"乱了这么多年，大家不是一样过日子么？不过，真正饥馑劫到了，那就不好搞了。肚皮不听话呀！"

"有解救没解救呢？"孙表姊真切地问。

"怎么没有？糌粑、黄蜡。另外还有几样药，我记不得了。幺壳子抄得有，准备花一笔钱，印出来送人。据说，照单配料，合起来，做成这么大一方一方的砖，藏好。劫运到了，敲这么大一疙瘩，煮成米汤，只要喝一小碗，心就定了。……"

"这都是吹牛皮啊！"摇摇肥头，龙哥大声地非笑了，"只要有钱，还愁买不到米？饿吗，也只饿得倒那些没钱的干鸡儿呀！你我都会吊锅，那就怪了！"

"到了那个时候，就有钱恐怕也没处买啊。"寡妇说，愁蹙地叹了口气。

"怎么买不到哇？"龙哥猝然反问，态度非常认真，"只要有人，总有做庄稼的！你说还要涨呢，我都相信；城里米价又在往上冒了。……"

龙哥是一个不惯于冥思默想的人，除了眼皮边上的事一概不信，也一概不想。虽然他的行动多半依靠直觉，这多少有点浪漫气味，但是接着来的却是实际行动。比如去年，一天同人闲谈，忽然灵机一动，觉得食盐一定涨价，于是立刻派人到州里买了几十担锅巴盐囤起来。而他的直觉很快就证实了，简直同精密的打算不相上下。

"刘多麻子倒整肥了！"他又叹着气加上说，"杂种前年的谷子都还没卖！……"

龙哥正想借刘多麻子发点感慨，白酱丹进来了。因为一向尊重三老爷的学问、谋略等等，龙哥是把他当成友而兼师的心腹看的；他停住嘴，向白酱丹招呼起来。

"嗨！我们等了你好久了！在过瘾吧？"他和和气气地说着笑话。

"你又瞎讲！"白酱丹认真地说，"你知道我早丢了。"

接着，白酱丹又向二大爷客气了两句，只是没有张理寡妇。

白酱丹知道，二大爷和龙哥为了什么请他来的，并且相信将会得到怎样一种结果。龙哥从城里一回来，他就向他申说过了；在来这里之前，他又向他谈过一次。龙哥建议的赔偿数目，便是由他自己提出来的。但他并不满意，仍旧希望把筲箕背开发下去。然而，当他接到邀请，向季熨斗探明了各方的反应以后，他觉得，他的希望是坍台了。这便是说，他只好准备接受一笔有限的赔偿了。他自然可以坚持下去，但这会损害龙哥的面子。至于叶二大爷，他虽然也尊敬他，但却并不对他存有怎样的顾虑。

白酱丹多少显得严肃而不耐烦。打过招呼，他便带点矜持抽起水烟袋来，仿佛什么也不在乎。最后，因为感觉沉默的难受，事情又终久要揭穿，二大爷开口了。

二大爷简略地叙述了一番纠纷的经过，故意把过错推在人种身上。

"不过，他究竟是年轻人，"二大爷接着说，"什么事情都没有经过；你们两家又是亲戚，不看僧面看佛面，能了，就了。总之，三老爷！赏一个脸。……"

停住抽烟，略略带点匆忙，白酱丹抵挡地伸伸手掌。

"我没问题！"他慷慨而又急促地说，"二哥，我没问题！可是，这不是我一个人的事，你不要误会！要是我能做主，老实讲吧，也就闹不到惊动大家了。"

"呵哟。我晓得！"龙哥大叫着，撩撩衣包，一蹦跳起来了，"我们总不能让你来代过呀！管他还有些什么人，张三也好，李四也好，一句话：帮你们贴开销就是了。家具大太太不要；她要到也没用处，——总共赔你一千块钱！”

龙哥十分严重地竖起他那又粗又圆的食指，又那么晃了两晃。

“我没有说的！”寡妇紧接着发言了，“不过，总该写张字吧？”

“恐怕还要画个滚身图啊！……”

白酱丹带点愤激地叫了，恼怒着寡母子的不识好歹。

“我跟你讲，”冷笑一声，他又摇头晃脑地说，“表嫂呢，一千块钱能够了事，已经是大面子了！认真说么，这几个钱够哪一样开销？再说他不懂事，答应错了……”

“可是，他并没有答应过你们什么哟！”寡妇抬一抬屁股说，替人种辩解。

当二大爷责备人种的时候，她知道那是敷衍，现在，她感到不公平了。

“我自己的人我知道的！”她又自信地加上一句。

“这才说得好听！”白酱丹讽刺地佯笑了，“像我在骗人呀！……”

“不要说了！……不要说了！……再说就不漂亮了哇！……”

要不是龙哥依照历来的习惯，大声武气地出来阻止，事情也许会变卦的。他一叫嚷，两个对手就停嘴了。他们全都接受了他的约束：只等寡妇拿出钱来，白酱丹就停工。至于幺长子一方面，龙哥叫寡妇不要担心，他会有办法对付他。

十七

从二大爷家里到联保办事处去，或者到畅和轩去，都要经过涌泉居的，龙哥决定就便向幺长子打个招呼，警告他赶紧住手，不要自讨麻烦。

龙哥并没有到茶馆里去。他就站在市街当中，眍起眼睛发出他的警告。

"嗨！我不是同你开玩笑哇，事情不要做得太过火了！"他就这样突头突脑地说。

"那是娘娘会的呀！"幺长子狡辩着，知道对方说的什么。

"管你娘娘会的也好，婆婆会的也好，总之，自己放明白点！"

他们间的交涉，就只有这么含含糊糊几句。然而，过了两天，龙哥得到报告，幺长子的金厂收了工了，不过却在尽力攻击龙哥；好在报告者隐瞒了这一层。

幺长子对于龙哥的攻击，其实也很寻常，他只提供了一些事实，而且是多数人所共知的，仅仅没有像他那样大胆地说出口来罢了。还有一层，那些攻击以及那些事实，他已经说过不止一百次了，现在无非又在新的仇恨下面重复一次。

幺长子对龙哥一向就轻视的。因为他亲眼看见他在二大爷家里挑水劈柴，做粗笨活路；亲眼看见他成了这镇上炙手可热的红人，而且目空一切。这在他感觉得太难受了。所以当全镇公认龙哥是一个了不得的人物的时候，他却登在涌泉居嘲笑他那些卑微时期的往事。加之，从袍哥派系上说，他也和龙哥对立的。正如他和二大爷对立一样。凭着他的直率以及口敞，他一向总同他们作对。但同一切喜爱大言壮语的人们一样，他是很胆怯的；一到快要闹出严重纠纷，他又总是立刻向后退了。

龙哥的警告，对于幺长子之所以能够发生那样显著的效果，除了他那性格上的弱点而外，在显明的意识上，他是这样想的：不管怎样，他总算弄到了一笔意外的财喜；而且，他们没有要他再吐出来，这不能不说他的面子还原封未动。然而，当他听见白酱丹额外弄到一千元的赔偿的时候，他却由羡慕而愤激了。

因为经过相当秘密，关于赔偿的事，他在好久以后才知道的，一连难受了几天。

"嗨，好得很！"每一想起，他就自言自语地说，"把我们蒙在鼓里整呢！"

"哪个又把你哥子撞倒了啊?"芥茉公爷嬉笑地问,他们正在一桌喝茶。

但和对付别的追问者一样,幺长子没有回答。因为他不能说,仿佛一个初入社会的毛子一样,他受了欺诈。而这么一来,他的招牌,就会更加没光彩了!可是从此以后,他却更加口敞起来,而谩骂的范围,也就更宽广了。正像他们把他推下团总的位置的时候一样。因为那是他衰落的起点,而是龙哥、白酱丹他们做成功的。……

有一次碰见了白酱丹,他忍不住当面向他讽刺起来。

"你们倒弄肥实了哇?"他说,作弄地眨眨他那深陷的眼睛。

"我哪个舅子倒弄肥了!"板起略显浮肿的黄脸,白酱丹故为生气地回答,"你挖苦我,我倒正要找地方出气。挖出来一点金子,看够喝水用么!……"

"就依你说,那一千元呢?麻我们就是了!哈哈!……"

"你又在造谣了!"

白酱丹否认着,不屑争辩似的,红着脸走开了。

然而,不管怎样,白酱丹确也并不满足。这不是因为他真的没有挖到金子,恰恰相反,短期的开发已经证明了成绩不错,而这就使他感觉得一千元太少了。

起初,白酱丹把他的怨愤堆在二大爷身上,深怪他爱管闲事。但是没有多久,他就对龙哥的专断感到不满意了。因为二大爷是可以不注意他的利益的,但从历来的关系,以及他一向的忠实可靠来说,龙哥却不该使他错过这样一个可以解救他的困窘的重要机会,让他大捞一把,改善一下自己的生活。

曾经有好几次,白酱丹都准备向龙哥指明他的处置失当,不仅贻误了他,便是龙哥自己,也都被贻误了。他终于得到了这个机会。那是一天夜里,茶堂正在关门,茶客们已经快散尽,更锣也敲过了,他们正准备回家里睡觉。

"老早我就想说了，"白酱丹忽然抱怨地说，"那件事我还没闷过啊！"

"快算了吧！那点出笔，哪里找不到啊。"龙哥讪笑地说。

"你不要这么说，——一天一钱几呀！……"

"你怎么说一天才几厘呢？"龙哥说，吃惊地斜瞪着一双眼睛。

当龙哥才从城里回来的时候，白酱丹确是这样说的：一天只能挖四五厘，刚够开销，分红还谈不上。而他之所以如此扯谎，他怕说了实话，龙哥会要提出多搭两股，这就更加缩小了自己的利益。现在，一经龙哥揭露出来，仿佛当场搜出一个嘴硬的小偷的赃证一样，白酱丹脸红了；但他立刻强制自己镇静下来。

"你这个人！"白酱丹故意生气地开始弥补，仿佛受了冤屈一样，"你当着那么多人问我，我怎么好说实在话呢？其实也怪彭胖，我叫过他告诉你呀！"

龙哥沉默着，粗声粗气地响着鼻息。而这正是他开动脑筋的表征。

"好！"摇摇肥头，龙哥最后感觉抱歉似的笑了，"别人的祖坟！……"

在两个伙计当中，还是彭胖的不满比较好些，因为他所垫出的钱，收回去了，额外又分了一点家具。虽然他也多少忘不掉筲箕背的出产。因此，他对于白酱丹的唉声叹气，总照例笑嘻嘻制造若干理由来安慰他，劝他凡事不要仰起头直朝前看。

"常言说，退后一步自然宽。"他会万事亨通地这么样说。

"要是根本没有这件事呢？管他妈的，大小总算敲了他一棒棒！嘻嘻！……"

"你当然可以这么样想，"白酱丹叹气说，"生活解决了呀！"

在镇上一般市民当中，关于秘密开发筲箕背的事，起初总是充满了嫉恨来谈论的。既然认为白酱丹、幺长子的作为过于五毒，但又以为，像何寡母那样的人，的确也值得收拾一顿。至于认为值得收拾一顿的理由，因为她家的生活太惬意了，而且在这镇上，又是没势力没地位的；而且，好高，悭吝，常常是一毛不拔！

然而，当一听到联保主任龙哥的制止成功，人们的论调又变样了。虽然一样的嫉恨，但却杂着不少邪恶的快意。他们非常满意白酱丹、幺长子的财源被断送了。正如看见警察搜出小偷的贼赃那样。对于寡妇的侥幸，则又多少感觉遗憾，认为她吃的苦头太少。好在时间是一件疗治任何心病的妙药，到了冬腊月间，不管是局内人、局外人，大家都似乎把笤箕背丢冷淡了。而且，一切生意又都那么好做，仿佛变戏法一样，任何东西过一道手就涨价了，往往一个对本。所以人们全都沉没在各种各样买卖里面，沉没在财富和法币的追求里面，而一般贫民则都被物价压得叫苦连天，……

一到腊月底边，人们更加忘其所以地活动起来。尤其是哥老们，他们不但把旧历年节看成真正的年节，看成应该享乐的大好时光，而且，根据一直以来的习惯，他们还把它当成庄稼人的收获时期看待。他们要仰仗这时期来解决以后三百多天，乃至更多时间的生计问题。而那办法之一，是栽培光棍，使那些羡慕袍哥的各色人等，送上礼金，取得一个光棍名义。其次，是用纸牌、骰子让那些轻浮子弟倾家破产。这前一项办法，是只有极少数具有强大声势的大爷才有份的。其中最得人望，也就是说，最使人觉得在他名下当个光棍才像一个真正的光棍的人，是联保主任龙哥。

龙哥之所以最得人望，并不是因为他资格最老，比较起来，他还算是后进。但和别的几架大爷不同，他不单靠骰子，而是靠枪炮打出来的。当他还在二大爷家里跑腿打杂的时候，他便已大显身手了。一天，他在镇外碰见军队拉夫，而由于一种偶然机会，他才一扁担就把那丘八弄死了。接着便开始了他那值得忆念的生活。整整三年时间，他在那个名叫抽筋坡的地方，结果了五六个碱贩子和药客，洗清了很多过往客商的腰包。直到二大爷当了团总，他才受了招安，以常备队长的资格在镇上公开出现。他的收拾盗匪，也和他收拾过往客商一样有名，好多同他共过患难的土匪，都叫他搞光了。

有着这样一大段堂哉皇哉的历史，一方面又是本镇的狄克推多，再加上白酱丹们的奔走、吹嘘，每到旧历年节，无怪他的收入，要占镇上所有哥老会的权威人物的第一位了。至于那些请求加入的人们，他们的想法是简单的，以为这样一来，可以减少自己在这镇上的种种亏损，甚至可以捞取若干合法的利益，以及便宜。这些利益、便宜的名色是很多的，大至作奸犯科，小至提劲打靶。……

联保主任龙哥，从没有读过书，只是因为常常要在公事信札上盖章，自己的名字却认识的。虽然已经四十多了，他的精力却很饱满，还像一个年轻人那样强悍。他的直率鲁莽是惊人的，这在对付吃喝、钱财、名誉地位上表现得最突出。因为他可以毫无恶意、毫无打算、毫无愧色地攫取任何自己高兴的物事。在精神活动方面，他最喜欢川剧，任何草台班子他都欣赏得津津有味。其次便是春节期间的狮子龙灯。

七七事变那年，根据通令，在这国难期间，任何年节都该停止一切娱乐。当时大家的热情还高，城里国民党党部的委员们还到各场分头宣传，希望大家不要铺张。但龙哥照旧固执己见，非要玩玩狮子、龙灯不可。使事情获得合理解决的是白酱丹。他提议龙灯可以不玩，倘若把狮子改成麒麟，笑头玩一个象征太阳的元宝，这就没问题了。这是一个旧瓶子装新酒的办法。因为"麒麟张口吞太阳"这句话谁都知道，而这么一来，就不再是娱乐，而是宣传抗战的好东西了。这不仅得到了委员们的承认，便是龙哥以及别的绅粮，也用少有的欢欣接受了它，放了比往年更多的花和鞭炮。

关于本年灯节的准备，在腊月初就动手了。到了腊月底边，龙哥从土门逴批采办的硝磺，也送来了。做花用的破铜烂铁，一样收了不少。他非常喜欢这套粗野的玩艺，能够烧坏一两个人的背部、头部，他的狂欢也就更加够味。所以他不仅自己大量制造，仿佛派款似的，他还半带强迫地劝说人们照办。"这花得了几个钱啊！"他会这样说服着胆小悭吝的粮户以及商家，"只要卖一两担谷子，不烧死几个我才不信！"

起灯，就是开始玩灯的日子，是正月初五。但这以前几天的日子，也是很热闹的。一到腊月三十夜里，大宝、红宝摊子，就在广东馆大门口和戏台下摆设开来。一般的阶沿上，则是各色各样规模细小的赌摊。单双宝、牌九、掷乌龙和掷称的。由于一年来收入的丰盈，粮食又很值钱，赌注比往几年大。因为人们似乎都固执着一种糊涂观念，以为现在的一元钱，顶多只有从前一两角的使用价值，犯不着怎样惜疼。

仿佛为了给大后方的繁荣凑兴，同时也许是为了揭穿这种繁荣的实际内容，正月前后还陆续来了好几名游娼。有人说是龙哥从州里招致来的，龙哥自己却又很少跑去享受。但不管如何，风气总算已经有了改变。一个六十岁上下的粮户，大破五才过，便带了暗疾，赶下州里求医去了。另一个年岁相当的地主，更干脆娶了一名游娼作妾。可惜纳宠不久，老婆儿子便都和他闹决裂了；而在初十夜里竟又遭了一场大火。

许多正派人说，这场大火，是老天的一种惩戒。虽然实际上是几个儿子为了泄愤干的。起火的时候，老头子正同自己的爱妾在镇上看麒麟灯，得到消息，立刻跑回去了。但他没有救出什么。次日一早，他就搬到街上客店里暂住下来。要三十担谷子他就可以使房子复原，丝毫没有忏悔，以及与家人议和的意思。

在新入流的哥老当中，有好几个游荡无业的知识分子和小学教员参杂其间，这也和往年不同。尤其当被码头上的管事，带了那一长串杂色队伍沿街拜客的时候，看官们简直是吃惊了。他们不相信这是可能的事，虽然他们明明白白看见一个穿着山峡布制服的青年，是在那里叩头打拱，毫不在意，甚至带点沾沾自喜神情。

这批别致光棍的介绍人是白酱丹。其中能够拿出大批款子的人，是并不多的。但是白酱丹的打算却在这里：他要把全镇的优秀分子网罗到袍界中来！因为，由他看来，目前已不复是单靠骰子、枪炮所能制胜的时代了。自从十七年到成都受过国民党一个月的训练以后，龙哥自己也觉得开了不少眼界，懂得点时势了，所以十分高兴地同意了他。而在那些新入流者本身，则因一向大都充满一种怀才不遇的心情，深觉自己在这镇上毫无作为，倒是一个光棍说话响亮得多。而且，自从抗战以来，由于种种野心家的吹嘘提倡，袍哥这种组织，似乎又像反正前后一样为人所看重了。

另外还有一种传说，对于这批人的加入袍界，也有决定意义。报上载着那个全国闻名的青帮头子，就要从上海到重庆来了。于是，几个自以为眼光远大、懂得时局发展的人，大胆地推论说，这是蒋介石要他来的，希望他来改组四川的袍哥，甚至以为蒋介石本人有出来担任总舵把子的可能。而理由则是，除开袍哥，你就休想维持后方的治安！而当白酱丹进行拉拢工作的时候，他更暗示出了这点：为公为私，全场的团结都很必要，因为现在的事情变动得太快了，你就不能不事先有点准备。……

因为新入流的很多，正月初五的聚餐，也比往年更闹热了。又因为新添了斯文人，谈话也就不再限于牌经赌经，尽都各随己意发挥着有关时局的意见。尤其是那些目不识丁的角色来得热烈。仿佛要叫那些读书人相信，除开纸牌骰子，他们也一样关心国家的命运。但其间发生了一场争执，几乎叫龙哥和幺长子翻了脸。

也不知道从哪里听来的，但正如一切谣言一样，它却编造得那样完备、合理，真像实有其事一样。幺长子说的消息，便恰是这样的。他大胆宣称，这一年后方不会有轰炸了。因为由于技术瘟，春节那天，敌人把重庆的德国大使馆轰炸了。

幺长子说得口沫乱飞，许多人都围过来了，很想知道个究竟。

"可是，使馆里是有高射炮的，就打掉一架下来。"抹抹胡子，他接着说了下去，"一看，嗨，才是德国借给日本的飞机！大使说，好呀！借飞机给你们，倒轰炸起我们来了！立刻打电给希特勒，把借的飞机完全要回去了！"

"你是从哪里听来的呢？"许多人惊喜地问。

"哎呀，这一下重庆人不跑警报了！"心地单纯的人说。

只有两三个斯文人和白酱丹彻底怀疑他的消息。但那些斯文人不好反驳，白酱丹也仅仅在微瘪的嘴唇边露出一丝鄙夷的冷笑。倒是毫无定见的龙哥出了马了。

"你倒说你条鸟啊！日本人敢打这样大的仗火，会连飞机都造不来？"

"造倒造得来，没有德国的好，德国的多嘛！"幺长子应战说，一点也不让步。

"好啰！……多啰！……"

因为一时找不到新的理由，龙哥学着舌，狠狠地斜瞪着幺长子。

"那不是！"幺长子变强硬了，他顶碰地接着说，"我说错了，你又来嘛！可惜我就只晓得发脾气！有什么大道理，轻言细语也说得的呀！……"

幺长子还没讲完，龙哥就认真吵闹开了。因为他觉得他的面子已经受了损害。而幺长子也不放松自己的面子，于是他们对吵起来。但是，口腹的享受，毕竟比国家大事紧要，因此，双方虽然各不相让，坚持自己的意见和看法是完全正确的，等到十大碗摆上桌子的时候，他们的口角终于也停歇了，一同大吃特吃起来。

破五以后是私人请春酒。除了几个阔人，两三个向来一毛不拔的商家，也破例请了两三桌客。因为过去一年的盈余，使得他们连悭吝的习性也革掉了。但是何寡母家里，却相反地废止了往年的成例，好多人连她家里的开水都没尝到。

十八

正月十五的大破五一过，由于店铺的陆续开张，上元会的辞庙收灯，年节显然是过去了。但为年节所造成的种种人事变动，也就更加明显起来。而且，这些变动，也和年节本身一样使人们感觉到它的魔力，给生活带来不少兴会。

那最刺激人的事件，是和尚袍哥僧道奎的死亡。他在二大爷的春酌席上喝了不少的酒，抬回去的半夜就落气了。没有人相信酒会醉死人的，大家认为一定是没有给招呼好，以至于闷了气。因为当被发觉的时候，徒弟看见他反面躺起，四肢长伸，面孔贴在枕头上面，像在练习泅水一样。其次，田狗熊的受伤，也使人感觉得异常够味。他的背和肚皮，在耍麒麟灯的太阳宝时，被烟花同鞭炮灼伤了。就像烧烤过火的猪肉一样。他本没有搞过这玩意的，但是一天，龙哥正在自夸他的烟火的威力，狗熊为了凑兴，表示他不相信，而且愿意试试。龙哥于是快活地骂了："袍哥呀！——杂种！……"

"袍哥呀！"别的人也都这么叫喊起来。这句简单的话包含着如下的意思：既然是个袍哥，就要说话负责，否则你就不必冒充光棍。大家之所以这样兴奋，正因为狗熊从来没有冒过这样的险，而且很老实，很胆小的。而使一个老实人吃点苦头，也就更有价值。事实上，狗熊是连大半夜都没有玩上的，但是，仅仅龙哥门口那一场略欠文明的烧法，也就尽够他招架了。他曾经丢掉了太阳宝，想往一户人家门堂里躲；但是龙哥笑道："袍哥呀！"观众们也都附和着欢呼。他便只好重新举起太阳宝来，重新让自己的皮肉遭灾。他一直睡到现在还没有起床，几乎全镇人都在关心着他的死活。

骰子牌九造成的成绩也很不坏。正如往年一样，好多人破产了。虽然还没有闹出剁指头、嫁老婆，乃至投河上吊这些悲剧，但是不少规规矩矩的绅粮子弟忽然抵押了田产，或者被家族开革了。好几个赌棍却解决了半辈子的生活；只要他们能够永远保持住他们的手兴。近几年来，龙哥对于赌博的兴会已经降低，但他每年依旧要靠赌博收入一笔不小的头钱。因为畅和轩实际便是一个赌场，每逢旧历新年，街上以及附近几条山沟里的粮户，总要照例在那里聚半个月赌，把它当作一桩义务看待。从除夕起，人种往年也常去凑热闹，但总胜负不大，就退席了。这一年他也照例去玩了几天，所不同的，他赢了很多。而且他一退席，场合便断断续续凑不够角，大有瓦解之势。

自从人种缺席之后，起初一两天，联保主任龙哥没有注意。随后，因为大家有了怨言，特别是那些赌输了的，他破例叫人去邀请了。但他没有把人种请来，后来几次也是一样扑了空。可是龙哥依旧觉得他会来的，他在筲箕背的帮忙，那两母子不会立刻忘记。最后他又叫人跑去邀请人种，出面回答的是寡妇。据那跑腿的说，寡妇对他说了一大堆道理，表示她的儿子不想依靠骰子吃饭，也没有闲工夫。

得到加添过、改削过的回答，龙哥给恼怒了。又因为赌客们全都等在那里，而在这些人面前确有维持自己的威信的必要。于是他忍不住敞开口大骂了。

"这些踩倒爬①才不受抬举哩！……"

"那些人晓得什么叫抬举啊！"白酱丹冷笑起来，又叹一口气，"就像分硝磺样，你倒说抬举他，嗨！他才原封不动地退转来，请你吃没趣汤！"

"这个寡母子真可恶！"龙哥继续着叫骂。

"那个女人看起来倒像识好歹吗？"一个诨名打头匠的粮户愁眉苦脸地说。

"她识好歹！"白酱丹说，不以为然地打了个哈哈，"你还不晓得啊，

---

① 踩倒爬：即团鱼，鳖，骂人的话。

就是年边，主任还给她捡过一回不大不小的面子。把我也扯在里面，真伤脑筋！……"

于是，他用一种刺激的口吻，刺激的字眼，叙述了一番筲箕背事件的经过。

"你们想，"白酱丹结束道，"没有龙哥出面，我会答应她吗？……"

他顿住，意味深长地望着龙哥微微一笑。

"怎么样，"停停，他又中伤地说，"我的话该验了吧？那些人不宜好的！"

"快算了哟，别人的坟地！……"

龙哥切住他，随即又支吾道：

"唉，摆开来呀？离了红萝卜就不上席了么？我凑一角！……"

龙哥这么样做，并不是他有意支持寡妇的利益，抹去了前一刻钟的愤激。恰恰相反，他对那个踩倒爬的态度，已经决定地完全改变过了。而他之所以支吾开坟地的事，那是出于下面两种打算：首先，他怕白酱丹会把这件事作为口实，没有止境地向他借贷；其次，一个全镇的领袖人物，是不能随便否认自己的判决的。加之，他又是一个护短的人，从来很少认错；即使自己觉得真有过失，他也不会公开承认。

白酱丹是很清楚他这点脾胃的，而且随时都在设法利用。所以龙哥嘴上虽然没有承认自己的措置欠妥，他却十分相信，龙哥已经对寡母子不满意了。这即是说，他已经达到了挑拨的目的，准备在一场未来的纠纷中行使他的报复；至少要使那个阻塞了他的财源的女人吃点苦头。他一点也不怀疑他是可以随手抓住这样一个机会的。

然而，真正使得龙哥发起脾气来的却是另一件事。爆发"八一三"事件那年，四川曾经募集过一次"救国公债"。这是一桩使人兴奋的事。不仅因为这是为了抗战，同时也因为那个庞大的数字，是从来没有过的。而且，当进行分派的时候，在民族国家的大义下面，一向派款必有的种种困难，是没有了。但也正因为这样，当时又没有正式债券，其间的悲喜剧也远比以往多。曾经有几家人，因为负担过重，拒绝又不可能，全家人逃跑了。出名的富室的何寡母子，虽然没有闹到逃跑的地步，但却几乎受到押缴的处分。结果她先缴纳了全额三分之一的两千元，余数限期十天以内补齐。

于是，寡妇恢复了自由了，动手筹集其余的款项。但在限期将满的三天以前，龙哥忽然得到上头的命令，公债停止募集，缴纳了的立刻归还原主。这不仅本县如此，全省都是这样办的。因为所有的募集既与摊派无异，不堪闻问的丑事也就接踵而来，于是人们嘈杂起来，使得神圣的战争都减色了。但实际究竟退了多少，是难说的，而寡妇缴过的两千元，便一直一分一厘都没有到手。

当退款的消息流传开来的时候，寡妇就到办事处问过一次。而回答则是，停止再收确是有过的事，发还已收的数目，还得等候命令。因为款子早已缴上去了。后来两次的追问，答案也是一样。从此便再没有影响了。是上头永远没有发下来呢，或者因为一层层吃上去，又一层层吃下来，已经被吃光了？照例无人敢于过问。

这一年正月间，人种进城给外祖父拜年，那个已经半身不遂、依然做着农会会长的拔贡老爷，偶然提起这件事来，说是凡有缴纳过的款项，确实已发还了。虽然蹊跷不少，但是认真追讨起来，倒是能够收转来的，因为上头究竟有过明令。回来的时候，人种把这件旧事向母亲陈说了，于是正月底间，寡妇自己走向联保办事处去找人交涉。觉得如果能收转来，至少，可以贴补贴补箪背吃的亏。

龙哥是很少在联保办事处办公的。他每天只去打一个转身，接着就到畅和轩喝茶去了。他把所有的例规公事委托给白酱丹，而白酱丹又转而推给他的下手，一个二十多岁，很少在人众中露面的、谨慎老练的司书。当寡妇走进办事处一间办公房里的时候，那个因为长期伏案而显出一副病态的汉子，正在埋着头敲打算盘。

司书是在对照什么花账。他平静地，几乎毫无声息地拨着算珠，一面默念着账项的细目。除了嘴唇在动，就如没有念的一样。他是如此专心，仿佛账目以外的事，他是什么也不在意。当寡妇向他打过招呼之后，他翻起眼睛瞟她一眼，便又把自己埋向计算里面去了。这立刻给了寡妇一个不大愉快的印象。

因为寡妇是讲究礼貌的，又很看重自己的身份，于是她见怪地冷笑一声，自动在一张没有背靠的圈椅上坐下来了；开始申说来意。

"你晓得的，"她继续说，"我们交得最早，也该得退还了。"

司书好一会没有张声，依旧对他的账。直到告一段落，他这才停下来，又开始擤鼻涕。等到擤好鼻涕，在桌腿上擦擦手，他向寡妇瞟了一眼。

"你是从哪里听来的哟？"他从容不迫地说。

司书显出一种非难的神情，又用手掌抹了一把刚才擤过的鼻子。

"根本就没有这回事！"他又截然地加上一句。

"没有这一回事？"寡妇重复说，又冷冷一笑，觉得对方谎撒得太笨了，"你说没有这回事，城里为什么又都领过了呢？我像是聋子呀！"

"那恐怕你听错了。"司书谨慎地说。他提提袖管，准备重新工作；那就是打算盘和对账，不再张理寡妇；但又忽然转了念头，含笑地接下去说，"现在的事，不叫你再出钱，就算好了，还有吐出来的？到了民国幺年①倒差不多！"

于是，仿佛事情已经没有分辩的余地，他拨起算珠来了。

"可是，你们也说过要发还呀！"寡妇紧跟着说，并不放松。

"你去问主任吧！"司书回答。

司书的口气斩切而含恼怒，好像已经被打扰得不耐烦了。所以不管寡妇接下来的质问如何认真、固执，他一律给她一个不理。这因为他很知道这件事的经过，所有缴上去的款项，的确早就发下来了。甚

---

① 幺年：即最末一年。

至其中一大部分，还未缴纳，便已接到停止征发的命令，所以根本是连缴解也没有缴解过的，一直存在联保主任龙哥手里。

然而，单是他的倨傲和不理睬，寡妇便已很激恼了。

"真会说，你去问主任吧！"她重复说，从鼻孔里笑了两声，"你们是做什么的呢？我又不是跑来化缘，跑来求周济的，倒摆起架子来了！……"

司书侧起头翻了寡妇一眼，接着更加当心地算起账来。

"我们这场上的事，你怕我不懂吗？"她不平地继续说，口气越来越加愤激，"一摸上公事，就人也变了，心也大了；落下来连脚背都会打肿！……"

并不打个招呼，她数说着，一面退出去了。其间司书已经生起气来。他突地把算盘一推，账簿一折，打算同她争论几句。但他那含怒的眼睛所看到的，却是寡妇的瘦削的背影。于是他就简而单之地稀稀牙齿，又轻轻啐一口，重新工作起来。

然而，司书却没有就此忘记他的受辱。他原是很量小的，正如许多不大开口的所谓闷肚子人一样。因此，当他借着回家吃饭的方便，走去畅和轩向龙哥报告另外一两件公事的时候，他就特别添油加醋叙述了一番寡妇的请求。而在叙说的时候，他更闪着这样一种眼势：我还没有照实说啊！因为那样一来，你会更加受不了的。

"要钱都不要紧，"他含笑地继续说，"说的话，才连牛脚都踩不烂！"

"这个泼妇还说些什么来哇?！"龙哥大声追问，已经发了火了。他正在满头大汗地吃着滚烫的米粉，呢帽掀在脑顶瓜上，"妈的！难道老子给她吞灭了吗？"

"至少有点这个意思。"司书笑眯眯小声地说。

"这个婆娘才可恶啊！……"

龙哥赶快两口把粉吃完，嘴巴一抹，搁下碗大骂了。

"老子吃就吃了，我不相信她敢告我龙闷娃一状！这些东西才真是不宜好哩！"他侧着头，眯起眼睛，示威似的扫了一眼周围的茶客，"去年冬天，不是我，她的祖坟保得住吗？你们看，才好久呀，就翻脸不认人了！……"

"这些人！"彭胖焦眉皱眼地说，"就是要钱，也该好好说呀！"

"好好说？简直连人话也听不来啊！"司书非难地说，开始弥补龙哥话语中的漏洞，"一来，我就翻公事给她看，白纸黑字，一切都写得明明白白：头一次是说发还，但接着又来了一回公事，说是不发还了；只叫没有收的停收。……"

"是呀！"龙哥拍着桌子插嘴，"要是发下来了，我窝在手里会下儿子？"

"唉，你也好几百吵，究竟听说发还了没有啊？"

司书问着黄狗老爷，想要从他得到旁证；而他立刻就满足了。

"我没有那么脸长！"狗老爷正正经经地回答。

"哼，她发脾气！为了缴解凑数，我还塞了他妈多长一节进去！……"

龙哥自怨自艾地叹息一声，于是，就像以往在同样的机遇当中一样，他又千篇一律，但却充满信心地自述起他对北斗镇的功劳来了。

他说得激情而又认真，自己并不觉得杂着大量虚诳。而事实上他也道出了不少真实。以往某些时期，每次抬垫，总有一部分是他抓腰包垫出来的。虽然这是因为，若果按期缴纳，经手人可以取得一笔回扣。

这镇上的居民，长时期来，能够无需睁起眼睛在枪声中熬夜；近郊的农民，无需一到黄昏便把黄牛、水牛牵上街来投店，不用说也同他的功劳分不开的。虽然在团费、子弹费、被服费以及冬防费种种名义下面，他对人们进行的剥削比抢劫还厉害。当然也更堂皇，因为全都经过法律手续。而他的名望、田产，以及他那浑身肥肉，都是这样

163

来的。说到损失只有一点，他的胆子，没有从前大了。因为招安以后，对付从前的斗伴，他的手段太毒辣了。被他收拾掉的有好几十个人，其余的都在暗里等候机会。有个名叫苏大个子的，甚至扬言要绑他的票，请他也尝一尝苕窖的滋味。……

在这些大言不惭的自述当中，龙哥照例总要夸耀地瞜起眼睛，表扬一番一九三四年邓家渡之役，以及他的亡命生活。然而，事实上，红军还没临近渡口，他便把防线放弃了，一气跑了二三十里！而在亡命当中竟又盗卖了公家的械弹。所有这些事实，他似乎已经完全忘记掉了，从来很少提到。别人当然更不敢提。

"这些事，都是大家亲眼看见的呀！"他愤愤地结束着他的自夸，"老实讲，这街上要是没有我龙闷娃么？哼，不是吹牛的话，还不知道会搞成啥模样！"

"的的确确！"狗老爷恭而敬之地说。

"啊……啊……啊……"

早已打盹起来的彭胖，这时候忽然醒转来了。他是出名的瞌睡虫，凡是于己无关的谈话，照例对他只有催眠的功效。他懒懒地张大嘴打着呵欠。

"啊……啊，今早晨太起来早了！"他夹着呵欠说。

虽然他的昏相是龙哥见惯了的，这一次他却给了龙哥一个不快的印象。

"不是起来早了！"龙哥瞪着眼睛笑道，"猪牙巴骨太吃多了！"

"哈，哈，哈，哈——嘿，嘿……"

彭胖厚颜地从喉咙里挤出一串阿谀的笑声。

"你莫说我，"他随即忍住笑说，"再发点体，你跟我一个样！"

"我要那么多泡子肉做什么哇？"

"你嘴硬，再过两年看吧！……"

当这场严重的谈话正在转为戏谑的时候，抱着签花响水烟袋，白酱丹摇摇摆摆走过来了。他有点闷闷不乐的样子，略带浮肿的脸面也又黄又皱。他在龙哥侧面板着脸坐下来，没有向任何人打招呼；虽然他们大家都在叫堂倌给他泡茶。

坐定之后，仿佛瞎子一样，白酱丹胡乱地在烟袋的烟盒里掏着棉烟。

"招牌也写好了，挂也挂出来了，"他蹩着圆脸，近乎脱气地说，"我看这笔钱从哪里出！我算了算，加上一切零敲碎打的开销，数目不会小啊！……"

他顿住，用他那细长眼睛意味深长地瞄了龙哥一眼。

白酱丹所说的事情是这样的：几个月前，联保办事处就奉到公事，每场要成立一个义务戒烟分所。起初，大家没有怎样注意，最近以来，因为邻近各场都已开幕，他们便也把它当成一回重要公事看了。因而这与其说由于上头的督责，毋宁说是由于那种地方性的偏狭所促成的；那种"我们大小也是一个码头呀！"的心理。

"想来想去，恐怕只有派一点了。"因为毫无反响，他又接下去说，"不过，这比不得别种款子，只能在有钱的瘾民身上设法。比如何人种两娘母……"

白酱丹正打算更加详尽地敷叙一番理由，龙哥可立刻吼开了。

"他两娘母单是出钱倒还了不到事啊！杂种，硬要他戒！"

白酱丹略带浮肿的黄脸，忽然变开朗了。

同时，他也忽然清醒过来，发觉他的烟盒已经空了。所以，他一面充满感情叫道，"对！对！也要这样才能服众！"一面急急忙忙，找荷包掏钱买烟。

十九

北斗镇平民义务戒烟分所的招牌，的确已经挂出来了。它长拖拖靠在湖广馆为烟火熏黑的门枋上面，看来更加漂亮、生色。而那古旧的庙宇，却更加朽败了。

分所的办公室就设在庙内的戏台上面，两边的走楼以及后台，权且作为瘾民的住所。虽然角角落落充满着阳尘吊子、蜘蛛、蜈蚣，以及种种软体动物，但是用来戒烟，倒是很不错的。只需把梯子一抽，你就不必担心瘾民逃跑，而且出进也很方便。一进大门，在黑暗中穿过那些往日做会演戏留下来的尿桶，破烂的条桌，一两丈长的条凳，东一堆西一堆的废料，以及粪堆，就走到了。自然你还得回转身，而且伸长你的颈项。否则，你所看见的将会是些十分碍眼的破布片子，金漆剥落的神像，在坝子里跑来跑去的猪狗等等。但是希望过奢也不行的，你只能看见一些杂色的标语。

此外，在"鼓吹休明"的横匾下面，已经安置好一张有着一条木色新鲜的腿子的污黑的方桌；那便是白三老爷的办公桌了。他是分所所长，只等再借一把椅子，他就可以正式坐了下去办公。现在，守候在戏台上的是他一个隔房舅子，诨名叫烂钟奎，读书不多，能写一笔状纸式的小楷。然而，说一句失格话，他自己便是有烟瘾的。

烂钟奎头戴尖顶瓜皮，身穿一件已经洗浆白了的蓝布单衫，一件认真可以保暖的黑棉马褂。脚上是圆转自如的鱼尾巴鞋。他翘了腿子躺在办公桌上，正像是在揭穿这场喜剧性的黑幕一样。他的报酬，便连伙食也虚悬起的。但他十分乐意他的职务。而且十分热心：他早已再三向白酱丹建议，力说这是贩卖禁物的好机会。

烂钟奎已经办了两天公了。他每天要来两次，招呼招呼那些住所的瘾民。但其实，是只有三个人的。当第一天号召那些身居黑籍的可怜虫前来戒烟的时候，因为那打更匠过甚其辞，大家以为真的不出任何费用，来的很是不少；以致使得所长吓了一跳。后来总算用设备尚未就绪这类托词推送走了。现在收容的仅仅是那些自备伙食，不愿留在家里戒绝的人们。但这又不是他们乐于自讨苦吃，所长加给他们的负担太沉重了，所以宁肯放弃自己的特权。因为为了控制一般富有的瘾民，白酱丹特别立了一项条款，凡是对于已经分派停妥的款项表示拒绝的人，他们只有来住走楼、后台，暂时放下居家的种种方便。他给何人种两母子分派了一千元，但他希望这个数字将会吓退他们。

比起三个已经住在后台角落里的破落地主，一千元的确不算小了。因为这批人合起来也不过两三百元，而他们的财产的总数，则几乎同何家的财产相等。其中有一个老头子，两个青年人。那老头子快要六十岁了，但他宁肯牺牲掉他在晚景中的唯一享受。因为嗜好固然要紧，金钱却也不该轻视。他一听到派款就跑来了。其他两个，则是家庭强迫来的，自己并不愿意。这三天来的经过，已经叫他们很够受了。流了不少的鼻涕眼泪，打了不少呵欠。要是没有烂钟奎的走私，他们也许已经逼得跳了戏台。

只有那老头儿能够勉强支持。他是自备有丸药的，里面杂着相当分量的烟灰。而且每天一定醉一次来消解他的痛苦。现在，酒已经醒了。他摇晃着坐起来，向着烂钟奎讨要茶水。但他立刻遭到了严正的拒绝。

"这又不是在茶馆里呀！"烂钟奎厉声说。

"唉，就是监牢里也得有水喝吧！……"

"那么你又去坐监牢嘛！……"

烂钟奎生气地堵切住他；而那老头子便也不再响了。但是停了一会，也许觉得太过火了，烂钟奎于是开始了他那千篇一律的解释，免得人误认他过分挖苦。

横躺在方桌上，摇摆着翘起的细长的腿子，他诉苦地说：

"大家想吧，屁钱没有一个，是你们，也不见搅得转呀！巧妇难为无米之炊，就是这个道理！都是本街坊的，你怕我故意要挖苦？办得到的我早就办了！……"

他忽然听见戏台下有人争吵；其中似乎还夹着白酱丹的口音。因此，他住了嘴，跳下方桌，趿起鞋子走向戏台口去。他的预料证实了：

白酱丹正在戏台下面指责着一个头缠破布的青年。这人叫何丘娃，苍白而又细小。从他那尴尬的外表，你还可以看出他的出身的不凡。他是同何寡母一家的，算得举人老爷的直系孙子。但他早已只有一个净人、一副烟瘾了。他有时为人打烟，有时靠着一种别致的乞讨方法度日。

仿佛是为举人老爷顾全颜面，何丘娃白天决不在人面前现形的。一到夜静更深，人们正从赌场、烟馆赶回家去的时候，他的活动可开始了。他紧盯着一个适当的人选，而除掉鱼尾鞋打在街石上的轻微响声，他是决不动声色的。而且，就像故意作弄人样，若果那对象疑神疑鬼地停下来，他便也停下了。自然还是不声不响。

最后，因为同样情形翻版几次，对方终于毛骨悚然，粗声粗气问了：

"哪个？"有手枪的，自然已经拔出手枪。

"我，"一种细小可怜的声音回答，"我，表爸，我……"

"这个龟儿子吓我这一跳啊！"

接着这声丢心落意的叫骂，几个铜板，或者几张毛票，被抛在街上了。但也有干干脆脆骂了一句就走开的，不动一点怜悯，也不追念一下举人老爷的威风。

何丘娃虽也算得白酱丹的外甥，但却从来很少盯他的梢。而他现在正在恳求他的舅父收容了他，让他戒掉那使得他倾家荡产的嗜好。他已经来过两次，都被烂钟奎推送走了。因为知道他是光蛋。白酱丹自然也不能立刻给他以满足；于是他狐疑着，以为白酱丹的理由只是托辞，实际怕他玩弄欺诈，并不准备认真戒烟。

"我连咒都敢赌！"丘娃子几乎带着哭声说了，右手指指天空，"要是哪个图在里面混碗饭吃的话，那还叫作人么？将来死了，连爷爷我也没脸见的！"

"那我倒相信啊！……"

因为丘娃子发誓要做好人，白酱丹被急得呻唤了。

"总之，等设备就了绪，你来好了！"停停，白酱丹就又平静地说，"其实呢，你也该下个决心呵！想想你何家在早啥家声呀，——现在拖成这个样子！……"

双目微闭，白酱丹感慨系之地摇摇脑袋。于是，仿佛什么责任都已尽完似的，随又叹一口气，不再理睬何丘娃了，只一心一意同烂钟奎商谈起来。一个蹲在台口，向下伸长颈项；一个则向上尽量伸出头去；谈话不多，彼此便都感觉太费事了。

"我看这样，"白酱丹终于心灰意懒地说，"晚上我等你好了。"

"要得。横竖一时说也说不清的！"

"那就一定了哇！……"

白酱丹重又叮咛一句，于是勾下已经不大舒服的颈项想想，叹一口气，穿过那些破烂的桌凳、尿桶、粪堆，摸索着走出去了，毫未留心那个落难公子从后面紧盯着他。而当他发觉出来的时候，因为既然不是深更半夜，他却没闹到吃惊的地步。他只是给他一个不理；但他忽又车转身来，含笑地打量着丘娃子。

"嗨，你怎么不去找你大伯娘呢？也许……"

"你老人家快不要提她吧！"何丘娃抢着说。

"怎么不提她哇？"白酱丹生气了，带点惊诧地张大眼睛，"你晓得她那一份家务是怎么来的么？就是把你养在她家里也应该呢，——真没出息！"

白酱丹十分愤懑地走了，从此不再回头。

当他摇摆到畅和轩的时候，两三个缴款的人，已经坐在那里等候着他了。这正是他希望的事，但却装出没有放在心上似的，他淡淡漠漠地回答着他们的招呼。

这时已经半下午了。那些吃过午饭来喝茶的已经回去，喝夜茶的时间又还相当地远，所以茶堂里十分清静；只有几个闲人，和需得在茶馆里处理事务的忙人，在那里支持残局。这些人当中有着龙哥、彭胖，以及那个糊涂懒惰的黄狗老爷。

白酱丹在他们中间刚一坐下，一折红红绿绿的钞票，便从他的肩头上顺来了。那缴款的是个长身材中年人，同白酱丹背抵背坐着；他扭转身来请白酱丹清检一下。

仿佛那在他肩头上晃着的并非钞票，乃是折破布片，白酱丹皱起了眉头。

"就是你一个人的么?"终于，他显得毫不热心地问。

"嗨，想么，我家里只有一杆枪呀!……"

"我还以为你们几个人在一起呵!"

白酱丹于是把钱接过来了。接着，其他的人也都陆续送了钱来。他开始清检钞票，又是摇头，又是叹气。因为当中大多数钞票都既破且脏，简直成了油蜡片了。别的两个瘾者缴得比较像样，而且还有五元十元的大钞票。

当一齐检点完了，白酱丹眼睛半闭，长长吁了口气。

"你们这些票子，赛会都去得了!"他含怒地说。

那个因为赌气，特别选了油蜡片来的瘦条条长子，几乎失声笑了出来。

"还有个收条给我们么?"长子搭讪着问。

"笑话! 我手里么，你就过十万八万都不会错!"

白酱丹非笑地吓退了他，接着把脸掉向龙哥，不再加理睬了。

"这个钱怎么做呢?"他问，显然是在客气。

"就搁在你那里嘛!"龙哥沉着脸说，"将来，我们一五一十算账好了。不过丸药，唉，你要跟着办啊! 听说好多烟鬼，都跷起脚脚要上棚了。"

"自然自然! 这一层你倒用不着叮咛，——只要有钱! ……"

白酱丹展览起关于戒烟的广博知识来了。凭着多年经验，他声称，许多丸药都靠不住的，掺杂得有烟灰。因此服用过后，一个瘾民还是一个不折不扣的瘾民。

"可是，我这回做的药，你们又试试看嘛!"他一股气说了下去，神情很是庄重，"一不翻瘾，二不带病。你看我，随便哪里盘子上靠它一天半天，呵欠都不打一个的!"接着他又吹嘘了一番得到这个秘方的经过，"跟你说啊，"他接着说，口气越来越认真了，"光开这张单子，就去了五十个硬银元呀! 嗨，我还说会带病的，反而连肠风下血都好光了! 现在大便起来，一风如势的，——就是药太贵了，又不好买!……"

那几折钞票以及龙哥的慷慨，使他一直说了下来; 但要再说下去，他自己也会要红脸的。所以他就戛然而止，用一声轻微的叹息做了结束，抽起水烟来了。

在他的谈话当中，大家都没有张声。他们只是有时扬扬眉头，有时咂咂嘴唇，有时又浮出一点意义暧昧的笑意来表示客气。虽然实际上早已各自在想自己的心思了。至于彭胖，更是毫无顾忌地在那里打盹。不过，这一天也许起床并不太早，因而睡意也不深沉。他重重地垂着肥头，一起鼾声，就又吃惊似的醒转来了。自然，接着脑袋就又朝前蹿着，慢慢低垂下去。全座的熟人，只有龙哥一个人听得认真。

龙哥是把白酱丹当成全镇最有学问的人看的，平常就爱听他聊天。尤其爱听他讲述《三国志》和《东周列国》。他的关于时事的知识，也大半是从白酱丹来的。每当手上没事，心上没事，嘴里又没有吃着东西的时候，他便会直着嗓子，用一种失败主义者的口吻，向白酱丹嚷道:"唉，这几天日本人又打到哪里来了哇?"所以，当白酱丹夸耀他的丸药的时候，他几乎老老实实听进去了，没有掺杂一点怀疑。

但是末了，当白酱丹用一声叹息结束了他那段精彩的谈话之后，龙哥拿手指掏掏肥厚多毛的鼻孔，又重浊地吹口气。于是眨眨眼睛，大笑着叫嚷了。

"快算了啊！哪个不晓得你现在还在屙血！……"

然而，正当龙哥就要凭着他的爽直，他的莽撞，一直暴露下去的时候，那个酒店老板，忽又哭丧着脸，生涩涩地走来找他收讨陈账来了。

那个瘦小多须的可怜人，从去年年底起，便经常来找联保主任收讨陈账，但都被批驳了。说他写了假账，而假账照例是不兑现的。正月间曾经当众打了一个折扣，数目算勉强被承认了，但却依旧拖欠下去，不给兑现。因为说到金钱，有钱人总照例拿出去没有拿进来爽利。而且，北斗镇是有一种特别乡规，也可说风气的：凡是依照常规支付款项，都与自贬身价无异。因此，一切认真有着身份的人，不但不必分担任何应该分担的公共费用，便是私人商业性质的来往，也有极大的伸缩性。然而，因为讨要的次数多了，眼前又有自己可以自由支配的款项，龙哥忽然变慷慨了。

就像那是自己的所有物一样，并不打个招呼，龙哥便从白酱丹面前的钞票堆里抓过一折来了。随即斜起眼皮肥肿、眼仁细小、但却闪着射人的光芒的眼睛，急忙清出几十元来，望那满脸是毛的家伙鼻子面前一耸，同时老虎一般吼叫起来。

"你少汪汪汪些吧！"他嚷叫道，"先把尾数拿到再说！"

"你老人家还不知道……"

老板开始解释，打算求告龙哥多给一点。但他仅仅充满惶恐地吐出一个破句，龙哥便被那个行动敏捷、口齿伶俐的季熨斗请到茶堂里边密谈去了。

季熨斗也是来缴款的，但不是为他自己。他是特殊瘾民，戒不戒毫无问题。他是受了二大爷的嘱托，来解决何人种两母子的纠纷的，希望只出五百元钱了事。他申说着，尽量活动着他的舌头。正如一个重要使节一样，他的神情充满着自信。

所以末了，季熨斗摸出一折法币，十分满足地说：

"那么，事情就算说定夺了，你哥子清清数吧！"

然而，那只一直重浊地响着的鼻子，忽然没声息了。

"噫！"龙哥终于拖长了声调说，"你像有点神经病呀！……"

龙哥从鼻孔里很响很响喷了口气。

"我告诉你！"他申斥地接着说，"你上错了坟了！"他站了起来，准备走了；一面却又嘲弄地笑起来，加上说，"要我清数，——可惜我手杆不硬！……"

"完了！哈哈，你哥子多了心了！……"

季熨斗着慌起来，企图转换一下他所造成的严重空气。他笑嚷着，又赶紧贴近龙哥，极力向他解释：他之所以请他清点钞票，无非是想借重他做个桥梁。

"可是，"龙哥切断他的申述，"他本人不就在那里么？你们当面说呀！"

于是摆脱开季熨斗，跨向原位上去。

季熨斗一时陷在困窘里面。然而，他正是那种人，简单点说，就是那种所谓一踩八头跷的角色①。而且，一般人都承认他会九头跷的，只要有他，任何难题都可解决，虽然往往并不怎么牢靠。所以虽说困窘，其实也不过是刹那间的事情。龙哥刚刚坐定，他又满脸堆笑地叫着茶钱，紧跟着走过去了；望着白酱丹笑起来。

"茶钱，茶钱！"他说，"我正找你哥子有点事情！"

虽然季熨斗同龙哥之间谈话的内幕，白酱丹早已猜出来了，但他极力做出一种淡然漠然的神气，仿佛他是什么都不知道，而且从来不管闲事。

"好呀，"白酱丹曼声说，极力不看对方，"看是什么事嘛。"

"什么事？还是那个寡母子呀！平素一毛不拔，有事，就找你来

---

① 一踩八头跷的角色：指那种凡事都能应付，善于适应客观需要的角色。

了!不是我,我没有这个资格。不过我也没有吃过她的油煎扁担,千万二哥面子大了!……"

当季熨斗做嘴做脸说着的时候,他想极力造成一种印象,他也并不满意那个寡妇。接着,他便直捷进入本题,希望白酱丹把何人种两母子的派款打个对折。但自然,这不是他的面子,更不是寡妇的面子能做到的,因为其间夹着二大爷的缘故。

最后,他又兴高采烈,重新拖出那折引人入胜的纸头来了。

"总之,"他甜甜蜜蜜地说,"不看僧面看佛面,你哥子清清数吧!"

白酱丹探察地瞥了龙哥一眼。

"你说的话自然都对,"末了,嗽嗽喉咙,他一直盯着自己的茶碗慢条斯理地说,"可是,你也替我想想,这街上的事你知道的,要是旁人讲闲话呢?"

"绝对连咳嗽也没有一声的,我敢保险!"

季熨斗的态度嬉笑而又确定,仿佛对待什么毛子一样,白酱丹一下冒了火了。他发出苦笑,毛骨悚然似的一跃而起;但他随又一屁股坐了下去。

"对!对!对!"他大声干笑道,"你季大爷给我保险!"

季熨斗又一次陷入了困境。但他接着便卑躬屈节解释,他决不敢冒绷大爷!他为他的失口再三谢罪。至于谈到寡妇的事,也不再提二大爷了;只是说他自己。

"你哥子要是真不赏脸,"他说,"那我只好搁光棍了!"

白酱丹感觉为难似的没有张声。

"那么你拿到吧!"瞄了白酱丹一眼,龙哥终于满不在乎地说了,"横竖她烟总非戒不可。只有十多天就满期了,随便哪个都要调验!……"

二十

因为嗜好招来麻烦，在何人种两母子，这已经不是第一次了。

最使他们忘不掉的，是一九三三年的一次。那些从南京派到四川，由马靴佩刀装饰得整整齐齐的"政工人员"，仿佛是专门来和瘾民们捣蛋的，听说穷乡僻壤也有他们的踪迹。这使得一切瘾民都提心吊胆，不能不把烟灯燃向坟园里、山沟里去。

人种他们虽然没有闹到如此狼狈，但是尝到的苦头，也不算少。每天吸食的时候，他们得安置几重岗位来严密戒备。只要一有响动，就又立刻收旗卷伞，把家具藏向夹墙里、厕所里，以及种种神鬼莫测的处所。这因为那些处置瘾民的谣言太可怕了。戴了高帽子游街不必说了，邻县已经有了用镣环挂住嘴唇示众的悲惨例子。……

最近两三年来的禁政，自然更加严厉。然而，枪毙似乎没有用镣环挂嘴唇别致，而又因为那同一原因，北斗镇太偏僻了，起初瘾民们虽然吃惊不小，随后看见没有动静，大家便又只好把它当作官腔看了。比较认真的只有联保主任龙哥。当去年暑期县长出来查场的时候，他曾经预先召集了那些开烟馆的来，詈骂似的嚷道："杂种！你们也给我稍微收拾一两天哇！"然而，这是县长上任后照例的查场，此后便没有再来了。至于那些间或出来一次两次的科长科员，他们多半是来提款和上席的。顶认真的，也不过充公几盏用膏药补丁补过的烟灯，塞一两个烟堂倌到监牢里去，如此而已。

总之，关于禁政，一向同北斗镇富有的瘾民关系不大。而正因为这样，当寡妇得到用戒烟分所所长名义发来的通知，她就不能不吃惊了。那跑来传话的是一个常备队的班长。三年以前，他还经常同草鞋打交道的，冬天提了熏笼守着岗位，但他现在穿着假麂皮的皮鞋，而熏笼已经换成灰色帆布的棉大衣了。头发上抹着很厚的油脂。他叫李洋盘，一个壮丁买卖的重要经纪。因为长于提劲，白酱丹特别指派上他。也正因为这点，所以说话不上三句，他便和寡妇争论起来，而且嘴巴更放肆了。

班长年轻而茁壮，身材又高，再加上一点骄横，简直像个将军。

"唉，公事公办，要发泼吗，不行！"班长双手叉腰，摇头摆脑地说。

"什么人发泼哇？"寡妇更见怪了，"我轻言轻语问你，是随便派的呢……"

"那么你又没有泼嘛！"班长嘲弄地切断说，"可是，我再说一句：明天把款子预备好哇！我吃过早饭来拿。没有款么，就到湖广馆去，——没有二句话说！"

班长用极端放肆的口调发出他的命令；而当人种听见吵闹，奔跑出来的时候，班长已经大摇大摆地退出去了。因此，虽然气势汹汹，毕竟没有找到争吵的对手。因为正在过瘾，来得又很匆忙，他的手上依旧握着一根老牌的红毛烟签。

握着烟签，人种神情紧张地四下一望，于是嚷叫起来。

"这个家伙就跑了吗？怎么不把他挡住啊！……"

"我从来没有受过这种肮脏气呀！……"

由于一向自尊心极强，对于素无关系的"下等人"，话也不愿意多说，因此她一直忍受着，竭力不让自己的感情过分激动；现在看见儿子，她可哭嚷开了。

"要钱都不要紧，你故意找些烂人来扫我的脸呀！……"

寡妇之所谓你，是泛指一般对他们存着恶意的人们说的，并无确定对象。等到稍稍平静，她的目标立刻具体化了。而且，仗着她的善于穿凿，她的索引，还做得很确切。她认定是龙哥搞的鬼，因为他恨她催索了那笔已经吞下肚皮的公债。她竟连那司书的播弄，也猜对了，怀疑他在龙哥面前加油加醋地说了坏话。

"一定是这样的！"她自信地接着说，"都讲那个家伙嘴臭！"

"我也正这样想，"人种同意地说，"不过，也抵得腿疼！你怕是军阀时代吗？现在'中央'已经搬到重庆来了！把你好大一个主任，——屁！……"

然而，虽是如此地不平，他的少爷脾气，并没有给寡妇带来多少支持。倒是吃过一些沉香，让那可能发作的所谓气痛症有了保障之后，寡妇终于又想起二大爷来了。其实她也别无办法。而且，一切"上等人"原是靠情面生活的，如果自己没有，就向比自己更阔的"上等人"借。但她并没有亲身去请求二大爷，这是因为叶家的女眷，始终还对她透着醋意的缘故。她把那个毫无办事经验的人种逼起去了。

交涉的结果还好，二大爷承认让何家拿出五百元来，由他出面了结。款子是昨天季熨斗拿去的，现在已经下午，但却一直没有回话。他们相信结果必定不坏；然而，种种的疑虑，却也逐渐钻进来了。他们最担心季熨斗，因为他是一个货真价实的光棍，谁也不敢担保他不会把钱抓过去两骰子输掉！……

然而，这样的情形倒是很常有的，当你正在怀疑一个人的品格，鄙薄一个人的恶行的时候，恰恰相反，那个无辜遭灾的人，却正带着他的诚实坦白走进来了。他们的遭际也正如此。所以，当季熨斗用了他那嘹亮明确的口音，站在大厅上高声打着招呼的时候，两母子禁不住微微羞红脸了；赶忙叫烟叫茶，迎了出去。而且，就像希图减轻自己的内疚似的，还特别关心着他的嗜好，问他认真过瘾没有。

人种最是热情。他一直十分开心地笑着，因为这样凑巧的事，太有趣了。"四川是个邪，说起乌龟就是鳖！"他默念着这句俗语，一面恳切地表示欢迎。

"你确实用不着客气哟！我前天才煮的花叶子。"人种殷勤地连连说。

"哈哈！你这里我还用客气吗？……"

"你就只晓得说，"寡妇充满爱娇地责备着儿子，"把灯点在客铺上呀！"因为忌讳外人用她的枪，她随又加上一句，"我的灯没油了。……"

看出再推辞会是古董，也是一个笨货，季熨斗也就不固执了。他在心里沾沾自喜地想："真正大户人家！"至于办理的交涉，虽然尚未怎么提谈，寡妇却已很安心了。因为单看对方露面时的声调容色，她便相信问题已经解决。但当靠上那灯，烧完几口之后，凭了一向的精细，她向季熨斗叩问起交涉的经过来。为了保持自己的身份，她是坐在客房门口一张矮椅上的，手上托着一只细小的描金茶壶。

虽然茶馆里的一幕依旧还叫人不痛快，因为袍哥一向忌讳口舌，答复当中，季熨斗却尽力约束着自己，回答得很简略；但这反而引起了寡妇的怀疑。

因此，末了，寡妇佯笑一声，显得矜持地昂起头来。

"其实，我也不过随便问问罢了。"她说，又试探地望了眼季熨斗，"难道我们这些人还愿意滋事么？也犯不上！别人不找我们滋事，就万幸了。"

"糟糕，老太太这个话像多了心了！"

季熨斗大惊小怪地叫着，同时搁下刚刚用过的枪，一下挣起身来。

"你去问吧！"他接着申说，"态度真是相当好哩。要是我季熨斗有半个字的假么，没说的话，老太太，你把嘴巴翻过来打！"

他态度异常认真，正像恨不得把心子掏出来样；但他随又惋惜地苦笑了。

"自然啊，"皱起眉头，微微晃着脑袋，他丧气地接下去说，"我们这场上的事，就不说大家都清楚的，——不过，又算得什么啊，这个年景！……"

"二爸他们当事的时候，哪里像这样呀！"寡妇说，有点感慨万端。

"他哥子哪还有弹驳的！……"

季熨斗精神勃勃地站起来了。仿佛嗜好既然已经满足，倘不痛快淋漓吹顿牛皮，便不像个瘾哥一样。他和人种对调了位置，喝了两口浓茶，认真谈起来了。

其实，他在畅和轩积压下来的冤气，也在暗中鼓动着他。

"不是我们当兄弟伙的捧他，"他接着说，"你就到邻封码头去问，半个字的坏话也没有啊！本来是呀，人，清楚；钱，清楚，绝不麻麻眨眨。他是肯胡干，恐怕比毛金牛肥实多了！可是这也正是使人佩服的地方。对待兄弟伙那才义气！……"

他继续极为生动地举着例子，但是寡妇显然不感兴趣。

"是呀，"她乖觉地遮断季熨斗说，"你单看别人当公事的时候，派起款来多公正啊！该多少，就多少，绝不假公济私，只图自己的荷包塞满！"

"并且，那个时候的派款好多啊：又是抬垫，又是月摊……"

"可是，我们从来没有说个不字啊！"

"岂止你？喝！就是随便拉个三岁娃儿来问，也会承认派得公呀！大家人不同了，说一句良心话，这回的事，要是他老人家在当事么，——哈哈！……"

季熨斗高声佯笑一通，接着便住嘴了。因为他忽然觉得，若果听凭嘴巴放肆下去，是会犯禁忌的。而他的假笑正是他的失口的掩饰。然而，这却没有逃过寡妇的眼睛，她看出那些到了口边又咽下去的会是些什么话。于是接过话头，抱怨起来。

"那你又误会了！"季熨斗急忙地抢着说，"龙哥倒是很如法的！"

"你不要替他掩盖，"寡妇显然地加以反驳，认定对方是口是心非，"我早就猜到他要找我们出事情了！总之，还是怪我，不该向他提钱的事。"

"你这一说，又把我关在门外边了。"

"你认真不知道么？"寡妇追问了一句，似乎看穿了他的装假；但她接下去说，"就是关于公债的那笔钱呀！我们要是不问，我想，绝不会发生这回事的。"

"这件事或许多少有点关系……"

季熨斗沉吟着，深恐自己又再失口。

"不过，他究竟还是个心直口快的人，"他弥补地接着说，"人家说的，直肠子人，挽不了多少圈圈。我看背后有人使法，不然的话……"

"怎么样呢？"

"不然，他不会那样不通商量，——这还瞒得过你么？哈哈！……"

"我也是这样想，白三老爷在后面扇鹅毛扇子呀。"

季熨斗吃惊似的凝视着她，仿佛这才亲身体验到了寡妇的厉害。

"说来说去，"寡妇又接着说，叹了口气，"这又怪我们阻挡他挖金子，阻挡错了！想来你知道的，我们还沾点亲啊……现在的亲戚就是这样！"

"我倒不认他这门亲戚啊！"人种愤愤地插嘴。

"真是阿弥陀佛！"寡妇调笑地紧接着说，正如一般人忽然发现对敌者的卑劣渺小那样，"他还算我们镇上第一个文墨人啊！常言说：'交有道，接有理。'就要做什么吧，你也该向我交涉，倒向小辈子编起筐筐①来了！"

"名字都叫白酱丹呀！"邪恶地一笑，季熨斗忍不住附和了，"要是他同你不对么，只消把药瓶子取出来，这么一弹，嗨，你的事就算烂了！"

季熨斗的形容使得那年轻人爆发出一串哄笑。

"可是，我们却从来没有过对不住他的地方啊！"寡妇说，快意地笑起来，"也是这几年，稀饭面汤搅匀净了，宝元他参在的时候，哪一年不来借东借西？人才一闭眼睛，他就立刻变了，就是变把戏也没有

_____

① 编筐筐：指想方设法把一个人引入骗局，进行敲诈。

这样快呀！我们往些年打的几场官司，就是他编出来的。不过，又有什么用啊，多花几个钱就抵住了！……"

谈到往事，她的自负心又昂奋了。但也照例杂着一点悲伤。所以继续叙述了若干家庭的悲喜剧之后，她就用了谴责的调子激励人种，希望他能够自立。

"老实讲，"扬一扬高而细长的眉毛，她含蓄地接着说，"有我这个老长年在呢，你自然一点也不觉得，只要我眼睛一闭，唉，你又慢慢看吧！"

"呵哟，你就说得他是一条老虎！"人种充满自负地叫嚷了一句。

"自然，我总希望你比我强啊！"寡妇勉强地说。

虽然依旧带点微笑，她的神气，却使人感到一点苦趣。因为从她一直以来的成见来说，她是料准了人种不会强过她的，前途相当可虑。但她没有再说什么，因为已经觉得他们的谈话不能再深沉了；不然便会失掉分寸。因为季熨斗既然不是亲眷，不是朋友，又不是镇上的第一流人物。她沉默下来，欣赏似的摩挲着手里的茶壶。

季熨斗也觉得再蹲下去难乎为情，人家会说他是专门来过瘾的。而且担心说出更多的失格话来。所以，当寡妇向人种送出那句稳重含蓄的回答，他便借机会从床上跳下来了。一面整理头上的围巾，一面弯下身子，向了人种热忱地进着忠告。

"你又莫这样说！"他叫嚷着，显得惊怪地张大眼睛，"现在的人么……"

"我不惹他好了！"

"他要来惹你呀，——大少爷！"

人种没有回得上嘴。

"总之，老太太劝你的话都是对的，"放低声音，季熨斗随又近乎乞求地说，"不是自己的娘，你就是拿钱也买不到啊！……好，我要走了。"

"再来两口!"人种一跃而起,一面连连叫嚷。

"怎么这样慌啊?"寡妇含糊地说,托着茶壶站了起来。

"打扰得太久了!"

"至少把这口烧了去呀!"人种说,情急地举一举烟枪。

季熨斗没有回答。他在房门口和寡妇密谈开了。这是那种所谓体面人的习性,不管如何铺张,认真想说的话只有几句。而且每每要在大吃大喝之后才肯开口。

"那么依你看呢?"寡妇继续追问。

"依我看么,"季熨斗为难着,沉吟着,"依我看,还是戒了的好。因为现在的事,真也真得,假也假得。假的时候,针眼里都过得牛!一认真起来么……"

"我只问你,他们会不会再滋事啊?"寡妇更加逼紧一句。

"噫,讲句老实话吧,他们的态度是不大好……"

寡妇克制地叹了口气。

"其实戒了也好,"季熨斗接着说,"钱也省到了,精神也省到了,你将来认真搞起来么,嗨,我已经戒脱了!不要说枪毙,就拿对窝春也没关系!"

"那么你自己呢?"人种老老实实顶上一句。

季熨斗假装着叹息了。

"不要多心,我们又不同了!"他曼声说,闭闭眼睛,为了掩饰他的得意故意做出一副苦相,"净人一条,搅不出个所以然来的。并且……"

季熨斗忽然发觉自己在说蠢话,嘴巴一时笨拙起来。

"并且,并且,"他吃吃地接着说,更加显得愁眉苦脸了,"我是有脱肛症的!不烧简直不行。并且,又哪里去找一笔钱来戒啊!又要吃丸药,又要吃补品,还得像老太爷一样,整天在家里躺起,什么事不能做。你们可不同了!你们……"

"当然啊!"寡妇抢着说,又故示镇静地一笑,"你还不知道,我们两娘母都是耍耍瘾,不过混混日子罢了。认真说不烧就不烧的!……"

那个已经理解出谈话的严重内容的人种,忽然叫了一声。

"像你这么样说么,那五百元早该不给他啊!"他恨恨地说,又拍拍腿子。

"你年轻人少开些腔哇!……"

寡妇阻止住他;随又假情假意地转身向季熨斗。

"我说,你倒再坐一会去呀!"她说,显然地推送着客。

"不,我要走了。这回的事真没办好!"

"哪里的话!真把你太费心了。又说话,又跑路……"

他们一唱一和地说着,走着,一直客气到大门堂里,让那个没有来的时候那么高兴的光棍走掉为止。于是,寡妇脸上的笑意也消失了,板着张脸,不声不响一径退往自己的卧室里去。因为她已经感觉疲乏,需得烧两口添补一点精神。而且,同时也不满意交涉的不够完美,甚至有些失悔她给予季熨斗的一切优待。

人种尾随着她,也板着脸,但是多半出于做作。

"看样子几百块钱又白丢了!"他突头突脑地说,当他坐下之后。

弯身在床上燃灯的寡妇慢慢车转身来。

"我给你说哇!"她警告地说,举一举手里那只小巧的灯花夹子,"以后不要什么人都留下来烧哇,——我家里又不是在开设烟馆!"

"他究竟怎么交涉的嘛?"人种支支吾吾地问。

寡妇叹了口气,顺势在床沿上坐下来。

"总之,不管怎样,"她愤恼地说,搁下那夹子在鱼骨嵌花的套盘上,"现在的人都是坏透了的!只要你有几个么,大家就做梦都在打伙整你!……"

于是她开始责难起来,就连二大爷也都没有幸免。

二十一

这天下午何人种两母子一直谈到挨黑时候。起初只是发泄怨气，随后，寡妇感情上忽然来了一个变动，她那被压抑着、延缓着的意念，终于冲上来了。

在一阵沉默当中，她突地翻身坐了起来，神色凄苦地看定人种。

"老先人，你也给我争点气哩！……"

人种莫名其妙地吃了一惊。

"只要你肯下决心戒，"她苦涩地接着说，"我什么事都依你！……"

"我又没有说我不戒呀，——吓！"

"我知道你的身体很坏，"寡妇只管说了下去，已经是眼泪盈盈了，"但是，我可以给你多买一些补品，银耳呀，燕窝呀，不管好贵我都买给你吃！……"

"我说戒就戒，倒用不着这些啊！"人种俨然地插嘴说。

"我自己也要吃的，"寡妇接着说，深深叹了口气，感情已经逐渐地平复了，"我们大家都戒掉它！不然都把你当贼样，这一个整过来，那一个整过去！……"

她哽咽着停下来，沉在那种使人感到安慰的悲伤里面，好一会没张声。

十分显然，人种的柔顺、懂事，已经深深地打动她了。她也认真有点担心人种的健康，而这正是她起初迟疑不决的原因之一。但即便当时对于自己的独养子的心痛，是从来所没有的，要反悔也不行了。这会失掉一个为人母者的尊严。因此，隔了一阵，仿佛医生检查疾病一样，她就开始详细叩问人种生理上的种种状况，叮嘱着在饮食起居上，尤其是吃东西上面的各项必要注意。

到了最后，她的意念已经不可动摇，所以就又谈到具体问题：怎样戒法？用自己知道的验方？或者请医生包戒？而末了，他们决定进城去找医生。这样可以得到种种方便，还可带便排遣一下心里的闷气。而且寡妇已经好久没进城看望她父亲了。

人种也有自己一套打算，他正月间曾经进城一次，凭着一些肤浅的印象，他自然不会认为这是一桩无味的举动。那时候多少生意都在停业期间，居留的时间又短，但那种比北斗镇更加触目的新的变动，已经深深吸引住他了。女人、吃食、赌博以及种种放肆的挥霍，都在在使他感觉到一种不可抗拒的迷恋。

因为不久就要收获小春，他们卖了几担去年囤积的菜籽，就动身了。但在第二次和一个粮食贩子打兑款项不久，他们又回北斗镇了。只住了半个多月时间。寡妇之所以如此匆促，原因相当复杂。最主要的是丢不下家务，以及对于人种的戒备。因为她觉得他同她的兄弟，那舅父玩耍得太亲密，禁不住担心起来，怕被引诱坏了。

寡妇有一个哥哥，两个兄弟，现在只剩有这小的一个了；其余两个已经亡故。他在川陕路上一个车站上做事。他之回来，自己说是省亲，但他申言过的限期，又早过了，而且四处渲染着西安生意的旺盛。因此，逐渐也有人相信了那传闻，认为他是被路局开除了的。而开除的原因则是包庇走私。他已经三十四五岁了，非常浮躁。他公然领着他的外甥胡混，而且，鼓吹他弄笔钱向外发展。

那弟弟同寡妇在早便不和气。因为不能有求必应，他鄙薄她太悭吝，她却把他当作一个浪子。分隔了几年，她希望他变好了，至少对她再没有恶意了。然而，当初到的一天，她向父亲诉说她近几年来的遭际，她的恶运同她的受害，而正自负地谈到筲箕背给她带来的麻烦的时候，他却意外地给了她一个极为恶劣的印象。

那弟弟叫金声，黧黑、精干，鼻梁上带着一块刀疤；这使他多少露出一点凶相。他嘲弄地切断寡妇的叙述，仿佛她在说着什么伤风败德的丑事。

"呵哟！"他大叫着插入说，"你这个脑筋真旧得太伤心了！"

随又粗犷地纵声笑了一通。

"我们就不要说破除迷信吧，"他接着说，更加神气起来，"现在国家正需要金子调外汇呀！自然，交给别人挖倒犯不着，你可以自己出钱来干！"

也不细看对方的脸色，想想，他又大彻大悟似的笑了。

"对呀，我们打伙干好吧？我也免得再出门了！"

结果如何不必细说，总之，他大大伤了姐姐的心。

最使她难受的是，每逢碰到争论，老拔贡总是袒护弟弟，而这个也就愈渐促成了她的提前回家。所以医生虽然力说他们还得打针，她也无所顾忌地走了。

他们已经到家好几天了。当到家的一天，场上正在验瘾！但是他们没有受到打扰。实际上也只有十多个破破烂烂的烟鬼去应了应景，并不怎么认真。他们已经逐渐肥胖起来，因而许多熟人都相信他们已经得救。只有人种要差一点，到家的当天夜里，他便表示不大舒服；起初还多少带点赌气性质，随后却认真打起呵欠来了。

人种的赌气，是和提前回家相关联的。因为他实在愿意再待下去，曾经力说，他担心一到家又翻瘾。两母子甚至因此发生过争执，弄得彼此都不痛快。

"我自然跟你一道，"人种曾经警告地说，"可是，翻了瘾我不管哇！"

"翻什么瘾哇？就翻了，我也还有丸药！"

人种唉声叹气地倒向椅靠上去。

"看你要把我怎么样害！"他大叫着，又一下跳起来了，"几次都是你在当中打插！不是吗？现在你又来了！——你安心想使我变成废物！……"

这事发生在动身的那天早晨，滑竿已经抬在大厅上了。

因为有着这样一段插话，所以当那个抑郁柔顺、除了衣食不愁便无幸福可言的媳妇，胆怯地跑来报告人种已经用呻吟换了呵欠的时候，寡妇竟也没有怎么吃惊。

"你心痛他哇？"寡妇讪笑地说，"那么又把盘子给他摆起来呀！"

媳妇勾下头不张声。

"把抽匣里的丸药给他拿去！"勒勒嘴唇，寡妇又接着说，"要我放他进城倒不行啊！你怕我不知道他的心病？总之，这次进城又进错了！"

媳妇找出那丸药来，怏怏不乐地退了出去。

然而，当天夜里人种并不要吃，倒是拿出更加厉害的呻吟来向寡妇报复。一直到第四天上，实在是瘾发了，熬不过了，这才勉强吃了几粒。而寡妇也逐渐安心了；只是凭着她那戒烟过后旺盛起来的精力囤积小麦。仅仅一个场期，她就买了十多个老石。照目前囤积的规模说，这不能算多；但她已经引起了一般贫民的咒骂。

自从回来以后，这个从来点滴不沾、持身严格的半老妇人，喜欢喝点酒了。她每天午餐都要喝上两三杯大曲，于是睡一通饭后觉。这天因为多喝了点，前一天是集期，又劳累了，一直睡到黄昏时候还没有起床。但她终于被表婶婶叫醒了。

同表婶婶一道来的还有媳妇。她们已经探望过她两三次了。她们是为了人种的呻吟来的。她们带着一种挂虑神情，仿佛是做错了什么事情而在担心着她的责备。

那个怯弱的媳妇，简直是连嘴也不敢张的，只有孙表婶一个人在说话。

"我看不像赌气，"表婶婶做着结论，"你亲自去看看吧。"

"丸药呢？"寡妇问，完完全全地清醒了。

"他不肯吃！"媳妇说出第一句话。

"你们都是死人！"

寡妇愤激地下了床，一径走向梳妆台去。

她用媳妇已经打好的洗脸水洗过脸，收拾了一下头发，严肃而含恼怒地走出去了。但在堂屋门口，刘二迟迟疑疑地招呼住她，似乎想说什么，可又有点不敢开口。

"怕要老太太出去下才行呀，"刘二终于大着胆开口了，"他硬不走！"

"你说的哪一个啊？"

"丘……娃……子！"

如果是在平日，寡妇只需吩咐刘二闭了那扇通到内院的耳门，把那个败家子弟挡在大厅上便了事的。因为正当有气无处发泄的时候，她就一径走出去了。

"你又跑来做什么哇？"一看见丘娃子她就嚷叫起来，"我欠了你的账吗？"

"账倒不欠，我们家还没分清楚！"

丘娃子早已准备好了如此回答，但他胆怯地顺下他的眼睛。

"我要戒烟。"他嗫嚅着说。

"你去戒你的呀！我这里是戒烟所吗？滚，滚，滚，滚，滚！……"

寡妇叱嚷着，仿佛丘娃子是一匹癞狗；而且出于故意似的，这匹癞狗想把某种可怕的传染病菌带进她那整洁的大厅。她以往很少这样生过气的，然而，她却没有料到，那个一向怯懦无能，连做告化儿也不彻底的落难公子，竟被她激怒了。虽然在没有来到以前，他曾经怀疑过，白酱丹的怂恿是否于他有利，以及他的行为是否正当。而当跨进大门的时候，他已经决定了适可而止，不要把事情闹糟。……

就像兔子有时逼紧了也会咬人一样，这个头缠污黑破布，身穿油浸衫子，面色苍白，表情有点尴尬的烟鬼，现在，竟也梦想不到地发起脾气来了。

"什么哇！"他咧开嘴大叫，"你这样吼做什么哇？我是一条狗吗！……"

丘娃子喷着口沫喊叫，一面挽挽袖头，又撩撩衣包，做出一种准备扑打的架势。于是寡妇怔了一下，随即叫骂着退进内院去了，乒一声关上耳门。

当她卡好门闩、正待转过身去的时候，孙表婶和媳妇已经到了她的身边。

"究竟是怎的啊？"皱着眉毛，孙表婶颤声问。

"怎么的吗？这个东西越来越不成了！……"

"你就多少给他几个钱呢？"

"我宁肯拿去给告化子！……"

然而，虽是这么样说，在走向人种房间的中途，她又折转身来，摸出两张一元的法币，要孙表婶替她送走那个人间的败类。于是很不释然地一直走过去了。而当她快要跨进房间的时候，人种原是脸朝外面，侧起身子躺的，一经察觉出母亲的身影，他就一下转侧过去，避开了脸。但是他的呻吟，他的唉声叹气，却更高了。

寡妇费了好一会时间来平复自己的感情。

"你究竟要怎么样啊？"

她终于开口了；但接着又是难堪的沉默。

"药，药你不吃，"她吃力地接着说，"问你什么呢，你不答应……"

"我没有什么说的！"人种意外地答了腔。

"那你总是要我的命啰，——这屋里也就是多了我了！……"

仿佛母亲的凄绝的言辞和凄绝的声调，已经发生了良好效果，人种没有再回嘴了。但却像开展览会的一样，借着刚才由娘姨照燃的灯盏的光亮，他匍匐着车转身来，就那么刺目地掀起他那张寡白的面孔，慢慢地揩着鼻涕，擦着眼泪……

这涕泪交流的情形，使寡妇更加心软，而且，是失悔了。

"摆起烧两口好么？"她真心地问。

人种摇了摇头，又叹息一声，依旧车转身去躺下。

"我把灯点起好吧？"寡妇迁就地接着说，"一两口不要紧，等身体复了元，又戒好了。其实，下细打听一下，街上烧的人也不少啊！我把灯点燃好吧？"

人种依旧一个不给回答。

"再不想想，我们是好大的人了，"当寡妇正想叫人去端盘子的时候，人种忽然突头突脑、自言自语地说了，"总把我们当成小孩子样。也不管外间怎样批评……"

"外边有什么批评哇？"寡妇切住他问，多少有点不快。

"我们自己当然听不到啊！……"

人种显然是在支吾，于是寡妇万念俱灰地挥挥手止住他。

"你不要吞吞吐吐的，你的意思我猜到了！"她说，神经质地苦笑了一下，"我并不想管这个家务，——早就管厌烦了，我马上交出来都行！……"

"我当家做什么哇，——我只想不做饭桶！"

"要得嘛！"寡妇略带嘲讽地说，"这好得很！……"

当人种自言自语的时候，她一时没有理解出他的本意，现在，她完全明白了。但她例外地没有感到吃惊，而且已经决定，她可以把绳子放松一点。

她现在只希望他不要糟蹋身体。

"这样很好！"她接着说，改变了嘲讽口气，"你能做点正经事情，我还不喜欢么？我只求你有话明说，不要再磨折人。外面的事，已经把我磨折够了！……"

一种苦趣阻止她尽情发挥下去。

"烧两口好吧？"停停，她又挂虑地问。

人种叹了口气。寡妇从这叹气听出他已经同意了。

她高声叫了刘二进来，吩咐他去取来那副原已当成禁物收藏起来的家具。而且，因为母子间一种新的调协，人种的确又显得很衰败，认真像个病人那样，她的心更软了。她靠了下去替儿子裹烟。在暗夜初临的静寂中，她裹着烟，一面不相连贯地吐着零零碎碎的话句：激励、轻微的责斥，以及抱怨。有时又是充满柔情的关切。

"这样睡不舒服，枕头挪上点呀。……"

人种照办了，但却一直没有作声。

"不是吹牛的话，"等到烧过几口，精神稍稍振作，人种这才忽然响着试探的调子说了，"现在只要手边有钱，什么生意不好干啊！……"

"可是，也要能够划算才行。"

"有好多傻瓜在那里哟！"人种自负地说，"你问问看，跑西安生意的哪个没有整肥？像我们这山峡峡里，见个对本，就算顶了天了，——还难得敲算盘！"

听他说到西安生意，寡妇微微一惊，立刻把烟签搁下了。

"你听我说！"她切断他，哄骗地说，"不管做啥生意，不管赚钱多，赚钱少，总之，像你这样病婆婆样，总不行的。还是先把身体弄好再商量吧！"

仿佛存心避开这场谈话，她随即坐了起来。

"我去看丘娃子走没走，"她说，"背时鬼又缠起来了！……"

在离开人种寝室不远的屋檐角边，孙表婶和媳妇正在那里密谈。她们既不敢把那浪子的撒野如实报告，又深信寡妇不会拿出更多的钱，于是陷在苦恼里面。

她们忽然听见了脚步声，知道寡妇走过来了。

"你们在这里谈什么哇？"寡妇怀疑地问，很留神地扫了她们一眼。

"你就再给他添一点吧，"孙表婶忸怩地说，"他是戒烟。"

"怎么，这半天了，你们还没有把那个瘟丧送起走吗？"

"你自己去试试看！"孙表婶叹息说。

寡妇怒愤似的瞅了对方一眼，接着又嘘口气，转身冲出去了。

仿佛预备长期鏖战似的，对着一盏昏黄的菜油灯，丘娃子已经蹲在一张八仙椅上。他并没有脱掉他的鱼尾鞋子。他就那么蹲着，劈开两腿，手拐架在膝盖上面。而在两只手掌之间，则是那张可笑的灰白的瘦脸。因为孙表婶和媳妇已经被他所降服了，他的全部姿势因而带着一种威风凛凛的气概。

寡妇一看见他就忍不住叫道："嗨，这才体面！"于是向他急走过去。

"我问你哟，我欠了你的吗？你安心赖我吗？"

丘娃子大吃一惊，立刻从椅子上跳下来了。他回避着她，一面大声喊叫。

"我倒不赖人啊！……你那么凶做什么哇？……"

他已经退到通向大门的台阶上了。于是，仿佛扔掉一件废物，啪的一声，他把那只在椅子边仓促拾起的鞋子扔在地上。他用脚摸索着穿它，同时还在进行反攻。

他稀着细碎乌黑的牙齿，嘴脸已经变了样了。

"好！"他厉声叫道，"你凶，敢把账拿来算么？我们家务还没有分清楚！……"

"放屁！……胡说！……刘二，给我赶出去呀！"

二十二

天黑好一阵了。白酱丹打着呵欠，慢慢从床上爬起来。这天他请会酒，午餐很晏；人又太劳累了，而且多喝了两杯，所以客人一散，他就躺上床睡觉去了。

脚一落地，他又坐在床沿上闷了一会。接着趿起鞋子，走向阶沿上去。他的屋子开间很窄，外表又很老朽，认真地说起来，只有比较明亮的堂屋阶沿，才是勉强可以驻脚的地方。而且万一坍塌下来，危险也要少些。他坐在他的太师椅子上面，搂着签花烟袋，微微闭了眼睛养神。……

他的女儿真真，把点燃的纸捻送过来了。她披着微黄的长发，显得胆怯地拿眼睛望在一边。当他接过纸捻，她就又赶快走开了，仿佛老头会吃她样。

"转来啊！"白酱丹招呼住她。

他仔细打量着真真，感觉温暖地衷心笑了。

"难怪哇！"他嘲弄地说，发觉出女儿手里捏着一点腊菜，"偷腊肉吃哩！"

"还是我存起的。"真真腼腆地说，不敢对他直视。

"好，架势塞吧！"白酱丹娇纵地说了；随又加上，"去倒壶茶来！……"

他这一天颇为满足。因为花钱不多，客人却都吃得舒服。而且，这不仅是会酒，他算补请了春酒，情也酬了。因为他在义务戒烟当中，曾经捞到不少油水。

烂钟奎跋着鞋子从外面走了进来。虽然一向并不怎么亲密，只有公事忙的时候，白酱丹才偶尔拉他在联保办事处帮帮忙。但是，自从做过戒烟分所的助手以后，白酱丹看出他的才干来了。他今天在这里相帮，才去还了邻居家的杯盘碗盏回来。因为两手是油，他十分担心地走着，微微张开手臂。

烂钟奎带点傻笑停下来了，权且利用手胫擦了一下鼻子。

"丘娃子今天才威风啊！"他说，"把何寡母硬骂惨了！……"

"怎么样呢？"立刻搁下提起的茶壶，白酱丹悬心地问。

"怎么样吗？"烂钟奎微笑说，又用手胫擦擦鼻子，"又是去缠钱呀！这龟儿，要钱，你就要钱好了嘛，他说家没有分清楚，要跟寡母子算账！……"

"他们的家务是没有分清楚呀！"

"呵，"烂钟奎自顾一径说了下去，"几句话不投机，何大太太，就叫刘二把他赶出来了！这一下丘娃子好骂呀，围了一大堆人！街都给扎断了。"

"现在还在闹吗?"

"早息台了! 再闹,也闹不出个名堂来的。"

"嗨,有趣!……"

白酱丹仰起下巴扬声一笑,撑身起来,开始踱方步了。烂钟奎跨进堂屋,打算进灶房里去洗手;但是白酱丹忽然紧迫而又小声地招呼住他。

"啥事哇?"烂钟奎从昏黑的堂屋里反问。

"你过来嘛!"

烂钟奎于是显得好奇地重新跨出堂屋。

"你不要乱说话哇!……"

白酱丹首先向他警告,然后再用那种同样有点紧迫,像在报告什么严重、但却有趣的秘闻的声调一直吩咐下去。仿佛不如此不足以表明事件的机密。

"你去把丘娃子找来!"他接着说,"可是不要让外人看见啊!……"

"这龟儿,现在不知道在哪个洞洞里啊!"

"总是那几个老地方呀!"

"好嘛!"

"最好叫他走后门来。可是,我再说一句:千万莫乱说啊!"

"你放心! 戒烟所卖了那么久的泡子,该没有走过一点风哇!"

"对,一个人就要嘴稳!"

白酱丹把烂钟奎打发走了。而他立刻沉没在一种少有的激情当中。

他的老婆避开脸照出一盏灯来。这正是一个月黑头的夜晚,不照亮实在不很行了;虽然他们平常少有照亮的时候。现在他走近方桌,拨了拨灯草,使它燃得更旺一点。他恍惚觉得,那过于黯淡的光亮和他的情绪太不相称。

自从戒烟分所会面以后,他本来就起了点心;但当前两天偶尔鼓动丘娃子向寡妇挑战的时候,他的动机,也只是想给她一点不舒服的,而就现在的情形看来，他的心思却完全变样了。仿佛诗人的灵感一样，丘娃子的撒野使他那么迅速、那样坚实地得到一种自信，一种强烈的欲望。这欲望曾经狠狠苦恼过他，本来以为早就死了，目前的事实却证明它不过是在假寐。而在这刹那间疾风骤雨一般的思索当中，只有那么一点使人扫兴的念头：丘娃子太怯弱了，他很可能不敢接受他所设想的大胆提议。

忽然传来后门开闭的响声。白酱丹停住脚不动了；紧闭着他那微瘪的嘴，细长的眼睛睁大起来。他一直望入那个昏暗的堂屋，脸上闪着一种如饥如渴的神气。他听得见脚步声了。接着烂钟奎领了丘娃子出现在堂屋门边。烂钟奎得意地笑着，有点神气活现，恰如侥幸完成了一件重大使命那样。丘娃子可显得很颓唐。

丘娃子嘟着张嘴，微微勾下脑袋，忸忸怩怩地在堂屋门边停了下来。

"听说你们闹来的哇？"白酱丹迫不及待地问了。

"把你吼得像狗一样……"丘娃子苦涩地说。

"你跨出来坐呀！"

两个人一齐跨到阶沿上来了。烂钟奎端来一张长凳给丘娃子。

"又怎么样呢？"白酱丹重新问。

他坐向太师椅上去了。于是拿起烟袋，点燃捻子，慢条斯理地抽起来。丘娃子也已坐在长凳上面，无聊似的理着他那稀薄的油浸单衫的吊边。

"简直连吼狗都不如！……"丘娃子重又诉苦地说。

他依旧没有一直地说下去，仿佛太兴奋了，或者过于胆怯。

"这样的人也叫人哟！"也许因为丘娃子的神情过分感动了他，摇一摇头，白酱丹发起感慨来了，"你屋里的事，还把我瞒得过么？要不是你爷爷在前面挡起，大家以为是举人的兄弟，他！……一个寻而常之的酒店老板，就把钱整到了？"

他义愤填膺地拍拍桌子，又把右腿一提，搁向椅子的靠手上去。

"恐怕早就出了鬼了！"他嘟着嘴加上一句。

"是呀，"烂钟奎附和说，"这街上哪个不知道这本经啊！"

"我又没有跟她借几七几八。"丘娃子嘟哝着，同样不很条畅。

"何况你还说的是戒烟哩！"烂钟奎说。

"对啰！"白酱丹赞同地说，"你说要起钱去嫖、赌、嚼、摇，不务正业，这也还说得通。是戒烟，存心往正经路上走呀！并且，家也没有认真分过！"

"就是提起分家她才闹起来的。"丘娃子插进来说明。

"你现在又打算怎么做呢？"白酱丹反问。

丘娃子不知道他该怎样做，他没有张声。

"就这样打一辈子的烂仗算了吗，还是打算找个根本解决办法？"晃着脑袋，白酱丹慢条斯理地接着说；恰如他在吟讴古文一样，"千万你的舅舅是一个穷舅舅，"他闭拢眼睛叹了一口气，显得异常抱歉，"不然，我就把你养起！烟，给你戒掉；戒掉了找点正经事来做，——这一下我才慢慢来跟你算窳账！……"

仿佛这不仅是一种设想，而是一种决定似的，白酱丹十分威严地站起来了。但是，急促地绕了几个圈子之后，他随又坐下去，手掌轻轻敲了一下桌子。

于是细起眼睛，他感慨无穷地紧紧盯住他的外甥。

"难道你一点都不想想将来么？——二三十岁的人了！……"

"我不知道……"

"你不知道！娃娃，我像你这样大，已经在撑持门户了，还不是顺境。那时候你外公才死不久，外人不必说了，连家门亲戚，都打起伙搞你！……"

他说得很是自负，但实际，那时候他正非常放浪。而且恰恰是他没落的起点。

"总之啊，"也许自觉太夸口了，他改换了口气说，"俗话说的，自己跌倒自己爬！"

"诸事要费你老人家的心……"

说着，丘娃子忽然站起来了，而且俯伏下去，叩了个头。

"叩啥头啊！只要你娃娃肯听话，争一点气……"

"我跟她打官司就是了！"丘娃子嘟哝着，退回长凳上去。

他已经不再感觉拘束。他安静了。十多年来，他都处在无人注意的冷漠当中，现在他才第一次感到了人情的温暖。他静下来准备接受白酱丹的指示。而且，似乎决没有二话说。然而，由于习性，由于事情的严重，白酱丹却故意兜着圈子。

白酱丹开始说到一个青年人处身立世的重要，凡事要有计算、勇气。

"你说到打官司，"白酱丹接着说，"自然啊，只要有这个必要。我相信，这点她总搞不过我！随便挽点圈圈……不过，现在还用不上！……"

他沉吟了一会，然后扬起眉毛望一望烂钟奎。

"你去泡壶茶来好吧？"

他说，同时摸摸茶壶，打了一个油嗝。等到把烂钟奎支使走了，他洞察地望了何丘娃一眼，接着便专心专意向烟哨里装上一口棉烟。深恐棉烟会自己再从烟哨里跳出来似的，他用大指拇熨帖着，而且就那么一直熨帖下去。然而，就在这种悠闲自得的情趣当中，他忽然昂起头来，向丘娃子提出了他的建议：大家打伙挖箐簧背！他说得很自信，很坚定，但又像在谈论什么琐事一样。

"你想想嘛，"他结束着，严肃地盯了丘娃子一眼，"我也不勉强你。"

丘娃子长长叹了口气。

"这样怕不大对。"丘娃子终于吃吃地说。

"怎么不对？你说来我听听呀！"

但是丘娃子又实在找不出反对的理由，他沉默了。

"你怕别人说坏话吧？"淡淡一笑，白酱丹替他设想，"天地间什么事又没有人说坏话呢？问题要看这个话是什么人说的，说得对不对头！……"

丘娃子嗫嚅着准备说点什么。

"你听！"白酱丹抢着继续说了下去，"不是吹牛，我做的事都会受高明人弹驳，那就假了！你一天就只晓得吃饭，烧烟，你知道现在啥世道么？"

白酱丹随即发表了一篇于己有利的时评。

"娃娃！"他结束道，"你试试看，——错过此渡无好舟！"

"我怕闹起来难听。……"

"你这个人哟！"上身一挺，白酱丹呻唤了，"还有我在前头挡住呀！难道我还比不过你？凭资格，凭地位，凭年龄……你有啥顾虑的哇？——哼！……"

丘娃子想了想，他确实比不过白酱丹，而且没有什么值得顾虑。

"好嘛。"他最后抽着气说。

"这就对啰！一个人不要尽摸黑路……"

烂钟奎提着茶壶走进来了。

"开水简直香得很哩，等了半天！"他说。

"老实话，你吃过饭没有哇？……"

白酱丹问丘娃子。但又并不等候回答，他就吩咐着烂钟奎，叫他到厨房里去替丘娃子热饭。而且吩咐得十分周到，就如招待一个认真的显客一样。

"你给他找点腊菜，"他又加上说，"剩的干盘子总还有吧。……"

当烂钟奎车开身去的时候，他又掏出一折法币，偷偷塞在丘娃子手里。

"暂时俭省点用吧！"他低声说，"透不得一点风啊！"

他显得兴奋而且忙乱。失神似的想想，接着就又大声叫出烂钟奎来。

"你招呼他一下吧，"他叮咛着烂钟奎，"我要出街去了。……吃了，你还是送他走后门出去。……呵，我再说一遍，不要到处唱哇！"

"完了！那就成了肉告示了！"

"对，年轻人就要嘴稳才好！"

白酱丹感觉满意地走出去了。到了街上，他才稍稍冷静一点。市面上已经显得很热闹了；但也照例是那几家卖夜宵的摊贩：切面、汤圆、卤肉等等。

白酱丹是去找彭尊三彭胖的，但他没有找到。接着去找龙哥，他也扑了个空。他站在暗夜里思索起来；随即恍然大悟地叫了一声，冲向下场口洗衣妇范大娘家里去了。因为他忽然记起，最近镇上到了个"货"，也就是说，到了一个满有资格代表大后方的繁荣的游娼，彭胖和龙哥一定都在那里消遣。

是的，消遣！若果误认他们嫖娼，那是不正确的。这不仅因为他们是北斗镇的闻人，他们一向是并不放浪的；但于新"货"到的时候逢场作戏一番而已。在以往，龙哥对于女人的兴致较大，自从那个块头比他还大的太太，狠狠收拾了他一顿之后，他就变得很规矩了。因为正和一切具有权势的人物一样，虽然常在万人之上，龙哥对于自己的太太，却是一个毫没办法！……

范老婆子是替镇上一切单身汉洗衣服的，同着自己的孙儿住着一间房子，而且只有一张床铺。但在近两年来，因为扭不过那些惯会胡闹的粮户、光棍，同时也因为口粮太贵，她随常都得搬到镇外碉堡里面寄宿，让出自己仅有的一点生存空间。现在，那间卑陋老朽的小屋，已经充满了淫荡的笑声，看来好像比平日有生气。

床铺上摆着一副丑陋的烧烟家具。灯，是用膏药钉补过的，一张草纸权且代表套盘。但这并未减低大家的兴趣，因为彼此的目的原不在烟。那个满脸是粉、上唇有着一颗黑痣的游娼正在裹烟，一面应付着客人的调笑。她的对面躺着龙哥，床沿上是彭胖。一张粗糙的长凳上坐着季熨斗和一个杂货店的老板。他们的谈话都很粗鄙，但都说得那么直率，那么自然，好像是谈一碗随茶那样，丝毫不觉得可耻。然而，这是发表不得的；正如其他的丑事一样，做的人尽管做，你一宣扬，可就要犯罪了。

在那淫靡的嬉笑声中，那个可怜的女人，终于把一锭毒物炮制好了。她把一支棕红透亮的烟枪顺向龙哥；但龙哥拒绝了，随即翻身坐了起来。

"你来，你来，"龙哥吟讴似的叫道，"我退位了！"

随又用他那肥厚多毛的手掌推了一下彭胖。

"好嘛，"彭胖笑得连眼珠也看不见了，"大袖子烟哩！……"

"嗨，我就猜对了吧！……"

白酱丹忽然轻脚轻手走进来了。

"你们害得我好找呀！"他又抱怨地加上说。

"你来得正对！"刚要躺下的彭胖翻身起来，同时说。

"请，请，请，请，请！……"

"荤烟啊！"

"素烟我都不吃！"

这是实在的，白酱丹确乎不曾把那女人看在眼里。

"我好找你们呀！"他只顾抱怨下去，"脚板都跑大了！茶馆里，家里……"

"你还在找我们！"龙哥插断他说，神情很是不满，"何丘娃的事，你也该站出来说几句呀！不管亲的也好，隔层皮的也好，你总算是他的舅舅！"

"怎么，你们已经知道了么？"

"简直满场都传遍了！"季熨斗插嘴说，呻呻唤唤地站起来了，"他来要钱，你就给他几个嘛！"他批评着何寡母，"不给钱不说，还七七八八臭骂一顿！"

"简直是太泼了！"龙哥愤愤地说，"就像她的背景雄样！"

"不行不行！"季熨斗摇着头连连说。

这个圆滑角色知道，龙哥的所谓背景，是暗指二大爷说的，他就赶紧解释。

"我懂嘛，"他接着说，口调充满着自信，"二哥对她早就喊头痛了！……"

"他不头痛又怎样呢？"龙哥挑战似的反问。

"哎呀，这些都是空话！"白酱丹着急地插断他们，"闹了半天，你们知道那娃为什么找她么？——找她要点钱戒烟呀！又不是拿去嫖、赌、嚼、摇……"

"唉！"龙哥忽然深沉地叹了口气，"去年该把筲箕背给她挖开！"

"你个老公公还要说！"

"怎么，现在她未必用铁水淋过了吗？"

龙哥气势汹汹地斜瞪着白酱丹；但是白酱丹不唯一点也不见怪，反而高兴起来。因为他知道龙哥的脾胃，而且相信自己的计划已经成功，至少初步成了功了。

"她自然没有用铁水淋过，"白酱丹卑陪地接着说，"就淋过也挖得开！……"

他吞吞吐吐地停了嘴了。

"呵，"他又突然地说，"我想找你谈一个话！……"

他的口气依旧有点迟疑，同时瞥了一眼那个坐在长凳上的杂货老板，又瞥瞥季熨斗，意思要他们知趣一点。于是那个圆滑自如的季熨斗，扯了个谎，领着杂货老板走出去了。而当屋里只剩了他们两个，以及那躺在床上的一对以后，白酱丹于是把龙哥拖向长凳上去，压低声音，开始告诉对方他同丘娃子商谈的经过。

他述说着，忽地又像皮球一样地跳起来了。

"你听！"白酱丹叫嚷着，弯下身子，似乎准备研究一番龙哥的眼睛，"这一着棋都会下错，我也不必操了！唉，他至少总姓何么？——哼？！……"

龙哥从鼻孔里很响很响地吹了口气，站了起来。

"要得！"他决然地说，"认真烧她一艾灸吧！"

"是呀，这个东西太讨厌了！"

"哪个又来？……"

吐着烟雾，彭胖轻松愉快地叫着，十分笨拙地爬起来了。

"啥事情哇？"他问，走近龙哥和白酱丹，"听得么？……"

白酱丹向他简略地说了一遍他的计划。而这中间，彭胖双手勒着肚子，不时发出一声意义暧昧的、短促的笑声，仿佛他在倾听一件什么趣事一样。

直到白酱丹说完了，彭胖这才半玩笑、半认真地笑道：

"好自然好，就看搁不搁得平啊？莫又像去年一样……"

"不会！"龙哥斩切地说，"认真说么，丘娃子才算得正柱子！"

"你闷闷不乐地做什么哇？"彭胖假装吃惊地问，注意到了白酱丹的不快。

苦笑着摇摇头，白酱丹叹息了。

"你屁我做什么啊！就拿去年的事说，我也没有错好远呀？要不是龙哥……"

"抱怨啥啊！"龙哥抢过去说，竭力支持着白酱丹，"风凉话哪一个都会说的：明知道婆娘要死，为什么早不把她嫁了？——至少节省一副棺材！"

龙哥的语调、态度都充满了蔑视；但是彭胖笑得更甜蜜了。

"我是开玩笑啊！"彭胖讨好地说，"这几个人，跳岩也要来呀！……"

他们的误会，很快就化解了。而在几分钟后，当龙哥重新和那游娟逗趣，假装抱怨自己的年龄太老，说她并不真心爱他的时候，白酱丹对于女人虽然早已感觉乏味，以为搞钱、吃喝要紧得多，竟也十分开心地打起合声来了。

白酱丹把蓄着胡子的微瘪的嘴巴贴近那游娟去，一面亮出自己的一枚缺齿。

"你看我年轻吧？"他说，"连牙齿都没有长齐！……"

二十三

丘娃子的撒野、被逐，就在当天夜里，便传开了。于是在茶馆里、柜台边和阶沿上，以及一切喜欢说长道短的人们托足的所在，开始热闹起来。

总之，人们都暂时搁下宝经、牌经、买卖上的商讨，以及对于生活的怨嗟，专为这个新鲜的话题而努力了。他们打开记忆之门，而且，非常勇敢地钻进所有当事人的灵魂里去，以便翻检对于自己的论断有利的材料，就连举人老爷也都没有躲脱。一直到第三天上，所有的舌头上才又转动着别的新的话题。因为现在不是平时，生活太紧张了，变动也太快了，一不当心就会逃走一大笔利益，或者给生活添上窟窿。那些还在口上心上念念难忘的，只有少数懒虫，以及有着特别利害关系的人们。

当一听到何家的纠纷的时候，幺长子便立刻向茶客们宣称：这又是白酱丹在捣鬼了。而且和一切独断论者一样，他总先下判断，然后才慢慢找证据。自然，若果没有碰见强有力的反驳，他就干脆不找证据，单是一直宣布罪状。他的口气是那样充满自信，可惜很多人都带着一种怀疑态度。他们认为他同白酱丹的嫌怨太深沉了。而在消息传到之前，他又正在暴露义务戒烟的黑幕，咬定单是走私一项的进款，就有好几千元。办药的钱，当然也被白酱丹吃掉了；以致逼走很多瘾民，甚至有跌断腿的……

总之，大家只能勉强同意他的结论，而这使得幺长子几乎要发火了。所以此后两天，虽然心里时刻期待着那场纠纷的新的发展，但当旁人谈起它来，他可一句话也不说。因此到了第三天上，当那个凭着自己的年龄，够得上称为北斗镇的活的历史的戴矮子，在涌泉居对比地叙述着丘娃子的往事的时候，他也依旧闷着脸不动声色。

这矮子原是极潇洒的，也比任何一个老爷大爷对得起抗战：除开听凭骰子弄点口粮，他是太规矩了，从来没有干过投机倒把、买空卖空的龌龊勾当。

这天是冷场，戴矮子用不着忙饭，所以他的神气也就显得更加悠闲。

"确实，这场上哪一家的小孩子有他阔哇？"戴矮子接着说，他那无须的瘪嘴上浮上一个讽刺的调笑，"才七八岁，就穿皮褂子了！那些爱舔肥的，都说他将来要中状元，掌印把子。现在倒也验了，——他妈的烟灰状元！"

"听说他爷爷脾气大呀？"芥茉公爷懒懒地问。

"名字都叫何毛牛呀！"戴矮子冷笑说，好像不胜其厌恶似的，"不过，举人还不算凶，人种他爷爷那才叫要话说！一个粮食市场，就叫他一个人闹酸了！只要他讲过价钱的粮食么，你就摸都不敢摸了，就像蜈蚣爬过的样！"

"你说粮食，"有人插嘴道，"听说城里米价又涨了啊！"

"它涨它的！"戴矮子说，"老子一个人，一天一把米就够吃了！"

戴矮子本来没有存心要替何家宣传，他是名副其实地谈闲天，所以别人刚一提到当前的粮价，他也跟着谈起粮价来了。正如流水一样，该转弯他就转弯。

幺长子对于粮食问题似乎更感兴会，一开口他便咒骂起来，打着粗鄙的比方。因为要是粮价再这样涨下去，他的金厂就有全部停工的危险。他有两个槽子，都是去年开始挖的，出产很是不错。但一翻过旧历新年，情形可不同了。产量在跌下去，粮食的价格却是老往上爬，没有一个止境。金价自然也涨了点，但比粮价太差远了。算盘一搞，虽然也有三四分利，但没有百分之百的钱赚，任何买卖便都不能说是买卖。这是目前一切生意经的第一要则，每个投机取巧的市侩都非常崇信它。

因此，经过一番严格的计算，幺长子在二月初减少了工人，把范围缩小了。希望粮价回跌后再来扩大。但这显然是个幻想，因为不仅至今没有看见跌价的趋势，就连他也受了涨风的唆使，动了心了，在前两场抢购了好几十担粮食囤起！

然而，不管如何，他总不能忘情他的金厂，因而愈说愈加撒野。

"晓得么，"幺长子邪恶地笑着说，"这种涨法，就像偷人养汉一样，只要尝过一点味道，就不愁二回了！结果是大开门。妈的，大脑壳些都像睡觉去了！"

"他们哪里会来管你这些事啊，"芥茉公爷说，"又没钱拿！"

"可是，金子怎么他又管得这样紧呢？"戴矮子正经地问。

"那是金子呀！"幺长子冷冷地讽刺说，"囤在那里，又不怕烂掉，又不怕老鼠子咬，带起走也方便。只要两老斗米，杂种，恐怕连腰杆也压趴了！"

说完他就板起面孔站了起来，提起烟杆，到茶炉边燃烟去了。

当他把烟吧燃转来的时候，别的人正在谈论着金价、走私，以及黄金的种种用途。虽然不免一知半解，而且夹杂着大量不可轻信的传闻，但也接触到若干事实。不过，他们却没有一个人肯承认种种限制的正当，它们在抗战时期是一种必要的措施。

"国家买枪炮自然要金子啊，"他们叹息着说，"不过也要给老百姓丢碗饭吃嘛！你想，现在随便什么一涨一个对滚，——金子呢，……"

"嗨，恐怕走私倒不错吧！"芥茉公爷忽然自作聪明地说。

芥茉公爷显出一种沾沾自喜的神情，仿佛他认真提出了一条妙计。

"你还没有这个资格！"幺长子忽然叫嚷着批驳了。

同时他又极端粗犷地横了公爷一眼。而他之所以如此生气，因为他不是傻瓜，他也考虑过这走私。但他发觉自己没有完备的走私条件；就凭袍哥关系，他也只能走到成都东门外牛市口的。而牛市口以上的黄金黑市价格，又不怎样合算。再走远点自然会好得多，但这更不是他敢于想象的了。他怕碰见比他厉害的角色。

"你想走私，"他又嘲弄地接着说，"看你当了'伟人'差不多！不要说是四川，香港、外洋，你都可以随便运起去了！想运多少就运多少。"

"也不见得，"那个半瞎的医生摇摇头说，"最近就有人栽了岩了。"

于是在鞋底边磕去烟蒂，吹吹烟杆，医生慢条斯理地讲谈起来。他是很清闲的，因为一切病人都有点避忌他：怕他医死他们。他说，金子在外国很值价的，所以经常有人在内地买了黄金向外国走私，而那最为方便的地方，就是上海、香港。但上海陷落了，要到香港也不容易。你就不能走路，只能坐飞机去。妄想多带也不行的。因为每个乘客都要预先用秤称过，分量重了，你就休想起飞。因此，当那位声名狼藉的孔祥熙的老婆，周身扎着金条，想从昆明飞往香港的时候，她被检查员拦住了。

"走不成都不要紧，"医生惋惜地接着说，"恰恰税务官在场，硬要向她检查，金子全给搜出来了。好在是面子大，人倒没有吃什么亏！……"

"当然啊！"芥茉公爷羡慕地说，"是你我么，脑袋早搬家了！"

"所以说呀，"幺长子大声紧接着说，充满愤恨地不住点着下巴，"现在啥事情你抢得过这些大脑壳啊？就是做贼，他们也都比你高一着的，——恐怕剩下来的只有收大粪了！这个他们绝不会抢着干的：又脏，又臭，太不合卫生了！"

虽然态度异常认真，但他惹得茶客们唦开嘴大笑起来。

"呵，林哥！"芥茉公爷忽然止住笑问，"听说你的槽子不做了呀？"

"我怎么不做哇？我就要看这个粮价簸成个啥样子呢！"

"给你们说呢，你们总不相信！"他倨傲地拖长着声音说，"不是吹牛，他的把戏我还看得少了？三天不害人，一身筋骨疼，杂种就是这种货色！"

"恐怕也害不出个所以然来。"芥茉公爷推测地说，又摇一摇头。

"当然害不出个所以然来！"那医生附和道，"首先，家已经分了几十年了。理信讲过，官司打过，再闹，也闹不出二百钱了！"

"你又莫这样说啊，"身子狠狠往后一缩，幺长子紧接着反驳，"常言说：'一根灯草沾缸油。'你是稀的，他是干的，沾来沾去，他总要沾你几个呀！碰见鬼你不烧钱纸，得了事么？不过，这个狗头军师，又叫丘娃子找对了！……"

幺长子戛然而止，脸上浮上一个恶毒的讽刺的冷笑。

接着，为要使得大家明白他的意思，他又正面揭出他的论断：丘娃子找到白酱丹当军师，根本就找错了！自己很难得到什么好处。但这并不是那味烂药还不够劲，他的口沫，是连鱼也毒得死的。而何丘娃之所以得不到好处，因为在白酱丹看起来，何丘娃无非是工具而已。至于对这事件的全部看法，正同纠纷开始传播时的论调一样，各方当事人都吃了他一顿极为挖苦的臭骂。他认为何寡妇是应该遭灾的，她悭吝，她刻薄，她平常太爱摆架子了。而丘娃子的落难，也正是举人老爷的很够分量的报应。白酱丹自然不必说了，但他没有料到他会堕落无耻到这个地步！……

当对白酱丹进行挖苦的时候，他没有想到自己，更不曾想到他去年玩过的一切把戏。但即使想到了，他的话也不会有折扣，而且一样说得那么流畅。

"你们扳起指头算一算吧！现在才好久啊？"他又貌为公正地说，

好像自己跟一般大爷老爷是两样货，"三月初八！可是他就弄了两回磕绊，闹得何家一家人六畜不安。妈的！千万米价高了，我只希望它再卖七八百钱一斗！"

"呵哟！"那医生惊叫出来，"你像在做梦啊！……"

医生的糊涂使得么长子非常扫兴，他无可奈何地苦笑一声，提起烟杆，沉思地抽起来。跟着来的，是其他几个人对于何家这场纠纷的种种展望。

然而，这种空泛的推测，毕竟太乏味了，所以芥茉公爷忽然叫嚷着岔进来。

"都快收拾起吧！"芥茉公爷挥挥手嚷叫道，"再争起些，还是一文钱也分不到的。有件事我倒忘记说了，上前天到磨家沟去了呢，——这是啥讲究呀？"

"哪一个哇？"有人莫名其妙地问。

"你想会有哪一个呢？那味烂药呀！我到下场口找老吹，杂种夹把洋伞走过来了，贼眉贼眼的！一问，说是去磨家沟。……"

"总是去访'中央券'嘛。"戴矮子打趣说。

"磨家沟他倒钻不进去！"么长子摇摇头说。

当芥茉公爷说出白酱丹的行踪的时候，他就微微吃了一惊，把烟杆从嘴里取出来，停止了抽烟；现在，他索性把它搁置开了，似乎决了心再来发泄一通。

"他的脑壳还削得不尖！"搁开烟杆，他又紧接着说，"若果那里的油水有他的份，去年刘百万的槽子，他就搭上股了。可惜他也只认得一个刘百万！龟儿和他一样，心肝五脏都黑透了，倒是真正的一对！正像一个匠人做出来的样。"

"那他跑去取草帽子呀？"气包大爷提示地问。

"老实！"芥茉公爷说，击了一下自己的胖脸，"这家伙有讲究！……"

"杂种是进城去告状?"幺长子好像受了传染,他也沉吟起来。

"那也该丘娃子一道去才合适!"有人否决地说。

"是呀!他又没有抚给何家。"幺长子反应地说,恍然大悟似的表示了同意,"那么,一定办什么公事去了。不过,也不对,——一个小小的文牍!……"

幺长子自问自答,终于他的快意消失尽了。

"唉,你同丘娃子亲自谈过来吗?"

他问,十分严肃地盯住气包大爷。

"那一位到哪里,他该知道点呀?"他又紧接着说,并不等待回答,"两个既然搅得那样的紧。不管怎样,总又算是舅甥,他不会不知道吧?……"

"你说了这一长串,"气包大爷抱歉地说,"可惜我也是听来的啊!"

幺长子异常扫兴地叹了口气。

"我想他一定是进城去告状的!"停停,他又沉思地接下去说,"丘娃子用不着就去,现在还没有告响呀!问案的时候,他自然会去的!……"

他说得那么合情合理,但是他的语句和口气没有多少自信。

幺长子感觉到挫折了。尤其难受的,是别人对于这同一问题,已经毫不感觉有趣。只是为了客气,这才勉强装出一副倾听的神气。因此,当他不大自然地停歇下来的时候,大家仿佛得救似的松了口气,彼此相视一笑,乘机谈起别的事情来了。

对于他们的话,幺长子同样地心不在焉。所不同的,他连客气也没有了。翘起胡子,做出一副很难沾惹的神气。最后,他低声骂道:"瞎扯!"站起来走掉了。

为了排除心里的疑虑,他是去找丘娃子的。这时已经半下午了,几个腿快的脚夫,用打杵撑着担子,吹啸一声,准备要投店了。骆待诏的摊子外边还围着一大群人。因为那顾主很别致,双手是被绑扎起的，而且不断大嚷大叫："总之我不卖呀！"他的装束像个脚夫，那个强迫他剃头的是专做壮丁买卖的洋盘班长。因为一点办法没有，老骆提着剃刀，模样更颓唐了。当幺长子挨过去窥探时，老骆正在叹气。然而，这个可怜的待诏没有得到同情；幺长子恶心似的啐了一口，钻进隔壁烟馆里面去了。

因为政府的"禁政"就在偏僻地区竟也生了奇效，那烟馆的所在地相当隐秘。它得穿过一条漫长的巷道，穿过几家人的厨房、卧室才能发现。这是一间没有间隔的双间房间，对面各摆着三张床铺。室内烟雾熏腾，所有的烟灯都燃上了。就像检阅部队一样，幺长子逢中通过，向着每张床铺张望。但他没发现丘娃子；于是，检阅完最后一张床铺，他想带着他的失望退出去了。但他忽然又停下来，转向身后一张床去。因为季熨斗在那里打招呼；他早已认出了幺长子，因为正在吸烟，没有立刻表示欢迎。

现在，季熨斗已经把那羊粪一般大小、红褐透亮的毒物，抽进肚皮里面去了。因此，他翻身起来，一面整理头上的围巾，一面开始同幺长子张罗。

"唉，林哥，怎么就走了啊？……"

"是呀！"幺长子说，"我说你老弟怎么不见来过瘾呢！"

"靠下来吧！……横竖没有事情！……"

于是，虽然不是瘾哥，又不同一派系，靠灯的趣味，幺长子却是领略过的；而且，那个逢人要好的季熨斗又是那么热情，略一推辞，幺长子躺下去了。

正像一个熟手一样，幺长子烤起烟来；一面进行着闲谈。

"哦，丘娃子闹一阵该有个结果了呀？"幺长子忽然想到地问。

"屁！恐怕还在往烂的搞啊！……"

"怎么样呢？"幺长子追问着，装出仅仅感觉有趣的样子。

"有人在给他戴蒜薹胡子①呀！"季熨斗含糊地说，"不过，那个寡母子未免太厉害了！经常把佃户整得来呱呱叫。那张嘴么，不是一个人，你真搞不过她！"

"那是啊！"幺长子立刻同意，"哦，听说已经进城了呀？"

"哪个？"季熨斗反问，开始警戒起来。

"哪个？那一味烂药呀！不过我想，他总不好去顶状吧？"

幺长子打着冒诈；而那个本想含混过去的季熨斗，觉得瞒不住了。

"这些话，依理都不该我说的，"季熨斗迟疑地说，又叹了口气，"确实进城去了。是不是去告状，我可不大清楚，——不过你的耳朵也真尖呢！……"

幺长子莫测高深地微微一笑。

"我耳朵尖什么啊！不过我倒要吹火筒做眼镜，看他玩些什么把戏！其实，他那几手，想也想得到的：烧房是官众的吗？家还没有分清楚吗？……哼？……"

季熨斗感觉得上了当了，他不知道怎样回答是好。

"你说我猜得对吧？"幺长子紧逼着又问，"哼？……哼？……"

"这个我就更加不清楚了！"

季熨斗回答，极力装出一副诚实的样子；但这反而把幺长子的怀疑引出来了：对方并不是不清楚，实际他倒什么也知道的，不过担心说出来惹上是非。

二十四

没有发现丘娃子本人，起初虽然有点扫兴，但当到了街上，幺长子却又立刻觉得，他的收获已经很不错了：白酱丹进城的推测已经证

---

① 蒜薹胡子：指当军师，如舞台上庞统戴的胡子，一般叫蒜薹胡子。

实。至于是否前去告状，尽管季熨斗始终没有肯定，但是他的掩盖，却反而证明了自己的猜想正确。

十分显然，幺长子的侦察并不是出于单纯的好奇；即使起初是这样的，猜想既然已经证实，他的胃口也该换一换了。所以，回转涌泉居广播了一通之后，他终于装作无事似的溜出茶馆，走向何寡妇家里去了。除了那种人所共知的报复念头，这主要是另外一个欲望推动着他：他希望从中得到一点好处。因为他还没有忘记，去年他在箭簸背趁火打劫得到的利益，妄想重新开发一次。

幺长子这点打算，虽然并不怎么漂亮，但却发生得那么自然。正如一个讲究口福的人对着一碗好菜举起筷子那样，既然用不着惭愧，同时也用不着考虑一下是否正当。这因为他一向就这样生活惯了，而且，张三如此，李四如此，他就从来没有在他的同类中间发现过其他不同的生活方式。其间的差异，只是外表而已。

然而，当他到了何家大门堂里的时候，虽然那么昏黑，同时也没有发见一只陌生人的眼睛，他的老脸却也情不自禁地热了一股。但这不是为了他的动机龌龊，他一时回忆起了去年交涉失败的情形；而且也只热了一股。他终于敲起耳门来了。

隔了好一阵都没有人应声。幺长子已经灰了心了。

"哪一个？"刘二忽然从门后发问。

"你开开嘛！"幺长子当心地，但是显得轻松地回答。

"你是哪一个嘛？"

"你打开来！"这是寡妇的声音。

因为担心暗算，当听到敲门的声音时，她立刻陷入了慌乱。但她现在已经收捡好一切违禁物品，所以壮着胆子，照了锡手照走出来了。

那个同样受了惊扰的人种跟随着她。他也大声叫道：

"你打开来看！"

门打开了。

"啊！……"

这声"啊！"表示两母子都已丢心落意；但在寡妇，一种新的担心，蓦地又上来了。她对这个意外的造访感到疑虑，但她照样接待着么长子，表面装作得很镇静。

他们开始东扯西拉地客套起来。

"老实！丘娃子又来过没有啊？"么长子照例迫不及待地进入本题，"这个家伙真混蛋透了！你知道么，有人在当中下烂药呀！……"

"你说的哪个？"寡妇试探地问。

"还有哪个，白酱丹呀！他不坏，这场上也就再没有坏人了。你知道么，已经进城去了！哈哈，他还以为自己做得秘密得很！……"

"同丘娃子一道？"寡妇紧接着问，马上紧张起来。

"他一个人，——现在还没有告响呀！"

"也好！"寡妇故持镇静地说，"我陪他打官司就是了。以为可以吓诈我吧，他算盘打错了！费心么老表告诉他，不管州里、省里，我都陪他！……"

"唉，你这误会凶了！"么长子忍不住见怪地插入说。

这是实在的，因为寡妇确乎怀疑他们是串通作恶，跑来打口风的。

"真太误会凶了！"他重复说，已经跳了起来，"好像我们是一气的，——哈哈！……"

"我不是这个意思。……"

"这样说就把人太说糟了！"

么长子叹息着，重又坐了下去。

"表嫂你要知道，"他申辩地接着说，显然还没有完全放心，"我是一番好意跑来的啊！我怕事情闹糟了旁人批评：'嗨，对！你们还是亲戚！'说我知道消息，都不先通个信。像这样，你想，我还有脸在北斗镇操下去吗？只有自己收招牌了！"

"我没有这个意思！"寡妇还在道歉，"我把话说夹了页了。"

"确实把话说夹了页了!"人种也附和说,"千万不要多心!"

"话明气散,怎么会说到多心来了啊!不过,你们应该赶快想个办法!那些人么,哈哈,吐口唾沫在河里面,鱼都会毒死的,——你们说我这话对不?"

寡妇探究地望望他,随即微微一笑。

"我看还是等他告响了来,"她审慎地说,"这又骗不到人的,家呢,早就分清楚了。官司打过,理信讲过,字据还在我箱子里……"

"当然,"幺长子承认地插嘴说,"连我都在场呀!"

"所以还是等他告响了再看。"

寡妇充满戒心的自信,以及她的沉着,使得幺长子失望了。因为觉得再缠下去未免乏味,他咂咂嘴唇,又摇一摇头,懒懒地站了起来。

"好吧,"他败兴地说,"我总算尽了我的心了!"

"真是费心得很!……再坐一会去嘛?"

"不了!不过,你们这样抄起手等待,也不行呀?"幺长子说,重新提起勇气,"比如说吧,去把丘娃子找来,给他点钱,把这把火先抽了,然后再说!……"

寡妇心里一动;但她随即掩盖什么似的假咳了一声。

"我倒还要告他个顶名借替啊!"恶毒地一笑,幺长子忘其所以地一气说了下去,"至少,编造挑拨的罪,他是逃不脱的!——除非他舅子在当县长!"

"我看还是等等看吧。"寡妇说,笑得更殷勤了。

"也好,"幺长子叹息了,"若是用得上吗,你给我个信嘛!"

"那是不用说的!有许多事,都还要麻烦幺老表哩。"

寡妇大量地给他留着想头,敷敷衍衍把他推送走了。

当她起初听到那个不快的消息的时候,她是疑信参半;随后就完全相信它了。但她极力压制着自己的激动,对幺长子存着戒心。因为无论如何,她不能设想那推动他前来的动机是干净的。现在,当她送走了他，已经没有什么值得防范的时候，她也就无须乎再遮饰了。所以才一退进大厅，她就十分暴躁地叫嚷起来。

"嗨，对，这镇上简直不要人住家了！"

她坐在一张八仙椅上，又重重拍了一下茶几。

"我明天就搬家！再住下去，我们真会变成唐僧肉的！……"

她哽咽起来，从胁下掏出一张白纱手巾。

"对！"人种赞成地叫出来，"再住下去，连狗也要欺负你！"

媳妇现出惶惑的神情走了出来。她呆呆地站着，仿佛是她自己在受申斥一样；那个紧跟在她后面的孙表婶叹了口气，善于适应地立刻显出一副愁相。

"我还懒得怄呢，"表婶婶自语地说，"他还没有害到人呀。"

"管他害到了人，害不了人，"人种反驳似的紧接着说，"总之，北斗镇绝对不能住了！你看，才好久的时间，就出了多少岔子？……"

寡妇审察地瞟了人种一眼，又深深咽口气。

"你单叫我不要怄，"她故意不张理儿子，转脸望着表婶婶说，"请问，这样闹下去怎么了呢？这里不生肌，那里不告口。尿泡打人不痛，骚气也难闻呀！"

"哎呀，这未必还把你丑到了么？丑他自己！"表婶婶劝慰说。

因为寡妇没有答话，似乎劝慰已经生了效了，表婶婶于是更加宽解地笑起来，力说现在最要紧的是保重自己的身体，其他的事情都在其次。

"我看你怄病了，又怎么办？"她接着说，"这个担子又哪个来担？……"

而由于这些体贴、鼓舞、阿谀，寡妇逐渐又振奋了。

"好吧！"她近乎悲壮地叫出来，"就算我把这张人皮披错了！……"

接着，她就自夸地说了几句孀居以来她的处境。想起儿子的趁火打劫，把她的气话当成真话，满口赞成搬家，她原想指责两句，但她只是恨恨地冷笑了一声。

她随即把话头转向正经事件上去：现在开始准备材料，等传票到了再说呢，或者实行幺长子釜底抽薪的办法，找丘娃子来一趟？她认为两种方式都有缺点。实行后一个办法，她怕引起更坏的反响；但是等下去吧，若果白酱丹串通了官府，问题就更麻烦。她也想到找叶二大爷调解，然而，由于上一两回的经验，她不但不愿意再去叶家，而且觉得二大爷已经解决不了问题。再说，对方既然已经进城，二大爷的作用更加不济事了。

她一面想去，一面把她想到的自言自语说了出来。既然没有人敢打插她，同时她也不觉得有向别人商量的必要。因为她一向只相信她自己。

"刘二！"她忽然注意到那年轻仆人，"你找得到那个背时鬼么？"

大家都知道她说的是何丘娃，但是刘二认为这是一个难题。

"噫！"刘二迟疑地说，"恐怕不好找呀。又不在人面子上……"

"哪里有找不到的！"表婶婶插嘴说，"总在那几个地方嘛！"

表婶婶显出一副丢心落意的神情，因为她心里老早就赞成这么样做。

"就这样做吧！"她又紧接着说，"现在的官司比从前更难打了。"

"那也要看！"人种俨然地说，"敲得到，我就要敲他一下！"

在起初，寡妇的意念还在动摇当中，现在，由于大家的附和，她变来很坚定了。因为她一直担心着事态扩大，多招一些麻烦，而且结下更深的仇怨。

"现在还说不上这一层啊！"她切断人种说，"等把人找来看吧。……"

于是她强制刘二必须完成他的任务，就退进去了。

她在堂屋门外的台阶上坐下来，其他的人跟进来环绕着她；媳妇随又忙着提来茶壶熏笼。仿佛以往听见有土匪劫场的消息那样，他们的睡意都逃掉了，沉在不安的期待里面。除开寡妇，表婶婶和人种不时交换句把句话，推测着纠纷的结果。

他们谁也不把丘娃子的是否肯听劝告，当成严重问题来考虑的，仿佛只要给他点钱，问题就会解决。然而，等候得久一点，他们又忽然觉得事情不简单了。

"老实话！"人种忽然醒悟地说，"要是他不听劝呢？"

"他不听我就和他拼命！"寡妇意外赌气地顶住说。

"你凶我做什么呢？我也不过说说罢了。你想，人家不会给他说些好听的么？"人种继续说，忽然想到了自己的受骗，"要是听进去了……"

"依我看不见得！"看见寡妇重又烦躁起来，担心她再怄气，表婶婶赶紧极为自信地插嘴说，"他究竟是吃饭长大的呀。又不是三岁两岁的人了，什么人亲些，什么人疏些，他不会一点都不知道。就拿那一天来说吧，也还讲得入情入理的哇！"

"我看这屋里都是好人！"寡妇愤愤地说，一时想起了孙表婶对付丘娃子的失败，"你们随便那一个帮我添点钱给他，哪有这回事呀！"

她忽然转眼瞪着媳妇。

"你呆痴痴站着做什么呢？把亮照进去呀！……"

她走进寝室里去了。打开一只立柜，动手清点文件。在一个装满契约、佃约的小皮箱里，她找出了分家时立的字据。于是又走出来，让人种详细读给她听。

人种读了，寡妇没有听出一点对她不利的条款。

"他不来也好！"她最后自慰地说，折着证件，"拿点谷子陪他打官司就是了！吃亏的不过几个讼费。顶凶，别人无非笑我好讼，笑我太不息气！"

她顿住，因为忽然从大厅外传来刘二粗大的喊声。

几个人一下都站起来了。他们一同带着紧张神情走了出去，赶快打开耳门。开门的是人种，寡妇坐立不安地留在大厅上面。就由孙表婶伴随着，她期待着刘二带回来的大好消息。由于那种种着急的和催促人的短语，她们相信，她们盼望的人已经来了。但丘娃子似乎不肯走进光亮的大厅，宁肯留在黑暗的大门堂里。

"你进来呀，又不是新媳妇哩！"刘二连连地劝诱说。

"你未必还怕羞吗？"人种发了火了，"既然知道怕羞……"

"你少开点腔哇！"寡妇大声制止他叫出来。

她担心人种闹坏事情。她自己走过去了。

"宝章！"她站在耳门边，柔声地叫着丘娃子的学名，"这是外地方么？本家本户，你进来呀！我们何家也没有多的人了，什么话不好说呢？"

寡妇认真受了感动似的咽一口气。

"对，对，对！"跟在后面的表婶婶附和说，"你伯娘不会害忌你的！"

"你不要掀嘛！……"

大门堂里猝然发出一种低沉的叫嚷声，随即出现了一个瘦小的人影。接着出现的是刘二。仿佛迎接贵宾似的，站在耳门边的人们立刻让出一条路来。

丘娃子还是穿着那身同样的衣服，包着同样的破布。只是头发已经剃了，脚下也不再是鱼尾巴鞋，倒是结结实实套上的一双汉州草履；看来精神多了，使人觉得他是抱着一种什么坚强的决心。但他并未一直走去，在大厅上的第一根柱子边停下来。脸上带点烦恼神情，他嘟着张嘴，埋下视线，默默掏着指甲盖里的污垢。

其他的人也都接着跟进来了。寡妇在靠近丘娃子的一张圈椅上坐下来。

"唉，你还客气么？自己人家里，坐下来呀！"寡妇含笑地柔声说。

丘娃子动了动嘴唇，依旧埋下头掏着指甲。

"这里也没有外人，"看出和他讲礼未免费事，慎重地咳嗽一声，寄妇开始说了，"宝章呀！"她亲切地叫唤着丘娃子，认真把他当作一个血肉相连的亲属，"你怎么干这种糊涂事情啊？又不是傻子，人还聪聪明明的，书也读过……"

"我没有法子呀！"翻翻眼睛，丘娃子意外地插入说。

"好！你没有法子，你还生得有嘴巴么？你该来向我说呀！'伯娘，我不得了，把你的钱借点。'你试试看又怎样？一来，动不动就闹家务！……"

丘娃子气愤地侧起头；但他刚想张嘴，寡妇又立刻阻止住他。

"你听我说完来嘛！"她紧接着说，"一来就扯家务，也不想想，家，早分了的，字据在我手里；许多证人也都还活起在，这有什么用呢——哼？"

丘娃子呼吸迫促地透了口气。

"总之，这个你怪不得我啊！"他截然地说，瞟了寡妇一眼之后就又把头迈开。

"那总该怪我啊！"对于丘娃子意外的倔强，寡妇有一点恼怒了，"你烧烂烟，这是我的不好；不成材，也是我；现在串通人告我，也是我自己不对！"

"我还没有那么不要脸！……"

"你多要脸啊！"寡妇更愤激了，无意中响着那种习惯了的嘲弄调子，"你只是告我的状，倒还没有抓包耗子药来，把我全家人毒死！"

"总之，"丘娃子顶住说，傲慢地挽挽袖头，"我们说不拢啊！"

他的神气好像满有把握似的，而且，仿佛什么他都不会惧怕。但这并非他丝毫没有忏悔的意思，而正因为他还想和好，寡妇的嘲弄，也就更加刺伤他了。

"怎么不想想你自己呢？"他又说，"把人像吼狗样！……"

寡妇强制自己笑了，因为她已经很快反省到了她的失策。

"你看你呀，"她说，惋惜似的笑了起来，"我才一句话，你就这个态度！幸得我还是你一个伯娘啊。一个人也该想想，自己是怎么长大的吧？"

寡妇深深叹了口气，接着就委婉曲折地诉说起来。并且毫无恶意、不经思索地添造着许多使人为之赞叹的琐事。因为当其生母病故，丘娃子还是一个婴儿的时候，寡妇曾经抚育过他两三个月，一直到那父亲替他娶了晚娘为止。

"这些都不说了，"她结束道，"单替你洗过多少屎片子啊！……"

"这倒是确实的！"表婶婶接着说，冒充着见证，"所以你千万眛不得良心！"

丘娃子仿佛咀嚼食物似的动了动嘴，又轻轻咽口气。他已经没有气愤和不满了，有的只是悔恨以及感动，而且觉得上了那位烂药舅舅的当。

他是并不相信白酱丹的，而他现在钱又光了。

"我未必安心想闹烂么！"他苦恼地低声说。

"你自然是上了别人的当了！"寡妇说，心境忽然开朗起来；虽然依旧现出一副苦脸，"你说说吧，他是怎样给你讲的？一封公事就了结了，——哼？"

"你说嘛！"表婶婶打着合声，"事情终久会闹穿的。"

丘娃子叹了口气，随又埋下视线，掏起指甲盖来。

"你不要怕！"看出丘娃子感觉为难，寡妇重又说了，"若果你用过他的钱，我还他好了。只要你好好的，肯听话，钱算什么？戒烟也花不了多少的。就是将来烟戒掉了，你要做点生意，我也不会有二话说。就是外人，一千八百我都在帮忙呀！"

"对！对！对！你伯娘还害你么？"表婶婶鼓舞地接着说。

"唉，你是壬的吧？"仿佛忽然记起似的，寡妇自问自答地说，"不错，壬的，明年满三十了！看你自己还想成个家么？幺房就只有你一个人了。"

"他没有说什么……"

"怎么会没有说什么啊?"丘娃子的话语虽然低沉而又含糊,寡妇可立刻听清了,她紧接着聚精会神地问,"既然居心告状,会连怎么个告法都没有商量过吗?这样怪的事情,就是你自己吧,恐怕也不会相信呀!……"

她一顿,忽然逗趣似的轻声笑了。

"你不说也算了,"她诱导地接着说,同时站了起来,"只要你问得过心!"

"他要我打伙挖筲箕背!"

"你答应没有呢?"她反问,赶紧向丘娃子走去。

"他说他进城立案去了。"

"嗨,搞得好!"腰身一挺,寡妇带点狂气笑了,"你这种人也叫人啊!"

"又不是我……"

"滚,滚,滚,我何家没有你这种东西!——刘二!……"

二十五

进城的当天下午,在一间颇为宏敞的堂屋里面,白酱丹忽然感觉厌烦起来。因为他进来很久了,而那位和他隔了张方桌对面坐着的主人,除了进门时说了一声"坐呀",简直没有理他。仿佛他自己在北斗镇对待什么没眉没眼的角色一样。

白酱丹重又咳嗽一声来提醒对方的注意。但是,又过了好一阵,主人这才那么仔细地、清检好堆在面前的红红绿绿的钞票,用一张白纱手巾包妥当了。

于是提起包裹,主人绕着桌子走了过去,拿眼睛贴近白酱丹研究起来。

"好呀！"白酱丹笑着站起来了，"还认识么？"

"我怕是哪个啊！……"

近视眼的主人把头缩转去了，就在客人下首，隔着一张茶几坐了下来。

他是很有名的，这不仅因为他有一对全城第一的近视眼睛，而且因为他是一把公事场中的通关钥匙，任何难题，一有他就解决了。他枯焦而冷静，像块岩石一样。

他叫吴监；虽然他是官班法政毕业，并非监生这类假货。

"这几年该好呀？"吴监问，把包裹搁在大腿边上。

"不怕你笑，老哥！生活都还成问题啊！"

"怎么，都说你们睡在钱窝窝里的呀！乌药，碱巴，都很值钱，涨了好几十倍。又出金子，——唉，啥时候帮忙买点便宜货喳！"

"这个容易，要多少开腔好了！我也正为金子的事来找你的。"

"想走私哇？"吴监直直率率地问。

"不！"白酱丹红脸了，"还说不到这一层来啊！事情是这样的……"

他正大堂皇地叙述了一番事情的经过。

"所以我特别跑来找你，"白酱丹接着说，"要请你在立案上帮帮忙！你知道的，我好多年没有进过城了，许多事摸不到火门，——怕走不通！"

"这个不成问题，大家老朋友呀！"

"自然，自然，"白酱丹接着说，有点口吃起来，"自然，不过，唉，大家人不同了，揭开脸壳子说吧：这当中还有点沟沟坎坎，——虽然并不怎样严重……"

"你不是说何家已经承认了么？"

"承认，自然是承认了，就怕大房站出来说话。我这个人一辈子做事，你清楚的，总是摸到石头过河。唉，依你看，将来不会有麻烦吧？……哼？"

黑而精瘦的吴监，闭紧嘴沉思了。

"总之，这件事要请你这位老公事费心斟酌一下！"白酱丹阿谀地加上说。

他想掏出联保主任龙哥的介绍信，一转念头，他又觉得不必要了。

"出产比磨家沟强。"他又突头突脑加上一句。

吴监忽然咂了一下嘴唇。

"我看，这样做吧！"吴监紧接着斩切地说，仿佛他在公布一道命令，"你索性单独呈请立案好了！政府正在奖励这样做呀。他地主么，照章分红给他就是了。不过，说一句老实话，我这个人一辈子怕做冤枉活路，出产真的旺不旺啊？"

"旺！旺！旺！这点我敢保险！可是这样行得通呀？"

"这是明令，怎么行不通哇？难道是什么人捏造的么？！"

"那就好了！不过还有一点，别人有祖坟在那里啊？"

"唉，你这个人太落后了！……"

吴监惋惜地叹了口气。

"我的祖坟出金子我都要挖！"他又坚决地加上说。

"然而，这是别人的呀！哈，哈……"

"我知道是别人的，——可是现在就不兴这一套！"

吴监的态度虽然不大礼貌，但是那张黄而浮肿的圆脸，却忽然被一种丢心落意的光彩照亮了，眼睛笑得来好像两条细缝。总之，这个老讼棍完全把白酱丹征服了。于是就在这个新的主意下面，他详细叩问着有关的法令，立案的措辞，以及其他必须打通的关节。他们最后决定，一部分由白酱丹自办，一部分就由吴监承担下来。

于是两个人就开始活动了。为了稳妥起见，他们把寡妇的父亲，那位老拔贡也拖了进来。当白酱丹走去游说的时候，老头子原很反对，虽然他的家境并不宽裕。但是接着，人种的舅舅，那公路职员却自己找来了，拍着胸口负责说服他的父亲。

在进城的第四天上，公事就到了县政府了。出名立案的有吴监、老拔贡的令郎、龙哥、彭胖和白酱丹，由白酱丹领衔。他们的组合叫利国公司，似乎真想大锣大鼓地搞一通。然而，少数城里的士绅却不平了，因为没有搭上股份。所以当第五天上酬客的时候，只有几个一呼即至的法定团体的负责人跑来凑趣，好多人打了谢字。

这虽然有点扫兴，好在无关大体。最重要的，那个满口承认帮忙的县政府的秘书，毕竟叫他们恭候到了。那是一个小胖子，眼小鼻塌，因为胸部挺起，衣着又小，看来就像没有臀部一样。他一进来，主客间的谈话立刻哑了。吴监拖着肩膀，偏起颈项欢迎过去。而那个素以冷静自夸的白酱丹，却多少显得有点狼狈。他赶快放下手里的烟袋，红着一张脸站起来了，仿佛初次在这种场合上露面的土财主一样。这因为，那来的是一个行政上的重要角色；其次，他很担心立案的事情。他假装着咳嗽了。

那个和秘书密谈了几句的吴监走过来解救他。吴监一声不响，把白酱丹拖往那位贵宾面前去了。这自然是好的，但白酱丹中途又止住他。

"莫忙啊！"白酱丹红着脸低声说，"立案没问题吧？"

"有问题他不来了。"

"唉，唉，唉，"白酱丹喜欢得口齿笨拙起来，"他没有说钱吗？"

"你怎么这样宝器啊！"

白酱丹的老脸更加红了；而且真像宝器一样，走过去了。

经过吴监的介绍，于是隔着一张茶几，白酱丹同那秘书攀谈起来。起初很不自然，而且老是调换话题。随后，就把谈话集中到北斗镇的土产上面去了。

别的人也同自己的对手重新闲谈起来。而谈得最起劲的是那公路职员，他在大吹他的西安生意。留心听他的人也特别多。但那教育会会长，一个瘦长、秃头的中年人，却始终对谁也不留意；他只间或站了起来，走去搅乱一下那些得其所哉的苍蝇。

现在，那个百无聊赖、灯杆一样枯坐一旁的教育会会长，重又站了起来，重又走向那些早已摆好种种冷盘的圆桌边去了，而且伸出手臂去拂了两拂。

"怎么这几天就有了？"当退回原位的时候，会长苦着脸自言自语地说。

"哄了你算孙娃子！"那公路职员几乎在咆哮了，"硬是随便买点什么回来都是一个对本！像他们办车胎、办颜料的，两个对本还不止啊！……"

秘书和白酱丹的谈话却一直都是那么客气。

"成色比章腊金如何啊？"秘书问，庄严地点着下巴。

"好啊！"白酱丹回答，又自信地扬扬眉毛，"将来看嘛！"

"对，那就一定请你帮忙买一点吧！因为内人……"

"怎么说买？那还成了笑话了哩！……"

"请坐起吧！"吴监忽然大声地说，"大家恐怕已经饿了！"

这是确实的，因为便是那个带点军人风味、精神百倍的公路职员，都已丢开他的西安生意，懒妥妥地住了嘴了。秃头的长条子教育会会长，也只是那么苦滞地坐着，不再关心苍蝇。所以，但等主人摊一摊招请的手臂，大家就入座了。

虽然为了身份，为了礼貌，秘书拱起手推让着，不肯坐上首席，但一发觉大家已经不大耐烦，也就不再推辞。于是动手吃甜汤了。开始是一片混杂的调羹碰调羹和喝着滚烫开水时嘴唇皮咂出的声音，接着，就单是轻脆的调羹碰调羹的声音了。咀嚼冷盘时的声音却要沉重得多。这其间，虽也有着主客的对话，但都很简短，很斩切的："请！""好！""重请一点！""好好好！"实际上就只这么单调！真正的谈话直到第五碗热菜下台后才开始。于是大家打着油嗝，剔着牙齿，认真谈起来了。

先是共同谈一个题目，不久，因为那种漫谈中所常有的杂乱无章，在进行当中就又逐渐分化起来，谈话的人变成了好几组了，各不相涉地齐驱并进。

仿佛居心证明自己并不土气，白酱丹和秘书在谈着神圣的抗战。

"不错，不错，"他说，"首先，中国地大物博，历史又这样悠久……"

"你起来敬杯酒嘛！"吴监侧侧上身，挨近白酱丹耳朵说。

"好！……提不提谈事呢?"

吴监闭紧嘴唇摇了摇头。因为他认为宴客只是预留一个地步，为将来万一发生麻烦找着落的，提谈起来反而多事。于是白酱丹提着酒壶站起来了。他先请大家喝干杯子里原有的酒，至少要喝一口，又再一一斟满。然后举起酒杯，带笑扫了一眼那些高矮不等、肥瘦不一、绕了圆桌站起的客人，接着就单独望着秘书笑了。

"这回进城，诸事都很仰仗！"他非常文雅地说，"请干一杯！……"

在道谢声中，各色各样的喝酒方式就开始了。有端着杯子闻的，有单用嘴唇挨挨酒杯边儿的，有的来势凶猛，发出一种很响很长的撕裂布匹的声音，实际并没有喝多少的。合格的酒徒也很不少，只见脑袋一扬，又咕的一声，酒杯便现底了。

但是，就在这种极端精彩的表演当中，一个衣服整饬的中年妇人，走进来了。这是何寡母。她才到城不久；而当从老拔贡口里听到立案的内容已经变卦的时候，她大吃一惊，立刻赶向吴家来了。虽然那个瘫在床上的拔贡劝她消停一下，竟也没有留住。因为她有一种错觉，以为宴会一完，她的希望也就完了，至少困难是更多了。加之，这个变卦对于她太突然，太出乎意料以外。正如一个自以为已经应药的病人，忽然碰见一个致命的反复。她所保存的证据，分家的和坟地纠纷的，是完全没有用了。而她的自信也就随之崩溃。这在别人也许已经完全失措，但她还有余力支持起自己。

当她在席前露面的时候，大家正在喝酒。只有白酱丹还举着杯子，而且眼睛四下扫着，极想表现一下自己的周到。于是，当他把眼光移向下席灯杆一样的教育会长的时候，他那黄而微肿的圆脸上的喜悦，以及那种近于讨好的神气，一下就变样了。他忽然瞟见了何寡母。他皱皱眉毛，随即那么自然地放下举在手里的酒杯。

白酱丹迫使自己笑了。可是他却依旧没有找出适当的话来，正像一个白痴一样。

"三老表！"到底寡妇先开口了，"这不会打扰你吧？"

"哪里的话！请坐，——添一份杯筷来！……"

白酱丹忽然想起寡妇是讲究礼节的，不会同那样多生面孔的男客共席，就又立刻改口叫人泡茶。他显得有点忙乱，因为他还在吃惊，无法使自己平静下来。

"是今天动身的么？"他张张巴巴地说，"表嫂这几十里路真赶得快！……"

客人早已坐下去了。他们当中发出了一阵短促的低语，随即不大自然地静下来，拘谨得正像送亲的上宾一样。最后，还是见多识广的吴监起来打开这场僵局。

"唉，我们吃我们的吧！"他说，"你也来呀！"他随又大声加上一句。

这后一句是他仰起脖子随便叫的，目的是招呼白酱丹；而那一个却也立刻理会了他的意思，丢下寡妇，红着张脸，挨着吴监坐下来了。

"这真太遇缘了！"白酱丹小声叹息着说。

"没关系！"吴监说，神气满不在乎，"吃了再讲！"

因为寡妇没有回答他的招呼，还极力回避他，公路职员生了气了。全席只有他一个人没动手。但当开始用饭的时候，他却抓起筷子狠狠一顿，终于也吃起来。

公路职员有一种模糊感觉，仿佛寡妇的闯入有点使他丢脸。这很快就被寡妇觉察到了，因为当他顿着筷子的时候，她禁不住异常凄苦地冷冷一笑。而且，她所仓促凑成的种种理由，一下子消失了，立刻滑入一种极想申诉的悲楚的心情当中。

寡妇得到一个新的念头，以为若果诉说一番她的身世，她是会得到人们的同情的，因为在座的客人都是些体面绅士。她设想他们的感动程度会和她的一样。所以，当大家搁下筷子，摆出一副准备受难的脸相，默默地分开坐定之后，她就开始说起来了。她说得详尽而又委婉。虽然她的眼睛仅仅有点润湿，她的声调也还那么爽朗，但是一个软心肠的人可以从她的诉苦听出眼泪来的。……

但这并无效果，客人都在表示不耐烦了。便是那些香烟瓜子，似乎也都不能使耐性增强一点。那教育会长禁不住开口了。他得赶回去领孩子，否则太太就会淘气。

"这究竟是怎么一回事啊，"他忽然插入说，"大家都还有点正经事哩！"

"对的，有话直直劈劈地说了好了！"别的人附和着说。

寡妇挫折了。

"好，"她叫着，重新鼓起勇气，"那就请白三老爷说吧！"

"怎么该我说啊？哈哈！……"

"怎么不该你说哇，——你请的客！"

"这个话才怪！"吴监严正地驳斥了，"人家请客归请客呀！"

寡妇没有接搭下去，她觉得她被敌人包围住了。那个一直感觉自己是在大庭广众中丢脸的公路职员站了起来，迅速走近她去，随即弯下身子向她耳语。

"你回去歇歇好么？"他恳求地低声说，"大家的面子也要紧嘛！"

"什么叫面子哇？"寡妇愤然作色地说，连自己也没料到地变激昂了，"我的面子早丢完了！外人整我不说，连亲兄弟也打起合声整，还禁止你张声！"

"那么你又闹嘛，——看你闹得出一个名堂来么！"

认为已经尽了手足之情似的，公路职员心上轻松多了。于是他退回堂屋门边的矮椅子上去，两脚一伸，两手抄过去兜住后脑瓜子，装出一种不闻不问的神气。

他决心不开口了，但他忽然两手向前一抛，重又坐直起来。

"说起来又怪我多嘴了，"他说，又长长叹一口气，"你究竟打听过行市没有啊？让我告诉你吧：人家是根据法令做的，又不是骗人，哄人，欺诈哪个。自己就是不愿意吧，也该拿人情说呀！'唉，大家都不是外人哇。'一来就又吵又闹……"

"那我们像在装疯！"白酱丹说，非难地笑了。

"你听！"同时寡妇也插入说，"就是丢脸，也只丢得了我何家的脸！……"

公路职员十分见怪地睁大眼睛，再也无法说下去了。于是，仿佛唾弃什么似的动了动嘴，重又四肢长伸地躺下去了，认真不再开口。

"我活了这么大，"寡妇继续说，没有想到她的发泄只会加重了人们对她的厌烦，"我守了一二十年节，现在倒要你来教训我了！恐怕就是给人烧起吃了，也不出点声气，那才叫作面子！可是没有那么便宜。这不是乡坝里，没有王法的地方！"

"对！"白酱丹忽然懒懒地开口了，带着一种充满自信的微笑，"这不是没有王法的地方，凡事要讲法律；吼一阵吓不倒人，也解决不了问题！"

他已经看出了自己的优势，决心要了结这纠纷了。

"真对不住，今天把大家耽搁久了！"他接着说，抱着烟袋站了起来，"又花工夫，又受打扰。现在就让我来说一说吧，免得把大家吵得头痛！……"

白酱丹从自己的观点说了一番金厂立案的缘起。

"事情就是这样！"他结束道，"请各位批评批评，看我哪点错了？

就说我智识浅短，对公事外行吧，这城里的高明人——岂少也哉？……哼？……哼？……"

他原想说城里的高明人都很赞成他的，但是那"也哉"妨害了他，使他意外地倒了个硬拐，以致没有表达出自己的本意，而且无法接下去了。他感觉得情急而又羞惭，只好搂着烟袋，哼哼哼地响着鼻子，身子车来车去绕视着前后左右的客人。

"当然，当然，"几个声音同时地说，"这些事应该有人来提倡啊！"

"自然应该提倡，"寡妇插进嘴来，企图挽回她的颓势，"各位都是明达之士，"她说，极力做出微笑，"未必还会乱说话么？又都是机关法团的人。我们女流之辈，见识浅。不过我要请教各位，再说应该提倡，究竟还讲不讲个主权呢？"

白酱丹非难地笑了起来，隔着桌子迅速地走向寡妇。

"主权自然是你的呀！"他说，用手指轻轻击着桌面，"所以……"

"既然说是我的，为什么你们又随便就把案立了呢？"寡妇顶上去问。

"完了！"因为回答不出，白酱丹解嘲似的笑了，"你怎么这样说啊！……"

"简直是在瞎扯！……"

虽然没有看出，也不容易看出白酱丹的狼狈，吴监终于出了马了。依照习惯，每当说话的时候，他总现出一副沉思的样子，也不看望一眼对方，而且，每说一句，总要毫无目的地点一下脑袋。他的语调异常沉着，充满一种专断的自信。

在下了断语，判定寡妇是在瞎扯以后，于是他一知半解，但却能自圆其说地谈到土地的所有权和使用权，以及种种有关战时生产建设的法令。他是解释得那么确切，便连自负博学的长条子教育会长，也佩服了。但是寡妇却不相信他这一套。因为若果相信了他，除了屈服，她便别无出路。同时她又无法找到反对的理由。她重又慌乱起来，觉得她被束缚得更紧了，简直想不出一个解脱的办法。

而且，吴监的声名、魔力，以及他的接近官府，她又早知道的，对他更加畏忌。因此，吴监说得愈多，她的失望也就愈大；但她忽然勇敢地遮断他。

"我没有你那么会说！"她嚷叫道，"我们打官司好了！……"

"好嘛！"吴监并不生气，反而冷冷地笑了，"看政府还把法令给你改一下么？好在'中央'也搬到四川来了，就在重庆，要告上控也不费事。"

"我说不定要找'中央'！"寡妇继续叫嚷，"我怎么不找？……"

她是如此的愤激，至于发泼似的一跃而起，再又扭着腰肢塞进椅子里去。但当坐定之后，她感觉害羞了。她没有能够如她所想的再嚷下去。

"问题倒不在'中央'不'中央'啊，"浮着机敏深沉的微笑，秘书乘机会开口了，"这是法令！"他说，神气忽然严肃起来，似乎想让大家知道，他所提到的并非茶壶酒壶一类东西，"你问问看，全国都通行的。就是去找'委员长'吧，该怎样还是怎样。"

"对啰！"白酱丹兴高采烈地叫了，"你手里过的案子未必还少了么?!"

他存心要给寡妇一个有力的暗示，而他立刻就做到了。因为寡妇忽然一下断定，小胖子秘书无疑是个重要官员，失悔自己先前没有注意。她的失败情绪更增强了；但也同时发现了一个新的希望，以为她的身世，可以例外地得到秘书的同情。

"你先生不知道，"寡妇开始从容地说，"我守了一二十年节……"

秘书感觉厌烦地笑了。

"好吧，"她叹了口气，随即毅然决然改变过话题，"就算是政府规定了的，常言说，官有一问，民有一诉，这个主权，总不能给我说走了吧?"

"主权自然还是你的!"秘书说，威严地抬抬下巴。

"好，主权既然说是我的，为什么又不由我做主?"

"闹了这大半天，怎么你还没有弄清楚啊?"设想到太太的抱怨，带点愠怒，教育会长接了嘴了，他站起来，指指点点地紧接着说，"他们是根据法令使用一下，使用的时候，照规定给你分股;不使用了，地方还是你的，——哪个就给你背走了么? 呵唷! ……"

"可是各位要知道啊，我那里有祖坟呀!"

"绝对不会挨你的坟! ……"

白酱丹赶紧跳起来顶上一句;而在同时，吴监异常见怪似的嚷道:

"霉了，——挖人家的祖坟!"

"对，对，对，对，对……"

客人们也都一齐叫嚷开来，企图尽力造成一个脱身的机会。

"对，只要承认不伤你的坟就好了嘛!"好几个人异口同声地说。

"不! 不! 各位像还不清楚，我那里是发坟呀!"

"这些脑筋真太旧了!"教育会长愤愤地咕噜了一句。

这总算主人家没有错请了他，因为，虽然不如第一次来得激昂，会长随即自告奋勇地讲说起来，用着极大的忍耐开导了寡妇一番，证明风水之不足信。

"外国人就从来不看阴地，"他接着说，"别人不一样大总统，出百万富翁么?"

"我们中国人可有中国人的风气! ……"

"呵唷! 何太太哩，"秘书戴上呢帽，蹩着胖脸站起来了，"你这点道理，无论如何说不走的! 发坟，"他从鼻孔里轻声一笑，神气正和他提到法令的时候相反，"我告诉你，'中央'已经明令全国普遍修公墓了，——就不兴发坟不发坟这一套! ……"

"可是，秘书长要知道，我是一子之家啊! 要是犯到……"

"依我看这样吧，"虽然并不理会寡妇，秘书倒像代她求情似的，微笑着转向白酱丹了，"你们开工的时候，多叮咛一声工匠，不要伤到她的坟吧！"

"这是当然的呀！哈哈，我同他们何府上还算是内亲啊。"

"好，好，好，事情这一下也算说来顶了天了！……"

带着极不耐烦的神气，客人们也都陆续站起来了；仿佛寡妇如果再扯下去，那就无异是和他们作对。而当公路职员走向厢几，取下呢帽，向着头上一笼的时候，他更忍不住厌恶地向她横了一眼。"这就叫自讨没趣！"他恼怒地对自己说。

寡妇是被全世界同她作对那样的感觉所压倒了。她很想哭嚷出来，请他们把她活埋了再说；但这太失态了。因为这是城里，先前又已经做了一次可笑举动。她一时间为沮丧和失措淹没了。但她还在挣扎，而且忽然得到一个新的主意。

鼓动余勇，她蓦地理直气壮地站起来了。

"那么好！"她充满自信地赌气说，"我可额外还要搭股！"

"呵唷！"白酱丹笑嚷道，"这个还不容易？连外人都在搭股子呀！……"

出乎寡妇意外，她所提出的难题，立刻就解答了。

于是，不仅是当事人，客人们也都一个个轻松活泼起来，觉得了却一桩大事，可以毫无愧色地走出去了。也就是说，他们没有白吃白喝，已经对得住一席并不菲薄的饷宴。他们连声道谢，就由白酱丹和吴监伴送着退出堂屋，走向大门口去。

而当屋子里只剩下一个寡妇，几个早就在门缝里窥探着、偷听着的女眷，走出来屈尽女人的本分，开始劝慰她的时候，寡妇可就认真成了失败者了。

"我苦了一二十年，"她啜泣着，"我二十几岁就居孀守节……"

二十六

正如太阳的大公无私一样，抗战把一切都推动着前进了。而那速度，用句乡下人的话说，便是套起草鞋也赶不上的。因此，白酱丹从城里凯旋归来那个日子，虽然在人们记忆里还是那么新鲜，其间的变动，却颇相当于我们祖父辈一生的经历。它们是那样出乎意外……

当他终于降服了那个厉害的寡妇，完成了开发箐箕背的合法手续以后，他觉得他的希望开了花了。他大锣大鼓准备起来，此外一切，全不在他意下。但这样的时间是有限的，到了回家的第九天上，他却逐渐从陶醉里醒转来了。他并不明确知道已经有了什么阻碍，但要相信百事顺遂，却又不行。首先是股金问题。当进城立案的时候，龙哥、彭胖是用全部热忱支持他的，回来的时候也还不错；最近却变样了。他们总是推诿着交款的日期。这在起初，他相信他们的现款的确不便，因为他知道他们到手的小麦、菜籽是很多的。经过昨天的谈话，那怀疑就钻进来了。他看出他们是在推诿。

也就因为这点疑虑，这天早晨，他连坐茶馆的习惯，也自动革除了。抱着签花烟袋，他仔细地、但却仍然像被热情冲昏了头脑的那样，毫无结果地推敲着他们一再推诿的原因。他一时认定他们是在生他的气，嫌他们搭的股份少了。然而这不对劲，假如这样，他才回来的时候他们便会向他提出抗议，不会一直闷在心里。

于是他又重新回忆一遍他们昨天谈话的经过。

"也就是这样！"回忆之后，他对他自己说，"格外并没有讲什么呀！'不要慌，慌什么啊！'自然，态度不大那个，有点像冷水烫猪！……"

烂钟奎从外面走了进来，现在他已经成了白酱丹的重要助手。

"跑了这一早晨，"他表功地边走边说，"连脸都没有洗！"

他想一直穿过堂屋，走到灶房里去打水洗脸。

"你也换一双草鞋哩！"白酱丹叹息说。

他皱着眉头，斜视着烂钟奎那一双太欠考究的鱼尾巴鞋。

"请的人怎样呢？"他又问。

"人倒多啊！"烂钟奎停下来，傻笑地抓抓耳根，"林狗嘴的槽子停了，刘大鼻子的，听说也准备搁下来；你就要一百人也好找的，不要讲三五十个！"

"大鼻子的也要停工？"

"挖蚀了。你想，口粮又贵，一天挖他妈一点，麦麸皮样！……"

"那是啊！"白酱丹毫无理由地高兴起来，"出产不旺宁肯莫挖！"

"筲箕背将来好啊！不过，究竟是怎么的，闹了这样久了……"

"快去洗了脸再说吧！"白酱丹切住他。

他的高兴已经消失，他又重新被烦恼包围住了。

而且，现在他似乎已经接触到龙哥同彭胖一再推诿的理由；但他不敢相信。所以直到吃饭的时候，他的眼前依旧蒙着一层雾罩，使他无法认清事情的真相。

因为这天逢场，又失约好几次了，他该留在家里等酒罐罐一道去市上买木料的，但连饭后烟都来不及抽，他就抱着烟袋出门去了。只留下一个口信，叫那老金夫子到畅和轩找他。他多少有点着急，模糊觉得自己的命运，就要临到决定的关头了。

当经过涌泉居的时候，幺长子连说带笑招呼住他。在白酱丹初从城里回来的时候，那嫉恨狠狠地苦过他，现在，他却怀着恶意的期待来看他了：希望粮价更涨。

幺长子故意作怪地眨眨眼睛，大笑着嚷叫道：

"嗨，老是走！认真要挖金门闩子了哇？……"

白酱丹原想点点头就走过的，但他停立下来。

"唉，又怎么样呢？"他带点应战的态度反问。

"不怎么样！"幺长子作弄地回答，"就是请你早放个信。我们也好燃串鞭炮！不过，唉，当心点啊，谨防把人骨头挖出来！"茶客们大快人心地哄笑起来。

"啐！……"

白酱丹担心闹来不成体统，于是啐了一口，走了。

街面上已经很拥挤了。但是，因为正当农忙时节，上街赶场的男子汉很少，大多数是妇女。她们面带愁容，走着谈着，正像遇到什么祸害。有的手上挽着提筐，有的背着夹背。谈话最普遍的是雨水问题，因为冬田已经亮了底了，好多地方连秧母田都关不起水。……

龙哥正在畅和轩一张空起的方桌上清捡钞票，他的对面站着彭胖；一只脚踏在长凳上面，膝盖上撑着右手，托住下巴。他们都严肃而沉默，只不时意义暧昧地交换句把句话。他们正在进行一桩危险勾当，准备调换硬洋，然后派人进山去换烟土。他们感觉自己是在冒险；虽然半年以后，这在北斗镇已经成了合法买卖。

正因为这件事，龙哥近来已经变得很沉静了。这不是良心上有着不安，他有很多顾虑，同时又舍不得那三倍四倍的利益。彭胖的心情也同他的一样。

当他们听见白酱丹的招呼的时候，龙哥把堆在方桌上的票子，已经一一清点完了。

"呵哟，开银行嘛。"白酱丹故意打趣地说，一面走向他们。

龙哥正在动手包扎钞票。

"开啥银行！"他懒懒地说，"还斗不到眼眼啊！"

白酱丹红了红脸，觉得龙哥在回避他。

"你这几天像有病呀？"最后他搭讪着说，"看你的神色……"

"他妈的龟儿就是头昏得很！……"

龙哥回答得有点心不在焉。于是叹息一声，结结实实坐下去了。

"你收捡好哇！"他翻了彭胖一眼，加上说。

"要得嘛，"彭胖蠢然笑了，"横竖捡也捡不久的。"

接着彭胖就把那包钞票拖了过来，无聊似的用手掂着轻重。

"看有二十块硬银圆重么！……"

"唉，股款究竟怎么样呢？"

终于，白酱丹忍不住提出那个一直苦恼着他的问题来了，同时斜坐在一张长凳上面。

"有多少东西，早就该备办了。"他加上说。

"这样好吧，"龙哥说，一下坐直起来，"我量两担玉米给你。"

"对！"彭胖紧接着说，"开了工横竖你要吃的，我也匀点。"

"可是，没有现钱也不行呀！打撑、装厢的木料、刨锄子……"

扳着指头，白酱丹带点激动地说了一长串必要的开销。

"请问，没有家具这个工怎么开？"他接着说，"未必学赵五娘，用手挖么？城里的股款也不来气。真想得好！人种舅舅来了封信，说，他到西安去了，分的金子交在他老婆手里，不要让老头子知道。钱呢，一个字不提，真像我在唱黄金窖！"

"我看这样好么，"嗷嗷喉咙，彭胖审慎地正式说开头了，"横竖什么都不就流，等粮价稳住了，再来动工怎样？你把细想想吧，——哼？……"

白酱丹没再张声。他苦着脸，似乎正在考虑什么严重问题。

"老实说吧，"彭胖接着又说，"何必定要挖金子啊！现在随便买点什么，过道手就有钱赚。你说事情就流，也不说了，又处处汤来水不来的！……"

白酱丹苦笑一声，随又咂了咂嘴唇。

"我们忙了这样一场，像是在装疯呀！"他显得愤激地说。

"怎么是装疯哇？案是立了的，金子埋在土巴里在，等到粮价跌了……"

"你当然可以这么样说，有钱，等得起呀！"

"好，少说点吧！"那个肥厚多肉的鼻子猛地响了一声，龙哥站起来了，"我们两个人给你凑一千好了！"他热情地接着说，"不然，你会以为我们过桥抽板，丢下你不管了。老实说，粮价这样簸来簸去，还要把钱往里面塞，实在也太冒险！……"

"要是金价跟着涨也不说了！"彭胖赶紧插进一句。

"对啰，金价呢，公家又给你捆得梆紧！……"

"早知道是这个结局！"白酱丹摇头叹气起来。

"这只能怪目前的事情变动得太快了，就像变把戏样！"彭胖说，假装出一副愁相，"就拿菜籽来说，你以为登了市好买点吧，嗨，它才没有那么听话！"

"怎么，你未必还没有收够？"龙哥问，惊怪地斜瞪着彭胖。

"我才收好几颗啊！头几场太忍手了。……"

于是，两个人谈着私话，一面走向阶沿边去。对于白酱丹呢，就像对付筲箕背那样，他们几乎对他毫不感觉兴会，甚至完全把他忘记掉了。

白酱丹自己，也好像没心思定要随他们同行。那个早晨怕于承认的若即若离的真相，现在已经很明确了。但他立刻把他的感情浪费在对于他们的不满上去。他觉得他是被出卖了。而这却又使他得到一种意外的勇气，决心坚持下去，似乎闹翻脸也不在乎。末了，他也终于站了起来，走向他们正在进行密谈的阶沿上去。这时茶馆里的客人已经很多，随处都在响着人们的骚音，以及茶碗、茶船碰击的噪响。

当快要走近他们的时候，他很懂事地预先咳了声嗽。

"那么，钱又什么时候拿呢？我好做我的事了。"他搭讪着问。

"下一场好吧？"彭胖客客气气地回答。

"你手里不是钱么？"

"呵哟！这个钱那我才挨都不敢挨它。"

"这样好吧！"顺手把呢帽望脑后一掀，龙哥粗声粗气地接着说，"晚上你找胖哥好了！不过，还是那个老话，不要慌，——不挖金子就不吃饭了么?"

他说这些话的居心,原是好的,但他几乎把白酱丹弄发火了。加之,话一说完,龙哥、彭胖就都扬长而去,理也不理睬他,这就更加使他生气!但他始终没有发作,就那么不声不响地尽力克制着自己的激动;直到狗老爷出了声气,这才回过神来。

狗老爷是坐在阶沿上的长桌上的,现在,他望白酱丹好奇地叫道:

"嗨,你像想进去了呀!……"

白酱丹长长吁一口气,而他随即显得害羞似的笑了。

"唉,我正想找你说个话哩!"他说,走近狗老爷去,在空着的首席上坐了下来,"挪扯得到一千块钱用一用么?今晚上就如数还你!"

"你早该说呀!几个钱,头一场买小麦就买完了。"

"怎么,你也看热闹了呀?"一个同桌的茶客插进来打趣。

"啥呵,横竖不大费事,搞到玩样!"

"你去编一编好吧?"白酱丹又说。

"不行!"狗老爷说,摇一摇板刷一样的下巴,"你想想吧,现在哪个肯把钱搁下来乘凉啊?!就出五分利你都借不到的,——都拿去耍变化去了!"

"好,那就不必谈了,我另外设法吧!"

仿佛认真能够另外设法,而且很有把握,白酱丹强笑着站起来了。他信步走下阶沿,挤进人丛中去。挺起胸口,搂着烟袋,装出一副和心情很不相称的高傲神气。

一直走了好一段街,他才得到一个念头,他可以到寡妇那里去试一试。因为他记得很清楚,正是在城里宴客的时候,地主应得的股份而外,寡妇曾经承认,或者确切点说,曾经被允许再搭两成股的。而且,就在前一个场期,因为龙哥们的推诿,他还亲自去催过一次。虽然没有结果,甚至没有会见寡妇本人。而他先前之所以没有想到找她,原因也正在这里。现在,既然四面都是墙壁,他就又想起这条出路来了。

他已经在何家大厅上坐下来了。但他显得很不自在，因为正同前次一样，只有一杯温茶陪伴着他。他抑制地叹息了，于是望着屋橼凝想起来。他设想她找不出现款，但是谁也不会相信这是事实；而她若果已经放弃了入股的念头，这就糟了！

寡妇终于冷冷淡淡地走出来了。虽然依旧那么整洁，但却显然带着病容。她消瘦而且苍白。她的微笑是勉强的，以致看起来好像含点恶意。她是被悲愤和那种失了面子的感觉所压倒了，直到旧历年底才得恢复旧观。因为那时候粮价涨得更高，她的财富既然增加不少，笸箕背竟连提也没人提了。但是现在，在这和她的仇人相对的中间，她的憔悴依然很扎眼的。当那天从吴监家里回转娘家的时候，她同她的兄弟吵闹了一场，而且很不满意她那毫无主见的父亲。次日一早，她就怀着一种决绝的心情赶回来了。回家不久，那气痛症就开始磨折她，于是她又染上嗜好，和人种对烧起来。

也许由于那种过量的愤激，或者完全出于一时的感情作用，而不是经过深思熟虑得来的决定，关于股份的问题，她已经忘记了，而且已经把所有的现款换成了粮食。上次白酱丹的拜访，才使她重新记起这一件事，但她叫孙表姊把他敷衍走了。现在，经过一度认真考虑，于是她就亲自出来向他表白她的决心。

相见之下，双方都有一种生疏的、甚至难为情的感觉。因为这还算是他们离城以后的第一次会见。但是他们都很世故，他们自持着，按照常规谈起来了。

招呼之后，白酱丹立刻显出一种十分关切的神气。

"上一次来，听说表嫂在欠安呀？"他皱着眉头说。

"是呀，死又不死，就这样磨折人。"

"哪里的话！"白酱丹伴笑了，"你还早得很啊！"

"总是罪还没有造够嘛！"寡妇说，发出含意深深的苦笑。

谈话停顿了。白酱丹微笑着，遮掩似的专心一意吹着纸枚。

"呵，表嫂！"他并没有把纸枚吹燃，但又忽然想起什么重要事情似的，微笑着说开头了，"我想，你是很方便的，你那两千股款，今天可以拿么？"

寡妇叹息起来，随又瘪着嘴摇了摇头。

"说句真话，这个钱我不敢想，三老表另外找人好了。"

"可是……"

"我怕人家批评，说我太想钱了！"并不让他插断，寡妇紧接着说，"吃不起饭也不说了，稀饭面汤又勉强搅得匀净。我这个人脑筋又旧……"

寡妇忽然觉得她的话语过于尖刻，她一顿，立刻设法纠正。

"三老表处的地位，自然又不同了。"她接着说，客气地笑了起来，"你们人大志大，是替国家做事。总之，我不打算入股，手头又紧，也拿不出款子来。"

只有傻瓜才会纠缠下去，白酱丹假笑着站了起来。

"你的想法也对！"他说，"现在做人，本来也太难了。……"

白酱丹走的时候，寡妇对他比他来的时候热络，因为寡妇一直把他送到大门堂里。但是，尽管如此，一上了街，他的愤怒，可立刻爆炸了，差点破口大骂起来。

"这个婆娘厉害！"他嘟哝着，发着狞笑。

然而，这又仿佛不是生气她拒绝入股，他只觉得她的口齿太伤人了。同时也有点自怨自艾，认为自己的拜访是一种愚傻举动。但是不久，他就又想起实际问题来了。这一下怎么办？索性搁下来吧，太丢人了；但是，凭着一千元做下去，也一样丢人！自然，龙哥、彭胖还答应过借点玉米，他们绝不会踩水的，一定能够如数兑现。但是这也不解决问题！最后，他把希望搁在寡妇放弃的股款上去，开始考虑人选。

但他想不出一个适当的人来。这一天的碰壁，已经使他完全失掉了自信。他想到叶二大爷，他厚重、直率，一定不会市侩似的斤斤计较。但他照样没有多大把握。因为，就为了筲箕背，叶二大爷竟连招呼也不同他打了。而且，这位一向沉默寡言的袍哥大爷，曾经当面挖苦过他：太毒，太不知道饱足。而且警告他下药忍手一点！……

末了，他感觉挫折，而且充满了失望、惭愧。他一直望家里走去，想把自己孤独起来。他一到家，就在堂屋门边的太师椅上坐下，接着两腿一缩，然后又伸向桌沿上去；但他忽又把它们收回来了。他从茶壶下面取出一封信来，那是邮政代办所送来的。

他从字迹认出这是吴监的信，于是忽然来了一种朦朦胧胧的希望；他拆开了。他没有猜错。内容是这样的：那秘书已经在催问了，挖到金子就赶快送去！

吴监没有提到股款的话，大约相信自己该得干股。

"嗨，有趣！"白酱丹异样地笑了起来，"真是有趣得很！……"

"丁酒罐罐已经来过两三次了。"他的太太忽然脱气地曼声说。

她正有病，弯身坐在堂屋门后的烂躺椅上。她是说得那么丧气，而且那么不合时宜！仿佛要咬人样，唏开牙齿，白酱丹狠狠地把头车过去了。

"啐！……去把酒拿出来！……"

他喝了很多，一直醉到晚上才醒。当他从床上爬起来的时候，更锣已经响了。但他还是走了出去；虽然担心彭胖已经关门，或者推推诿诿不给兑现。

他没有会见彭胖。因为大门虽然是开着的，人却有事出街去了。因为头脑昏晕，他就权当养神似的在彭家大厅上等候下来。他没有料到他会等待很久，因为当他满载而归的时候，街上竟连汤圆担子也收场了。他在黑暗中摸索着，脑筋上不断通过着种种杂乱想头。由于彭胖再三说服，他已决定暂搁下筲箕背，等到粮价跌点再讲。虽然后来事实证明，粮价竟是那样地不通商量，就那么一个劲老往上涨，仿佛永无止境……

夹杂着若干失败情绪，现在，他只考虑着怎样利用他那藏在怀里的法币。坐着吃自然不行，做生意钱又少了。他也考虑过到山里贩运烟土，因为当时去的人少，他没有这个胆量。接着他又想起了那个在一切财主当中已经成了风尚的粮食生意。这没有危险，又不犯法，资金也可多可少，而且，任何人都可无师自通！

最后，他决定做囤压了。而半年以后，事实证明这种简单方便的法门，倒比挖金子赚钱。他逐渐脱离了借贷请会的生活，他那签花烟袋，也擦得更亮了。……

但在当天夜里，他却总是无法摆脱他的懊丧，觉得他的损失难于弥补。

"啥运气啊！"他又忽然想起了筲箕背，想起了他的处心积虑，以及目前这个尴尬的结局，"去他妈的！"他忍不住詈骂起来，"煮熟的兔子都跑掉了！"

他已经踏上自己的阶沿了。他走近门去，摸索着掀开那在门后抵住的长凳。他就要跨进去了，忽然，一团黑影子顺着那和大门平行的墙脚边辗移过来。而且，那团黑影子，忽然又停住不动了。他的背上情不自禁地通过一股寒战。

他赶紧跨进门去，然后再又回转身来，略略伸出他的脑袋。

"哪个？"他问，下意识地摸了摸怀里的钞票。

"我，我，舅舅……"

"这个杂种吓我这一跳啊！……"

他乓的一声把门关了。而且从此不再记得他还有个外甥。

一九四一年秋

困兽记

一

一九四〇年夏天的一个上午。王场的集市早已经开始了，这座只有三间茅棚的茶社，却还是空荡荡的。这因为它既在镇外，又不当道，一般市民大多只有夏天才来喝茶纳凉。作为消夏休息，这地方倒的确不错：开旷、高敞，可以一览郊外的田野风光。它又面临一条宽大河流。虽多浅滩，但沙石莹洁。而且顺着两岸的橙木林子望去，紧靠堤岸，随时可以发现一处处沉碧的深潭。

在这只有一些从茅棚空隙处漏下的花花太阳的茶馆里，连堂倌都不在，大约跑到什么地方过瘾去了。只有一个十三四岁的女孩，屈着上身，歪坐在一把矮竹椅上，聚精会神地、一直凝望着两个站在左手边堤岸上钓鱼消遣的闲汉的每一动作：在钓钩上安置蚯蚓，或者忽然神情紧张地一下子把钓丝提上来。仿佛他们的成败得失，和她息息相关。而一阵愉快的笑语声，忽然把她的注意牵引开了。

这来的是两位本镇中心小学教员田畴和他一位同事。田畴眉粗眼大，身体结实，一个骨骼宽大的络耳胡青年，已经好几天没有刮过脸了。除开一双黄色胶底皮鞋，一条白哔叽西装裤，他的穿着十分寒酸。蓝布长衫又短又小，而且早已褪色。但和声调相称，他的神色却很开朗，而且永远带着一种满不在乎、高视阔步的气派。他漫步向了茶堂走去，同时高声对他身后的同伴闲谈，而对方的兴致相当平淡。

他在夸谈着他出的好主意：聚餐的地点真叫他选对了，而且宣扬着他所选定的各色茶馔，价廉物美，配搭得很不错。这是一次颇不寻常的聚餐，目的是欢迎一位从抗日前线归来的老同事章桐，否则，他和他的同事也不会这样破费的。他们已经两三年没有这样聚会过了。

田畴可以说是这次聚餐的倡议和组织者，情绪远比任何人热烈，尽管他的处境、生活远比其他同事清寒。而当他跨进茶堂的时候，他的谈话，却更愉快而响亮了。

"嗨！"他忽然惊叫道，"就在这里拼两张桌子坐不好啦！……"

他随即十分敏捷地跳到茶馆上首边的土坪上面去了。那里地势较高，当路的一面绕着一道短篱，篱笆后面是一片菜地，当中耸立着几株红色的鸡冠花。土坪上虽然也搭着破晒席，但却并不阻碍视线，可以供人任情瞭望。

"呵哟，这要看多远啦！……"

仿佛就要同什么人打架似的，挽挽袖头，他踮起脚向辽远处瞭望过去。

"喏，那不是渔洞口的桥楼子吗？"他指手画脚地继续嚷叫，"那不是大拱桥？这个地方真好极了！赶快叫堂倌把桌子搬来吧！……"

"忙什么啊！"那位同行者摇摇头反对道，"我还打算去赶下场哩。"

"霉了，——这个时候你还打算去赶场！……"

于是，也不管那同事是否愿意接受他的意见，不要去赶场了，接着，像喊口令似的，他大声武气呼唤着堂倌赶紧搬两张桌子来。

"你再叫大声点呀！"那同伴作弄地鼓舞着他。

这是一个面孔苍白的小个子人。他是聋的，但当别人讲他的坏话的时候，他的听觉却又特别灵敏。他是国文教员，叫米子远，字写得很好。和他的书法一样有名的是他的谦谨。因为生计所迫，在一般喜欢胡调的朋辈中间，他又早以囤积居奇著称了。

"看你的声气有好大吧，"米子远接着又说，"可惜没有人啊！……"

这其间，那个宴会主持人已经离开土坪，嚷叫着走向茶堂里去。

而且，把那茶馆主人吵出来了。这是一个瘦长无须的老人，神色委顿，显然他还没有过瘾。他披着汗衫，呛咳着，搔着后脑勺子向着田畴审视。

"啊，田老师哩！"他在喉咙里说，"请到里面坐嘛。"

"哪个要在你这儿坐啊！"田畴直着嗓子叫了，"快把桌子给我们搬两张到外面去吧！……"

老板踌躇了一下，接着就动起手来；一面吩咐那女孩子去找堂倌。然而，虽是极力想要讨一点好，他的行动却是那么吃力而又迂缓。这使得那个精力饱满，喜欢活动的教师，感觉很不好受合了。

"你快收拾倒啊！"田畴大笑着劝阻道，"让我搬起来你看吧！……"

"我这几天人不利落……"

"恐怕还没有过瘾吧？"

田畴微笑着打趣他，随即那么轻易地掀起一张矮小的方桌，然后再把桌面靠向胸口，一气抱往那土台上去。不久又来搬了一张，老板和那国文教师则在慢条斯理地搬着椅子、凳子。而当一切都已安置妥当的时候，那个头缠破布的秃子堂倌，终于也精精神神地回来了。

国文教师已经不再提说走的事了。他在那只塞满酒瓶、纸烟、瓜子的藤篮里抽出一份报纸，专心一意地阅读起来。田畴则在悠悠闲闲地哼唱京戏。这是他的消遣方法之一，每当精力无处消耗的时候，他总喜欢这么痛痛快快吼上几句。但正像这是一个精神上的漏洞一样，他又每每感到一点和他性情不相投合的凄怆。

这一天他吼的《托兆碰碑》，因此也就更加感到心坎上沁出的那股味道的难受。但他终于哼唱完了，于是深深吹一口气，随又叹息一声，感慨系之地闭着眼睛微微摇一摇头。最后，他抿笑了。

"京戏就是这一点好，"他自言自语哼道，"吼一板就什么闷气也没有了！……"

"你会有闷气吗？"聋子意外地听清了他的牢骚。

"满肚子都是啊！特别是今天。你想吧，别人这两年跑了好多地方啦！我们还在原地方蹲起，就像犯人一样，——脚镣手铐都是齐的！……"

他想起了他的妻儿，但他没有认真发泄下去；更没有说出那件真正搅乱了他情绪的事件。刚才他去邀约从前剧团里的一个女同志吴楣参加宴会，但她强笑着拒绝了他，表示她的丈夫，这天就要从成都带他的新宠回家来了。这件事，他好久以前就知道的，但却从没有像今天这样打动过他。这不止是同情，更是一种深沉而又广泛的苦趣；到了最后，就又变成对于自己的不满了。

他没有痛快地发泄下去。但是停停，却又急转直下地嚷叫道：

"唉，去他的！我们去钓鱼玩吧！……"

"好，还是躺在这里舒服一些！"米子远摇摇头说。

然而田畴并不看重他的同意，他向老板借到一根钓竿，走向那陡峭的岸边去了。但他不久就又退了转来，因为钓了一会，他实在感觉得那种渺无着落的期待的难受。

"哎呀！要吃鱼还是拿钱去买好些。"坐定之后，他自我解嘲地叹息说。

"你这个脾气钓啥鱼啊！"国文教师米子远笑着说了，"这个全要点耐性呢！像你这样毛焦火辣的人，只配去打老虎——其实也不行啊！……"

"唉，听到说么？公爷今天要带新太太回来了！"

这个出其不意的询问，不仅叫米子远立刻停止了他那从容不迫的议论，而且放下报纸，而且一下直起腰杆坐起来了。因为深知本镇的豆渣公爷近几年十分喜爱吴楣，他就一直不肯相信这个会是事实。

"真有这回事吗？"他带点吃惊地问。

"那还有假的啦？吴楣亲口告诉我的呢！"

"像这样，天地间的事就难讲了！"

"有什么难讲的啊!"田畴禁不住兴奋起来,因而愤愤地说,"千万是谷子太多,粮食太值钱了! 老兄,要是我也是粮户么,嘿嘿……"

"看你太太听到骂你!"

"不怕! 我就当面也对她这样说过呢。要是我也是个粮户,——不要说大粮户,只要有个一二十亩田够家里吃缴,我早出门跑滩去了。像公爷这样无聊的事我倒不会干的,但是我会无挂无碍地丢下他们! ……"

"快算了吧,你太太也就算顶好了!"

"自然是好! 一起打了十多年烂仗啦……"

他叹息了,而且重又来了一个突然的转折。

"其实这样也对!"他接着道,"吴楣不是一早就吵着要上前线去么? 又没儿没女的,你接你的小,我包袱一卷,走了好啦! 这对她倒并不是不幸呢。"

"说倒容易,恐怕她不会有这股冲劲吧?"

"像你这么样讲,那她就只有自化脓血而亡了!"

浮出苦笑,田畴的口气约略有点凄楚。虽然难过的是什么,他可并不明白。或者唯其如此,他随即抱怨起他的同事们和客人来了,深怪他们未能准时到场,以致耽搁了他的宝贵时间。尽管他也并无任何紧要事情。然而,末了,他所期待的人们,终于陆续来了。

这时已经半晌午间,但是天气并不很热。淡灰色的云层中间,太阳偶一俯瞰,便又立刻躲进去了。丰腴的田野显得宁静而又温柔。只有主客间的谈话是热烈的。他们既然不拘形迹,也不讲究礼貌,但凭各人的兴会自由行动。作为客人的章桐,那位被当作欢迎对象的小个子青年,瘦削、精干,一头从未涂过油脂的黑发。到家不久,可以说刚一在街上露面,他便被热烈的欢迎所包围了。不仅是他的同事,那些在七七事变后跟他一道搞过"救亡运动"的人们,便是一些素无交往的各色人等,也怀抱着不同的动机,沾着他探询前线的情况和他对战争前途的看法。乃至那个诨号东亚病夫、以投降论者闻名的前教育局长，也降格相从地专程访问过他；尽管他对章桐的谈话始终抱着保留态度。

东亚病夫持保留态度，也不是完全没有理由的：章桐是随"川军"去晋南前线的，防区与八路军的接壤，一般下级军官和战士同八路军指战员时有往还、联欢和协同作战。而"川军"的司令官既非"磨擦专家"，对于来自所谓"中央军"的歧视又深为不满，因此他就听之任之，而且上层之间暗中也有交往，在争取八路军的协助。章桐是知道"大后方"的政治气候的，对于东亚病夫之流当然不能指明，他所摆谈的情况，特别他的乐观看法，主要是以八路军为依据的。

章桐已经回来三天。他所能谈的情况，已经谈得差不多了。今天宴请他的同事也都大体得到了满足，对抗战增强了信心。而他本人，则正在用他那惯有的诙谐语调、措辞向他们诉说着他回家以来的遭遇感受，不时发出苦笑，用手掌往后抹一抹那些乱糟糟的头发；虽然这一抹的功效太有限了。

这倒千真万确，若果没有接二连三的老母病危的电报，他是不会回来的。而且可能早已经溜到延安学习去了。因而可以想象得到，他这次的确上了一次叫人啼笑皆非的呆当！刚才到家的一天，他就有点怀疑：母亲相当健旺，但他相信了他们的解释。他在路上耽延了二十多天，久病复原大有可能。……

然而，就在昨天他妹妹终于把真情透露了，全是他大舅出的主意。

"你们看吧！"章桐继续自我解嘲地说，"这回才叫上呆当哩！……"

"怎么，像你这样的人也会上呆当啦？"米子远微笑着问道。

"回把回不要紧，经常上当那就不好受了！"田畴意味深长地插嘴说。

虽然大多数全是主人，但却只有田畴才像一个真正的主人一样忙碌。他在张罗着烟茶，布置着席面，并且三番两次，用一些精彩的插话使得空气活跃起来。

"人一辈子总免不了要上一两回当的!"他又停住手忙匆匆加上一句。

"那也要看人,"一个年纪最大,约有五十上下的同事不动声色地反驳道,"像你恐怕倒免不了! 什么事都有兴致,都想干一下啦。要不上当最好学我!"

他的老腔老调引得田畴大笑起来,几乎连面前一瓶酒都要绊倒了。

这人叫作牛祚。白面黄须,三角眼,素以耿介正直获得普遍的尊敬。加之口齿又幽默又锋利,时有警语,因而更加受到一批青年人的爱戴。他常被誉为老青年,在座的人,几乎大半都是他的学生。他教了二十多年书了。这中间他经历过不少事变,碰过不少钉子,但是人世间的一切艰辛并没有叫他完全消沉下去,便在日常谈话中间,也都经常流露出他对大后方一些现状的愤懑。

资历次于他的,在同座中要算吕康。喜欢抬杠,惯会以欠通的咬文嚼字叫人哭笑不是。他瘦削衰弱,鼻尖上随常渗着汗珠。他的经历也不简单,一九三一年那次大逮捕曾经牵连到他,被田皇帝①关了半年。释放以后,这个素来整饬、严肃的青年人,变得脱略而随便了。

吕康诚心诚意敬佩牛祚,敢于单独同他谈谈政治问题;但也喜欢公开同他斗嘴。

"我的想法就恰恰相反!"他在田畴的哄笑中认真地说,神气显得更可笑了,"你看你吧,"他严肃地望定牛祚,"今年蓝布大褂,明年蓝布大褂,数十年如一日,要是肯上点当,我敢担保你早就换了季了! ……"

"不是遍体绫罗,就是一身破布!"牛祚故意沾沾自喜地说。

"至少一身破布,吕司爷敢保险的! ……"

---

① 田皇帝:老百姓背地对当时一名地方军阀的叫法。

章桐的机灵的补充，使得大家都哄笑了。

田畴也恰恰想起这一句话，深悔自己没有赶上机会，但他接着就向章桐打趣，说是不管破布，不管绫罗，既然是上了当，他总一时走不成了。

"那也要看情形！"章桐深沉不露地说。

"再说上天，今年你总走不成了！"田畴紧接着说，"至少也要拖你半年。说不定我们也许会同路呢！怎么样，前线该好找工作吧，——哼？……"

这是章桐回来后他第三次想去前线的表示。

当他第一次这样发问的时候，章桐肯定地答复了他，第二次他却故意含糊其词。因为他深知田畴性格脆弱，经常感情用事，而且懂得他的所谓前线，内容并不确定。有时是指延安，与乎八路军在华北敌后开拓的游击地区，有时又是泛指一般前线。仿佛只要能摆脱目前的处境，哪里都行。这一次章桐连回答也没有。不是不乐意答复，正想开口，厨子便顶起掌盘来了。而田畴也就忙碌起来，开始检阅他所安排的菜馔是否合格。

他把每样菜都认真看了一下。这是四个冷盘，有的且是不必用筷子就可以进口的，因此，当他轮番仔细检阅着它们的时候，那些同他共事较久，爱跟他开玩笑的同事，便大声警告他不要随便动手；但这恰好鼓励了他。

他故意做出一副贪馋的神气，掀起鼻子，咂响着嘴，更加认真地察看着最后一盘卤菜。接着顺手捻了两片，塞进嘴里，津津有味地咀嚼起来。

"不坏不坏！"他大笑着说，"味再甜点就更好了！"

"再甜点盘子已经光了！"牛祚幽默地说，"最稳妥的办法，我看大家就开动吧！"

"鄙人绝对拥护该项建议！"吕康认真地赞成道。

"那么大家就请莫客气吧！"田畴大笑着说，"不然又会怪我这个总招待不尽责了。"他又转身向章桐去，同他开着玩笑，"唉，请啦！你今天是主角啊！"

"怎么，你难道还要安杯把盏吗？"章桐打趣着田畴。

"要得，就请吕司爷挪场小开门吧！"有谁大叫着说。

这样一来，空气立刻更活泼了。等到大家坐定之后，因为有人问起前线的吃食问题，而当章桐有声有色地开始叙述的时候，空气这才逐渐平静下来。他终于被推上首位，他的两侧是资格较老的牛祚、吕康。田畴则像一个真正的主人一样坐在下席，但把行壶的责任让给了米子远。因为国文教师以善饮闻名，而当天的酒徒又不算少；但他并不进酒，却尽那么专心专意望着章桐的嘴巴，深恐把什么重要话听漏了。

章桐正用一种赞扬口气叙述前线的日常生活。但他所说的情况，绝大部分都是八路军地区的。因为他见过不少，也听过不少，而更为重要的是，他向往这种生活，而且希望大家从它得到鼓舞。

"有像样点的酒馆饭馆吗？"有人插进来问。

"只要你票子雄，你就天天绷阔人也办得到！不过，我告诉你，实际上，你倒只有一点油腥就满足了。因为太吃好了你会自己感觉不好受的！……"

"哎呀，就像我们那年演戏那样！"田畴插嘴叫道。

"有点像，也有点不像！"掠掠挂在眉毛边上的几丝头发，章桐接着说了下去，"我们演剧那个时候的吃苦，完全是良心问题，是无法持久的。所以到了煞尾的时候，就有人阴悄悄大开五荤！……"

"就是你和吴楣带的头啦！"米子远指着田畴大笑。

那张满是胡碴子的阔脸立刻红了。这不是因为田畴感到了惭愧，由于这点提示，他是那么明显地得到了回忆，想起那次他同吴楣秘密会食时曾经使他那么骚动过的那个念头。而这个念头，近来正又蠢蠢思动地激荡着他，叫他得不到安静。……

本是一个心直口快的人，但他没有回得上嘴。

"莫红脸吧！"牛祚终于调侃地笑着说了，"今天又没哪个开你的批评会啦！"

"而且，今天随便乱吃都不会犯错误，——请！……"

吕康紧接着说，同时故作滑稽地举起筷子，向着菜碗点了几下，于是，田畴的狼狈立刻为吃的兴致所掩盖了。虽然碗一见底，接踵而来的谈话依然不外是当年演剧活动的往事，但却并不特别牵涉着在座什么人的差错。

他们喋喋不休地说着开始发动演剧时那股傻劲。从现在看起来，那几乎是不可能的，但却仅仅花了三天时间，事情就有了头绪了。等到第五天上，因为适逢赶场，《放下你的鞭子》这幕街头剧便在市上公演出来。而更加想不到的，则是整个暑假期间的不倦的巡回演出。

本县所属的十一二个场镇，他们几乎全跑遍了。也就是说，他们都演了戏，做了救亡宣传工作。而且自负行李，自备伙食，所有的票价全部汇给上海前线的伤兵。他们陆陆续续工作了一年，直到翌年暑期这才停止演出。因为有的去了延安，有的随军上了前线，剩下来的虽然也还热心，但又大多困于生计；到了近一年来，由于政治气候的变化，更是提也少有人提说了。

回忆起这些，虽然谈话照旧热烈，但都感到一种无名的怅惘。仿佛他们在谈十年百年以前的盛事一样。这是好的，但却已经无可挽回！因此，话题很快就又转折向个人方面：某人的行踪何在，某人的近况怎样，以及某人在那次演剧活动中留下了什么逸事。他们最感兴趣的是一个叫作小邬的女同志，随后跑到延安去了。

翘起肚子，这小邬跟大家跑了一个多月，执意拒绝乘坐团体为她雇的滑竿。快要分娩的夜里她都还在演戏，而登台不久，那阵痛就发作了。但她一直撑持到自己的任务完毕为止；而且戏还演得并不算坏。

"幸好她只有两场戏，"章桐故意蹙着脸说，"不然那才糟呢！……"

"你快不要再讲了吧！"田畴大笑着摇摇手掌，紧接着嚷叫了，"那晚上我才替她捏把汗呢！我看她神色不大对劲，几乎连台词都搅混了。一问吴楣，才说是那回事，——我的老天爷呀！……"

"其实她就生在舞台上也没关系，"吕康慎而重之地说，"她演的又不是处女啦！……"

司爷的粗鲁的打趣，引得大家哄笑起来。有人甚至在呛咳了。而正当这时，一个装束时髦的少妇忽然走向土台上来。她的出现，似乎使得人们更愉快了，大家嚷着添杯筷来，田畴则在殷勤替她安置座位。

二

这新来的是一个中等身材，体态丰腴的女性。有三十上下，脸上罩着一层叫人感到怜惜的慵懒神气；因而她的微笑，也就更显得勉强了。她不能说是怎样漂亮，然而，因为她的亲切、真诚，人会乐于和她接近。她那经过电烫的长发，那么合身的旗袍，以及黄色的半高跟鞋，在这镇上无疑都很出色。

这人正是吴楣。和那小邬一样，她也算得剧团的台柱。她的参加剧团曾经轰动一时，因为一个规规矩矩的太太，居然会来粉墨登场，一般自命为正派的人们自然也就大为惊怪，认为太稀奇了。在演剧期间她比谁都热心，因此，近两年来她的闷气也就更大，往往觉得日子的难挨。

当她走上土台的时候，因为人们正在哄笑，她禁不住显得狼狈的脸绯红了。然而，那个深知她的底细，以一个主人的身份为她张罗着座位的田畴立刻解救了她；他非常自然地向她说明了那个哄笑的真正原因。

"你恐怕已经忘记了吧，"他又接下去说，"后来连你也把台词弄混了呀！"

"怎么不记得啊！回到学校不久孩子就下地了。"

吴楣一面回答，一面坐向为她添置的独凳上去。她正坐在田畴的下首，挨身一位是那聋子教师。坐定之后，她就亲切地笑起来，向章桐叩问着小邬夫妇的踪迹。

"我已经一年多没有接到过她的信了！"她悄然地加上说，无疑联想到了自己当前的处境。

"我也是一样呢。"章桐回答着，放下刚才举起的酒杯，"我得到别人的信，说是抗大毕业过后，他们就被派到晋西北一带工作去了。这还是去年冬天的事；不过就是他们不派到前线去，现在通信恐怕也困难啊。……"

"现在要到延安，不是不行了么？"吴楣颦蹙着悬心地问，一个远走高飞的念头忽然来到脑际。

"早就不那么容易了！听说要通过很多关卡。……"

"老实讲吧，"田畴忽然插进来问，"据你看这个大局会不会就这样好起来啊？"

他主要指的是国民党对共产党闹磨擦，神气显得热忱而又执拗。因为前几个月的反共逆流，虽然已经被击退了，但都担心反动派还会滋事。无疑这是一个重大问题，它直接牵涉到我们整个民族的发展前途。因此，当他提出这个问题的时候，空气立刻变得很严肃了。而且全都情不自禁地瞟眼看了看茶馆四周的动静。

章桐没有立刻作答，他迟疑着，随即叹一口气，浮上一个恼人的苦笑。

"你这个问题不好答复得哩！"最后，章桐终于审慎地说，斟酌着每个字眼，"说是还会出问题吧，顽固分子这一回总算尝到点辣椒了；若果说不会吧，到处又还在出岔子；而且回来仔细一看……"

摇一摇头，他叹息了。

他没有再说下去，然而谁都明白，他很不满意大后方的政治气氛，以及种种叫人痛心的社会现象。因为这是他三四天来已经再三表示过的，而且，认为自己正像从阳光里走进一间密不通风的暗室一样气闷。

章桐没有紧接着说下去。于是牛祚拍着他的肩头，充满苦趣地这样说了：

"贤弟！你回来连板凳都还没坐热啊！"

"对啰！"田畴忽然热烈地赞成道，又像诉苦，又像是在安慰他的朋友，"像我们又怎样呢？已经快三年啦！你比作黑房子，我倒觉得比地窖还不如哩！……"

他的声调变得激越起来，以致出乎意外地不响了。他昂头四顾，仿佛他的周围乃是一片旷野，或者和他同座的尽皆他的敌人。因为他忽然联想起了许多丑恶现象，特别是那个一再纳妾讨小的浑蛋丈夫。

"住在地窖里你会什么也看不见啦！"他又显得拙劣地加上一句。

"早知道我该同他们走了好啦！……"

这个哀怨的追悔发自吴楣。她对他们的谈话早已没有注意，一心想着自己的事。而当她无法平服她心里陆续涌起的痛苦的杂念的时候，她就更加珍惜两年多前，她所轻轻放过的那个机会，没有同小邬一道走。她深沉地叹口气，随又含情脉脉地瞟了田畴一眼。

"老田就说家累大吧，"她自怨自艾地加上说，"我有什么丢不下呢？……"

"笑话！"田畴从鼻孔里嗤笑着批驳了她。

"我看你们都不要再争了吧！"牛祚那双三角眼笑得更甜蜜了，虽然照样多少带点苦趣，"至少，唉，战后大家出去凭吊一番战迹，这总行吧——哼？……"

他是惯会作警语的，沉闷的局面立刻被突破了。

然而，章桐的笑却是外交式的，似乎只是为了应付他的老师。因为他有更加严肃的看法，感觉那种以为只有前线才有工作可做的想法，是有片面性的，它很容易成为消极、苟安的借口。因此，当其佐菜上席，大家准备向他敬酒的时候，他就抓住机会开始了他的说明。

他又以演剧作譬喻，希望大家不要只是看重前台。

"你能说大衣箱不重要吗？"他继续说，指示着米子远，"没有他服装就会成问题呢！就是司爷也少不得呀，不要以为他只会挪幕。一下弄不好全部效果都会失败！比如说在桑镇，他闹那个笑话多严重啦！"

"这个责任不该我负！"吕康懒懒地反对道。

"你这个家伙！"想起往事，田畴大笑着叫嚷了，"要不是恰恰汽灯熄了，我还会下不了台哩！在龙洞演《民族万岁》，他也弄错了啦！那两个日本兵刚刚上场，他就糊糊涂涂把幕挪了！就像鬼在耸他一样！……"

"对啰！"章桐插断他说，激赏地拍了一下桌子，"所以每个岗位都重要呢！"

"那你为什么又一定要到前线去呢？"听到最为真诚的吴楣切然地反问道，"大家那样劝你，说是等剧团的基础更稳固点走，都不答应，一个人偷着就跑掉了！"

"我是有特别理由的。"

"大约旁人的理由都普通吧？……"

吴楣的措辞相当锋利，但她随又叹口气戛然而止。

当她说这句话的时候，仅仅在于争辩，话一出口，那个即将出现的屈辱的处境，立刻又浮上她的心头。别的几个人全都理解她的情趣，但是谁都不愿说穿，免得伤她的心。因为这是最近一月来她的最大忌讳。

他们只是同情地瞥视着她，带着一种近于难乎为情的假笑，也不知道应该怎样接起中断的话头；至于那个不明底细的章桐，则单是为她的话语的锋利所难倒了。

"今天遇到糟牙巴了！"章桐终于解嘲地说。

"这倒不是牙巴糟不糟的问题啊。……"

吴楣摇摇头苦笑了，感觉害羞似的埋下视线。

"你好老实！"佯笑一声，带点打趣口吻，田畴紧接着帮腔说，"他这样说，是表示谦虚呀！实际上么，你倒说得正合孤意：你一个普通人，自然只有普通理由，感觉环境沉闷，那是活该！……"

"且夫天下，有大人之事，有小人之事。"吕康忽然摇头摆脑吟讴起来。

"这个话说得对！"田畴大声地激赏道。

他原本带点愤恼，但他忽然爆发出一阵愉快的哄笑。

其他的人也都为了吕康的咬文嚼字大笑起来。便连吴楣，竟也为这愉快的笑声所卷没了。然而，章桐却已开始解释起来，准备说明他的真意所在。

他扼要说了点自己的处境，然后转到本题上来。

"你们想一想吧，"他接着说，把面前的酒杯移了一下，胸口靠向桌沿上去，"吴楣的处境，有我的复杂吗？你，"他是并不知道吴楣最近的处境的，现在他就专一地注视着她，"首先家庭情形简单，生活不成问题，就是一天坐着吃，睡着吃，也不会有人说半句闲话！……"

吴楣鄙夷地，但是凄楚地冷冷一笑。

"自然，自然，"章桐误解了她的笑意，而他就按照他所误解的说下去了，"生在这个时代，一个有志气的人不愿意苟安的，马马虎虎过日子那会更加痛苦。他需要动一动，需要有点作为！可是既然环境顺利，什么事不好干呢？比如说吧，假使我是有你这么好的条件……"

"各人的事，要各人自己才明白啊！……"

田畴摇一摇头，用一种深沉苦涩的语调打断了他；于是章桐也就住了口了。因为凭着他的机敏，他立刻从吴楣的神色，从大部分人生涩拘谨的表情，感觉到自己的谈吐一定有点欠妥，闹了什么误会。

章桐叹了口气，浮上一个沉思的抱歉的微笑。

"当然，"他赞同地轻声说，"所以替别人算命是件危险事呢。"

"我看喝酒总不危险！怎么样，时间不待了呢？"

由于牛祚机灵的提示，大家这才记起该敬酒了。

他们开始争论敬酒的方式。最后，因为彼此酒量有限，大家又喝得不少了，这才决定一道同饮三杯。然而，由于兴头来了，餐事并未跨进最后阶段。田畴首先破坏了这个决议，抓过酒瓶，重又站起来了。

田畴的酒量并不很大，而且已经觉得胸口发烧，脑袋的重量也增加了，但他执意要同章桐共饮三杯；否则那就无异认为他姓田的够不上做朋友。

"然而，"章桐故意挪长脸说，"这是打埋伏啦！……"

"既然这样子说，那我们就大家都参加吧？"

田畴独断地征求着同意。而米子远首先蹦跳起来了，并且立刻酌满一杯，灌进喉咙里去。于是，除开吴楣，这个大胆的行动，把好多人的迟疑都打掉了。

"要得！把从前演剧的精神拿出来吧！"吕康忽然猛勇地说，接着他就站起来了；但他给了章桐一个借口。

"这个话很好，"他对吕康大加激赏，但却依旧用手罩住自己的酒杯，因为他酒量并不大，"一转眼就要放暑假了，我也不会就走掉的，大家再来干一下怎么样？不必跑滩，就在本场上演它几天好了！……"

"我就首先赞成！"吴楣突地站起来说。

在这以前，她只闷闷不乐地反复开合着她的皮夹。

接着，别的人也都兴高采烈地表示了同意。他们已然忘记了敬酒的事，一齐开始讨论应该怎样进行筹备，特别是应该排演什么剧本。而那个怀着鬼胎的章桐，于是也就认真讲说起来，变成真心实意的了。

在座的人只有牛祚的态度显得冷淡。

"我么，"他说明着，当其吴楣追问起他有什么意见的时候，"我看了你们的兴奋只是觉得好笑。因为我就根本怀疑这会有多大用处，要是闷得心慌，倒不如学老田样，乱吼一顿京戏有效得多！并且，说句老实话吧，"他点着下巴，声音忽然变得很沉重了，"大家究竟有多少能耐啊？去年冬天为他妈张壁报，我特别进城打了几天嘴仗，结果还是吹了！你们倒还想演戏哩。……"

他不以为然地扬声一笑，随又长长叹了口气。

在这一批人当中，由于品德，以及经历学识，牛祚无疑占着一个精神中枢的地位；而且几乎全都默认这点。因而，他的异议使得好多人都吃惊了。

"像你这样讲，简直连抗战也都不必再提了呢！"吴楣愤愤地抗议道。

她原已陷入失望的深渊，演剧活动在她看来无异一根可能把她从那深渊里挽救出来的绳子，而这绳子，现在却又被一只意外的利剪所钳制了。她觉得很丧气，她的眼睛已经红润起来，几乎像要哭了。

"请你不要泄气了吧！"她又恳求地叫着说。

"泄下气好，不然会爆炸呢！"牛祚从容不迫地说。

"我真不懂！"对着桌子打了一拳，田畴带点愤怒地喊叫了，"早先那样拼命地拖人下水，现在反转把人从水里朝着岸上拖了！——简直莫名其妙！……"

"这个简单：牛子，圣之时者也啦。"吕康又插嘴了。

"吾道不孤，咱们两弟兄碰碰杯吧！……"

当其牛祚、吕康碰杯互祝的时候，好多人都笑了。

但这笑既非全体一致，也不愉快热烈，倒像是无可奈何时的自嘲自讽一样。至于吴楣，则已经为沮丧和恼怒所包围了；但她还在考虑着如何进行抗争。

"啥啊，唱独角戏我都要干！"田畴猛然大叫。

"好嘛，那我又愿意当观众嘛！"牛祚乘酒兴激恼着他。

"你以为我做不出来吗？笑话！不是我，《放下你的鞭子》不会拿出去得那么快吧！哼，别的赶不上你，演戏么干劲可比你强得多！画点胡子，腿杆上贴张狗皮膏药，鄙人就提起锣登场了！……"

想起那股傻劲，田畴忍俊不禁似的大笑起来。

"真是奇怪，那时候就像吃了符水样哩！"他又兴冲冲加添上说。

"可是，符水现在已经不灵验了！"掠掠头发，章桐苦着脸说，"你们看吧，"他把身子一侧，好让大家特别注意一下他的老师，"连祖师爷都开始叛教啦！"

"大约药性还没有发作吧。"牛祚自嘲自讽地说。

这一次引起的笑声比较阳气，而笑得最为响亮的正是那个明敏练达的老年教师。

这是那一种人，由于经历过多，热情好像已经被世故消磨尽了。然而，这个只是外表，对于真理和正义，实际上却也并不比一般人冷淡，往往倒会像个毛毛糙糙的青年人那样激烈。这是章桐所深知的，但当他正想设法激他一下的时候，厨子端饭来了。于是大家立刻丢开正经题目，忙着动手结束餐事。有的甚至于已经想到晚上的自修，与乎明天早上的晨课了。

完全没有用饭的只有米子远和吴楣。国文教师一气喝光所有的冷茶，脸色死白，软瘫在一张躺椅上面。吴楣则呆立在一株桃树下面，攀附着一条下垂的枝条，随手折裂着浓绿的叶子；一面带点愠怒凝视着灰白的天空，好像在追寻那些云隙间忽隐忽现的日光。

田畴第一个用完饭。板着张脸，抽燃纸烟，他走向吴楣侧面一张矮椅上坐下来，跷了腿仰躺过去。但他随又站了起来，瞟她一瞟，于是聚精会神地弹着烟灰；虽然烟灰早已经脱落尽了。

"算了啊，他就不反对也搞不成！"他忽然自言自语地劝慰说。

吴楣知道他说的什么，她蹙着脸，慢慢转向田畴。

"还没有回来吗？"田畴紧接着又问，道出了他所真心想说的话。

"他们全都知道了吗？"她反问，并不给他回答。

她悬心地瞅住他，似乎这是一个严重问题。

"不！"他摇摇头说，"其实知道了也没关系！"

"今天恐怕又不会回来了。"她近于支吾地冷笑着说。

"那么也许真的是谣言吧？"

"我不管！横竖我两个闹不好了！……"

这时，所有的人都已经退席了，而谈话又在开始昂扬起来；中心人物是那老年教师，好几个人都在针锋相对地向他进攻。起初，他们攻击着他的悲观看法，同时为他们自己去年在壁报问题上的软弱动摇辩护。而接着就又把注意集中到演剧的问题上面来了。

"我承认，我承认……"

正在漱口的牛祚回答着章桐，而且赶忙搁下那只酱色茶碗，显然准备谈个痛快。

"这个我承认呢！"他郑重地紧接着说，"但是老弟！一时的冲动是一回事，事过境迁，一转眼老毛病又发作了！依我看么，倒是多砍几个脑壳有效得多！……"

"哎呀，老牛变成激烈分子了啦！"有谁大声叫道。

"一点也不！"牛祚更加严肃起来，"比如说吧，我们演场暴露囤积居奇的戏观众看了，一定会大骂那些发国难财的浑蛋，说不定哪个搞囤积居奇的看了也会感到可耻。嗨！下一场的粮食市上，可是又有他了！……"

"听说米老师就在做这一手呀？"章桐插嘴问道。

章桐是把声音压低了说的，但是那个瘫在躺椅上的醉汉，立刻顿着脚叫嚷开了：

"那是我的老婆！……那是我老婆囤的！……"

"嗨，他才在假装睡哩！……"

大家意外高兴地哄笑起来，而牛祚实在没办法说下去了。这并非因为大家笑得过于厉害，或者怕过分得罪人，实则是他由此感到了一种更深更广的忧愤。而且从内心深处说来，归根到底，他也并不愿意挫折他们对待生活的积极态度。

"好吧，不要再争了吧！"他苦笑着要求大家停战。

"那么你是愿意让步了啰！"他们乘机威胁着他。

颦蹙着脸，然后又浮出苦笑，用手掌从额头到下巴慢慢抹了一把，老教师叹息了。

"这也行啦！"最后，他拖长着声音说，眼睛里闪着一种抑郁柔和的光辉。"这又不是什么坏事，"他接着说，"知其不可为而为之，这也算难得啦！"

"真好得很！"吴楣拍拍手说，"只要有你支持，这个戏就演得成了！……"

"我只担心今天好多人都是杜康老爷差遣的啊！……"

然而，尽管牛祚含蓄的哲学家的语调，给了有的人一个深刻的印象，吴楣却并不在意；她只把它当作吕司爷所惯用的滑稽腔调看待，轻轻放过去了。

田畴的信心原本也有限的，而他的坚决，只是一半为了吴楣，一半由于闷气太多。但他是那种很难客观对待自己的人，凡事总讲兴头，总讲那股冲劲。因此，他也忘乎其形地很高兴了。他和吴楣对于演剧的筹备工作特别热心，而且到了后来，因为有的人已经在作酒醉饭饱后的打盹，有的则在默坐着养神，只剩下他两个在议论，在对谈了。此外，毫无倦容的章桐算得是个例外。

"不要扯远了啊！"他说，希望控制一下他们的热情，"先说筹备会怎样开吧！"

"这个容易，明天在吴楣家里开会好啦！"田畴脱口而出地说，完全忘记了吴楣当前的处境。

他带着一种满不在乎的神气，仿佛一切都无问题；但当话一出口，而且瞟了吴楣一眼之后，他显得狼狈了，接着恼怒地一下抛开了手里的烟蒂。

"这样，这样，还是在学校里开好了！……"

他生气着，带点口吃地改变着自己的主意。而恰当这时，一个吴楣家里的用人，走过来了，手上拿着一张字条。凭着他的坦白直率，田畴忙着把它接过来了。

他忙匆匆看了一遍，然后慎而重之地交给吴楣。

"浑蛋！"他咬牙切齿地嘀咕说。

三

那字条是吴楣的丈夫，诨名豆渣公爷的李守谦写来的。他说，他已经到家了，要她赶快回去，否则就把钥匙交给来人。而在信末，他又含蓄地，在吴楣看来则是刻毒地加添上说：他要介绍个新朋友给她呢！

看了字条，吴楣红涨着脸，显得有点昏乱。她神经质地笑着，忙着把钥匙掏出来；但当她重新把那字条仔细读了一遍之后，她又把那字条和着钥匙一道胡乱塞进荷包里去，遣走了那个等待着她的用人。

她的嘴唇在颤凛了，但她强笑着望向她的同伴们去。

"你们还要玩吧？我不陪了。……"

"太浑蛋了！"田畴愤愤地咕哝说。

然而，吴楣却没有理睬他；她生涩而异样地向众人道了别，随即逃避什么似的，跨下土台去了。田畴忽然振奋了一下，而在心意上则已跟身过去，并且劝慰着她，说是这种糊涂事普通得很，要她不必十分介意。但他依旧站住没动，仅仅做出一副严肃愁魇的面孔目送着她。他和吴楣交往颇密，而且他的夫人孟瑜，正是这个友情的接榫，因此就是跟过去别人也不一定会大惊小怪。然而，由于最近以来他们之间的感情波动，他却早已敏感到他有防嫌的必要，不能太随便了。

他目送着她，尽力克制着自己的激动；但他忽然把脸转向茶棚内去。

"去他妈的！我们也来打伙做两手西安生意看喳！"

他的突如其来的嚷叫，把大家怔住了。

"只要有钱，"他又愤激地强笑着加上说，"黑色路线也是人走的呢！"

"怎么，你又不打算演戏了吗？"眨眨眼睛，牛祚蹙着脸问。

"不演戏就不演戏好啦！只要有钱，哪里不好看戏？何必定要自己演呢！实在说，不是多少还有一点兴致，我早就想都不想它了！"他的脸上已经没有了强笑，有的仅只是恰和心情相称的愤激。"请问你啊！"他接着说，"那些发了国难财的，难道还不会自己去寻欢作乐吗？哼，他们就要造孽，也比你我都容易哩！……"

"百事不成！"牛祚不以为然地摇摇头说，"听你的口气，西安生意好像也不愿意做了！"

"怎么不愿意做哇？哼，你慢慢看吧！……"

"这样一说，你是在预先宣布自己的罪状了！"

老教师接二连三的打趣，引得人们全都大笑起来。

然而，田畴的笑声却是那么扫兴，那么勉强。他有一种脾气，凡事只需听凭感情横冲直闯一阵，喧嚷一阵，就会很快安静下来，丝毫不管他所说的做的是否妥当。而他今天恰恰碰见了那个明智冷静，经常喜欢用反话提醒他注意自己的弱点的可恼的对手！

他没法接搭下去。他啼笑皆非地长叹息了。

"我跟你两个，我看也是百事都不成哩！……"他终于解嘲地说。

他的愤怒之火已经灭了，他垂头丧气地坐向一张椅子上去。

"老弟！要不得，你肝经火太旺了。……"

虽然神色上还像是说笑话，牛祚的声口可已很不同了。这随即从别人的强笑，田畴的更加愁蹙的态度也反映出来。而老教师本人，则认真为一种苦恼的情绪所渗透了。他随又眨着眼睛深深叹一口气。

"为什么一来就那样激动呢？"他沉重地接着说，"一时西安生意，一时黑色路线……"

"你不知道我心里揣的事啊！……"

"我知道，我知道！尤其是你，就想对什么事秘密保守也很难啊！……"

这并非诈哄，牛祚说的全是实心实意的话。他知道田畴是一个爽快人，什么事情都捂不住的，而且有一点他早就看到了：田畴是在为吴楣打抱不平。但他认为这是不必要的，他和吴楣的娘家是邻居，又做过她的老师，而且深知在父母的劝诱下，她是怎样抛弃了他一个家境清寒的得意门生，而宁愿嫁给豆渣公爷做妾。……

"索性让我告诉你吧！"他又决然地加上说，"你是在替古人担忧！……"

田畴怀有戒心地瞟他一眼，随又掩饰地笑了。

"你是坐过长途汽车的吧？"老教师接着又说，口气已经轻松起来，"我在七八年前，也玩过回格！那真有点不好受呢，挤得来就像犯人坐抬盒样，浑身没个搁处！这样也不对劲，那样也不对劲，"他模拟着如坐针毡的神气，"嗨，跑不上十里路，你会觉得你的位置再合适不过了！谁也不愿意改变一下现状。"

牛祚的意思是：吴楣终会安于她的处境。田畴立刻就理解了。

"那也要看人啊！"田畴脱口而出地说。

他说得那么理直气壮，但却忽然敏感到这会暴露他的秘密；他脸红了。

"自然凡事都要看人，"牛祚紧接着说，"不过，你对那位君子实在用不上太担心！"

"哎呀，你们是在打哑谜啦？"章桐忽然做嘴做脸地叫了，"公开出来好吧！……"

他想转换一下逐渐严重起来的空气。而若果没有这个打岔，田畴也许已经同牛祚吵起来了。因为他觉得牛祚小看了吴楣，而他自己则

269

认为她是很特出的；她之不顾非议出来演剧便是一个例证。何况她是自己家里的密友，他比老教师更了解她。他十分感觉得气恼了。

然而，由于章桐机灵的打岔给了他一个克制、思索的机会，他可没有发作出来；主要是怕把心事暴露得太多了。停停，他这才用讽刺语调把自己的气恼收敛起来。

"当然啊！同你这样高明的人比，她的确差远了。"

"哎呀，你在挖苦我呀？"牛祚故吃一惊地反问道。

老教师说得那么平静、坦白，有点出乎田畴的意料；他感到羞惭了。

"不是，不是，"田畴紧接着辩解道，虽然这个完全违反他的初意，"我说的是本心话呢！不过，"他继续说，略略有点迟疑，"不过一个像她那样的人，肯跑出来参加救亡运动，跟着大家一道吃苦，也算是难得吧？总之啊，现在来说人家的坏话，我就是不赞成！"

说到最后，他的语气又改变了，照旧渗透着愤怒以及不满。毫无疑义，他是误解了牛祚，以为对方在落井下石；老教师于是眨着眼睛一笑，不开口了。

出来打开僵局的是那个早已看出了蹊跷的章桐。

"原来你们说的是吴楣呀！"他大彻大悟地说；随又记起什么全不相干，但却颇饶兴味的事情似的接下去问，"啊！我还没问，那盆豆渣现在怎么样啦？"

"豆渣给猪吃了！……"

在大家的沉默中，吕康见机生情地应了应景。

"不过这个话有语病，"因为依旧没人张声，停停，他又扬扬眼睛接下去说，"让我来自我批判一下吧：因为抗战以还，世风不变，豆渣已经变成猪了！……"

"只有你还原封未动！"田畴迁怒地说。

"鄙人既非猪仔，也非豆渣，又何变之有哉！……"

然而，尽管吕康毫不爱惜他的武器，沉闷的空气依然如故。因为大家深知田畴的性情，若果他动了气，你就最好对他敬而远之，免开尊口。何况，那种酒醉饭饱后的倦意还在支配着大家，因此也就更不愿多嘴了。

　　田畴也没有再钉着谈下去。他鄙夷地一笑，走向河边去了。这时已经半下午间，若非阴天，沿岸早已摆满了茶桌，坐满了街上来的茶客。现在却很清静，只有两三个人蹲在河边钓鱼。大道上不时有赶场回家的农夫经过，提着油罐酒罐，或者肩着根扁担，扁担的一端捎着一块盐巴，几折敬神用的钱纸。

　　田畴看了一会钓鱼，心里还是不肯平静。于是他又转回土台上去。这时，他的同伴中有人正在谈着什么，当一发觉出他，谈话便中止了。

　　"垂钓来吗？"吕康咬文嚼字地问。

　　"我没有那么心闲！"田畴忭头忭脑地回答。

　　他歪坐在一张椅子上去；架起腿杆，照旧显出一副傲慢神气。

　　"你刚才问豆渣，"他冷笑着望了章桐一眼，忽然自言自语似的说起来了，"他的抗战已经成功了哩！又做西安生意，谷子的价钱又老是往上爬……"

　　"所以我说豆渣已经变成猪了！"吕康顺口插了句嘴。

　　"恐怕将来还要走黑色路线呢，这个更见钱啦！"并不张理吕康，他就那么慢腾腾一直说了下去，"前年冬天又加入袍界，当了大爷了——可是讲他做什么啊！……"

　　他忽然一下跳起来了；但是神气却很愉快。

　　"怎么样，我们的戏究竟好久演啦？"他扫了大家一眼，兴趣盎然地问。

　　"等把筹备会开了再决定吧！"章桐回答。

　　"自然是先开筹备会！不过我是个急性子人，决定演就快点哩！——管他的，考试结束了我们就动手吧！将就桌子椅子没有入库，小工也是请现成的！……"

"你的戏瘾已经发登了啦？"有谁微笑着切断他问。

"老兄！已经两三年没有上过舞台啦！……"

田畴掀开嘴大笑了。这无疑是一个情绪的反动，因为有关吴楣的事谈起来既不吉利，又丢不下，而他又不是一个性格平稳，甘于寂寞的人，于是只有另外找出路了。

他几乎又像平常那样的开朗和豪爽了。然而，与其说是在议论怎样筹备演戏，毋宁说他是在夸耀自己以往演剧的功绩。因为很快他就吹起三年前的往事来了，他的怎样倒了嗓子，怎样担心，而它忽然又自己好了。以及某一次几乎全靠提示出场演戏他那大胆的成功。

他昂然站着，两手卡住裤带，两腿微微分开，神气恰如一个正在向了部属训话的得胜的将军。而他的激情，无疑已经逐渐把大家弄活泼了。

"可是老兄，"章桐忽然提醒他说，"你的胆大闯的祸也不少啊！"

"我知道，我知道！说来说去，也只有草街子那一回啦！"他略略带点忸怩地笑了，"那也只能怪开夜车误了事！刚好躺在床上看了一幕，就睡着了。你这个家伙也不喊我一声！可是总算敷衍过去了。"

"还有在雀桥演《月亮上升》呢？"米子远忽然撑起来大声追问。

"我倒以为你还在睡呢！——那一回是吴楣把台词弄混了啦！……"

"看神情她今天有点不对劲啦？"章桐插进来问。

田畴没有立刻回答。他用一种侦察眼光凝视着章桐。直到好一会了，这才淡淡一笑，回答道：

"哎呀，总是又在闹内乱嘛！"

他想含混过去，然而那一个并不松一点劲。

"她跟公爷原来不是很好的么？"章桐紧跟着问。

"早已经不好了！"田畴吞吞吐吐，有点心不在焉地回答，"自从豆渣染上嗜好，两个人就不好了！龟儿也真讨厌，他还嫌吴楣呢！……"

他终于忍住嘴不说了；然而，章桐却照旧充满热望瞅牢他，显然非得要他发泄个罄净不可。

最后田畴叹一口气，觉得要隐瞒实在是不行了。

"你没有听到说吗？"他接着试探地反问道，"又在成都买了个姨太太回来了！其实有了钱也该造孽，要不然这些人千方百计搞钱做什么呢！……"

他佯装着笑起来，实则正在留心大家的反应。

"难怪得有点惨悽悽的啊！"章桐叹口气说。

他的语调和态度都不十分庄重。而话一出口他就感到后悔，但是已经来不及了。

"不会有这样深沉吧？"田畴反问，仿佛自己受了损伤；尤其当他听见别人那种应声而来的含蓄的哑笑的时候。"不会有这样深沉吧！"他佯笑着重复说，"别的人犹可说，像他那样的废料，吴楣倒不见得怎样伤心！不过有点不平罢了——你一个烟灰！……"

"自然，自然，"章桐赔罪地说，因为他知道吴楣同田畴的爱人交情很深，"实在不对离婚好啦！……"

章桐本是随口说的，但却立刻使得田畴怔了一下。而且感觉出一种说不出来的舒服。正如盛夏时候，在长途跋涉中忽然发现一泓清泉那样。

当其初次听到那个卑劣的消息的时候，他就立刻想到这个开明合理的办法，而在安慰吴楣的时候，他的第一句话也正是它，但到后来，这个念头便被别种情绪所埋没了。因为吴楣虽不明白反对，但她极力避忌谈它，只是一味痛愤着她的屈辱的处境。……

现在，这个离婚的话又从别人嘴里说了出来，他感到很快意；然而他摇摇头叹息了。

"这自然是正办，可是她的处境也复杂呢！……"

"怎么样呢，"牛祚忽然呵欠着说，"饭闷该发够啦？"

他的意思是提议散席。于是，有的人立刻伸伸懒腰，随又偏起头看看天光，准备动身走了；吕康则直白地同意了他，说是还有大批卷子等着改哩！

"忙什么啊，事情还没完呢！"田畴感觉得很扫兴。

"怎么样，还有夜饭吃吗？"有人滑稽地反问。

"你就只晓得吃啊！筹备会究竟什么时候开呢？"

"随便哪天都可以啦！"米子远含含混混地说。

"你这个话等于圈圈！"田畴更生气了。

"依我看这样吧！"章桐插进来说，"星期三下午怎么样呢？"

"好吧，就依你星期三下午吧！"田畴屈从似的赞成。

"不忙，不忙，还是星期天好！……"

吕康懒妥妥地表示着异议。而接着便有人起来补充，说是星期天大家都闲，时间也宽裕些，彼此可以详细计议一番，而且星期三过于逼促……

补充未完，田畴又认真冒火了。

"不要扯那么多！"他嚷叫道，"不愿意参加就明说吧！……"

他把脸一车，愤愤地转身走向河岸边去；而他的怒容，顷刻间消逝了；但是皱皱眉头，他又马上换成一副愁相。那个正在跨上阶梯的少妇，忽然停下来了。

那是一个穿着朴实的瘦削妇女。阴丹布的旗袍，黑色便鞋的扣襻紧箍着略为浮肿的脚胫。面貌虽然清丽，也还整洁，却显得衰老了。因为快将临盆，她的憔悴也就特别触目。她没有普通孕妇所常有的那种专注的满足，倒是显出一副冷漠而又困惫的神气。

这是田畴的夫人孟瑜。她刚才赶完场，很想看看章桐，同时招呼丈夫一道回乡下家里去。但当望见田畴的时候，她叹一口气，不打算上去了，停立在阶梯上面。

"你下来吧！"她几乎做气地说，"我懒得走了！"

"不知道跑上街来做什么啊！"田畴怜惜地指责说。

"今天米又涨了！……"

孟瑜仰视着他凄苦地一笑。

几个坐得靠边一点的同事，已经发现她了，于是他们同她周旋起来，请她上去喝茶。其中一个还和她开玩笑，问她什么时候分娩，说他早已准备好吃她的红蛋了！……

她和章桐也很熟识，她在专门应酬着他。

"我本来不打算赶场的，不然我今天也会来聚餐呢。"

"不要客气，上来坐一坐啦！"

孟瑜还在迟疑，田畴忽然显得厌烦地说：

"上来就上来吧！……"

现在，因为新添了客人，已经没有人再说走了。何况时间确也还早。而且，这时天空忽然开朗起来；仿佛有意留客似的，那个大半天来时隐时现的太阳，终于也露面了，用了它的余晖渲染着远远近近青黄相间的山陵田亩，以及附近的林莽。

在凉爽的静寂里，章桐、孟瑜继续着他们有趣的闲谈。

"你的成绩也不坏啦！这一个出了世第几个啦？"

"你走过后，我还添了一个小女孩哩。"孟瑜微笑着叹口气，感到一阵母性的快乐。

"那么快要五个了啦！总爷还是那么神么？"

这总爷算是田畴的长子，因为看起来像父亲，个子很大，而且带着一种呆木傲慢的神气，于是大家都叫他作总爷。他曾经因为忽然发觉自己放了个屁，而惊惶失措，身前身后瞎找了大半天。

一提到总爷来，便连田畴竟也忍不住大笑了。

"这个家伙，今天早晨我还捶过他一顿哩！……"

"你就只晓得打！"孟瑜非难地说，"其实那娃木虽是木，也还算听话呢。刚才买好东西，我说，你先把它带回去吧！一个人一声不响就回去了。"

"总之啊，不要动不动就打吧！"章桐附和着说。

"不打？不打他还闹到天上去了！"田畴执拗地回答。

然而，他却显然并不怎样关心这个问题，随即躲闪似的，向了其他的人说起演剧的事情来了，仿佛先前的赌气，已经抛到九霄云外，或者根本没发生过任何不快。

因为算是前线回来后的初次见面，章桐、孟瑜间的谈话还在单独进行。当其听到前线那些朝气蓬勃的战斗生活的时候，她那阴沉的眼色，竟也充满热望地闪烁起来；但是，仿佛灯花的最后一炸，刹那间便熄灭了。

而当章桐正在谈得上劲的时候，她又忽然叹了口气，于是微笑着，显出那种已经屈服于自己的命运的无可奈何的神气，平静地插断他的话头。

"你倒好啊！"她羡慕地说，"我们这一辈子完了！"

"哪里的话！……"

"确实的呢，像你做的事情，难道我们还敢想吗？"

担心她会激动，而且发现她眼睑已经红润，章桐于是赶快向她提起吴楣夫妇间的纠纷。

"是啦！"她恼怒地回答道，"真是太卑劣了！……"

于是开始叙述她所知道的她的朋友的遭际。

四

田畴和吴楣的关系，是从他的夫人孟瑜来的。十年以前，由于一种偶然的机缘，这一对年轻夫妇来到这场上教书。而在当年冬季，两位女眷便已结为密友。

在最初交往的时候，田畴是并不喜欢妻子的新朋友的，以为她太俗气，脑筋也不清楚。然而，因为他同孟瑜刚由狂热的恋爱结合不久，虽是直傲，到底极力表示了让步。直到最近三四年来，田畴对于吴楣的亲近，简直连丝毫的勉强也没有了。

这种真正友情，开端自吴楣的参加演剧活动；他把她看成一个勇敢的女性，开始佩服她了。到了巡回演剧结束，他们的友谊更加稳固起来，甚至惹得孟瑜故意拿些嫉妒话来取笑他们。这些取笑第一次曾经使田畴涨红了脸，因为他记起了他们秘密会食时他的心情，仿佛自己欺骗了那个正在产褥中的妻子。这种自觉犯罪的情绪，吴楣也是经验过。然而，跟他一样，她也立刻看透了那是孟瑜的戏谑；随又认为一时的感情波澜实在不足介意。而自从那个卑污的消息传到以后，他们却已各自觉察，那种早已过去的妄念，又死灰复燃了！

因此，当她重读一遍丈夫的便条，决心回去看个究竟，而向其他的人道别的时候，她竟没有勇气望他一眼。她笔直走下梯阶，头也不回地一径顺着大道走去。

"我不管！"她不断给自己壮着胆子，"对不住人，大家都对不住人好啦！……"

她转过念头，开始设想自己回家以后应该采取一种怎样的态度。于是，那类和她处于同样的境况，饱尝同样的不幸的女性们所曾实行过的各色各样的方式，立刻浮上她的记忆来了，且有不少出自本镇的实例。

哭啼吵闹，以自杀相威吓，这些都是常见的例子，但她觉得这太可笑；虽然实际她是没有这股勇气。她立刻便把这类参考资料抛掷开了，接着想到陈三姑太太的光荣的榜样。由于娘家的撑腰，这位名人物曾经使得丈夫的宠妾自处于卑贱的奴隶的地位。……

但她忽然间脸发烧了，因为她记起了她的娘家人原是不足道的。而且，当她十年以前嫁给李家的时候，她自己就曾经多少尝过这种可怜可耻的滋味。

"这不可能！"她叹息着对自己说，"我也不愿意这么干：太刻薄了！……"

于是，她的自惭以及宽大，随即变成一种对于父母的恼恨。不是恼恨他们的善良、无力和没有地位，她是深怪他们对于自己的婚姻安排得这样糟糕。

她结婚的时候才十七岁。虽然名义上是双桃，当一想到他还有个妻子的时候，她就感到了屈辱。最后，使她屈服的是她对于父母的哀怜，特别她那个意中人的软弱无力，她嫁过去了。在初她很惜伤自己，抱着一种绝望思想。但是一年两年，她逐渐就变来很安静了，并不经常感觉她的处境怎样难受。

直到五年前那个前妻逝世以后，她甚至觉得自己的处境之幸运了。公爷很宠爱她，似乎企图弥补他的过失，凡事有求必应。当她三年前参加演剧活动的时候，他更喜欢她了，深以自己有着这样一位风头十足的太太为荣。然而，她却逐渐对他厌烦起来，因为她忽然看出他的许多庸俗可笑的弱点来了。便是现在，她也并不满意他的，认为他只是一个家资富裕、穿着漂亮、毫无教养的俗物。

然而，当一想到这个俗物已经收回了对自己的宠爱，转移到另一个女人身上的时候，那种屈辱之感重又扼制着她。她忽然感觉自己的面孔发烧起来，映在眼睛里的一切事物，也都变来很奇异，很生疏了。正如有人出其不意把她从酣睡中一下拖入猛烈的太阳下面。

举目四瞩，她所碰见的几乎尽皆含讥带讽的眼光。而且，不仅那些出现在茶桌上、柜台边的熟面孔神情异样，便是那些不断同她擦肩而过的乡下人，似乎对她也另眼相看。她不由自主地把头低下了。

"你已经晓得了么？"一个声音忽然迫近她问，同时紧握住她的两手。

她吃惊地抬起头来，发现那个拦住她的才是孟瑜。

"我不管！"她生气地，突头突脑地说。

"我去看你来的，我才跨出大门就回来了！……"

"母母！伯伯带了个摩登儿回来哩！……"

这大声插嘴的是总爷，田畴、孟瑜那个最大的男孩，但他后脑勺上立刻吃了母亲一记巴掌。

"一张嘴巴就打胡乱说！……"

"好得很！"吴楣痛苦地笑笑说，"看他们还把我赶得出门么！……"

孟瑜原想告诉她一些她的观察，她的若干建议，但她发觉她的朋友神情有些恍惚。而吴楣却也实在没有这项心思听取她的意见，说完，她就匆匆忙忙收回了手，很快在熙来攘往的人丛中消失了。孟瑜则继续带上总爷赶场。

直到走过几步之后，吴楣才记起她忘掉了和孟瑜道别，最重要的是忘记了问问那个幸运人的外表，于是她就凭着自己的想象描绘起来，一时摆脱了感情上的重压。但她无法完成那个陌生女性的肖像，因为想得太丑太美她都立刻加以改正，终于不能不放弃了这个尝试。

她又重新想起她该采取的态度来了，因为她已经望见了那个油漆的黑色龙门，无论如何她该赶快决定下来，以免临时无法控制自己。然而，还未等她想好，她的脚就已经把她带上了那个平整的红砂石砌的檐阶。

"啊，太太回来了呢！"胖娘姨站在大厅上招呼说。

这用人微笑着，闪着一种含蓄、侦察的眼光。这里面有着同情，怜惜，似乎也在努力洞察她的心境。吴楣立刻理会了她，感觉得失措了；然而，出乎意外，她又一下变得很镇静了，开始用一种主妇态度叩问着一些琐事。

"好的！该叫他们多弄几样菜啦！"她边走边说。

"都已经在吃了。"那用人尾随着她。

然而吴楣没有再加张理，她已经望见她和他了。

他们确乎正在横堂屋里吃饭。那新人坐的侧席，因此她首先看见的正是她！这个爱情的闯入者，光景只有十七八岁，小个子，神色相当生动。她有着一副逗人爱怜的稚气的面孔。当一瞟见吴楣的时候，她似乎立刻猜准了这个进来的是什么人；她脸红了，车过身去向着李守谦低声说着什么。

豆渣公爷是个身材瘦小的人。已经四十岁了，但却照旧显得那么年轻，好像只有三十岁都不到。他算得一个道地的漂亮哥儿，清秀，白净，小巧嘴唇的轮廓特别显著。他一个人继承了三份遗产，没有父母，因此他的爱玩爱闹十分出名。而且，只要高兴，随便什么玩意他都参加。而只等他一坐上红宝案子，任何手稳的赌徒，立刻都出马了。有的甚至当了衣服去参加赌局。因为他不是那种惯耍手脚的赌棍。

当那新人向他低语的时候，他正在夹菜；但他立刻向门外注视了。他的面孔一时辉煌起来，正像看见一场由他摆布成功的无邪的玩笑一样。

他是那么开畅地笑着，凝神望定吴楣。

"太座哩！"他轻松愉快地说，"客人已经问谈过你几次了哩！……"

那位所谓客人，已经腼腆地站了起来，于是公爷慎而重之地开始介绍。而在道出她们彼此的姓名以后，他又诙谐地加上说："初次见面，行个三鞠躬吧！……"

当第一眼望见她和他的时候，吴楣的心脏猛烈跳动起来，浮上一个逃避开他们的念头。但这正如她初次登台演剧一样，她终于克制住情绪的混乱，照旧走进所谓横堂屋里了。而且，丝毫没有料到，她竟至能够那么沉着地同他们周旋起来。

然而，她毕竟有点异样。那便是很想说话，很想行动这个欲望加紧支配着她。她一直浮着愉快的微笑张罗着她，恰如她是一个于己并无利害冲突的客人。

"不要客气，"她笑一笑说，"我刚才吃过了！"

她匆忙地走到食桌边去，于是惊叫一声，一下转向站在门外的大块头胖娘姨。

"哎呀！你们怎么搞的？这个肚子还是昨天的啦！"

"我倒觉得味道还不错哩！"公爷微笑着说。

"这个比你们成都的口味恐怕差得远吧？"

"哪儿啊！"新妇邹幼芬抿嘴一笑。

"成都什么都好，就是热得太厉害了！"

"只要是肯花钱，再热也有办法对付！"回答的是那丈夫，"号只船在九眼桥下面靠起，那比你龙洞子凉快呢！最讨厌的是跑警报，——呵唷，我的妈呀！……"

"难道你们一天都在城里玩么？"

"哪儿啊，天晴一早就出城了。……"

一听见邹幼芬"哪儿"这个字眼，公爷嘴角边立刻旋起两个涡儿，显得那么开心地微微一笑。似乎他在向谁指明，这点正是她的迷人的地方；然而吴楣却禁不住皱了皱眉头。她感觉得她轻佻。而当她看出了丈夫的激赏的时候，她更简直有些不屑于再同她应酬了。她甚至怀疑到她的出身，于是完全丢开了她，洋溢着一种得胜的感情，矜持地转向丈夫，问他替她买的书籍的下落如何。

公爷已经吃完饭了，正在漱口，没有来得及立刻回答。但是漱口以后，虽然他的神色忙着想回答她，因为他在放回茶盅的时候，看见那位爱情的闯入者也吃完了，他就顺便问她吃饱了没有。

一种忌妒之情那么明显地把吴楣恼怒了。

"总又是忘记了嘛。"她冷冷地说。

这时候，他正回过脸来想回答她，但一望见她那微愠的脸色，听见她那冷冷的声调的时候，他便又把他那即将出口的答复压下去了；用一种顽皮的探究的眼光紧紧盯住吴楣。

"你那么望着我做啥哇？"吴楣强笑着问。

她原想加上一句："我又不是新姑娘哩！"但她心里一软，又忍住了。而且，立刻反省到自己的态度略欠大方，于是她就更加迫使自己假笑起来，以致显得相当娇憨，仿佛一下变得很年轻了。

"我怕你霉不醒了呢!"她激动地嗔怪着他。

公爷淫亵地一笑,随又十分满足地叹了口气。

"你像是菩萨呢!"他终于捉弄地说,"……"

然而,玩笑还未结束,两三年来不时冲上心头的那种嫌恶之情,忽然那么强烈地激扰着吴楣。于是,她鄙夷地一笑,一转身走掉了。

她匆忙地走进卧室,坐在床边的一张矮圈椅上,接着掏出手巾,蒙着脸哭泣起来,随又绝望地躺向床铺上去。而那种虚假的镇静,现在总崩溃了。她一下认真认识了自己的处境的尴尬,以及那种失掉宠幸的悲哀。仿佛她倒并不觉得他是一个怎样可厌的俗物。

她忽然听见了脚步声:于是马上停止了啜泣,把伏在被盖上的面孔抬起一点,以便辨认出那个进来的是什么人。她知道他来了,但她反而把脸埋伏得更紧了。

"怎么样,神经病发作了啦?"他说,在床边坐下来。

依旧是那种自信很深的玩笑腔调,他随又拖了拖吴楣那条绕在头上的手臂。

"快起来吧!有生客啊?……"

当她辨别出他的脚音的时候,她便已经感到了一种无名的慰藉,觉得他还爱她,但一听到生客这个字眼的时候,一种混合着忌恨和耻辱的感情重又使她激动起来,她一下扭着身子坐起来了。但凭一时的激情,她很可能说出离婚的话,但她毫不自觉地转了转念头。

"你不要管我!"她含怒地叫道,"从今以后我两个没说的了!……"

"啊哟,就这样深沉啦?!……"

他涎皮地追寻着吴楣转来转去的面孔;最后更紧紧握住她的肩头,使她无法躲闪。

"就是几本书嘛?"公爷紧接着说,已经换成谄媚讨好的调子,"这有什么了不得啦!算了吧,"他摇荡着她,决计含混过去,"至少我这回办的内差还不错呢!……"

于是他呼唤着女用人，吩咐把他的旅行皮箱拿来。

和一切面貌姣好而又富裕的公爷一样，李守谦具有一种自信，以为所有的女人都会喜欢他的，而且，他也懂得怎样博得女人的欢心。而且往往总又异常成功。

当皮箱运到的时候，他就开始展览起他办内差上的业绩来了。衣料，雪花，四合一的口红，等等。他一样一样拿向她的眼面前去，要她看看是否满意，但她执意避开着脸，随又闭了眼睛；而一到她不能不闭了眼睛来表示她的坚决的时候，她的坚决可也完了。

由于他的十分到家的纠缠，她终于又气又笑地扑哧一声笑了，而且睁开了眼睛。然而，仿佛觉察到自己上了一回呆当那样，她又随即变得严厉起来。

"你少涎皮点哇！——我又不是什么人的玩物！……"

她偷眼看他。她发觉出公爷已经现出一副惊怪和扫兴的脸色。她多少有一点失悔了。

"也不替人家想想。"她又吞吞吐吐地说。

她的本意，原想尽情说下去的，但她蓦地流下泪来，随又哼一声气，躺下去了。然而，这一句半头话却已尽够诉尽她的衷曲：他狠心，他负义，他完全无感于她的屈辱痛苦。……

公爷立刻理解了这许多，他的脸色重又很开朗了。

"我知道，我就是把心子挖出来你也不相信的！"他做眉做眼地叹息说，顺势坐向床沿上去，"但是，这有啥办法呢！总之，事实胜于雄辩，你慢慢看好了！"

因为并未看出她有任何反响，他又一只手搂着吴楣的肩头，把脸孔偎向她。

"唉，"他讨好地低声说，"这十多年来，难道我们就一点感情都没有啦？"

她依旧只是啜泣。

"唉，多少总有点对得住你的地方吧？……"

"多得很啊！"她避开脸说，觉得更伤心了。

"我知道，我知道！"他紧接着说，随即把嘴贴近她的耳朵，"说来说去，也只有这一回不大对得住你啦！"他求饶地柔声说，"归根结底，我们的感情该深点吧？"

吴楣无可奈何地叹了口气。

"老实讲吧！"他又乘机暗示地说，"她能够在这屋里住多久还要看呢！……"

这句话忽然那么强烈地给她带来一点希望，吴楣想起一两件旧事来了。七年以前，他也干过同样的勾当，但那女的才半年便被他打发走了，较后两年接进来的那个可怜的少女，则是由前妻逼迫走的，因为她太轻浮，她就谗言她同一个男仆有暧昧关系……

"别人不赶走我就算好了！"吴楣情不自禁地冷笑着插断他。

于是，公爷立刻理会了她的心境，他已经打动了她，但她还在试探，还有些儿怀疑。他一蹦跳起来了，开始向她发誓，说他绝不会辜负她。而这也是实情，因为他之对于一般公子哥儿心目中所谓"爱情"的洒脱，正如他之浪费金钱一样。"一个人玩是玩，夫妇是夫妇嘛！"他又认真地开始宣扬起他的"理论"来了，但吴楣出乎意外地切住他。

"你这种态度根本是侮辱女性！"她冲着他说，一下翻身坐了起来。

这个看法，以及这个行动，便连吴楣自己也吃了一惊，因为她本没有料到她会这样做的；然而，她却立刻自觉到她的心情变了，仿佛得到了一种有力的支持。

"我问你哟，难道女人不是人吗？"她紧接着理直气壮地问道，"玩是玩！"她讽刺地一笑，重复着他的话，"好在你是向着我说，看高明人听到笑话！"她想起了她那些剧团里的朋友，而她的心情变得更结实了，"你以为你在玩弄女性，"她继续说，"其实么，你是在贬低自己！倒还说得那样的津津有味，一点不觉得呢！……"

公爷听任她说下去，开始有点见怪，随即十分开心地笑了。

"好！"他嘲弄地激赏道，"女博士！……脑筋真新！……"

"这倒不是脑筋新不新的问题！……"

"的确的哩！"公爷认真地笑道，随即打了两个感觉精神不济的呵欠，"啊，啊……好，晚上慢慢谈吧？早晨天一亮就上路了，我今天的工作还没做呢。……"

当他动身出去的时候，吴楣没有理他，仅只意义暧昧地抿嘴一笑。但在心里，她却不禁浮上一个念头：这样正好！因为他所说的工作，就是抽鸦片烟，她更加觉得他不足道了，感觉到了以往对他曾经有过的那种嫌恶之情，仿佛便是同他谈谈，也会玷污自己。

吴楣已经不觉得自己可怜了，开始用一种新的看法来设想自己应该采取的态度。她忽然认为她的悲苦和绝望很可笑，因为对于一个以玩弄女性为能事的人，是无所谓爱情的，所以实在用不着难过。她甚至有点同情那个不幸的爱情的闯入者了。她决定迫使自己冷眼旁观，不再为任何种感情颠倒。

她自以为她是做得到的。而在晚饭时候，她确也几乎实现了她的决定。然而，当其夜里确定了他不会来和她同宿，带点负气地躺在床上，正要准备睡去的时候，她的感情又骚动了。

"你不来也好！"她努力克制自己，安慰自己，"横竖也无话可说！……"

她随即敞开了记忆之门。她想起了日间她在场外那家茶馆同章桐他们的关于筹备演剧的谈话，以及以往演剧的经历。而当回忆到那次巡回演出，她同田畴单独会食前后的情节的时候，她微笑了。

然而，正在此刻，她忽然听见了敲门声和丈夫的呼唤声……

五

　　田畴的祖籍原是江西。四十年前，他的父亲以一个清朝政府大吏的随员身份入川，便从未回过故乡。他的母亲是湖南人，出身于一家富有的望族。

　　若果没有"同志会"事变，那位老幕僚也许是荣达了。但是他的际运也不算坏，虽然时局变了，随后还是做过两任县长，在成都落了业。直到罗戴之战①他的房产毁于兵灾，他的生活都很舒服；但他又不能不以律例谋生了，屈身到各地县城里当司法。运气也越来越坏。

　　老头子二十年前便在流寓中逝世了，但那母亲是能干的，在极端困苦的境况当中，她终于使得儿子进了中学。然而，刚要卒业的时候她又抛弃了他，带给她的独子一个莫可挽救的打击。虽然那时候他还没有满二十岁，他便不能不自谋生活了。于是就在父母寄殡的那个小县城里，田畴进入了教育界，一直没有改变职业。

　　若果没有那一场狂热的恋爱，田畴的处境也许会得到改善。因为那位愿加庇荫的父执还看重他，随常都在考虑着种种可能的提携。但这是一位老派绅士，当他发觉他同他的侄女有了私情的时候，他下了逐客令；虽然直到那对情人逃亡以后他才认真断念。

　　出走以后，他们在朋友家里寄居了半年，满望这个既成事实能够迫使对方屈服。后来却完全绝了望，钱也早用光了，于是就由友人介绍到王场来教书。

　　孟瑜也读过两年半中学，初来的时候，两夫妇都在教书。近两年来，因为子女过多，教师的薪水又太菲薄，妻子才退出教育界，搬到乡下来经营农事。然而，这个并没有想起来那么容易，因为雇工困难，

---

① 罗戴之战：民国初年，两个大军阀在成都的一次交锋。

一个女佣只能做些轻便活路，于是今年刚才种下小春，便由丈夫做主，把庄稼照原租顶出去了。然而，尽管如此，在她看来还是很合算的，柴水蔬菜方便，又可节省若干浪费。而且，他们所佃的田土是李守谦的，因为吴楣的关系，便宜也颇不少。何况自己占据着那座黄土砖墙的正屋，高敞响亮，也比街上租佃的厢房之类舒服。

开始搬到乡下的时候，两夫妇原想振刷一下，天一亮就起床了。说是本钱要紧，丈夫总是先去院坝里做回柔软体操，或者到田野间跑一转；但这点好习惯早已经废除了。现在，虽然天已大亮，田畴却还依旧穿着件满是破洞的麻纱背心，半睡半醒地躺在床铺上面。他忽然叹息着微微一笑，同时把他那得天独厚的身体转侧了一下；但这并非想要结束掉那些零乱杂沓、不大连贯的意象，恰恰相反，他希望能够想得有条理点。

因此，当他转侧向床铺里面的时候，他便紧钉着一个新的印象，一直地想下去。那是巡回公演的时候，他同吴楣私自会食前后的情景。那天夜里没有他们的戏，两个人留在寄宿的学校里准备《月亮上升》。而当一想到那个乔装的娼妓的富于魅力的对白，他把眼睛睁开来了；但他随又闭上它们，微笑着，长长透了口气。

"她俘虏了的不是那个警察，"当想起那个女游击队员怎样说服了那个迷途的伪警，让她把他缚在灯柱上的时候，他迷恋地想，"她把我俘虏了！……"

他认为他们两个独自演习时要比正式演出出色得多。也就正因为这个成功在他们之间引起了那么强烈的冲动，而在预习之后，他们竟自忘记了剧团的规章，那么兴冲冲地跑去大吃馆子。于是他又记起，他们怎样穿过那个黑暗的甬道，怎样因为他戏说有鬼，她就撒娇地惊叫起来，毫不避嫌地双手紧紧攀附着他的胳臂不放……

他重又叹口气，并且感慨万端地摇摇头。因为由于对于过往的留恋，他忽然更加觉得吴楣目前的遭际的可怕了，他设想她昨天的处境一定很尴尬的，也许已经陷入极端悲苦的地步。她高傲，她自尊心很强，因而她必不会安于屈辱。而这么一来，他的睡意已经吹了。

"怎么办呢？"他自问着，"离婚倒对，她似乎又不愿意！"他想起了她对他的建议的冷淡，他惋惜地叹了口气，"真想不到，一个那样头脑清楚的人！……"

然而，虽然知道她对于离婚冷淡，而且，似乎是不可能，乃至认为这是她的美中不足，接着他却继续替她打算：离婚以后，她该立刻开拓一种怎样的生活道路。她可以毫无牵挂地到她愿意去的地方，——到延安去！或者到重庆参加什么宣传抗战的职业剧团。他原是在为吴楣设想，但他忽然发觉，他自己竟也搅进去了。

"当然，"他辩解似的对自己说，"只要我抽得脱身，我为什么要老捂在这个地方！……"

他的思虑忽然间中断了，因为他的肚皮上猛地狠狠吃了一击。这是总爷在发梦癫，一直嘴里都在嚷叫；但是现在的嚷叫已经不是呓语，而是极端现实的干嚷了。

"啊哟！爸爸咧，我不了嘛！……"

"我知道，你就睡觉也都不会安静！"田畴还在拍打着总爷的屁股。

"你不要打，今晚上我带他睡好了！……"

这是孟瑜夹着睡意的做气的话语声。她正睡得很香，忽然被惊醒了，因而她很生气。他们是分开睡的，两张床铺安排成曲尺形，田畴的床恰好摆来对着窗子，另一张床的床头正在窗子下面，直对着房门。她把总爷交给丈夫，名叫奶膀的小女孩交给娘姨，自己带着别的两个睡觉。

"我知道你不喜欢他的！"她又愤愤地加上说。

"一晚上踢到亮，"田畴继续宣布着总爷的罪状，"你刚才睡好，他又来了！……"

"那么你又把他处置了吗——啊唷！"孟瑜厌烦地插断他，还在为儿子抱不平。

田畴沉重地叹口气，没有再张声了。

他不是没有理由，也不是怕争吵，他的同事就常常避免和他斗口。因为这个心直口快的人的坦率虽然叫喜欢，他的直着嗓子乱嚷的脾气，却也使人感觉头痛。

然而，虽是敢于争吵，甚至喜欢争吵，一到孟瑜生起气来他总每每表示让步。这又不是因为她比别人厉害，她倒是个口齿迟钝，性情沉静的人。而他之对她让步，仅仅由于一种道义压力：她为他牺牲了家庭，牺牲了富厚优裕的生活，一直没有说过半句怨言。而这种精神力量，不仅使他不敢乱发脾气，五六年前，它还压服了一场他和一位女同事几乎弄假成真的恋爱。她并未发觉过他们之间有过任何值得怀疑的地方，乃至加以阻止，孟瑜对他的爱情一向是深信不疑的；但他却由内愧而动摇起来，不久那女教师也走掉了。于是当他事后向她尽情忏悔以后，她对他的信赖，也便更加坚固起来。

然而，纵使对于她的祖护总爷没有反驳，他的心里还是不服气的。尤其因为肚皮上吃了一脚都是小事，而由于那一飞腿，那个顽皮孩子可把他从美丽的幻想世界踢进了现实生活的泥沼。他坐起来，沉着脸闷了一会，于是叹一口气，跳下床，抓了件衬衣披起，走出去了。

这是一个晴明的早晨。昨天的阴云已经光了，天色一碧，太阳正从远处的林梢上升起来。露水很重，栽插过迟的稻田正如一幅浓绿的绒毡一样。沿着院子走了一转，他在自己让渡出去的水田边停下来了；心想，若果是自己做，今年的食米，至少大部分无需买了！

那个算是他的所谓二佃户的农人，是一个半伛偻的老者，花白胡子，干枯的脸上点缀着一块块指头大的汗斑。提着箢箕，眼睛东张西望，他正沿着田径走来。

"嗨！你今年顶我这个田顶好了哩！"田畴向他打着招呼。

老头子抬起头，望了他好几眼，于是翘起胡子，显得不满似的把脸一车。

"×！"他粗鲁地说，"还要看天怎么样啊！……"

"这个田难道还怕干吗？几多饱的水啦！……"

田畴没有再说下去，他冷冷一笑，绕回院子去了。

把田地顶出去的办法，是由他提出的。因为雇人颇不容易，孟瑜自己又怀身大肚，行动很不方便，也就勉强同意了他的主张。始终表示反对的只有娘姨王妈；老太婆为他们佣工，已经确七八年之久了。

这王妈，也是田畴的脾气所能容忍的人物之一。身材瘦小，但却硬朗，地道的庄稼人。她没有亲属，她那唯一的儿子，因为同一批地主娃娃在打猎当中引起一场斗殴，十多年前，逃跑出去当兵去了。她从未计较工资，而当去年那当兵的忽然从湖南寄回一份排长的证件以后，她还主动继续把按期领到的优待谷借给主人使用。说是这个年景，只要大家混得起走便算万幸。她对这家拖儿带女的小学教师非常同情。

王妈行动迂缓，又很自信，凡是自己认为正当的事从不让步。因此，当田畴回到屋里的时候，她又灵机一动，记起女主人赶场回来，提起米价时她的意见来了。

王妈已经六十多了，正在打扫堂屋。听见田畴走了进来，于是她叹息着直起腰来。

"劝你们不要顶呢，总不相信！"她曼声说，"现在你看……"

"哎呀，一句话就尽扯！"田畴斥责地切住她。

老太婆不响了。

"你想想吧，"因为觉得语气太重，停停，田畴又解释说，"光说是自己做，人手在哪里呢？长年，长年也不好请，零工么，又只有荒月份才好雇！……"

"啊哟！你通共才好几亩庄稼啦！……"

瘪瘪嘴，王妈自负地笑了。田畴看出她又会夸口，又会自告奋勇说她会做，他赶快切住她。

"快算了啊，像你说的，这年景，只求混得过就是了。"

"可是，你才几个钱一月啦！"老太婆叹息说。

虽然相信她没有恶意，田畴却是很爱面子的人。譬如，他总不事储蓄，有一个钱，花一个钱。必要时候，就是借钱，他也要把自己弄得很光亮的。因此，老太婆的直言无隐，使得他反感了；但他又不便生气。于是皱皱眉头，他解嘲似的淡淡一笑，不声不响走进寝室去了。

孟瑜已经从床上坐起来在替孩子们穿衣服。总爷有八九岁，他自己会穿，而且，已经穿着好了；但他还在打盹。他盘脚坐在床上，不住朝前蹿着脑袋。

"嘻！这副神气才好看呢！"田畴掀开嘴大笑了。

他之所以这样高兴，自然因为觉得总爷的神情可笑，但也企图结束一下离开卧室前他同妻子的赌气。他瞟眼看她，他相信孟瑜已经忘掉前一会的不快了；因为孟瑜脸上也正浮泛着感觉有趣的微笑。

但是，孟瑜脸上的微笑有点勉强，一晃便消逝了。

"不知道哪里那么多霉瞌睡啊！"她埋怨地说，随又叹了口气。

"你还想挨两下吗？"田畴紧接着训斥说，"赶快起来去读早书！……"

从前孟瑜老怪田畴不大留心子女的教育，所有的孩子全都由她一人负责教养，可是自从搬到乡下以后，情形变了，只要有空，对于总爷们的功课，丈夫相当注意。但这并非来自孟瑜对他的责难，她已经看惯了；也不是他忽然相信了一个为人父者对子女的天职，倒是因为乡间既无茶馆可坐，谈话的适当对手太少，所有几本文艺书籍，又早翻阅够了，早晨晚间，生活都过于清闲的缘故。何况他又是个喜好社交活动，对于田野风光没有多少兴趣的人。

当其总爷爬下床来的时候，别的两个，也都穿着好了。二的一个男孩子叫家瑞，七岁，三一个是女儿，叫家芳，五岁；母亲最溺爱她。父亲督率着大的孩子们走进堂屋去了。因为对面一间屋子是厨房兼娘姨的卧室，会客、吃饭和读书，一般都在堂屋里进行。堂屋里最大的特点是没有供神，家具也很简单，以至这个颇大的房间，看起来更大了。但却相当整洁。较为惹人注目的装饰，是写字台一端墙壁上的几帖外国作家和友好们的照片，以及一张印在明信片上的西洋裸体女人的油画复制品。

虽然缺乏耐性，田畴做起事来总是很热心的。而他的声势之壮，更往往超过他的热心。一进堂屋，他就嚷闹着，指挥着，像煞有介事地督促孩子们围坐在堂屋正中的方桌上诵读起来。而他自己，则坐向书桌边的藤椅上去，随即从砚台边拿起一本书来。鲁迅先生译的《苦闷的象征》，一册他所心爱的书。

然而，在孩子们的喝喝声中，还未看完一页，他忽然感觉自己嘴里有着一股不好受的味儿。于是，放下书本，他大声吩咐王妈给他打洗脸水来。

"怎么样，这半天还没有烧好吗？"他又反问了一句。

"只是不大烫哩！"王妈从厨房里应声。

"打来！——有点热就行了！……"

虽然喜欢活动，而且并不存心要摆架子，但在某些场合，田畴却又很高兴有用人服侍他。所以，尽管讨厌王妈做事迟缓，他可依旧斜靠在藤椅上等候下去。

他忽然翻眼朝着墙头的照片望了过去。

"昨天那个日子真够她过呢！"当把眼光在吴楣的小照上停了一会之后，他沉思地对自己说，"该不会闹一场吧，"他接着想，"也许今天会跑来诉苦的！……"

一想到吴楣会来诉苦，他又向那照片望过去了。

"好几天没有刮脸了呢！"他忽然自言自语，用手掌熨了熨脸和下巴。

接着，他又愉快地叹了口气，于是应着娘姨的招呼，走进寝室去了。孟瑜挺起肚皮在收拾床铺，自己的和丈夫的。那女儿因为所求不遂正在做气。

"现在刮个脸都要两元钱了！"他带点解释地嘀咕说，"我的剃胡刀呢？"

"总在抽柜匣子里嘛。"孟瑜懒懒地回答，一面折叠着丈夫床上的被条。

哗啦一声，田畴把抽匣挪开了。接着是第二个，第三个；挨一挨二顺手胡乱翻抄。……

"哎呀，分明是在这里！"剃胡刀原来在镜厢侧面。

他立刻打开那个裂了缝的，假纸皮已经现出本相的匣儿，取出剃刀，以及刀片。他就要把刀片套上去了，但他忽然发现刀锋已经卷了口了；他又接着找出那张早已成了废物的刀片来。只要忍耐一点，那是勉强可以用的；却又无缘无故多出了几个缺口！……

他一下奔回堂屋去了。

"你们哪一个弄我的剃刀来哇?!"他大声责问，绕视着孩子们。

他的声调、态度都很胁人，嗡嗡声顿然停歇下来。

"说！"他神态庄严地继续考问，"要我打到身上才肯说吗？……"

"我摸了都断手！"总爷终于闷声闷气说了。

"那么一定是你！"田畴肯定地说，顺手指着家瑞。

这老二是一个恬静可爱的孩子，很本分，很懂事，又瘦又弱。他是时常做那哥哥的替罪羊的，而一碰见父亲生气，就像鸡雏碰见了老鹰一样。

他早已预感到一场祸事了，现在他就更加吓怕起来。

"那是哥哥叫我去拿的啦！"他说，哇的一声哭了。

"放屁！"总爷立眉睁眼地否认。

"不是吗？你说我们雕灯影儿玩！"

"败家子！……败家子！……"

父亲连连责嚷，一面敲打着孩子们的脑袋；但他怕又淘气，随即就住手了。

"真是可恶，两把刀全都给你们弄坏了！"他大声说，意在预防孟瑜的袒护，"你知道一张刀片现在值多少钱吗？买得出来？也不说了，还不容易买啦！……"

孩子们还在哭，而那母亲终于又卷入旋涡了。

"打得好！"孟瑜高声说着反话，"打死两个这屋里看还清静点么！……"

"哼！表，表也给你弄坏！"并不顶嘴，田畴就一直委曲求全地发表着声明，"好好摆在那儿，它撞你们来的啦？一支自来水笔，也给你们连尸首都弄得不见了！……"

孟瑜挺着肚子走出来了。因为还未梳洗，神气也就更加显得阴沉，颧骨突出，微翘的干枯的嘴唇看来有如一个橡皮圈儿一样。然而，十多年前，那常常激起田畴的爱情的，却正是这同一张嘴。每一想起她来，总先是它，然后才是别的部分；但他现在禁不住皱了皱眉头。

田畴立刻把视线拉开了，因为他十分鲜明地感到了她的敌意。他很知道，每当她闷着脸不声不响的时候，一不对劲，便会吵起来的，于是开始忙着结束他的责难。

"还要哭吗？"他放缓了语调说，"赶紧几下读完书去洗脸！……"

"呵，你就打够啦？"孟瑜冷冷地说，在方桌边停下来。

"是把你的东西弄坏了你也要生气啦！"他苦涩地拖长了声音解释。

他还想辩解，但他随即转了念头，走回寝室去了。

他之一下转过念头，因为他忽然感觉到，他的忍耐力顿然间降低了，再缠下去，他会受不住的。而且，孟瑜的憔悴竟那么打眼，激起了他一种难于控制的感情的骚动。这里有着厌恶，不快，但也夹杂着强烈的悔恨，恰如发觉了一桩自己一手做成的无可挽救的罪行一样。

他很清楚，每当这样一种感情冒出来的时候，要他让步是困难的。而他们过去两次的大吵大闹便是明证。因此，他赶快退进寝室去了，动手洗起脸来。

孟瑜还在拿孩子作靶子埋怨田畴。

"就像哪个认真爱你们呢，可惜命生错了！"她照旧冷冷地一个劲说下去。

她很少怀疑过他们当中的爱情，但她相信他是讨厌孩子们的。因为有好多次，当其彼此心情很好，互相爱抚的时候，田畴曾经叹息着表示，孩子们对于他们的爱情的蛀蚀，太可怕了。前年他们大闹过一场，而在和好以后，他也竟自将原因推在孩子们身上，仿佛自己并没有错多少。

"架势擎起些吧！"她继续说，"只要你们命大！……"

田畴很不乐意听她的冷言冷语，但这又不大可能，于是他就只好赶忙洗了脸，漱了口，梳了梳头发，唉声叹气地躺向自己的床铺上去。而当他自己平服下来的时候，孟瑜也安安静静地退回卧室来了，开始梳洗起来。

直到早餐时候，一家人没有再发生什么风波，甚至就像原来便很清吉平安一样。便连总爷，似乎也变得来懂事了，没有顽皮，也没有把父亲的打骂怀恨在心；他规规矩矩地帮着王妈添饭。孟瑜的脸色虽然照旧阴沉，但却已经退到最近三五年来常有的程度，说不上怎样不快意来，更说不上是在生气。

她的这种情形，田畴一向是理解的，他又照常洋溢着那种满不在乎的心情了。就从桌面上简陋的菜蔬起头，他开始向她吹谈着昨天他所分派的吃食的成功。

"吴楣这两天，恐怕连龙肝凤胆也吞不下呢！"孟瑜忽然间插嘴说。

她又叹一口气，显然十分挂念她的朋友的处境。

"我一早也正这样想呢！"田畴迎合地说，高兴她已不再同自己赌气。

"这个人也真够了！要是我么，离婚好啦！"

"说起来倒容易！……"

他原想替吴楣辩护几句，但他嗫嚅起来，似乎深恐引起什么误会，或者争论，于是戛然而止。

"这未必有好了不起吗？"停住筷子，孟瑜勃然不悦地接着说了，"顶凶顶凶，她那个老头子少抽几口大烟！像他那样的父亲么，还愿意承认他，已经算客气了，倒还要替他打算盘呢！……"

"身当其冲就两样了！"田畴含蓄地说。

"倒不见得！可是，我今天真想跑去看看她呢。"

"你又跑上街做啥啊？她自己会来的！……"

六

田畴的猜测，是有些根据的。因为每每受了什么闷气，或者感觉生活太无聊赖的时候，吴楣总常常跑来找他们排遣的，这已经成了好多年来的老例了。

这原因的一半，固然在于她同孟瑜之间的深厚交情，另外一半，则由于她自己的寂寞的处境。因为在这镇上，自从参加演剧活动以后，对于一般家庭妇女，她更加感觉得同她们连闲聊也不大投机了。而那些她所愿意交往的一般知识分子，又似乎不大乐意和她亲近。

然而，这一天吴楣并没有来。而当下午田畴从学校里转来的时候，两夫妇就像碰见了什么闷葫芦样，起先有些惊怪，接着就互相推测。随即又闷闷不乐了。

次日也是一样，他们总不停地念谈着这同一件事情。

"嗨，这个家伙真怪！"这天晚上，田畴忽又自言自语地这样说了，"怎么连影子都不见！……"

他已经上了床，正在抓着毛茸茸的腿子解痒。

"有什么怪的哇！"孟瑜不满地插嘴道，"她不来吗算了！我们不照样过日子？……"

"唷，唷，唷，你们是好朋友啦！……"

"我这个人么，别人对我好呢，又好，不好也不要紧！一定要缠住哪个才活得下去么？……"

"啊哟，这里长了这么大个火疖子哩……"

实际上，虽然他那筋肉突起的、多毛的腿子上确乎多出一个小小的火疖子，但是他的本意却在改变话题。因为听了她的口气，他相信她又会说些什么话了。

他们当天下午就有过一次谈话。因为焦急的期待使她生起气来，于是凭着她的梗直和孕妇特有的神经过敏，她曾经赌气说，他们的担忧不过白费，说不定她已经被公爷软化了。"我早就想过，"她鄙夷地说，"只要给她多扯两件衣料，就是再抬一两个回来，她也会不在乎！"

现在，她的口气既然那么不平而又僵冷，田畴相信，她就又会不三不四说起来的。因此，他拿话插断了她，随又讨了点万金油来，于是一口气吹熄灯盏。

翌日早晨，田畴一早就起床了。他总挂念着那同一件事；虽然心情已经改变过了，仿佛他之所以渴望她来，无非因为希望听听，吴楣那天回家后他们相见时的那场情景。但他并没有透露一点他的想念。孟瑜也是一样，关于吴楣一字未提，仿佛他们跟她已经很疏远了。

然而，当其吃过早饭，就要领起孩子上学的时候，田畴忽然感到一个欲望的诱惑，觉得不提一下不行。于是，他笑一笑说，也许他会顺便去邀约吴楣来玩。

"去约她做什么哇？"孟瑜遮断他道，"她要来就来，我大门横竖是敞开的啦！"

"你昨天不是还叫我去约她么？"田畴反问。

他有点惊怪；望定她，停住正在刷着皮鞋的刷子。

"老实说，她就一辈子不来，我也不稀罕呢！"孟瑜紧接着说，并不答他的话，"你替她担心，不平，说不定人家三口子已经很和气了。

啊哟，这种事我见过！……"

"完了，——你们是好朋友嗻！"

"各人有各人的想法！你怕都像我们这么傻吗？……"

说着，孟瑜感觉自豪地微微一笑。因为这句话的含意表明着她的全部信念，以及她在生活上的最后支持：她为爱情牺牲过了，而她现在还在为它甘心吃苦。

田畴一向是理解她这一点情趣的，但他一时忽视了它的重大含意。

"当然，什么人都以为自己比别人高明的！……"

"我们这些人高明什么哇？"她反驳说，傲然一笑。

孟瑜说得相当锋利，但是她的脸色沉下去了。

"妈妈！"总爷、家瑞忽然一齐跑来向她行上学礼，随随便便鞠了个躬。

"滚开！哪个是你们妈哇！……"

她大声叫嚷，红着眼圈，随即翻身走回卧室里去。

隔了一会，田畴忍受地叹口气，也跟着进去了。起初，他只觉得莫名其妙，接着，他便对她反感起来，认为自从有了身孕以后，她有时生气得太岂有此理了！然而，他随即吓怕起来，疑心她已经猜透了他之袒护吴楣的最为秘密的隐衷。于是随即涌起一阵惭愧的心情……

孟瑜已经在啜泣了。没有脱掉鞋子，弯着腿杆，她就侧身横躺在床铺上。田畴开始嗫嚅着安慰她。他双手撑着床沿，躬下身子，急于想弄清楚事情的真相。

"我真不懂！"他沉痛地劝慰说，"这究竟为了回什么事啦？不要赌闷气吧！"

孟瑜依旧不给他个回答。

"唉，"他叹息了，"就是错说了句把句话……"

"我才错了！"孟瑜忽然自怨自艾地说了，"一直都错到底！"

"你这一说！"田畴烦乱地嘀咕道。

他接着不以为然地摇一摇头，感觉不快地撑身起来。仿佛他的忍耐已经到了尽头，打算拂袖而去，不再理她。但他沉重地叹口气，随即又向她弯下腰身，而他的声调、神情，显见得更难过了。

"唉，瑜！"他拖长着声调说，"你想想吧，若果她不是你的朋友……"

"朋友归朋友，我可始终不相信她同那个混蛋的结合会有多少爱情！"

"当然，当然，"田畴意外地笑着说了，顺势在床边坐下去，而且热诚地抓住孟瑜的手臂，"你说我连这一点都看不出来么？哈哈，她平常间的态度也就够显明啦！我常常想，若果你是她么……"

"呕，我嫁给你都是为了好享福啊！"孟瑜鄙弃而又自负地插嘴说。

田畴败兴地叹息了，但却更加理会了她的情趣。

"你听，"他愁蹙地哀告说，"你这么说不过是想磨折我啊……"

于是攀附着她的肩头，田畴开始向她倾吐着热情的誓言，夸大着她的高贵的牺牲，但当接吻过她那干枯的嘴唇过后，一种生疏嫌恶的感觉忽然袭击着他。

他有点狼狈了，因为他随即又感觉到羞惭；而跑来解救他的正是那个他所期待的人儿。

"妈妈！李母母来啦！……"

总爷忽然跑进来大声通报。而在同时，他们听见了从院子里传来的吴楣的话语声。

"怎么样，你们还没有去上学么？"吴楣边走边问。

声调虽然有点做作，但很平静。孟瑜对于她的颇为偏激的推测猜中了一半；因为虽不能说已经安于她的处境，事前孟瑜为她设想的难堪，却也并未实现。

当其那天夜里，公爷向她屈尽丈夫之谊，赌咒说他决不对她负义以后，吴楣所有的那种屈辱的感觉，已经很稀薄了。而接着跟来的家庭间的愉快空气，更加冲淡了她这以前的哀怨。因为几个年轻亲友陆续跑来胡闹了两天，他们对于她的宽大，她的没有打破醋缸表示了认真的敬意……

吴楣在这里算是熟客，跨进堂屋，她就一径走向寝室里去。这时候，孟瑜已经从床上坐起来了，田畴对了房门站着，回答着她的招呼；但是神情都有一点陌生。

"我们前两天就以为你会来呢。"他含笑说。

"家里又有客啦！乌七八糟闹了两天！……"

吴楣没有望他；她说着，把皮夹搁在镜箱旁边，向了孟瑜走去。

"你不大舒服哇？"她问，在床沿上坐下来。

孟瑜探究地看定她的眼睛，于是红着脸笑一笑，把目光移开了。

"我还以为你这一辈子都不会来了呢！"她赌气说。

她比田畴更为直率，真诚，是无法作假的。因此，虽然试想全盘隐瞒过去，终于是不可能，她就无可假借地发起牢骚来了，而且全不理会丈夫阻止她的眼势。

"本来啦，"她接着说，重又讪笑地望定吴楣的眼睛，"人家这几天多好玩啰！……"

因为吴楣的眼睛已经有一点润湿了，田畴就赶快直捷地插断她。

"你还不知道啊！"他笑着向吴楣解释道，"她这两天恐怕做梦都在想念你呢！你再不来，已经要上吊了！"他故意滑稽了一下来转换气氛，"我还说我的性子急呢，她这个人急起来才要命！……"

他迫使自己打了一串外交式的哈哈。

然而，这个毫无用处，吴楣歪向床角，已经啜泣起来。她的朋友戳破了她的创伤，她重又感觉到那屈辱了。当其来的时候，她本洋溢着一种心情，觉得她是来安慰他们的，因为她很信赖他们对她的同情。她将告诉他们，她的态度已经很确定了：她怜惜那个女子，她更不重视李守谦对她的态度怎样，因此她倒乐得清清闲闲打发日子。而她这种比较开豁的想法，一定会减低他们对她的担忧。

现在，既然重又感到了那屈辱，她倒更加需要他们给她以安慰了。然而，事实完全相反，孟瑜并没有安慰她，反而向她说了伤负人的气话。于是她情不自禁地伤心起来，仿佛受了过于刻薄的待遇的小孩。

"你看你赌气赌得好吧！"田畴喃喃地说。

他想抱怨孟瑜几句，但是孟瑜已经因后悔而流泪了。

"几句话你就这样子伤心啦？"接着，她俯身向她的朋友，搂住她，希望自己的忏悔能够马上生效，"原谅我吧！你知道我这张嘴是随便说惯了的，特别对于你我藏不住半句话——这点你总该相信吧？……"

因为吴楣固执着不应声，于是孟瑜蓦地撑身起来，中止了她的求饶。

"好吧！我以后对你装假好了！"她冷冷地负气地说。

"我不要哪个装假！"吴楣意外地开口了，随即翻过身看定孟瑜，带点娇憨神情。

"你怕我装不来假吗？我还是会敷衍门面呢！……"

"你个霉鬼再说？！"吴楣威胁地切住她。

接着，她撑身起来，对着孟瑜扬起手掌，做出准备敲打的姿势；但她扑嗤一声笑了，随即又哭起来。然而，这却已经不是出自伤心，倒是她的朋友的真挚打动了她。

吴楣没有再躺下去，她就那么眼泪汪汪向孟瑜诉说着她的心情。

"人家满肚子的委屈，你还要说气话！……"

"这只怪你们太要好了！"田畴插进来说。

"我懂！不然，我连向也不再向她了哩！"吴楣紧接着说，"再不想想人家这几天过的啥日子啊！"她愁蹙地继续说，忽然看见了这两天来她所感觉到的烦厌，以及不快，而把那些足以安慰她的事情全忘掉了，"有时候真想自杀！"她沉重地叹口气，觉得自己确曾这样想过，"再不然，一切丢下不管，——到前线去！……"

"你这后一个想法我倒赞成！"孟瑜紧接着说，"自杀？为他那样的臭男子自杀那才犯不着呢！快把你这些没出息的打算抛开点吧！"

　　"你不知道，人有时候想起来真没味啊！……"

　　吴楣蓦然而来的悲观，一下又使得空气变得沉重而严肃了。大家只能摇头叹气，一时真不知道如何劝慰的好。而她也就愈加惜伤起自己来。

　　她想起了娘家的无可挽救的衰落情形。父亲只会抽烟，母亲嘴巴零碎，而又毫无主见。在她待字闺中的年龄，她常是过着寂寞感伤的日子。接着便是她的失恋，双亲的逼嫁，以及出嫁以后种种说不尽的委屈。其间虽也有过短暂的幸福，然而，此时此刻，却已从她的记忆中遗漏掉了，不复再有一点一滴存留。

　　"我这几天思想的阴暗，恐怕你们想也想不到呢！"停停，她又抿笑着说，"只觉得什么都是假的，什么都没有意思！有时候就连自己都有点讨厌自己。……"

　　"我看你陷入悲观主义了。"田畴说，长声叹一口气。

　　"是的，悲观主义！"吴楣承认着，可是神情已经振奋起来，仿佛田畴给她的心情加上这个时新的概括十分使她满意，"哪个要笑，就让他去笑吧！……"

　　孟瑜给了她一张毛巾，于是她的自白也就倏然而止。

　　吴楣接过毛巾，下了床，走向窗前的柜子边去了。对着那面猪腰形镜子，先是嘴唇，其次是眼睛鼻梁，她都一连擦了几下。然后又再打开皮夹，取出香粉和口红来。

　　孟瑜在旁边守望着她，而由于吴楣刚才一席话的影响，她的脸上依旧罩着一层阴影。田畴也同样显出一副愁蹙深思的模样，在替吴楣的悲观主义纳闷，觉得她的情绪太可虑了！自己应该设法使她振作起来。

　　因此，当她收拾好过后，田畴开始叩问起来。

"讲句老实话吧，他的态度究竟怎么样啊？"

吴楣明白他问的李守谦，她微不可见地讽刺地一笑。

"你知道的，他那张嘴还不会说吗？"吴楣冷然地说，"又是赌咒，又是解释！……"

"猫儿不吃死老鼠！"孟瑜愤愤地说，又叹口气。

"哪怕你说得天花乱坠，我才不相信你！"吴楣紧接着说，仿佛她的壁垒确乎森严，"我早就看透他了，嘴巴倒甜，做起事来完全两样！妙在他还以为我会伤心哩！其实，我难过的倒不是这个。我只觉得我们中国怎么了啦？"她颦蹙着，禁不住替民族国家担起忧来，"前方流血抗战，后方花天酒地，醉生梦死！……"

"可是，你也不能把黑暗面估计得太大了。"田畴严重地提醒她。

"你可不能不这样想啦！"吴楣说，莫可奈何地叹了口气，"因为这个黑暗就在你自己家里，就在你眼面前，你能够不在乎吗？我倒还没有训练得这么冷静！"

她矜持地一笑，似乎对于自己的辩才感到了满足。

"总之，"她加上说，"人一辈子有啥子意思啊！"

"但是，你这样悲观下去也不行啦！"田畴沉闷地说。

孟瑜同时也叹息了。

"仔细想起来呢，人也真没味啊！……"

孟瑜的谈吐实际上最和她的情绪相称，没有夸张，也没有作伪。因为由于吴楣的诉苦，她已经为自己的烦忧所包围了，觉得近几年来自己就没有痛痛快快过过一天日子。既无恒产，丈夫又全不注意家庭间的财政状况；子女愈来愈加众多，身体也更败坏下去，而未来的时日，看来只会更暗淡了！霎时间看不见一丝亮光。

田畴和吴楣还在继续辩论。而单看他们对于辩论本身的津津有味，便足证明他的说辞已经很生效了。至少，可以说吴楣的固执只是因为她过于好胜。

于是，田畴皱皱眉头，立刻改变了他的全部战略。

"好吧！"他狡猾地说，承认着她之和他相反的论证，"我承认你的说法，认真什么都不会引起你的兴会了，一切只是绝望，黑暗！"他扬一扬手臂，好像他在抛丢一件废物，"可是，总还有点值得你留恋的吧？比如，你同我们之间的友谊，这对于你也一点意思都没有吗？"

"一点没有！"吴楣忍心地，但也显然带点做作地笑笑说，"我们不过偶尔碰在一处罢了！"

"对啦！你兴这样说哇?!"孟瑜嗔怪地叫了出来。

于是她挨近吴楣，假意用手推她，说是既然如此，她倒早些走掉的好。

"快走！快走！"她恼怒地紧接着叫道，"我们横竖都是陌生人啦！"

"怎么兴赶客啦！"不仅只不动身，而且用力抵挡住孟瑜的推搡，吴楣忍不住痴憨地笑了，"我这个人么，才怪得很，你要推送我嘛，我才偏要赖在你这里哩！"

"这就可见到底你还看重友情！"田畴哈哈大笑，高兴着他的设想获得成功。

"我承认！"吴楣认真地紧接着说，这时孟瑜已经放开她了。"我承认！"她重复说，"不是你们，我就更没有想头了！每每到了绝望的时候，我总是安慰自己，不管怎样，究竟还有一两个朋友是爱我的，他们希望我好，什么事都关心我。不然的话，真不想活这个人了呢。……"

她的眼睛重又红润起来，认真为友情所感动了。

她忽然间住了嘴，没有再说下去。孟瑜也一时显得就要哭出来的样子；她和田畴都是无家可归的人，而在这个生疏地方，更不免时常感觉到孤独……

田畴的感动有限制点，他只是苦着脸，陷在忧蹙的沉思里面。

"也许我们的处境不同一些，"叹息着咳咳嘴唇，他终于幽幽地说了，"你知道，我们几乎是连一个亲人也没有的，所以特别感觉得友情的重要。我常常想……"

"你还想哩！人家已经在说我们是陌生人了！"孟瑜切断他说。

她可怜地笑着，她的眼睛闪烁着泪光。

"唉，你怎么还不走呢?"她又赌气地问。

接着，她便把眼睛埋下了，努力抑止着不断夺眶而出的眼泪。

"你若是再做气，我倒真的要走了哩！"看见她的朋友的难过神情，吴楣装作玩笑的腔调说了，"才那么一句话，你就气得这么凶啦——嗯?……"

她站起来，正如公爷对她做过的那样，涎皮地追寻着孟瑜的面孔。

"对，我看你们两个再哭它一场吧！"田畴抿笑着说。

"呸！你说得人家那么爱哭！……"

孟瑜啐了丈夫一口，两位女眷一齐挂着眼泪笑了。

于是，她们就又互相赌气，互相逗趣地指责起来，而空气也就认真变愉快了，不再感觉沉闷。田畴因为她们的和好忍不住大笑起来。

"你们的哭和笑都像在做戏哩！"他十分开心地说。

"这只因为我们没有你那么心硬！……"

孟瑜抢白着他。随又接下去向吴楣说：

"总之，你这个没良心的，这几天也把人折磨够了！"

"就折磨够了？早知道你这样，我还不会就来呢。"

"好！"狡猾地一笑，孟瑜高深莫测地说，"可是，你知道我们怎样设想你么?"

"你又要闯祸了！"带点玩笑神气，田畴警告地说。

"老实，不要再惹得大家哭一场吧！……"

孟瑜赞可地提醒自己，已经在转换念头了，但却立刻浮上一个含意深深的微笑。于是，吴楣在疑鬼疑神地望了她一会之后，就不由得不尽情追问了。

"叫你说啦，霉鬼！"她已经搂住孟瑜的脖子，第三次逼问着她。

孟瑜讪笑着，还在迟疑，但她终于把嘴贴近吴楣的耳朵……

她至多不过说了两三句话，吴楣便爆发出一阵娇笑，红着张脸回避开了。接着却又板起面孔，打算不理孟瑜；但她随又气恼地大笑起来，用手掌连连敲打着孟瑜。

"你这个嚼牙龈的！"她大声笑骂道，"人家还伤心得莫奈何哩！……"

七

预想和现实总是有距离的。而且，不仅对于幸福如此，便是对于不幸的猜测，结果也往往和设想不一致。当其吴楣惩戒了孟瑜的顽皮以后，田畴夫妇对于她的处境的担忧，已经减轻多了。

然而，他们的认真感到放心，是直到午饭时候才最后完成的。正如一般知识青年一样，实际生活尽管常常会同思想脱节，但在严肃的谈话当中，他们却又认为，一个人若果没有高尚思想，全盘生活便都可虑，甚至无法生活下去。因此，等到吴楣答应抛开她的一切悲观主义的想法，两夫妇这才如释重负地高兴起来。

田畴这一天没有去学校上课，他就一直陪伴着他们的朋友。他有时是喜欢做菜的，做完厨子，现在，他又在做堂倌了。他正忙着把菜一盘一碗送往桌子上去。口味确实不错，正如他的说辞一样成功；虽然只是一些黄瓜、豆芽之类的普通菜蔬，但比王妈的手艺高超多了。两位女眷早已坐上桌子，正在共同品评着田畴的做菜技术。

吴楣容光焕发，没有些微不快之色，看来已经同那个卑劣的消息传到之前一样的活泼和开朗了。至少她本人情绪不错。

"该说好的不是这个！"田畴忽然大声插进来说。

听到吴楣的称赞，他忙着从厨房里走出来了。

"该说好的不是我做的菜，"他重复说，放下衬衫袖管，坐向空着的首席上去，"菜算得什么呢！你该感谢我把你的情绪医治好了，这个才是顶要紧的！"

"可是，我总担心我终究会幻灭哩，"吴楣忽地脸色一沉，随又叹一口气。

"这个倒霉的啦！"孟瑜气恼地笑着说了，"你自己先不先就虚心了！"

"这不是虚心，"吴楣辩解地说，"你问老田，那天大家的情绪怎样吧！……"

田畴给她开的主要药方，是把精力全部集中到演剧上来，这不仅有着庄严神圣的意义，而且可能全部忘掉她的苦恼；但是那天聚餐的情形忽又叫她动摇起来。

"结果究竟怎么样呢？"她追问着，悬心地望定田畴。

"无论如何，开筹备会的日子总算定了！"田畴肯定地回答。

他正想扒饭，但他惊叫一声，同时放下了碗和筷子。

"哎呀！"他醒悟地说，"闹了半天，就是今下午开筹备会啦！……"

"那个老牛筋到底还是同意了么？"吴楣喜出望外地插进来问。

"他是那副腔调！"田畴知道她指的牛祚，他审慎地批评了，"你不是不知道的，随便什么事他都要打两下敖卦。可是，只要他同意了，却比谁都认真！你记得那年巡回演出的情形吗？有次老蔡病了，他就顶起演老太婆！开夜车准备台词。一个老头儿肯这样不容易啊！"

"赶快说吧，大家究竟是怎样商量的嘛！"吴楣迫切地问，很想立刻知道详情。

田畴于是约略告诉了她一个大概。凭着他那满不在乎的脾味，他说话照例是夸张的，现在，因为某种原故，他就更加渲染起来，似乎一切都不会成问题。而且，好像不仅可能在本镇上演出几场而已，一九三七年夏天，武汉失守前那种热烈局面，很可能还会重来一次。

"老实讲吧!"想想,他又克己地做着最低限度的打算,"至少在本场演几天绝没问题!不说别的人,就是聋子都在叫唤闷得慌啦!……"

"妙在章桐也恰恰回来了!"吴楣充满希望地叫出来。

"他不回来也一样啊!"田畴略感不快地说。

并不出于有意忌妒,现在他对吴楣的特别看重章桐,却有一点不舒服了。

吴楣立刻注意到了他的不快,但却没有想到他在忌妒,只以为他说的老实话。大家的沉闷日子,的确过得很不少了,因而演剧活动的出现也就成了必然趋势。

吴楣仅仅毕业于本地的高级小学,虽然是高才生,结婚过后,便和书本绝了缘了。她之对于新的知识发生爱好,是她同田家有了交往以后的事。那时候,田畴、孟瑜同居不到半年,没有子女,读书、自学算是生活中的主要成分。于是,在吴楣眼睛里,不仅这个新型的小家庭的单纯愉快使得她着了迷,同时还感到迫切需要新的知识,经常向孟瑜借书看。

她重新用起功来。但却已不再是国文之类的教本,而是种种装潢别致的新书。凡田家所有的,从《沉沦》《苔莉》,一直到《石炭王》,她几乎全借来读了。

接着她成了田畴的追随者,把这个外籍青年看成一个了不起的人物。……

"当然啊!"现在她自信理解他的情趣,接着道,"没有抗战,根本想也想不到要演戏哩!"

"至少困难很多!"田畴夸耀地一笑,客气地修改着她的同意,"想么,什么事都是环境促成的嘛!就拿你来说吧,要不是芦沟桥那把火,你敢跑出来演戏吗?"

"大家骂还把你骂死了哩!"孟瑜大笑着接嘴说。

她正从厨房里巡视了孩子们的食桌转来,而当她听见他在反问吴楣的时候，她就随口插了一句。因为她忽然记起战前这镇上的闭塞情形来了。

"你还记得我们才来这里的情形么?"她笑问着田畴，一面挺着肚皮，漫步走回她的座位上去，"那年夏天，我们两个人坐在河坎上一起在河里泡了一两回脚，大家就掉起嘴乱说开了!"她抿嘴一笑，仿佛忽然年轻了许多，"后来听见我们没有正式举行过婚礼，呵唷，这就更加下不了台了! 你一上街，总有人向你行注目礼! ……"

"所以你每回上街，都要拉着我一道喃!"吴楣打趣地插嘴说。

"就是没你一道，我也没有胆怯过啦! ……"

孟瑜显得骄矜地瞥了吴楣一眼，十分笨拙地坐下去。

"我这个人么，"她傲然地紧接着说，"只要是做得对，倒不怕他哪个骂啊! 讲句老实话吧，"她忽然叹了口气，而那些回忆带给她的兴奋，已经在开始消散了，"要不是这一群娃儿拖住我么……"

她没有说完，她的脸色又阴暗了，恢复了一向消沉不快的常态。

可是，田畴、吴楣立刻理解了她的意念，知道她感慨于自己只能永远做个贤妻良母的无望的处境，而这却又不是她的本愿。其中感触最深的是田畴，他固然同情她，却更同情自己。因为由于孟瑜的提示，他十分痛切地体察到，作为一个男子，而且生活在这样一个民族存亡的历史关头，孩子们对于他的阻碍太可怕了。

虽然有着吴楣的乖觉的插话，企图把空气转换过来，但是，要想恢复先前活泼愉快局面的这个努力，到底是失败了，彼此的谈话总是没有多少生气。

直到饭后大家休息了好一阵，沉闷不快的空气，这才稍稍缓和下来。两位女眷在鉴赏李守谦前两三天带回来的手表、别针、戒指等等。她们没有从那些精巧饰品联想到吴楣的屈辱，只是惊奇着它们的别致。田畴则沉默地横瘫在床铺上闷食。当他微微一笑，正想起来参加她们的谈话的时候，出乎意外，总爷一蹦跳进来了。

挺起胸部，总爷照例尽他嗓音所能许可的高度嚷道：

"爸爸走啦！王先生叫你吃过饭就去哩！……"

"你们先走到吧！"田畴叱责地说，有点恼恨儿子打断了他的兴致。

"他说你上半天已经缺了两节课了！……"

"少说废话！——赶快滚起走吧！……"

田畴咆哮着撑起来，把孩子们挥赶走了。

"去他妈的！"他又愤然大叫，"钱没几个，他倒还要你不缺课哩！"

"你看你哪里像个当老师的啦！"吴楣忍俊不禁地说。

田畴相信她在赞赏他的豪爽，他掀开嘴大笑了。

"我也并不要他像哩！"他紧接着说，"老实讲吧，我干这个行道根本就冤枉得很！小时候我想从军，后来进了中学，我也没想到自己会吃白墨饭的。那个时候我想做工程师。后来认识了她，"他用下巴指指孟瑜，"我又想搞文学。总之，直到现在，我都从没有想过要当教师！"

"可是，你总算当了快十年了！"吴楣愉快地叫出来。

"是啦！就像烂冬田样，一脚插进去你就想拔也拔不脱了，弄来越陷越深！……"

他愉快地大笑，但是他的心头禁不住沁出一股苦趣。然而，当人置身于某种机遇，纵是谈到不幸，也不会悲伤的。对着这个机灵的少妇，田畴很快又高兴了。

于是直到去学校参加关于演剧的筹备会议为止，他们都沉迷在那种漫无止境的闲谈中，感觉得很愉快。他们本想把孟瑜拖起去的，但到就要动身的时候，她的心又冷了。说是，若果是肚皮里发作了，大家那才好看戏哩！结果只好留在家里，给快要出世的小孩子做衣服。

田畴住的乡下离学校约有三四里路。他们沿途边走边玩，在一座树木葱茂的堰沟边停了很久。因为担心引起流言蜚语，到了场口，他们便分手了；田畴先一步到学校去。准备室一个人都没有，附近教室里传播着米子远的尖锐的噪音。似乎相信学生的耳朵也和他的一样。

想起米子远那副力竭声嘶，十分认真的神情，田畴忍不住发笑了；但他随又正起面孔，大声呼唤着那个名叫蓝兴，面貌浮肿的年轻小工。

"最后一节课了。"那小工回答，当田畴问他这是第几节课的时候。

"我帮你摇下课铃，赶快给我买两根纸烟来吧！……"

田畴只偶尔在外面抽纸烟，回到家里，他就只好抱着水烟袋吹丝烟，以示对于妻子的体贴，不肯浪费分文。小工走后，他又看了看课表，于是顺便在门口停下来。

这里听讲课更清楚，他正想笑，吴楣从外面进来了。

"你听米聋子吧！"他轻松愉快地说，"这碗饭不好吃哩！"

他们一同退进屋子里去，而当他偶尔瞟了一眼挂钟的时候，他惊叫了。

"哎呀，已经过了五分钟啦！……"

他跑出去摇了铃，于是所有的教员，都陆续回到准备室里来了。这个抱起了水烟袋，那个从什么隐秘处所找出半截吃剩的纸烟。牛祚则在吹着气喝开水。这个半老的中年人，虽然有时任情嘲笑一切，就是对教书这职业也不例外，但在教学上面，却又最为认真负责。

牛祚喝完开水，于是瞅牢吴楣，随又忍俊不禁似的眨眨眼睛，好像打算开点玩笑；但他微笑着呼口气，又忍住了。吴楣没有发觉他的这个可疑的神情，正在专心倾听田畴对于那些失约的人们大发牢骚。

田畴最不满意的算章桐。他原本以为章桐会早到的，但他现在竟还无踪无影！别的两三个也还没有到场，据说是上完课才走掉的。最后，他把那小工叫来了。

田畴一连说出四五个名字，吩咐他赶快前去催请。

"记清楚哇！"他末了严重地叮咛道，"一个一个你都要请到啦！"

"要跑这么多地方。"蓝兴抱抱怨怨地说。

"这的确不简单！"吕康同情地插嘴道，"只怕等人找齐，时候又不待了！"

"那么依你说呢?"田畴反问,一下把脸转向吕康。

他紧绷着脸,显然决了心要抬杠;可是吕康照旧懒懒地扬起他的眼睛。

"依我看么,"吕康满不在乎地回答,"改期……"

牛祚无可奈何地苦笑了。

"你点这些大炮做什么啊!"他直冲着吕康说。

随又叹息着拍拍桌子,于是一挣站了起来。

"你让他去请嘛!"他显得愁蹙地紧接着一板一眼地说,"请不来又再说请不来的话好啦! 赶快去吧!"于是他断然吩咐着蓝兴,"先到茶馆里找找! ……"

田畴没有发成脾气,而且觉得不好意思了。

"这也才像话啦。"他带点忸怩地向了牛祚笑笑。

"是吧? 没有我么,你两个今天打起嘴仗来了!"

"至少是会吵一架的,"吴楣说,抿着嘴唇一笑。

"就是吵一架也不是小事啦!"牛祚带点教训口气紧接着说,随又叹了口气,"自然,有些人一天吵点架也不错,一些人倒是少吵点架好些!"

"鄙人呢?"吕康擦擦鼻头,俨乎其然地问。

"你么,一天就是吵八架也不要紧!"

"何故?"

"因为就是一连吵它十架,你的派头还是个师爷啦! 田老师可不同了,你看精力多么饱满,多么充足,就像拉紧了的弦样! 嘿嘿……"

牛祚把话头一顿,随而在含蓄的笑声中混过去了。

最近一两年来,每当遇见田畴发闷发烦起来的时候,他总禁不住要皱皱眉头。因为单从外表看来,这个漂流异乡的青年人的变化虽然不大,他的脾胃还和从前一样,但在他的暴躁,他的满不在乎和冒失下面,老教师却敏感出一种埋藏着的深沉的不安。……

现在，他之含混过去，一样是在体恤他的年轻同事；田畴似乎立刻理解了这个，并且显得感动地笑了。这是那种柔弱的自我伤悼的悯笑，在他一向很少有过。

"的确，"他带点忸怩地说，"不晓得是怎么搞的，有时候真烦躁得要命呢。……"

于是，感慨地一笑，他颇为平静地开始述说他的心境。他找不出一个无可辩驳的原因，但他总觉得自己精神上很不安静，比以前更爱发脾气了。凭着他的文学素养，说得多了，他便不免夸张起来，逐渐加进去不少空洞过火的词句，逐渐让自己变成个颓废派诗人了。

"你说我悲观吧，也不见得！"他摇摇头说，随又长长地叹一口气，"我倒更加觉得生命可爱，总想过得有声有色一些。这真是个矛盾——有时候苦闷极了！……"

"还是我常说的那句话，"牛祚微笑着遮断他，"学学老牛筋吧！"

"它就不由你做主啦！"吴楣忽然插进来说。

起初，她只留神着田畴的自剖，不久便觉得他是在替她表白了，于是起了共鸣，神情比声调更为郁闷。

"哎呀，你也受了传染了啦？"牛祚紧跟着打趣说。

在新起的愉快的笑声当中，那些值星管理，以及主任、级任之类的人物，都陆续退出去了，准备摇铃放下午学。留下来的只有科任教员牛祚、吴楣和田畴三五个人。

他们一直进行着那种毫无目的的漫谈，几乎把时间都忘记掉了。但当学生们的闹嚷消沉下去，蓝兴带回章桐的便条时，田畴却又情不自禁地兴奋起来。那便条上说，家里有紧要事，不能分身，但是任何决议他都赞成。至于其他的人，但只说没有工夫来参加会。

田畴像读一通意外的急电一样看完了它，于是叫道："嗨，头一卯就不到！"一面粗鲁地塞给牛祚。他想再向小工蓝兴问个究竟，但那青年人已经溜了。

接着，他奔向门外去了，把蓝兴叫了转来。

"你就走啦？话还没问完呢！"他直着喉咙大叫。

"就要摆夜饭了哩！"蓝兴愁眉苦脸地说。

"有你摆夜饭的时候！我只问你一句哟，所有的人你都请到了吗？"

"我不是已经说过了么？都说不能来啦！……"

"饭桶！给你说得清清楚楚的：剧团开筹备会，人已经到齐了，"他克制着激动起来的情绪，说得缓慢而又清楚，"牛老师、吕老师都坐着在等！……"

"你再抱怨他也没有用了！"牛祚忽然叹息着插嘴说。

于是，搁下那张便条，他站起来，跨出房门，走向田畴，浮上一个宽慰的微笑。

"依我看这样吧！"他说，"另外商量个日子怎样？"

田畴败兴地叹一口气，打算承认下来；但他迟疑着，偷眼去看吴楣。

吴楣颇为丧气地坐在那里，也正在偷眼看他；而那正是一种可怜相的求乞的眼势。

田畴蓦地烦恼起来，他急不择言地嚷叫道：

"还有什么商量的啊，——头一炮就放瞎了！……"

"那么就搁下来？"眨眨眼睛，老教师扣上去问。

田畴没有料到牛祚会这样反问的，他狼狈了。

"先看大家有没有决心啊！"正像应战一样，吴楣忽然意外锋利地抢着说了，"有决心呢，改个日子也没多大关系，若果三心二意，再改几次也是空事！"

她很不相称地软弱地一笑，脸和颈子立刻红了；于是翻身夺门而去。

没有人劝阻她。虽然便连那个自以为懂得吴楣的脾味的牛祚，一时竟也对她这个奇突的行动有点吃惊。但是认真吃惊的是田畴；他想留她，却又不能不尽力克制。而当这个恼人的问题自行解决以后，他又碰上了一个新的难题：凭气性闹一通拉倒呢，或者耐着性子，设法打开这个僵局，免得演剧的计划就这样流产？……

他的脸色更阴沉了。他勾着头，努力凝视着刚擦过的放亮的皮鞋尖子，而他现在才如实地感觉到自己像根绷紧了的弦索。但他恍然一笑，终于把弦索放松了。

"又气走一个！"他苦笑着自言自语说。

听他的口气，她之气走于他并不严重，但是他的掩饰没有得到成功。

"就看你啦。"牛祚冷淡地说，随又狡猾地笑一笑。

田畴十分多心地把面孔涨红了。

"怎么说看我啊！"他克制地拖长着声音说，似乎对于老教师的态度感到十分惊怪。

"你听我慢慢讲吧！"牛祚认真地接着说，从从容容开始解释，"请问你啊，哪些人闹得最起劲哇？难道首先反对的不是我吗？老弟！既然要干，就得准备打麻烦啊！怎么出一点点岔子你就炸啦？……"

"可是一开头就出鬼！……"

"你的意思，是不是明天就要把戏拿出去啊？"

"我倒还没有这么蠢！"田畴本想如此作答，但他说了句旁的话："哪里是这样呢！……"

"好！那么照样要等暑假才开演啰？好，学校还有三个星期才开始考试，今年的假期起码有两个月，你究竟要演多少戏啊？总不会蠢到再来一回巡回公演吧！"

"可是一放暑假，困难更多！桌子，板凳，人……"

"问题不在这里！"老教师兴奋地切住他，但他随又充满挂虑地笑了，"老弟！就看大家有没有绵劲啊！比如说吧，只要是耐得烦，桌子、板凳都算得问题么？……"

牛祚忍不住好笑起来，田畴随也自觉没趣地笑了。

对于这个精明干练的人，他忽然感觉到一种异常生疏的自卑情绪，仿佛现在他才觉察出自己的脆弱一样。而当这样一想的时候，他的情绪也就平静下来。

他终于听从了牛祚的劝告，重新商量定了日期。

"你知道我这个人的，"临到留下来的人都走了，他又向牛祚诉苦，"性子本来就躁……"

"我懂！我懂！你就是太缺乏耐心了。"

虽然时常同情别人，体恤别人，尤其是青年人，牛祚却不喜欢别人向他诉苦。他只有几亩薄田，几间破屋，但却有着七八口人的负担。半生来的挫折更不算少，他父亲是为打抱不平被恶霸干掉的；他兄弟在广州起义中牺牲了；母亲、哥哥则是为兄弟遇难活活给气死的！因为贫困，他在大学读完一年预科便不能不辍了学，抛弃了他的工业救国的梦想；但他却从来不曾向任何人诉过苦！……

他生怕田畴啰唆下去，于是切断他，约他一同走向准备室外去了。

阶沿边的食桌上已经摆好筷子，两三位早就退出准备室的同事们，正在院坝里下象棋。

站在屋檐前面，田畴平静地向他们通报着更改日期的经过。

"要得！要得！"有人懒懒地应声道，"嗨，你把炮拖过来看？"

"霉了！——恰恰喂在马口上啦！……"

那种碰了钉子的感触，又在使田畴骚动了，但他尽力克制，放下决心，要使这次的演戏计划成为事实。他忍耐地叹口气，走下阶沿，跑去同他们张罗去了。

八

一般熟人，都知道田畴莽撞而又性急，却不知道他有时也很有耐心。当他同孟瑜恋爱的时候，这已经被显示无余了。现在，在某些时候，虽然他还一再警告自己，说他不应该同吴楣发生超乎友谊之上的关系；但他已经决心，他该尽力促使她参加演剧活动的愿望能以实现。

因此，当其看出那两三位同志都把注意集中在象棋上，对于演剧一事异常淡漠，他照旧把他的不满按下去了，委曲求全地走拢去对他们进了一番说辞。效果很好，他们都似乎为他的诚恳所打动了。晚饭过后，他又特别去找章桐，成绩更是惊人。他的朋友不仅答应了如期赴会，而且自愿就近约熟人一道参加。

最后，他踌躇着他是否该去看看吴楣，把经过告诉她，并给她以鼓励。"去一趟吧，我在他们家里又不是生客啦！"他认真地说服着自己，似乎不仅是应该去，去了也毫无关系。但他到底没有去成，只是回家以后，他却忙着写了封信，准备翌日找校役蓝兴送去。

开会的日期被改在星期日上午。这天早晨，孟瑜虽然诉苦说肚皮里不好过，担心当天就会分娩，要他留在家里；吃过早饭，田畴却照旧上街赴会去了。

他在校门口碰见章桐，他们于是一同走了进去。

"我比你更热心哩！……"

当章桐自夸他的热心的时候，田畴忽然笑着说了。

"当然！这样早你就上街来啦。"

"还不止这个啊！孟瑜今天恐怕就要生孩子。"

他们正在登上一道梯阶，他停下来，略一回顾，望定落后一步的章桐负疚地笑一笑；随又叹一口气。因为他又忽然记起，当他离开家里的时候，他对孟瑜临时胡凑的、那一大篇不能不上街的理由来了。

"女老师些真没办法！"他加上说，"啰唆得要命！"

"不是说要生孩子了么？怎么还在闹内乱啊！"章桐惋惜地说，已经跟上了他。

"倒不是闹内乱，生娃娃她也要你守住她啦！"

"说起来，你也是该留在家里当看护哩！"

"自然应该留在家里。不过，她又不是头一胎啦！还有王大娘帮着照料。……"

他们已经走到准备室门口，田畴住了口了。

准备室里只有四五个人，可是，他们的兴高采烈的谈话，却显得参加的人比实数要多些。当田畴、章桐相随进去的时候，大家并没有怎样分散他们的注意，还在认真发抒着各自的意见，有如中了魔的样。他们谈论的题目是天时、粮价、谣传，以及由这些引出来的种种推测。

田畴其时没有留心他们在谈什么，他只诧异着吴楣的缺席。"难道她没有接到我的信吗？"他自问着，但当他望了一眼墙壁上的挂钟的时候，他却立刻得到一个新的判断，她之没有到场只因为时间还早。

他安心了，对于同事们的谈话忽然感到了兴会。

"五个'金满斗'算什么！"他也愉快地插嘴了，"最厉害的是今年有八个'火'啊！"

"是啦，大家都说，就连崇祯上吊那年，都才只有五个火呀！"有谁接下去说。

"总之是啊：天干出谣言！"吕康摇头摆脑地插嘴说。

"这自然是谣言，可是，让我读几笔流水账，列位听一听吧！……"

这发言的是牛祚。当他开口的时候，嘈杂立刻停了。于是，咳咳嘴唇，翻开那本从一个学生讨来的，水纸装订的家用流水账簿。他开始从容不迫地朗诵起来。

"二月十六，割肉一斤，去钱六十文正。……"

"这简直是羲皇上人的生活啦！"吕康滑稽地惊叫出来，同时揩一揩鼻尖上的汗水。

"……二月三十日，去轿钱二百文正。子脚：送马老太爷回丰谷井。……"

老教师蓦地把那账簿折拢，严重地指示着账簿说：

"这个时间并不久啊！光绪十七年正月吉日立，到现在，连一个甲子都还没转完啦！可是，请大家记住，一翻过前六月，粮食还要往上涨哩。不验，踢我的摊子！"

大家听得原本认真，当一听到踢摊子这句话的时候，便都忍不住哗笑了。

没有笑，至少没有情真地笑起来的只有田畴。他大小六七口人，除开借用王妈那一份优待谷，他还得每月买两个老斗米，而他的收入每月却只有二三十元，以及二市斗五尚未兑现的米贴。因此，纵是如何大意，如何热心于演剧的准备工作，他也不能不暂时发点愁了。

然而，田畴却是那一种人，很不愿意显得太乏，太没志气，也不是老教师那类冷静沉着的人，所以稍稍愁闷了一下，他的大意和他的满不在乎，终于又使他变得来乐观而豁达了，一脚踢开了他的担忧。

"×！"他粗鲁地嚷叫道，"它就卖一千元一老斗，也不过就那么大一回事！"

"哎呀！你家里开得有钞票公司啦？"吕康故作惊怪地问。

"钞票公司倒没有开！实在不对，老子不会跑到前线去打游击啦！"

"这倒是个办法！"章桐激赏地说，"在游击区至少用不着担心日常生活！……"

顺一顺掉在眼睛边上来的一绺头发，于是，他就又开始谈说起他所知道的一些游击区的情形来了。但他照例没有指明，他所讲的是八路军抗日根据地的情形，因为这样要方便些，而且他的听众也都心里有数。

他说得很生动，同时倾注着自己的全部热情。

"当然说不上舒服！"他微笑着继续说，"很多时候得在深更半夜行军，边爬山边打瞌睡。可是无论如何比大后方好得多！因为你会觉得你是一个战士，在进行庄严神圣的工作，不像一个可怜虫样，每天只在发愁怎样才能塞饱肚子！……"

"哎呀！你是在骂倒一切啦？"牛祚作玩地大叫道。

"是的，骂倒一切，但绝不是眼前这一批人！"章桐脸上一红，他就赶快接着说下去了，"为什么呢，"他接着说，"因为你们都不是粮户，又有正当工作，你们当然有权利要求一个起码的生活条件！……"

他说得坚实、流畅，但他忽然又叹口气苦笑了。

"我是在说我自己家里那些人啊！"他慢悠悠补充说。

他是大家庭中的一员。父亲早去世了，由二爸当家，三爸、幺叔全是商人。叔父们对他还好，然而，因为他的空手而归，又闲着没事干，他的婶娘们却已经说起废话来了。这使得那做母亲的很难处，于是她昨天劝告他趁暑假谋个职业；但他结果把那老年人气倒了……

"不是躲闪，的确是说我自己家里那些人呢！"停停，他又着重地重复说，"你们可能知道我昨天在家里吵过仗，可是知道为什么吗？说穿了半文不值！……"

"哎呀，快算了吧！"田畴挥挥手阻拦说，"还是谈我们的正经事啊！"

对于章桐的诉苦，他多少感觉得没光景；虽然实际是他不敢正视这一类卑微而又可恨的问题。然而，他的阻止没有生效，因为牛祚已经接着说下去了。老教师一直是不愿意他的高足在家里粘下去的，而且已经单独谈过好几次了，因此他暗示章桐，若果太难缠了，经常这样吵仗，他该早点滚蛋！……

"说养老吧，到了我这个岁数再回来也不迟啦！"他又幽默地加上说。

"自然！"章桐满口承认，"回家的头一天，我就想到我该怎么做了。可是，嘿，老太婆已经在监视我了哩！我的太座、妹妹，都是她的眼线！……"

"太座出了马就难办了！"米子远叹息说，想起了自己的太太的威风。

"有什么难办啊!"田畴忽然大笑着叫喊了,"要走嘛还不是要走!……"

他有点兴高采烈,虽然连他自己也有点莫名其妙。

"唉,你还记得上一次你走的情形吗?"他接着说,对于章桐的坚决,同样感到一种毫没来由的高兴,"老太婆要拼命,太太哭了三天三夜,连眼睛都哭肿了!……"

"你说得太夸张了!"摇一摇头,章桐忸怩地说。

"怎么,这是大家亲眼看到的啦!"

"可是,"吕康插进来说,"有些人,太太才发了顿脾气,就吓得动都不敢动了!"

他故意拖长着声音,而且斜视着老教师扬扬眼睛,但他却是影射田畴。因为两三年前,田畴曾经四处喧嚷,他已经找到可靠的关系,就要到华北前线打游击去了。然而,隔不多久,他便提也没有提这件事了。……

田畴懂得吕康是在趣他,但他显得虚骄地微微一笑。

"可是,还有些人,就连想也没想过要到前线去哩!"他调侃地针锋相对地说。

"敢于规规矩矩地遵从阃命,这也算难得啦?"

吕康更加嬉皮涎脸起来,这可把田畴弄火了。

"说了半天,你究竟指的哪一个啊?"他直劈地冲着吕康问道。

"哎呀!"吕康故作惊怪地叫出来,"你像多了我二分心啦!"

"我倒没有多心!不过,嘴巴是嘴巴啊!……"

田畴忽然发觉自己出言太重,有点伤人。他立刻住了嘴,而且掩饰地笑了。

然而,那个认真叫他怯于纠缠的主要原因,倒在孟瑜确乎曾经阻止过他,赌过好久的气,申称她是绝对不能替他当保姆的,要去前线,娘儿母子就一道去。

"怎么样呢，"他随又改变过话题，"这个会究竟还开不开啊？"

"嗨！"牛祚忍不住笑了，"你像有点神不守舍啦？"

"怎么神不守舍哇？"田畴十分见怪地反问。

"这还要问？大家守在这里，就是等开会啦！"

"我知道！"田畴更生气了；但他无从确定，这是不满意自己呢，或者是不满意他的同事，"可是，要开就快开吧，我还忙着要回去呢！"

"忙什么啊？"为了缓和一下气氛，章桐紧接着插嘴说，"多等两个人来参加稳当一些！……"

田畴沉默了，因为他忽然记起了吴楣还没到场。

"信不会交不到的，"他对他自己说，"那么她是赌气不来？不会！……"

愉快的谈话重又在进行了，但是田畴没有听进去一句，就只一意推敲着吴楣迟迟不来的原因。他一时怀疑她还在赌气，一时又设想她家里发生了口角……

最后，他毫不碍眼地溜出去了，找到了校役蓝兴。

"你不是交给老妈子的吧？"他接着又问，深恐蓝兴把信给交落了。

"完了！"蓝兴受屈地说，"硬是交给本人的呢！"

"那就不错！赶快去帮我买支纸烟来吧！……"

当他翻身走回准备室的时候，章桐迎着他苦笑了。

"噫，"他悬心地说，"恐怕开着会慢慢等好点吧？"

"忙什么啊！横竖等了这么久了。"田畴摇摇头说。

好几个人都不约而同地望了望墙壁上的挂钟。于是，吕康立刻宣称：说是再恭候一刻钟，若果到了十点钟还没到齐，便是天王老子也都不再等了。

然而，就在这个提议被大家接受后的十分钟之间，所有迟到的人，大都陆续到了。吴楣到得最后。当她走到准备室的阶沿上时，好多人便已经注意到了她那近来少有的开朗的笑容。这里面闪烁着幸福，以及那种获得解救的自我意识。此外，由于回想起上一次会议流产时她的赌气，她更多少显得腼腆。因此，当她走进屋子，她那发闪的眼睛从田畴一下移向牛祚的时候，她那丰润的脸蛋，便绯红了。她担心老教师取笑她。

"怎么样，这一回该不会赌气了吧？"牛祚瞅着她问。

"哪个在做气啊！"她怄怅地说，脸更红了。

"还说没有赌气！"田畴愉快地大笑，"恐怕回去还阴到哭来的啊！"

"你总是瞎说！"吴楣带点爱意地瞪他一眼。

她并不泼辣，实际倒是一个没有定见的柔弱的人；但却特别惧怕旁人把她看作普通女性一样无知。因此，为了免得过分显得羞怯，她就赶快调转了话题。

"啊喝！"她随即吃惊地伴笑了，"密司王要我去约她们来参加啦！……"

这密司王也是个外乡人，矮而肥胖，腼腆，每天上完了课，便同那个脾气古怪、眼睛近视的老处女回去了。她们一向避免和男同事接触，仿佛他们全是流氓。

"噫唉！难道她们还敢来参加演剧吗？"米子远吃惊地反问了。

"她们确实不很开通。"吴楣说，惋惜地叹了口气，"可是，我已经把她们说转了！不然怎么办呢，只有我一个人，孟瑜又不喜欢演戏，别的人呢……"

"这的确是个难题！"拍拍桌子，田畴恍然大悟地说。

"不过，密司王也不行啦！"眼睛一扬，吕康摇摇头说，"死眉瞪眼的，她演什么戏啊！近视眼倒好演老太婆，但她不会答应；说不定还要同你拼老命哩！"

"你这张嘴啦！"点着指头，牛祚斥责地叫嚷了。

"怎么样，难道我的分析不科学吗？……"

吕康还想胡调下去，但是吴楣立刻气恼地切住他。

"你还这样那样！"她冲着他说，"也不想想，我说了好几箩筐话啊！……"

"好吧，你赶快去约她们！"好几个人同声地说。

他们几乎全都觉得，她们若果肯来参加，这倒是件有趣的事。而单凭这点消息，对于演剧的兴会，便已经提高了。他们催促着，似乎就是再等几个钟头也无大碍。

然而，吴楣的说服并不牢靠，当她走去要求她们履行诺言的时候，到底又遭到拒绝了。但为减轻大家的失望，她却带回一包香烟、瓜子和花生等等零食，说她自愿受罚。于是会议毕竟是开场了。

发言虽然有点零乱，大家的精神却是很兴奋的。仿佛一九三七年前后那种轰轰烈烈的局面，又快要复活了。章桐嚷叫了好一阵，空气这才逐渐平静下来。

"怎么，难道还要宣个誓吗？"只有吕康还在捣蛋。

"你就到东岳庙赌咒也靠不住！"章桐显得冒火地说，"可是，至少也得选个主席和记录呀！"

"我就选你！"

"你选我做什么？"章桐严正地反问。

"哎呀！主席、记录你都一角代吧！……"

就以田畴为首，好多人大笑了。

没有笑的只有个章桐。他十分见怪地拉长了脸，不仅对于吕康，便是对于别人他也感觉到了不满。因为由于这个打趣，这个哗笑，他觉得前途又黯淡了。

"这还搞什么呢，"当笑声停歇下来的时候，他显得颓唐地说，"一开头就吃二喝三的！……"

"大家都郑重点好吧！……"田畴紧接着帮腔说。

因为章桐的提示，他也领悟到胡扯下去不对劲了。

"唉，司爷！"他严正地望着吕康继续说下去道，"让你的笑话暂时休息一下好吧？"

"对，对，对，现在不要开玩笑吧！"好几个人附和着说。

"要得！"吕康毫无异议，"先选举主席同记录吧！……"

他的态度异常严肃。而他的假装正经，惹得人又几乎哄笑了。但是牛祚机灵地把它当作一种老老实实的提议，立刻赞同了他，于是大家颇有秩序地开始选举。结果，章桐被推为主席，米子远负责记录。而作为开场白，章桐首先叙述了一通自己的感想。

三年以前，章桐就一直主持着这个剧团的种种会议，于是，他就从这里说起，再又回转到目前来。起初，他只把这个看成惯例，到了后来，他可觉得不能已于言了。

章桐毫无避忌地讽示了一番大家的暮气沉沉。

"自然，"他掠掠头发，扫视着他的听众抱歉地笑一笑，"大家不是圣人，谁都免不了要受环境的影响！就拿我来说吧，回来才几天啦？我都觉得自己变了！……"

"总算比我们好多啦！"田畴想，长长呼一口气。

"还在前方的时候，我总觉得自己很了不起！"章桐幽默地继续说，"那样苦的环境我都情绪饱满，工作起来带劲，现在，我才觉得自己的想法错了；要在看来好像风平浪静的大后方工作，也并不容易啊！……"

"爸爸！妈妈叫你赶快回去！……"

忽然，一种童声勇猛地从室外吼进来。

而由于这一声稚气的大喊大叫，章桐的动人的说辞突然间中断了。而且，不仅章桐本人，其余的人也都禁不住大吃一惊，十分稀罕地一齐向门外望去。

挺起胸口，仰起颈脖，总爷还在一直叫嚷：

"走哇？妈叫你跟着回去！她说……"

"你这样大喊大叫做什么哇？"田畴训斥地阻止说。

"人家妈叫你跟着就回去哩！"总爷认真地辩解着，并不放低嗓音。

"你说我就回来！"

"人家妈叫我跟你一路回去！她说……"

"嗨，这个怪物！"田畴一蹦跳起来了。

他急奔向门口去，不由分说地赶走了那个毫不知趣的顽皮孩子。

"唉，接下去啦！"他说，当他回转座位来的时候。

章桐没有答腔，神情十分尴尬。

"这样好么，你有事先走吧？"章桐终于望定田畴，用一种商量口气说了。

"你接下去讲啊，没有关系！"田畴照旧不大在乎。

"对，接着讲下去吧！……"

别的几个也都大打和声，担心把时间拖晏了。

"其实，已经说得差不多了哩！"章桐犹豫地说。

但他沉思地一笑，于是嗷嗷喉咙，继续讲了下去。

"我刚才说，在后方工作并不比在前线容易，原因非常简单，因为后方尽有理由做我们偷懒的借口：空气沉闷啦，生活困难啦，而且，而且……"

他的口气忽然迟钝起来，随又长长叹了口气。

这不是没有来由的，因为王场这地方尽管偏僻，社会情形也还单纯，但他仍然感觉不能直直劈劈指明那些叫人动弹不得、灰心失望的政治上的原因。而正在这时，他忽然瞥见总爷又蹑足蹑手挨近门边来了，而且立刻引起好几个人向那孩子窥视、努嘴和做鬼脸。……

吴楣不声不响地走向门口去了。

"你快到街上去玩吧！"她说，塞给总爷一张法币。

"人家妈叫我喊爸爸回去呢！"总爷嗫嚅着，同时顺手接受了那张法币。

"究竟什么事啦？"

"妈要生娃娃了，——在呻唤！……"

吴楣半气半笑地叹了口气，把身子挪直了。于是沉思一会，她顺便跨出门去，站在一处可以避免注意的地方，机密地向田畴招招手。田畴走出去了。

"哎呀，我早就猜到了！"他厌烦地说，当她告诉他孟瑜正待分娩的时候。

"那么你就快一点回去吧！"吴楣劝诱地说，奇怪他为什么会对孟瑜的分娩感到厌烦。

田畴没有立刻作答，但他随即瞟着她含蓄地一笑。

"这个会呢？"他问，"我想我在这里要好点吧？"

他猜想，吴楣一定会留他的，但她并没有这么做。

"依我看不要紧吧，"吴楣毫不迟疑地回答，"大家这样好的情绪！"

田畴忽然出奇地望定她，于是显得扫兴地笑了。

"好！"他生涩地说，"那么我又走嘛。……"

他没有再看吴楣一眼，一转身走掉了。而他的态度立刻使得吴楣陷于迷惘。她呆立在原处，一时想不透他为什么一下就这样不快活；但她忽然连耳根也绯红了！……

她随即听见了热烈的鼓掌声，于是更为激动起来，翻身走回准备室去。

九

当听见从背后传来的热烈的掌声的时候，田畴更加感觉得不痛快了。但也多少有点迷惘，因为他不能明确地弄清楚，他所生气的对象究竟是哪一个：孟瑜？吴楣？或者是他自己？而又是为什么？

其初，他分明有点怨恨孟瑜；然而，这点怨恨却又那么无力，很快就消逝了。她正在痛苦当中，他实在也对她硬不起心肠。于是他转而回想到他同吴楣分手时自己的情趣，他红脸了。因为无可否认，他以为她会挽留他的，但她毫不犹豫地作出了相反的表示。

当一想到这个，他就更加不快起来："只要多扯两套衣服，就是再抬十个回来她也会不在乎！"

他忽然嘀咕着孟瑜说过的气话，于是对于吴楣感觉到一种漠然的不满。虽然他不明白，这点不满之来，只因为吴楣漠视了他的关切，以致损伤了他的尊严。

接着，他就开始大胆地检查最近以来他同吴楣的关系；然而，这反转使得他的思绪更为混乱，那种自觉受到伤害的羞耻之心，也更强烈起来。可是，到了最后，他却毫无逻辑地，但也很合逻辑地得到一个结论：他觉得他对演剧的热心未免有点可笑，此后他该听其自然。

这样一想，他的情绪逐渐地平静了。直到那么真切地接触到了产妇的痛苦，以及分娩时那种神秘紧张的气氛，他就不仅觉得他之对于演剧的热心太过火了，未免可笑，简直是犯了罪。因此，整整三天，在他仔细热忱的看护当中，他都充满一种忏悔情绪。这固然使他难受，但却感到少有的精神上的爽利，仿佛了结了一笔烂账。他把他和吴楣之间的关系弄确定了，不再感到烦扰。

仿佛赎罪一样，既不考虑自己的财政状况，也不管产妇的再三反对，假装说她胃上不受合，第四天上，他又把一只正在生蛋的母鸡捉来杀了。那只母鸡已经叫他狠狠抹了一刀，但却还没有断气，照旧在尽力挣扎。

"这真是作孽哩！"当他重又拿刀割那喉管的时候，王妈蹙着脸呻唤了。

"哪个要叫它不服死呢！"田畴残忍地微笑着说。

他把菜刀递给那老妈子，而他一眼瞅见了吴楣。

他一下十分厉害地红脸了。他重新想起了前几天他同她分手时自己的情趣，也想起了看见产妇时他的愧悔。以前，每当他的感情跨出某种界线的时候，尽管他也极力自制，但总不及这一次来得认真。因为他不仅笼统地感觉得这不可能，不应该，而是确切地体验了它。

此外，还有一点使他感觉得不好受，那便是吴楣的态度意外平静，似乎曾经那么叫他难过的那个分手，于她并无影响。事实上，她确也已经忘掉得很干净了。

"那么我们一定是误会了！"他想，审视地望定吴楣。

重复着这个几天以来颇为熟悉的念头，他一面同她矜特地打着招呼。

"你看我英雄吧！"他支支吾吾笑道。

"哎呀！"吴楣张巴地惊呼了，"还在扳啦！……"

"它也只能扳这两下了！……"

他兴高采烈似的叫着，用力一拧那只垂死的母鸡的颈子，把它扭向背脊上去，然后绞在翅膀下面，于是那畜生便再也不动颤了。他把它抛进阶沿上的木盆里去。

"里面坐哇！"他说，一面用毛巾擦着手，"她昨天就在念谈你了。"

"人没有怎样吃亏吧？"她问，跟他跨进堂屋里去。

"你看吧，"田畴笑着回答，"已经坐起来了！……"

孟瑜正在给孩子喂奶。她看来更消瘦了，但却精神焕发，而且显得相当妩媚。望见他们进来，她就用一种幸福的声调抱怨着婴儿，怪他不肯给她一点安静。

"吃又吃不了多少！"她装出副愁相说，"你一抽脱他就又哭！……"

"你看这个家伙这一副神气喳！"田畴指示着孩子说。

他走近床沿，显得满足地揭起包单的角儿，希望他的朋友能够分享一点他的高兴。这婴儿也和一般婴儿相似，红润，打皱，发散着强烈的乳臭。吴楣愉快地笑了。

"真是有趣，眼睛到处望呢！"她赞叹地说，用食指摸了一下婴儿的脸蛋。

"看这双眉头啊，"田畴摇摇头说，"好像已经知道了现在的日子不好过呢！"

"轻一点吧，看把风灌在肚子里了！"孟瑜叮咛他说。

于是，真像怕把风灌进婴儿肚子里去一样，田畴十分当心地放下了揭起的包单。

打开皮夹，吴楣把准备好的礼金取出来了。她知道他们的处境，没有备办礼物，倒是折了一百元法币。她向丈夫提议送五十元，然而，公爷认为五十元太寒碜了。

吴楣尽力想把法币塞在那只发红、打皱的小手里面，但她没有成功。

"哎呀，这个家伙很清高啦！"田畴谈笑风生地说。

"他是在嫌弃哩。"吴楣说。

她终于灰了心，把那红纸包儿就便夹在一个包单的折劈里面。于是，照例的客气话就开始了；但这和寻常的客套却大异其趣，因为他们彼此都是很诚恳的，并无半点虚假。田畴原本讨厌这一手的，由于易受感动的产妇的提示，到底，便连他也动了情了。

"她是说的实在话呢！"田畴认真地加进来说，"你给我们的帮助还少啦？说到朋友，"他叹息着，第一次严肃地表明着他们的关系，"也只有这样了。……"

"难道你们给我的帮助又少啦？"吴楣紧接着反问。

她赌气似的把头一侧，随又叹口气笑起来。

"那才不是几个钱可以调换的哩！"她感动地补足说。

为了改变话题，她随即开始叩问孟瑜的身体状况。她没有生育过，有个时期曾经渴望自己养个孩子，所以兴致也特别高。田畴督率娘姨烫鸡去了。

"我喜欢别人的孩子，可是我自己却讨厌生育！"吴楣说，狡猾地一笑。

330

她稍稍羞红了脸，因为她明白她说的是假话。

"这想起来都怕人哩！"她又故为苦恼地说。

"我倒只觉得太麻烦了，"孟瑜愁蹙地说，"而且，你知道我们的境况……"

她没有说完她的意思，她的脸色忽然很阴沉了。

"哎呀，世界上哪里有不得了的事啊！"吴楣理解她的心事，她故为乐观地紧接着说，而且想到了自己的处境，"老实讲，只要有个孩子，什么日子也都容易混呢！"

"好吧！那我就送给你吧！……"

这是孟瑜的由衷之言。当她怀孕的时候，曾经有人来试探过，希望能够领了他们的孩子去养。这两天有人又一次提说起这件事，但却始终不能确定下来。田畴是巴不得脱手的，但他不敢硬作主张。而孟瑜则担心婴儿会受虐待。

"我说的真心话哩！"她动情地加上说。

"那就好啦！"吴楣欣幸地承认下来，"我会待他跟我自己生的一样！"

"前回那家人还在找人来说，但我怎么能放心啊！"孟瑜说，尽力忍住眼泪。

"我，你倒放心好了！"

"当然！不过，你们那位公爷未必肯答应吧？"

"会答应的！"吴楣满有把握地回答，但她毫不自觉地又把话头顿了一下，"你没看他嘴里尽讲没有孩子洒脱得多，"她审慎地接着说，"心里倒满想有一个呢。这回又弄了些药回来要我吃……"

她的脸蛋忽然间一下涨红到耳根，于是傻笑起来，没有再说下去。

"自然，"孟瑜忍俊不禁地说，"将来你有了喜，我又领回来好了。"

"呕，我才一辈子也不想哩！……"

"什么哇？"田畴走了进来，莫名其妙地问。

"公爷要她生个儿子！"孟瑜打趣地抢着说了。

"霉鬼！"扬一扬手，吴楣忍住笑制止孟瑜，"你再乱说！……"

"没有的呢，又想，你不想呢，他又接二连三的来！"田畴自我解嘲地说。

他啼笑皆非地叹一口气，感觉受了捉弄似的笑了。

"怎样，"接着，他半玩笑半认真地问道，"我们就把毛头送你好吧？"

"就看你这个当老子的舍不舍得啊！"

"是别人舍不得，你么，没有一点问题！"田畴愉快地接着说，"王家头两天又托人来提谈，我不答应。家伙讨厌，好像我真的养不起的样子！又说，还打算送我好多钱啊，——简直放屁！……"

"人家没有说过这种话哇！"孟瑜纠正着他的夸张。

"他说话那个口气有这股味道啦！"

"我要，你该不多心吧？"吴楣调皮地问。

"那决不会！"田畴断然地说。

"可惜我们说的还算不得事啊！"孟瑜叹息着补充说。

"当然啦！"田畴紧接着满不在乎地说，"难道还能栽着哪个要吗？——笑话！……"

于是，他开始叮咛吴楣，既然是她愿意，不是讲着玩的，她该回去取得李守谦的同意。但他特别着重的是，说话的时候她该注意，这只因为她喜欢有个孩子好混日子，使得家庭生活热闹一点，而他们则是为了友情才答应的，否则公爷会以为他们竟连一个孩子也养不起。

他之如此矜持，一半由于秉性，一半也因为深恐孟瑜怪他狠心。

"并且，"他接着说，侦察地瞟了一眼孟瑜，看她是否满意他的措置，"并且，将来大了，我们还要领回来哩，并不希图他继承什么人的财产！"

"啊，这样先讲明白好些！"孟瑜大为丢心地说。

"哎呀，你们放心，这些话我会说！"吴楣紧接着说。

"你没问题！就怕一般人胡说八道……"

王妈走来报告，说是鸡烫了，问他怎么吃法。

"这有个吃法！"田畴津津有味地吩咐起来，正如一个百万富翁一样阔气，"你听我说，把脯子割下来剁细，肚腹留起，让我来弄，剩下的，一锅清炖起来好了！"

"油也一下清炖起么？"王妈懵懂地问，"油多呢。"

"我才不吃那么油大！"孟瑜瘪瘪嘴说。

"嗨！"田畴惊喜地叫了，"这个有支消啊：让我做盘熘蛋黄你们吃吧！……"

深恐老太婆颠三倒四，弄糟了材料，他又自己跑向厨房去了。当他转来的时候，忽然想起开会的事，于是他向吴楣追问起来。虽然同样热心，原因却已经不尽同了，先前，主要是由于讨好吴楣，现在因为孩子问题意外地得到了解决，他就忍不住兴高采烈起来。

用了不大满足的口气，吴楣告诉了他个大概。

"大家的情绪怎么样啊？"他追问着，神情显得异常关切。

"就是情绪还好。不然，你会更失望呢！……"

她想起了田畴离开会场后的情形，她叹息了。

"恰恰又遇到你不能不走！"抱歉地一笑，她又近乎解释地说，"想留你呢，又太不近人情了。不然的话，日期也许会提前的，至少不至于拖到放假。我真担心人走散了，聚会起来不容易啊！"

"这倒不会，都是本场上几个人啦！"田畴肯定地说。

当吴楣提到没有留他这件事的时候，他又不免感到内愧。特别因为她的态度那么坦白，这就更加说明，他之以为她真的爱他，是不确切的了。但他已经在严重的反省下确定了他们之间的新的关系，他的内愧并未使他怎样狼狈；只是稍微红了红脸，便又很平静了。

田畴原想回避开这件事的，但他认为没有必要。

"你说留我，"他望定吴楣，故示坦白地紧接着说，"要是你真留我一下，也许我还不会就走呢！你想想吧，好久都没有这样兴奋过了！……"

"那你怎么又不留下去呢？"孟瑜嘟着嘴反问。

"怕你又说我不忠实啦！"

"那你才忠实哩！"产妇恨恨地说，眼势里充满爱意。

"不管忠实不忠实，"田畴满足地懒懒说，"哪天我不回来，你又看喳！……"

于是，带着一种轻松愉快的神情，他开始向吴楣描摹他回家时所曾见到的情形。孟瑜因为阵痛而不断呻吟着，王妈正像救火一样四面呼唤着邻右，几个孩子全吓呆了。奶膀哭咧着嘴，扭着那个跑出跑进的老太婆不放。而他一到家里，一切的混乱便立刻澄清了。

他叙述得很细腻，而且尽量搬弄着文学上的才能。仿佛要叫她们明白，这虽是件无时无之、无地无之的事，但却意外深刻地影响了他的生活。

最受感动的是那个从来没有生育过的吴楣，她忍不住惊叫起来。

"哎呀！你们早该请个人来帮帮忙啦！"

"他在瞎说，你倒听进去了！"孟瑜大笑着否认。

"瞎说？叫王嫂来问吧，真有点吓人呢！……"

"我就是平常走动得太少了。"产妇害羞地加着说明。

"总爷是在仁慈医院生的，那时候她一早就进城了，"田畴继续说，追叙着孟瑜的生育史，"家瑞、家珍，是请小牧师接的生，恰好两次都在场上出诊；生奶膀的时候正在演戏！这一次我才算躬逢其盛——哎呀！……"

闭拢眼睛，他假装吓怕地摇一摇头。

"依我看，还是不要再生了吧！"叹一口气，他又劝告地加上说。

"霉了，哪个还生！"孟瑜冲着他说，仿佛赌咒发誓一样。

"别的都不要紧，"吴楣体恤地接着说，"你看你人好瘦啊！……"

她望定孟瑜，用手反复抚摸着她的肩背；但是孟瑜把她的手掌拖向自己的脸腮上去。

"你摸摸我的脸看，"她同时说，"只剩一搭皮了！……"

她说，瘦脸上飘浮着可怜的微笑，声调也有点悲哽了。而孟瑜的自伤自怜，重又使田畴体验了一番她所常使他难受的那种道德上的压力。于是他开始安慰她。

"瘦是瘦，"他说，"精神比从前可好得多啊！……"

"你总喜欢说松活话！"孟瑜做气地插嘴地说。

"嗨！你自己照照镜子看嘛！……"

田畴一跃而起，忙着把镜子抓过来了，强迫孟瑜自己照照。

"怎么样，该不是假话吧？……"

"气色确实比从前好多了！"吴楣从旁证实。

"再说气色好吗，人总这么瘦啦！……"

孟瑜娇笑着推开镜子，田畴顺手搁向柜子上面去了。

"这个容易！"搁好镜子，他又忙着乐观地说，"要长胖，你怕不容易么？吃好一点，开心一点，包你不上一个月就变样了！你最坏的脾气，就是一天都在为生活发愁，好像马上就要饿饭一样。其实，又饿死了好多人在哪里啊！我这个人么，从来就不管这一套！"

"人也是要达观一点，才能活下去呢！"吴楣赞同地叹息说。

"我们母亲去世的时候，那个日子才真叫人感到不好过呢！"田畴接着说下去道，更加自信起来，"以为这一下怎么得了！我们才结婚的时候，不也以为困难多得很吗？可是，一样活下来了！……"

"你不想想那个时候的生活多简单啊！"孟瑜颓唐地说，长长叹了口气。

"对！那个时候的生活简单，"田畴紧接着说，大胆地承认了她的判断，"没有这么多孩子，物价也低得多。但是，政府已经在替我们想办法啦!"他一向是不信这会有结果的,而他现在却很轻易地把他的全部希望托付给它,"我就不相信这一回又是豁人哄人!认真到了山穷水尽的时候,我们还可以向外发展!……"

孟瑜颦蹙着脸,斜睇着他微微一笑。仿佛是说:我也只好相信你!

"总之啊!"她的微笑鼓励他紧接着说下去,而且,口气更坚决了,"把你从前那种精神拿出来吧!凡事想得开阔一些。这一点我相信你会同意:我们在爱情上很富有!"

"不是这点,人老早就活厌了!"孟瑜妩媚地说,自觉幸福地叹了口气。

"这倒是的确的呢!"吴楣含糊地附和说。

羡慕之外,她还多少感觉到一点悲伤。根据最近的经验,她的处境同以前并不如何两样,而且已经逐渐习惯于她的新的生活方式。然而,由于眼前田畴对于孟瑜表示出来的爱情,尤其是他那种开心见胆的热忱,她就不能不联想到公爷的负义、猥琐、俗气,因而又难过了。

然而,这个难过并没有超越丈夫娶妾的消息传到以后,近一两月所常发生的限度,因此,接着便平静了,单只洋溢着一种羡慕和祝福的心情。

"一个人只要精神上有安慰,就很好了!"她赞赏地加上说。

"再说起些,饭你总要吃啦!"孟瑜恻然一笑,重又想到了他们的困窘。

"哎呀,你前辈人像是饿死的啦?"田畴冲着她问。

两位女眷都忍俊不禁地笑了。

"不知道操那么多空心做什么啊!"田畴类于呼吁地紧接着说,而他神情上忽然又一下充满了烦恼,"还是好生将息自己要紧!只要娃娃吴楣他们肯领,等满了月,你也打起精神来演戏吧!"

"对对!你肯来女角就不愁了!"吴楣欣幸地说。

"管他妈的！横竖是那么一回事，大家生活得痛快点吧！……"

田畴豪迈地一笑，宣传起他的人生哲学来了。

这哲学的要点是，凡事不要想得太远，但却应该抓住每一个痛快生活的机会。因为这个很合他的脾气，他已经奉行了好多年了；虽然理论上有些胡扯，有时像自由意志论，有时又像宿命论和享乐主义，但他一直十分心安理得。

"老实讲吧，"他继续说，兴高采烈地举着例证，"假如当初顾虑多点，我们也不会有今天了！当然，这几年的确艰苦，可是，以往的幸福日子，究竟多得多吧？"

他问着，充满柔情地望定孟瑜的眼睛；而孟瑜真也显得幸福地微笑了。

"这个仗，不知道要哪辈人才打得完啊！"但她忽又悄然地说。

"真成问题！"田畴感觉头痛似的笑了，但他依旧打起精神说下去道，"想么，抗战时期有抗战时期的生活方式，你怎么总是想原先啦！头一次巡回演剧你没参加，太可惜了。那比你舒舒服服过日子内容丰富得多！"

"要是再来一次巡回演出多么好啦！"吴楣兴奋地说，一跃站了起来。

"对对，你问她吧！那么大的太阳，自己走路，自己背自己的行李。回来的时候，都晒得像非洲人了！吃呢，大锅饭；睡吗，桌子地板！可是，大家的精神多愉快啦！正像吃了符水样呢。……"

不仅田畴，不仅吴楣，便是孟瑜，竟也像着了迷了。

他们的脸颊已经燃上红晕，眼睛里则都闪烁着梦幻之火。这种如醉如痴的神情指明，他们正在体验着那种高尚的志趣，人类赖以进步的自我牺牲的美德，以及千千万万黄帝子孙乐于献身祖国的神圣愿望。刹那之间，他们全都觉得自己高贵、庄严，已经摆脱了一切庸俗渺小的思想感情，再也没个人的痛苦和不满了……

然而，正当这时，总爷们放学回家来了。接着，王妈又走来请田畴去弄菜。这虽没有把大家完全拖回了现实烦琐的日常生活里去，葱茏的诗意，却开始减退了。

田畴好几次想上厨房，但又好几次回转来，舍不得就走掉。

"希望你再给她打打气吧！"最后，已经跨出房门，他又退回来了，托付着吴楣。"总之是啊！"接着他又恳求似的把脸转面向孟瑜，"一个人为什么一定要把生活弄得阴悽悽的呢——嗯？……"

"扯着一句话你就尽讲！"孟瑜故意把脸一车，"快去做你的菜吧！……"

虽然一直没有明白表示，还显得不大耐烦，但从她的娇嗔，她的眼势，她那有意隐藏起来的愉快，田畴却很相信，她已经被说服了。于是，他十分满足地走进厨房去了，动手做他的拿手菜溜蛋黄。

十

不知道是由于生理上的变化，或者丈夫的说辞发生了效验，孟瑜的态度的确开朗多了。当然田畴近年以来少有的温存，无疑也有影响。他整整看护了她一星期，朋友们陆续馈送的物品、礼金也尽够供他花费。而且，精神上享受着难得的平静，很少出现任何烦乱。

在吴楣来后的第四天上，孩子们一早上学去了，还没有回来，王妈领着奶膀在街沿边洗浆衣服。趁着清闲，诓睡了孩子，孟瑜已经梳洗好了。

田畴替她捡好镜子、梳子，随又坐回床沿上去。

"看起来，年轻十岁都不止呢！"他含情地瞅着她说。

"呕，已经拖成老太婆了！"她说，瘪一瘪嘴。

可是，虽然嘴里是这么说，她的声调却正表明着相反的意思。也就是说，即便是她自己也自觉年轻多了。而她之忸怩，只是为了回答他那带点痴狂的凝视。

"有这样漂亮的老太婆吗?"他反问。

他偎倚向她,紧握住她的手,而她妩媚地笑了。于是他又吻了吻她。

"还有三个多星期就满月了!"激动地喃喃地说。

"你好生想着吧!"孟瑜忽然叹口气说,"娃娃还不知道送不送得脱啊!……"

虽然很爱孩子,近几年来,她也时常觉得孩子带给她的麻烦是太多了。几乎成了定例,每隔一年就生一个,而她的大部分精力,便都耗费在妊娠、生产和哺育当中。加之,她又才从生死关头的痛苦中逃出来,于是,在这种种反省下面,她就自然而然愿意把孩子送走了。

"没有问题!"田畴断然地回答,"你想想吴楣那天的口气吧!"

"可惜她还做不了主!"孟瑜说,想起了她的朋友在家庭间新的地位。

"不见得吧。"田畴摇摇头说。

他的口气有点犹豫,一时竟然找不出适当措辞。因而也就无法说明吴楣为什么能做主。而他们的朋友的那个屈辱的处境,随又那么鲜明地出现在眼前了。

"为什么呢?"但她紧逼着问,对于丈夫一向的满不在乎有点气恼,"你总爱说松活话!"

"不!"他沉思地接着说,"我看得出来。"

他翻眼看她,又意味深长地一笑。

"你还记得公爷没有回来的时候她说过的话吗?"他接着说,语气迂缓下来,"那样的伤心,绝望,好像马上就不要活人了!可是,你看她现在吧!……"

"总又向她说了些什么好听的嘛!"孟瑜说,十分痛惜吴楣的容易受骗。

"对啰！"田畴紧接着说，快意地笑了，"所以不要说公爷没有儿子，就是他有，她要他领去养，他也会答应哩！这个时候，他要笼络她啦。你听她那天说话的口气吧，好像她就放个屁公爷都会相信！"

"这个人也真太难说了！"孟瑜惋惜地曼声说。

她已不再想着孩子的事，但只无限怅惘地痛惜着她的密友的遭际。她十分纳罕，吴楣怎么那样容易受骗！她还设想，公爷的笼络终有一天衰歇下去。

田畴理会到她的想法，他不怀好意地笑了。

"一句话，意志薄弱！……"

"她也不想一想，这个是不能持久的啦！"孟瑜沉思地继续说，"现在他才回来，怕你闹，自然是随处将就你啊，等到那一个住稳了，你又慢慢看吧！……"

"她的脑筋有这样清楚又好了啊！……"

田畴重又插嘴，浮上一个讽刺的微笑；而那种吴楣初和孟瑜交往时他对她的轻蔑，又开始滋长了。但他只觉得她的屈服未免可笑，没有理会到这点感情的更深的来源。也就是说，他不知道这只由于她对他的爱情的挑搭表示了冷淡，因而前几天损伤了他。

"这不是挖苦话，"他又冷冷地加上说，"只要公爷多给她扯几件衣料……"

"你这又讲得太过火了！"孟瑜不以为然地切住他。

她显得异常见怪，完全忘掉了她对吴楣生气的时候也曾经说过同样的话。

"这个话太过火了！"她又紧接着加重语气地说，"你说她意志薄弱我都承认，但她决不会这样无聊。起先看起来不得了，"她推测着吴楣的思想活动，"一席好话说起，献一些小殷勤，就又一个钱事情也没有了。这个人的弱点就是情面软，我知道她！不过，毕竟是个好人，至少对朋友没有半点弹驳。"

"她对朋友当然好啊！"田畴说，害羞地红了红脸，"我批评她，完全是从爱情方面说的，觉得你再讲些好听的话，献一些小殷勤，诳骗终归还是诳骗！"

"这个人就有这么样老实哩。"

"什么叫老实啊！"田畴非笑地接着说，"意志薄弱！"

然而，虽是还在坚持己见，语气却已经缓和了。

现在，正和孟瑜一样，他只觉得惋惜，已经没有任何恶意。因此，接着他就提出演剧的事，说是为了把吴楣从难堪的处境里拖出来，他们应该鼓励她积极参加。

"要不然，我看她是完了！"他加上说，仿佛医生谈着什么险症一样。

"这个你倒不必担心她不热心！"孟瑜说，摇一摇头。

"热心自然热心，但是她的态度根本就成问题！"他俨然地说，神情异常严肃，"什么也不懂得，只以为好玩，好混日子罢了。还有一点风头思想！"

"说起来，也就算不错了！你想想我们跟她才认识的时候，那是啥光景吧？"孟瑜抿嘴一笑，虽然她对吴楣依然充满同情，"连信都写不通！起初，我借本《沉沦》她看，才两天就退转来了，说看不懂！简直是宝里宝器的，向我借《玉梨魂》！真叫人笑也不是，气也不是，……"

"那个时候她的打扮好俗气啊！……"

田畴掀开嘴大笑了。

"是啦！"孟瑜唱和地说，"就像戏班上的小旦一样，总喜欢画点关刀眉毛，戴长耳坠。还穿小马甲啊！那个时候早已经不大有人穿了。……"

"所以一个人进步起来也很快呢！"

"最不进步的恐怕只有我了！"孟瑜抢过嘴说，紧接着叹一口气，而她的脸色又阴沉了，"原先还肯看点小说、杂志，现在连报纸也难得看了！……"

"没有关系，——只要把毛头送起走就好了！……"

田畴担心她的情绪反复，于是大笑着切断她。

"就拿现在来说，你也比她强得多啦！"他显得专断地接着说，不让孟瑜有插嘴的任何机会，"问题在你自己！依旧把自己埋葬在烦琐的日常生活里呢，或者冲出重围，给自己闯出一条路来……"

他停顿了一下，于是弯身向她，紧握着孟瑜的双手。

"瑜，不要自寻烦恼了吧！"

"这哪里是自寻烦恼呢！"她说，脸色更阴沉了。

"倒还说不是哩！……"

孟瑜把头低下去了，但他空出手来捧住她的面颊，不要让她躲避开他的凝视。

"我问你哟，"他恳求地接着说，充满抑郁地望定她的眼睛，"分明是好好的，为什么老毛病又发作啦？振作点吧！你要知道，应该发愁的事，我比你更多呢！……"

缩回双手，田畴顿然感觉到一种无可比拟的沮丧。

"总之，没有办法！"他喃喃地说，垂下了头。

他又一次体验到了妻子的愁苦所常带给他的道德的压力，但那激起来的不是同情，不是来自减轻她的痛苦的那个近于赎罪的愿望，却是一种在他颇为生疏的灰心丧志。因为从他看来，他已经尽了他的力了：让步，说服，乃至于哀求，但一转眼，她却又恢复原样了。

这样泄气的情形在他是少有的。而孟瑜知道，每当他一下丧失掉所有的元气，显出一副委顿沮丧的神情，一不经心，便会抑郁很久。她感觉失悔了。

"你看你哇，还说我是自讨苦吃呢！"她说，尽力打出笑脸来宽慰他。

田畴没有回答。而随着一声长叹，他倒向床铺上去。

"你这又叫作什么呢？"她更加柔声问道。

她笑盈盈地向他俯视，她的脸色又阴沉了。

带着一种茫没、痛苦的神气，田畴一直呆望着帐顶。那些过往的挫折，以及目前所有的一切困恼，都一齐开始袭击他了。而在零乱的回忆当中，既然看不见一线光明，现在以及未来，更是一片黑暗。"没有办法！"每当思想活动告一段落，他就这样吁着气默语一次。

"好吧，我们就这样早点互相折磨死好啦！"孟瑜痛苦地说，迈开了脸。

她自己的愁苦也不算少。而除开烦琐的家事，那些少女时代幸福快乐的回忆，最是伤她的心。因为它使她更加觉得目前生活的阴暗，和毫没有价值。但她现在的难过多半为了丈夫。以为单是日常生活的担子，就已够他苦了，她不该再来加重他精神上的负担。而当她一想到田畴也许又会度过若干失眠之夜，而且变来和鱼一样沉默的时候，她觉得吓怕了。

"我知道这全是我拖累了你！"她又自怨自艾地说，眼睛里浮上了泪水。

"笑话！"田畴意外地开了口了。

他相信自己会像平常一样叫出这个口头语的，但当叫出来后，便连自己也都觉得有些勉强，无力；但他努力自持，装出一副满不在乎的神情，坐起来了。

"怎么扯到你身上去啊！"他辩驳地接着说，"这个人一下子就觉得不舒服了呢。"

"为什么呢？"她含泪地笑着，紧逼着问。

"为什么？"他迟迟疑疑回答，"人有时候就是这样，连自己也说不出个所以然啊。"

"那才怪哩！"孟瑜故意调皮地说，已经算安了心。

她憨笑着，侦察似的凝视着他，希望完全拨开他的愁云；但是她失败了。

"的确的哩!"他沉思地说,没有回答她的含情的凝视,"你知道吧,人是一种奇怪的动物!"他近乎自语地概括着他的感情,但却存心给她一个满意的解释,免得她纠缠他,"有时候一个莫名其妙的念头,一件不值一提的小事,就会使你好几天不舒服,甚至于影响一生!……"

他沉思地住了嘴,于是惨然一笑,站起来了。

"我常常想,"他想径直走出房门,但他突然停下来了,翻身正对着她,"我常常这样子想,"他加重语气说,"我们究竟能不能活得更有意义一些,或者就这样半死不活地拖下去?想来想去,总觉得四面都是障壁!"

"这是你自己说的哇!"她插嘴说,随即埋下眼睛。

"那又怎么办呢?"他接着说,并不理会她的做气,"自杀?这又太可笑了!我也并不觉得我们还没有生活下去的权利!就连那些吃人害人、阻挠抗战的民族败类,都有权利活下去呢!……"

孟瑜瘪着嘴笑一笑,因为她一向就从没有想到过这样傻里傻气的问题。

"那么挣扎着活下去?"他继续说,"可是……"

他叹息了,而且低低埋下脑袋。

"我知道我是你的拖累!"她悲哽地说。

"不!"他说,昂起头来,因为这些意见已经由他反复想过好多次了,"我并不觉得什么人拖累了我!我只希望你不要老想着怎样经营一个可以苟安的窝巢!……"

"那么大家都上前线去吧!"她愤恼地说,猜想他会提议让她到前线去。

"不!"他紧接着叫出来,因为自从前几年为了去延安大闹一场之后,他已经不敢相信这可能了,而且他知道她在赌气,"不!"他重复说,"我的希望并没有这么高!我只希望你不要把生活弄得太暗淡了。现在整个民族都在受难哩,可是大家总得打起精神来活下去!"

"好吧！明天我就同你一道去演戏！……"

她的口气还带一点愤恼，但她立刻就失悔了，于是赶忙加以纠正。

"这不是气话呢，"她强笑着解释道，"难道我愿意当一辈子的奶妈么？……"

"我愿意给你领小孩子！——只要你肯振作起来，我来领小孩子！……"

他抵挡地伸伸手，快步走向孟瑜。

"只要你肯振作起来，我当奶妈都行！"他情急地重复说，而她为他的慌张以及热忱，丢心地叹了口气，"的确的！"他又万分认真地紧接着说，"我宁肯自己吃苦，但不愿意你就这样埋葬在家庭生活里面！这样，至少我在精神上安宁得多，你不要笑，这是实在话哩！"

虽然他的态度更加严重，她可笑得更开朗了。

"哎呀！闹了半天，我怕又是出了什么天大的事哩！"她娇嗔地大声说，咽了口气。

"那么你答应我了？"他问，紧握着她的手。

"看你还要我画个滚身图么！……"

他没有要孟瑜画滚身图，他搂着她狂吻起来。……

他的精力重又很旺盛了。于是，接着他就异常详尽地替自己设计着一种新的家庭生活。这主要的内容包含着送出毛头；搬回街上住家；孟瑜重新入教育界服务和参加戏剧活动。凭着他的激情，他还联想到一些更为重要的节目：劝诱她向娘家求和，好把总爷们寄养出去，以便有一天远走高飞！……

但他没有把那个向娘家求和的建议一并宣布出来，因为当那叔父去世的时候，在他的劝诱下，孟瑜曾经给过她的从兄一两封信，然而毫无反响！于是她发誓不再找娘家求援了。而他知道孟瑜远比自己倔强。

"总之啊！"他含混地结束道，"一个人只要振作起来，道路就宽敞了！……"

"两个人什么事谈得这样的起劲哇！"孟瑜正想开口，一个声音忽然插进来说。

他们立刻分辨出这插嘴的是吴楣。而接着，吴楣本人便出现了。她步履轻快，丰润的脸蛋上闪烁着得意的幸福的欢笑。她是特别跑来报告好消息的：公爷已经答应了抚养毛头了，只等满月就领过去。

她在房门边收着伞，恨不得把她的好消息立刻全部报道出来；但是田畴抢先地嚷叫了。

"去他妈的！下半年搬回街上住吧！……"

他的神气，好像自己在宣告一件惊心动魄的事体。

"帮我们留心几间房子好吧？"他又望吴楣加上说。

"有！有！有！……我也不赞成你们就这样腌在乡下！……"

"这样住下去太焦人了。"孟瑜说，开始哺乳那个刚才醒来的婴儿。

"这都是你犟起的啦！"吴楣赌气地说，走去床沿边坐下来，"你现在该尝到味道了吧？说是要做庄稼，你的庄稼在哪里啊？你快收拾起吧！……"

"不过，乡下究竟俭省些呢！"孟瑜说，想起了街上住家的繁重开支。

"呕，看你会连饭也舍不得吃了哩！"吴楣驳斥地说。

当孟瑜还在街上住家的时候，她们每天必有来往，现在吴楣很担心她会变卦。

"你要多从几方面想一想啦！"她接着说，"这样住在乡下，老田教书也不方便，朋友就想来呢，都要架个大势；搬上街住，说话的人多几个么！……"

田畴禁不住岸然微笑：她理解得多肤浅啊！

"你办的交涉呢？"他切断吴楣问道，不让她说下去。

"一提起马上就答应了！"吴楣回答，知道他说的是抚育毛头的事。

她回答得很干脆，而且那样肯定，但她自己清楚她多少有点夸张。

因为当她提起的时候，李守谦一开口便对她非笑地说："霉了，哪个自己捉些虱子在身上来啊！"直到她赌了回气，他才承认了的。然而，他之终于肯将就她这个事实，却已使她感到很满意了！……

"一点没有问题！"她接着说，语气更加肯定，"已经在托人请奶妈了。只等她满了月，就准定来领人！小家伙，将来你该喊我妈妈了哩！"

她拧了拧那婴儿的小脸蛋，田畴掀开嘴大笑了。

"像你这样当妈，真是太便宜了。"

"你不要过几天又厌烦了哇！"孟瑜说，怯生生地一笑。

她这样说，一半由于真正的担心，一半也由于玩笑；但她禁不住感到一种势将割弃骨肉的苦趣。然而，因为田畴的热情认真影响了她，这点难过很快就过去了。

"哎呀！就是别人的娃娃，至少我总不会虐待他吧！"吴楣顶着她说，多少有点见怪。

"我不是这个意思！"孟瑜忙着解释，而且感觉内疚似的笑了，"我是说你该随时叮咛奶妈，要她细心一点。奶妈总是很大意的，你看张家那个小女子吧，一不当心，就给弄残废了！到现在还一步都不能走路。"

"这点事你放心！"吴楣说，"包你不会出拐！"

"哎呀！"田畴忽然呻吟着插进来了，"将来我们搬上街了，你自己也可以随常去照料啦！你怕是生人么？像奶妈乱塞东西吃啦，背着打啦，我看见就说！……"

由于丈夫的提示，孟瑜更丢心了。

"当然啊！"她醒悟地说，"要是领得好呢，我每个月还可以额外给她点钱。"

"呵，你这一下就想开豁了啊！"田畴激赏地说，哈哈大笑起来。"用人吗，总是喜欢点小钱的嘛，比如逢年过节，我就多给你几个：

'唉，娃娃要跟我带好啊！'她会比什么还听话呢！"

"也好，"孟瑜感觉轻松地叹口气说，"再有二十多天，我的罪也受满了。"

"好在这几天还不大热！"吴楣说。

"这都是小事啊，横竖只有三四十天！"孟瑜说，显出一副不胜烦苦的神情；但这只为了要适合她所陈诉的事实，实则倒是很愉快的。"你要知道，若果是由我自己领，起码要烦我两年啦。一天就裙裙片片，提屎提尿，连瞌睡都睡不好！"

"这一下你该会参加演剧了啦？"吴楣切断她问，仿佛她有权要求她参加演剧。

"不成问题！"田畴嘴快地回答说。

他说得满有定夺，而且带点夸耀地笑了。

"说到演戏，"他接着说，"她比你资格老呢！还在读中学就登过台了。"

"呕！"孟瑜瘪瘪嘴说，"那简直是瞎闹，说得上演戏？"

"不管怎样，我们总算又把你拖下水了！"吴楣忘形地冲着她叫出来。

十一

田畴已经销假授课，而且，已经授课两星期了。

他原想再看护孟瑜几天，正和他们新婚不久的情形相似，他对她又有点离不开了。但是孟瑜不肯答应，担心旷课久了他会遭到非难，因而影响到他的信用。

在这两个星期当中，他一下课就回家了。但对课务却比以前认真，而在言谈之间，他的那种满不在乎的乐观的口气，则较以往更为浓重。并且，一有机会，他就拜托朋友替他留心房子。说是，乡下住起太沉闷了，也不方便，决定过了暑假搬回街上住家。

这天是星期四。早上，章桐特别到学校里来做了个口头通知，要大家星期下午开会，以便决定上演什么剧本。星期六田畴只有一两节课，他偷了点懒，没有上学校去。到了星期那天，他却显得不很安静的样子，老是关心着时间。而刚到晌午鸡叫，他便催促王妈烧饭，说他的肚皮已经在放哨了。

现在，午饭已经开始。孟瑜也在堂屋里吃，这虽然引起不少邻居们的惊怪，他们自己却是毫不在意。田畴一面吃饭，一面告诉孟瑜，今天他将正式提出她想参加剧团的事。因为过分矜持的原故，他还从没有提谈过；只在那次章桐发愁女角太少的时候透过一点口风。

"不要愁吧，"他曾经诡秘地向章桐说，"到了时候总会有办法的！……"

"怎么，你还没有向他们提起过吗？"现在，孟瑜略略有点惊怪地问。

"慌什么啊！"田畴懒懒地回答，"我就要让他几个着点急哩！……"

他对孩子们也比从前关切多了。至少在他对付总爷的态度上可以看出有点两样。他把产妇的私菜分了煮给他们，但却特别关怀他的长子，深恐他没吃够。

"你还要客气吗？"他调侃地微笑说，"平常那样喜欢吃油大啦……"

虽然太阳很大，刚吃完饭，他就准备好动身了。皮鞋，发黄的白哔叽西装裤。因为只穿衬衫就行，那件又旧又小的蓝布褂没有出场，看来似乎特别漂亮。

孟瑜执意要他带上她的女式洋伞。

"哪个笑哇？"她固执地说，"走到场口上你收捡起来好啦！"

"也好，抗战期间，哪个还讲究排场啊！"

当走到大院门口的时候，他的佃户，或者说二佃户，正站在阶沿边，手掌搁在额头，发愁地瞭望着那净无片云的天际，渴望能够寻觅出一两朵涨水云。

"你还说我顶对了呢!"那老年人说,颓唐地放下他的手掌。

"怎么,难道我还害了你吗?"田畴反问。

"你看嘛,那块田已经张了口了!……"

田畴不合时宜地纵声大笑起来。

"没有关系!"但他安慰那老年人说,"真正天年不好,你可少交点租!……"

他之大笑,这只因为他拥有过多的愉快情绪,而且并不了解庄稼人的苦楚。但他随即又害羞了,于是慷慨起来,好像多上少上租谷,他都有权决定。

至于他之没有由那老佃户的怨嗟联想到自己的处境,因为最近几天以来,这类诉苦,他已经听得不少。最初,他也免不了有点焦心,然而,凭着他的秉性,凭着近年来他所少有的乐观情绪,那点微末的焦心,很快就过去了,仿佛这些全都值不得他的新的计划一击。

而且,事实上,他们今年之所以特别感到困窘,只因为庄稼既然没有做成,而孟瑜倒无意间失了业。然则,只需等把小孩子送脱手,妻子又重新教书了,他们的财政状况必然会得到改善,实在用不着多操心。

他没有到学校去。一进场口,他就一直走向横街上他们常去的那家茶馆里去喝茶。

这家茶馆,是本地一位有名的士绅开的。这是一个特殊地带,客人多半是年轻知识分子,女眷们也常进来坐坐,因而成了一个众目睽睽的所在。现在,那个开明有趣的老绅士虽然早已搬到成都住家去了,但是他所开设的茶馆和他倡导的风气,却被一直保存下来。

这里主要的消遣是清谈。内容无所不包,上至国家大事,下至某节街上忽然发现了一匹老鼠的残骸。自从那绅士离开后,牛祚便无形之间变成了盟主。

当田畴进去时,牛祚正在叙述一件传闻。

"老实讲吧，"老教师的口气多少有犹豫，"这传出去有点不大好呢！……"

"不要再故弄玄虚哇！"田畴说，搬动了一下刚才泡好茶的茶碗。

"不！"有谁否定地说，"他不会作弄人！"

"你们这样一来，我倒更不愿意讲了！"牛祚大笑着说，随即加以说明，"因为我这个人不是哪个激得起来的，也不受捧，就是你们的钳形攻势，我也并不怕哩！"

"老奸巨猾！"田畴大笑着说。

"你们看，这就露了马脚了吧！……"

牛祚惋惜地摇摇头，随即忍俊不禁地笑起来。

"不过，"他接着说下去道，"我既然想说么，倒也不怕什么人割嘴皮！……"

于是喝了点茶润润喉咙，他就动手讲述那传闻了。

邻境一座商业城市前几天忽然出现了一个沿街叫卖皇历的老道。那一天正逢场，这道士照例满口胡说，而且给那历书叫了一个未之前闻的大价。历书是用黄纸密封了的，买的人不能当面拆开，等到拿回家里，在用香烛供奉之后，才能赏识其中的秘密。

这是件稀奇事，时局又很动荡，所以虽然价钱昂贵，到底被一位好奇而又慷慨的人士，用一百元法币买了。于是依照嘱咐，在香烛供奉之后拆开它来……

"那里面究竟包的是什么呢？"米子远迫不及待地问。

"当然是皇历啦！"老教师苦着脸懒懒地说，"……"

"那这是骗局啦！那个买主才上当哩！"田畴口快地叫出来，又拍了拍桌子。

"可是皇历只有半本，到六月就没有了！"没有理会田畴，牛祚继续说了下去，"最有趣的，是那一百元也在里面！所以那些善男信女，立刻嘈杂开了！"

"那个毛老道呢?"吕康故为严肃地问,"大约化作一股青烟……"

"若果这样,恐怕已经有人在募捐修庙子了!"不等吕康说完,老教师便又叹息着说下去了,"没有化作一股青烟,只是再也找不到那个毛老道了。可是,他的影响恐怕还要留传下去,因为大家解释,为什么皇历又只有半本呢?这是说今年的六月是道难关,下半年如何呢?只有玉皇大帝才清楚了!"

"你们记得那一句俗话吗?过不了三个六月!……"

一个坐得较远的老年医生,名叫叶方石的,忽然大声插进来了。他瘦长,衰弱,非常关心时事。他秘密订得有《新华日报》,可是从不向人透露。他在场上颇受人们尊敬,因为他医道好,又从不对穷苦人摆架子。而他的儿子是一九三一年田皇帝在绵阳牢死的……

"今年是闰六月,"他接着说,"再加上阳历六月,不恰恰是三个吗?"

"哎呀!这条毛虫有二分仙气啦?"吕康滑稽地叫出来。

"他这个算什么哇!"一个和那医生同席的瘦小老人,不以为然地紧接着说,"上次赶场,这街上一个唱书的睁眼瞎,那才玄哩!矮矮的,脚有点跛。他说,他不是混饭吃的,新都宝光寺塔顶上的麻雀飞了,他是跑来找的。有人问他什么时候才能够太平呢?他唱:除非是鸡开口犁牛翻身!……"

"鸡开口是午啦!"有谁俨然大彻大悟地说。

"犁牛翻身又是啥意思呢?"医生紧接着问,带点寻根究底的神气。

"这个就不大好解了!"那个瘦小老头儿沉吟道。

那一桌一共有四五个人,他们已经丢开那群教师,各自在谈心了,试图猜透那个所谓犁牛翻身的谜,仿佛只要猜透了这个谜,也就等于猜透了时局本身。

"你们看这有什么办法啊!"牛祚浮出苦笑,随又显得短气地摇一摇头。

"还是那句老话：天干出谣言！"吕康大而化之地说。

"事情没有这么简单！"非难地一笑，田畴紧接着说，"依我看么，这一定是汉奸在作怪，不然没有这么普遍。你们留点心吧，各处墙壁上的劝世文好多啊！"

"喏！那里柱头上就是啦！"米子远说。

他显得有点激动，随即顺手指指不远柱子上一张木版印的白纸字条：

关圣帝君降谕今年人死大半……

"我真不懂！"田畴忽然愤愤地说，"怎么没有人出面来干涉啊？"

"大约睡觉去了。"吕康说，大有讲究地微微一笑。

"若果是在睡觉，那倒并不算太坏哩！"牛祚愁蹙地说，"倒霉的是，他们好像就连正常的休息也没有啊！一天到晚就在磨皮擦痒，整人害人！……"

他忽然变得激昂起来，但是随即吁一口气，不响了。

他之如此愤激，其直接原因是这样来的：昨天章桐接到城里国民党县党部书记长一个通知，邀约他进城去。同时一位朋友又来信警告他，劝他少露锋芒。章桐感觉受辱地发了一顿脾气，撕毁了那通知，决定置之不理。然而，当他夜里跑去向他的老师发泄的时候，牛祚非笑了他的稚气，介绍了一些城里的政治情况，于是这天他就一早进城去。……

米子远是知道这件事的，而且，知道在这偏僻地区，那位特等豪绅的威望很差，但是靠着那块堂哉皇哉的招牌，脸厚心黑，法律于他无异一堆废纸。至于公理正义，那就更不在话下了。而在去冬今春一段时间里面，他便已经活生生造了不少的孽，这个米子远更清楚。

因此，通过牛祚的暗示，原极拘谨的国文教师，忽然也忍不住义愤填胸地嚷道：

"是啦！有些事情，他们的鼻子又像尖得很哩！"

"这叫作啥名堂啊！"推推面前的茶碗，田畴紧接着突头突脑地叫了出来。

虽然还不知道章桐的意外遭遇，但是，凭着世风赋予他的某种敏感，他却立刻想到了同类的事件。因为这类事是他听见过看见过的，其中还牵连到一些熟人。

"比如小眼镜吧！"他接着说，想起了那个去年冬天在成都不幸失踪的同学，"恐怕大家在城里开会都见过面的，他会有什么呢？自然，他也太口敞了，说话又不选择场合！你们算一算吧，转眼就快半年了啦！还没一点影响。又是他妈个痨病腔腔！……"

"噫，章桐该不会怎样吧？"

灵机一动，米子远悬心地问着牛祚；而田畴嘴快地回答了：

"绝对不会！他才回来好久点啊？……"

"可惜已经应邀进城去了！"吕康切住他说，擦擦鼻尖上的汗珠。

"什么时候的事？"张大眼睛，田畴冲着他问。

"今天早晨。"

"去他妈的！那么我们今天这个会呢？"

"怕只好延期了！"

"唉，真是糟糕！这么大的太阳冤枉跑一趟路！……"

又是抱怨，又是生气，田畴感觉得太扫兴了。但他随即反省到这是不应该的，因为他忽然从他的抱怨看出了自私、渺小，对于他的朋友的遭遇太缺乏同情心……

田畴因为害羞而红脸了，于是立刻调转话头。

"叫他去他就去吗？"他接着说，"置之不理好啦！"

"你不理，他要理啦！"牛祚曼声说。

"等他理起来我又再看好啦！"

"结果究竟去不去呢?"牛祚紧跟着反问。

田畴迟疑了一下,然后红涨着脸回答:

"那也要看情形;万一不对,我不晓得溜啦!"

老教师不以为然地哑然笑了。

"有时候说你是大孩子呢,你还不信!……"

"怎么哇?"田畴吃惊地插进来问,略略有点见怪。

"这个还要问吗?"牛祚他诙谐地紧接着反问道,对于田畴的不快完全无动于衷,"你一溜他会更神气活现了:你看!我才咳一声嗽,就把好多人吓溶了!"

"可是,这未免有一点冒险吧?"

"老弟!人一辈子,恐怕都得冒一两回险啊!……"

于是,凭着他那份有关全县政治社会情况的丰富知识,以及他父亲、兄弟的遭遇,牛祚开始从从容容铺叙了一番他对整个事件的看法;只是没有提说一句他为章桐做的安排,那位仁兄恐怕也还没资格为所欲为!然而,单是那些深沉的设问,以及提示,田畴便已经醒悟了。

"好了吧!"他切断牛祚说,"我认输就是了!……"

"不要忙着认输!我还有点补充:大局已经没有春天紧了!那位仁兄恐怕也还没资格为所欲为。……"

"这点我倒知道!"

"知道就好!不过以后凡什么事,不要一股冲啊!"牛祚柔声地叹息说。

不管措词、语气,牛祚都有点老腔老调。而在他所引起的笑声当中,吴楣走进来了。因为别无女客,她略略有点拘束,不住用手巾扇着风凉。

"你们怎么总是这样高兴!"吴楣带点应酬地说,随又微微一笑。

"再出几个太阳,我还要高兴哩!"扬扬眼睛,吕康讽刺地说着反话,"这个不是讲笑话呢,我前年收的租子全部都没卖啦——这啥劲仗?"

"那好得很！"田畴解嘲地说，"将来让我们吃你的大户吧！……"

担心吴楣多心，于是他就起而插开吕康的打趣。

"唉，你怎么不坐呢？"他接着又说，请吴楣坐下来。

"还坐？现在啥时候啦！"吴楣红着脸说。

带点做作，她又匆忙地瞧了瞧手表。

"已经两点过十分了！"她接着说，"我跑到学校里去，一个人都没有！……"

"老实，今天这个会究竟怎么样呢？"张皇四顾，田畴突然吃惊地问。

"改期！改期！"吕康漫不经心地吟讴说。

"你一开口就没有好话！"吴楣做气地顶住他说。

"这一回他又说的是正经话哩。"米子远插嘴说。

"霉了！"吕康佯装着见怪了，"一个人一辈子连一两句正经话都不说了！"

"认真开会有问题吗？"吴楣望定田畴悬心地问。

"章桐进城去啦！"田畴回答得有点丧气。

他重又感觉得扫兴了。但这并非来自吴楣的失望，他忍了这么久，而且答应了孟瑜，决定在今天正式代表她申请参加剧团，而他的设想眼见要落空了。

"可是，我们还是开吧！"接着他又呼嚎似的叫着说了，"已经有了这么多人！……"

"也行啦！"牛祚随和地说，"就看有没有人知道他选了些什么剧本。"

"我知道一点，大约有《大义灭亲》。"米子远说。

"那就搞不成功！"有人否决地紧接着说。

"不见得吧？"田畴反问，尽力提醒自己不要随便发火，免得弄来更加不好收拾。

"凑不起女角啦！几乎就是那两姊妹的戏……"

田畴哑然笑了。

"这个问题容易解决！让孟瑜来凑一角好啦。"

他尽力不让自己表现得太矜持，但却十分留意大家会有什么反应。

"你不是吹牛吧？"吕康首先玩笑似的问了。

"笑话！……"

"吹牛？"吴楣口快地抢着说，"你以为都像你哇？"

"如果这样，这回的戏一定演成功了！"牛祚说。

眨眨眼睛，他浮上一个又欣喜又怀疑的微笑。

"我只担心一点，"他随又幽默地加上说，"正演得上劲，小孩子又哭着要吃奶了！……"

"这个你用不着担心！"田畴傲然地切住他。

他很不满意老教师的打趣，但他随即装出一副健忘的满不在乎的神气。

"唉，怎么样，"他接着说，"就在茶馆里讨论啦？"

"恐怕还谈不上讨论吧。"牛祚沉吟说。

"为什么呢？"田畴准备斗口似的反问。

因为觉得大家对孟瑜太冷淡，他已经无法抑制自己的感情了。他是把孟瑜参加演剧当作一件大事看的，希望人们全都这样。而他接二连三碰到的却是打趣！

"为什么？"牛祚反应地说。

于是，他为田畴的勃然变色失声笑了。

"这还要问？"他接着说，"聋兄不是都讲过啦！"

"你就知道这一个剧本吗？"田畴身子一车，严重地望定了米子远。

"是啦！"米子远简捷地回答，有点怪对方的太毛躁。

"唉，这个人真够了！"田畴怨愤地叫出来。

他很烦乱，刚才一跃而起，随又塞进圈椅里去。

"你就要走，也该把选好的剧本留下来啦！……"

"这样说这个会不是开不成啦?"吴楣失声问道,感觉得很懊丧。

"你说怎么开呢?"田畸讪笑地反问,"这个人也真够了,连话都不多留一句!……"

"未必一定要等他回来么?"

"讲了这大半天!……"

"那么他一辈子不回来呢?"吴楣显然生气地说。

"嗨!你一开口就咒人哇!"吕康打趣地叫着说了。

"什么,他又不是上前线啦!"吴楣赶紧解释,微微羞红了脸。

"恐怕跟上前线差不多啊!……"

"哎呀,你同他扯不清的!"田畸厌烦地一眼望定吴楣,"两三天就会回来!……"

他不满意吕康的故弄玄虚,对于吴楣的张巴也有一点厌烦,但他随即反省到他的态度太过火了,于是耐着性子告诉了她章桐进城的因由。

"这一下你该明白了吧?"他随又吁口气加上说,"看来不会出大问题!……"

"但愿他不出问题就好了!"吴楣也多少知道点政治风向,颇为章桐的遭遇担忧;但她随又惊问道,"现在怎么办呢? 一转眼就要放暑假了,还没选好剧本!"

"怎么,你们认真又想演戏啦?"那医生忽然插进来问。

他问得那么执拗,那么热情,于是吕康高谈阔论地同他扯谈开了。

"当然呀,难道你老人家还肯来凑一角吗?"

"你看我够格吧? 已经成了老古董了!……"

"哎呀,这一回你像不支持我们啦?"

"支持支持! 要募捐,来一个;要宣传,见了病家我就帮着鼓吹!……"

"好! 会虽没有开成,广告总算登了!……"

牛祚忽然自言自语地说了，随又扬声一笑，故意做出一副沾沾自喜的神气，因为茶馆前面已经聚集了一批游手好闲，冷场天无事可做的居民。但他没有料到这却更加触恼了田畴；磨磨牙齿，田畴终于忍不住爆发了。

"唉，说点正经话哇！"他大叫着说，"这个会究竟还开不开呵？"

"恐怕只有改期了吧。"有人审慎地说。

"呵！是这样我们就好走了！——尽在这里坐起装舅子啦！……"

十二

挟着不快和容忍互相混合的感情，田畴站起来，把摆在茶馆面前的几张角票往岔包里一塞，提起女式洋伞走了，也没有向谁打一个告别的招呼。

无需乎说，他的不快是从会议的失败来的，大家对于孟瑜参加剧团的未能热烈欢迎所曾引起的失望，已经很淡薄了。但也正因为他对孟瑜参加演剧这件事的过分重视，却又不能不尽量容忍，免得节外生枝，以致损害他同大家的合作。

但当走到郊外，因为目所能见的只有赤热耀眼的太阳，以及垂头丧气的禾苗的时候，他的容忍可崩溃了。"真是讨厌透了！"他大声地叫出来，重又想起了大家对演剧和对孟瑜参加演剧的冷漠，"正像腌过的菜样！"他忽然记起牛祚的讽喻，于是深长地叹息了。……

他知道这个并非致命打击，但是接着就是考试，拖到放假的时候再来开会，困难一定更多。然而，为了避免孟瑜灰心，他却决定了不要告诉她全部真情。

拖着两条油光水滑的辫子，孟瑜正在街沿上乘凉。

"我还以为是哪家子的大姑娘哩！"他故为愉快地说，痴痴地望着她的背影。

孟瑜回头看他，他的脸色显得更柔和了。

"怎么又想起梳辫子呢?"他问，在她身边站了下来。

"呵唷，这有好稀奇嘛!"她娇嗔地说，微微涨红了脸，但她随又向他解释，"我乘毛头睡觉洗了个头，这样梳起风凉多了! 一下耸在后颈窝上怪不舒服。"

"显得更年轻了!"

他的微笑扩大开来，有一点涎皮了。

"是吧!"她含情地瞪他一眼，"你们的会呢?"

"糟糕!"田畴失声地叫出来，"章桐进城去啦!"

"我的事不是还没有提出来?"她问，皱了皱眉头。

"提来的，大家都觉得很奇怪哩!"他回答说，设想着他该怎样措辞。

"他们答应我参加吗?"她翻眼问他。

然而，虽说是这么问，可是她的口气，态度，却不免带着异常的自信，而她的发问只是由于想从别人口中听听他们欢迎她的情形。她的情趣，他立刻理解了。

"笑话!"田畴大笑，"他们正在欢迎之不暇哩!"

"你的话照例要打折扣!"她摇摇头说，但却显然感到十分满意。

"还有吴楣亲眼看见的啦!"田畴紧接着辩解道。

他忽然回忆他对吴楣的态度未免粗躁，他害羞了。

"她实在要多心也没办法!"他想，迅速地丢开了她。

"嗨! 你问过她奶妈请到没有呢?"孟瑜接着又问，联想到了孩子的事。

"呵喝! 我搞忘记了啦!"他惊叫着，颇为失悔地拍拍大腿。

"也不想想，只有十多天了! ⋯⋯"

"不过没有关系!"田畴故为放心地说，"她恐怕比我们更着急呢!"

这时候，王妈把洗脸水端出来了。

于是田畴立刻脱掉衬衫，脱掉白哔叽西装裤，只剩一条裤衩和一件有着破洞的旧麻纱背心了。而他的外表，乍看起来就像马戏班上的大力士样。

他洗着脸，抹着多毛的胸脯，一面把话头牵到满月酒的准备上去。

"依日子该是十号，——这一天又恰恰是星期三！"

"我看落后几天好了。"孟瑜说。

"也对。横竖让他们嚼一顿万事大吉！"

"老实说，他们不给我送礼倒好一些！"她叹息说，想起了种种必不可免的开销。

"你又来了！这花得到几个钱啦？哈哈！……"

接着，他们就开始研究起菜单来，希望能于不太花钱，而又可以吃得相当满意。于是完全沉没在日常生活的盘算里面去了。翌日是星期一，一连几天都有考试，田畴每天老早便上学校去了，忙着清理考试卷子、出题和计算分数的准备工作。

在暑期考试当中，便是吕康，也精神百倍了，不再显得懒洋洋的睡眠未足的神气。似乎大家都认定这是一个关口，只要通过了它，漫长、疲劳而又单调的灰色生活便可暂时告一段落。而且，似乎全都感觉得有点奇怪：真不知道这一学期是怎样活出来的！

在最近，在物价和家累扇起的旋风中，他们经常的谈话是下学期的去就问题：改行或者再干下去？而对于生活，以及待遇的怨嗟，也就比平常厉害了。

说得上稳定沉着的只有老教师和田畴。

"这个话你说了两年了！"牛祚讽刺地说，当吕康申言下年决定改行的时候，"我就从不提它，因为我知道自己既不能担葱卖蒜，又不愿捡狗屎！……"

"可是，你知道狗屎卖好多钱一斤哇？"米子远插断他问，想起了一涨再涨的粪价。

"我不懂得狗屎行市，正如捡狗屎的不懂得我们教书匠的行市一样。可是，有一点我敢说，"老教师意味深长地笑了起来，他的眼睑几乎成了等边三角形了，"狗屎行市还要看涨，可是咱们这批人呢，照样为了一碗稀饭面汤，板筋都挣断了！"

"你这样说太消极了！"田畴俨然地说，"不要太小看自己吧，普法之战，俾司麦就归功于咱们小学教师！"

"日俄之战过后，日本人也是这样讲啦！"吕康故意沾沾自喜地打着和声。

"哎呀，这个家伙又有转机了啦！"牛祚惊叫出来。

"不！"吕康严正地说，"中国有特别国情，我的主意还不定哩！"

"我看问题是下半年的米贴啊！"米子远叹息说。

他是很讲求实际的，可是别人却也并不虚华。因此，经他一提，大家的注意立刻转到待遇问题上来了。他们认为最不公平的是，公务人员的待遇远比他们优厚。

"这你们又见左了！"吕康故意唱着反调，"公务人员至少沾一点官气啦！"

"这一点你又说对了哩！"有人大加激赏道。

田畴被吕康的独到的讽刺弄得来大笑了。

于是，扫扫喉咙，他开始告诉他们成都一位老教育家在一次会议上的愤激之言。那位老先生在铺叙了一番物价，以及教育界的清苦情况之后，便用一种颇为惊人的措辞宣称，现在只有鳏寡孤独四类人才能有资格教书的，因为他们只需塞饱自己的肚皮就万事大吉了。

"这个话真说得痛快！"田畴激赏地继续说，"据有些人讲，要不是这一腔吼响了，就连这一点米贴也很有问题啊！可是，你们还不自量，妄想与官儿们闹平等！"

"这样说来，你像很满意自己的处境啦？"有人不满地顶着他问。

"不！我一点也不满意！"田畴肯定地说，"可是，我也和牛老师的看法一样，既不能挑葱卖蒜，也不愿捡狗屎；而且，我比他还要坏；捡狗屎也得有一笔本钱啦！"

他的语调慷爽，但却没有一点愤激成分。这一半固然由于最近以来他的情绪特别饱满，另外一半，则是来自一种实际打算：孟瑜的职业问题，已经由那位从来不进学校，兼代校长的乡长满口承认下来。因此，下学期的收入的增加，几乎已经是事实了。

而且，从他的脾胃和处境说，他要改业，确也远较旁人困难。"至少至少，狗屎箢箕总得要副箢箕嘛！"他加上说，敞声大笑起来。

"那你就吃一辈子白墨饭吧！"吕康叹口气说。

"那倒也不见得！……"田畴的语调含混而又矜持，同时浮上一个意味深长的微笑，他忽然记起他的全部期望来了。只要这第一步成了功，抚出毛头，搬回街上住家，他便可以乘机劝诱孟瑜同她娘家讲和，然后找机会远走高飞……

但他没有提一个字，而且，紧接着支吾说：

"不过，这都是空话啊！还是趁暑假痛痛快快演他妈几天戏再说吧！……"

于是，他转向牛祚，叩问章桐回来没有。

"该不会出鬼吧?"他惊疑地说，当牛祚作了个否定的回答的时候。

"依我想不会吧，"眨眨眼睛，牛祚沉思地说了；但他随又叹了口气，于是愤激地接说下去，"否则，那就真正成了鬼世界了，你我随时都有鬼摸脑壳的危险！"

他感觉到一种深沉的苦趣，但他惹得人大笑了。

"当然!"田畴大笑道，"能够不出鬼多好哩！"

这是星期三午饭过后的事，忽然上课铃子响了。

"我想星期六他总会回来吧，这么久了！"田畴又接着说，站了起来，双手拿起摆在面前的卷子，顿了顿，"因为星期天我想请大家吃饭呢，吃过饭就开会！"

"好！先把牙齿磨快点吧！"吕康故作饕餮地说。

"尽你肚子装吧！"田畴说。

于是，又掀开嘴大笑了。

他正走到一只敞开着的文件柜边，伸手去取白墨。而因为这笑，他又把手缩转来了，停停，这才取了一支出来。然后闪着笑脸，轻松活泼地走出准备室去。

他这一节课是试验高二年级的历史。因为平常学生都很怕他，人数又少，容易管理，当一走进教室，嗡嗡的嘈杂声，就立刻消逝了。他走上讲台，顿然感到一种紧张严肃的情绪；可是，一出好题，散发好卷子，随即便松懈了。跟踪来的却是冷淡以及无聊。因为除掉像巡逻的哨兵一样走来走去监考，他便毫无作为。

此外便是间或吼出句把句公式一样呆板的短语。

"不要讲话啦！"或者，"眼睛不要乱盯！……"

但他忽然发现一个美好面孔在门外闪了一下，随又换成了一只纤巧的招请的手，他感觉得救了。正如一个闷在车站上候车的人，终于听见了汽笛声音一样。

那是吴楣，他走下讲台去了。

"还没完么？"她小声问，当他走到教室门边的时候。

"都笨得要命！——我平常也算讲解得认真了！"

"我买的书今天都到了哩！"她说，禁不住得意忘形地笑一笑。

为了这些书，她差一点和公爷闹翻脸；但他终于很快补救起他的过失，因而她就加倍感觉到了愉快。接着，她又详细向他说出一长串书名。

"我完全拿来了！"她加上说，"怎么办呢？"

"这太好了！"田畴一唱三叹地说，"太好了！……"

"可是怎么办呢？"她重复道，"章桐又老不回来！"

"这样，你等一下吧！我马上就下课了！……"

仿佛他所说的毫无辩驳的余地，说完，他就立刻退回课室去了，而且面孔立刻威严起来。他步履轻快地穿过学生的行列，一面大声地发布着警告。

"快点！快点！"他高声叫着，"我要抓卷子啦！……"

一个颈子细长、眼睛突出的学生红着脸站了起来。

"先生！"他胆怯地说，"《马关条约》是李鸿章订的吗？"

"你自己长得有脑筋啦——问我！……"

田畴严正地批驳了；但一转念，他又感觉抱歉似的叹了口气，让情绪缓和下来。

"讲的时候，不知道耳朵做什么去了啊！"他颦蹙着脸，吟呕似的接着说了，几乎一字一顿，"甲午年，因为朝鲜问题，清政府被日本打败了……"

"啊，我记起来了！"细颈子脱口而出地叫起来。

"记来了就赶快做！……还有五分钟啦！……"

他现在不仅感到无聊，简直有点不耐烦了。

若果时间再拖长点，田畴也许会大发脾气的。然而，等到下堂铃子响起来的时候，只剩三个人没交卷了。于是，他把监考的责任，扔给那个交卷最早，正在门口鉴赏别人的流汗以及着急，平日他最得意的学生。于是卷起所有的试卷，忙匆匆走出课室去。

准备室门口拥挤着一大堆学生。他们渴望知道自己的分数，正互相推测着，不时又用侦察的眼光审视一番教员们的神气，等候着一个可以发问的最好机会。

看见田畴大踏步走来，他们立刻把路给让开了。

"先生！我能得多少分哇？"那个细颈子羞怯地问。

"一百分还有多！……"

田畴的回答使得所有的孩子都哄笑了。一进室内，他就把卷子在餐桌上一搁，呻唤着叹口气。

"哎呀！再不下堂，我真想打人了！"他大笑着说。

"有两道题太深沉了。"吴楣说，不以为然地笑一笑。

"笑话！……小工，去买两支烟来——快！……"

他又忙乱又兴奋，刚坐下去，可又一下跳起来了。

"这就是你拿来的书吗？"他问。

而话才出口，他就躬下身子，伸长手臂，把堆在吴楣面前的六七册土纸印的剧本，一并抓过来了。于是，他又坐了下去，架起腿子，开始胡乱翻阅起来。

"呕！《秋阳》！已经出版了几百年了！……"

牛祚、米子远、吕康和另外一个同事，也都不相侵扰地各自占据了餐桌的一席，忙着评阅堆在面前的卷子，希望能在散学的时候同学生一道得着完全的解放，免得给工作绊起。他们都看得很专心，只于有时叹一口气，或者焦眉皱眼地摇一摇头。

听着田畴简单草率的评语，吴楣站起来了。绕过餐桌，她走到他身后去，双手拐在椅背上面，看望着他翻阅；一面反应地帮着腔。自从得到丈夫的爱情的保证以后，她对田畴的态度开朗多了。她是那样地靠近他，但她没有一点担心，一点顾虑，因为她在思想意识上没有一个任何会使自己红脸和感觉害羞的念头。

田畴也很坦白，因为他也没有任何不可告人的隐衷。他所翻阅的第四本书是《一年间》，他渴望了好久的，因此，才一看见封面，他就又一蹦跳起来了。

"哎呀！我好久就想看这本书了！"田畴欢呼出来。

于是，转过身去，背脊靠着桌沿，他向吴楣爆发出难以遏止的欢笑。

"唉，真太好了！"他接二连三地重复说。

"只是现在演不合适啦！"吴楣说，想起这是抗战初期的作品。

"怎么不合适哇？你太看重时间性了！"他反驳着她，一面开始翻阅，"啊哟！五个，六个，"他计算着角色的数目，"登场的一共十几个啦！……"

"对啦！"吴楣笑了，"看你哪里去找人来凑吧！"

"这倒确是一个问题！"他接着表示同意，"《鞭》？这个名字倒有趣哩！……"

他又继续翻阅剩下的两本，终于全都领教过了。

"总算不坏！"折拢最后一个剧本，他总括地接着说，"至少可以选出两三个来，尽够这个假期用了！现在的问题是，章桐又没有回来，这个怎么办呢？……"

响了一下嘴唇，他翻身坐下，随即拿起所有的剧本在桌面上顿了顿。

"喂！各位老师！"他打趣似的叫道，"材料运到了啰！"

"现在哪里有时间看剧本啊！"眼睛并不离开卷子，吕康立刻反应地说。

"倒不一定要你看啊！我是问怎么办？"

因为正在头痛于答案的胡扯，吕康感觉得厌烦了。

"我不知道！"他含怒地说，工作得更加专心起来。

"老实讲吧，我也并不想跟你商量！"田畴大为见怪。

"阿弥陀佛！"吕康简捷地说，有意激恼对方。

牛祚忍俊不禁地笑了。

"你两个又触响了！"他说，叹了口气。

"嗨！这才扯神经哩！"田畴喃喃着，越想越是生气。

但他十分尴尬地笑着，不知道是发作好呢，或者按捺下去比较合宜。

"我在跟牛老师商量……"他抑制地继续说。

搁下笔，两手一抄，牛祚把身子折向桌沿上去。

"你是不是问这些书怎么样处置啊？"他切然问道。

"是啦！既然带回来了……"

"我知道！可是究竟哪些能上演呢？"

"我才翻了翻啦！……"

"哎呀！闹了半天，我还以为你全部都看过啦！……"

"我又不是神童！"田畴迁怒地说。

"我可也不是笨汉呢！……"

老教师笑得更甜蜜了。

"你同吴楣两个先分别看看怎样？"他接着又说，"等到章桐回来一道讨论！"

他是说得那么平稳，合理，田畴的气也一下消了。他想了想，表示默认地叹了口气，于是开始同吴楣商量怎样分配那些剧本，而她显得娇憨地同他争执起来。

"好吧，就依你吧！不然我两个又会吵起来哩！……"

他玩笑地承认了她的固执，随又慎重其事地说：

"不过，你认真要负责看完啊！"

"当然啦！好吧，我先走了！一回去就开始看。"

"等等！……我两个一道吧！……"

于是田畴收拾好自己分担下的剧本、卷子，约同吴楣一道走了出去。但是出去不久，很快他又奔跑转来。牛祚禁不住皱起了眉头；田畴十分匆忙地检查着课表，随即又嚷叫着跑掉了。

"哎呀！明天要考试两门课啦！……"

他在操场里赶上吴楣，而他那奔走呼号的神情，就连她也有点吃惊。接着他又显得矜持地抱怨起来，说他分担的剧本多了！也许又要逼得来开夜车……

但他忽然停止了他的愉快的诉苦。

"啊！我正要问你，你请的奶妈呢？"他慎重地问。

"等到吃满月酒那天，总会有奶妈嘛！你放心，我一回去就叫人去催马老婆子！……"

十三

　　马老婆子是个年近古稀的贫苦寡妇。身材又高又大，又很结实，有点好酒贪杯，经常喝得醉醺醺的。她的常业，是替市面上的单身汉洗浆衣服，充当娘姨、奶妈的经纪。

　　关于奶妈的事，吴楣已经托过她好久了。然而，虽是说得那么剀切，她却并没有催问过，这也因为她相信马大娘不会拖延。近两天来她又一直蹲在家里阅读剧本，准备读完剧本再去催问；但她时常遇到搅扰，一直到星期六，因为公爷上午有事，这才认真得到了闲暇。

　　她带着一点虚骄把自己关在卧室里面，同时关照用人，不要让任何人打扰她。然而，不上半个钟头，她又忽然灵机一动，显得大惊小怪，把那胖娘姨叫进来了。

　　还没进门，那大块头女人便做眉做眼笑了。

　　"我怕你真的在修行哩！"胖娘姨打趣说。

　　"少说点闲话吧！"吴楣切住她，双手把拦住门坊，"赶快去找马老婆子，问她的奶妈呢？我已经向她说了半个月了！你给她说，不管怎样，明天一定要人！"

　　"恐怕她又喝酒喝忘记了！"娘姨为难着，用了一根指头搔着头顶。

　　"不要啰唆！不管她忘没忘记，赶快去吧！……"

　　她匆忙地结束着，于是又把门掩上了。

　　她重新读起剧本来了。但她总是不能安静，而且自言自语，抱怨着前一两天时间的损失，以及刚才这个搅扰。正如一般热心过度的人常有的情形那样。

　　自从安心于自己的新的处境以后，她变来更妩媚了，更看重自己了。因为由她看来，她比那个爱情的闯入者优越得多，而公爷似乎也默认这个。邹幼芬虽然年轻得多，模样儿也不错，可是她的文化程度却低。而且，她总对她表示着显然的尊敬，十分亲切地把她叫作姐姐。这就越发使吴楣感觉到自己的高贵了，不再随时发生疑忌。

她张巴地自怨自艾着，随又对着镜子舔舔嘴唇，于是立刻浮上一个满足的微笑。这是她新近养成的习惯，而在自己的形象后面，总又往往幻觉出另外一张面孔。

这张幻觉出来的面孔，自然比她鲜嫩、姣好，但那鼻子多难看啊！……

"就像猪蹄壳样！"她默语着，嗤声笑了。

于是，她重新阅读起来，并且强制自己专心致志。开头这很困难，但当她不再意识到这个强制的努力的时候，她就认真读下去了，甚至有点忘乎其形。

她读下去，同时体贴着那些出场人物的口气、表情，等等。而到了后来，甚至于高兴得读出声音来了。这是一个四幕的喜剧，一般流行的所谓噱头，又多又很出色。因此，当她读到一处最为成功的语言的游戏的时候，她顿然爆发出一长串响亮的笑声。

她前合后仰着，尽力拿稳自己身体的重心，随又一下倒伏在桌子上面。

"哎呀！"她喘息着笑嚷道，"太幽默了！……"

"你一个人都在笑呀？"窗子外面忽然有人柔声地问。

穿过玻璃，吴楣立刻看出那只猪蹄壳似的鼻头。

"快要吃饭了吗？"她忍住笑支支吾吾问道。

她不愿意同邹幼芬谈她发笑的原因，因为她觉得谈起来对方未必理解，可惜话了。有一回，她们曾经谈到过影人剧团，而那位无知无识的可怜虫，竟认为只有灯光布景稀奇！

"已经在炒菜了！"邹幼芬回答，没有见怪她的冷淡。

"呵唷！那就不要再打扰我了吧！"吴楣祈求地说。

她勾了头，把书辗移了一下，重新读起来了。

从那跟踪而来的半像嘲弄半像羡慕的笑声，她相信邹幼芬还没离开。于是她得到个欲望，想要给她一点脸色看看；然而，到底她却装作读得更专心，更认真了。

当她确定了邹幼芬已走开的时候，这才嗤声一笑，歉疚地朝窗口瞟了一眼。

"真太不懂事了！"她倨傲地说，抓起书本轻轻一掷。

这种高傲心情帮助了她，她较为顺利地一直读下去了。但是不久却又来了娘姨的打扰，那大块头跑来向她报告催问马老婆子的经过，接着又来请她开饭！

最初，她决定看完剧本再去进餐，随后，数了数剩下来的页码，她又终于受屈似的叹口气站起来，跨出房门，走向横堂屋去。餐事已经在进行了。公爷和邹幼芬而外，还有那个跑来报账，经常往来于川陕路的李守谦雇佣来经商的管事。这人叫庄少安，在公路上做过事，一身草绿色的哗叽短服。头发上涂着很多的油，光亮得像面镜子。

那管事吃喝着，正在向东家吹嘘西安的繁荣，华清池的阔气，以及四川商帮的豪奢生活。矮个子，新才刮过的阔脸上现出一片青色，正像涂过一层颜料。

望见吴楣走来，公爷于是抛开他的管事，嘻嘻哈哈地开了一句地道的玩笑：

"你像在准备考状元啦！"

"你还说呢！不是你搅扰我早就看完了。"

"听说你们又要演戏了啦？"那管事讨好地问，当吴楣装作不快的神情坐上桌子的时候。

"是啦！"吴楣傲然一笑，"将来欢迎你看戏吧！"

"老实，西安的戏该不错啦？"公爷偶然想到地问。

"那倒比你成都强啊！京戏，秦腔，河南坠子……"

"话剧运动还活跃吗？"吴楣俨然地插入问。

"哎呀，我对这话剧兴趣不大！"那管事回答，显得抱歉地笑起来。

"你这又未免太落伍了！"像个行家一样，公爷紧接着批评说，随又深为惋惜地笑一笑，"下次影人剧团到成都了，让我请你长一点见识吧。你会天天去捧场呢！"

"人家那个月亮就像真的一样！"邹幼芬津津有味地附和说。

"哎呀，我听到讲过！"管事摇摇头说，"大家还不是为了看电影明星！……"

"家伙些也确实妖得起哩！"公爷停住筷子叫道。

他似乎连呼吸也停滞了，嘴角上旋起两个色情的笑窝。随又拿眼角从左首的吴楣扫向那个坐在右侧的邹幼芬，显然想从她们找出同样的妖气。

听见他们对于话剧的评价，吴楣早就不耐烦了。她觉得他们无聊、庸俗，不仅误解了戏剧艺术，简直有意侮辱话剧艺人，于是一种嫌恶之情一下充满了她的心头。但她轻蔑地笑着，觉得不屑争辩。而当丈夫的眼光忽然凝固在邹幼芬身上的时候，她就再也忍不住了。

她冷冷一笑，于是极端自负地说：

"这样来谈话剧，我真要替你们红脸哩！"

"难道当忠臣还当错啦？"公爷调皮地说。

"错倒不错，可惜说得太牙长了！"吴楣卑视地顶上去说。

看见吴楣显出一副感觉受辱的神情，管事立刻赔罪地笑起来。

"呵！原来席上有姜！"他解嘲地说。

"你这个话欠通！"公爷盛气地叫出来，"我根本是拥护新戏的啦！"

"照你自己的脾胃拥护！"吴楣紧接着说，忍不住调侃地笑了，"什么妖呀，肉感呀……除了这些，就再没说的了！照你这样拥护话剧，是糟蹋话剧啊！……"

"难道新戏又有好深沉吗？"公爷寻衅地问。

"话剧！"吴楣纠正着他，"你连名称都讲错了！"

"就依你吧！话剧又有什么了不得呢？"打侧身子，公爷紧接着又问。

看见公爷越来越加认真，吴楣感觉得要住口不可能了。因为若果是她让步，他的嘲笑就会更加厉害起来。而受屈的将不只是她所那么热忱爱护的话剧，便是她自己也会波及到的。于是红了红脸，她就堂皇而又客气地讲到话剧的种种基本要点和它的社会价值。

她说得很激动，但她只得到一个效果：她立刻得罪了她的丈夫。若果那个辩论的对象不是李守谦本人，而是另外一个角色，公爷一定很高兴的，深以自己有着这样一个嘴能舌辩的太太为荣。所可惜的，他又恰恰是她的对手，于是李守谦感觉得恼怒了，简直无法忍受。

但他并不正式反驳吴楣，他学着舌，故意做出一副滑稽神情一再地搅扰吴楣的发言。

"内容！形式！"他挤眉弄眼地说，"真深沉哩！……"

"一点也不深沉，"吴楣佯笑着说，"这不过是些普通常识罢了！……"

"呵唷！"公爷瞠目结舌地拖长着声音说。

"一般人把它当作娱乐，这根本就错了！"公爷的近于奚落的态度更加鼓励了吴楣，她又一直红着脸说了下去，"他们一点也不懂得，演剧主要是在教育观众，要他们认识清自己对社会承担的责任，那些把女演员当成一般普通戏子看待的人，是没资格看话剧的！"

"可是，大爷他们身上有法币呢？"

"有钱买票当然没有人会挡你去看啦！"吴楣讪讪地说，脸面忽然羞红到了耳根。

李守谦假装两眼一闭，长长地吁了口气。

"哎呀，"他同样假装地呻唤了，"说了半天，还是离不开法币！……"

因为他的颇为到家的装腔作态，空气立刻变和缓了。别的人也都忍俊不禁地笑起来。吴楣的笑声却很勉强，仿佛若果不这样做，她的情况就会更糟。

她没有料到公爷会那样反问，更没料到她会回答得那样拙劣，使得自己的议论一下变得那么脆弱，半点力量也没有了。她多少有点狼狈，因而她也勉强笑了起来，希望能够掩饰过她的窘态。然而，笑声一歇，她却更感觉难堪了；而使她免于失态的是那位管事。

管事凭着他在生活舞台上的丰富经验，立刻看出了吴楣的处境的尴尬，所以他的笑声特别谨慎，深恐冒犯了她。接着，他又讲了一个关于法币的故事，希望进一步转换一下空气。他说，他有一个同乡，一个财主，一个悭吝刻薄的乡绅，抗战以前，这家伙闲钱是不少的。抗战以后，他的游资也就更可观了。他是不久才去世的。当他临终的时候，他老是不肯断气，一直啰啰唆唆地翻检着他各种票面价格不同的财富，仿佛一个将官检阅他率领的各兵种样。他不断地翻阅着那些红红绿绿的钞票，一叠一叠地审视它们，抚摸它们，又是呻唤，又是叹气，显出一种难舍难分的神情。末了，长长咽一口气，他不再动颤了。

"呵！这一下他也该断气了！"讽刺地一笑，李守谦插嘴说。

"不！他还舍不得断气呢！"那管事否认道，随又接着说了下去，"昏迷了好一阵，他就开始吼痰，一天两天死不下去。随后他老婆烧了两张法币冲水他吃，这才丢心落意地呜呼了！……"

那位成都女郎，首先不能抑止地敞声笑了。

没有笑的只有吴楣。她的难堪并未因这个讽刺性的笑话消逝，而且，她还从丈夫的眉宇间看出了一种显然的不快。而毫无疑问，这个证明着他还对她的饶舌抱有很大反感。因为它曾经使他意识到自己是个草包，从而损害了他的尊严，这不能使他很快就忘怀掉。

因此，直到餐事完结，吴楣一直带着一种生疏淡漠的神气，没有参加他们的谈话。她只草草掏了大半碗饭，就立刻退回房里去了。关起门来，准备几下读完她的剧本。但这与其说是结束她那负担下来的任务，毋宁就是她企图忘掉她的烦恼，因为她觉得李守谦现在会讨厌她了，拿不稳她的处境将会发生什么变化。

她非常认真地阅读下去，但是她的注意力却老停留在听觉上，分辨着餐室里喧腾的笑语声。她怀疑他们在取笑她，心绪更烦乱了！于是决心去睡睡午觉。

她抛开书，在床上横躺下来。

"啥啊！"她安慰着自己，"根本值不得理他们！……"

"太太！老爷等你打麻将哩！"这是胖娘姨的声音。

"好……"她漫应着，但是随即坐起来了。

她想了一下，立刻给自己找出了一个非去不可的理由：她若果不出去，他们更会笑话她的。说她小气，说她已经丢了底了。但她决不承认这个！于是梳了梳头，又敷了点脂粉，她就鼓起勇气出了卧室。而当她记起未曾读完的剧本来的时候，牌局已经在搬庄了。

公爷恰好坐在她的对面，但他浮着一点冷然的笑意，没搭理她。吴楣也一直没搭理他，现在，她在手掌里搓搓骰子，于是翻眼望他，试探似的微微一笑。

她决定主动打开僵局，盘算着一句不粘不脱的话，而她终于这样说了："好！还是少开点口好些……"

"怎么哇，你怕说错了割嘴皮吗?"公爷调皮地问。

"倒不怕割嘴皮，我怕把别人的肚皮给气炸了！"

李守谦看出吴楣企图弥补他们中间的不快，他傲然地微笑了。感觉自己真正是一家之主。

"没有那么伤味！"他说，"快点掷骰子啊！"

吴楣忸怩地一笑，掷下骰子，同时矜持地说：

"先讲清楚，我只搓四圈哇！……"

牌局算正式开张了。

打牌的地点就在横堂屋外面开扩的阶沿上面。还没搓上两圈，公爷、吴楣之间午饭时候发生的那场争执，似乎彼此都忘怀了。正像生活从来就是这么顺顺当当，不曾有过摩擦。而当四圈麻将搓完，丈夫强要吴楣再搓四圈的时候，吴楣甚至踌躇起来，有点舍不得离开了。

管事也在阿谀地挽留着她，说是，住在这种小市镇上，除开打牌，你就没有别的事情可做了。此外只有睡觉；但是在这炎热的夏季，却又容易睡出毛病……

"哪个要睡觉啊！"她切住他，"我还有正事呢！"

"不管！把庄搬了再讲！"公爷断然地说，同时掷下骰子。

吴楣啼笑皆非地蹙着面孔，但她已经决定尽力混下去了，因为拒绝只会引起新的不快。

然而，搬庄过后，她却再三叮咛，要大家打快一点，而且发誓她只能打这四圈。但刚才砌好牌，公爷打起呵欠来了。而且声音越来越大，次数越来越多。

"呵，呵，"公爷夹杂着呵欠说，"是要抽两口才行啦！"

"完了！我今天又不要做事了！"吴楣怨声怨气地说。

"快快快！不到半顿饭久我就来了！"公爷说。

他促狭地安慰着她，站起来，踱往他的新房里去。

不仅吴楣，留下来的人全都觉得有点扫兴。他们无聊地各自摸着麻将消遣，先是用指头猜测着牌面，接着又随心所欲地拼凑着种种大福。最后，就各自散开了。

依旧停在牌桌边的只有一个吴楣。她感觉得很不痛快，很想回房里去，关起门读剧本。这不是她忽然间反省到她对她的朋友所曾做过的诺言，她疑心大家是有意冷落她。因为邹幼芬和那管事，已经摸到丈夫那里"靠灯"去了，走之时又没有招呼她一道去。

最后，她甚至有点恼怒自己的软弱了。她决定不再等候他们，回转卧室去做她自己的正事。她一下推开前面的牌堆，站起来了；但她忽又充满期待地停下来。

她听见了马老婆子的话语声，想起了另外一件要事。

"是马大娘哇？"她大声问道，凝望着那扇通往前厅的侧门。

一个强健魁梧的老太婆出现了。黧黑的长脸上堆满皱纹，看来就像一个刚才脱壳的胡桃那样。她的身后紧跟着一个瘦小妇人，穿着浆得梆硬的蓝色粗布衣服。

"你看人家这房子吧，推窗亮格的！"马老婆子一径指手画脚地说。

"呵！这就是你找的人哇？"吴楣更加大声地问。

"呵哟！我这个老婆子真老颠东了哩！"马老婆子讨好地叫出来。

她微笑着，自怨自艾着，而且停下来了。

"太太开过饭了么？"她酥酥气气地问，而且紧接着一口气说了下去，"你看，我招呼都不打一个就进来了！我怕你老等啦！骂我这个老婆子嘴不管事。"

"可是，你也够拖沓了！"吴楣又抱怨，又欣喜地说。

"噢，不！"老婆子的脸色忽然变得很严重了，快步拐向桌子边去，"我要找到饱奶奶才敢来啦！"她压低了声音说，"随便抓个人来，你不骂死我老婆子么？"

"可是，她的奶子不见得会够吧？"吴楣沉吟道，审视着那个瘦小妇女。

"够！够！够！你看一看就相信了！"老婆子张张皇皇地大叫起来。

于是，她拖来那个奶妈，匆忙地替她解开纽扣。

"你看！"她叫着，翻腾着那乳房请吴楣鉴别，"真的叉袋奶哩！……"

"这个我是外行！"吴楣愉快地插断她说，"不过，不管叉袋奶也好，口袋奶也好，我总要试几天。娃娃够吃呢，就留下来，不够吃么，你就是串袋奶我都不要！"

"怎么？难道我马婆子还对你耍水嘛？！……"

老婆子失神着，但她的颜面忽然又开朗了。

因为正当她感觉扫兴的时候，公爷们一齐走向牌桌来了。于是，仿佛这才碰见了行家似的，她立刻懂趣地大笑起来，重又翻腾着那乳房，希望得到公爷的支持。

"嗨，对！我们请老爷看吧，难道这是苦胆奶吗？……"

"快爬开啊，我们要打牌了！"公爷说，嫌恶地瞟了那个庄稼妇女一眼。

然而，他的傲慢不仅得罪了马老太婆、由于贫困逼起来做奶母的瘦小妇女，吴楣更大为扫兴。

"你又决定不要了哇？"她回过头，赌气地逼着他问。

她猜想他会立刻领悟过来，但是李守谦依旧显出一副什么也不懂得的神气。

"什么要不要哇？"他反问，似乎吴楣是叫他猜哑谜。

"什么？！"她反应地说，一直望定他的含着笑意的眼睛，因为她一时不能确定，他是有意作弄她呢，或者真的搞忘记了，"孟瑜约定了明天做满月去领人啦！"

公爷不以为然地嗤声笑了。

"快算了啊！"他懒懒地说，"他们认真生活拖不起走，要我送点钱给他们都行！"

"可是，我已经跟人家早就约好啦！……"

"你再约好了的，我现在又不想要了嘛！"

"为什么呢？！"她气恼地问，准备指责一番他的背信。

迟疑了会，公爷的漂亮的脸蛋忽然辉煌起来。

"你问她吧！"他说，用下巴指了指邹幼芬。

"哪儿啊！"邹幼芬忸怩地说，连颈子也绯红了。

"嗨，对！"管事庄少安凑兴地叫了起来，"我们预备吃红蛋吧！……"

"你不要我要！"已经明白了一切底细的吴楣，终于呼吸迫促地喊叫了，"我怕我没有脸见朋友！"她接着说，虽然那个该死的妊娠已经冲淡了她对孟瑜的关心，"我从没有失过信！总之，我自己领来养起好了！……"

她力竭声嘶地叫着，已经冲回卧室去了，而且乒的一声掩上房门。

十四

已经上午九点钟了，一切的部署也已经就绪，专等客人，主要是他家的密友吴光临了。堂屋里比往常更整洁，那张方桌的桌面，伸伸展展地绷着一张有了补丁的白色桌布。上面摆着一副麻将，一副六角棋。书桌的一端放着五六只各色式样不同的茶盅，紧紧围绕着一把古老的缺嘴瓷壶。

田畴不断往来于厨房、卧室之间，关照厨师什么，或者应着厨师的吩咐，跑向卧室搜寻必需的材料。那个当天就要离开这个家庭的婴儿，已经给母亲打扮好了，那顶白色荷叶形的帽子下面伸出一小片柔软的黄发。这不仅使得大人感觉可爱，几个孩子也全都看呆了。只有总爷对他兴趣不大，一直蹲在厨房里面，守着厨师割鱼；末了，他抓起一串鱼泡跑出来了。

总爷一蹦跳过厨房门槛，最后又一个箭步，他就已经站在院坝里了。现在，他慎而重之地把那一串茄形的白色气泡，分开摆在一块石板上面。于是，提起右腿，他就要踏下去了；但他忽然又忍住了。他就这样一连试了两次，最后这才拼尽力气一脚蹬了下去。

"炸弹来啦！"他大叫着，当他落下脚掌的时候。

那鱼泡拍地响了一声，那几个正在妈妈房里逗着婴儿玩耍的孩子，立刻一齐拥出来了。他们知道这是什么玩意，很想能有机会参加。一跑到院坝里，老二家瑞就兴致勃勃对着那个剩下的鱼泡提起了他的腿子……

"你才想得好啦！"总爷大叫，同时掀了家瑞一掌。

"你把这个小的让我踩嘛！……"

"没有那么便宜，——快爬开啊！……"

一阵话语声忽然分散了孩子们的注意。他们都转身向大门外望去了。教师们正潇潇洒洒、有说有笑地陆续走了进来。走在前面的是米子远，真像是做客样，他穿着整齐，剃过不久的头皮闪着青光。

孩子们立刻欢呼起来，乱七八糟地报道着客人到了。因为田畴一早就吩咐过，只等客人一到，大的孩子应该帮着打杂：倒茶，拿烟，绞洗脸帕。家瑞忙着走进堂屋去了；而他随又回转头来，大声催促着那阿哥，叫他不要忘掉了父亲一早分派的职务。但总爷不理他，而且随即向来宾们更加兴高采烈地开始了他的精彩表演。

穿着摇裤，衬衫的破袖子一直卷在手弯子上，田畴欢喜地走出堂屋来了。他站在阶沿上，用了他那洪亮的嗓子招呼着他的同事；但他没有得到任何反应。

他有点扫兴地走下阶沿来了。看见吕康正在表演总爷那个寻屁的故事。

"唉，唉，唉。"吕康惊惊惶惶地胡乱绕着圈子。

在场的人全都大笑起来，但是总爷的笑脸上立刻吃了父亲两记巴掌。

"我今早晨给你说的什么话哇？"田畴连连敲打着问。

总爷没有做声，也没有哭，但却对父亲怒目而视。

"好吧，你两爷子今天就打一架吧！"吕康煽动地说。

"这就叫唯恐天下不乱！"牛柞笑道。

他转身走向阶沿上去，别的人也都陆续跟过去了。

不满地嘟着嘴，总爷懒懒地跟在最后；而他已经懂得现在他该做些什么。然而，刚才跨上阶沿，因为看出父亲已经忘记了他，他就又赶紧一蹦跳下阶沿，把那个剩下的鱼泡踩了，这才心满意足地一直奔跑回去。

堂屋里已经充满了欢笑声。揭下平顶瓜皮，亮出前额颇为开朗的光头，牛祚正在打趣孟瑜。他说，前方抗战，后方加紧生产，应该祝贺，一定要行个三鞠躬。别的人也都立刻加以附和，一齐露出各色各样头式。敞开嗓子，吕康开始唱起《生产歌》来。而这么一来，原本含蓄的调侃也就变成胡闹……

对于这个出其不意的举动，孟瑜起初感觉得很愉快；但她随即羞红了脸。而到了最后，吕康怪声怪气歌唱起来，她却有点受不住了。她是不能忍受任何过火的玩笑的，因此，冲向一张椅子，坐下，不再理睬客人。

老教师于是又出面转圜了。

"好吧！"他微笑道，"抗战期间，一切从免！"

戴上帽子，他又向孟瑜走去，审视着那婴儿。

"呵哟，简直不像个月娃娃！"他赞赏摇摇头说。

"是啦！"田畴紧接着回答了，"我也这样说呢。你看这对眼睛……"

"奶子够吗？"牛祚亲切地问着主妇。

"奶子倒够，可是一天都要衔在嘴里才肯安静！"孟瑜终于开了口了。

"这不行呢，你该给他规定个时间啊！……"

牛祚于是关切地向她敷衍开哺育乳婴的常识。这是老生常谈，孟瑜全都知道；但她已然忘记了她的不快，十分乐意地倾听下去，而且十分感动，因为牛祚说得亲切而又诚恳。

其他的客人也已安静下来，不再有胡闹和喧嚷了。虽然一样不大讲究礼貌，各人都在自寻消遣。有的在互相谈心，有的在默默喝着老茶。国文教师拖了吕康在下六角棋玩。说是这个既不花钱，又容易混时间，值得提倡。男主人则在向了一位同事探听章桐的踪迹，问他得到什么消息没有。

因为这天算得一种新的生活的开端，那婴儿就要由吴楣领起走了，田畴看起来异常开畅。不仅由于性格，而是来自一种愉快乐观的自信。可是当一听到他的朋友并无任何消息的时候，他立刻叫开了。

"这个人是怎么搅起的啊？"他大声叫道，"至少也该给大家来个信啦！……"

他愁蹙着，想要表示一下他是多的不痛快。

"好吧！"但他随又宽解地笑了，因为此时此刻他不可能生气，"等到吴楣来了，今天就先把剧本决定下来吧！幸得早料到这一着，要是完全靠他，那才糟糕！……"

一个正在鉴赏着墙头上的照片的同事，忽然吃惊地打断了他。

"这是你吗?!"那人不大相信地慎重地问。

"难道不像我吗？"田畴调笑地反问道。

"比你现在年轻多了。"

"当然。那是十年前照的啦！可是现在我也并不觉得自己怎样老呢。"

田畴掀开嘴大笑了。

这是踌躇满志的自我嘲弄，但也是本心话。早上他才修刮了脸，因而若果同那张已经略略变色的照片一比，他也确乎显得还很年轻。

这时，那个头上缠着一条污黑的毛巾的厨师，忽然闪出半边身子，大声叫道："拿白糖来！"随即又不见了。但是田畴漫应着他，随又向吕康和米子远讲了几句笑话，这才走进卧室里去。而当拿起糖包，再走出来的时候，因为听见孟瑜正在告诉牛祚，那个婴儿，今天就要由吴楣领起去哺育去了。于是他又顺势停了下来。

他们没有想到要把这消息公开的，然而，由于老教师一向对人诚恳，你会忍不住不向他说真话的。这已经成了好多人的习惯了，因而她就告诉了他。现在，她更无所忌讳地向了他吐露着自己的苦衷。

"你想，"孟瑜说，"生活这样子高，什么东西一涨就是一个对倍！……"

"这个倒还在其次啊!"田畴带点虚骄地插嘴了;拖来一张独凳,顺势坐下,"主要怕大人拖坏了!一天就屎片子过去,尿片子过来,闹得来不亦乐乎!"

"你这个话倒也是呢。"牛祚曼声地插入说。

他伴笑着,很想就此抽身,不要再深谈了。因为他已经看出田畴在装腔作势,生平又很讨厌这个,有一点反感了;但又不愿过分扫他的兴。

最后,牛祚轻轻叹一口气,又用手掌揉揉眼睛,他决定耐着性子再坐下去。

"所以我们决定交给吴楣去养,等长大了,又改姓归宗好了!"田畴继续说了下去,依旧带着那种向人吐露衷肠的声调,"实在说吧,她这样老是给小孩缠下去,真也不成话呢!我更问心有愧,好像我们的结合就是为养小孩子!就不说做点什么有价值的社会活动,教点书也好啦,——你说是吧?"

"当然!"老教师点点头回答。

"并且,唉,人一辈子又有好长点光阴啊!……"

他沉思地咂咂嘴唇,随又深感满足地叹了口气;但那厨师忽又嚷起来了。

"什么样啦,你们的糖还在熬吗?!"

"来了,来了……"

田畴应声着,但他实际并不怎样在意。

"儿女呢,有两三个也尽够了!"他接着说,既未动身,便连动身的意思也没有的,"要那么多做什么啊!结果,大人没有伸伸展展过过日子,小孩呢?——你我又不能像一般人样,只要养大就算尽了责了!……"

"嗨!"那厨师更生气地叫嚷了,"是不是还在种甘蔗啊!"

"你在吼什么哇,——快给他拿去吧!"

他把糖包塞给孟瑜，自己安心一意谈下去了。

当孟瑜刚才走出堂屋的时候，借这机会，他又小声向牛祚批评了孟瑜几句。说她什么都好，诚恳热情，能够吃苦，就只家庭妇女的习性太深，因而这些年来很少进步。但他已经把她劝转来了，准备送掉婴儿，又照旧从事教育工作。而这真正算得一桩快事。

"变到女性真危险呢，"他又惋惜地说，"好多人一结婚就完了！……"

孟瑜走回来了，于是他住了嘴，意味深长地凝望着她。

"今天不要哭哇！"田畴愉快轻松地打趣孟瑜。

"你说得我那么爱哭！我倒巴不得马上送起走。"

"对，麻烦少一点是一点。"牛祚审慎地说。

"为了这一点事，你还不知道，我说了好几箩筐话啊！"田畴焦眉苦脸地说了，但是，他的愁容无疑是做作的，只是为了适合他的语气，"又担心领过去带得不好，会受虐待；又担心将来大了，领不转来！……"

"这倒不必，你们两个那样好啦！"牛祚安慰地插嘴说。

"吴楣这个人我信得过！"孟瑜感激地笑一笑说，"要是换一个人倒不放心啊！……"

这是实心实意的话。她之所以能够支撑住那个即将临头的骨肉分离的变故，而不感到过分难受，正因为她对吴楣的友谊，以及对吴楣的为人没有任何怀疑。然而，那种无可假借的母爱，却依旧给她带来一些痛苦。

她的微笑一下变成了强笑，而她的眼睛，刹那间红润了。她赶快遮掩地勾下头，仔细审视着那个一无响动的孩子。摸摸他的额头，又不必要地移动一下那顶白色荷叶形的帽子。牛祚首先注意到了这个，而且十分理解她的心情，于是他充满慰藉之情地扬声笑了。

"这有什么不放心啦！"他紧接着说，"起码你们还要养两三个呢！……"

"现在大家都可以放心大胆地养孩子了！"自以为听懂了牛祚、孟瑜之间的对说，吕康忽然从方桌边大声插进来说，"你们看过前几天的报纸吗？政府在计划儿童公育了，自己只养一个，多余的国家替你们养！"

"那也只是个拟议啊！"米子远老老实实地纠正着他。

"自然是个拟议，——至少民国幺年它总会实行啦！"

连孟瑜在内，所有的人，全都为吕康的讽喻笑了。

借着这个机会，老教师毫不碍眼地站了起来，微笑着向了那张方桌走去。他是老早便打算脱身的。现在，忽然记起吕康没有子女，而且已经变成精神上的负担，他就拿它作为话柄，同司爷开起玩笑来了。

"难怪你老不养孩子啦，原来是在等机会哩！"他一边走，一边说。

"是啦！到了民国幺年，——你看！……"

"大概会一窝一窝地养吧？"牛祚切断他问。

老教师的态度异常认真，没有一点像开玩笑的神气，因此，他所引起的笑声，也就更响亮了。便连那个前一分钟还在感觉难过的主妇，现在竟也完全忘掉了那个顷刻即至的分离，满有兴会地打起哈哈笑了。

"会那样呢！"她大笑道，"你们看吕师母好壮啦！"

"完了！你们怎么把人看得比法币还要不值价啊！"

吕康装出一副异常见怪的神气，但他随又笑了。

"嗨！那些有资格领家属米的，恐怕倒很愿意一窝一窝地生！"他恍然大悟地紧接着说，"你们想吧，在成都和重庆，听说连好多老处女、老处男，都一点不脸红的，冒充结婚已久，有了香烟后代，不再是孤人了！"

"我们教帮上不会有这种事！"田畴俨然地说。

"教育界自然是不会有，"牛祚含意深长地笑了，"因为根本就没有你的份啦！"

"下半年的米贴总要增加点吧？"有谁曼声问道。

"增加?!——已经闹了一年多了,到现在连稗子都没见到一颗!"米子远有点灰心丧气。

"好吧!不要再说了吧!"田畴忽然不耐烦地提高嗓子切住大家,随又装作非常豁达的神情紧接着说下去,"它增加呢,我们多拿一点;不增加呢,我们又少拿几个。现在整个国家都在拖烂滩啦!还是谈点正经事吧,——我们的戏呢?"

"戏吗,演就是啦!"吕康懒心懒肠地说。

"当然。我的意思是说,今天应当把剧本定下来啦。"

"可惜章桐没有回来。"有谁在喉咙里说。

"你说大声点喳!"田畴迁怒地回过脸去反问。

"我说章桐不在,这个怎么样决定呢!"那对手挑战地紧接着说。

"嗨,这就怪了!"田畴佯笑了,于是用了类乎教训的语气,清清楚楚地接下去说,"你大约忘记了,我们上一回决定的,我同吴楣另外负责看批剧本,要是他赶得上,自然好,赶不上呢,我们就不必老等他了。……"

"可惜我不在场!"

"可是我也并不是问你呢。"

"我看你们又要吵空架了!……"

摇一摇头,牛祚苦笑着站起来了。

"我问你哟,你的剧本看完了没有啊?"他紧接着问。

"昨天就看完了!"田畴自负地回答。

"吴楣的呢?"

"这个我就不知道了。"

"啊哟!"呻唤一声,老教师大笑了,"说了半天,还是要等吴楣来啦!"

"我也没有说过不等她啦!"

"那你就生气得更没有道理了!"牛祚哈哈大笑起来。

"瞎说！"田畴感觉害羞似的笑起来，因为忽然记起了他今天是主人，"我怎么会生气呢？我只觉得有点莫名其妙！才说过几天的话啦，就全都忘记了！……"

"那么，这个又算是误会啰？"吕康俨然地插进来问。

"难道你还想同我打一架吗？"田畴轻松愉快地反问。

"岂敢！岂敢！……"

吕康挽挽袖头，但他重又一心一意下起棋来。

而在接踵而来的笑谈当中，田畴可又因为吴楣的迟迟不来而开始纳闷了。似乎现在他这才看出来，她之来否，应该算是这天的一件大事。确定剧本问题，固然要她来才能解决，为要使得平庸灰色的生活进入一种有声有色的新的局面，更非她来不可。最后，等到笑声稍稍停歇，他多少有点焦急地走到孟瑜身边去了。

"这个家伙怎么还不来呢？"他压低了嗓子问。

"总是还没有苏摆够嘛！"孟瑜不满地回答说，知道他说的是什么人。

"可是，太阳已经下阶沿啦！"

"我不信她不会来。"孟瑜显得非常自信。

她对丈夫的不安觉得有点可笑。因为在她看来，吴楣的迟迟不来不仅毫不重要，反之，她倒感觉这样更好一些，可以让那个痛苦的分离不致来得过分匆忙……

她退进卧室去了，把那婴儿安顿在床铺上。

"吃点奶好好睡一觉吧。"她说，仿佛他会懂她的话。

她躺下去，紧紧地搂着他，让他缓缓地唉着乳头。

"啊哟，这个家伙又咬我呢！"忽然抽出乳头，她愉快地轻声叫了，"你还要咬妈吗？"她问，张巴地笑望着婴儿，"过了今天，你就想吃妈的奶子，也都想不到呢，——啊哟，瘪瘪啰！"她又哭声哭气地逗引婴儿。

接着，她开始亲吻他，从额头直到下巴，以至全身。

等到婴儿吃饱奶子睡去，她也正想在堂屋里消沉下去的谈话声中，偶尔发出的呵欠声中，好好打一下盹，显出一副烦闷神情，田畴走进来了。

"这个家伙真正岂有！"他懑怨地低声说，"厨子在催开点心啦！"

"点心是吃粉哇？"张开眼睛，孟瑜懒懒地问。

"粉。不过家伙老不见来，怎么办呢？"

"她会来的！"

"我知道她会来，可是大家好像已经饿啦！……"

孟瑜的满不在乎，更使他不快了；但他充满忍耐地叹了口气，尽力不让自己发火。

"好吧，那就再等她一刻钟吧！……"

田畴无可如何地走出去了。仿佛他之这样迁就，实在费了很大的气力。不仅如此，当他走进堂屋，面对那些神气早已消沉，似乎非到正式上席，实在无法振作起来的客人的时候，他更迫使自己扬声笑了。

"不要打瞌睡啦！"他半开玩笑地大叫说，"很快就要开点心了！……"

"啊！今天还有东西吃吗？"吕康假装大吃一惊问道。

"尽你肚子装啊！"田畴嘻嘻哈哈回答。

一个坐在那把破藤椅上的同事，忽然掏出一只火车牌挂表，慎重地看了看。

"差五分一点了！"他叹息说，收藏着他的表。

他的口气类于自白，似乎并不想别人听见的，但是他的心意却恰相反，很愿意每个人都能听见。而且，在他那冷淡的神气后面，那么明显地透露着他的非难：一点钟了都还不能上席，这样做客真是受罪！……

这时，因为其他客人也在骚动起来，田畴感觉得狼狈了。最后，他无可奈何地长长吁一口气。

"这样好吧!"他接着说,"我们马上就开点心!"

他即刻走向厨房门口,吩咐厨师赶快烫粉。

"是不是客都到齐啰?"那厨师厌烦地问。

"留两份在那里!……"

仿佛大事临头一样,田畴忙乱开了。他叫嚷着,把孩子们从厨房里赶出去,骂他们一点也不中用,只能给他妨碍。接着,他就忙着收拾茶杯、筷子;把一张偶尔磕绊了他一下的独凳,一手提了起来,耸向墙角边去。然而,虽是如此卖力,他却还是感觉得忙不过来,应该做的事情太多。最后,他忽然又向卧室冲过去了。

"你也出来帮帮忙喳!"他一进房门就叫起来。

"不等吴楣了么?"

"赶落了吗,只怪她运气不好!……"

听口气,对于吴楣能否赶上,真像他也毫不在意一样。但当退出卧室,经过堂屋门口的时候,他又忍不住满怀期待,望了一眼那个遍地阳光的院坝;而他的神色忽然间开朗了;亮着眼睛停立下来。

"嗨!你的脚杆真是长呢!"他大声笑道。

"是啦,除夕晚上洗脚洗得好啦!……"

十五

章桐是才从城里回转来的。一到场上,他就知道了田家在请吃满月酒,因为他也得了一份请帖,于是忙着赶到乡里来了,希望能够早点会见熟人。

他同几天以前一样,依旧是那一套蓝布大褂,黑帆布操鞋,短而蓬松的黑发高耸头顶,亮出一方狭长的微黑的前额。而偶一低头,一绺头发就又拖在左眼边上。当一跨进堂屋,他便立刻为几个比较亲近的朋友所包围了，仿佛他是刚从一个光怪陆离的世界里回来的，一定带得有不少趣事奇闻。

接着就是一阵杂乱而又紧迫的询问。

"怎么样呢?"米子远第一个惊喜交集地问。

"麻烦还不大吧?"另一个人同时叫了出来。

"要是你再不回来，我们要准备开追悼会了!"吕康摇头摆脑地叹口气说。

"追悼会倒不必开!"章桐哈哈大笑起来，"你们让我息口气来好吧?"

他的要求，迅速被接受了。于是大家散了开来，各自回到原位上去。但却很少有人停止过他们的微笑，眼睛里期待的光芒，反而更加强烈起来。这正如人们所常经历的情形那样，他不随便回答，那只因为他要说的，太重要，太有趣。他们如此作想。

"唉，动手啦!"有谁开始催促，当他拖了一张凳子坐定之后。

"其实，又有什么好说的啊!"章桐迟疑一会，终于显得矜持地开口了，"人不是已经回来了么?!"他随又叹口气，掠掠挂在眼睛边上的那片头发，"并且，还很完整，——你们看吧! ——连手指甲都不缺少一块!"

"你这个话等于没有说样!"田畴败兴地插嘴说。

"大家想知道详细的经过呢!"米子远提醒他说。

然而，这时厨子忽然报告，说是点心已经准备好了。

于是，大家马上就又为另一目的紧张起来，恍然于肚子确乎有点饿了。新闻自然重要，首先倒该吃点什么东西。田畴的匆忙更不必说，他得充当厨师的下手。他跑进厨房，随即用掌盘把点心端出来了，一头搁在写字台上，一端用手托着;吩咐孟瑜分送客人。然而，还没送上三份，好多人便都自动走向掌盘，无拘无束享受起来。

直到现在，牛祚还没有同章桐交过言。虽然浮着同样的微笑，闪着同样的期待的眼睛，而且更加感到慰藉。因为尽管曾经为章桐出过主意，做过安排，他可照样有些担心。现在，趁着大家都在忙于吃喝，他可同章桐谈开头了。

"怎么样，废话一定很不少吧？"他边问边调合米粉。

"正跟你预料的样，也就只有那么深沉！"

老教师微微一笑，随又赞可地点点头。

"才一见面，我就直捷了当，把我的情形告诉了他们！"章桐紧接着说，"我在前线干的什么，又怎样回来的。'讲到脑子的问题，'我说，'我再说得天花地坠，你们未见得会相信，这些都是事实，不会像风一样，不可捉摸。请你们研究吧！'……"

"他们又怎样回答你呢？"田畴插进来问。

就如做事一样，吃喝东西，他也十分讲究痛快。他已经搁下碗筷走过来了。

接着，其他三两个人，其中有米子远，也都赶着几下吃完，用手绢揩揩嘴，陆续走了过来。那些自料其不能三掏两咽就啖完的，则都更加斯文起来，真是像在做客一样。因为一面吃着，一面又得侧耳谛听，深怕听漏了什么重要东西。

"回答很好：'你误会了！'……"

"这就怪了！"米子远显得惊奇叫道。

"一点不怪，根本就是发神经啦！"田畴鄙视地说。

"自然不怪，可也并不是发神经，他们是想摆布我啦！"章桐纠正地说，他的情绪有一点激动了，"因为，接着就来了个但是！'但是，'他们说，'有人向我们提到你，讲你怎样，怎样，不找你来了个手续，将来就麻烦更多，彼此的误会也更深了！'……"

"只要他们不挑，哪里有麻烦啊！"有人愤愤地叫道。

"后来呢？"米子远催促着。

"好吧，这一下慢慢说吧！"两三个新来参加的人说。

他们悠悠闲闲走了过来，有的还在揩嘴，有的已经翘上一根土制纸烟。然而，章桐并未立刻满足他们，反而闷声不响地吃喝起来。直到几下把米粉吃光了，这才滑稽地呻唤一声，摇头摆脑地笑起来。

"哎呀，你们的心肠真比后娘还狠！"他吁口气说。

而他接着可就开始尽量满足大家对他的期望。

他说得很详细，特别当他讲到那个特等豪绅的时候。他是说得那么津津有味，夹杂着大量嘲讽，仿佛这是他的最大收获。那名豪绅给他的印象实在不佳："长不像冬瓜，短不像葫芦。"他向他们刻画着他的肖像。而且，因为生性本来迟钝，于是他的狡诈，也就更可厌更触目了。"愚而诈！"章桐又给他下了个总评。

由于牛祚的嘱咐，只有一点他没有讲，那就是少数进步教师和一位开明士绅对他的支持。那位士绅是个退伍军官，在本县声望很高，喜欢打抱不平，同牛祚私交很好。他鼓励章桐道："我不相信他们敢活埋人，不要那么没骨气哇！"于是章桐理直气壮地拜会那位特等豪绅去了。而他的坦率竟至使得对方狼狈起来……

最后，因为谈话毫无结果，章桐站起来告辞了。

"怎么，你就要走啦？"那豪绅，也就是书记长说。

"假若你们要扣留我，我又留下来好啦！"章桐嘲讽地回答了，重又坐了下去。

"怎么这一说啊！我觉得旅馆里不方便，你倒不如搬到这里来住好些。"

"没有说的，就要我进地狱，我也推不掉呢。"

"完了，这一说就糟了！"

"一点不糟，——究竟还没有开红山啦！……"

可是章桐并没有留下来，照旧大摇大摆回旅馆了。

而且，一回旅馆，他就在旅馆外面的茶堂里广播了一通他们的谈话内容。而那位绅士则从旁进行着粗豪而又尖锐的批评。所以到了后来，他几乎成了城里的新闻人物了！他一共被盘问了三次，而在每次盘问当中，对方总是装出一副完全不懂，或者半懂不懂的神气。

问得最详细的是关于两三年前巡回演剧的事。

"怎么样，还兴翻陈账么？"当一追叙到这里的时候，好几个人齐声叫了。

"是啦，他们要搅老底子啦！"章桐苦笑着叹息了，"可是我的回答也很干脆！我说：'不必绕大弯子，痛快点吧！你们是不是想要清下脚啊？！'……"

这么一来，对手连声否认，说是不过随便问问而已。

"'既然是随便问，'我说，'我就详详细细告诉你吧！'"章桐接着追叙下去，一面用手梳梳头发，"嗨！就像做报告样，这一下我把关于剧团的一切活动，有头有尾全告诉他们了：怎么生的，怎么养的，后来又怎样呜呼哀哉，短了命了！于是我又问他：'这该够清楚了吧？若果还有疑问，请不要客气啊，——我好补充！'……"

"恐怕还有下文。"米子远沉吟说。

"自然还有下文，他又不是我喂到的啦！"拉长了脸，章桐紧接着叫嚷了，"接着是盘问我几个剧团团员的行踪。这个、那个怎么了？现在在什么地方？做些什么？是怎样出去的？家伙对小邬看来兴趣算最大了，可是我回答得更干脆！我说：'我一不是她老子，二不是她儿子，三不是包打听……'

"'不是这么讲法，不是这么讲法，'我还没有说完，家伙就叫起来了。

"'那又应该怎样讲呢？'我顶住他问。

"'是这样的，这个时候的时候……'

"'哪个时候？！'我截住他，有点不耐烦了，而且觉得太无聊了！我说，'这个时候已经过了好几年了！这中间不知道丧失了好多的生命财产，发生了好多悲剧，——我姓章，她姓邬，既不是亲家，也不是冤家；脚长在她身上的，我怎么知道她现在在哪里？她做些什么事？你问得太岂有了，——好在你倒还没有向我问起溥仪！'……"

"这一闷棒打实在了！"田畴激赏地叫出来。

"后来呢？"有谁充满期待地紧接着问。

"后来什么也没有再说，瞪瞪眼睛，就把尾巴夹起来！一再叫我不要多心。……"

"这就叫作逢硬不吃。"吕康不禁下了个注脚。

"这样搁了两天，"章桐接着又说；刚才的激昂，已经把他轻松嘲讽的口调掩盖掉了，而他现在的神情多少已经安静下来，"到了第三天上，老调门又唱开了——又是剧团的事！不过已经不是得旧账了：只问我们这一次演剧是怎么样发起的？有些什么打算？……"

"糟糕！有坐地侦探啦？"吕康大惊小怪地叫了。

"当得腿疼，——这场上他的爪牙也只有那一两个脓包！"田畴满不在乎地说。

"后来又怎么样呢？"

"后来吗，"章桐重复着，眨眨眼睛，随又发出一声无可奈何的苦笑，"后来叫我们备个手续：有些什么人参加，演什么戏，通通告诉他们。'好嘛，'我说……"

"你这一答应，答应糟了！"田畴不以为然地叫出来。

"为什么呢？"

"简单得很！我们是演剧，是宣传抗战，又不是去找汪精卫合伙啦！为什么要给他备个手续？"田畴理直气壮地回答了，显然是想高谈阔论一番，"我们这里难道是敌占区，宣传抗战算犯罪吗？太没有道理了！弄来弄去，将来吃饭、睡觉、拉屎，他也会要你备一个手续哩！"

"可是，这是他大爷规定的啦！"

"我们不懂什么规定，我们只问事情正不正大！"

"你这又太孩子气了！"老教师苦笑了，随又接下去说，"这些话发发脾气是可以的，不解决问题啊。有什么办法呢？只怪自己福薄命浅，做到中华民国的百姓了！好在他们也不敢明目张胆禁止宣传抗战……"

"他会给你拖下去啦！"田畴终于找到一点理由。

"呵，你这一点顾虑倒是对的！"牛祚和章桐齐声说。

"这一点你又顾虑得对，"牛祚接着又说，声调忽然变得深沉而迁缓了，"所以我常常想，有规定总比没规定好；若果他大爷今天高兴来个规定，凡人打喷嚏一个，捶屁股二百，这个也不算苛刻，——我可以忍住不打喷嚏！糟糕的是，你不但没有打过喷嚏，鼻管里痒都没有痒过，他就把你拖下去捶起屁股来了！"

"哎呀，老牛是顺民啦？"吕康故作惊怪叫了出来。

"是的，顺民！所以我觉得备个手续也好。"

"要是他咬定你打过喷嚏来呢？"

"恐怕不会！"章桐抢着回答，"顶多顶多，不过怀疑你鼻管里已经在发痒了，于是东研究，西研究，——说不定还要派人来调查哩！看你是否要打喷嚏！……"

"这个戏恐怕演不成了！"一个经常替太太领孩子，诨名奶妈的同事摇头叹气起来。

"这个倒不见得！"米子远审慎地说，"依我看么，倒不如把手续办好了再来筹备稳当一些，免得白费气力。你想，像读剧本，借东西，这还不麻烦啦？……"

他问着，随又试探地四面看看；而他立刻脸绯红了。

"所以我主张暂缓筹备！"他吃吃地加上说。

他的意见一向无足轻重，但是现在，他的"暂缓筹备"之说却立刻引起了强烈的反响。

那些原来对于演剧并不怎样热心，或者，所有的热心已经消沉下去的人们，经他这一提示，于是都振振有词，发表起意见来了。对于演剧本身，他们并不明白反对，但都尽力支持米子远的建议，说是为了避免麻烦，国文教师的意见，无疑值得大家重视。

其中表示得最彻底的算是吕康。

"我绝对不参加！实在没事干了，我会去打呵欠！"

"你的意思，是不是说这个剧不演了啊?"田畴于是责难反问了，有点气势汹汹。

其初，田畴对于所有的随声附和感到了惊恐，他没预料到米子远的意见会有多少人赞同的。而且，从他看来，所谓暂缓进行筹备，实无异于根本反对演剧，但又认为他们也不无理由。而当吕康走入极端的时候，他就觉得事情确乎发生了危机了，不能等闲视之。

"直率点讲，不要兜圈子吧！"他又气恼地加上说。

"不！要是爱兜圈子，我也和你台端一样了。"

"你这啥意思呢?"田畴克制地笑了，"简直不懂！"

"哎呀，你怎么连这个也不懂啊！"吕康佯装着苦笑了，他原是无所谓的，而他现在已经决心捣一回蛋，"好，让我告诉你吧！明明知道办手续是一句推口话，所以我主张搁下来，不然的话，这个圈子兜下来才要命！"

"说得好肯定啦！"田畴感觉厌恶地切断说，"可是，我不相信除了拖延而外，还有什么圈子可兜！……"

"不要把这个拖字看简单了！明年后年，以至抗战胜利以后，都是他的时间！"

"好，就依你吧！"田畴随和地说，口气已经软下来了，因为他也忽然同感于这个拖字的可怕，"但是就另外没办法了么? 比如，我们表面上不要再提谈演剧了，阴到干我们的。将来筹备好了，装作不懂的样，我们演我们的，等你过问起来，我戏已经演了！……"

"这一来麻烦就更多了。"米子远沉吟着。

"也许——可是，做人根本就是件麻烦事啊！……"

田畴的语调充满着蔑视，而且，显得邪恶地笑了。牛祚含愁地凝望着他，既是非难，也有不少怜惜。

"去他妈的！"田畴忽然一蹦跳起来了，直着嗓子叫道，"真太不像话了！办张墙报，他同你打麻烦；你想演戏，好，请把手续办清楚来！这样看来只有囤积居奇通行无阻，永远不会遭到干涉！……"

"你的主要意思是什么啊？"章桐切住他问。

"不是老早已经说过了么？"田畴瞪着眼睛，似乎奇怪对方问得太岂有了，"这又不是偷人抢人，他将来要啰唆陪他啰唆好啦。我不相信他敢杀一两个人示众！"

"哎呀！伟大，伟大！"伸出拇指，吕康大叫着说。

呻吟一声，老教师苦笑了。

"这哪里是讨论问题，你们在吵架啦！"

"你还不懂，就要这样瞎扯下去，问题才会复杂化啦！"章桐颦蹙着脸，口快地接着说了，"可是，"他继续说，望了田畴笑笑，"你们也让我说几句吧？"

"又没人把你嘴封住啦！"

"这就很好。首先，我认为手续总是应该备的……"

"我又没有主张过一定不要备手续啦！"田畴情急地叫嚷了，"我不过说，依得脾气我就使下不张！这是个比譬话——你不要以为我会这样糊涂！……"

"好！算我糊涂，可是我照旧不赞成你的意见！……"

章桐停顿着，期待着一个反驳；但是田畴仅仅不屑争辩地微微一笑。

因为看出对方不再插嘴，于是章桐紧接着说下去了。他的意见比较实际而有条理。简单说来就是：手续是该备的！拖延下去，也很可能。甚至像司爷说的，可能拖到抗战胜利以后。但是，这个并不等于没办法解决了，只要大家肯扭着它不松手，一直坚持下去！……

"还有呢，"他从容不迫地接着说，"我们可以找实力派站出来吼几腔！……"

"那么戏呢?"田畴挑战地岔进来问。

"戏吗,照样筹备好啦!"

"要是他照样给你个不理呢?"田畴、吕康几乎同时问了。

他们的主张原是不相同的,但是现在却都一致反对章桐。这会使意见更分歧的,牛祚立刻看出来了;于是他就出而阻止,想把他们各自的意见区分开来。

"各位大爷!"他苦着脸大叫道,"你们两个人弄清楚没有啊?……"

"总之,所谓手续根本就是托辞!"田畴抢着申明。

"白费气力的事我倒不干!"吕康摇摇头说。

"我看,你们都在发神经啊!"老教师苦笑了,他们这样瞎吵瞎闹,他不知道应该怎样措辞才好。"白费气力!"他冷笑一声,又不以为然地摇一摇头,"按照你的看法,天地间白费气力的事就多得很! 我们这点名堂算得什么啊? 好多人为真理正义奋斗了一辈子,结果是失败了,甚至于丢了性命。但是说起来我们总又尊敬这一类人,尊敬他们的不计成败,尊敬他们那股傻劲! ……"

"这是卖劝世文啊!"吕康嘲笑道。

"卖劝世文难道是坏事吗? 若果没有卖劝世文的,恐怕好多人还在四脚爬呢! 自然,这对你也许是白费气力,因为这类话你不见得比我知道得少! 但是,说句笑话,抗战到今天还有这么多污七八糟的现象,关键就在这一点哩! 我们什么都知道一点,我们又把什么都当成劝世文看,自以为聪明得很。这个是演戏吗? 即使排练好了将来拿不出去,也总比你陪着太太打呵欠强得多吧?"

"这一板唱得漂亮!"田畴激赏地叫了出来。

"我就要说到你阁下了!"牛祚皱皱眉毛,充满烦忧地笑了,"你为什么凡事总那么性急啊!"他拖长着声调说,又不以为然地摇摇头,"还是那句老话:学学老牛筋吧! 事情不是急得了的,得有点耐心啊! 万一办法都用尽了,他还要耍把戏:拖呀,推呀,这样那样搞鬼,戏又排练好了，那个时候我们就有充分理由不买他的账了！"

"照你这样说我又不反对啰！"田畴孩子气地叫了，"老实讲吧，我的意思，也和你差不远哩！好吧，现在就看大家怎样——请发表意见吧！……"

"我没有问题！"章桐微笑着回答。

其他几个人也都零零落落地表示了同意，因为要反对太泄气了，而且，担心多余说些废话，徒然增加彼此的不满。便是开初附和米子远的一批动摇分子，也都不再反对，不再发表依违两可的说辞。只有吕康一点不肯让步，申言他要坚持他的意见到底，不愿做应声虫。

"大约你是为坚持而坚持吧？"章桐打趣地批评他。

"不！我的理由多得很呢。"

"姑妄言之！"牛祚忍住笑老腔老调地说。

"那你就姑妄听之吧！首先，——好吧！我知道我说不过你们这么多嘴！……"

心灰意懒地挥一挥手，吕康终于也让步了。

于是，大家立刻都为他的虎头蛇尾大笑起来。随后，便连他自己也觉没趣似的笑了，擦擦鼻尖上的汗珠，申明说，他之让步，不过因为天气太热，大家的脾胃又都很躁，若果再扯下去，那会大大有碍卫生！……

"要不然么，"他又故为严重地接着说道，"哼，我倒也不是容易让步的呢！"

"哎呀，承让，承让！"牛祚拱一拱手，忍俊不禁地说。

"你两个不要唱双簧了！"制止地挥挥手，田畴大笑着说了，"现在，我们要讨论演什么剧本了。先看你怎么说，"他意味深长地转向章桐，"你想来读完了吧？"

"对不住！我连一半都没有读完啊。"

"没有关系！……可是吴楣怎么还不来呢?！……"

当一想到那个补救办法，田畴一下记起吴楣来了。

他叫嚷着，胡乱打了个转身，仿佛她就隐藏在堂屋的某个角落，他会立刻把她揪了出来。但他一无所得，他叹息了。而且立刻想到，她之来否，不仅牵连到剧本问题，它还牵连到一件更加重大的事故。

"这才糟糕！"他多少显得狼狈地叫道，"她不来怎么办呢？！……"

"厨子已经催安座了！"孟瑜叹息着说。

她早已替代丈夫充当打杂去了。现在，她正从厨房里走出来，准备同他商量一下：等下去呢，或者一边吃一边等。因为时间的确已经不算早了。

"我看吃着等吧！"她又烦恼地主张说。

"对！那些不守时间的人，等她来喝洗碗水吧！"有谁大笑着打趣说。

"可是……"田畴感觉得难为情，而且十分气恼。

正在这时，厨师忽然把掌盘顶出来了，搁在方桌边上，开始卸下摆在掌盘里的各色冷盆。

田畴一下被厨师的自由行动弄得目瞪口呆，因为他现在竟连提出异议的机会也没有了！就以吕康为首，许多人都自己提了凳子、椅子，已经陆续入座。他们全是熟人，他们毫不觉得这有客套的必要。

十六

客人已经退席，已经一齐拥回镇上去了。

那个自己忙了一天，曾经为了别人的口福大费心思，而且已经给油烟呛得头昏脑涨的厨师，正同孩子们围了杯盘狼藉的桌子，享受着残羹剩菜。

孟瑜给孩子喂奶去了。全身塞在那张破藤椅里，田畴则默坐在阶沿上发饭闷。一面同疲倦作斗争，一面在想心思。他对这一天的应酬感到无聊，而且很不满意他的宾客，因为一经入席，便什么问题都告吹了。剧本既未决定下来，排演的日期更是渺茫。

然而，最使他不快的，还是吴楣始终没有到场这一件事。他不能够确定，她之失约，原因究竟是在哪里？但他感觉这不是一个简简单单失约的问题。因此，他又不时用了别的想念来代替它，好让自己缓一口气，不要过分为愁思所苦。然而，才一眨眼，它又开始纠缠他了。"这是怎么回事呢？"他自问道，"她从来不失信啦！……"

于是，他又开始重复一遍那些早已想过多次的推测。他猜想她临时有了耽搁；家里来了显客；或者，被什么人拖去打牌去了，等等。但是这些原因都太普通，他不能相信吴楣竟会为它们拆烂污！"别的不必说了，"他辩解似的接着想道；而他之所谓别的，便是抚孩子这件事，"难道她会忘记了今天要通过剧本吗？这不可能！……"

于是，种种不可能遗忘的理由，陆续由他想起来了。她答应得那样肯定，诚恳，她一向对于演剧又那么热心，特别是她目前对演剧有一种更为严肃的看法：她想从演剧活动得到支持，让自己从空虚无聊和不幸的深渊里拯拔出来，投入一种意义重大的新的生活……

"难道还没有请好奶母？"他又忽然这样想了。

而一到他面对着这个寻而常之的奶母问题的时候，他的心情好过点了，仿佛这是一个伟大的发现。这是他第一次想到的，他几乎失声笑了，以为自己这样聪明，怎么竟会没有想到这个简单明了的事！他稍稍振作了，半带做作地伸伸懒腰，他就顺势站了起来。随即拿脚踵推开藤椅，走向卧室里去。他急于想把他的发现告诉孟瑜。

孟瑜正在假寐。对于吴楣的失约，她的扫兴也不下于丈夫，但却仅仅限于扫兴，没有像他那样想得深沉、复杂，仿佛这点小事将会产生怎样严重的后果。因为她一向深信她们的友情，而且，由于那种为人母者所具有的天性，她也并不汲汲于立刻送掉她的孩子。

听见丈夫惯有的紧骤沉重的脚步声，她转侧了一下，随又叹了口气。这叹气，是从刚才过去不久的繁重应酬来的，但是田畴误解了她的含意，以为她也同样为那个好像不可测度的失约问题感到苦恼。

田畴在床沿上坐下了，同时格外高兴地说：

"愁什么啊，一定是因为奶妈没有请好！……"

他停顿了一下，期待着她的同意；但她没有应声。

"你想吧！她这个人一贯爱好，凡事都想做得漂漂亮亮。"他又接着说了；而且，不仅言辞，便是声调，他也竭力企图让孟瑜得到一点慰安，"不过也就太老实了！就是奶妈没有请好，你自己也该来一趟啦！……"

"她总是怕羞嘛！"孟瑜插嘴说了，口气有点不满。

"你记得么，"田畴紧接着说，已经更加相信自己的推测的正确了，随口举着例证，"那一次向她借一百元钱啦！说好第二天送来，一道去鼓儿山玩，你把什么都预备好了，老鸦等死狗，——她才不见影子！为什么呢，公爷打牌去了，钱没有拿到！"

"这个背时地方，请奶母本来也太难了！……"

孟瑜已经很清醒了，现在她才明确地领悟了丈夫进来时所作的推测，而且，毫无保留地相信了他。但这并未减轻她对吴楣的不满，反而更把它挑开了。

"不过这家伙也真啰唆！"她又愤愤地说，"这样久了，你在做什么啦?!"

"大约忙着读剧本去了。"田畴原谅地说。

"未必！她家里的麻将哪一天歇过场？一定打麻将搞忘记了！哼，她这个人我还不知道吗，嘴巴倒硬，只要有人一拉，一扯，她就一点主张也没有了！"

"像你这样子说，恐怕连剧本也没有读完呢！"田畴恍然大悟地叫喊说。

他感到不舒服，同时却也更加安心。因为既然吴楣会连剧本也没读完，她之失约，也就更自然了。这就是说，他们实在用不着发愁，只好耐着性子等了。

然而，这所谓等，却也并不简单。这在田畴更为明显。心里不必说了，便在嘴上，竟也不时要谈起这件事。不过说来奇怪，不到一天，对于吴楣的失约的原因，奶妈没有雇好，剧本没有读完，他却逐渐感觉缺乏说服力了。

只有孟瑜始终相信它们，正如她对别种事情那样，一经认为合理，便不再有任何怀疑。因此，虽然她也有点挂念吴楣，却只限于懑怨她做事拖沓。

"当然该她摆布，是你在求她啦！"她愤恼地说。

"这个倒不见得，"他沉吟道，"她也摆布不了哪个！"

"好吧，她总会有求教我的时候。……"

这是翌日早上的事，两个人刚才起床不久。孟瑜在收拾婴儿。带点恶心的神情，她把那些已经被屎尿弄脏了的布片一层层解开，扔掉，把孩子的下身洗擦干净，又再换上洁净布片。只有在对这一切感到麻烦的时候，她才宁愿吴楣早点来的，而她现在对吴楣又感到不满了。

"只有我们这些人好说话！"她接着说，"一是一，二是二。从来不会装腔作势！……"

"不见得吧？这个你又说得太深沉了！……"

田畴想安慰她，缓和一下她的勃然而起的怨气。他还努力做出一个微笑；但一眼瞟见那些屎布尿布，他的微笑就消失了。立刻烦恼起来，把脸回避开她。

"这个家伙真也太讨厌了！"他突然地加上说。

他一下又尖锐地感觉到，这个确乎不是一件小事，正如平常一个熟人失约那样。

"没有一件事情她不忸忸怩怩！"他在孟瑜床沿上坐下来，开始恼怒地数说着吴楣的罪状，"不讲别的，那次大家打伙欢迎章桐，她都要使你不痛快。一时说来，一时又不来了；等你吃到半中拦腰，她又摸起来了！不知底细的人，还会以为我在扯谎！……"

他自觉是个诚实的人，他的信用曾经因她受到损害。

"又比如吧！"他接着说，昂起头来，"……"

"依得脾气我真想不给她了！"她切断他，停止了包扎婴儿，"你忸怩么，哼，我比你更忸怩！我这个人就这样：宁割脑壳，不割耳朵！若果再迁就她，她会以为你连多余一个孩子也养不起，非送人不可哩！……"

"笑话！"

"所以我真想不给她了，我也要使你扫一点兴！"

"这个倒不必啊！总之，不要理她好了！……"

田畴的语调忽然滞涩起来，变成了自言自语般的唉声叹气。而他一分钟前那种充沛的气势，正像突然吃了一针的气泡一样，一下子萎缩。他不由自主地沉默下来。因为他从孟瑜的论调感到了某种可怕的预兆，觉得继续同她一唱一和下去，是不行了。

他是没有想到过事情会变卦的，虽然这个变卦的预感隐隐作弄着他，算是他烦躁不安的真正原因。因为他很清楚，若果吴楣的失约，由于她不想领孩子了，或者，李守谦翻悔了，只把以前的允诺看成凑兴，他的改变生活的计划，将成为不可能；孟瑜也将永远埋没在家庭琐务当中，而无以自拔了。这就等于全军覆没！

孟瑜更没有想到事情会变卦的。她之生气，只以为吴楣太马虎了，完全忽视了他们对于她的衷心期待，因此他所顾虑的结果，她是无法想象到的。加之，尽管她也并不满意自己的生活方式，但已经习惯了，并不迫切感觉必须来个改变。然而，由于田畴的丧气多少给了她一些不快的感触，她也没有同他执拗下去。叹口表示忍受的气，她又重新包扎孩子去了。

从此以后，他们没有再提吴楣的事，但都显得有点沉闷。这种沉闷，他预感到是会变成暴风雨的。因此，吃过早饭，他有意回避似的跑去逛田坝去了；但他随又转回来了，坐在堂屋里胡乱翻阅书籍；最后，他偷偷看了孟瑜一眼，接着乒的一声把书放在桌子上面。

"呵喝！"他蓦地惊叫起来，"学校里今天上午要开会啦！……"

这是托辞，因为他相信在家里待下去就会淘气。

"真是糟糕！"他接着说，已经站起来了，"这个会有我的屁事啦！……"

他又偷眼看她，她生气了。孟瑜依旧闷闷不乐地坐在那里，织补着一只烂袜子的破洞，没有意思凑他的趣。赞成他去赴会，或者，出而劝阻。这就更加使他感觉得非走开不可了，于是那个偶然想到的托词，也便迅速地变成了一种势非诉之于行动不可的强烈冲动。

他在肚子里骂了一句粗话，又哗啦一声拖开藤椅，跨进卧室，更换衣裤，接着一转身就走掉了。

"真是不想再吃这碗饭了！"他一边走，一边说。

孟瑜抬起头来，多少有点吃惊。

"什么会就这样重要么？"她问。

"晓得他妈的啦！"田畴负气地说，没有回过头来。

田畴一直走到大门外面去了。

当他走上大路的时候，这才逐渐平息下来。而且，因为自己的莽撞而害羞了。他觉得他伤负了孟瑜，而他的撒谎也未免有点多事。甚至怀疑到他的上街是否有其必要。最后，他得到一个想头，他可以顺便到李家看一看。虽然他一向鄙视公爷，把他看成一个俗物；而且，自从吴楣遭到屈辱以后，他更对他感到厌恶。

凭着他的直率，事情且又如此重要，他的主意很快就决定了。但他一再提醒自己，他只能装作信步走去玩耍，不能主动提出关于抚育孩子的任何话题来谈。因为，若果由他提起这个，那个俗物更会瞧不起自己，更会趾高气扬地把自己看成一个漂流异乡的穷酸。

因为尽量想让自己显得洒脱一点，随便一点，他的态度比平常更莽撞。当一踏上李家的大门阶沿的时候，他就笔直撞进去了，几乎没有察觉那个正从里面走出来的男仆的吃惊，因而也就没有停一停步。

"啊！田先生早哇！"仆人张贵显得忸怩地说，迟迟疑疑地转身跟了过去。

"早？你们老爷还没有起床吗？"他问，略一回顾。

"老早就起来了！"

"好！我怕他还在睡哩！……"

田畴又一直走进去了。但当穿过侧门，走下那个矩形天井的时候，他却忽然又站住了。

他面红耳赤起来，一下觉得有点进退两难。因为大厅上摆着两席麻将，主客一共有十多个，全是男宾，而且有不少生面孔。起初，他以为他们在打闲牌，这个并无碍于他的访问；但他看见的还不止此。赌席而外，大厅正中还摆着一张特号圆桌，铺着洁白的桌布，罗列着种种果盘，这就显然不是一次寻常的聚会了。

正在踌躇当中，李守谦忽然一眼发现了他。公爷恰好摸了个海底捞月，而由于这点兴头，他一下跳起来了。

于是拍拍桌面，望着田畴笑得更加开心起来。

"哈哈！"他高声大叫，"你的运气真好，——这要数好多福啦！……"

于是他执拗地把田畴请过去，向他背着牌经。

"唉，唉，"他又一唱三叹地说，"这样的牌就不收钱也很了然！……"

"的确，堂子里已经现了两张了！"田畴应酬地说。

"没有说的！你来得这么合适，晌午吃个喜吧！……"

因为牌局又重新进行了，公爷于是开始砌着麻将，同时鼓吹着他今天预备的几样海菜。这些海菜，全是西安来的，四川休想买得到手。

他是说得那么阔气，而大虾、鲍鱼等等，在这战时的大后方确也算得珍品。……

可是，田畴已经决心拒绝参加。因为他看得很清楚，这是正式宴会，若果答应下来，那会显得寒酸。加之，那些外地的宾客不必说了，就是多数本地客人，他同他们一向也没有交往。他们不是袍哥就是粮户。何况，所有客人的态度，全都引起他一种感觉，好像自己在受歧视。而一经这样作想，他更感觉无法待下去了！同时对于那些漂亮家伙立刻充满了敌意。

但要马上走掉是失态的。而且，就要走掉，他也该让他们受点教训，或者让他们知道人世间还有正气，因此他漫应着，同时窥视着一个可以发泄愤懑的机会。

末了，当公爷的吹嘘有了一个停顿的时候，田畴就再也忍不住了。

"你这些菜倒不错！"他佯笑着插嘴说，"不过，恐怕是敌占区的仇货吧？"

"现在的事，哪里管得那么多啊，——碰起！……"

"你不要这样说呢！"他开始说，浮上一点冷笑。

这是他表示蔑视，也是表示民族尊严的一个机会，他不能放弃它；而一片夹杂着嬉笑怒骂的尖锐措辞，就要由他说出来了。然而，正在这时，公爷的对方一下搁倒了牌。这回和的牌并不大，但因为是自摸，又因为和得太快，下首恰恰又拿了满手大牌，于是他那些快要脱口而出的有声有色的谴责，顷刻间便为接踵而来的牌经腰斩断了。

那位满手大牌的是个一脸烟容的老者，手里捧着响水烟袋。他抱怨着他的上首，又把各家的牌一一倒下来细看，随又挨次翻着碰子，不住吵吵闹闹。

"唉，唉，埋得这么深啦！"他找寻着他所需要的牌。

"看急出病来，下一盘让你好了！……"

"要不错个张子，你们今天就着起了！哈，哈……"

田畴没有张声，他就那么眼鼓鼓地瞪着这喧嚷叫嚣的一群。而且，他就那么难受地吞没掉他所准备倾吐的一切。最后，他愤激地吁口气，十分扫兴地抽身走了。

"唉，就要开点心了哩！"公爷说，显然有点惊异。

"不道谢你啰！……"

田畴没有回头，而且在声调里掺和着大量的蔑视。他一直走下天井去了。他是没有料到公爷会同他敷衍的，因此，他对自己的回答的斩截，也就更加感觉快意。

"他妈的，——荒淫无耻！"他又愤愤地嘀咕说，当他跨出侧门的时候。

在那空荡荡的市街上面，他第一眼捉住的是章桐。

"嗨！走去吃碗茶呀！"他招呼着，停下来了。

"你来得正好！吃什么茶啊，一道到学校里去吧。"章桐说，也停了下来了。

"好啦！我也正闷得心慌哩！……"

田畴长长吐了口气，庆幸自己有了发泄机会。

"你去学校里干什么事哇？"他边走边问。

"干什么？那个东西应该快点弄起去啦！"

"我还以为你搞忘记了哩！"田畴知道章桐指的是关于备办演剧手续的事，于是他的愤怒再也捺不住了。"去他妈的！"他不由自主地提高嗓门紧接着说，"到处是卑污龌龊，醉生梦死，我不懂大家怎么会看得惯！"

"现在的问题倒不是这个啊！……"

"怎么不是这个哇？难道我们演剧，是为了什么人消遣吗？——笑话！……"

章桐吃惊地瞪着他，不知道怎么接口的好。

"自然，"田畴接着又说，口气可是缓和多了，似乎已经觉察到了那些冷场天坐在店铺里养神的掌柜们的惊奇眼光，"你的意思也对，现在不是争论为什么演剧的问题。不过，我的看法不同：大家之所以一拖再拖，死不来气，就因为完全忘记了我们为什么要演剧！……"

"也许。"

章桐审慎地同意着他，田畴一下在街道上站住了。

"怎么也许?!"他质问似的叫道，"认真是这样呢！如果大家眼睛睁大一点，多用一点脑筋，我们的戏早演成了！也让那些民族败类多少受点惩罚！"

"哎呀！难道你还想动武吗?"章桐滑稽地叫道，竭力想使对方安静下来。

"说不定哩！"田畴回答，重又向学校走去了，"如果我像工人绥惠略夫那样，身上藏得有支手枪，刚才我已经放睡倒几个了！哼，不怕是本地人，这场上的情形，恐怕你还没有我清楚呢！一些混蛋是怎样的吃、喝、玩女人、打大牌，——无所不为！……"

章桐忽然记起，田畴刚才是从吴楣家里面出来的，他含意深深地笑了。

"有些现象确实也很使人生气。"他叹息说。

"岂止生气，——我主张砍几个脑壳下来示众！……"

于是开始尽情叙述他在李家看到的排场。

十七

如果说，当田畴离开李家，在街上向章桐发泄他的愤懑当中，他是充满着强烈的战斗情绪，而一走到学校门口，他便已完全成了个胜利者了。

他并没有忘掉他的访问的失败，然而，这个不仅没有叫他灰心，反而更加煽旺了他那股傲气。而由于一时的快意，在他的想象中，似乎一到学校他们就会同大家草好那个文件，立刻发送出去！且不管能否批准，那批民族败类，都得很快在舞台上受到惩罚！……

他还不知道这次的聚首，是由章桐苦口婆心所促成的。而且章桐并未明说将要继续讨论演剧的筹备工作，倒是诓称应该好好结束一下，因此，结果都到场了。当田畴、章桐走进操场的时候，大家正散坐在大厅上纳凉。穿着都很随便，有的甚至打着赤膊，只留一袭衬裤，踞坐在一张破席上搓揉着香港脚，神气看来十分悠闲。

吕康和米子远在玩着裤裆棋。那是几个跑来看榜的学生遗留下的，而那几条用粉笔画成的又弯又粗的线条，已经相当模糊。吕康的棋子是几粒碎瓦，米子远的则是石头子儿，前者忽然着急地扶着对方即将行动的手臂，同时自己忙着走了一着，于是一蹦站起来了。

"哈哈！"吕康拍手大笑，"这一下总该你跳茅坑了！"

"瞎说，——我少走了一步！"米子远抗声说。

"什么事这样的起劲哇？"章桐边走边问。

田畴抢先一步，已经忙着走过去了；但他嗤了一声，赶快迈开了脸，转向其他同事。

"无聊！——还是来谈正经事吧！"他大声嚷叫。

"嗨！"牛祚略略带点惊异地笑了，"今天你怎么又摸上街来了呢？"

"我有顺风耳啦！……"

裤裆棋周围还在扰嚷不休。因为吕康同米子远互不让步，好几个人又都围过去凑兴去了。章桐则在冒充着和事佬，劝解着，希望赶快结束了它，免得耽误正事。

"这样好吧，"他又幽默地说，"你们都不要争输赢，就算我跳茅坑好了！"

"勇敢！勇敢！"人们喝彩着，同时响起一阵掌声。

"不行！"米子远固执着，"非叫他自己认输不可，——太狡猾了！……"

"这样，这样，"章桐忽然忍俊不禁地说，"我们三个人一齐跳！……"

他招引着吕康，但是那一个拒绝了。

"鄙人敬谢不敏！"吕康拱一拱手，恭而敬之地说。

"真是要命！"田畴呻唤了，但他努力按捺着自己的不快，带点恳求地接着说道，"唉，各位！这样大的天气，我们是跑来打趣的啦？要说正经事就动手吧！"

"本席附议！"吕康紧接着说，尽量举起手臂。

"不行，——你非认输不可！……"

"不要理他！"吕康的态度更正经了，"顽固分子！……"

虽然国文教师还在嚷闹，而且吸引着不少人的注意，会议却终于在准备室开始了。意外的是，主持会议的并非章桐，倒是吕康！这不是他对演剧忽然变得积极起来，他想借此逃脱纠缠，并且进一步作弄一下那个老实对手。

好多人原本想笑出来，但他们忍住了，相信他会再玩一点什么把戏。打算出而阻止的只有田畴，但他到底也忍住了，仅仅怒目而视地监视着他的每一动作。

然而，嗷嗷喉咙，吕康一本正经地接着说下去了：

"今天这个会议，大家到得这样整齐，鄙人非常高兴！本来嘛，一个人做事应该有始有终，不能虎头蛇尾。况且，唉，大家因为这次演剧，已经花费不少精力！……"

田畴微微笑了，赞许地点了点头。

"今天他又不神经了哩。"他想。

他又满足地向了章桐笑笑，于是继续倾听下去。

"所以不管怎样，我们总不能太脓包，随随便便就搁下来！"假装出严肃认真的神情，吕康紧接着说，"就说要让它短命吧，也该好好给它送一个终，烧一把倒头纸！……"

"你又在瞎扯了! ……"田畴警告地说。

"怎么? 这个主席当得不漂亮吗? 简直把我毛毛汗都逼出来啦!"

"对对对,"有人激赏地叫道,"将来你的行述上我一定提一笔! ……"

"该大书特书啊!"牛祚紧接着说,"不然的话,他的行述也就更加不足道了! ……"

老教师的凑趣,惹得人大笑了。但他立刻警觉出来,这样趣下去是不行的。因为田畴不仅没有附和着笑,脸色反而很阴晦了,跟着来的将是一场争吵。因此,不等笑声平息,他就立刻出来弥补,说是趣话自然要讲,但若趣到挤掉了正经事情,就不行了! ……

"你这个话对!"章桐紧接着附和说,"请大家就继续发言吧! 而且,要和打趣一样踊跃。依我想来,大家恐怕不会硬起心肠就这样搁下来吧? ……"

"怎么,你不是说讨论那封公事的么?! ……"

圆睁两眼,同时一下耸直上身,田畴惊诧诧叫喊了。

他是并不知道这场会议的蹊跷的,他只简单相信了章桐的话,以为会议的目的是讨论怎样草拟那封备办手续的公事。正如别人相信他的目的是正式结束演剧的筹备工作一样。因此,当吕康提到送终的话时,他只把它看作是捣乱;而同样的意义的话一经出自章桐,他就不免惊怪起来,而且很生气了,简直到了无法容忍的地步。

"我看你也给弄糊涂了哩!"他不满地加上说。

章桐皱着脸苦笑了。

"老兄!"他叹息着解释,"你想想吧,若果说了实话,是讨论备办手续,会有人肯来啦!"

"难道有人主张搁下来吗? ……"

带着极大的不满,田畴迅速四面扫了一眼,似乎他的前后左右隐藏得有他所不能容忍的仇对。但他没有发现一只公开表示反对的眼睛,他挑衅似的笑了。

"好吗，只要哪一个好意思说得出口！"他紧接着说。

"这个倒不是哪一个人的私见啊！"米子远嘀咕说，忽然叹了口气。

"真是奇怪！"田畴伴笑一声，一下跳起来了；他匆忙地打了两个转身，随即又坐下去，紧接着一字一板地说道，"你说是一群小学生做事，这样一时高兴一时冰冷，还情有可原！唉，唉，"他讽刺地笑起来，"我们都是胡子把碴的人了啊！并且，唉，大家想一想吧，昨天大家在我家里说的话还没冷啦！……"

他忽然得到一个回忆，于是立刻转脸向米子远。

"你说不是私见，难道这个是公意吗？"

"这倒不是哪个不愿意啊！"他背后有谁嘀咕了一句。

"那又是为什么呢？"回转身去，田畴紧盯住对方问。

"为什么？此路不通啦！"米子远大声地抢着回答。

"路倒是通的，只是你不肯走！……"

"可惜是步步荆棘。"吕康摇头摆脑地说。

"笑话！"

"这是非常现实的现实！"牛祚浮出微笑，正想插断他们，吕康生气地抢着说了；而当他一认真起来的时候，有时也是不好惹的，"比如说吧，"他严正地继续说，"后天就行散学礼了，剧本还没有选好，等到选好剧本，恐怕假期已经过得差不多了。公事呢，就说今天马上送起走吧，又要哪辈人才有下文？又会不会批准？……"

"这个根本是道铁门槛啊！"那个诨名奶妈的同事非笑地补充说。

"不要讲那么多，演不成这个戏要死人啦！……"

田畴蓦地暴跳起来；他大叫着，挥着决绝的手势，一转身冲走了。

"喂！你是怎么的啊？"章桐吃惊地说，奔向操场边去。

"我在装疯！"田畴不怀好意地顶碰着回答。

他没有回过头来，他一直走掉了。

他走得那样匆忙，当下阶沿的时候，他的步履几乎有点颠踬。他的头脑是昏晕的，而他胸部的闷胀已经到了快要爆炸的程度。但他同时却又享受着一阵痛快的感觉，仿佛一个人闷久了，忽然来到了空旷广阔的原野上那样。然而，这种痛快之感，为时是有限的，当他走出市街，踏上乡间的便道的时候，他却立刻又为惆怅之情所充斥了。不仅不再感到那种紧张爽利的魅力，反而觉得一切都是多么的无聊、乏味……

"今天不会再碰到鬼了吧。"他想，于是对着那座竹树掩映的破旧院落，充满苦趣笑了。……

当他爬上一个土坎的时候，他又不住提醒自己，千万不要再在家里淘气，而且决定隐藏起他的所有不快。此外，他还拟就一个行动纲领：一到家就吃饭，随后去睡午觉，什么事都不要提，也不要想，由它自生自灭好了。

他感觉得疲惫而又畏怯，悄声悄气地走进院子里去。总爷、家瑞在院坝里看蚂蚁搬家。他们伏在地上，设计着种种毒辣的阻碍，但他没有惊动他们。

端着升子，王妈正打从堂屋门边走过；接着她显得诡秘地停下来了。

"李太太来了哩。"她低声说，叹了口气。

"嗯？……"

他原本听得一清二楚，但他忽然感到了一阵情绪的混乱。

"我说李太太来了！"王妈重复说。

"好。赶快去弄饭吧！……"

他终于使得自己镇静过来，于是长长吁一口气，他跨向卧室里去。

"嗨！我刚才还到你们家里去来的呢！"他大声佯笑着说，仿佛已经忘记了他在街上的全部经历。

"你们不知道怎么会错过了。"应声的是孟瑜。

"是啦，我还以为会在家里看见她呢！"田畴紧接着说，飞快望了吴楣一眼，"我一上街就跑去了，倒霉！正碰见你们在大请其客。几乎全是生人，走也不好，不走呢，我这个人又怕吃碰酌候光！……"

尽管他对在李家的观感重又感到愤恨，但他口不应心地说着，同时不住向了她们窥伺；他叹息了。

卧室里的空气有点沉重。孟瑜坐在床边，哺乳着那孩子，神气沮丧，嘴角边浮着一点无可奈何的强笑。一到他走进卧室，吴楣便已从床上坐起来了；而她回答田畴的则是一个负疚的苦笑，随又车转脸避开田畴，微微勾下脑袋。……

而这一切都在为他证实着那个可怕的预感：抚养孩子的事，连同他的全部希望，已经吹了！

"结果，我还是滚蛋了。"停停，他又接着说了下去，在自己床沿上坐下；而且忽然向她们背起牌经来了，"嗨！他今天一个大福才和得香呢！我一去正碰到他单吊一筒，堂子里现了两个，对门子一二三筒一砍；就是单张子也不会打给他的！又碰发字，又碰了双东风，没有下过一个筒子！……"

他的语调逐渐流畅起来，但他忽然间住了嘴，黑着脸一蹦站起来了。

"喂，王嫂！"他厉声大叫，"才走了路，究竟还兴不兴洗个脸啊?！……"

这是他临时想起的，他的本意并不在于洗脸。他的忍耐已经到了尽头，感觉得非把那个可怕的闷葫芦打开来不可了！于是他重又坐下，飞快把脸转向吴楣。

"喂！老实话，娃娃你们究竟要不要呵?"他问，仿佛偶然想到的样。

"他们已经不要领了！"孟瑜说，茫然地笑了笑。

"啊！这样就对了啊！"田畴异样地愉快地笑了，"要不要吗早点回个话嘛！……"

"这次真对不住你们，"吴楣开始道歉，"……"

"没关系啊！……"

田畴满不在乎似的切断了她。他笑得更加畅快，而他的不满和失望却也更显露了。

"你想，这个有多大点关系呢?"他随即笑嘻嘻望定吴楣，连讥带讽地一直说了下去，"说是养不起吧，已经养大好几个了！个把个算得啥? 并且，唉，你不要多心哇，这件事也不是我们提起的哇！……"

"因为人家已经有了！"孟瑜提醒着他，已经察觉到了吴楣的难堪。

"呵，好呀！那我们就预备吃你的红蛋吧！……"

王妈端着洗脸水进来了。

"我看你也老颠东了！"他的脸色立刻变了，开始毫无掩饰地大发脾气；虽然平常他很尊重王妈，"这样大的天气，走了路不洗脸吗? 这个都要你伸起手要！……"

他所佯装起来的愉快已经消失，他的愤恼全现形了。

挽挽袖头，又把衬衫下摆从西装裤子的裤腰里扯出来，他昂然踏着大步，走向房门口洗脸架边去了。一帕一帕的，他洗得那么庄重，正如他在举行什么仪式一样。然而这照样是强制自己装作出来的，实际上他正经历着极其复杂的思想感情：失望，愤怒，嫉恨，痛苦……

孟瑜曾经一再向他示意，要他克制一点，但他始终不理睬她。因之，现在她对他的态度不仅感到羞惭，而且很反感。在她看来，这个失约不该吴楣负责，即或该她负责，他也不能做得这样小气，使人看出嘴巴尽管很硬，说是没有关系，实则倒是当成一个致命打击来看待这件事的。而由此可见，他是怎样愿意送掉那毛头了。

对于吴楣，当丈夫说出吃红蛋的话来的时候，孟瑜便已经替她很难受了。她本想立刻就向他指明，那怀孕的不是吴楣，倒是吴楣的对头，但又来了王妈的打岔。现在，因为反感于他的态度越来越坏，她也赌气不要张理他了，一心想着她该怎样慰藉一下她的朋友。孟瑜已经敏感到吴楣的更为不幸的处境，因为吴楣已经把经过源源本本向她诉说过了。于是，她就从这个说起，劝她凡事看坦白些，赌气只能使自己更吃亏。

"再说到底，"她又加重地说，"她总不能赶你走啦！"

"那也说不定呢。"吴楣说，凄然一笑。

"她敢这样，我都要出来给你打抱不平！……"

吴楣没有回答，仅止长长透了口气，而且流出几粒大而辛酸的眼泪。孟瑜立刻理解了她：她不信她的话，因为田畴的态度已经无可辩驳地伤负了自己。

"好，你不相信我也算了！"孟瑜于是赌气地说。

"哪里是哩！……"

吴楣强笑着抬起头，抑止着盈盈欲坠的泪水。

她相信自己是无辜的，但她羞于再见他们，因此她没有来参加满月酒。这天，她一早就回娘家去了，原没有打算来作解释，表示歉意，而她现在，却为田畴带给她的委屈所压倒了。因为她没有料到田畴竟会这样对她，正如她之没有料到那个闯入者很快就会受孕一样。

"我只觉得自己太倒霉了！"她加上说，赶快埋下泪脸。

田畴恰好听准了这个添语，又恰好洗完脸了，于是立刻车转身来。

"你能说倒霉吗？接二连三的喜事重重！"他充满恶意地冷笑说。

"你少讲点废话哇！"孟瑜生气地堵住他，"一个人怎么这样不懂眼啊？！……"

"难道说错了吗？新姑娘上门才好久呀，自己现在又有喜了……"

吴楣怨愤地昂起头来。田畴感觉得失措了。他惊愕着，仿佛她会向他扑来，至少她会向他喷出一阵嚷叫；但她为泪水所梗塞，没有吐出一个字来。最后，她扭歪身子，倒向床铺角落里去，抽抽噎噎哭起来了。

"摸不清楚我就不要说啦！"孟瑜喋喋不休地开始了她的抱怨。

她恼怒地指责着丈夫，一面忙着安慰吴楣；但她并停不住她的啜泣，这不是不愿意，她倒显然一直在努力抑制。而当主妇搁下孩子，正想偎依向她的时候，她却又已经埋着脸挣起来，跳下床了。随即走向五抽橱去，匆匆忙忙收拾起她的洋伞、提包，决心拂袖而去……

"好！我就看着你今天冲起走！"孟瑜赌气地说，歪坐在床沿上。

"哪里是冲气哩。"吴楣低声回答。

透过眼泪，她向孟瑜惨然一笑，接着转身走向房门。

"好吧！……你走——你就永远不要来了！……"

孟瑜还在赌气，但一看出对方毫不犹豫地跨出了卧室，跨出了堂屋，她也终于悟出这个简单直率，以往那么生效的古老办法，现在是没用了！立刻追踪出去。

现在，卧室里只剩下那个谁也不要的婴儿了。此外便是田畴，手里拿着毛巾，他是一直靠在那只柜子边动也没有动的。正如一个闯了大祸的顽童一样，起初他丧胆了，随即想法弥补；但又不能确定应该怎样弥补。于是，他便只好傻头傻脑地呆瞪着他所一手造成的错误迅速发展下去，仿佛自己是一个不相干的旁观者样。

在这点上他也很像一个顽童，他不清楚自己究竟犯了好大的过失。因为他无论如何都想不通，一顿气话，怎么就会闹来这样大煞风景！……

他环顾了一下顿然显得生疏的房子，他抿笑了。

"她倒还要生我的气呢！"他想，不以为然地苦笑着摇一摇头。

他走向自己的床铺边去，坐下来了。但他随又变了主意，顺手扔掉那张毛巾，毅然决然地躺了下去。他把双手兜向脑后，迫使自己的注意集中在帐顶上面一个为污水浸渍的小圈儿上，以便认真整理一下他的思路，再不然就全部忘掉它们。

然而，出乎意外，他又蓦地发出悲愤填膺的咆哮，弹簧般蹦地一下跳起来了。

"去他妈的——这叫啥生活啊！……"

"我知道你今天的脾气还没有发够！"孟瑜突如其来地接了腔了。没有拖转她的朋友，她正怨气重重地走进院子里来，打从窗子外面经过，"说得的你说，说不得的你也说，所有的人都叫你得罪完了！……"

"得罪了她当得腿疼！"田畴顿了顿踏脚凳。

"自然是啊！不过一个人踩痛脚也该合量点吧？……"

"踩痛脚的倒不是得我啊！……"

"不是你吗？"孟瑜反问着，已经走进卧室来了，而且一步步逼近他走过去，"分明是那个姨太太有了喜了，你偏要说什么喜事重重，红蛋白蛋闹个不休！……"

"可是我又并不清楚是这么一回事啦！"田畴大叫，挥着手截断她。

他是那样的激昂，勇猛，气势汹汹，但他随即颓然坐下，因为感觉羞惭用手掌掩了脸。

"哼，哼，你不知道！"因为他的突然而来的狼狈，他那无可假借的理屈词穷，她就更加觉得他错凶了，于是她紧逼着他一口气说下去，"就打比你是不知道吧，你也不该拿那样不好的态度对付她啦！开口没有关系，闭口没有关系，哼，哼，幸得是她，另外换个人么，恐怕把肚皮都笑破了：娃娃送不脱手，就这样发脾气！"

"对！对！对！"田畴扬起脸来，悲愤地冲着她说，"你把我再形容丑一点吧！……"

于是他蓦地哭出来了，像段木头似的倒了下去。

十八

眼泪往往和软弱携手，往往剪灭掉人的志气，但在那些相亲相爱、彼此体恤的人们之间，眼泪却也有它刚强的一面。因为它也往往使人从绝望中振奋起来，重新获得生活下去的力量。

田畴、孟瑜的痛苦绝望，早已经为他们互相交流的眼泪所注销了。当她回转屋里的时候，她对田畴十分恼怒。及至听到他的突起的叫嚣，她就再也忍不住了。她觉得他褊狭、粗暴、自私，于是向他指责起来。然而，出乎她的意外，他蓦地失声哭了。于是她又失悔起来，而且，立刻明白了他所经历的不是过失，而是灾难。

在田畴的感受上，他的悲痛绝望，的确也同经历一场灾难无异。因为远在吴楣退出卧室之前，他便已经开始反省到他的行为欠漂亮了，他的咆哮也正是这个反省的结果。但是孟瑜并不知道，却反倒给了他一场无法招架的责难。而最使他受不了的，是她不仅揭穿了那个误会，她更无情地捣毁了那座防护着感情崩决的堤坝。

他像一段木头一样倒下去了。这不是他的在生活道路上第一次的失败，但他这一次失败得多丢人啦！他伤负了一个无辜的朋友，他在自己妻子面前表现得那样卑劣！而他在她们心目中却一直像一尊偶像……

"我就这样丑啦！"他想，一种濒于破灭的悲伤控制着他。

"我知道这一切都是你为了我！……"

他听见了孟瑜的悲哽声，随即直觉到她向他走过来了。

他的眼泪迸涌得更多了。因为虽然并没有听清楚她的话，她的心情，却已经为他所理解了。他相信她已经领悟了他们的遭际具有一种怎样严重的意义，正在失悔。于是一个躺在床上，一个坐在床沿，他们就那么默默淌着眼泪，咀嚼着生活带给他们的种种苦恼。

实际上孟瑜比田畴坚强，因而她的绝望远不及他，而且很快就平静了。

"这自然是个打击，"最后，她带点鼓舞地说，希望他能振作起来，"不过我们未必就活不下去了么？我倒不相信有这样怪！比上不足，比下有余，像张瘪嘴，大大小小的七八口人，还不是要活下去！……"

他知道这瘪嘴，佃农，一贫如洗；他长长叹了口气。

"自然，"她立刻理会了这个叹息渗透着自命不凡的意义，人是不能拿那庄稼汉来同他们比的，立刻同意了他"那些人只要混得过去就行了的，可是，我们究竟也还没有到水穷山尽的时候啦！你不是常常说，只要精神生活充实就什么都不怕么？千万不要过分把事情看严重了！"

"我并没有往严重方面看啊！"他幽幽地吁出他的第一句话。

"那又是什么呢？我不相信，拖着一个奶娃就连书也没法教了！……"

他的软弱激起了她更多的勇气，孟瑜已经和悲伤绝缘了。于是，她坚决表示，虽然孩子没有送掉，下半年她还是要教书的。但是田畴不同意她的设想，说是这样一来，她就更吃苦了，而且他的悲伤的主要原因是心理的，并不在于那个卑劣可恨的经济上的划算。

田畴再再申言，要他重新对生命发生热爱，朝气蓬勃地活下去，已经不可能了。

"一切都是多么的无味，多么神使鬼差啊！"他沉重地叹息说。随又惨然一笑，用泪眼望定孟瑜，"老实讲吧，若果今天再把这根绳子挪紧一点……"

他没有说完，他把头勾下去了；但孟瑜猜准了他所想说的便是毁灭。

"好吧！"孟瑜于是赌气地说，"我们这些人原本是值不得你放在心目中的！"

"你要这样想我也没有办法……"

挂着眼泪，孟瑜洋溢着感谢之情笑了。

"呵，原来你也还没有把我们这些人忘掉呢！"她嘲弄地说，决心就此帮他振奋起来。

接着，就在这个强烈的爱情的鼓舞下面，她又用了同样的调子，继续着激励他。说是，既然他为她活出来了，他就更该为了她的缘故充满信心地活下去。

"你答应不?"她求乞地问,"你是不愿意吧?"她偎着他不放松。

"这不是愿不愿意的问题啊!"他终于愁蹙地说。

接着,他叹息一声,凄恻而又带点羞怯地笑了。

于是,借着这些有意无意的爱情的滋养,他逐渐复原了。至少,那些难于忍受的重压,是减轻了。虽然从此以后,他的言谈风度总和以往不同,总是那么消沉。

为了让他彻底振作起来,隔了两天,孟瑜提议,她要另外想办法送掉他们的孩子。他不肯同意她,认为现在已经完全没有这个必要。事后她也有点动摇,但在次日上午,她一早就上街了,希望前回那家人还肯接受。然而,她去得太迟了!另外一个孩子已经占了先了。从事情本身说,这个不算打击,但也多少叫她感觉有点沮丧。

当她回转家里来的时候,她默默向了王妈走去。那老妇人正在洗刷衣服。孟瑜才进院子,她就瞥见她了。现在,她停住刷子,闪着含愁的眼光凝望着她,不住摇头叹气。因为孟瑜的神情已经在她心里投了一个阴影。

"在房间里哇?"孟瑜低声地问。

"在睡。"王妈回答,长长叹了口气。

"你看倒不倒霉,人家已经另外领了个了!……"

"啊哟!"王妈不以为然地,压低声音地叫了,"请你听我说吧!……"

她想安慰孟瑜,但她刚才开头,便被孟瑜的语言的洪流所遮断了。因为偶一瞬眼,她忽然发现,田畴已经悄悄走出来了,于是不由自主地唠唠叨叨起来。

"真是倒霉!又跑路,又晒太阳,早知道不要去不好些啦!……"

她唠叨着,一面跨上阶沿向着田畴走去,一面留神窥探着他。但是他很安静,甚至隐隐约约带点嘲讽的微笑,似乎察觉了她在作态。

而当她开始抱怨吴楣的时候，这个微笑也就很显著了，依然带点嘲讽味道。

"这样的人太少见了！"她接着说，"你早几天跑来说个信哩！……"

"没关系啊！"田畴悠然自得地说了，知道她说的吴楣。

"自然是没关系，"她迎合着他，已经是安心了，"可是，能够送起出去，究竟好一点啦！一天就屎布尿布的，也弄得我头痛！单搞小孩子也不说了，下半年又要教书。总不能抱起娃娃上讲堂讲课啦！……"

"你让我领好了！"王妈忽然插进来说，"上课的时候，让我来领好了！……"

这个善良、耿直的老妇人，已经完全知道了这两天家里发生的事故了，而且一直在心里非难着他们。因为由她看来，他们要做的事不仅只要不得，也太狠心。而她之所以没有出而劝阻，只因为她也同样知道他们的艰窘，可是现在，她却感到不能已于言了。

她说得情急而又匆忙，一面就辗移着跪在蒲团上的膝头，把脸转向他们。

"我领好了！"她重复着，神情显得更加真切，"你们就算得多了么？不多！不多！我们妈连我养了十一个呢。我老早就想说了，自己的究竟是自己的，不要送人。说是口粮贵呢，我一个人拿到钱也没有用处啊！那个冤孽谁知道要哪辈人才能回来……"

她那慈祥、明亮的眼睛里迸出两颗泪水，她叹息了。

"啊哟，这个年岁，是要耐点心慢慢混呢！……"

田畴吃惊地看定她，随即浮上一个赞许的微笑。

"对！就这样慢慢混吧！"他想。

他深深为王妈的真切简洁的言谈感动了。

不过，感动他的，主要之点并不是老太婆的坚韧、善良，而是慢慢混这句话本身。因为它不仅使得他涣漫的心绪立刻有了一个定型，它还给他暗示出一条对付生活的态度。因为他是凭了自己的胃口来理解它的，而他所赋与它的主要特征，便是那种价廉货美的混混哲学。从此以后，田畴变得来更安静了，一切他都随遇而安。

学校早已放假，田畴已经接到了聘书了，孟瑜的聘书却还没有影响。这天恰好赶场，孟瑜要到街上备买点家用杂物，因此，头天夜里她便向他提议，田畴该同她一道去，顺便替她打听一下。若果是没问题，他们也好趁早进行搬家的事。田畴好久不置可否，他没有这分兴致；但也没有理由拒绝。但是末了，他也终于勉强答应下来。

吃过早饭，孟瑜空出一只提篮，又替总爷换好衣服，便在堂屋里坐下来，等候田畴。但他显然有点动摇，直到催了他好几次，这才懒懒走进卧室，开始打扮去了。

他很快就出来了，情思不属地搬出他的皮鞋、裤子，坐在椅子上穿起来。

"你不换衬衫么？看！领子已经脏了。"皱皱眉头，孟瑜关切地说。

田畴没有搭腔，也没有顺势看看，衬衫的反领究竟已经脏到了怎样的程度，该不该换一件。而他一向是注意整洁的。他伛偻着上半身，两手提着那条白哔叽西装裤的裤腰，跷起右腿，十分当心似的伸进裤管里去；但才穿好一只，他又忽然叹息着停下来了。

他抱歉地笑起来，心灰意懒地望向孟瑜。

"还是你一个人去吧！"他近乎求乞地说。

"可是我自己怎么好去替自己催聘书呢？"

"用不着催！一定是送漏了。嗨，你还可以去找找牛老师啦！……"

孟瑜没有坚持。因为他一面带点专断地说着，一面已经抽出那只早已套进裤管的腿子，而且在开始收捡了。若果强要他去，反会闹得来彼此都不痛快。

他们已经调换了位置，现在，凡事孟瑜都习惯于将就他了，因为根据她的观察，田畴自然已经很平静了，然而，距离恢复原状却还很远。他可以整天不言不笑，整天把自己塞在那张破藤椅里，他不像从前那样好动和生气勃勃了。而且，虽然看起来什么都无所谓，什么都可以马虎，但是偶尔一点小事，他又比从前更固执。……

孟瑜领起总爷上街去了。她应付得很不错，结果非常满意。她的关聘，原来是寄漏了，据说缓一两天就可补送。那个兼校长的乡长，还意外地承认了帮他们找房子。虽然因为公务太多，人又滑头，他的话照例是要打折扣的。此外，领她去见他们的上司的牛柞，还供给了她一件很可宝贵的消息，那封申请演剧的信早已经寄出去了，要她转告田畴。而且，老教师还连说带笑，附带向她描述了一番那次临时会议的详细经过，以及田畴的鲁莽造次。

"他这个脾气呀！"最后，长叹一声，老教师皱着脸苦笑了，"我看，就是一件好事，他都会闹坏的。总是那么毛躁，那么三心二意。拖起半截就走！就像俗话说的那样。"眯细眼睛想想，接着他又摇头叹息了，"这也难怪，"他沉思地接着说，"不管老老少少，现在都比抗战前暴躁多了！可是，你的家教要严点才好呢！……"

孟瑜愉快地笑了。她十分满意这个充满关切的打趣，而且，对于老教师提供的材料，感觉到了一种由衷的喜悦。因为由于牛柞的详尽的叙述，丈夫那天之所以那么陷于绝望的原因，她是领悟得更深了。她知道他这一次对于演剧的过奢的抱负，因而她很确信，当他愤而退出会议的时候，他的幻灭之感，一定不会低于有关孩子问题所曾引起的失望。然而，凭着牛柞的韧性，章桐的机敏，反对派终于是让步了。……

当她下午从街上回到家里的时候，一进院子，她就忍不住笑起来，一面用眼睛找寻田畴；巴不得马上告诉他她在街上的一切经历。她相信这些全是很重要的，里面一定有着可以医好他的心病的药石。但她没找着他，堂屋里和房间里全都没有他的踪迹。最后她才打听出来，借了邻家一根钓竿，田畴钓鱼去了。她稍稍安了心，接着派了总爷跑去找他。然而，直到黄昏时候，田畴这才拿了钓具，带着儿子一道回来。

几乎整个下午，他只钓了三四尾只配喂猫的鲫鱼，一尾两三寸长的泥鳅。这是说不上收获的。但他总算把时间打发掉了，现在，他静静倾听着孟瑜的详细报告。

　　因为聘书的事没有得到预期的效果，于是她就赶快结束了它，提起另外一件事来。

　　"嗨！"拍拍衣兜，她装出惊喜的神情笑了，"我这个人好记性！……"

　　"什么事哇？"他问，似乎对于谈话开始发生了兴趣。

　　"牛老师要我告诉你哩，那封信已经寄起走了！"

　　"什么信哇？"他茫然地反问道。

　　"怎么！不是说要写封信去备个手续戏才演得成么？他还笑话你那天差点把事情弄糟呢！他们后来好淘神啦，牛老师嘴巴都磨玉了！……"

　　田畴忽然感觉那天的争吵未免无聊，他腼腆地笑了。

　　"×！"他懒懒地吐出一个粗鲁字眼，"演不成也只是那么一回事！……"

　　他转过身，打算跨进堂屋里去，但他察觉到了孟瑜有点扫兴，就又停下来了。于是顺手拾起那只搁在门槛边的笆笼，浮出强笑，开始向她夸耀他在钓鱼上的进步。

　　"聋子笑话我只配去打老虎，我的守心其实也不错呢！整整钓了一个下午。……"

　　"你也该多出去跑跑啊！"孟瑜鼓励他说，随又轻轻叹了口气。

　　她有点心灰意懒，她对他的担忧又变成重负了。直到这一次的努力成为记忆以后，这才重又习惯起来。她把他的消沉看成常态，但只全力操持家务，而且把大部精力搁在那个婴儿身上，强制他的眠食能有一个秩序，将来不致妨碍工作。

　　在丈夫一方面，孟瑜的过分的忧虑，确也是多余的。感情的堤坝业已合拢，而崩决的征兆，也老早过去了。自从那次偶然尝到了钓鱼的趣味以后，对于闲散的乡村生活，他又开始爱好起来，而且比他们最初搬下乡来的时候认真。他每天下午都要钓鱼，逢到打过白雨，就上山捡菌子。但他也会临时变卦，宁肯躺在床上睡觉。

总之，不管如何，这个成了型的新的情况，已经不复叫孟瑜特别注意它了。正如一个伤口，既然是愈合了，人便不会无缘无故，为了一点疮疤大惊小怪那样。但在最初几天当中，孟瑜有时看见他一个人呆呆坐在那里，没有看书，也不说一句话，她直感到他寂寞，他需要安慰，于是她放下针线，打起笑脸走过去了。

孟瑜一直望入他的眼睛，问他在想些什么。

"没有想什么啦！"田畴回答，应酬地笑一笑。

"你骗我！"她撒娇地说，这是她近几年少有的情形。

"我骗你做啥啊！"田畴叹息着回答，随又懒懒打了两个呵欠。

她失望了。然而，就在当天夜里，等把孩子们安顿好了，她又下了一回决心，走到院坝里去陪田畴乘凉。星月皎洁，空气比室内凉爽得多，她也实在有点不愿意睡。她在他侧面一张矮凳上坐下来，充满情致缠绵的爱意。但一坐近他的身边，她的激情，却早已烟消云散了。

然而，出乎意外，他开口了：问她为什么还不去睡？

"呵哟，只有你才配来乘凉哇！"她娇嗔地说，欣幸空气已经有了变动。

"不是，因为我都想要睡去了呢。"

"要是我不来呢？"她更加挑逗地说。

"好吧！呵，呵，"他强制自己夹着呵欠说，"那我又陪你再坐一会吧。……"

于是，从此他们没有说一句话，仿佛他们的心思，全被灿烂的星空吸引住了。或者，他们是陌生人，只是因为贪凉，这才偶尔坐在一起，没有什么值得谈的。末了，那婴儿哭起来了，于是她叹了口气，先走掉了。……

然而，虽是这样，却不能说田畴对孟瑜已经没多少爱情了。正如不能因为她从前忙于家务，便说她的情爱已经逐渐稀薄一样。恰恰相反，在这个时期当中，他对她顶忠诚。他没有丝毫对不起孟瑜的杂念，而他之淡漠，在于那个空虚幻灭的感觉一直笼罩着他。因为近几年来，他曾经在感情上欺骗过她，甚至于产生过遗弃她的恶念。但是现在，吴楣已经不能引起他任何的激动了。

有天下午，瞧着一个机会，孟瑜试探地向他提起了他们的朋友。她总常常想起吴楣，想起她的不幸和那记忆犹新的可恼的误会。因而一想起来，总又常常伴随着歉意。她主张他们该设法同吴楣见见面，解释解释。否则，彼此的误会就会愈来愈加深沉，无形中从此断绝交往。

"我老早就想说了，怕你生气！"她婉转地加上说，"怎么样呢？"

"用不上啊！"他回答了，"能谅解呢，她就谅解；不谅解呢，算了！……"

孟瑜很为丈夫的态度难受；但又不能同他争辩，指责他太凉薄。然而她却暗中同他赌气，从此一个字也不提了，而且对于吴楣的不幸更加同情起来。

十九

当那天离开田家的时候，吴楣几乎为悲愤所压倒了。因为她在家庭里的处境既然是那么坏，几乎到了无可挽救的地步，她便自然而然地把希望寄托在她的朋友身上，希望在精神上从孟瑜和田畴得到支持。

她也知道她所带去的消息是个打击。她之迟迟没有去看他们的另一原因，也在这里。然而，唯其因为担心着他们难受，而把一切闷气压在心里，挣扎到最后一刻才去看望他们，她对他们的期望无疑也就更迫切了。她以为他们一定会体恤她，正如她之体恤他们一样。

而且，从她看来，她的痛苦比他们深沉得多。他们的失败，只不过带来一点点生计上的额外负担，她的遭际可不同了。因为自从知道了那个成都女郎有了妊娠以后，她便感觉到她的处境已经起了很大变化。她曾经强使自己不要忌妒，不要胡思乱想，但是邹幼芬的得意忘形却又不断向她指明，她的预感绝非神经过敏！

若果公爷能够保持原来对她的态度，让她平静地、照旧不太过分感觉委屈地生活下去，她也许好过点，但是，他也忽然变了。因为当他报道他们之所以不再需要奶妈的原因，而她羞恼地离开牌桌，走回卧室以后，他不仅没有赶过去安慰她，证明他不会因为邹幼芬的怀孕而改变他对她们间的宠幸的比重，他还对她见怪起来，当夜不曾到她房里歇宿。但她忍耐着，希望着一个转圜的机会，而且尽力说服他接受孟瑜那个孩子。而若果成功了，至少精神上总算有个寄托。

因此，次日早上，准备好种种动人的理由，而且再三警告自己，为了帮助朋友，为了将来有个依靠，她都应该委曲求全，于是她鼓起勇气出房去参加早餐。但她起初还能自持，到了中途，她却忽然间感觉到，她已经没力量装假了。因为他不仅只同那个可恼可厌的宠幸谈话，而且，还在言语间暗暗地讽刺她，故意挑剔她的创痛。

于是她忘掉了禁忌，忘掉了那个委曲求全的决心，当公爷借那碗糖醋腰花向邹幼芬打趣，说是酸重了会败胃口的时候，她就直捷了当把问题提出来了。

她蓦地搁下饭碗，面红耳赤地遮断他说：

"你不要尽讽刺我！我到底该怎样去回话啊？"

"回什么话哇？"公爷装作不懂地反问。

"回什么话？"她重复着，气得来发抖了，但她沉重地抽了口气，依旧忍气吞声，向他零乱地说了一些她所想过的理由，"这些就不说了，"她又退一步说，"一个人也该讲一点信用吧？"

"信用卖多少钱一斤哇?!"公爷懒懒地曼声反问。

他嬉皮笑脸地看定她，非常使人厌恶，于是吴楣也不怀好意地冷冷笑了。

"好，"她痛心地说，"我也知道，有些人是不用嘴巴说话的！……"

"去你妈的！"公爷一蹦跳起来了，"那么爱吃醋吗，你去开酱园嘛！……"

由他看来，吴楣的理由全是托辞，实则倒是邹幼芬的孕娠使得她不服气，因而她的醋劲也就越来越厉害了。"你自己有本事也生啦！"当她哭啼着离开食桌，回转房里去的时候，他更大放厥词地欢送着她，"怎么这么多年，连屁都没有放一个呢！……"

这个结局是她万没有料到的，吴楣直觉到她的处境更恶化了。她异常悲愤，但也更为难受，一点看不出她还会有出路。她曾经想到自杀，想到离异，但她不但不能确定，反而愈加悲痛起来。最后，她决心暂时回娘家去，然而，她在半途上又动摇了，想起了她同两亲间的种种龃龉，于是她就临时变了计划，满怀期望地到田家去。

既然有着如上的经历，因此，当田畴对她用了辛辣的嘲讽来支持自己在孩子问题上的失败的时候，她深为难过。但她自作解释，她带给他们的消息并不轻松，而且他还不曾明白她所遭到的新的挫折。然而，到了最后，她却只觉得他的所作所为太绝情了。

她愤然昂起头来。而一些同样毒辣的言辞，已经来到她口边了。然而，一种自伤自怜的感情蓦地压倒了她报复的冲动。她又把头勾下去了；随即泪流满面地冲出了房间。

"这就叫朋友呀！"她走着，一面反复向自己说。

她忽然听见孟瑜的召唤，但她没有应声，也没有回头探望一眼。

"他不说了，"她接着想，回忆起了公爷给她的辱骂，而莫名其妙地原谅了他，"他是那一种人，我一早就把他看透了！可是你——我才是个大傻瓜哩!"她悲惨地笑了,"非怪妈他们骂我眼睛认不清人!……"

她的不平愈来愈高,她对公爷的恨意,退居到次一位了。

"唉,唉,说我那样多的挖苦话啦!"她重又呜咽起来。

她陡然觉得她太孤立了,不知道该向谁寻求支持。

最后,她决定回娘家去了。虽然她一向怕回娘家,但她相信她在娘家至少不会受到凌辱。而且,她决心不在父母面前提说她的遭遇,免得发生争执。

自从和公爷提婚起,她便同她的父母不怎样融洽了。后来,虽然因为已经习惯于她的不幸的结婚,她对他们的怨意,也逐渐淡薄了,但她始终无法恢复她对他们的尊敬。而特别使她感到不满的是:他们随时要向公爷借贷,并且经常用一些阿谀的言辞逢迎他们的娇婿。

然而,那一对老人家却是不在乎这些的。他们一直不曾觉得他们对于女儿的婚姻的措置有欠妥当,当一想到她是过的一种怎样养尊处优的生活的时候,他们甚至于感到骄傲。便在碰到家庭口角的时候,他们也毫无悔意。因为一个有钱人娶妾讨小既极平常,若果一个群雌粥粥的家庭不闹一些乱子,那也未免有点古怪。而关于妻妾间的种种怄气,他们大半生来,在那种所谓上层人物中间,确也见识过很不少了。

因此,当吴楣一到娘家,便忍不住躺在母亲床上痛哭起来的时候,那个又皱又小,喜欢啰唆的老太婆,虽然不免大为吃惊,结果还是很镇静了。她猜准了这是哪一类事,而且相信不久就会好起来的。父亲过了烟瘾,晚上从售店里回转家里的时候,也只是问了问,说了些千篇一律的宽心话,就去睡觉去了。

然而,一天两天过去了,两个老年人忽然感觉事情不简单了。因为哭虽没有哭了,东西却吃得少,而且整天歪在床上,不见有好转的模样。这是以往很少有的,绝不能够等闲视之。于是到了第三天上,经过一度商量，老头子出马了。这是那种凡事乐观，容易满足的人，虽然家产早玩光了，生活异常困顿，但却从来不相信没办法活下去。而且，的确他也死皮赖活了好些年了。

老头子认定他们的女儿绝对不肯说的，他去拜访了李守谦。而当他酒醉饭饱，过了鸦片烟瘾回转家里的时候，他就劝诱吴楣回去求和。因为他毫不怀疑女婿的诳言，几句笑话她就吃醋，未免太岂有了。

"哈，哈！"他喷着酒气大笑，"再说起些，你将来总算是大妈啦！"

"对，对，对，"母亲从旁打着合声，"难道她将来生了儿子，就不把你叫妈了么？……"

起初，吴楣决了心不张睬他们，现在，她忍不住从床上蹦起来了。

"你们做点好事对么？"她嚎哭着，双手不住地拍着床铺，"请你们不要说了，我也不愿意辩！他怎样说，你们就怎样相信好了——我一句都不辩！我知道我们家里人的手臂是朝外面弯的！……"

"朝外面弯，哈，哈！那么我去打他一顿好吗？……"

老头子笑得更畅快了。

"你们是两口子吵架啦！"他又忍俊不禁地加上说。

接着，因为女儿没有再吵闹了，他又委婉曲折、引经据典地教训她，说是夫妇间的失和是件常事，若果一味赌气，那是自讨苦吃！外人听了也会笑话。因为兴致越来越好，他又进一步撒诳说，他们的娇客已经很失悔了！……

然而，这种万事如意的议论尽管漂亮，而且，正如一切诳言之容易动人，吴楣却依旧固执着不肯回去。直到又过了两三天，由于老头子的巧妙布置，那个专门服侍她的胖娘姨来了，吴楣这才认真动摇起来。

但她老是迟疑不决，停停，她又试探地这样说了：

"呕，请我回去！你该还记得那天的情形吧？……"

"一个人不相信人，那也就没法了！"老头子唉声叹气地切断她，又向娘姨眨眨眼睛，"那天是那天啦，舌头和牙齿总算得亲热了，有时也会咬一下呢。我早就说过，人家已经在失悔啦！……"

"呕，失悔得啥样的！"胖娘姨机灵地帮着腔，又十分肯定地瘪一瘪嘴。

"是吧！你自己的娘姨说的，这总该相信啦！……"

吴楣迷惘地陷于沉思，随又凄苦地笑了。

"好吧！我就让你们摆布好了！……"

她十分希望他们的说辞全是真的，然而，她所深知的丈夫的气性，父亲的挤眉弄眼，以及来人的忸怩作态，却又有些叫她怀疑。而更为痛苦的，她又不能不从速来个决定。于是，正如一切弱者一样，她就只有把责任往第三者身上推了。她终于表示听从他们的劝告。

当她到家的时候，公爷正在大厅上打麻将。首先认出她的是个牌客，于是带点惊喜招呼起来；而公爷也便从烛光下望过来了，眼睛里浮泛着作弄人的讪笑。

"啊哟！"公爷流腔流调地说，"我都还没有亲自来接你啦！"

"呕！我们这些人够得上吗？……"

吴楣红涨着脸，很想着着实实顶几句嘴，因为李守谦的嘲讽态度，以及伴随着这个嘲讽态度而来的邹幼芬的抿嘴一笑，立刻叫她那么痛心地直觉到：她的确被人家摆布了！……

她没有想到让步，还仿佛决了心，若果再闹起来，她便返身就走，永世不再回来。然而，还没有来得及讲完已经冲到口边的话，她便为眼泪所哽塞，而且一种失败情绪紧紧跟过来控制着她。因此，刚才说了一句，她便已经离开大厅，望着进入后院的侧门走过去了。

吴楣一直走进卧室，随即倒在床上哭泣起来。她回来得多么不光彩啦！……

"哎呀，他是那个脾气。"胖娘姨跟了进来，做声做气地劝慰着她。

"对！你们都打起伙骗我好了！"她哽咽着嚷叫出来。

娘姨深感内愧地叹了口气。

"你怕是外人么？"她支支吾吾地说，"句把句话算得啥啦！……"

"可是，你们为什么要哄我呢?!"吴楣激愤地切住她。

她更加难过起来，因为她的被骗，已经很明显了。然而，到了现在，除开逆来顺受，她又能够做什么呢？于是一种无可告语的凄楚之情，逐渐使她安静下来。

娘姨把灯亮点燃了。随又打了洗脸水来，请她起来洗脸，但她没理睬。她就那么静静地躺着，回味着最近几天来的经历。但是已经没有恼怒、愤恨和不平了，有的只是那种可怜的自我伤悼。直到丈夫进来的时候，她也没有改变一下姿势，没有产生任何幻想。

因为一连叫了两声没有反应，公爷以为她在赌气。于是他走近床去，把手上的蜡烛伸进帐子，一直照着她的脸部，同时浮上一个近乎讨好的微笑。

他失望了。他叹了口气，返身把烛台搁在一只小巧的茶几上面。

"这一回怄厉害了！"他打趣地嘀咕说。

他在床沿上坐下，口气显然在为他自己解嘲。

"哼，哼，真想不通！"沉默一会，他又冷笑着自言自语似的说了，"你怕是七十八十，永远没生育了啦，——我为什么要捉些虮子到自己身上来？是没事干了么？没事干我会到大河边去洗萝卜！……"

公爷说得相当锋利，但他随又败兴地叹了口气。

"自然啊，"他显得克己地接着说，"我说过的话我承认！用不上推三推四，——但那是一时兴头上的话啦！要当真么，就当真不了许多！可是，唉，唉，你想想你那天说的那些话吧！……"

他扭转身，紧紧瞅住吴楣，于是恶意地笑起来。

"哼，哼，我是拿屁股说话的，真正会骂！……"

他沉吟着，期待着吴楣的辩诉，但她已经决心不张理他，连气都没有哼一声。而她的沉默可更加使得他不快意了，于是公爷冷笑着站起来，打算返身就走。

但他随即又动摇了，叹口气，缩回已经摸着烛台的手。

"唉，我问你哟，你究竟打算怎么样！"车转身来，他生气地，但也情真地逼着她问，"是不是她有了你不大服气啊？"他又紧接着问，口气有一点锋利了，"我拿点药把它打了好吧——哼？！……"

"我倒还没有那么毒！"吴楣意外地开了口了。

公爷感到满足地叹了口气，重又坐了下来。

"我也不相信你会这么窄狭！"他说，语气已经变得很服帖，很温柔了，正像吴楣好久以前体验过的那样，"因为不管你怎样想，它总算是我的亲骨肉啦！况且，唉，唉，她就养上十个八个，将来不一样把你叫妈？"

吴楣辛酸地抽了口气。

"唉，唉，"他追问着，"你说我这个话又对不对呢？"

他相信吴楣不会答复，他又不大耐烦地站起来了。

"总之啊！"他用一种仁至义尽的口气接着说，"话也说尽头了，我的心是掏出来见得天的！……"

于是他拿起烛台，洒洒脱脱走了，仿佛他已经问心无愧。然而，这个没有叫吴楣吃惊，正如他的出现，他的花言巧语没有叫她吃惊一样。因为经过接二连三的打击以后，她已经完全丧失了对于生活的信赖。

此后好多日子，吴楣都过得异常平静。暂时摆脱了忌妒、悔恨、贪羡等等不洁的冲动，没有重又掉入痛苦的深渊里去。公爷曾经试图恢复家庭间原有的生活方式，这即是说，照旧公平分配他的恩宠，但吴楣很冷淡，于是，除了外表的客气，他也不再怎样注意她了。

然而，虽是显得消沉，但在日常生活的细节上，吴楣却更加注意了。而且，似乎仅仅做点针线，把房间收拾得更整洁些，好好吃一点滋补的零食，这些事情本身，已经足够使她感觉到满足一样。她也照常去和丈夫会食，照常接待家里的来客。所不同者，她格外持重了，十分看重自己的兴致。若果她喜欢一个人蹲在房里，或者不乐意打牌熬夜，任何热烈的邀请，她也会用各色各样借口拒绝。

当然，感情上的波澜起伏，在吴楣也不是没有的；虽然很少有过奔腾泛滥的情势。因为当她偶尔回想到她在田家的最后一幕，尤其当她想到她和田畴以往那些感情上的秘密的时候，纵使她认为事情早已经过去了，却总不能不多少感到恨意，感到那种被人出卖了的愤怒。"说我那么多挖苦话啦！"她会这样对自己说，"要是另外一个人也不说了！……"

因为这点痛苦的记忆，她甚至连对孟瑜的友情也断念了。曾经有两三回，当她的朋友上街赶场，走过李家门首的时候，看见她正靠在门枋上，嗑着瓜子看街，于是微微一笑，显然就要招呼她了，但她把脸一迈，借故退进去了，好像她们之间存在着相当深的隔阂。

然而，等到暑假将近结束，孟瑜忙着在街上租赁房子的时候，有一次，她们终于在一家熟人家里谈起来了。因为要躲掉已经是不可能，若果毫无理由地走开，又未免太过火。

"啊哟！你也在这里呢！"孟瑜说，惊喜交集地微微涨红了脸。

"是啦！"吴楣心不在焉地回答，"你是来看房子的么？"

"快不要说了！为了几间房子，把人脚板都跑大了！……"

"现在街上的房子是不大好找呢。……"

因为各有成见，她们谈得来很生硬。最后，房主人解脱了她们的窘状，跑来张罗来了。吴楣原想乘着这个机会走掉，但她一时间心软了，因为那些过往的回忆带给她的倒也并不单是悔恨。……

孟瑜也同样感到怅惘。因此，当她离开的时候，她握着吴楣喃喃地说了：

"噫唉，我们一下子就这样生疏了啦？……"

"哪里哩！"吴楣否认着，微微羞红了脸。

"你不要哄我！不过呢，你实在要误会我也没有办法！……"

孟瑜赌气地笑一笑，又紧紧握了握她，就走掉了。

二十

凡是和孟瑜有过交往的人，都知道她是一个所谓心高气傲的人，有些时候，纵使自己做错了事，她也从不失悔。然而，当她同吴楣分手以后，她却责备自己太感情用事了。

"唉，我实在不该同她赌气！"她叹息着，充满了怅惘。

她直觉到吴楣的生活是不幸的。虽然还不知道她的朋友的处境的实况，但是，她觉得她比从前消瘦些了，她的平静有类那种怀有隐忧的人们的伪装。这是她第一眼瞟见她时得来的印象，而当她和吴楣交谈的时候，她那异样的忸怩，立刻又进一步证实了自己的观察。

孟瑜相信，若果是个什么方便自由的场合，当她同她握别的时候，吴楣是会放声哭出来的。她已经看见了泪光，看见了她所常有的那种窘急的微笑，而跟着来的往往会是眼泪。她又设想，若果她要吴楣去看他们，她不会拒绝的，一定愿意复活她们的友谊。然而，她没有这么做，反而说了气话，这就更使她感觉得不安了。

她又徒然忙着看了一两处房子，于是怏怏不乐地回家里去；一路上考虑着，她是否应该把她和吴楣的会见经过告诉丈夫，进而努力恢复他们之间的友情，彼此照常往来。因为自从她向他赌气，决心不再对他提谈他们的朋友以后，曾经有一两次，她又情不自禁地谈起吴楣，而他总是固执己见，语气间还怪她有点多事。……

当孟瑜回到家里的时候，她发见他正坐在阶沿上，欣赏孩子们捉弄苍蝇。那些可怜而又龌龊的生物，是总爷和家瑞上午捉来关在一个纸折的桃子里的，现在，总爷拣大的把它们捉出来，撕破屁股，插上一个小纸飘儿，然后由它们歪歪斜斜地各自飞去。这种既欠卫生，更嫌残酷的玩耍，孩子们向来只敢秘密干的，现在却无所顾忌，因为他们相信父亲是不会干涉的，母亲又上街了。

其实，田畴不仅不像从前那样的事事干涉，他对他们早已达到了漠不关心的地步，正如他对其他一切事情一样。只有一件事情例外，说不上什么改变，这就是每逢孟瑜赶场回来，诉苦物价涨得太快的时候，他还照旧显得满不在乎，照旧说着几年来他所常说的那一句话："管他妈的啊！"但是也有不同的地方，以前这句话发自虚骄，现在却出于真情实意，因为吃饱或者饿饭，在他看起来实在是一件简单不过的事。

或者，依照一般的说法，他之凡事冷淡，因为他活到里面，亦即内心深处去了。他的神气总是惘惘然的，有点心不在焉，但也不能说他在想心事，因为那些在他脑子里活动着的，只不过一个个模糊的念头。而且互不连贯，所以更说不上思路。现在的情形也是一样，孩子们带点残忍的胡闹，的确没有引起他多少注意。

"嗨！你们这才玩得好哩！"一进院子，孟瑜就嚷起来。

总爷开始忙着收检他的玩意，田畴茫然若失地笑了。

"这个不晓得有什么味道啊！"他搭讪地说。

他带点倦意望着孟瑜，淡淡地笑一笑。

"又是跑空路吧?"他问。

"你真也够了！"孟瑜还在为孩子们的胡闹生气，现在她皱皱眉头，柔声地责备丈夫，并不回答他的问话，"你也管点事呢? 亏了你还看得惯啊，那样龌龊！……"

"你让他们去啦，总要弄点病在身上就相信了。"

"对！你这个办法简便！"她生气着，嗔怪地嘟一嘟嘴。

田畴不好意思地笑了。

"究竟房子的事，有结果没有啊?"他支支吾吾地问。

"说起来气死人！……"

"怎么样呢?"他追问着,努力装出一副关心的神气。

"嗨!我今天又碰见老吴了呢!"她紧接着转了一个大弯,而她原本颦蹙着的颜面,突然间变得来欢欣鼓舞的了,"我到赵家去看房子,她也正在那里,看起来情绪很不好呢!……"

"哦!"他轻轻叫了一声,同时淡淡一笑。

这是以往两三次孟瑜谈及吴楣时他所例有的反应,而接着,不是借故走开,便是说出一些使人丧气的冷言冷语。但是现在,他既未走开,也没确说什么,倒是表现出一副倾听下去的神气。

"我们简单谈了几句……"她审慎地接着说。

"谈了些什么呢?"他意外微笑着问,好像这个对他十分有趣。

"没有谈多少话!"她叹息着回答,忽然觉得难受起来,"光景好像还没怄过呢,谈起来总是生诧诧的,跟对陌生人一样。不过,要是多谈几句,要是我请她来玩,我想她一定会答应我的!……"

狠狠提一口气,又缓缓吐出来,田畴踱起方步来了。

"我很失悔我没有这样做,"她颓唐地接着说,"……"

"为什么你相信她会答应来看你呢?"田畴停住脚了,猝然反问。

他是那么专注地望定孟瑜,但她还没开口,他又一转身踱起方步来了。

"×!当得腿疼……"他恼怒地喃喃说。

"她会答应来的!"孟瑜情急地抢着回答,"我看得出来,她会答应!这个人的脾气难道我还不知道么?要是另外换个地方,我相信,她还会哭一场呢。比以前瘦多了,依我看她那个日子不大好过。……"

"不要再提了吧——管他妈的!……"

他没有停歇下来,也没有望她一眼,但她却从他的声调和他突然急骤起来的步子理会到,他正经历着一种极大的烦扰。然而,恰恰因为这个,孟瑜那个想要说服他的欲望,却更为强烈了。因为复活大家的友情既是她的梦想,他又总很冷淡,而她现在已经从他的感情的骚

439

动看出了一线转机。

孟瑜觉得她不能放弃这个机会，于是开始向他描绘着她们分手时候的情景。然而，还没说上三句，田畴就又出而制止了，而且求乞地，但也气势汹汹地转过身来冲着孟瑜。

"叫你不要再提了啦！"他踢脚大叫。

孟瑜吃惊地住了口，立刻掉进迷惘里了。

孟瑜困惑地紧盯住他，一时弄不清楚，他的暴怒，正和他的烦恼同一性质。那个在冷淡的假装下面蛰伏着的懊悔，以及对于吴楣的爱恋之情，现在已经是无可掩饰，无可按捺，全都昂然而直立了。这也许是好的，但他却又感到惊惧，怀疑，好像自己又一次面临一场严重考验！……

"她哭也好，"他放开嗓门继续叫嚷，"她不哭也好——关我屁事！……"

他满腔愤恼地走下阶沿去了。

"嗨！这才怪呢！"孟瑜终于回过了神，开始喋喋不休地责嚷起来，"你不喜欢听吗，许你拿棉花把耳朵塞住啦！……并且，你不问我，我就说起来啦?！……我没有那么爱说——忍不住我会去打呵欠！……"

田畴没有回嘴。他满脸晦气，在院坝里来回地踯躅着，不时又停下来想一想。

此刻，他的烦恼更加深了。因为叫嚷之后，他才觉察到他的态度有点过火。而且，他更反省到这个过火之来，无非由于他无法驾驭那些野马一样奔腾的杂念。然而，一到他的歉意占了上风，他可也逐渐平静了，甚至感到一点欣喜。正如一个因为被人叫醒了而生气着的睡汉，直等到清醒了，这才恍然于清醒并非一件坏事。

最后，他如释重负地叹了口气，停止了踯躅。于是浮上一个负罪的微笑，他转向孟瑜，踌躇着他该怎样下手平复她的怒气。然而，正因为他已经有了显明的悔意，孟瑜的恼怒却更大了，她把脸避开他，继续发着怨言。而且，她所触及到的对象、范围，越来越宽广了。

孟瑜的心情忽然酸楚起来，因为她已经联想到了暑假以来她所受的种种磨折。她处处体恤他，她随时都得在物价的风声鹤唳中筹措用度，而他才一点也不理会她的苦心！……

"真是变了牛还遭雷打！"她接着说，已经带点呜咽，"这一个多月来的油、盐、柴、米是怎样来的，难道还有人问过我一句吗？今天冲上街去赊，明天冲上街去借，罪都给受完了，我该没有抱怨过一个字哇？提都少于提啊！我把一切都闷在心里。总想，好！拖过去算了，不要让他知道。嗨！别人才一点不把你当个人看待呢！"

田畴终于开口不得，他的心情又阴沉了。

"够了吗……"到底，他鼓起勇气，求乞地哀告说。

"就够了吗？我还没有磨折死呢！"

"再说上天，我总不是有心生你的气啦！"

"不是有心。"她重复说，鄙夷地用鼻子笑了两声。

"我给你赌咒好么?!"他情急地大叫。

他的态度异常窘急，孟瑜叹口气苦笑了。

"我才不信咒呢！"她又气又笑地说。

"不过，"他想微微一笑，他失败了，"不过，我实在不是生你的气呢！……"

"那总是在生你自己的气嘛！"

"你说对了，我是在生我自己的气！"她的气话完全打中了他的心坎，于是他又阴郁地紧接着说，"近一个多月来，难道你以为我真的好麻木吗？这样想你就错了——我比你更难过好多倍呢！……"

一直他都相信自己平静、满足，现在，他的观感忽然变了。

一刹那间，他不仅理会了在那些值得诅咒的事件发生以后，他的日子过得多么漫长而又无聊！他更加觉察出，在这个无聊下面原来埋伏着那么多难于消除的烦恼。而他是吃了很多苦头才勉强把它们压制住的。能够永远如此也不说了，他宁愿自己默默吃苦，现在却又恰恰证明了这一切都徒劳无益！

"我只差一点没有自杀。"他颓唐地加上说。

他勾下头，相信自己确曾有过自杀的打算。

"唉，你把人看得太简单了！"扬起脸凄然一笑，他又紧接着说起来了，"你要知道，没有一个人愿意自己麻木不仁地活下去呢。我更不愿意让自己像块腊肉一样腌起！难道你以为我愿意吗？……"

"那总是我逼得你这样的嘛！"孟瑜叹息着说，又深深咽一口气。

"怎么又往你身上扯啊！"田畴诉苦般叫唤了。

他的神情是严重的、痛苦的，但却隐隐夹杂着一点邪恶的快意。因为从他一贯的想法来看，她的自白多少接触到了事情的真相。

"你不要这样吧！"他又紧接着说，"我所说的不是生活问题，也不是一大群孩子的拖累，更不是你！这一切都不会逼得我这么厉害。我也相信我支持得住。难道你一点不觉得空气多闷人吗？连气都不能自由自在地出一口——能够醉生梦死也不说了！……"

"哪个叫你要管那么宽啦！"

"嗨，人就偏偏喜欢这样子呢！……"

他出奇地望定她，非常突异她的生活态度如此平庸，眼光如此浅短……

于是，尽管喜好浮夸，具有不少致命的弱点，但他毕竟接触到了目前农村知识界的一个根本性的问题。而且，这是他想过、谈过多少次的，所以当他紧接着说下去的时候，他的言辞，也就更流利，更动人了。他从神圣的抗战谈到他对祖国的热爱，谈到武汉陷落以来他所目击身经的一切，而归结于他的烦恼之不可避免。

"麻麻痹痹，什么也不要想，也不要管吧！"他十分沉痛地描绘着自己的心境，"这根本办不到！那么做一点什么吧——但是又有什么事好做呢？除开吃饭、睡觉，随便动一动都会犯罪！……"

他想起了他们从前搞墙报，现在搞演剧引起的麻烦，沉重地长长叹一口气。……

而在这些相当坦率的现身说法当中，只有一件事他忽略了，这便是他和吴楣之间的感情上的纠缠。这个忽略是奇怪的，因为使他心灰意懒的直接原因是它，使他这样兴奋起来的也是它！现在他退回阶沿上来了。落坐在门槛上，发愁地望着她那颧骨突起的侧面；不时又站起来，绕到她面前去，一边说一边望入她的眼睛。

"前几年有人说过，抗战把一切都推动着前进了！"他接着说，"可是……"

他嗫嚅着，模样显得更忧郁了。

"能够像牛老师那样认认真真教书也好！"他痛苦地加上说，勾下了头。

"只要肯下决心！"孟瑜愤恼地说，把眼睛避开他。

"你这个话自然也有道理……"

"怎么不是哇？"孟瑜扬起脸来，十分自信地抢着说了，"首先这一点你就错了：总认为教书没有前途！难道我就注定了该这样平平凡凡，给你招呼一辈子小孩子吗？想起来我也难过，也一百二十个不愿意呢！……"

她也正沉溺于丈夫手造的忧伤当中，但她傲然地笑了，仿佛她面前根本就无所谓困难。

"我求求你，一天不要老扭着那几个问题想吧！"她又恳求地接着说，握住他的双手，从藤椅上撑起来了，"现在只有慢慢地耐，这个局面有一天总会变嘛！未必就这样烂下去？老实说吧，只要你肯振作起来，不要一天都像个影子样，无声无息的，我什么都愿意！你不是常常说，自己才三十多点，日子还很长么？"

"我知道啊！"他拖长着声音说，十分凄苦地咽了口气；这却正好表明他其实并不知道。

"那么从今天起，你就不要装哑巴了！"她如释重负地欣喜地叫唤起来，充满命令口气，随又柔声接下去说，"嫌乡里冷淡呢，搬上街就好了。一天有几个人说说笑笑，日子总好过些。吴楣的误会我会解释……"

"这个倒不必啊，"他说，措词还和从前一样，口气却已经不同了。

"为什么呢？你这又怪了！"

"一点不怪！"他回答得有点矫情，而且很显明地意识到了自己是在矫情，"为什么一定要挽着解释呢，我还是那个意见，她来呢，我的大门是敞开的……"

孟瑜无可奈何地笑了，于是他也意外地戛然而止。

"我知道你这个人，凡事总要犟到底的！"停停，孟瑜惋惜地说，随又叹了口气。

"快不要再说这件事情了吧！"田畴紧接着说，仿佛深怕她会执拗下去那样，"你说，房子的问题究竟怎么样啊？"他支吾地问，但却显出一副异常关切的神气，"这件事，才一步也都不能缓呢！"

"是呀，没有多少天就开学了！"

"那么，怎么样呢？为什么赵家又变卦了？"

"为什么会变卦吗？那个混蛋老头子偏要空起来囤粮食呀！还差点跟赵姨娘吵一架！……"

孟瑜于是把她租赁房子的经过说了一个大概。

"我明天还要上街，"她结束道，"我就不信另外找不到房子了！"

"还是让我去吧！"他沉吟道，"我比你利落点……"

"嗨，对！你就去吧！"她惊喜地说，随又忍俊不禁地笑了，"原先看见你东跑西跑就不舒服，现在我多么希望你动动啊！仿佛你就成天不落屋都要得。"

"好嘛。"田畴沉思地心不在焉地说。

他偶然一眼捉住了孩子们在大门墙脚边掏着地古牛玩。

"嗨，你几个又作起孽来了！"他猝然大叫，语调并不严厉地呵责着他们。

总爷们扬起脸来，呆呆地一齐向他回望过来。当父亲、母亲发生争执的时候，他们全都感到恐惧，随后就利用这个无人照管的机会顽起皮来，不再加注意了；但却从未想到这个干涉会由老子来执行的。他们显得惊异地望着他，而他们的纳罕成分远远超过了惧怕。

"望着我做什么哇？"田畴紧接着叫喊，"晚上大家都把假期作业拿来我看！"

"对！你也该管一管他们了。"孟瑜说，浮出一个含蓄的微笑。

但他并不回答她的挑逗，反而出乎意外地叹了口气。

"去他妈的！还是出去跑一跑吧！"他突头突脑地说。

田畴没有邀约孟瑜同道，甚至没有望她一眼，一转身就走掉了。

这个突起的转折，显然指明着他的情绪的好转并不巩固，孟瑜有一点吃惊了。她不能理解他，她更为担心他会在原地方崩塌下去。于是她也陡地烦恼起来，责骂了几句总爷，说他只会领着家瑞他们胡闹，于是便满怀不安，走回房里去给毛头喂奶去了。

当田畴回转家里的时候，天已经黑定了。他比往常迟了很久，可是他的态度，叫孟瑜很丢心。他显得开朗，爽利，仿佛刚才好好睡了一场，或者解决了一桩难题那样。他一到家就动手检点孩子们的假期作业，而当她忙着收拾床铺的时候，他又例外地替她抱了抱那个正因为他这才招来种种麻烦的毛头。他似乎比平日更饶舌了，直到就寝以前，他就一径轻快地同她扯着闲谈。

最后，田畴吹灭了灯，同总爷一铺躺下去了。但他好久好久不能入睡，因为有个强烈的欲望激荡着他，使他很想谈点什么。而他又似乎抓不住它。但是末了，他却再也耐不住这沉默了。

"咳，咳，"他审慎地嗽嗽喉咙问道，"你还没有睡吗？"

"快睡着了，"孟瑜呵欠着从自己床上回答，"你呢？"

他渴想谈谈吴楣，这才是他散步回来后真心想说的话，但他又咽下去了。

"我也是哩，"他支吾地说，"好好睡你的吧！……"

他苦笑一声，又叹一口气，于是就那么一直张开眼睛躺在床上。

二十一

孟瑜一早就起了床，丈夫的情绪的好转，已经使得她心安了。她坐起来，仔细盖好孩子，于是轻手轻脚，走向丈夫床面前去。他睡得很安稳，她忍俊不禁似的笑了，随又感觉幸福地叹一口气。她十分当心地敞开房门，深恐把他惊醒。

王妈正在打扫堂屋。当她看见孟瑜的时候，她就慢慢伸直了腰，从顶在头上的蓝布帕儿下面望着孟瑜，浮上一个含意深深的微笑；随即叹口气，重新扫起尘灰来了。她十分理解孟瑜的心情，而且很为这个家庭里的某种改变感到满意。田畴昨天夜里那种有说有笑、生气勃勃的情形，好久以来，她便没有领略过了。这点好转，确乎正是她私心所祝望的。

等到屋子打整停妥，孩子们也陆续起床了。虽然照旧麻烦了母亲，但却都很听话，没有像往常样，不是这个懒床，便是那个哭咧着嘴滋事。就连总爷，也都变得来很懂事了，不仅没有顽皮，他还帮着孟瑜照管弟弟；他晃着拳头警告大家，说是哪个瞎闹，他就请他吃皮梨儿。

孟瑜幸福地笑了。她感觉得很温暖，而且进一步体味到了一个家庭的和乐空气的重要，以及它对所有的成员的道德影响。因之，她愈益动情于丈夫情绪的好转，而且更加珍视这个好转。

"唉，就要这样才像个哥子呢，"她激赏地说，"不过，不要一开口就说打！"

"我是吓他们的啦。"总爷像个大人似的回答。

母亲衷心地笑了。

"对！可是，你领他们去温温课不更好吗？"

"要得！……要得！……"

"你看你又大声武气叫起来了。"皱皱眉头，母亲切住他说。

总爷自觉失检地吐吐舌头，家瑞们一齐愉快而尖声地笑了起来；但又立刻忍住，只各留下一副笑脸。于是，全都十分机密、十分当心地走出卧室去了。

等到母亲梳洗好走出卧室的时候，大家已经在温课了。就连小胯也都忽然对读书有了兴趣，倒转捧着本书，聚精会神地一径留心着哥哥们的嘴巴，要是听懂一句，她就跟着重复一遍。然而，正因为这样，总爷们不久便把注意转注在她身上了，弄得来笑不可支。

最后，听见那样甜蜜的吃吃的笑声，王妈在厨房门框里出现了。

"对！就要这样爸爸妈妈才喜欢呢！"她赞可地说。

但她又叹息了，眼泪盈眶地呆呆望着主妇。

"这个老婆子怎么样啦？"孟瑜大笑着说。

"你看这些细人多懂事啦！"老太婆喘喘气，自言自语似的说了；一面用手掌擦掉一粒夺眶而出的眼泪，"想一想吧，要是前几天么，你就拿牛牵绳，也把他们牵不到桌子上来哩！……"

"你才是牛！"总爷感觉受辱地嘟着嘴说。

"不是么，"老太婆赔罪似的笑了，随又叹了口气，"你们知道爸爸不闷躁了，妈妈不怄气了大家也就一下懂得事了。这个年岁，一家人要热热烙烙活下去不容易啊——对，对，对，就要这样才好！……"

不仅孟瑜，便是孩子们也都莫名其妙地变得肃穆起来。而正在这时，田畴已经出现在房门口。

"啊，啊，"他高举两臂伸着懒腰，"你们还不去烧火吗？……"

"不等你我们吃都吃了。"孟瑜回答着他。

她转过头，她的脸面有如一朵盛开的鲜花。

"我倒以为你还在睡呢。"她又笑着加添上说。

"还睡？那不把脑袋睡扁呀！……"

他的调笑，使得孩子们大笑了。而他自己，随即也兴会盎然地笑了起来。虽然是失眠了大半夜，他的精神还是很充沛的，丝毫没有睡眠不足的委顿神情。

"这些家伙怎么这样地高兴哇？"他接着说，"快去打洗脸水来！"

"来了——我打起来了！……"

王妈在厨房里连连应声。而接着她就端起脸盆，眉开眼笑地走出来了。

"看合适吧，已经不大烫了！"她边说，边往卧室里走。

"没有关系！我早就想洗冷水脸了。"田畴微笑着回答。

他说这句话原是很随便的，既然不是反话，也无意增添一点多过字面解释的任何含义，但总爷首先爆发出几声哄笑，随又赶快掩住嘴巴，于是别的人便也忍不住"嗤嗤嗤"笑起来，仿佛不笑一笑，他们就无从发泄一下那种难于按捺得住欢欣的激情一样。

在吃早饭的时候，他们的微笑也少有停止过，每个人都争着要替父亲添饭。小膀因为没有抢到这份光荣的任务，还差点哭一场。田畴深信他是懂得他们为什么会这样高兴的，这只因为他的改变已经影响到了他们。于是也就更加确切地自觉到，他和前些天大不同了，对于生活重又充满了强烈愿望。

关于搬家的事，田畴一向都是不热心的，然而，因为昨天提说到过，刚才放下饭碗，他便申言他要上街租赁房子去了。于是动手打扮起来，穿着孟瑜为他取出来的皮鞋，那条发黄的、有了虫眼的白哔叽西装裤，以及一件窄小、但却没有补丁的蓝布大褂。

当他穿好的时候，孟瑜端详着他，于是嘲弄地笑了。

"简直选女婿都去得了！"她十分满足地说。

她拿来一把缺了几齿的树胶梳子，沾了点水，开始替他梳理头发。

"认真是在打扮新女婿啦?"田畴故作惊怪地问。

"不只是新女婿,还是大闺女哩!……"

"哎呀,我才好久没上街啊!"田畴红着脸辩解说。

他有点忸怩,因为他立刻理解了她的打趣的含意。而且,由于这个提示,他踟蹰起来了,觉得上街会难为情,当其熟人问他为什么长久腌在乡里的时候。然而,这点犹豫,很快就过去了,正如一颗石子之不足以使一匹伏枥已久的奔马停歇下来一样。

等到理好头发,他就爽爽利利地走出去了;可是孟瑜忽然从后面叫转他。

"啊,还有!"她递给他一方手巾,"要是高兴,去看看老吴吧!"

"哎呀,怎么这样啰唆啊!……"

田畴感觉厌烦地皱皱眉头,转过身就走掉了。

孟瑜深觉惋惜地叹了口气。她很明白,他之所谓"啰唆",因为她的提议已经重复过好多次了,而他现在还是坚持自己的意见:她来呢,我的大门是敞开的;她不来呢,算了!……

田畴的本意确乎正是这样,但又并非全部如此。夜里他为这件事想了很久,可是他的思路越来越乱,因而结果还是肯定了那个陈腐的态度:听其自然!为了强使自己平静,他更相信他的激动不在吴楣,只是因为他消沉得太久了。何况他从来是好动的,年龄也并不大。然而,理由尽管不少,他却总难达到心安理得的程度。

因此,当孟瑜偶尔提起的时候,他就又不免感觉得烦乱了。而且非常清醒地自觉到:他是多么渴望见到她啊,但他照样继续欺骗自己。"要我叩头礼拜倒不行啊!"他带点虚骄地对自己说,笔直上街去了,决定不再把它放在心上,仿佛这样非常合理,正如喝茶过后,自然该把茶盅放在茶壶一道那样。而他紧接着想到的,则是租赁房子的问题,该在哪一段街道设法,该找什么人介绍。

于是当他到了街上的时候,他先跑去看牛祚;老教师喝茶去了。

田畴在他们惯常闲坐的地方找到了他。因为又不赶场，又刚吃过早饭，茶堂里只有牛祚四五个人。自从那次临时会商以后，他们便都没有再见过他。而在一般意料当中，总认为这个精力旺盛，平素喜欢活动的同事之长久腌在乡里，无非因为物价太高，拖累太大，给生活困住了。此外便是那一场争吵对他太不愉快。

既然具有如上的认识，他们对他是不能不当心的。但当发觉他的颜面竟是那样辉煌，并无一点穷愁模样，也不像还在和谁赌气的样子，于是他们便忍不住不向他开起玩笑来了。他们笑问他为什么这样久不上街？而对他的回答则又做着更为有趣的解释。

说得粗鲁的是牛祚，因为大家刚才谈了一阵大后方的政治形势，他的心情特别忧郁。

"你们都没有猜对！"他冷然地插嘴说，"他在家里开补习班啦！……"

全知道这"补习班"的别致解释，大家都哄笑了。

"想一想吧，"他又语重心长地接着说，始终没有露过一丝笑纹，"随便丢个什么人出来，都会说上一套：这是个大时代，每一个人都该有点作为！可是你才一动，大祸就临门了！不是失踪就是失业。那么除了努力人的增产，实在没什么事好干啦！……"

他忽然想起了田畴因为孩子招来的苦恼，他住嘴了。

但是，为了免得他的朋友神经过敏，他随又发出苦笑，特别向田畴追叙了一番在他未来以前那些和他自己的打趣有关的谈话。他们偶尔提到那个久已为大家所遗忘的演剧问题，以及那个渺无响动的请求，因此就又自然而然牵涉到大后方的局势，牵涉到那些显然同抗战背道而驰的罪恶活动……

田畴静静倾听着他。开始并不怎样热心，后来深受感动，觉得自己是能够理解老教师的：他打趣，他说粗话，那只因为他的忧愤太深广了，不这样日子更不好过。而他也忽然感觉心情沉重起来。

"不要再提了吧！"他忽然厌烦地挥挥手说，"说起来伤脑筋！……"仿佛真果怕伤脑筋，接着他把脸转向吕康去了。

"怎么样，下半年捡狗粪吗，还是教书？"他装作开心地问。

"我的命早注定了，"吕康懒懒地回答说，"还在娘胎里就注定了！因为阎王老爷认定，只有这个高贵职业才合我的身份：固然是吃不饱，可也绝对不会饿死！……"

"老实话！还有米子远呢？"田畴扬声一笑，又把脸转向牛祚。

"他么，就像他的耳朵一样，也永远改不过了！"

"嗨！对！说来说去，还是你我两个不错！"带点虚骄，田畴打起哈哈笑了，"我们就从不说改行的话，铃子一响，还是规规矩矩爬上讲台吃白墨灰灰！……"

虽然别人并不感觉特别有趣，他可显得很开畅了。

接着，他又连说带笑，有点近于自嘲地向大家提谈到孟瑜的复业，以及跟同这个而来的搬家问题。而一扯到搬家问题上来，他就停止了调笑，变得很认真了。仿佛这才记起他是为了什么上街来的。于是开始诉说一直以来租赁房子的经过，而且不断地发牢骚。

"你们是本地人，介绍一两间吧！"他又紧接着说。

"有，有，有！"吕康异常认真地承认下来。

"要上课方便啊！在哪一节街呢？"

"在唐纸货铺子里！……"

吕康说的冥屋，这惹得大家嗤地一声笑了。而那个满怀期待的人物，则几乎被司爷作弄得发起火来；然而，正当田畴轮睁两眼，快要发作起来的时候，章桐忽然叫嚷着进来了，手里挥舞着一封信。

自从那次会议以后，他是对于演剧照样抱有大量希望的仅有的一人，每当沉闷无聊的时候，他就拼命写信进城去催。开始写得相当客气，后来却逐渐变成了尖锐的质问。而那在他手里挥舞着的，也就正是答复。而且是唯一的答复，因为以前是连答复也没有的。似乎这个

"相应不理"的局面，永远不会变了。

"嗨！有趣，有趣！"章桐啼笑皆非地连连叫道，"真开心透了！……"

他匆忙地走进茶馆，匆忙地拖来一张椅子坐下，接着又匆忙地抽出两页信笺。

"不过，还是让我来朗诵吧！"他紧接着大声说，"耳朵张大点啦！……"

于是，滑稽地嗽嗽喉咙，他开始朗诵起来。

然而，虽是听得那么出神，对于这封信的内容、措辞，却没有一个人认为是新奇的；而他们的兴致，毋宁说是来自这样一种惊怪：嗨，想不到会有回信来哩！可是，当一听他念到"一俟聘定专家，当即迅与审查，以利抗战"等等鬼话的时候，大家的忍耐毕竟到了尽头，谁都不肯听下去了，而且忘记了一切禁忌！

首先发难的是田畴。他是那么大声地骂出一句粗话，而且，那么乖戾地一下跳起来了；但他随又那么莽撞地坐了下去，十分倨傲地架起了他的腿子。

"堂倌！"他紧接着叫喊，"拿两枝白令箭来！"

"漂亮，漂亮，漂亮！"吕康一唱三叹地高声吟咏。

"唉，唉，这叫作啥话啊！"有人吃吃地叫着。

"你们老毛病又发作了！"牛祚叹息了，苍白的瘦脸上浮上一个阴郁的微笑，"这值得大惊小怪吗？一点也用不上！到底他还没有胆量说不要抗战了啦！"

田畴正打算吸燃纸烟，但他又一下摆开他那只拿着纸枚的手臂。

"可是我告诉你哇，"他紧盯住牛祚，带点指责地敞开嗓子叫了，"这么久我是连想也没有想起要演剧的，不要说别的了，我还要告诉你，就是万一他大爷批准了，我也不见得会参加！……"

"那就更加好啦！"牛祚苦笑着插嘴说。

"不！……不！……不！……"

"那么又怎样呢？"

"又怎样吗？"因为一再地被打扰，田畴更生气了，他猛烈地一下抛去那半段已经燎着他的手指的纸枚，"难道你听了这些话很舒服吗？若果痛痛快快说个'不准宣传抗战'，那倒还像个样，至少还有一点'人'气！那叫作什么话啦——简直是打胡乱说，伤天害理！……"

拍拍桌子，牛祚呻吟着苦笑了。

"唉，你连那句老话都忘掉了：'满口的仁义道德，一肚皮男盗女娼！'"

"够了！够了！"愁眉苦脸地摇摆着头，章桐连连地叫唤了，"牢骚已经发得够了！"掠掠头发，他又用手指敲着桌子来集中大家的注意，"现在应该冷静地想一想，是不是大家居心让人家活埋啊？！"

"怎么，你想煽动大家摸老虎屁股啦？"吕康故为吃惊地问。

"我比你的胆子还小！……"

"可是一个人至少也该有点是非之心！"田畴愤愤地说，斜睨了一眼吕康。

"我也是这样想！"章桐匆忙地接着说，深恐又有人会抢话，混淆了他的论点，"对！一个人应该有一点是非之心，所以我主张使下不理，等到戏演完了，也拿抗战的名义写封信去，说是一时疏忽，……"

"嗨，对！"吕康意外地拍拍手赞同说，"嗨，就说一时疏忽，尚乞见谅，以利抗战！……"

"我们还可以说是试演啦！……"

田畴掀开嘴大笑了。但他随即变得严肃起来，目光灼灼，扫了大家一眼。

"唉，各位，"他带点胁迫地说，"这个不是讲笑话啊！"

"当然！"章桐十分肯定地同意了，"我们马上开个临时会吧！……"

二十二

当大家同意了章桐的建议，分别提出应该邀约的人选的时候，田畴担心他们忘掉吴楣；而当有人提出吴楣，同时主张他去邀约她的时候，田畴却又不免感觉得为难了。因为他拿不稳吴楣对他究竟还有多少成见。

但他终于承认下来，而且那么决然地离开了茶馆。正像再多考虑一下，他会丧失掉全部勇气。现在，他已经莽里莽撞，到了李家大厅上了，大厅上空空如也，只有仆人张贵戴着顶绒布的压发帽，手里拈着一张白纸单儿，正在一面默读，一面扳着指头计算账目。

为要做得大方自然，还没有停住脚，田畴就咳嗽一声，开了口了。

"你们太太在家里吧？"他没头没脑地问。

停停，他又灵机一动，觉得他该加个附注。

"就是你们吴先生啦，"他加上说，"在吧？"

"在，在，在！……你坐嘛。……有鬼！……"张贵心不在焉地回答。

张贵没有抬一抬头，依旧专心致志地在算账。可是田畴已经不由分说地在一张椅子上坐了下来。他架起腿子，向了对方望去；他禁不住脸红了。

这不是那个男仆的冷淡使他感到了羞惭，他忽然回忆起最后一次他来这里的经过来了。他此后没有再见到李守谦，然则，若果他一下跑出来，他的处境是会很尴尬的。他傻笑着叹口气，随又毫不自觉地摸了摸脸，于是感觉烦躁地站起来，有点坐不住了。

他东张西望起来，很想中止了他的拜访；但他终于鼓起勇气重又坐下。

"唉，去帮我请一声啦？！"他气而派之地催促着那仆人。

"好，好，好……"

"我还有要紧事呢！"他更加堂皇地加添上说。

张贵扬起下巴溜尖的瘦脸，于是带点忸怩地假笑了。

"我怕是哪个啊！"他讪讪地说，"田老师哩！……"

"快去帮我请一声吧！"

"好！……这个背时账把我缠糊涂了！……"

张贵手掌按着帽子，把头一勾，揭下来，藏好账单，走进内院去了。

田畴抑制地叹息了。随又闭闭眼睛，不以为然地摇一摇头。情形十分显然，现在要想逃避开那个即将临头的会面，已经不可能了。这是他那么热望过的，但他目前却又感到有点畏缩。他开始为不安所袭击，于是他就尽力把注意集中在大厅的布置上面。

大厅里的布置相当别致。在那张旧式的楠木厢几上，既摆设着最时髦的座钟，但也杂陈着帽筒、窝镜一类古董。这些是他早就很熟识的，它们没有留住他的眼睛。他把视线立刻移向那四幅朱拓字屏，两副红缎对联上面去了。这两副红缎对联，是前年李守谦当大爷的时候收到的礼品，上款题着荣任"新一"致庆。而他以往感觉得最有趣的，正是这个颇为流行的别致的款式。

现在，依旧是那些红缎对联，那些题款，但当他凝神望定它们的时候，他的兴致却索然寡味了。但是没有移开眼光，他就那么茫然地回忆着自从公爷荣任新一以后吴楣的处境，而且立刻为她绘制了一幅动人的肖像。这个肖像，就要在现实中露面了：憔悴，忧伤，绝望……

"唉，我不该伤负她！"他想，但他立刻感到了惊异。

这个惊异不是没来由的，因为他对她的负气虽然曾经感到悔恨，但却从来没有现在这么明确。而正如闪电的划空而过一样，个多月前，那一幕在他家里演出的不快意的戏剧，瞬息间又复活了！他重又看见了她的窘态，她的眼泪，而他自己的措词又是多么刻薄！

他忽然感到心烦意乱，一下跳起来了。

"原不原谅随便你啊！"他苦恼地喃喃自语，仿佛他对面站着吴楣。

于是两手伸入衣衩，卡住皮带，他开始忐忑不安地就在大厅上踱着方步。

"是你处在我的地位，你也会要发脾气啦！"他接着想，忽然回忆到了自己当日的处境，他的希望和他的幻灭，"所以，我自然没有为你设想，你不是也一样？一个人到了焦头烂额的时候，是容易迁怒哩！……"

他傲然地笑了，心绪逐渐平静下来，不再有丝毫愧恶的感觉。于是他随即停止了踟蹰，笔直走向自己原来坐的那把椅子边去，坐了下来，架起腿子，仿佛任何打击都受得住；而他忽然直觉到吴楣走出来了。

"人之相知，贵相知心！"他匆忙地想。

于是就一直凝神静气望定那道侧门，不再分一点心。

随着皮鞋声的临近，吴楣确乎是出来了。当她听到田畴来找她的时候，她开始感到惊异，随即做着各种各样推测；但却始终猜不透他是抱了什么目的来的。只有一点可以肯定：这不可能是一种通常访问。最后，抱着一种复杂、微妙的紧张心情，她出来接待他了。因为从内心深处说，她也多么强烈地期望着这个会见！

然而，当一踏上堂屋阶沿的时候，她那本来走得轻快的步子，一下又放缓了。她听见邹幼芬正在呕吐，她立刻理会了这是怎么回事。她皱皱眉头，随又苦滞地咽口气，心绪忽然阴沉下来。因为正如以往几次那样，这个呕吐很快使得她记起了她自己毫无希望的处境。

她有点心灰意懒，但她鼓起余勇一直走去，仿佛这个拜会只是一种无聊的应酬。因此，当一走进大厅，她带点忸怩在他对面一排椅子背后停下来了。

"啊，田老师哩。"她懒声懒气地说，还在为她刚才的感受不快。

"嗨！叫起田老师来了！"田畴不平地匆忙地想。

"把你等久了啦，"她又生硬地接着说，"啊哟，怎么茶都没有倒啊！……"

"不要客气，我说两句话就要走的！"田畴也开始客套了，而这么一来，他倒反而得到了镇静，"装疯就大家装疯！"他暗自想道，"唉，你请坐啦！"

吴楣含蓄地笑了笑，绕向就近一个座位去坐下来。

"好，好，"她漫应着，同时想道，"我还以为人家是来向我解释的呢！……"

吴楣不能自已地叹了口气。因为由于他的冷淡，她就联想到了几分钟前她所做过的一个揣测，以为他是来找她和解的；也便是说，他会给她带来热情的关怀。而眼前的情形，恰恰证明了她的希望毫无根据。

田畴的想法比较单纯。他认定吴楣还在负气，而且认定自己的拜访是委曲求全，而对一个朋友低声下气到了如此地步，总算仁至义尽，不能再有其他的作为了。

于是凭着习性，田畴单刀直入地提出了他的邀请。

"啊！"当他说完之后，吴楣稍稍振作点了，"怎么这么久没提过呢？"

"是啦，就是我也少于想起这件事啊！"带点外交式的笑意，田畴于是详详细细向她做了一番解释，随又接下去说，"所以大家觉得，你横竖不把事当事的，我们不如演它几场戏慢慢扯！"

吴楣没有搭腔。她沉思着，似乎他所说的是个重大而又麻烦的问题。

"唉，怎么样呢？"他催促着，"你参加吗？"

"我看我还是当个观众好了。"她终于叹息着回答。

她翻眼看他，嘴唇边浮泛着一点哀怨的微笑。

当她听到演剧的消息的时候，她确乎兴奋了一下。她一向是把它当成救命圈看待的，现在她也并不愿意就此溺毙在她的不幸的遭际里面。但它跟着却又勾起她一串串她同田畴之间的无数回忆，有的甜蜜，有的难受。于是一种自伤自怜的情绪，开始磨折她了。……

"完了！"田畴冷笑着想，当他听到她的拒绝的时候。

他决定立刻告退，但他无意间碰见了她的眼势；他叹息了。他不仅没有走，停停，他还毫不自觉地重新架起他的腿子，打出笑脸，准备从容不迫地向她进行说服。而且深信这个是他的责任。

"嗨，对！"他扬声笑了，"你当观众，哪个来演戏呢？"

"啊哟，还少人吗?!"她瘪瘪嘴，带点矜持地微笑说。

"人自然有，都没有舞台经验啦！"他阿谀地说，但在心意上他却认为这是鼓励，"并且，"他又紧接着说，"你要知道，这是抢火堂子，很快就要拿出去啦！"

她沉思着，不知道她该怎样回答；但她显然已经有一些动摇了，只是一时找不到适当的措词。

"其实，你一天躲在家里也没啥意思啊！"他看出了这个转机，于是紧接着说下去了；态度也更随便起来，"所以我想，倒不如找点事情干干，日子也好混些！……"

他住了口，因为他忽然警觉出，这些话许会挑起她的创伤。

但是已经迟了，吴楣瞪目看他，感觉不快地紧紧皱起她的眉头。因为她不仅从他的措词、态度意识到了自己的痛苦屈辱，她还认定他有意讽刺她；而他的截然而止更加证实了自己的猜疑。

"你就说上天我都不参加啊！"她脱口而出地说，把眼睛避开他。

"你再考虑下吧！"他搭讪地说，"……"

"没有什么考虑的了！"她冷笑着切断他。

"好，那我就向大家回话去了。"他生硬地说，失望地叹了口气。

拍拍椅子靠手，又偷偷向她瞟了一眼，田畴茫无头绪似的站起来了，就那么若有所思地向天井走过去。但他随又停下来了，回转身，望定吴楣淡淡一笑。

"我知道你的意思！"他含意深深地说。接着长长透一口气，似乎他的呼吸十分困难。

"不过呢，"他吃力地紧接着说，"原不原谅完全在你，我只求问得过心。"

这个不意的表白打动了吴楣；但她充满怨意地笑了。

"你自然问得过心啰！"她想。

"我拿人格担保！"他情急地低声叫了出来。

他从吴楣神情立刻理解了她的心思，他陡然间兴奋了。因为他看出这是一个关头，但当他刚要说出他的誓言、他的解释的时候，用胳膊挂着提篮，边走边看手里掐着的账单，张贵唠唠叨叨地走进大厅来了。

"几个钱贴都给贴光了！"那男仆嘟哝着，穿过大厅，磨磨蹭蹭向了大门外边走去。

张贵并没有留心他们的存在，而田畴却已经适时地把他的态度改装过了。正如手指头无意间触到炭火，就会自然伸开，用不上任何努力一样。他本是为了演剧活动来的，于是他就那么自然地重新谈起它来，而且顺势向她走去，在她不远的地方停下来了。

"还是去参加吧！"他劝诱地说，脸上带着一种不大自然的微笑，"不要说事情还多少有点意义，就是大家约你去搓几圈麻将，你也不大好拒绝啦！……"

田畴忽然很不相称地叹了口气，因为他瞟见张贵已经通过耳门，走出去了。

"确实的，我拿人格担保！"他痛苦地说，接起了先前中断了的话头，"不讲别的，我那几天的处境，你也该是清楚的吧？"他停了停，因为他一时竟至无法找到一个合意的词句，"我就只没有发疯！……"

他好容易找到了一点说明，于是颓然地和她隔着一只茶几坐下。

"总之啊，"他又苦恼地点点头说，"你绝对不能以为我是有意！"

"我倒并不是还在生你那天的气啊！"她显得羞涩地开口了，出乎意外地原谅了他，感觉得她的愁苦的确不是他带来的，"可是，我的处境难道又好过吗？"

"我知道，我知道。"田畴更加苦恼地喃喃说。

"你知道？要是你来过过我这个日子，恐怕一天也过不了呢。……"

她惨然一笑，眼睛里闪射着莹莹的泪光。

"这屋里一个用人都比我好过得多！"她接着说，故意改用了一种嘲弄的腔调，因为否则她会更加难过，"就拿张贵说吧，做也好，不做也好，两句话不对头就包袱一卷！可是我呢？……"

"啊哟，你就说得你连一个用人都不如了！"

"不是么？气要你受，脸色要你看的……"

她咽哽起来。

她想起从娘家回来后过的日子来了。这些日子并不很多，而她现在看起来却又多么冗长！而且，她还觉得，她从来没有得到过一点温暖，一点尊重，有的全是冷淡，蔑视。有些时候，甚至被看成一个可厌的孽障。

她终于控制住自己，而且自伤自怜地笑了。

"你还叫我演戏，连我自己的戏，我都不想再演了哩！"

"你决不能这样想！"田畴陡然得到了勇气，他专断地说，仿佛他有权利安排她的前途，"难道一定要在这个屋子里才活得下去吗？笑话！这个世界大得很呢。……"

他傲然一笑。接着提起一只腿子盘向椅子上去，这样他就可以毫不用力地看定她。

"比如，就拿演剧说吧，这个至少暂时能够使你忘掉痛苦！"他接着说，已经采取了那种从来对她用惯了的独断态度，"不见狗屎不恶心，你又何必定要成天跟他们纠缠在一起呢？这样下去对你没有一点好处！"

"我早已经对什么都绝望了！"她说，一面忙着去扯手巾。

"至少我，"他说，又忍了下口，"唉，难道我同孟瑜也叫你绝望了吗？"

她低声说了句什么，他没有听清楚，因为她正在用手巾擦鼻子。可是，他从她说话时那么短暂的一瞥猜到了它的意思：友情她早领教过了，这并不坏，但却多么脆弱！她依旧不信任他。所不同者，先前的不信任出于赌气，现在却来自鼓励。

"完了！"他灰心丧气地喃喃说，叹息着垂下头。

他认为那个可恶的误解的疙瘩并没解开，他失望了。

"我求求你！"他痛苦地低声说，蓦地抬起头来，"你要我怎样呢？……"

他已经忘乎其形了。于是，上身折向茶几，额头几乎触及她的鬈发，他开始向她倾泻着最近一向他所受的磨折，而这无一不足以证明他对她的忠诚……

然而，正当这个突飞猛进的关头，公爷走出来了。

二十三

近一向来，李守谦正以一种无比的愉快对付着生活。

刚从成都回到家里，他也有着同样愉快的心情，可是不上十天，他就感觉得为难了。因为虽然存心公平，爱情这东西毕竟是不能用秤称的，有时候也就免不了招些麻烦。然而，自从吴楣用冷淡和孤独支持起自己的新的处境以后，他却轻而易举地摆脱掉这些麻烦，可以毫无顾虑地来宠爱邹幼芬了。

当吴楣出来会客的时候，他正在为了邹幼芬的发呕着急，没有注意到这件事。经过他的扶持，吃了些野萝卜和陈皮水来定胎，她安静了。但他忽然想起了一点疏忽，他在早上开给张贵的单儿上遗漏了两样菜，还有一样应该更改。这些菜单是为明天做边界酒请客用的。虽然西安生意利息更大，租谷的收入只不过三四分利，但他是老粮户，谷价又在不断地往上爬，因此，只要价钱合适，他也乐于把现款望土巴里塞。

像边界酒这类酒席，原不必怎么样考究的，只需十大碗就行了。可是公爷有公爷的脾味，凡事喜欢讲究排场，因此，当一想起那个遗漏的时候，他就高声呼唤张贵。他没有得到应声。而根据娘姨的说明，他知道那男仆挽起菜篮子出街去了，于是放下烟枪，他就翻身起来，忙着跑了出来，而一进大厅，他的腿子立刻软了。

他变得来几乎像化石了，目瞪口呆地紧盯着那一对正在为情颠倒的人。

"嗨，搞得好！"他想，脸上掠过一丝奇异的微笑。

这是他所能想到的第一个念头，接着，他的心思又麻痹了。因为他没有胆子敢于承认他所见到的情形，但也没办法抹煞它，硬说它不存在。而到了最后，一阵陡起地愤嫉之情冲激上来。

他一下合拢他那微微张开的嘴，又狠狠提口气。

"嗨，这才搞得好哩！"他咬牙切齿地喊叫了，随即偻着上身，一步步向了那对情人走去。

应着这一声蛮大的叫喊，田畴已经站起来了。

"啥哇？我为剧团的事……"他讷讷地开始解释。

"老子懂不了这许多！"公爷叫得更大声了，"赶快给我爬开！"

"什么爬开哇?! ……你在叫哪个爬?! ……"

因为对方的过分鲁莽，田畴意想不到地变勇敢了。

"你要弄清楚来！"他紧接着叫嚷，而他的反攻已经叫公爷把步子停下来了，而且吃惊地望定田畴，"你不要认错人了。你以为你漂亮吗，哼！老实告诉你吧，要是你么，你就拿汽车也把田先生接不来！……"

公爷脸色铁青，嘴唇皮颤抖着，没有回得上嘴。

"嗤，——爬！"田畴于是从容地嗤声笑了，"这些人的骨头也比你分量重！……"

田畴充满蔑视地瞧他一眼，接着就高视阔步地走向大厅阶沿下面去了。

等到公爷得到了镇静，并且找到了最为恶毒的回答的时候，田畴早已走到了耳门边，就快要走掉了；但他按旧冲锋一样跟踪过去，停留在大厅的阶沿上，于是立刻爆发出一长串粗鄙的辱骂……

他赢得了完全的胜利。但是，这样的胜利不但没有使他感到满足，他的愤怒反而更大起来。因为对方的声势太叫他难受了。接着他又立刻叫嚣着回转身，可是大厅上已经不再有吴楣的身影。而他看见的却是邹幼芬和她的贴身老妈。她们带着一种似笑非笑的神情，显然已经猜到了这里曾经出过丑事。

他继续喊叫，虽然因为那个宠幸的出现，他的詈骂却愈来愈空泛，叫一个局外人无从知道究竟。末了，他想坐下来息口气，但才沾着椅子，就又跳起来了。

"我倒去他妈的——剪老子的眉毛！……"

他重重击了一下茶几。

"我要马上叫她搬起滚啊！……"

"你自己平下气再说呢！"邹幼芬开始劝慰。

她又回转身去，吩咐老妈子赶紧倒点茶来。

"啊哟，你的脾气才叫大呢！"她又抿嘴笑一笑说。

"这就算脾气大吗?! 我还要人死呢！……"

邹幼芬讨乖卖好地吐吐舌头；他想回答她一个微笑，但是没有成功。

然而，当娘姨拿了茶来，她又亲自倒上一盏，捧到他面前去的时候，他已经平服了。而他立刻得到一个反省，觉得他把事情弄糟糕了！因为现在他才记起，他们的行动虽然可疑，却也并未越出轨外。况且，纵有稍失体面的举动，他也只能哑住，让事情阴消掉。因为若果张扬出去，他会连茶馆也不好意思进了。至少，他的大爷头衔会在流言蜚语下打起摆来。

既然有着这样的自觉，因此，当邹幼芬幸灾乐祸地向他探问的时候，他冒火了。

"我正在气头上，你少管闲事哇！"他瞪着她大声说。

"好，这几天眼皮跳！"她做声做气地说。

磨磨牙齿，公爷猛地放下正好举起的茶杯。

"真是可恶透了！"他从齿缝里愤愤地叫了出来。

"我没有开腔了哇！"她知道他不是骂她，但她嘟一嘟嘴，故意做出受了委屈的神情，接了腔了，"怎么把血往我身上喷啊？"她又责难地，带点挑拨地紧接着说，"哪个惹到你吗，你向哪个去出气嘛！……"她忽然认真觉得他欠公平，眼圈子立刻红了。

"霉了，我偏要出来接这盆血！"接着她又喋喋不休地自怨自艾起来。

一阵烦乱扼制着他，因为他对邹幼芬感觉到了歉意，但又以为她不该这时候来打搅他；若果向她解释，那又太啰唆了，有的话又不便说，于是他就厌恨起吴楣来，把她看成了一切一切不痛快的真正原因。

"这个东西我要收拾她下！……"

他放声大叫，一下站起来了，一阵风地奔向内院。

现在，他又只剩有一个唯一的念头了，这便是那个可恶的惩罚！而他的对象也简简单单地变成了吴楣。以前他着重在田畴，很少想到她的。他一脚踢开一条当路的独凳，随又咒骂着仆役们不管事……

吴楣已经从床上坐起来了。她听见了奔走声，预感到了这是怎么

464

回事，但她并不感觉恐惧。这不是因为她自信他的妒忌没有根据，恰恰相反，倒是她对田畴的信赖使她产生了无比的镇静。当她跑回房里的时候，由于一时的情绪的混乱，她曾经痛哭过，觉得她犯了过错；接着来的便是恼恨；现在，她却变得很勇敢了，而且希望来一个可以结束一切纠缠的局面！她已经设想过，若果他对她太难堪，她就立刻提出离异。

远在暑假以前，这个势在必行的最后手段，早就由田畴暗示过好几次了，而直到现在，她才迫切感觉到同他离婚多么合情合理！然而，虽是想起来这么简单、自信和无可辩驳，有如取下一只耳坠那样轻便，当他黑着张脸，怒气冲冲，像要咬人似的闯了进来的时候，她感到恐惧了。于是赶紧埋下她那双准备应战的眼睛。

这点畏怯打动了李守谦，同时，他也有一点气馁了。

"你一天究竟在搞些啥啦?!"他冲着她问，又顿一顿脚。

吴楣脑袋垂得更低，而且，毫不自觉地流下泪来。这是怎么回事，便是她自己也不很明白的，她在忏悔，求饶，或者惜伤她的身世？但是效果却很清楚：她使他心软了。公爷长长咽一口气，退往一张椅子上坐下。

他沉思着，考虑着究竟他该采取什么态度。最后，他带点苦涩地数说起来。

"唉，一个人就要讲开通吗，也应该有一个限度嘛！比如，你犟着要演戏，我就让你去演！没有挡过你吧？唉，怎么是人不是人都向着哭啊？"公爷的口气突然粗暴起来，而且又一下跳起来了，逼着她走过去，"我问你哟，他是你什么人哇？你又有什么事就那样伤心哇？你在这屋里的日子难道不好过吗——哼?!……"

"我在这屋里好过得很！"吴楣终于哽咽地，但却愤激地说了。

他的自夸使她那么迅速地重又复习了一遍她在这个家庭里的最近的经历，她稍稍振作了。虽然照旧勾着脑袋，但这已经不是畏怯，而是赌气。

挪直伛偻着的身子，李守谦叹息了。

"就有什么人对你不住，你也不该守着外人哭啦！"他说，多少感到了一点内疚；但他忽然又冒火了，"他是个什么东西？一个高等流氓！不知道是哪个混蛋，眼睛瞎了，会把他拖起来当教员！到处抓、拿、骗、吃，拼着一张脸皮不要！……"

"至少比你高贵！……"

她很想这样顶上一句，但她用了句旁的话岔断他。

"别的人当然都下贱啰！"她清清楚楚地说。

"难道他有好高贵吗？要是真了不起，他又不来吃白墨饭了！……"

吴楣没有回答，但她禁不住冷然一笑；这可把李守谦触恼了，重又激动起来。

"我知道你把他看得很了不起！"他带点奚落的愤怒地叫嚷了，因为他看清了她在袒护田畴，而这个又几乎使得他失掉了克制，"不过我告诉你，若果我不开口，哪个再来，我要拿大粪泼！……"

"又没人挡你呢。"她低声说，想起了他在田畴面前的狼狈。

"也没有人敢挡我啦？老子明天就要他给我搬起滚！庄稼我要另外招佃……"

作为报复，搬家问题公爷曾经在感情冲动下提到过，现在却已经变成非常现实的决定了。这既是惩罚他，也是向她示威，而且可以从此切断他们之间的联系。

他理直气壮地走出去了，仿佛已经正大堂皇地结束了这场不快。然而，当他靠上烟灯，把那些饴糖般的南土烤了又捏，捏了又烤，一锭一锭抽着的时候，他的不快却又开始侵蚀他了。而由于他那么执拗地回味着她对田畴的显明的袒护，他的忌妒逐渐强烈起来。

正和所有的公爷一样，他把一般女性的贞操照例看得一钱不值，而对于自己的女人的贞操，却又视同拱璧，外人挨也挨不得的，就是多看两眼也会大发醋劲。现在能够缓和他的，是他毕竟无法证实，他们的关系已经到了足够使他丢脸的地步。然而，若果长此下去，就难说了。"我好久没有和她同过房了。"他败兴地想。

于是，他的眼前立刻展示开一幅幅淫乱放荡的画面，而他之所谓危机，也随着增加了。

"可是，这是你自己闹出来的啦！"他呼吁着，握着烟签挣起来了，"来一回，你冷冷淡淡；两回，你冷冷淡淡，"他受屈地紧接着想，"唉，难道……难道老子连他娃娃都比不上吗？满脸的锅巴胡子！……"

他好一阵陷没在痛苦里面，最后，又无可奈何地叹息了；一面搁下他的烟签。

"杂种，我看你有好骚！"他自语着，随即离开床铺。

他重又走进吴楣房里去了。

她没有预先察觉出他的进来，但当她发现他正向她注目而视，嘴角上勉勉强强旋起两个淫秽的涡儿的时候，她也并未起身，依旧一手支住下颏，斜靠在被面上，而且立刻感觉恶心地避开了他的视线。

"啊，已经想通了吧？"他故示幽默地问。

吴楣没有回答；但却胸有成竹地轻声一笑，因为她已经直觉到他设想笼络她。而由于这个意外的冷淡，李守谦生气了；但他忍耐着，在床沿边坐下来，一面嬉皮笑脸地伸出手去。

"啊哟，我们就这样生疏啦？唉……"

"规矩点哇！"吴楣严正地说，一下掀开了他的手臂。

"这是你自己哇！"他恼怒地叫了；但是停停，却又忍耐地叹口气，改变了方式，以一种诉苦的调子继续着说，"不来亲热你呢，又怕你寂寞，来呢，你又这样！你以为我真的变了心了哇——哼？"

"管你变心也好，不变心也好……"

"我给你赌咒！"公爷认真地切断她，因为听了她的口气，他相信他得大卖气力才能突破那个可恼可恨的障碍，"请你下细想一想吧，"他装作讨好地申辩道，"是我不来亲热你么？彭二婶来的那天晚上……"

他一顿，随即鬼祟地凑近吴楣去，准备用耳语完成他的秽亵的自白。

"我还没有那么下贱！"她回避开他，立刻十分愤恼地坐起来了，"你以为每个人都是下贱胚吗？"她冲着他叫出来，用手掠掠零乱的鬓发，"你认错人了！告诉你吧，这些人多少还有点自尊心！"

公爷瞠目着她，正像响响亮亮挨了两记耳光，而又苦于无力还手一样。

"哼，哼，"她鄙视地笑了，"我只觉得恶心！……"

"我给你讲，"公爷终于回过神来，恼羞成怒地大叫了，"不管你恶不恶心，"他接着刻毒地、拖长着声音说，"从今天起，你不要落在我手里算了……"

"我早就落在你手里了！"她喃喃说，忽然感到一阵凄楚。

"要是落在我手里么——哼，把日子记住吧！……"

他威风凛凛地退出去了。吴楣则照旧被抛在突起的悲苦当中。

"你总是要命嘛！"她自语着，突然痛哭起来。

她重又躺到床上去了。

她并不在意公爷的恐吓，因为他的粗鄙不义，一种自伤薄命的情绪，却把她打倒了。她突然觉得她是生来便不幸的。而这个想法一经出现，对于田畴的爱情的表白，便也发生了动摇了。不相信他有可能把她振拔起来。虽然几分钟前，她还把他看成她的唯一支柱。

在一般思想落后的人们中，每每都是有了行动才来找理由的，而她若果要为她的动摇迟疑找点根据，那更容易。她想，田畴是结过婚的，而且有着过多的子女。而最重要的是，他们的爱情将会使得孟瑜和总爷们陷于不幸！

"她对我不好，也不说了，"她痛苦地想，"可是……"

她奇怪自己为什么老早没有想到这些，而单单想到个人的幸福。因此她的绝望，也就更加深了，更加觉得她的命运无可挽救。这正如一个夜行者，既然是胆怯了，恐怖疑惧就会自然而然不断增强起来一样。

最后，这种绝望使她得到了一个颇觉自慰的想法。

"对，对！"她接着想，心里立刻充满了那种自我牺牲的情操，"我应该拒绝他，向他说明我不能接受他的爱情的理由。"于是她又复习一遍她刚才发现的他们之间的种种窒碍，"这自然是个打击，尤其是对于我！可是有什么办法呢，一个人总不能光为自己着想！……"

接着她又虚拟了一番他们下一次见面的光景。

在开头这还顺利，她拒绝了，而且婉转说明着她拒绝他的理由，但当设想到田畴的反应的时候，困难来了。因为她始终无法预见他将怎样接受这个拒绝。

"若果他赌气就好了，"她默默自语，"这样就容易解决得很！……"

然而，尽管觉得他一生起气来，他们的关系就会不了自了，接着她却忽然那么鲜明地回忆起了田畴的性格：他执拗，他热情，他是不大通商量的。而这样一来，她的心绪便又很激动了，因为她看见他向她顿脚、发誓，而且显得疯狂地拖住她，倾吐着烈火一般的言辞。……

"这拿来怎么办嘛！"她苦恼地自问，"这会使大家都痛苦啦！"她差点叫嚷出来，仿佛田畴就站在她的对面，"你，我，孟瑜，还有一大群孩子！……"

她听见了脚步声，胖娘姨走进房里来了。

"不用！"她意外地、颇有生气地说，当娘姨才一提到午餐的时候。

"还给你留得有呢。"

"请你让我清静下吧！"她拒绝着她的劝诱，这一回声调有点颓唐。

因为娘姨的出现，那种屈辱的感觉重又占据了她。现在，娘姨已经走了，但她费了好大的气力，这才又连接起那一根中断了的想象的线索；只是已经不再是原物了：没有欢欣，没有感激，有的只是凄苦！

"我一定拒绝他！"她提醒自己，"一定！……"

她慢慢坐起来，一面回忆着她同孟瑜长时期往还当中那些动人的场面。

"生来是这个命，没办法了！"她绝望地想，"恰恰她对我那么好。我明天就去，把层层节节都要向她说清楚。然后把自己关起来，——这一生就这样算了！……"

她下床来了，走向梳妆台去开始梳洗。

"真的一点东西都不吃么？"她忽然听见一种巧致轻快的声音。

她抬起头，透过玻璃窗子，就又看见了那张鼻子太小的鲜嫩的面孔。

二十四

"让你去骂街吧！"田畴快意地想，当他听见来自身后的叫嚣的时候。

仿佛在赏识什么最有趣的笑话一样，他微笑着，头也不回地一直走了。因为他已经明明白白表白了他的爱情，而吴楣并没有拒绝它，于是他心胸开豁起来。然而，当他走了一段路后，他的步履又迟疑了。

他忽然替吴楣担心起来，设想着李守谦将会对她采取一种怎样的态度。

"总不会打架吧？"他自问着，脚步停了下来。

他得了个否定的答复，他又走起来了。

他判断李守谦不会动武，因为他认为他最爱面子，又是捐班出身的大爷，一定不会把事情张扬出来让他自己丢脸！但接着，他又检查起他和吴楣晤对时的举止来了，看看是否有过会使一个丈夫感到难堪的行动。

"幸而我还冷静。"他微笑着想，当他的反省告了一个段落以后。

可是，他还不能够放心。他只论证了公爷不会蛮干，关于可能爆发的种种辱骂，他却没有理由来否认它。更讨厌的，当一想到辱骂，他就不能不记起刚才离开李家时他所身受的那些粗鲁攻击。"简直是从牛圈里出来的！"他想，给了公爷一个刻毒的评语。……

他闷闷不乐地走进茶馆里面去了。他的熟人中多出一个米子远，正在同吕康下象棋。他谁也不理地在一张圈椅上坐下，随即全身向后一靠，双手兜住后脑，困恼地继续着他的推测，但他忽又一下坐直起来。

"开水！"他大声，但却颓丧地叫着，一面动手倾倒冷茶。

皱皱眉头，老教师微笑了。

"唉，你约的人呢?"牛祚审慎地问。

"人家家里有事情啦！"田畴生涩地回答。

"完了，今天这个会又请了大半了！……"

"你这个话才怪，"因为怀着鬼胎，田畴多了心了；放下茶碗，他横眉立眼地冲着老教师说，"她不来吗，这也只少得到她一个人啦，跟我们开不开会有好大关系呢? 她又不是要角！……"

因为老教师冷冷然浮上一个明智的微笑，于是叹息一声，田畴把话头顿住了。

"你的脾气发够了吧?"停停，牛祚微笑着问。

"我发啥脾气啊。"田畴躲闪地说，重又瘫向椅背上去。

"既然不发脾气，就让我解释吧！"牛祚紧接着说，架起右腿，又把上身向前一折，凝神望着田畴，"为什么我说今天这个会请了大半，你知道吗? 闹了半天，结果只来了个残废人！有的给老丈母拜寿去了；有的要在家里替太太当奶妈；有的就干脆说：你们像发疯了！……"

"认真要开，现在这些人也就可以开啦！"

"不过，你莫着急，有几个人还是答应了等一会来……"

"我着啥急啊——开不开得成毫没关系！"

"对！凡事想得坦白一点，这个日子才好过呢。"牛祚含蓄地说。

他的声调带点悲悯味道，但是更多的却是鼓励。接着，他就叹息着往后一靠，拿手掌往复不息地熨帖着愁蹙苍白的瘦脸，仿佛试图抹掉他的烦忧一样。最后，他就用手托着下巴，一声也不响了。

牛祚有点疑心田畴的所谓毫无关系全是假话，但是他猜错了。因为和他目前的某种担心一比，开不开得成会，甚至能不能放手来它一次突击式的演出，在他看起来确乎并不严重。他只一心一意挂念着吴楣，因为无论如何，他不相信她经受得起李守谦的折磨。

他就那么闷了脸躺着，而对眼前的一切，仿佛视同无物一样。别的人也不很关心他，除开牛祚，几乎全都被棋局吸引住了。也正因为这场棋局，大家才得勉强停留下来，没有说走的话。甚至开不开会，因为好多人对演戏一开始就缺乏信心，经过章桐的被"传讯"，那个特等豪绅的拖延，他们对演剧更加无所谓了。而那封充满无赖腔调的回信激发起的愤怒，却又显得多么微弱！

即便那个算是热忱的煽动者的章桐，也不能说他还记得这回事的。然而，这不是他的错，棋局现在正是到了决胜阶段，若不是那一炮，国文教师早就已演出了全军覆没的惨剧。这个太吸引人注意了。

最后，米子远的"老王"，终于只能够躲闪开了。

"你输了，你输了！"吕康叫着，又拿车从右边一将。

"我会坐过来啦！"米子远拉开老王，一点也不着急。

"像你这样，会下到明年打春雷也下不完哩！……"

"你不管嘛！"米子远固执着，"又请走啦！"

"算了！……算了！……大家还等着要开会啊！……"

章桐强制着他们收场；他大叫着，终于几下把棋局弄混了。

"唉，还有的人呢?"他紧接着问，绕了大半个圈子。

他把他的视线逗留在那个满腹心事的田畴身上。

"喂！你约的人呢?"他大声发问。

"哼，我没有想什么啦!"田畴回答，心不在焉地微微一笑。

叹一口气，老教师慈祥恺悌地笑了。

"老弟，我看你的忘性真不小呢!"他幽默地提示说，"他问你吴楣啊!"

"啊！你是问吴楣哇?"田畴害羞地笑了，"她不得来。"

"那么台端约的人呢?"章桐接着又把脸转向吕康。

"这不是人是条狗啦!"吕康指指米子远说。

"去你妈的!……"

米子远匆忙地打着转身，咕咕了一句粗话，就又俯身向棋盘去，研究他所以致败的原因去了。

章桐还在继续追问旁人，但他同样碰到那一句了无生气的简便答复:"晓得的啦!"于是他苦笑着摇一摇头，感觉得气馁了。因为他看出他们不是对自己说的话不负责任，而是对于生活本身已经失掉热情。

"这样说等于圈圈!"他终于叫着说了，"这拿来怎么办呢? 总不能只打雷不下雨啦!……"

"吃了饭再看吧。"吕康随随便便地说。

"可惜这不是年夜饭，肚皮一饱，人也跟着变了!"牛祚半气半笑地紧接着说，显然不很满意师爷的胡诌，"依我看么，事情不提呢，已经提出来了，还是各位再动动尊腿吧! 我不相信大家的心都死硬了。"

"我倒不要去啊，"有谁唧唧哝哝地说，"我又不是听差!"

"要是认真请得起来也不说了!"别一个清楚明白地附和说。

"你的意见怎么样呢?"章桐焦急地问着田畴。

"你说的什么哇?……"

暂时搁下心事，田畴带点惶惑地问了。

"我随便大家!"他板滞地说，当章桐一字一板重复了一遍他的询问之后，"这些事什么人敢保险呢?"他又各自想他的心事去了，"因为一点小气弄来自杀的就多得很！"于是立刻想起好几个女性的悲惨结局，"自然，"他接着想，"这些人几乎都没有接触过新思想！"

这最后一个想法给他带来一点希望，他所担心的吴楣的前途，也立刻光亮了。在田畴看起来，她是个所谓新女性，她必不会被逼得去寻短见。然而，为防万一，他却决定自己不要忙着回家，就在茶馆里呆下去。

"出了事会有人嘈杂的，"他提醒自己，"地方只有这点大啦！……"

他安心了。抬起视线，他笑着向他的同伴们望过去。

因为大多数人都反对就这样呆等下去，更没有一个人再愿意当听差，他们已经大体一致决定下来，等到吃过饭再说了。他们正在准备回各人家里去，而章桐则正在叮咛着他们，希望大家不要失约。

"怎么，还要吃过饭才开会啦？"田畴忽然弄清楚了他们的谈话内容，他就一下坐直起来。

"哪个叫你早又不发言啦！"章桐拉长脸说。

"好吧，"田畴心安理得地叹口气说，"总之，我等你们好了。"

"难道你就坐镇在这里吗？"牛祚已经下了阶沿，但他忽又回转身问。

"免得你们吃了饭来又泡茶啦。"田畴搭讪着说。

大家非常奇怪他的这份耐心，接着就陆续走掉了。

而正当田畴准备认真休息一下的时候，章桐忽又单独转来，把他拖到家里吃饭去了。原来母亲每回吃饭都要啰唆，他想有个人岔开它。因为已经分锅，母亲、妻子又很古板，同他们一道吃饭的只有章桐的妹妹。以开会为中心，章桐起初只是发着感慨，最后就变成了牢骚：认为许多人的消沉太可怕了，几乎丧失了前进的勇气。

"哀莫大于心死，"他又摇摇头说，"依我看他们的心早就僵了！"

"可是，你也该想一想这是他妈个啥环境啊！"田畴苦笑着说，忽然变得温和起来。

"环境?"章桐重复着,同时张大了眼睛,正像对方说了句傻话一样,"怎么你也舞起这块烂盾牌来了啊!"他又苦笑着叫喊了,于是叹一口气,紧接着说下去,"若果我们的老祖宗也开口环境,闭口环境,恐怕我们今天还在茹毛饮血,吃不成这么好的泡酸菜哩!小邬的环境难道会让她去陕北吗?决心要走,结果还是走了!"

"你这个话自然也对。"田畴口吃地说,涨红了脸。

他之红脸,因为他无法反驳他的朋友的论断;而且,从这同一论断,他陡然感悟到了一个新的启示,于是一种意想不到的强烈的激动开始侵袭着他。

他想起了吴楣,想起了他们之间的全部阻碍。

"一点不错,"他向他自己说,"过分迁就环境,你就动都不要动了!……"

红着眼圈,章桐的母亲忽然出现在厨房门边。

"我知道你翅膀长硬了,"她手把住门枋说,"这屋里装不下你!……"

咽哽使得她住了口,于是扯起围裙去揩眼泪。

"哪一个又把你老人家气倒了啊!"章桐求乞地、半开玩笑地说,随又深深叹一口气。"你没有气我!"一下伸直了腰,老太婆恼怒地嚷叫了,"田老师不要笑哇,"她又害羞地一笑,望着客人诉苦起来,"你都在教书了,请你评评,看我这个老娘子对不对?吃有吃的,穿有穿的,现在锅也分了,还是今天闹起要走,明天闹起要走,这究竟啥道理啦?……"

"没有人说要走啦?"田畴沉吟着说,又四下望了望。

"我知道你们是一气的!"停停,老太婆不平地嚷叫了,认定田畴在为儿子掩饰。

"人家说的邬老师呢。"那个小姑娘笑嘻嘻提示说。

"对!——对!——我总是没有长得有耳朵嘛!……"

老太婆认真生气起来，满脸不快地退进去了。

但她并未停止她的唠叨，而且竟连客人也被她捎带上了，说是章桐尽交的好朋友，就专门怂恿自己去干笨事。而由于这场意外的打岔，两个青年人的兴致，也陡然低落了。现在，他们所能做的，只有一心一意赶忙着吃饭了，以免再酿出不快来。因此，一搁筷子，章桐便向他的朋友支了个嘴，悄悄一同溜回茶馆。

这时候，那一批闲着无事，经常都来这同一茶馆，坐在同一位置上喝茶的中年老年茶客，正像签到应卯一样，几乎都到齐了。但是那批所谓教邦上的客人，却只来了一个牛祚，正在同老医生叶方石闲谈。这老年人消息灵通，经常听到一些特等豪绅的头头们的鬼蜮伎俩，但却只向极少数人传播，现在看见章桐、田畴走来，他就又照例低声叮咛牛祚一句："哪里说哪里丢哇！"端起茶碗走了。

章桐很不满意这个零落景象。这不仅因为这场会议是由他提起的，午餐时候招来的那股闷气，也从中激荡着他。而在等了一阵之后，也只陆续来了米子远和那个诨名旱奶妈的同事。这不要说开会，就是吹牛，人数也太少了！于是他就自告奋勇，亲自出马催请去了。

然而，叫人感觉奇怪的是，田畴的态度一直相当冷淡。就连章桐的出格的热心也没有影响到他。因为当一走进茶馆，他就立刻记起他停留下来的全部理由来了。他在等候吴楣的消息。所以他一直四面八方地倾听着，看看人们是否在广播有关吴楣的闲话。

他所听见的照旧是一些与抗战极不相称的丑闻：壮丁又涨价了，某某巨公正在强制推销大烟，等等。

"也许根本没有什么，"他稍稍安心了，"至少现在还没有发生岔子！……"

现在，他又向街面上望过去：一切照常，他不能够从人们的表情上发现一点碰上了什么重要有趣的消息时惯有的神气。没有探听的欲望，也没有急于讲话的欲望。便连那个诨名响簧的半老女人，也很安静。因为上个月保长又派了她一次壮丁费，她每天都要叫骂一次，今天却破例不响了！但也许是在积蓄精力，等待时机。……

牛祚闪着一种洞察一切的眼光，一径冷冷地瞥视着田畴，现在，他顿然失声笑了。

"笑什么哇？"转过脸去，田畴神经过敏地问。

"嘿，我看你今天对于演剧特别不热心哩！……"

"大家都这样懒妥妥的，单是我热阵心也没用啦！"田畴搭讪地说，迈开了脸。

"这倒是实在话，"米子远同意着，"事情不光是靠热心就搞得成功的啊！"

"那么，不热心大致搞得成吧？"牛祚微微一笑，十分警辟地提出了个反问。

"我哪里是这个意思呢？"米子远大为见怪，"至少我不会这样不通！"

"那么你也觉得热心并不算坏？"

"可是，我始终没有说过热心要不得啦！……"

"哎呀，你们扯什么啊！"那个抱着孩子的瘦长的同事，忽然插进来了；在这以前，他只一心一意当他的奶妈，"热心也好，不热心也好，这要看怎么讲！不过，不管如何，我们总算划了到了。……"

他一眼瞥见那孩子在微笑，就住口了，顺势拧了拧那张又黄又瘦的脸蛋。

"你热心吗？"他亲昵地问着那个孩子，"做个耸耸就给你买糖吃！……"

揉揉眼睛，老教师苦笑了；田畴同时深沉地叹了口气。但这叹气，是和牛祚的苦笑没关联的。当他们正在拌嘴的时候，他忽然看见张贵从东头走过来了，于是他有了个欲望，很想问他点什么话。而且深信这着棋对他相当重要；但他却又眼静静的，让张贵戴着他的绒布压发帽，口中念念有词，打从茶馆面前笔直走过去了。

　　田畴很惋惜这个失去了的机会，而且对于自己的优柔寡断感到不满。"真是糟糕！"他烦恼地想，于是他就一直守望着那个男仆的去向，设想他很快就会转来。这之间，一队破破烂烂，用棕绳子扎成一串的农民，在接兵连押送下拖拖拉拉走过去了；打更匠刘老娃敲着破锣，沿街催促居民赶缴七月份的保甲经费；响簧也已经骂过了偷鸡贼，补了课了；但却从未再瞥见那顶别致的压发帽。

　　最后，倒是章桐旋风一样走回来了。他满脸怒气，才一跨上阶沿，他就粗暴决绝地叫喊起来。

　　"那个比方真说得好！"狂笑一声，他又掠掠头发吼下去说，"有些人初入社会虽然像只羊子，柔和得很，至少总还有两只角！一混久了，就连这点武器也挤掉了——变成了看家狗了！……"

　　"哎呀！"牛祚佯笑着插断他，"你的嘴巴也用毒药煮过了啦？！……"

　　"你要这样说也行啦！不过我想告诉你们，哪个再提演剧的事，他三代人都不学好！……"

　　他忘记了他对牛祚素来的尊敬，跳起来就走掉了。

　　牛祚不以为然地皱皱眉头。他一向是了解章桐的，他对章桐最近两年的经历和思想变化也知道得最多，但也奇怪，这个青年人一下会这样不冷静，完全忘记了他一向对这个所谓大后方的看法。而且他还想起老医生刚才向他透露过的消息，很为他的学生的安全担心。

　　"我看他真也该走得了！"他自言自语地叹息说，决定很快找章桐谈一谈。

　　跟着来的是那个旱奶妈的独到的批评。他觉得章桐太口敞了，也太不晓事，因为参加演剧根本就是凑兴，这该出于自愿，谁也不能妄自尊大地裁判别人。

　　"一来就骂别人是狗，"他不平地嘀咕道，"我不相信他就不要家了！……"

"像你这样说来，每个人都逃不脱狗命了！"牛祚插进来说，嘲讽地眨眨眼睛。

"我看他倒是一只顶起砂锅胡碰的狗！……"

旱奶妈更生气了，看光景他还有怪话的；但是田畴愤愤不平地截断了他。

"你这个话太重了吧！"他沉重地拖长着声音说。

"怎么太重了呢？"

"这个还要问吗?!"

"他都骂旁人是狗啦！"

"他是骂的那些没有勇气做人的人啦！……"

田畴的声调变得更激越了，冲着旱奶妈叫嚷起来。仿佛那个被生活压扁了的不幸的人，倒是使得人们灰心丧气的罪魁祸首。接着，他又扬声一笑，不屑一顾地撇开对方，转向牛祚，感慨万端地说起来了。

题目并未改变，向了牛祚，他更严肃而认真地发挥着刚才他所接触到的主题。他特别提到爱和自我牺牲。而当他说着这些的时候，他是那么显明地意识到他同吴楣的关系，他们之间已经发生，以及可能发生的全盘变动。仿佛有人正向他扔石头，他不能不起而自卫一样。

认定田畴是发神经，那个可怜的瘦长子同事，已经抱起孩子走了。但这并未使得田畴扫兴，而且，顺便就拿旱奶妈作代表进一步攻击起来：他们微温，软弱，只配兢兢业业地在灰色生活里打发日子。……

"变成这种人自然也好，"他又刻毒地说，"他们有自信讥笑别人比他们笨！……"

他冷然一笑，于是架起腿子，对谁也不加理睬了。

二十五

太阳已经落土，汤圆担子已经上了街了，虽然始终没有盼望到张贵，街谈巷议中，却也没有任何有关吴楣的闲话。于是田畴离开茶馆，放放心心回家里去。

事实上，当他借着刚才那场不快的拌嘴，为自己作了一回振振有辞的辩护以后，因为担心吴楣而来的惶惑狐疑，早就被他扫荡尽了。现在，他还多少带点踌躇满志的神气，而在这样结结实实的心境当中，已不再有黑暗和阴影了，仿佛一切都很顺当……

溢洋着爱情和享受爱情之乐的幸福情绪，他昂头阔步地穿过着市街。当他偶然瞥见那个同事，那个曾经做过他发泄怨气的对象的保姆的时候，他也并无恶意，只是觉得对方可怜亦复可笑。因为那瘦人正抱了孩子，摆摆晃晃，在家门口漫踱着，催眠他的宝贝入睡。"一个人怎么会安于这种处境呢？"他想，皱皱眉头，仿佛这是一个新的发现一样。但他随又摇一摇头，充满同情地笑了。

他已经走出市街，来到田野间了。既没有碰到什么不快，也没有过任何阴暗念头，心境一直都很爽朗。他目不暇接地绕视着那些渺远的云山，飘浮着暮霭的灌木林子，以及早只剩有一蓑蓑谷桩的稻田，似乎无一不使他感觉到一种高尚飘逸的情致。然而，在一处小溪沟边，当他恰恰绕过一堆生机勃勃的刺丛的时候，他却忽然带点惊愕地停了下来；随又衷心笑了。

那个背向着他，坐在岸上，正把一双脚泡在水里的不是别人，那是自己为了他曾经义愤填膺的章桐。接着，他又大笑一声，于是欢呼着急走过去。

"嗨，想不到你在这里！"他喜出望外地喊叫说，"大约还在不舒服吧？……"

现在，田畴已经和章桐肩并肩在溪沟边坐下来了。抱着膝头，他开始酣畅地追叙着章桐离开茶馆以后的种种反应。章桐默默倾听着他，不时皱一皱眉头，显然觉得田畴的某些措词未免有些过火。

"他当然要生气！"章桐忽然插进来说，"有些话，我讲得太重了！……"

提起湿淋淋的双脚，抖一抖水，章桐把脚搁在一块大石板上。

"不过一个人怎么会变成这样呢？"他又阴郁地接着说，"好像他们的人生哲学只有一条：规规矩矩做人，不要轻举妄动！什么理想呀，热情呀，都不能有，有了就会扣饭。就是谈情说爱都该挨顿屁股！……"

"你跟他们去谈爱情问题，那就更倒霉了！……"

田畴非笑地、兴高采烈地叫唤了，接着一蹦跳了起来，转身就走，现出一种惊走吓避的神情。仿佛便是章桐，也没资格来讨论这样一个神圣、崇高的题目。但他毕竟又转来了，伛偻着看定章桐，连讥带讽，从反面暴露着一般人对于两性关系的看法之俗不可耐。

"我问你哟！"他接着说，严肃而胁迫地紧盯着对方的眼睛，"这样的人会懂得恋爱吗？！……一个只相信男女关系就是性欲，就是养小孩子，就是经营一个温暖窠巢的人，——有资格谈爱情吗？！……"

并不等候答复，他就又挪直上身，快意地大笑了。

"老兄！至少他们这一辈人没资格哩！……"

因为时间已晚，而且陡然警觉出来，若果再这样谈下去，他是会忍不住要暴露自己的秘密的，于是停停，他又矜持地一笑，点一点头，就走掉了。而那个箕踞而坐的章桐一直用一种冷静眼光凝望着他，奇怪他的朋友怎么一下对于爱情问题发生了这样大的兴趣！

当田畴又独自在暮色苍茫中走着的时候，他的步履更轻快了。而且，仿佛脚上生了眼睛一样，虽然道路那么曲折、狭小、模糊；虽然因为他正泡在一种甜津津的紧张当中，又不曾注意到走路，但他没有磕绊，没有跌倒，便连脚趾头也没有碰一下。他不断回想着刚才他同章桐的谈话，"我想他是会了解我的。"他判断着，随即联想起了他的朋友的不幸的结婚。

"他一定是因为对婚姻不满意才到前线去的，"他接着想，"至少这是个重要原因！"他又叹了口气，很为他的朋友抱恨；但他忽又愉快地笑了，"还不知道他在外面找到爱人没有呢！"他喃喃地说。他设想章桐可能已经如愿以偿，可是他又无法相信这个会是事实，"认真要找一个志同道合的人也并不容易啊！……"

于是，什么章桐，以及他所假定的各式各样的章桐的配偶，都一下消散了，而遮没着这些的正是活鲜鲜的吴楣的形象。他试想找出她的缺点，但他找不出来。因为吴楣似乎根本就没有什么缺点，容貌，性格，脾胃，思想全都是很美的，仿佛是上帝特别按照他的愿望塑造的样。他陡然感觉到一阵温暖，而且为这个温暖所眩惑了。可是末了，他又神使鬼差地、叫人感到败兴地叹了口气。

算是这天的第三次，他和吴楣之间的全部困难，忽然又从心理的夹缝中跳出来了。而且，并非一晃即逝，倒像挑战似的面对着他，他们都是有配偶的，他又养育了一群子女，等等。"管它那么多做啥啊！"但是他心一横，生气地大叫了。于是就什么也不再想，加紧脚步往家里走。

当回到家里的时候，已经上了灯了；孟瑜正唠唠叨叨地在房里替孩子换尿布。那婴儿刚才睡了起来，可是被盖、卧单，全给他弄脏了。几乎整个床铺全都粘满了那种黄中带绿的排泄物，显然有些消化不良。

"这又怎么了哇？"田畴呆了一会，终于扫兴地问。

孟瑜立刻听清了他的声音，但她并不望他一眼，也不搭腔，只是继续一面收拾，一面发着怨言；所不同的，在她意想当中，那对象已经不是孩子，变成了田畴了。

他在街上耽搁了一整天，他不用说玩得十分痛快！

"只图自己舒服，我看你会舒服得到一辈子么!"她唧唧哝哝地说。

"拉脏了哇?"田畴挑剔地、明知故意地接着又问，因为她的不理生起气来。

她依旧不答复他，但是气冲冲的，她把那个已经包好的孩子一下塞在他的怀里，接着从床架上挑起那张几乎已经变成纱布的烂洗脚帕，蹲在床面前一只瓦盆边搓洗去了，准备清洗后继续收拾床铺。

田畴啼笑皆非地笑了，不知道抛开那个可怜孩子的好，或者勉力尽尽做父亲的义务。

"嗨，对! 一回来就碰上差事了!"他不平地、解嘲似的喃喃地说。

"这屋里只有我才清闲!"孟瑜怨愤地接了腔，完全忘记了今天以前她是怎样地将就他，"补了一整天破衣服、破袜子，连板凳都没离过;下午你说好好休息下吧，又给你把摊子摆开了——你看看喳? ……"

她抬抬头，伸起湿漉漉的手来，望了床铺一指。

"真是把冤孽遇到了!"她困惫地加上说，想起了她不该同丈夫赌气。

田畴哼声地叹气了。因为他忽然感觉到了那个早已习惯了的道德压力，同时却又显明地意识到了自己的强烈反感，而这正是爆发一场争吵的不祥之兆。但他终于回避开她，抱起孩子走出去了。

"这样生活下去怎么了呢?"他自问着，恼怒地坐在阶沿边的破藤椅上。

于是，所有日常生活上一切使人难堪的节目，都一一在眼前展开了。而多子，穷困，口角，便是这些灰色卡通的主题，而且都是孟瑜在演主角! 她粗暴，她负气，她是那么容易怀孕!"就像故意显本事样!"他刻毒地想，随即记起有一次因为劝她打胎，她和他争吵起来的情景。而最使他不满的，是她三番两次拒绝他向娘家求和的建议。这当然也是故意，故意要他在生活的重压下喘不过气来。……

至少至少，孟瑜对他的处境没有多少体恤。

"这无疑是个报复，"他向他自已解释，"因为她总觉得，她为我牺牲得太多了！……"

于是，他又接二连三想起了若干琐事，而所有这些都证明他的解释可靠。

"庸俗！庸俗！"他抑制地嘀嘀咕咕起来，更生气了，"爱情可以和利害打算纠缠在一起吗？"他接着想，"若果这样，我的损失也不小呢！拖得你什么事不能做——一回来就把娃娃塞给你抱！……"

他咬牙切齿起来；但他一眼瞥见了拈着油纸捻子，打从堂屋里走过的王妈。

"来啊！"他大声叫住了她，"拿去抱一下吧！……"

等到王妈接过孩子，他感觉得轻松点了。但这并非因为那个善良朴实的老太婆解除了他的无聊的义务，经过一场苦斗，他已经把那个常常使他失措的道义上的压力摆脱掉了，得到了完全的呼吸自由。

然而，停停，他又不免气闷起来。因为粗粗看来，孟瑜既然一无是处，彼此又全无幸福可言，事情真是简单极了！可是一经设想，他才忽然发觉它非常复杂。"到底怎么办呢？"他苦恼地自问，继续考虑着离婚问题，"这自然是正办，但是她会同意离吗？她绝对不肯！结果恐怕只有一走了之，——拖下去都痛苦啦！……"

他感到绝望地全身瘫向椅背上去了，但他随又一下坐直起来。

"要是她理智点也不说了！"他沉痛地想，"又顽固，又感情用事……"

然而，虽则认为她的性情古怪，凡事不通商量，接着他却开始设想，他该怎样说服她了。他可以说勉强下去他们会更痛苦，而且，这个已经不是他们两个人的事了，其中还参入了吴楣！因此，纵使他没有权利求得她的谅解，他的朋友的不幸处境，她是该同情的……

因为自觉到他的情辞那样恳切，他看见生机了。

"这样她也许会接受，"他推测着，"只要没有触到她的脾气！……"

于是，他又接连想起若干足以支持他的论断的实例。当他和她恋爱的时候，他曾经说服她毅然决然地同他一道出走；而她之愿意抚出孩子，也是他说服的。不仅如此，由于这些回忆，他更发现她的品格中具有一种自我牺牲的美德；这于事情的解决是有利的，但忽然他发觉了自己的心情有点异样，没勇气继续想下去了。

"我自然对不住她，"他叹息着，忽然责备起自己来，"但是又有啥办法呢？这种事谁也不能怪谁，我们都是时代的牺牲品啊！战争，苦闷，四面都是铜墙铁壁！"

他吁口气站起来了。走进堂屋，他看见孩子们在灯下看图画玩。

"你们也把书取出来读读嘛！"他说，跨进卧室里去。

孟瑜已经收拾好了床铺，正在绞干那抹脚布。

"弄干净了哇？"他问，"你也该休息下啦！……"

接着，他把王妈叫了进来，接过孩子，吩咐老太婆给孟瑜打洗脸水。而由于这些近来稀有的关切，孟瑜对他因为自己的疲劳而产生的种种怨气，立刻消散尽了，于是同他心平气和地闲谈起来。

她告诉田畴，王妈上年度的领取优待谷的证书，保长已经送起来了。

"今天就只有这件事使人高兴，"她接着说，"听说米价又要涨了！……"

"前一场你不是才买过米么？"他插断她问。

"一共才买了几升啦！还东拼西凑的……"

她叹息着，彼此都不期然而然地陷没在沉默里面。

王妈端起脸盆走转来了。她已经听见了他们的谈话，而且注意到了两年来谈到生计时他们脸上那种惯有的忧伤的阴影，因此，当她退到门边的时候，她又转过身来，努力想笑一笑；但是她叹息了。

"你们领起来吃吧！"她愁蹙地说，"这个年景，慢慢耐过去就好了。"

田畴突然感觉到了一阵难于忍受的烦乱。

"我们一共借了你多少哇?"他问,一下扬起脸来。

"现在都是混日子啊,不要紧!……"

"怎么说不要紧呢!"田畴粗鲁地切断她,但却立刻羞红了脸,"你这么大的岁数了,"他随即改过口气,又勉强笑一笑,"再说你一片好心,我们也不忍啦!你把数目记清楚吧,我们将来还你嚜的!还可以敷点利息……"

"随便你们好啦!"老太婆搭讪地说,"一定要还呢,我又收到,可是利息我决定不要!……"

孟瑜对于丈夫的虚矫显然很不满意。特别因为这件事是她早就向王妈讲好了的,证件也早由她收存起了,他不该跑来干预。于是,当那老太婆走出卧室以后,她就寻衅似的向他提起了房子的事。

"没有找到?"她反问,当她得到个否定的答复的时候。

"是没有找到啦!"他生气了,但他尽力忍耐,因为他忽然反省到自己不应该为了一点小事和她闹翻,"一连看了好几处地方,"他不由得说起谎来,口气变得柔和多了,"不是太糟,就是太不方便。牛老师家里有两间空房子倒还好,离学校又近……"

因为忽然记起他到过牛家,于是他就更加若有其事地讲起来了;但是孟瑜切住他道:

"我知道!我早就去看过了,可惜人家儿子、女儿假期回来要住!又堆得有东西……"

"是啰!"他圆滑地顺口补缀着漏洞,"所以只有明天再跑一趟……"

孟瑜忽然冷冷一笑;田畴脸红起来,无法诓下去了。

"你不信吗,我们明天又一道去嘛!"他忸怩地忙匆匆加上说。

"这是你自己犯夹疑哇。"

"像你这样说来,我总是在扯谎啦!……"

他讪笑着,从床沿上站起来了。

"像要吃奶子了吧。"他说，把孩子递给孟瑜。

这是一个托辞，孟瑜立刻看出来了，而且有一点生气了。因为他不会不知道，为了将来上课利落，在狠心地强制下，孩子吃奶已经有了定规，现在不是哺乳时间；但她想起他的心情刚才好转不久，没有发作出来。

田畴也知道自己瞒不过她，可是，他依旧装出一副毫不在乎的神气，洒洒脱脱退出去了。

"我知道你处处都和我作对的！"他想，跨出了卧室。

孩子们还围着灯盏在争着看图画，但他视若无睹地穿过堂屋，走向院坝里去。

现在，他在院坝里踟蹰起来。除了那种躲脱一桩麻烦后的侥幸感觉，胸中一无所有。然而末了，一个飘然而来的念头，一下使他停下来了。"老实话啦，我该不该告诉她呢？"他惊讶地问着自己，奇怪他为什么没有向她提起他和吴楣的见面；但他随又狡猾地笑了。

"暂时不要提她也好！"他叹口气想。

于是，就在这同一欺骗的唆使下面，他重又走回卧房里去。

"你就休息够啦？"孟瑜迎着他似笑非笑地问。

"差不多一整天都在跑。"他厚颜地开始解释。

"我不要听！"她冲着他说，随又妩媚地笑起来，深恐田畴误会她还在生气，"大约往几回我都坐起滑竿去看房子的吧？你才跑了一天，就说累了——其实，天晓得你在街上怎么混过的啊！"

"我们明天上街去问好吧？"他假装正经地向她打赌。

"可是，你先前为什么又要犯夹疑呢？"她半开玩笑地激着他。

"犯夹疑？……你逼得我打胡乱说啦！……"

"我总不相信你连茶馆都没有进过！"孟瑜微笑着摇了摇头。

"茶馆自然进过！在街上一整天，会不坐茶馆？你想嘛，天气这样子热……"

孟瑜已经没有听他。她忽然叹了口气，想起吴楣来了。

"其实，你也该顺便去看看老吴呢！"她愁蹙地插嘴说，相信他一定没有跑去看望吴楣。

田畴显得吃惊地翻眼望她，于是咬着嘴唇，踌躇着他该如何答复。

"不管怎样，"孟瑜接着又说，多少带点责备口气，"即使说你不原谅她吧，想想她的处境，你也该去看看她啦！何况是老朋友，这几年来，也帮了我们不少的忙，——哼，我看你这副脾气啦……"

她摇摇头，用叹息补足了她的语意；田畴把眼睛埋下去了。

"好，我明天去看她吧。"他细声细气地说。

"对！——就要这样才好，一个人不要太短见了！……"

"我已经看过她了。"田畴没头没脑、脱口而出地说。

他浮出傻笑，显得胆怯地看定她；孟瑜惊诧诧大笑了。

"霉了！那吗你还说明天去？"她做气地反问，以为他有意开她的玩笑。

"因为太叫人感觉不痛快啦！……"

"怎么样呢？"她紧跟着问，看出了他的迟疑。

"怎么样吗，"他重复着，努力克服着他的反悔；而他忸怩地一笑，接着就十分流利地说下去了，"我和公爷吵了一架！看过房子，我在茶馆里碰见章桐他们，说是剧团就要开会，一定要我去邀约她！好，我想，你又再三再四要我去看她的，我就去了。一见面就诉苦，恰好给公爷碰上了，骂她逢人就扬败他！……"

"他做都做得，人家说不得吗?!"孟瑜愤激地叫出来。

"是啦！就因为我这样驳他，我两个就吵开了！……"

他更加忸怩地笑起来，但他忽又不由自主地叹了口气。

"不过，不要再提了吧！"他愁蹙地说，"提起来头痛！"

"这个就算头痛了吗？是我，我倒还要跟他打一架呢！"田畴原想赶快结束这场谈话，但是孟瑜愈说愈愤激了，"你现在怎么这样没勇气啊！你以为他身上卡得有手枪哇？那是绷洋盘啦——他敢！……"

她误解了田畴的沉默，失悔自己伤负了他，于是她又带点歉意笑了。

"我这个话自然有点过火，"孟瑜沉思地接着说，"不过，想起来太叫人生气了。你想想吧，"她望定田畴，显出一副愁容，"原先东骗西骗，哄上手去，现在又当成烂草鞋样，一文钱不值了！这就是没有爱情的结婚的结果啦！一点道义上的保障没有……"

她悄然陷入深思，把眼光埋下了。田畴意义暧昧地长长叹息一声，于是逃避什么似的，立刻退了出去。他在外面徘徊了很久很久，而当他轻脚轻爪，回转卧室的时候，他相信大家都睡浓了。

可是他猜错了，孟瑜还在为了她的朋友而愤愤不平。

"真是太可恶了！"她喃喃地说，当她听见了田畴的轻微的脚步声的时候。

"是啦。"他漫应着，噗地一口吹熄灯盏。

"是我是吴楣么，我走好啦！"孟瑜紧接着说，"我不相信一定要有个丈夫才活得下去！……"

"快睡了吧！……啊，啊，啊……"

他岔断她，一面故意很响很响地打着呵欠。

二十六

当吴楣透过玻璃，发现那个站在窗子外面的人，正是造成她的不幸的罪魁祸首的时候，非常愤怒。而且深信她的询问是恶意的，于是忍不住向她攻击起来。

她没有丝毫犹豫，动摇，以及任何顾虑，有的只是一种畅快淋漓的感觉。但是她把她自己弄糟了！因为那一个不但不肯示弱，反而无所隐讳地把当天发生的故事作为武器奚落了她一通。而且，那个已经准备让事情阴消下去的丈夫，很快也参加进来了。到了最后，他更进一步警告吴楣，此后得不到他的允许，吴楣不能出门一步，不能接待她私人的任何宾客……

吴楣几乎一夜不曾入睡，但她早已经起床了。在那痛苦的失眠当中，她流了不少眼泪，深深尝到了忧伤绝望的味道。末了，她得到一个依违两可的决定：她得赶快去看田畴，以便最后决定自己的态度：打破这个牢笼，跟着他远走高飞呢，或者就这样吞声饮泣，遭发她更加无望的岁月？她认为这是她目前解决诸般困难的前提。

现在，她正在忙着梳洗，而且快要收拾好了。但她忽然一下抛开手上的香粉拓子，陷入了冥想。

"是呀，"她末了对自己说，"万一老田表示不好，他又知道了呢？……"

她记起了李守谦昨天下午的粗暴神情，她吓怕了。

"这样会更糟的！"她带点恐怕地接着想，"单看他那个凶神恶煞的样子！……"

她心灰意懒地推开堆在面前的梳妆用具，一双手掩了脸；随又软弱无力地一齐落在梳妆台上。这个从来没有想到的意外；也许是想到过，只是没有把它当成一个问题看待，而她现在却看出它的严重意义来了。

"怎么办呢？"她自问着，"难道就这样算啦？……"

她感觉很苦恼，好像永远得不到一个满足答案。

"自然，"她接着想，轻轻吁了口气，"要是今天不去，我也完了！"接着她就想起许多她会完了的理由，而最使她恐惧的，是她深信她的对敌将会继续不断地挑拨、迫害，一直把她踩进泥土里面。"没有问题，"她又痛苦地想，"等到她生产了，我就只好准备随时受她的气！……"

胖娘姨捧着茶壶走进来了，一下打断了她的思路。

"都没有起来吗？"吴楣突口而出，显得机密地问。

"噢，还早！"娘姨瘪瘪嘴回答，"其实有什么怄的啊！……"

"我不怄，"她切住她说，眼圈子立刻红了。

"对！……这个年岁，啥事想开点吧！……"

"我一点也不怄！"吴楣重复说，强制自己镇静下来，"你听我说吧，我想回去一趟。老爷起来问起，你就这么说，我回去了，叫你下午去接。不问呢，你就不要张声，下午来接我好了。"

"你回去散散心也对，他今天要忙着去踩界啦。"

"张贵呢？"

"一早就出街去了。"

"那个是非婆呢？"她又问，指的邹幼芬的贴身娘姨。

"呕！皇帝娘娘都还在睡，她就起来了吗！……"

胖娘姨的回答在在使她感到丢心，满足，她的决心又坚定下来了。

她叫那女用人等候在她房里，继续忙着结束梳洗。末了，她又重复了一遍她的叮咛，并且吩咐胖娘姨作前导，挪好房门，轻脚轻爪从后门溜出去。……

没有碰见一只令人讨厌可疑的眼睛，她就单独溜到郊外来了。而从心情上说，这无异进入了一个自由天地，不再感到任何屈辱；但她照旧有些紧张。虽然引起这个紧张的已不再是那种深恐被人发觉的担心，而是那个逐渐迫近目前、算得一场最大冒险的会晤。

自从无意间掀起一场吵闹，直到她的处境更加恶化以后，她已经把那个高贵的决心遗忘掉了。这便是让她自己牺牲，不要使得孟瑜陷于不幸。现在，在她的心目中，连她的朋友的影子也没有了，而她所念念不忘的，是立刻看见田畴，立刻由他给她的命运下个最后的判断。正如一个赌棍，赌注既然压上去了，他就只会关心就要揭开盖子的骰子，而无暇注意其他的事情一样。

她的脚步愈来愈加快了。然而，当她正在登上一个土坡，只等上去，就会望见田家竹树掩映的大门的时候，她忽然听见了一声熟识的招呼。而那个曾经使她感到庄严尊贵的念头，就又立刻浮了上来。抬起眼睛，她望见孟瑜满脸惊喜地站立在土坡上。于是呆了一下，她显得忸怩地停下来了。正如一个极爱体面的人，忽然在众目睽睽下做了一件愚傻举动。

孟瑜是约了丈夫上街看房子的，并且决心顺便去探望吴楣。而正因为这后一打算，田畴很不高兴，他步履缓慢，懒懒地拖在她的身后。然而，孟瑜的招呼，忽然使得他也很振奋了，立刻三脚两步地赶上了她。

田畴完全没有想到吴楣今天就会来的，但他并不感觉欢欣，有的只是疑惧。

"你就上来好啦！"因为孟瑜正在邀请吴楣上来，他也生涩地伙着说了，"我们才说上街去呢。"

"我有点懒得走了。"吴楣说，侦察地翻眼望他。

"那才怪呢！"孟瑜娇嗔地叫喊了，"还有好几步啦！"

"你们不是要上街么？"吴楣反问，好容易找到了一个解释。

"既然你都来了，我们又不上街好啦！"

田畴显然有点拿不定主意，害怕一不当心就会露出破绽；而且，他已经懂得了她那微妙的眼势：孟瑜已经知道昨天的事了，或者竟然还一点也不知道？

"再不然这样吧，"他紧跟着急转直下地说，"你一个人上街去吧？"

他红涨着脸，求乞地望着孟瑜；但她拒绝了他。

"这才想得好哩！"她嚷叫道，"你去不更便当些么？"

"我昨天才跑了一天啦！"

"啊哟！你这才跑得多哩！"孟瑜嘲弄地说。

她的心意本来很坚决的，而她的嘲弄，倒反使他苦苦地劝起来了。

"你自然比我跑得多啦！"他讨好地接着说，因为他更加看出他非支开她不可了，而且看出了她不会固执己见，"可是你就再多跑这一趟吧！以后由我包干好了！还有，你认识的婆婆大娘又多！……"

"那就明天去不一样么?!"孟瑜嘟着嘴说，不知道她是否该继续迁就他。

"明天去自然也行，不过你算算日子吧！五号，六号……十一号就开学了！"

"一去起码就是半天！"她不快地说，但已经动了心。

"你要跑好多地方啊？看一两处你就回来好啦！"

"霉了，才说好好摆谈几句！"

"你愁没时间谈话吗？哈哈，等回来了，你怕又没有那么多的话来谈呢！"

孟瑜嘟着嘴把脸一车；但她随又愉快地笑了。

"这样，你同我走一趟好吧？"她说，转脸望定吴楣。

"你这个人呀！"田畴非笑地抢着说了，"人家才跑了路，你也该让她息一息啦！……"

正如那些缺乏毅力、律己不严的人们那样，尽管明知道扯谎不对，有时候他们照样会扯下去。而且，既然已经扯开头了，他们的理由往往俯拾即是，态度往往真切动人。而暂时之间，他们总又往往得到成功。……

田畴终于把孟瑜勉强支使走了。而当他用了一长串充满关心的叮咛，把她送下土坡，看她踏上大路以后，他就显得矜持地招呼吴楣到家里去。她没有应声，但却翻起眼睛望他嗔怪地一笑，随即叹息着埋下视线，跟他一道走了。她多少感到内疚，因为她觉得田畴的诳骗的成功，她也是有份的。然而，不久以前，那个曾经又一度浮上意识来的自我牺牲的愿望，却已经烟消云散了。

正跟吴楣相反，田畴却连一点反省的影子也没有的。而他之态度失常，语言生硬，只是由于他的感情过分激动，同时又不能不努力镇压它。他一路喋喋不休，而且，他的话语几乎各自不相联属；这一个观念刚才变成语言，别外一个却又夹杂着佯笑脱口冲出来了。

"你看！"他向吴楣指示着大门口一架南瓜，"你才好几天没来啦！……"

"已经上灰了呢。"她心不在焉地回答。

"今年这个庄稼该不错啦？"他忽又打趣似的问着他的邻居，那个正在走出大门来的伛偻老人。

"×！"老头子简单明了地喷出一个粗鲁字眼。

而一跨进大门，田畴却又意外威严地吼开了：

"你几个在那里干啥哇?！……"

他叱责的对象是他儿女。他们笑着叫着，挤着一团，正在院子里做游戏。听见嚷声，大家立刻静下来了，一齐向大门望过去；随即爆发般地欢呼起来。

"李母母来啦！"他们叫着，向了吴楣奔跑过去。

"好啦！……好啦！……你们自己玩你们的吧！……"

田畴认真生气起来，同时却也多少对他的干预感到害羞。

"嗨，对！我派你们一件小差事吧！"但他忽又沾沾自喜地笑了，"你们平常间那么样爱钓鱼，今天你们到锅底塘去钓吧！晌午间好请李母母吃。钓竿呢，去找么秃子借，就说我要用下！……"

他的提议立刻得到了热忱的拥护。

"好哇！"总爷首先跳一蹦说，"钓鱼！钓鱼！"

"你就赶快领他们去吧。当心跌在水里！……"

于是带着一种过分的庄重，他把吴楣领进房里去了。

"哎呀！头痛，头痛。"他解嘲地说，一面跨进卧室。

吴楣显得忸怩地停滞在房门边上。

"吓，进来坐啦！"田畴奇怪着她的忸怩，而他自己，已经在孟瑜床沿上坐下了。

她叹了口气，又翻眼望他一眼，走进去了；懒懒地靠在窗前的五抽橱边。

"昨天没出什么事吧?"他充满悬念地问。

她的回答只是一声深长的叹息。田畴烦躁不安地站起来了。没有望她一眼，也没有招呼她坐下，他就在房里彳亍着，开始诉苦他们分手后他的担心。

最后，他在她面前停下来了，求乞地看定她。

"我知道你比我更痛苦!"他接着说；虽然吴楣还没有向他提谈过自己的处境，他从吴楣的神色可已经感觉到她的痛苦不轻松了，"而且，都是我一个人弄出来的! 要是我不神使鬼差地摸去看你……"

"我不要听你这些话哇!"她相当威严地切断他。

她已经没有了狐疑不安，她忽然变得很开朗了。

"的确的呢!"田畴痛苦地紧接着说，"一想起来，心都像要炸了! ……"

他陡然感到一个欲望的诱迫：他需要紧紧偎依着吴楣，然后向她尽情倾吐自己的各种各样想法。但是正当他前进一步，就要舒展开他那变得神经质起来的手臂的时候，提着一把茶壶，王妈闯进来了。

首先瞟见王妈的是吴楣，于是她赶紧闪开田畴，走向床面前坐下来。

"啊哟，让我自己来吧!"她佯笑着大声说，立刻羞红了脸。

"可惜不大热了。"老太婆回答，显然没有察觉出任何蹊跷。

田畴大为扫兴地叹了口气。

"你搁在那里好啦!"他拖长声音说。

王妈感觉纳罕地望他一眼，于是搁下茶壶，退出去了。但是田畴随又把她叫转来了，派她抱了婴儿，领着小膀，一同去监视总爷们钓鱼。现在，家里已经没有一个人碍眼了，但他反而一下变得拘谨起来。

末了，郑重地嗽嗽喉咙，他终于开口了。

"老实，你喝茶吗？"他问，企图转换一下空气。

"我只说几句话就要走啊！"她叹息说，迅速望他一眼。

吴楣的语气并不确定，但他却给震惊住了。

"唉，你这是啥意思呢？"他惶悚地吃吃地问。

他随即忙匆匆向她走去，准备向她解释一下。但是究竟应该怎样解释，他却只有一个朦朦胧胧的概念。而当他一走近孟瑜床边，看见吴楣茫没地坐在那里的时候，他就明确感觉到，愈解释愈糟了。

"我真不知道你是怎么想的！"摇一摇头，他急促而又含混地说。

他返身和她并坐下来，提起右脚，盘在床沿上面。

"就说要走，也该把话说清楚来啦！"他紧接着叫喊了，前额几乎触到了吴楣的肩头，"昨晚上一夜没有合眼！当然，我吃苦是应该的，可是，昨天我走过后，究竟又闹了些什么呢？你也该说说啦！"

"他要软禁起我。"她低声说，立刻埋下眼睛。

"笑话！"

"你没有看到他那副神气啊！"她苦笑着望定他说，"今天也许是我们最后一次的见面了！"

"难道你就听凭他摆布吗？"他反问，声音提得很高，但他随又低声而着急地一气说了下去，"请你不要这么说吧！我究竟还该怎么样表示呢？你相信我吧！"

"我怕对不住老孟！"她飘飘忽忽地说，一面毫无目的地绞着手巾。

"你这一说！……"

田畴大叫，跳起来跑开了；但他随又返身奔向她去。

"像你这么样想，我们三个就都完了！"他摇头叹气地说，在她面前停立下来，"难道你以为她同我一道生活很幸福吗？她也有苦说不出啊！那么一定要拖得大家都毁灭掉有什么好处呢?!……"

吴楣怜惜地望他一笑，随又沉重地叹口气；田畴认定他的说辞已经见了效了。

"总之啊，"他又紧接着垂下头说，"我的命运完全在你手里……"

"可是，你叫我怎么办啦？"

"这会有困难吗？只要离开这个半死不活的环境，出路多得很呢！……"

他非难地一笑，忽然感觉到了一阵热情的激荡。

"哼，会想不到办法！"他接着说，语气更坚定了，于是扳着指头，向她一一计算着他们可能得到的出路，"参加职业剧团，想门路到前线去，——至少教书行吧？我已经写信到重庆去了，第三救亡演剧队正在那里，找工作很容易！我不相信现在就一点路子都没有了！万一同小邬他们通上信了，我们还可以设法到延安去！"

"我只担心老孟拖起一群娃儿……"

"你倒不必替她担心！她的办法比你我都多呢。她只有一个兄弟，一个人七八十亩田，她不肯跟他通信，不过想试试我的钢火！现在女子又有继承权了，问题容易解决得很，——不过不要谈她了吧！……"

他挥挥手，感觉厌烦地背开她。吴楣紧跟着站起来了；而她的神色照旧有些迟疑不决。

"好些事我早想过了！"他突兀地加上说，回转身去。

田畴的口气生硬而又勉强，仿佛一阵烦忧正在压制着他，而且没有力量抗拒。但他随即沉迷地望着她的眼睛，眩惑似的笑了。最后他握着她的肩头，十分温存地问她已经安心没有。于是毅然决然地拥抱住她……

他们缠绵了很久。一个长吻之后，刚刚要分开了，他们又搂紧了；但是吴楣忽然那么有力地推开了他，同时短促而又张皇地叽咕了一句什么。因为越过他的肩头，她望见了孟瑜：她在堂屋门边，笔直对了卧室的房门站着，嘴唇边浮着一点异样的微笑。而当吴楣的眼睛和她的眼睛相遇的时候，那微笑扩大了，但也倏然间消逝了。

他吃了一惊，立刻扭转身向房门外望出去，而他所有的力气，也顷刻间灰飞了。他就软瘫在那种略欠自然的姿势里面，呆呆望着正在垂头丧气地向他走来的孟瑜；但她刚才向卧室走了两步，却又拐向堂屋中间去了。

孟瑜在房门口一把椅子上坐下来，于是发出一声异样凄绝的惨笑。

"对！"她寂寞地自言自语地说，"就要这样才好！"

她伸手去胁下扯手巾，她没有抓住。

"难怪得要把一家人都支起走哇！"夹着一阵充满愤怒的干笑，她忽然凄厉地叫嚷开了，"原来要这样才方便哩！……好！——好得很！——就要这样才对！……总之，只怪我自己一向太相信人家了！……"

"你这叫作什么啊?! ……"

伴着叫嚷，田畴冲出来了；但他随又戛然而止，神情恍惚地看定孟瑜。

"你这样闹下去没好处啊！"他的神情似乎在这样说。

"这个还要问吗?"她更加生气了，"哪个要来，我立刻让开好啦！"

"你要这样想我也没有办法！"田畴忿然作色地说。

"你没有我有！"孟瑜冲着他喊了，声调更加激烈起来，"我针都不带一苗就离开这个屋子！娃娃我也一个不要，随便你们怎样处置！——淹死也好，捏死也好，横竖我也管不了他们了！……"

孟瑜蓦地流出泪来，她的表白为咽哽打断了；她勾着头走向房间里去。

"我对不住你。"吴楣忏悔地喃喃说，在门口迎住她。

"你很对得住我！"孟瑜冲着她回答。

她又十分粗暴地退出来了，重又坐落在堂屋里另一把椅子上，开始嚎哭起来。

"你一切都对得住我！"她边哭边喊，"只有我对不住你，所以我立刻就让开！——你不要那么恨我！"她又对着那个面色铁青，浑身颤栗的丈夫叫了，"你随便把什么人弄进这屋里来我都不管！……"

吴楣满面泪痕地走出来了，她步履飘忽，一直走向堂屋外去。

"你看你闹得好吧！"田畴沉痛而又怨愤地喃喃说。

"你去把她请转来啦！"孟瑜顿着脚大喊大叫，"我给她道歉好啦！……"

"好！……"咬牙切齿，田畴充满恨意地叫了一声。

他有许多刻毒话要说的，但他狠狠地吁一口气，翻身赶出去了。

二十七

孟瑜的出现，对于田畴说来无异一种灾难。他没有料到她会中途折转来的，更没有料到她会如此泼辣。这正如一切因为自己的缺德招到恶果的人们那样，总以为他们得到的报偿未免过分苛刻。

而最使田畴感觉头痛的是，他不能够逆着脾味同她吵闹，因为这样一来，吴楣将会更加难堪。但当她受尽委屈，满面羞惭流眼抹泪出去以后，这点顾虑是降低了，他可以尽情地同孟瑜对吵了，但他忽然记起他还有更加重要的事情该做，于是立刻翻身跑了。

他在大门口追上了吴楣。他跳到她面前去，堵截似的摊开他的手臂。

"你这是怎么的啦！"他痛苦地呻唤说。

吴楣没有应声，只想赶快摆脱这个难堪的处境。因为现在困扰她的，已不再是爱情、怜恤、忏悔，而是羞恼和绝望了！她从来没有想到这个打击竟会来得这样迅速、沉重，因而已经完全失掉了自信……

她绕向田畴左手边去，但田畴又一下拦住她了。

"你就稍微停留几分钟嘞！"他又求乞地嘶声叫了，顿了顿脚。

"难道我受气还没有受够么?！……"

他软瘫下他的手臂，并且在她的悲愤的注视下垂了头。

"让我走吧。"她又感到心软地轻声说。

"未必我们就这样完啦?"他颤声地问,昂起头来。

吴楣咽了口气,随又绝望地摇一摇头,于是望着他凄恻地笑起来。因为对于他所提出的问题,她既不能够说是,也不能够说否,她只觉得自己太可怜了。而那种传统的命运观念正在对她发挥着作用。

"请你让我走吧!"她重复说,埋下了视线。

"总不能就这样完了啦!"他顿脚,又把身子狠狠向后一牵。

"有什么办法呢?"她叹息着喃喃说。

田畴立刻懂得了她的意思:听天安命吧!于是抢前一步,紧紧抓住她的双手。

"怎么没办法呢?"他紧接着反问,于是倾箱倒匣似的说了下去,"随便你怎样说,怎样好啦!到成都,到重庆,都行!再不然我们直接到延安去找小邹。只要是你愿意,就是天涯海角我都没有问题!……"

吴楣微不可见地摇一摇头,摆脱了他。他住口了。

"我真不懂!"停停,他又痛苦地呻吟了,"也许是我瞎了眼睛!……"

"随你怎么想吧。"她匆忙地切断他。

接着她就长长咽一口气,绕过田畴走了。

田畴没有再阻拦她,就那么垂头丧气地站在那里。最后,他想起他还不能绝望,至少应该让事情有个合理的结束。但是,正当他在开始考虑,是否应该追上吴楣讲个清楚的时候,那个半身伛偻的老者,扛着一把山锄,走过来了,而且十分例外地向他饶起舌来,说是钱找钱容易,人找钱艰难这句话一点不错!他的东家李大公爷,又把乔二蛮子几十亩饱水田买到了,今天就要来踩界。……

看出对方有点心不在焉,老头子住口了;但他立刻明白了田畴的注意是在什么地方。于是他也反应地回过头去,望了一眼正在走下土坎的吴楣。接着他就又问田畴,李太太是不是来踩界的?为什么又走了?……

田畴依旧没有张理；他磨磨牙齿，返身跑回去了。

"好，我知道你是居心要磨死我的！"一进堂屋，他就大吵大闹起来。

"天晓得！"孟瑜惊诧诧叫喊了，因为她完全没有料到她会遭到这样的冤诬。

"你不是居心磨死我吗？"田畴这时已经在她对面一张椅子上坐下，但他猛然又一下跳起来了，"老早就提议出门去换换空气，你不答应！说是孩子多了！叫你送起走呢，你又舍不得他们，怕受虐待！……"

"天晓得！……天晓得！……"

"你只有一条心，就是把我困死在这个鬼峡峡里！"他并不理会她的可怜的叫屈，因为现在他只觉得她老早就同他作对了，不容他自由自在地喘一口气，"连我参加演剧，你都要捣乱的！好像都该跟你一样，成天就忙穿忙吃，提屎提尿，——你就完全遂了心了！……"

他的激动使他感到昏眩，他又一下沉向椅圈里去。

"可是我就这样完啦！"他又摇曳着声音接下去喊，"我就完啦！……"

他蓦地流下泪来，孟瑜忽然感觉有趣似的笑了。

当他暴跳如雷的时候，孟瑜正因为他同吴楣的负义哭得伤心，毫无精神准备，多少感觉有点可怕。而他的成串的责难，更使她一时间失掉了主见，只有叫屈的份儿。现在，他的声势一低，她立刻清醒了：他是多么软弱和强词夺理啊！……

"我问你哟！"她终于理直气壮地诘问了，"是我不要你出门吗？"

她沉默了一会，但她没有等到反驳。

"是你自己害怕在西安给逮去关起啦！"她紧接着说下去，"你提过要我把娃娃往娘屋里送，可是好马不吃回头草，那我是不大愿意呢！"她忽然很兴奋，很伤心了，"不愿意！——不愿意！——一百二十个不愿意！……"

她顿脚,她的眼泪不断地夺眶而出。

"啊,现在倒怪我不找娘屋人了!"停停,她夹着哭继续说,"我们一起离开家庭的时候,怎么你又不这样说呢?早点说岂不更好?也免得我来拖累你了!免得岔脱了你的好事,使得你这样伤心——伤心得来打胡乱说!不顾事实,一味地冤诬人!我已经说过了,你去把她请转来啦!马上我就离开这个屋子!……"

"我并不是说的这一回事!"他愤愤插断她,因为她恰恰触到了他的隐痛。

"怎么不是这一回事?——完完全全是这一回事!……"

"那就又依你说好啦!"他用拳头擂着茶几大叫。

"对啰!我就希望你说明白一点!……"

"吵架都没有看过吗!……"

田畴忽然就像弹簧一样地跳起来了。他奔向堂屋门口,十分暴躁地威胁着那几个挨近阶沿边来窥看的邻居。而从他的气势看来,似乎很可能扑出去敲打他们几下。然而,单是他的声威,便把他们吓起跑了。

"看你把我怎样逼吧!"当他退转来坐下的时候,他又显得意外受屈地说。

"嗨!是我在逼你么?!"

"不是吗?已经给你赶起走了,你都还不甘心!……"

"你听!……"孟瑜站起来说,抛出右手直指着他。

"你真是毒透了!"田畴紧接着说,并不让她插断,"一有出路,你总赶快塞住,深怕我有机会痛痛快快出一口气,干点有意义的事情。倒还口口声声说爱我呢,——像你这种爱法,世界上太少有了!……"

他想嘲弄地笑一笑,但他没有成功。

"你知道你做的事么?"他忽然严重地问。

"我管不了许多!"

"你把她葬送了！……"

"你吓不倒我！"

"你把我也葬送了！"

他又蓦地干噱起来，步履飘忽地朝堂屋外面跑。孟瑜忽然吓怕极了，担心发生意外；她赶过去，抓住他的胳膊。他没有抗拒，似乎也没有力量抗拒，因而随着她的扭扯，他又跟跟跄跄退转来了，瘫倒在椅子上。

而这样一来，孟瑜反转更生气了。因为她忽然看出来，他的一切举止都是恫吓。

"我给你讲！"她勃然大怒地说，"你用不着威胁我！我也并不要死死拖住你呢，——我还没有那么下贱！你喜欢爱哪个，你爱哪个好啦。我说过的话，我永远记得的，这屋里的针我都不带一苗！……"

"请你不要说了！"他重又搔着茶几叫喊起来。

现在，问题的复杂、困难，已经全部摊开在眼前了！这是他早就想到过，也同吴楣谈到过的，可是只有此刻他才尖锐地感觉到了它们的现实意义和道义力量。他是毫不怀疑孟瑜的诚实的，她一向都说得到做得到；而若果她的话纯是要挟，他的负担可能轻得多啊！……

此外，他还很生气他自己，因为当他发现出孟瑜的时候，他竟会变得那样张皇，没有想到掩饰，或者设法让她冷静下来，以致闹到这样不可收拾！

"请你不要说了好么?!"他声嘶力竭地重复着他的呼吁，"我在给你回话了啦！"

孟瑜瞠目结舌地看定他，一时无法理解他的用意。

"你以为我说的是假话吗?"她终于开口了，微翘的嘴唇浮上一点傲然的微笑，"我说过的话，我每一个字都负责的！老实讲吧，"她的微笑扩大起来，"像你这样，我也不能跟你在一起生活了！……"

"已经迟了！"他反复地默语着，"已经迟了！……"

"我多少还有点自尊心！"

"滚开！……"

那些喜欢探听，喜欢管点闲事的邻居，又在屋角阳沟边出现了。他大叫着，向了他们奔跑过去。但他刚刚跳出堂屋，他们就又躲闪开了。于是他用一串粗话欢送着他们，随又猛然回转身去，望着孟瑜喊叫起来。

"我求求你，不要再提这件事了！……"

"没有那么简单！"

"你——听——我——说：我们已经把她毁了！……"

他蓦地痛哭出来。因为对于吴楣的遭际的预感，在他看来，已经再没有疑义了。他觉得她已经到了镇上，到了家里，而且已经被软禁起来，开始了她那凄苦而又漫长的岁月。而这一切都是他一手做成功的。他磕磕绊绊地奔进卧室去了，一头倒在床上。

"你吓不倒我！"孟瑜随即跟过去了，她愤激地顶住说。

她开始忙着清检东西，准备实践她的诺言，那就是立刻离开这个家庭！但她忽地投身在床上了。"这叫啥生活啊！"她嚎哭起来，一面用拳头擂着床铺。然而，正当她要继续对生活进行控诉的时候，她却忽然屏住呼吸，随又神经质地一下坐起来了。

她听见了零乱的话语声，她从这个预感到了不幸。最后，她辨认清了是总爷在大声嚷叫。

"乒东一声就跳下去了！"那孩子边跑边叫，"你自己去看啦！"

"不是淹死了么？"门口有人还在固执地问。

"在打捞！——你自己也生得有脚啦！……"

孟瑜在房门口碰上他，总爷立刻停下来了。

"你在闹什么人跳水啦？"孟瑜抓住他紧迫地问。

"哎呀，你也让我喘口气哩！……"

"什么人哇？"田畴也一蹦坐起来了，他脱口而出地颤声发问。

"李母母！……我亲眼看到的！……"

孟瑜叫了一声，又拍拍腿子，立刻跑出去了。

现在，那种对于吴楣的嫉愤之情，几乎完全不存在了。她所深切感觉到的只是一个相当简单的事实：一个同她有着十年交情的人已经面临死亡，而且自己负有一定道义上的责任。只有总爷拔步尾随着她，一面气喘吁吁地完成着他残缺不全的报道。吴楣在路上碰见了李守谦，他们立刻就吵开了，随后公爷打了她两耳光，于是她就跑到他们正在钓鱼的堰塘边去，纵身一跳！……

"把我一条鱼也吓跑了！"他接着说，"多长！……"

两母子正在忙着下那土坎，但是田畴已经追上他们，而且绕到他们前面去了。

"这一下你该相信了吧！"他恨恨地想，当他擦过她身边的时候。

现在，只有一个强烈的念头盘踞在他脑际，吴楣是临近死亡了！也许已经死去，而且他已经在意想中看见她了：异常肿胀地浮在水面，几个农民正在进行打捞。他又恍惚看见她已经被捞起来，软瘫在田野上，害羞而难堪地接受着人们对她的怜惜、批评、指责……

他忽然想到公爷也许已经听到消息，他有点吓怕了。

"要是他来了呢？"他吃惊地问着自己。

他想停下来考虑一下，但是他的腿脚不让他这样做；他一直跑过去了。他并没有问过吴楣跳的哪个堰塘，但他本能地朝着孩子们钓鱼的所在跑去。也没有稍稍思索一下，仿佛他是经过探问，考虑，绝对不会弄错。

那堰塘正在上街的村道的中途，有三亩多宽，黑洞洞的，诨名锅底田，同村道隔着一条三五尺宽的废渠。因为自来流行着一些可怖的传说；因此每到黄昏，妇孺们经过那里，只需一个暗示，就会感到一阵无名的恐怖。当田畴赶到堰塘边的时候，吴楣已经被捞起来了，公爷正在叫人把她扶上自己坐来踩界的滑竿；他神色有点沮丧，因为他觉得他的面子太丢多了。

李守谦的周围绕着一大群乡下人，此外就是陪他前来踩界的中证卖主。

"走后门进去哇！"他偷偷地叮咛着张贵，"嘴巴少乱讲点！……"

接着，他转过脸来，匆忙而又烦乱地催促着他的同伴上路。而当他走出人丛，正想说点笑话来为自己解嘲的时候，他又忽然站住，脸孔立刻被愤怒扭歪了。

最后，他迎着田畴走过去了，冲着他嚷叫道：

"我给你说，你今天就给我搬家哇！……"

田畴大张着嘴，显然没有预料到这个突然的袭击。

"老子宁肯拿来空起！"公爷一个劲叫嚷下去，"再不然我会拿去养牛养猪！……"

"好！"异样地一笑，田畴嘶声说了，"你会骂！……"

"骂了！……骂了！……你把李大爷怎么样？！……"

公爷接着怒不可遏地指责起来，说他负义忘恩，说他不知好歹，说他读书读到牛屁股里面去了；可是没有提过一句关于吴楣的话。而田畴也没有留心听；他已经看见了滑竿，猜想那躺在上面的，一定就是她了！她还活着？她已经死了？他多么想跑去看看她啦！……

"你不要说那么多！"田畴终于忍不住咆哮了，"这样不会对你增加多少光彩！……"

长长透一口气，他又邪恶地笑了。

"我问你哟，究竟啥事情我使你这样的伤胃哇？……"

他是问得那么和气，可是公爷没有回得上嘴。

"你怎么不说呢——哼？"

"老子今天要打死你！……"

公爷狂暴地跳了一蹦，于是两手抄入裤下，扯出了他的手枪。但他给那个牛角胡子中证人阻拦住了。那老者扑向他，高高架起了他的

506

手臂，一面警告田畴躲开；然而田畴毫不在意他的着急，顺势在路边一块倒塌的指路碑上坐下了。这不是他对死亡感到了恐怖，恰恰相反：他能吃颗子弹多么好啊！……

等到孟瑜赶到，公爷已经被他的同伴劝起走了，完成他的买田置业的大事去了。田畴依旧还是那么坐着，低垂了头，两腿劈开，手臂平搁在膝头上。而手指则在懒懒地撕裂着几张随手拾来的干枯了的树叶。

走在孟瑜前面的是总爷，刚一走到，他就东张西望，惊惊慌慌吵闹起来。

"怎么没见了呢？……吓，淹死了吗?！……"

"你硬是话多啦！"王妈、家瑞努嘴瞪眼地制止着他。

总爷于是意外地不响了。因为虽然无法明白事情的真相、含意，但在注意到了父亲的神情以后，他也感觉吓怕起来。王妈迎着落后一步的孟瑜走过去了。

孟瑜在路边一根田塍上坐下来。她啜泣着，随即用手巾蒙了脸，哭得更伤心了。因为监视孩子们钓鱼，王妈目击了这里发生过的一切。根据老太婆的追述，吴梅曾经直率地表白过，她是爱田畴的，因而遭到公爷的打骂。然而，使孟瑜痛苦的，却已不再是劣陋可恶的忌妒了。但也不是悔恨，她只感觉到一种极广泛极强烈的对于生活本身的厌倦。

"这也叫生活啦！"她痛苦地，第三次喃喃地叫了。

"多朝小的身上想吧，"王妈眼泪汪汪地劝慰说，"我求求你！……"

"妈妈！"小膀忽然扑在孟瑜怀里痛哭起来。

总爷、家瑞虽然强制着没有哭，但却翘起嘴唇，呆呆凝望着母亲；不时又偷看父亲一眼。他们不能确定事情的严重意义，但都深信父亲母亲很不快活。那些看耍的乡下人，早已经走掉了，留在他们四周围的，只是丘陵起伏的田野，以及堰塘附近一片古老的柏树林盘。

天空也似乎因为这一群不幸者而变色了，忽然阴云四合，掩蔽了

正当中天的温暾的太阳。而随着天时的骤变，无数孤单的老鸦，它们
聒噪着，单调而又急骤，陆陆续续飞回老巢来了。但是随又扇起一阵
旋风，成群结队，一齐从那个黑洞洞的柏树林盘里飞出来……

"站起来了。"王妈忽然提示地说，接着恳求孟瑜跟随田畴一道
回去。

孟瑜一直没有张声。而且，当田畴踽踽凉凉从她面前走过的时候，
她还充满恨意地叹口气，回避开脸。她痛恨他对自己的欺骗，甚至感
到无法再同他一道生活了。但是，当她想起他的神色、他的痛苦和他
的脆弱的时候，却又不禁心头一软，渗出一种无法克制的怜惜之情。

最后，经过王妈的劝慰、恳求，孩子们又一直闪着可怜无告的眼
色，不肯回家，她也终于从田坎上站起来了。总爷忽然丢心落意地跳
了一蹦，似乎还打算高叫几声泄泄闷气；但他并没有叫出来……

他们的沉默拘谨有如一个零落的送葬的行列。

二十八

苦难的日子，虽然往往叫一些对生活失掉信心的人感觉特别冗长，
不很容易挨过。然而，在客观法则上，时间还是水一般地淌过去了，
并不因为人们的错觉而趑趄不前，多出一分一秒的耽延。

现在，离开那个痛苦困恼的一天，已经四个月快过完了。……

吴楣从锅底堰边被抬回家以后，她病了一个多月。这不是她在投
水时候身体上受了什么损伤，她的心破碎了。而更因为那个未遂的自
杀，她的幻灭之感也就加重起来。她原是没有料到她会出此下策的，
更没有料到她会失败，正如她之没有料到会同李守谦狭路相逢一样。

她已经失掉了原有的光彩，便连嫉妒之情，也淡薄到没有了。她
消瘦，她慵懒，她有时近于麻木。她已不再为那个宠幸的存在感到任
何烦扰，丈夫的冷淡，她反倒认为是她求之不得的自由。因为一直没

有发生其他事故，公爷对于她的监视，早已经放松了。并且曾经暗示，她是可以回娘屋的，但她至今却连房门也很少出。

她把大部时间都花费在毫无目的、毫无结果的冥想里面，其次便是困觉和埋头于精细的针织。她的女工原是很出色的，那些久已搁置不问的绣花绷子，以及编针，重又把她吸引住了。一方手巾的花饰的成功往往使她感到一点难得的喜悦。但她也会废然而止，长久凝思着一个飘然而来的意念；最后叹息一声，继续工作起来，或者搁下工作，躺在床上假寐，不由自主地流下几滴伤心泪来。

在偶然想到田畴的时候，她已丝毫不再感到情绪的激荡了，她所感到的只是疲乏，以及淡漠而又深邃的怅惘。因此，她从没有设想过，他们是否还会见面；虽然那些迫使她搁下工作的原因，又多半是长时期来他们之间无法追回的一些生活断片。她对孟瑜毫无恶感，有时甚至颇为担心她的困窘；但她每一想到她的时候，那个痛苦的最后的一面，总会浮上心来，让她的忆念立刻罩上一层阴影……

田家在出事后一星期，便搬到街上来了。这得感谢王妈，因为田畴根本不在乎李家的奴仆们不断催促和开学日期的逐渐逼近；孟瑜呢，痛定思痛，她也沉没在悲观失望里面，打不起精神来。但是老太婆对待生活的态度却很不同，她一直毫不灰心地鼓励他们：归根到底，日子总要过下去呀！于是末了，两夫妇开始上街租赁房子。

他们的新住所是牛祚那两间堆满破烂家具的厢房。这是他们没想到的，他们跑去找他，原在求他帮忙租赁房子，然而，那个装着一点也不知道他们的变故的老年教师，筹思一阵之后，便自动建议了，说是房子既然是不好找，若果不嫌偏窄，他们不妨暂时搬来住个时期。

这个出其不意的邀请，使他们得了救，但也出格地为难了他们。

"不过，这样不大好啦。"田畴感动地、吃吃地说。

"嫌房子太坏吧？"牛祚紧盯着问，怀疑他在作态。

"不是！不是，我觉得太麻烦你了！并且街上不比乡下，你这里没有堂屋供神……"

"没有关系!"牛祚切断他,而且玩世不恭地问了,"你们就是要性交吗?这个没有关系!"他愁蹙地重复着,瞥了一眼那一对愈加显得忸怩的年轻夫妇,"快回去收拾吧,倒了霉我不会怪你们!……"

就这样,他们终于轻而易举地解决了房子问题,而且已经搬上街四个多月了。

在这四个多月当中,生活平静,彼此的感情很少波动。至少表面上是这样。这一半由于田畴还没有从那个沉重的打击下面恢复过来,一半由于孟瑜总尽力迁就他。起初,她只对他感到恼恨,觉得田畴把她欺骗得太厉害了,而且对于生命感到厌倦;但她随后却只能怜恤他。到后来,便是凡有触及他的创伤的谈话,她都尽力避免,仿佛那久已死亡了。然而,死亡的是形骸,它的影响,却永远也不会磨灭。

田畴变得来很沉静了。有如一个多愁多病的旧式女性。他对吴楣并未断念,但已不再存有非分之想了。仿佛她的存在对他已很渺茫。正如一个凄凉美丽的梦境一样,好是好的,既然是梦醒了,你就只能闭目遐想而已。比这个纠缠他更紧的,是那个同样自觉其渺茫无着的远走高飞的念头。最初,它不断诱逼他,时间一久,它却越来越无力了。这是那个于他有加无已的道义压力做成功的。孟瑜不仅教书,不仅养育子女,她还得负担家庭间的杂务。因为王妈虽然照旧和他们一道住,照旧借给他们优待米贴,但她却以为人浆洗衣服谋生。

除了教书,田畴是什么也不管的。而且对于功课,也没有从来那么样认真了。一般同事也有些心灰意懒。而周围的空气又多么闷人啊!一切都死气沉沉,没有光彩。这里只有一个例外:当他们听到八路军在华北大规模反击敌人的消息的时候,曾经激动过好几天;接着却更加感觉自己的处境的暗淡了。因为物价不断高涨,米贴薪水毫无变动,而政治上的丑闻则愈来愈多!……

十一月下旬的一天下午,大家草草结束了课程,接着就放学了,一齐了无生气地守在准备室等晚饭吃。只有牛祚在聚精会神批改文卷。正如他的性格、情趣，以及土头土脑的装束一样，他对功课照样还是那么认真，没有多少改变。孟瑜在给孩子喂奶，不时又望一眼壁上的挂钟，因为家里还有不少琐碎事等着她回去料理。

吕康长长伸了个懒腰，而当双手落在桌面上的时候，忽又沾沾自喜地扬声笑了。

"嗨！混起来还是快呢，下星期就十六周了！……"

接着，他就扳着指头计算起来，看该什么时候放假。

"今天十三，——星期六，十四，十五……"

"你再算起点吧！"有谁懒懒地插嘴说，"结果还是要办二十周啊！……"

"没有那么漂亮！才几个钱一月哇？并且，伙食已经拖不走了！……"

牛祚忽然放下卷子，忍俊不禁似的笑了起来。

"怎么，难道伙食有办法吗？"吕康大多其心地问。

"不！"牛祚否认着，而他的笑意已经消逝尽了，剩下的只是一脸苦趣，"我想起《三娘教子》这出戏来了！"他沉思地接着说，"你们还记得那两句对白吗？我觉得现在应该改一改了：'拿书来教！——拿饭来吃！……"

田畴出奇地瞪目看他，随即浮上一个可怜的悯笑。

"经你这一形容，这个生活也就更无聊了！"他摇曳着声调说。

"我这个话有一点过火吧？"

"一点也不过火！"田畴兴奋地开始解释，"……"

他想告诉牛祚，他的话不仅是不过火，反而道出了全部的真实。至少他个人的感触是这样的。因为现在已经上了十五周课了，平心而论，若果不是为了碗糙米饭，他会连一节课也上不完啊！……

但他并没有把他想要说的说完，沉重的叹口气，他把全身倒向椅背上去，不响了。

"唉，我们还在等下文啦?!"吕康故作惊怪地问。

"有，有，有，"牛祚接着回答，而且愁蹙地笑了，"有! 你听，我的话怎么会过火呢? 就是一个普通人吧，也有要求生存的权利啦! 何况根据专家研究，人世上的一切纠纷，都是倒霉的肠胃闹出来的! ……"

"老师们! 请开饭了!"校役蓝兴忽然走来通报。

牛祚嗒然若丧地叹了口气，随又怃然笑了。

"这个才幽默呢。"他想。

他把堆在面前的卷子叠好，装进文件柜里，最后一个进了食堂。

吃饭当中，他们谁也没有说话。全都只留心着饭碗里的谷子、稗子、砂子，用筷子一颗颗挟出来，敲落在桌子上，然而，当米子远添好碗饭转回来的时候，这老实人却没头没脑，神使鬼差似的问了:"唉，又演戏啦?"

因为没人应声，坐定之后，他又嗽嗽喉咙，说道:

"新年就快要来了呢! 这下总该让我们演回戏啦?"

"老实话，还有半个月就过新历年了!"那个诨名旱奶妈的，恍然大悟地紧接着说，"平常伙食坏不说了，逢年过节，校长该要请一台吧? 就是县府随便甩个科员、委员到我们这里来，他都要大请特请啦!"

"赞成! 赞成!"有人大叫着说，"他就请十顿也应该哩! 平常连学校门都少跨过……"

"要是他一顿也不请呢?"牛祚冷笑着切住问。

"大家伸起手讨好啦!"田畴粗鲁地抢着回答。

他放下饭碗，站起来走掉了。

他才吃了两碗，但他实在不想再增添了。这不是"八宝饭"太难吃，他顿然感觉得厌烦，无聊，而那种几个月来有增无已的自卑情绪，也更强烈起来。而且，他第一次意识到了这个，第一次开始了反驳了。

仿佛有生以来，他就生活在这种空虚疲惫里面，没有丝毫意义！……

穿过食堂，他一直来到寂静无人的敞厅。他想立刻回家里去，然后再把自己孤独起来。但他到得敞厅，却又禁不住长叹一声，颓然在一张长椅上坐下了。

他记起了孟瑜还没回去，家里有孩子需要照管。

"到处都是墙壁！"他想，十分阴郁地笑了。于是，他就那么呆呆地坐着，一直沉浸在一种略带辛酸的惝恍迷离里面。似乎什么也没确想，又似乎什么都想到了：他的多灾多难的生活，以及目前这个不死不活的局面！

"难道就这样完了吗？"他痛苦地自问，而一种绝望之情立刻掩盖了他，"我就这样完了！……"

他脸烧耳热地站起来了。他在敞厅上踟蹰着，对于自己竟能安于苟活愈来愈加感到惊异。因为他忽然觉悟出，这个不仅违反他的本性，违反某种道德规律，似乎就连做梦，他也没梦到他会落得这么个结果！

"那么怎么办呢？"他接着想，"自杀？摆脱这个环境？或者麻麻痹痹下去？！……"

他无论如何不能确所决定，他感到困惫了。

"我就这样完了，"他又绝望地想，重又在那长椅上坐下来，"求生不得，求死不可！"浮出挋笑，他十分凄楚地形容着他的处境，"可是，我为什么要往绝路上想呢？"他挣扎着，忽又策励起自己来，"还是踏踏实实教我的书吧！就像牛老师那样，把这个当成一桩事业来干！……"

接着，他就连篇累牍想起了一长串理由来支持他的决心。小学教育的种种神圣庄严的意义。然而，奇怪的是，跟着他的理由的增加，他的自信不但没有愈趋坚实，反而越来越加稀薄。他完全困惫了。他倒向椅背，两手勒住后脑，感觉昏眩地闭上他的眼睛。他看见了吴楣，于是开始描摹着她的处境，她的哀愁，她的寂寞寡欢的生活。"她这一生也算完了！"他叹息着，"也许比我更没有希望啊。"于是，直到那个老教师来到面前为止，他就恍恍惚惚地坐在那里，什么也没有再想。

牛祚是伴同孟瑜一道回转家里去的。他们走着，一面正絮絮地谈论着田畴。因为丈夫这天那么打眼的烦恼，孟瑜深为不安，于是忍不住诉苦起来。老教师则在安慰着她。因此，当一走近敞厅门口的时候，他们便都显得惊异地住嘴了。他们没有想到田畴还留在学校里。于是彼此会意地望了一眼，又满含苦趣地笑了笑，便都若无其事地走去，在他面前停了下来。

"嗨，我还以为你回去了呢！"牛祚佯笑着开口了。

"真是有伤尊严！"田畴张开眼睛，苦笑着道出了他所想到的第一个念头。

老教师真心地笑了，因为他忽然看出田畴还在为了那场寒酸而又俗气的谈话不快。于是接着他向田畴指明：待遇菲薄，生活太高，政治气氛又那么坏，一些消极情绪的产生相当自然；但求自己不要随和好了。……

"可是听到总不大舒服啦！"田畴厌烦地切断他。

"老弟！现在叫人不舒服的事多得很啊。……"

牛祚愁蹙地笑起来。随又拍拍对方的肩头。于是，恰如中了魔术的一样，田畴也反应地笑了笑，跟即又叹口气，异常随顺地站起来了。他默默跟同他和孟瑜一道回家里去，没确再发一句牢骚。

牛祚的院子已经古老而朽败了。只有两进，三间铺面宽窄，门口租给人做油酒生意。自己住着正屋，住在右首厢房里的是他的寡婶和一个残废的堂兄弟。左首两间暂时作了田畴的家宅。他有一个长年生病的太太，三个儿子，一个女儿和一个媳妇。大的儿女都不在家，小的只有七岁，算是他的唯一安慰。

当他们跨进院子的时候，在那只有两三张方桌大小的院坝里，总爷正领了弟妹们在做乌龟抱蛋的游戏。没有伙着胡闹的只有牛家那个七岁的孩子；当一发见父亲，他可立刻从堂屋门槛上跳起来了。

"老长年回来啦!"他像通报似的欢呼出来,喊着父亲教给他的称呼。

"是啦,三少!"老教师自得其乐地笑了,"来,咱们两爷子亲热下吧!……"

而接着,手里拿着纸笔,章桐从堂屋门里跳出来了。

这一向来,他的日子也过得不顺畅。起初,他想说服他的母亲,让他离开故乡,不然他会闷死;但是老太婆却越来越固执。而那位特等豪绅又在刮妖风了。最近,他终于同小邬联系上了,要他去重庆找一位《新华日报》记者,帮助他去延安。而他是特别跑来向牛祚告别的。因为他曾经向老教师商量过,而且精神上得到很大的支持。

"我才说给你留个字呢!"他喜出望外地叫了。

"那么我又节约到一张纸了。"牛祚打趣地回答。

田畴没有即刻招呼他的朋友,但他含情深深地凝望着章桐。

"你根本就不该回来啊!"他惋惜地想,又叹口气。

于是,他生涩地望他点一点头,跟同孟瑜拐进自己屋里去了。而他重又烦躁起来。他从他的朋友看出了自己的不幸,而且陡然地感觉到,他也只有一条和他相同的出路:到延安去!到抗战的最前线去!然而,这个人皆知其为崇高合理,于他更有必要的神圣愿望,现在看起来却又多么的渺茫啊!……

孟瑜搁好孩子,打开一个报纸卷儿,接着取出了好几张尿布,于是叹息一声,开始洗起来了。这在以往,丈夫总要为她难过好一阵的,但他现在视若无睹地在房里漫步着,沉没在自己的冥想里面。

最后,灯盏已经亮了,于是带点激动,他走向牛家去。

"我看你也只好在地窖里住了去了!"他说,当其走近牛家堂屋门边的时候。

章桐立刻停止了谈话,而且立刻改变了表情。

"是啦!"他漫应着田畴,"我这回叫你咒准了哩!"

"可是，我就不把问题看得这样严重！"牛祚不以为然地摇摇头说。

"那因为你是生成的土拨鼠啦！"田畴说，苦笑着跨进堂屋里去。

"哎呀，你是在坏我啦？"

"不！……"

"当然，你是指我喜欢躲在个窟里睡懒觉说的！"老教师抢着说，忽然变得兴奋而愉快了，"可是老弟，冬天总是要过去的！春天跟着就会来了……"

"可惜我们这个社会永远都不会有春天！……"

田畴忽然那么真切地想起了自己所有的挣扎，他的情思又纷乱了。

"你这个看法太悲观了！"章桐紧接着插入说，"也完全不符合事实！……"

"是呀！"牛祚抢嘴快庄严地赞同道，眉宇间忽然渗透出一种凛然不可干犯的气概，似在指明他所说的并非趣话，"你不要眼鼓鼓光瞪着咱们堪察加嘛，全国认真跟敌人对着干的不少啊！就是堪察加也不完全跟咱们贵码头一个样。老弟，拿出耐心来吧，让那些拖鼻涕的小阿斗，多长点见识，多认识几个字，对于季节变换也会起一点作用哩！……"

他沉思地住了嘴，一面举手到脸上熨贴起来，但他随即中止了这个动作。

"三少！"他突如其来地高声叫着他的爱子，"给老长年买点酒来好吧?!"

"你今天怎么了哇？"章桐微微吃惊地问，突异着老教师的激昂。

"简单得很：打打吗啡针啦！……"

老教师带点狂气地打起哈哈笑了。

于是，当那孩子搬来半瓶烧酒，两三盘皮蛋凉粉之类的菜馔的时候，大家就围了桌子吃喝起来。唯有田畴例外，他不但没有喝酒，便连菜也吃得很少，仅止为了排遣自己，这才懒心懒肠地嗑着瓜子。

他们拖挨了很久。到了打更时候，牛祚、章桐几乎全喝醉了，而他们的舌头也便失掉了约束。他们不仅把准备用写白头帖子的方式批评时政的计划泄露了，还泄露了章桐那个即将远走高飞的秘密。他们不是怕田畴嘴不稳，只是担心他会要求跟章桐一道走，徒然多讨一些苦吃，多费一些唇舌。

然而，他们猜测错了。虽然不久田畴便隐约理会了这场寒酸的宴会的严重意义，虽然他又陡然感到了一阵激动，但他终于无力形成一个坚强愿望。甚至没心肠追问一句。可是，他却连嗑瓜子的兴致也没确了，用了堆在面前的瓜子壳，他漫不经心排列着种种形象，随又叹一口气，搅成一团。而当牛祚伴送告辞归家的章桐，两个人离开食桌的时候，他都没有察觉似的，连简慢的招呼也没有打一个。

因此，等到送客转来，看见他还坐落在原来的地方，一只手撑着脸，右手懒懒地罗列着那些废料的时候，牛祚就不仅感觉到了惊异，而且，仿佛无意间发现了一桩怪事似的，津津有味地笑起来。

"哎呀，你也像醉了啦！"牛祚大笑着瞅住他问。

田畴惶惑地一笑，撑着桌子的边沿站起来了。

"章桐明天要远走高飞哇？"他强为欢笑地问，眼睛没有看望牛祚。

"不是！不是！——你想到哪里去了啊！……"

"我这一辈子算是完了！"田畴抬起眼睛，浮上一个自怜的抿笑。

"瞎说！……"

"我讲的实在话哩。"

老教师叹息了。

"老弟！还是那一句话：学学老牛筋吧！……"

一九四四年五月十日